Justin Cronin

Ferryman

GOLDMANN

Justin Cronin

Ferryman

Der Tod ist nur der Anfang

Roman

Aus dem Amerikanischen
von Rainer Schmidt

GOLDMANN

Die amerikanische Originalausgabe erschien 2021 unter dem Titel
»The Ferryman« bei Ballantine Books, New York.

MIX
Papier | Fördert
gute Waldnutzung
FSC® C014496

Penguin Random House Verlagsgruppe FSC® N001967

1. Auflage
Deutsche Erstveröffentlichung Mai 2024

Redaktion: Claudia Jürgens
Umschlaggestaltung: UNO Werbeagentur, München
Umschlagmotiv: © FinePic®, München
KN · Herstellung: ast
Satz: : Buch-Werkstatt GmbH, Bad Aibling
Druck und Bindung: GGP Media GmbH, Pößneck
Printed in Germany
ISBN: 978-3-442-31526-0

www.goldmann-verlag.de

Für die Familien

Er zog vorbei am Feuerrand von Ort und Zeit:
Den lebenden Thron, den saphirhellen blauen,
Wo Engel zittern, wenn sie ihn nur schauen,
Den sah er, doch, bestrahlt von Licht
in grenzenloser Pracht,
Schloss er die Augen in endloser Nacht.

Thomas Gray, »The Progress of Poesy«

Inhalt

Prolog

Der Tag bricht an, als sie sich aus dem Haus schleicht. Die Luft ist kühl und frisch, und die Vögel singen in den Bäumen. Überall das Rauschen des Meeres, das große Metronom der Welt, das seinen Takt schlägt unter einem samtenen Himmel und schwindenden Sternen. In ihrem blassen Nachthemd streift sie durch den Garten. Ihr Schritt ist nicht zögernd, nur ohne Hast und beinahe liebevoll. Wie sehr muss sie einem Geist gleichen, diese einsame Gestalt, die dort zwischen den Blumenbeeten schwebt, den plätschernden Sprungbrunnen und Hecken, die so exakt getrimmt sind, dass die scharfen Kanten blutige Verletzungen hervorrufen könnten. Das Haus hinter ihr ist dunkel wie ein Monolith, aber bald werden die dem Meer zugewandten Fenster von Licht schwellen.

Es ist nicht leicht, ein Leben zu verlassen, ein Zuhause. Die Einzelheiten hinterlassen Gräben in dir – Gerüche, Geräusche, Assoziationen, Rhythmen. Das Knarren der Bodendiele auf dem Korridor im ersten Stock. Der Geruch, der dich am Ende eines Tages im Eingangsflur begrüßt. Der Lichtschalter in einem dunklen Zimmer, den die Hand automatisch findet. Sie hätte den Weg zwischen den Möbeln mit verbundenen Augen gefunden. Zwanzig Jahre. Sie würde noch zwanzig nehmen, wenn sie könnte.

Nach dem Essen hatte sie Malcolm die Neuigkeit mitgeteilt. Ein gutes Essen, wie er es liebte: gegrillte Lammkoteletts, Risotto mit Käse, in etwas Öl gebratener Spargel, ein feiner Wein. Kaffee und Petits Fours zum Nachtisch. Sie hatten beschlossen, draußen zu essen; der Abend war so schön. Eine Blumenorgie auf dem Tisch, das Tick-Tack der See, glänzender Kerzenschein auf ihren Gesichtern. Du wirst es nicht vorher wissen, wann es so weit ist, sagte sie zu ihm. Ich werde einfach nicht mehr da sein. Machtlos sah sie zu, wie er den Schlag einsteckte und das Gesicht in die Hände legte. *So bald? Muss es jetzt sein?* »Komm ins Bett mit mir«, forderte sie ihn auf – ihr Körper würde ihm sagen, was Worte nicht sagen konnten –, und nachher hielt sie ihn fest, als er weinte. Die dunklen Stunden vergingen. Endlich umfing ihn die Mattigkeit der Trauer. In ihren Armen schlief er ein.

Leb wohl, Garten, denkt sie. *Leb wohl, Haus. Lebt wohl, Vögel und Bäume und lange, gemächliche Tage, und wenn ich schon dabei bin, lebt wohl, all ihr Lügen, die ich erzählen musste.*

Sie wird älter. Alles, was eine Frau tun kann, hat sie getan. Die Cremes und Extrakte. Das stundenlange Fitnesstraining und die gewissenhaft eingehaltene Diät. Die kleinen, diskreten Eingriffe, von denen nicht einmal Malcolm etwas weiß. Jedes Mittel hat sie angewandt, um das Fortschreiten der Jahre zu verlangsamen, aber damit ist es vorbei. Sie hatte beschlossen zu warten, bis jemand eine Bemerkung darüber machte, und dann, aus heiterem Himmel, passierte es.

»Gibst du denn auch acht auf dich, Cynthia?«

Sie hatten eben Tennis gespielt, die übliche Dienstagsgruppe, ein Dutzend Frauen, allesamt gute Spielerinnen, und danach Gläser mit Eistee und Salate, an denen sie nur herumpickten, auch wenn sie noch so hungrig waren. Sie hatte nicht gut gespielt. Tatsächlich hatte sie sogar ziemlich schlecht gespielt. Ihre Knie waren schmerzhaft schwerfällig, die Sonne war zu intensiv und zehrte an ihren Kräften. Es war die Zeit, die sie in den Gliedern spürte, ihr unerbittliches Vorrücken, während alles um sie herum, die Körper und Gesichter ihrer Freundinnen, sich nur sanft schleichend voranbewegte.

Ach ja, die Frage. Ihre Freundin wartete auf eine Antwort. Ihr Name war Lauralai Swan. Sie war fast sechzig, sah aber aus wie dreißig: straffe Haut, schlanke Glieder mit vom Yoga modellierten Muskeln, üppiges Haar. Selbst ihre Hände sahen gut aus. War die Frage ein Ausdruck aufrechter Sorge, oder war da etwas Dunkleres? Cynthia hatte gewusst, dass dieser Tag kommen würde, und dennoch war sie überrascht und hatte keine Antwort parat. Ihr Verstand sortierte eilig die Möglichkeiten, und gerade noch rechtzeitig fiel ihr etwas ein. Was sie brauchte, war ein Scherz.

»Glaub mir«, sagte sie, »wenn du mit Malcolm verheiratet wärst, würdest du auch müde aussehen. Der Mann akzeptiert kein Nein als Antwort.«

Sie lachte und hoffte, Lauralai werde mitlachen, und nach einer angespannten Pause tat sie es auch; alle taten es, und dann redeten alle von ihren Ehemännern und erhöhten den Einsatz mit jeder Geschichte, die am Tisch die Runde machte, indem sie ihre Männer sogar mit ehemaligen Liebhabern und Ex-Gatten verglichen. Wer war besser, aufmerksamer im Bett? Wer ließ seine feuchten Joggingshorts im Bad auf dem Boden liegen? Wer quetschte die Zahnpastatube in der Mitte zusammen?

Es war alles in allem ein angenehmer, sonniger Nachmittag, an dem sie alle redeten, wie Frauen es gern taten. Aber innerlich spürte Cynthia, wie sich ein tiefes Loch auftat. *Gibst du denn auch acht auf dich?* Was sich da auftat, war die Grube unter dem Henkersstrick.

Lebt wohl, all das und ihr alle, die ihr mir gegeben habt, was als Leben gelten konnte.

Und doch: Nicht die Partys und Konzerte werden ihr fehlen, nicht das gute Leder ihrer Taschen und Schuhe, nicht die langen Mahlzeiten mit gutem Essen und feinem Wein und spritziger Unterhaltung bis tief in die Nacht hinein – nichts davon. Was ihr fehlen wird, ist der Junge. Sie denkt an zwei Tage zurück, einer am Anfang, einer am Ende. Der erste war der Tag, an dem er zu ihr kam. Sie hatte erwartet, nichts zu empfinden. Ein Mündel zu adoptieren war eins der Dinge, die eine Person in ihrer Position nun einmal tat. In diesem Sinne war der Junge eine Art Dekor wie das Sofa in ihrem Wohnzimmer oder die Bilder an ihren Wänden. *Oh, du hast ein Kind adoptiert!*, würden die Leute sagen. *Das muss ja so aufregend sein!* Sie hatten natürlich ein Bild von ihm gesehen. Man wählte ja nicht blind. Aber als Cynthia ihn da erblickte, wie er an der Reling der Fähre stand, veränderte sich etwas. Er war größer, als sie erwartet hatte, mindestens eins achtzig, was noch betont wurde durch seine neutrale, schlecht sitzende Kleidung, die an einen Pyjama oder an den OP-Anzug eines Arztes denken ließ. Die anderen Mündel starrten mit unscharfem, ausdruckslosem Blick über die Reling, er als Einziger sah sich um und betrachtete die Menschenmenge und die Gebäude der Stadt und sogar den Himmel, und er legte den Kopf in den Nacken, um die Sonne im Gesicht zu spüren.

Sein Haarschnitt, das bemerkte sie sofort, war grässlich, als hätte ein Blinder ihn zu verantworten. Das war etwas, worum sie sich sofort würde kümmern müssen: dass der Junge eine anständige Frisur bekam.

»Glaubst du, das ist er?«, fragte ihr Mann, und als sie nicht antwortete, wandte er sich an die Adoptionsagentin, die sie zur Fähre begleitet hatte: »Ist das unser Sohn?«

Aber Cynthia nahm dieses Gespräch nur nebelhaft wahr. Die Stimme ihres Mannes, das Gemurmel der Menge, Sonne und Himmel und Meer: Alles schien zu verblassen angesichts der lebhaften Realität des Jungen. Fragen erwachten in ihrem Kopf: Was würde er wohl gern essen? Was würde er gern anziehen? Welche Musik hören, was für Bücher lesen? Und woher kam dieser plötzliche Impuls, sich über diese Dinge Gedanken zu machen? Seine Existenz beruhte ausschließlich auf Papieren. Warum also verspürte sie diese plötzliche Woge von Zärtlichkeit für dieses beliebige Wesen? Die Fähre vollendete ihre letzten Manöver, die Mündel versammelten sich oben an der Gangway. Zurückgehalten durch ein Absperrseil, durfte keiner der Vormünder sich nähern. Der Junge – *ihr* Junge – war der Erste in der Reihe. (»Ihr« Junge? War es so schnell gegangen?) Er hielt den Blick geradeaus gerichtet, als er mit gemessenen Schritten und der Hand auf dem Geländer zum Kai herunterkam. Ebenso gut hätte er aus einem Raumschiff auf eine fremde Welt heruntersteigen können, so methodisch war jede Bewegung seines Körpers. Am Fuß der Gangway erwarteten ihn ein Mann in einem dunklen Anzug und mit einem Clipboard und eine Frau in einem Laborkittel und mit einem Lesegerät in der Hand. Der Mann im Anzug sprach nicht mit dem Jungen; stattdessen entblößte er dessen

Arm und streckte ihn, und seine Begleiterin, vermutlich eine Ärztin, schob die Kabel in die Ports am Monitor. Dann folgte eine Pause, in der die Ärztin die Daten studierte. Ein erwartungsvolles Schweigen hatte sich auf die Menge gesenkt. Endlich blickte sie auf und wandte sich an die Wartenden.

»Würden die Vormünder bitte vortreten?«

Die Agentin hakte das Seil los, und Cynthia und Malcolm traten vor. Der Junge tat das Gleiche. Die drei trafen sich in der Lücke zwischen der Menschenmenge und der Gangway. Der Junge sprach als Erster.

»Guten Tag«, sagte er freundlich. »Ich bin Proctor, euer Mündel.«

Er streckte die Hand aus. Es war eine Geste, für die er offensichtlich gecoacht worden war.

»Na, da bist du ja, Sohn«, sagte ihr Mann. Er strahlte und schüttelte dem Jungen eifrig die Hand. »Es ist schön, dich endlich kennenzulernen.«

»Hallo, Vater«, antwortete der Junge. Er wandte sich Cynthia zu und streckte wieder die Hand aus. »Und du musst meine Mutter sein. Es freut mich sehr, deine Bekanntschaft zu machen.«

Deine Bekanntschaft! Sie wollte lachen und hätte es beinahe getan. Kein spöttisches Lachen, sondern ein Lachen reinster Heiterkeit. Wie höflich er war! Wie eifrig bestrebt, brav zu sein, ihnen zu gefallen, eine Familie aus ihnen zu machen! Und sein Name. Proctor, vom lateinischen *procurator* (das sollte sie später erfahren; ihr Mann wusste solche Dinge): der Verwalter, der Manager, einer, der sich um die Angelegenheiten anderer kümmerte. So perfekt! Sie schüttelte die Hand des Jungen nicht, sondern umschloss sie mit ihren beiden Händen und hielt sie fest, fühlte ihre Wärme und ihren lebendigen Puls. Sie sah ihm in die Augen. Ja, da war etwas, etwas anderes. Etwas ... Seelenvolles. Sie fragte sich, was für ein Mann er vorher gewesen war. Wovon hatte er gelebt? Wer waren seine Freunde gewesen? Hatte er viele Frauen gehabt?

War er glücklich gewesen?

»Cynthia, du kannst den Jungen jetzt loslassen.«

Da lachte sie und ließ ihn los. *Du musst meine Mutter sein.* Er war noch ein Junge, eben wiedergeboren in die Welt – ein Meter achtzig groß, aber ein Junge nichtsdestoweniger –, und das würde sie sein. Sie würde seine Mutter sein.

Es ist wahr, denkt sie jetzt, als sie den abschüssigen Rasen zum Weg hinuntergeht. Der Himmel wird sanfter, die Sterne sind fortgeschwemmt, und am Horizont ist ein leuchtender Lichtstreif erschienen. Das war der Tag, an dem sie den Jungen in ihr Herz geschlossen hat. Und nicht nur den Jungen, sondern auch Malcolm. Dieses strenge, moralische Wesen, diesen Liebhaber der Codes und Protokolle – es war, als hätte man einen Stab über sein Leben geschwenkt, als wäre er ein Pinocchio im Erwachsenenformat, der durch plötzliche Liebe in einen Menschen verwandelt worden war. Das virile Grinsen in seinem Gesicht, als er dem Jungen die Hand geschüttelt hatte; das Leuchten der Freude in seinem Blick, als er dem Jungen sein Zimmer gezeigt hatte, das Zimmer mit dem Bett und dem Schreibtisch aus Teakholz und den Bildern von Schiffen an den Wänden und dem alten, auf das Meer gerichteten Teleskop auf seinem Stativ; und die Art, wie er beim Abendessen mit allem viel Aufhebens gemacht hatte, weil er wollte, dass der Junge sich willkommen fühlte, wie er ihn geduldig in den Gebrauch von Messer und Gabel und Serviette eingewiesen hatte; und schließlich am Ende des Tages, als Malcolm die Zimmertür des Jungen mit einem gedämpften Klicken geschlossen hatte, da hatte er sie im Gang stehen sehen und einen Finger an die Lippen gelegt: *Sschhhh*. Wie könnte sie für einen solchen Mann nichts empfinden?

Und der zweite Tag, Jahre später. Sie hatte irgendwann früher einmal etwas über Liebe und Loslassen gehört. An die genauen Worte erinnerte sie sich nicht, nur an die Idee dahinter: dass Verlust die Buchhaltung der Liebe sei, ihre Maßeinheit, ganz wie man einen Fuß in Zoll berechnete, einen Yard in Fuß. Es war das erste Jahr des Jungen an der Universität, ein Jahr des Triumphs, als eine spezielle Begabung ans Licht kam. Er hatte ihr an diesem Tag gesagt, sie solle nicht kommen – es würde ihn nervös machen, hatte er erklärt, zu wissen, dass sie da sei –, aber sie war trotzdem da gewesen und hatte sich einen Platz hoch oben auf der Tribüne des Natatoriums gesucht, wo sie unbemerkt bleiben konnte. Die Luft war warm und feucht, die Akustik verwirrend. Tief unter ihr bildete das Schwimmbecken ein präzises Rechteck von unwirklichem Blau. Mit unbestimmtem Interesse und einer langsam zunehmenden Anspannung in der Brust verfolgte sie, wie die verschiedenen Wettkämpfe kamen und gingen, bis die Jungen an der Reihe waren. Hundert-Meter-Freistil. Er sah aus wie alle anderen Teilnehmer – in ihren eng anliegenden Anzügen mit den Schwimmbrillen und den silbernen Kappen waren sie buchstäblich nicht zu unterscheiden –, aber nur er gehörte ihr, und seine Präsenz war so einzigartig wie an dem Tag, als sie ihn an der Reling auf der Fähre erblickt hatte. Er stand am Beckenrand, schüttelte die Arme aus und dehnte den Hals. Als sie ihn anschaute, fühlte sie sich vergrößert, als wäre er eine Erweiterung ihrer selbst – eine Kolonie oder ein Vorposten. Er machte eine kleine, hüpfende Bewegung und pustete mit aufgeblasenen Wangen nervös die Luft aus der Lunge. Er ging in sich, begriff sie, wie einer, der sich in Trance versetzt.

Das Signal wurde gegeben, die Schwimmer stiegen auf die Startblöcke. Im Gleichtakt beugten sie sich in den Hüften nach vorn, bis ihre Fingerspitzen die Zehen berührten. Die Zuschauer strafften sich. Für eine endlose Sekunde erstarrten sie, und dann ertönte die Sirene, ein schimmerndes Geräusch, und zehn gesunde junge Körper schnellten durch die Luft und wurden vom Wasser geschluckt.

Ihr Herz machte einen Satz.

Ihr Junge war in der dritten Bahn. Ein langes Gleiten unter Wasser, dann tauchte er auf. Sie war aufgesprungen und schrie wie eine Verrückte. *»Los, los!«* Seine Schwimmzüge, unfassbar lang, trieben ihn durch das Wasser, als wäre es nichts. Alles ging so schnell, dauerte Sekunden nur, aber in diesen Sekunden fühlte sie etwas Grenzenloses. Er machte seine Rollwende, stieß sich ab und tauchte als Zweiter wieder auf. Zwei Züge, und er hatte die Führung inne. Was unmöglich erschienen war, würde jetzt passieren. Sie schrie, und das Adrenalin brachte ihr Herz zum Fliegen. Vor ihren Augen entfaltete sich der größte Augenblick seines Lebens.

Der Wettkampf war vorbei, ehe sie sichs versah. Gerade streckte er noch die Hand zum Beckenrand aus, und im nächsten Moment rotierte er im Wasser, um zur Uhr hinaufzuspähen, wo sein Name neben der Siegerzeit leuchtete. Er reckte triumphierend die Faust in die Höhe, und sein Gesicht strahlte von unfassbarer Freude. Da wusste sie es noch nicht, aber er hatte nicht nur das Wettschwimmen gewonnen, sondern auch den Rekord um zwei Zehntelsekunden übertroffen. Der Junge in der nächsten Bahn schlug klatschend gegen seine erhobene Handfläche.

Er wandte sich ab und ließ den Blick über die Zuschauer wandern. Plötzlich begriff Cynthia. Seine Proteste waren eine List gewesen. Er hatte die ganze Zeit gewusst, dass sie da sein würde. Es war, als sei sein Sieg ein Geschenk, das er ihr machte. Aber als sie ihn rufen wollte, stürmte ein Mädchen von der Tribüne zum Becken hinunter. Der Junge sprang auf den Beckenrand und streifte Brille und Kappe ab, als das Mädchen auf ihn zuflog, und dann war sie in seinen Armen. Ihre Füße hoben sich tatsächlich vom Boden, so beschwingt umarmten sie sich. Ohne jede Verlegenheit drückte er seinen Mund auf ihren zu einem langen, tiefen Kuss. Das Publikum jubelte ausgelassen, und auf den Tribünen erhoben sich Pfiffe.

Natürlich hatte es Mädchen gegeben. Er war schließlich ein Junge, breitschultrig und groß und mit einem entspannten Lächeln, und wenn du mit ihm sprachst, sagte sein Blick, dass er dich ernst nahm, dass er wirklich zuhörte und nicht nur darauf wartete, dass er an die Reihe kam zu reden, wie es die meisten Jungen taten. Mit anderen Worten, er war alles, was Mädchen liebten.

Aber dieses Mädchen war anders. Der Kuss verriet es ihr. Warum hatte er sie nie erwähnt? Die Antwort lag auf der Hand. Er hatte sie nie erwähnt, weil er nie auf den Gedanken gekommen war.

Eilig verließ sie das Natatorium. Sie war erschüttert, fühlte sich verbannt und ausgelöscht. Ihr Junge war kein Junge mehr. Er hatte seinen Platz am Tisch des Lebens eingenommen. Als sie aus dem Gebäude kam, traf die Nachmittagssonne sie wie ein Scheinwerferspot – nichts als gleißender Schmerz. Sie wühlte ihre Sonnenbrille aus der Tasche und setzte sie auf. Ein Teil ihrer selbst hatte sich immer abseits gehalten – das Ende war im Anfang bestimmt, der letzte Akkord war in die ersten Takte einer Symphonie eingebaut –, aber nichts hatte sie auf das vorbereitet, was sie jetzt erlebte. Wie die Liebe eine Lügnerin aus ihr gemacht hatte! Dies war der Gedanke, der ihr schließlich die Tränen in die Augen trieb, und sie lief die Eingangstreppe hinunter, über den Parkplatz und immer weiter in den verkehrsreichen Nachmittag, allein.

Jetzt ist alles fort, alles verloren.

Am Ende des Piers wartet das Dinghi. Sie steigt hinunter, legt die Ruder in die Dollen und stößt ab. Die Sonne ist aufgegangen und schießt rosarote Ranken in den Himmel über der ruhigen See. Es ist völlig windstill. Sie gestattet sich einen Augenblick der Ruhe und lässt das Boot einfach treiben. Dann packt sie die Ruder mit den Fäusten und rudert vom Ufer weg.

Der Pier, der Strand, die Dünen, das Haus, in dem sie zwei Jahrzehnte gelebt hat: Alles wird kleiner. Einzelheiten verschwimmen im großen Ganzen, dann verschwinden sie. Hinter dem Vorgebirge verändert sich das Meer und wird dunkel und wild. Die Sonne scheint ihr jetzt warm in den Nacken. Wellen rennen gegen sie an, und das Boot hebt und senkt sich in die Täler dazwischen.

Sie wartet auf eine Zeugin.

Sie hört sie, bevor sie sie sieht – ein leises, verhauchtes Summen wie ein anhaltendes »w« zwischen beinahe geschlossenen Lippen. Die Drohne kommt auf ihren Libellenflügeln tief über dem Wasser heran, wird langsamer und geht über ihr in Position. In der Bauweise ähnelt sie einem Insekt, aber sie ist unbestreitbar eine technische Konstruktion, und so sieht sie sowohl natürlich als auch menschengemacht aus und zugleich weder noch. Sie hebt das Gesicht, um das Gerät anzuschauen. An einem Bauch aus glänzendem Chrom wölbt sich eine Glaskuppel mit der Kamera.

Wer beobachtet sie? Sie stellt sich einen Mann vor, der in einem Keller des Ministeriums für Öffentliche Sicherheit vor einer Wand aus Monitoren sitzt. Er ist die ganze Nacht auf gewesen; seine Augen sind müde und trocken, sein Kinn ist von Stoppeln bedeckt, der Atem sauer in seinem Mund. Er hat die Stiefel auf den Tisch gelegt und löst ein Kreuzworträtsel in einem Heft. Etwas lässt ihn aufblicken. Was haben wir denn da? Eine Frau, allein in einem Ruderboot. Merkwürdig, um diese Zeit jemanden draußen zu sehen, und ist das ein Nachthemd, das sie da anhat? Er drückt auf ein paar Tasten. Auf einem zweiten Monitor, der die Umrisse der Küste zeigt, leuchtet ein roter Punkt, der anscheinend die Position der Drohne angibt. Die Frau im Nachthemd ist drei Meilen weit vom Ufer entfernt.

Noch ein paar Klicks. Das Gesichtserkennungssystem des Computers liefert dem Mann weitere Daten: ihren Namen, den Namen ihres Mannes, ihre Adresse und ihr Alter. (*Nicht schlecht*, denkt er, *für einundfünfzig*.) Außerdem erfährt er, dass sie Angestellte des Aufsichtsrats der Abteilung für Rechtsangelegenheiten war. Sie ist ein angesehenes Mitglied des Harbor Club, der Union League und des Opera Circle, und sie hat in den letzten zwei Jahren sechs Strafzettel wegen

Falschparkens bekommen und bezahlt. Er erfährt die Namen der Wohltätigkeitsorganisationen, für die sie gespendet hat, und der Presseorgane, die sie liest, den Stand ihres Bankkontos, ihre Kleider- und Schuhgröße (36 und 8½) und den Namen ihres Lieblingsrestaurants (Il Forno an der Prosperity Plaza – laut ihrer Kreditkartenabrechnung isst sie dort einmal die Woche). Mit anderen Worten, er erfährt eine ganze Menge über sie, aber nichts, was ihm verraten würde, warum sie (er sieht auf die Uhr) um 6:42 Uhr an einem Dienstagmorgen im Juli mit einem Ruderboot drei Meilen weit vor der Küste unterwegs ist. Im Nachthemd. Allein.

Und was macht sie jetzt?

Er reibt sich die Augen und beugt sich weiter nach vorn zum Monitor. Unter der Ruderbank hat die Frau eine kleine Tasche hervorgezogen. Mit den Fingerspitzen zieht sie den Verschlussriemen auf und nimmt den Inhalt heraus, drei Gegenstände, die sie neben sich auf die Bank legt. Einen Stock oder Pflock, ungefähr dreißig Zentimeter lang. Eine Drahtzange. Und ein Messer in einer alten Lederscheide.

Der Mann am Monitor greift zum Telefon.

Tatsächlich kann Cynthia nur, indem sie die Ereignisse mit den Augen dieses imaginären Mannes beobachtet, tun, was als Nächstes kommt. Während er mit wachsender Besorgnis zusieht und darauf wartet, dass sein Vorgesetzter sich meldet, schiebt sie sich den Pflock in den Mund und zieht den Ärmel ihres Nachthemds hoch, um den Monitorport freizulegen, ein kleines Rechteck, das in der Mitte zwischen linkem Ellenbogen und Handgelenk implantiert ist. Sie nimmt das Messer in die Hand. Die Klinge ist achtzehn Zentimeter lang und hat eine gebogene Spitze, ein Messer, wie man es zum Schuppen und Ausnehmen von Fischen benutzt. Sie atmet dreimal tief durch und umklammert das Messer fester. Sie legt die Spitze des Messers in die kleine Hautkerbe am Rand des Ports, wartet, bis das Boot stillliegt, und als es so weit ist, schiebt sie die Klinge in den Arm.

Der Schmerz ist so erstaunlich wie die Menge Blut, die hervorschießt. Der Monitor des Mannes hat keinen Ton; sonst würde er eine Reihe von erstickten Schreien hören, als sie um den Port herumschneidet. Für ihn ist die Stille ein Segen, und Cynthia empfindet schmerzliches Mitleid mit dieser unbekannten Person, die durch Zufall auserkoren wurde, diese schreckliche Szene mitanzusehen. Als sie fertig ist, ist alles voller Blut, ihr Nachthemd, die Ruderbank, der Boden des Bootes – alles. Ihr Kopf ist von Qualen durchtränkt, und sie vermutet, sie hat sich einen Zahn zerbissen. Mit einem letzten Stoß rammt sie die Messerspitze unter den Port. Ein reißendes Geräusch und ein feuchtes, hohles Ploppen, und endlich ist das Gerät heraus.

Nimm ab, haucht der Mann in sein Telefon. *Nimm ab, nimm ab, nimm ab.*

Zweimal *schnipp* mit der Drahtschere, und sie wirft den Monitor über Bord. Sie nimmt den Pflock aus dem Mund und wirft ihn hinterher. Glühwürmchen tanzen vor ihren Augen, und sie hat angefangen zu keuchen. Sie braucht einen Moment, um ihre letzten Kräfte zu sammeln, und dann beugt Cynthia sich in den Bug, um den Anker aus seiner Halterung zu lösen.

Sie fängt an, das Ankertau um ihre Fußknöchel zu schlingen.

Und in diesem Augenblick meldet der Vorgesetzte des Mannes sich endlich am Telefon. »Ja?«, sagt er knapp. »Was zum Teufel gibt's? Warum rufen Sie um diese Zeit an?«

Aber der Mann am Monitor antwortet nicht. Er kann nicht antworten. Er bringt kein Wort heraus.

Cynthia steht auf. Das blutgetränkte Nachthemd klebt an ihrer Haut. Das Boot unter ihr kippelt, und beinahe fällt sie hinaus. Ihre Gliedmaßen fühlen sich losgelöst an, und ihr Kopf ist aus Luft, unfassbar leicht. Trotzdem findet sie die Kraft, den Anker hochzuheben und an die Brust zu drücken.

Sie hebt das Gesicht. Über ihr im blauen Morgenhimmel schwebt die Drohne.

Was mag sie denken? Aber das kann der Mann am Monitor nicht wissen. Er kann es sich nicht einmal vorstellen. Sie denkt an den Jungen und den Mann und ihr unwahrscheinliches Leben miteinander – zu kurz. *Lebt wohl*, flüstert sie, *lebt wohl, meine Liebsten, ich hätte euch niemals lieben dürfen, aber ich habe es getan, ich habe es getan*. Und sie drückt den Anker an die Brust, wie eine Mutter ihr Kind an sich drückt, sie schließt die Augen, lehnt sich zurück und versinkt im Wasser.

I

Der letzte schöne Tag

1

Der Traum war immer der gleiche.

Ich schwimme im Meer. Unter Wasser, mit angehaltenem Atem, schiebe ich mich vorwärts durch eine flüssige, blaugrüne Welt. Meine Glieder sind sauber und stark, meine Schwimmzüge mühelos kraftvoll, Sonnenlicht schimmert auf der Oberfläche hoch über mir.

Ausgeatmete Blasen bilden einen Pfad, auf dem ich aufsteige. Die untergehende Sonne malt farbige Bänder in die purpurne Himmelskuppel. Von etwas Unbekanntem angezogen – meine Handlungen sind weder freiwillig noch unfreiwillig, sie *sind* einfach –, schwimme ich weg vom Ufer. Die Nacht sinkt langsam und dann plötzlich herab, und daraufhin habe ich das schreckliche Gefühl, einen Fehler begangen zu haben. Das alles ist ein großer Irrtum. Ich wende mich zurück zum Ufer und sehe nirgendwo Lichter. Das Land ist verschwunden. In meiner Panik drehe ich mich im Wasser hin und her, und jeder Orientierungssinn ist verschwunden. Ich bin allein im endlosen Meer.

»Du brauchst keine Angst zu haben, Proctor.«

Eine Frau schwimmt neben mir in geschmeidigem Bruststil. Sie hält den Kopf aufrecht über Wasser wie ein Seehund. Ihr Gesicht kann ich nicht sehen, und ihre Stimme kenne ich nicht. Aber etwas an ihrer Anwesenheit erfüllt mich mit großer Ruhe. Es ist, als hätte ich auf sie gewartet, und jetzt ist sie hier.

»Es dauert nicht mehr lange«, sagt sie sanft. »Ich zeige dir den Weg.«

»Wo wollen wir hin?«

Aber sie antwortet nicht. Sie gleitet davon, und ich folge ihr. Ich spüre keinen Wind, keine Strömung. Der Meeresspiegel ist bewegungslos wie Stein, und das einzige Geräusch ist das sanfte Zischeln des Wassers, das durch unsere gewölbten Hände strömt.

Sie deutet zum Himmel. »Kannst du ihn sehen?«

Ein einzelner, strahlender Stern ist erschienen. Er ist anders als die anderen – heller, klarer, mit einem bläulichen Schimmer.

»Erinnerst du dich an den Stern, Proctor?«

Sollte ich? Meine Gedanken sind diffus und treiben dahin wie Strohhalme in der Strömung. Sie hüpfen von einem Punkt zum anderen. Das Meer, seine unpersönliche, tintenschwarze Weite. Der Stern, der den Himmel durchbohrt wie ein Leuchtfeuer. Alles ist bekannt und unbekannt, alles vertraut und fremd.

»Du frierst«, sagt sie.

Das stimmt. Meine Glieder zittern, meine Zähne klappern. Sie kommt an meine Seite.

»Nimm meine Hand.«

Das habe ich anscheinend schon getan. Ihre Haut ist warm und scheint vor lauter Leben zu pulsieren. Es ist ein starkes Gefühl, machtvoll wie eine Flutwelle. Es fließt durch meinen Körper wie eine weiche Welle. Wie das Gefühl, heimzukehren. Zu Hause zu sein.

»Bist du bereit?«

Sie dreht sich zu mir um. Für einen Augenblick ist ihr Gesicht zu sehen, aber das Bild verschwindet zu schnell wieder und lässt sich nicht bewahren, und dann drückt sie ihren Mund auf meinen und küsst mich. Ein Strom von Gefühlen durchrauscht mich. Es ist, als wären mein Geist und mein Körper plötzlich mit grenzenlosen Kräften verbunden. Ich denke: *So fühlt es sich an zu lieben. Wie haben wir nur vergessen, wie man liebt?* Die Arme der Frau haben sich um mich geschlungen und drücken meine Hände an meine Brust. Gleichzeitig wird mir bewusst, dass das Wasser seinen Charakter verändert. Es wird weniger dicht.

»Zeit aufzuwachen, Proctor.«

Ich strample wie wild, um mich an der Oberfläche zu halten. Aber es nützt nichts. Es ist, als strampelte ich in der Luft. Ich hänge fest und kann mich kaum bewegen. Das Meer löst sich auf und klafft wie ein weit geöffneter Schlund. Die Angst schnürt mir die Kehle zu, ich kann nicht schreien …

Ihre Stimme ist ein Flüstern dicht an meinem Ohr: »Schau nach unten.«

Ich tue es, und damit stürze ich ab. *Wir* stürzen, in einen endlos schwarzen Abgrund, und das Letzte, was ich denken kann, ist dies:

Das Meer ist voller Sterne.

Mein Name ist Proctor Bennett. Dies ist, was ich mein Leben genannt habe.

Ich bin ein Bürger eines Inselstaats namens Prospera. Weit entfernt von jeder Landmasse, existiert Prospera in wunderbarer Isolation, verborgen vor der Welt. Sein Klima ist wie alles andere absolut wohltuend: warmer Sonnenschein, kühlende Meeresbrise und häufige, sanfte Regenfälle. Insel eins, bekannt als das eigentliche Prospera, ist fast kreisrund und erstreckt sich über 482 Quadratmeilen. Hier leben alle Prosperaner. Mit seinen von kristallinem weißem Sand bedeckten Stränden, den von zahllosen Wildtieren bevölkerten Wäldern und den Tälern mit äußerst fruchtbarem Boden im Inland könnte man es irrtümlich für ein mythologisches Paradies halten. Insel zwei, bekannt als Annex, ist der Wohnsitz des Hilfspersonals – das sind Männer und Frauen von geringerer biologischer und sozialer Ausstattung, deren Gesellschaft nach meiner Erfahrung gleichwohl durchaus angenehm sein kann. Mit einem Viertel der Größe Prosperas ist sie mit der Hauptinsel durch eine Pontonbrücke verbunden, auf der ihre hilfreichen Bürger täglich herüberkommen, um ihren diversen Aufgaben nachzugehen.

Die letzte der drei Inseln unterscheidet sich insofern von den anderen, als wir kaum wissen, was dort vor sich geht, nur dass dort etwas ist. Man nennt sie die Nursery. Geschützt durch gefährliche Untiefen und turmhohe Klippen, könnte man sie mit einer schwimmenden Festung vergleichen. Es gibt nur eine Möglichkeit, dort zu landen, eine Öffnung an der Ostflanke der Insel, wo die Fähre hindurchfährt – eine Reise, die jeder Prosperaner zweimal pro Iteration unternimmt, einmal am Anfang, einmal am Ende. Ich kann nicht sagen, wer auf der Nursery lebt, aber zweifellos muss jemand dort sein. Manche sagen, dass der Designer selbst dort residiert und den regenerativen Prozess beaufsichtigt, der als Fundament unserer außergewöhnlichen Lebensweise dient.

In diesem opulenten Land, frei von Not und Ablenkung, widmen sich die Prosperaner den höchsten Zielen. Kreativer Ausdruck und das Streben nach persönlicher Höchstleistung – das sind die Eckpfeiler unserer Zivilisation. Wir sind eine Gesellschaft von Musikern und Malern, von Dichtern und Gelehrten, von Handwerkern jeder Art. Die Kleider, die wir tragen, die Speisen, die wir essen, die gesellschaftlichen Versammlungen, an denen wir teilnehmen, die Räume, in denen wir arbeiten und ruhen und uns erholen – jede Facette des Alltags unterliegt einem kuratorischen Blick von höchster Gewissenhaftigkeit. Man könnte sagen, Prospera selbst ist ein Kunstwerk, eine Leinwand, auf der jeder unserer Bürger einen auf das Kunstfertigste ausgeführten Pinselstrich zur Geltung bringt.

Was ist unsere Geschichte? Wie sind wir entstanden? Auf diese Fragen habe ich kaum eine Antwort; selbst das Jahr ist mittlerweile schwer zu bestimmen. Und was wir über den derzeitigen Zustand der restlichen Welt wissen, ist in einem Wort: nichts. Geschützt durch den Schleier – eine elektromagnetische Barriere, die uns vor der Welt verbirgt und die Welt vor uns –, bleiben wir von dieser trübseligen Geschichte verschont. Aber man kann es sich leicht vorstellen. Kriege, Seuchen, Hungersnöte, der Zusammenbruch der Umwelt, gewaltige Migrationsbewegungen und Fanatismen jeglicher Couleur, eine Welt, so dezivilisiert wie die Völker der Erde, die sich konkurrierenden Göttern verschrieben haben und sich gegeneinander wenden – das waren die Schrecknisse, die den Designer in vergangenen Zeiten dazu inspirierten, unsere verborgene Zuflucht zu errichten. Selten, wenn überhaupt, sprechen wir von diesen Dingen, allgemein als »Die

Schrecknisse« bekannt, denn das bringt keinen Gewinn. Das ist, könnte man sagen, das Herz des designerischen Genies und auch Prosperas ganzer Sinn: das Beste der Menschheit vor dem Schlimmsten zu beschützen.

Prospera zu verlassen ist natürlich verboten. Wenn sich unsere Existenz herumspräche, würde alles in Gefahr geraten. Aber wer könnte schon den Wunsch hegen, einen solchen Ort zu verlassen? Von Zeit zu Zeit hört man von jemandem – ausnahmslos Angehörige des Hilfspersonals –, der törichterweise versucht hat, auf die andere Seite des Schleiers zu reisen. Aber da niemand von denen je zurückgekehrt ist und da unsere Existenz ein Geheimnis geblieben ist, kann man mit Sicherheit annehmen, dass diese Unruhestifter gescheitert sind. Vielleicht hat das Meer sie verschlungen. Vielleicht haben sie keine Welt gefunden, die sie aufnehmen wollte, weil jegliche Zivilisation sich am Ende restlos selbst verzehrt hat. Vielleicht, so behauptet eine allerorten erzählte Sage, sind sie auch einfach über den Rand der Welt ins Nichts gesegelt.

Was mich selbst betrifft: In meiner derzeitigen Iteration bin ich zweiundvierzig Jahre alt. (Prosperaner starten die Uhr mit sechzehn, etwa dem biologischen Alter neuer Iteranten, frisch von der Fähre.) Mein aktuelles soziales Arrangement, mein erstes, ist ein Vertrag über fünfzehn Jahre einer heterosexuellen Ehe. Verlängerbar. Nach acht gemeinsamen Jahren würde ich sagen, dass Elise und ich im Allgemeinen glücklich sind. Wir sind nicht mehr das glühende Liebespaar, das wir waren, als wir die Hände praktisch nicht voneinander lassen konnten. Aber diese Dinge nehmen im Laufe der Zeit ab und münden im besten Fall in einer entspannteren, behaglicheren Partnerschaft, in der auch wir uns jetzt befinden. Unser Haus, das Elise' Vormünder bezahlt haben – angesichts meines relativ bescheidenen Gehalts im Staatsdienst könnte ich mir so etwas niemals selbst leisten –, steht auf einer felsigen Halbinsel an der Südküste Prosperas. Nie habe ich Elise so selig und in ihrem Element gesehen wie in den zwei Jahren der Bauzeit. Jeden Tag steckten sie und eine Armee von Architekten, Handwerkern und Arbeitern stundenlang die Köpfe zusammen, und so sorgte sie dafür, dass jedes noch so kleine Detail ihren Fingerabdruck trug. Ich gebe zu, dass mein eigenes Interesse eher lau war. Ich habe nicht Elise' Blick für diese Dinge und wäre auch zufrieden gewesen, eine Wohnung näher bei der Stadt zu beziehen. Außerdem war ich besorgt wegen des Einflusses, den ihre Vormünder auf unser neu verbundenes Leben ausüben könnten, ihre Mutter vor allem. Aber das Haus macht sie glücklich, und deshalb macht es mich auch glücklich. Dort also führen Elise und ich unser Leben, begleitet vom Rauschen des Windes in den Palmen und dem Knirschen weißzahniger Wellen unten auf dem Strand.

Meinen Job als Leitender Direktor für Distrikt sechs der Abteilung für soziale Verträge, Bereich Vollzug, empfinden manche Leute als beunruhigend, vielleicht sogar ein wenig makaber. Aber die Bezeichnung »Fährmann« trage ich mit Stolz. Manchmal muss das Getriebe der Emotionen geschmiert werden, damit es reibungslos läuft, und meine Aufgabe ist es, dafür zu sorgen – wenn zum Beispiel ein älterer Bürger mit den geistigen Beeinträchtigungen, die in den letzten Jahren der Iteration oftmals auftreten, es nicht über sich bringt, den nächsten Schritt zu tun. Das kann zu heiklen Situationen führen. Aber selbst wenn ihnen der Gedanke an eine Veränderung widerstrebt, lassen sich die meisten Leute überzeugen und sehen darin eine weise Entscheidung. Eine Reise in eine völlig neue Existenz anzutreten, die gesammelte Last des Lebens abzulegen, die Tafel der Erinnerungen sauber abzuwischen und wiedergeboren zu werden als kerngesunder Teenager mit frischem Gesicht und leuchtenden Augen – wer würde sich all das nicht wünschen?

Und dennoch …

Es gibt Zeiten, da muss der Geist sich einfach Fragen stellen und einen misstrauischen Blick auf das Leben werfen. Man denke an das Hilfspersonal. Wie anders muss ihm das Leben erscheinen, auf die altmodische Art geboren und als nasses, quäkendes Klümpchen ins Dasein geschossen zu werden, gebadet in vollkommener Unschuld. Ein Leben und wirklich nur eines zu leben, eingeklemmt in den schnellen Lauf der Zeit. Seine Tage der ernsthaften Arbeit mit messbaren Ergebnissen zu widmen (der Frische eines gemähten Rasens, der klinischen Makellosigkeit einer gründlich geputzten Küche, dem Acker, besät, abgeerntet und wieder besät). Selbst Kinder zu gebären und zu beobachten, wie sie stehen lernen, gehen und in ihr Leben hineinwachsen. Fünfzig, sechzig, siebzig Jahre auf der Erde zu verbringen und dann in die gedankenfreie Vergessenheit hinauszusegeln.

An einen Gott zu glauben, wenn es doch keinen Gott gibt.

Abstrakt gesehen, kann ihr Leben das unsere vergleichsweise öde erscheinen lassen. Unwillkürlich verspüre ich einen stechenden Anflug von Neid. Aber dann denke ich an die Lasten und Leiden solcher dauerhaften Verstrickungen. Liebe kann scheitern. Kinder können ihren Eltern ins Grab vorausgehen. Der Körper kollabiert in einer rauschenden Kaskade von biologischen Demütigungen, einer Parade der Schmerzen. Für die Helfer, der Segnungen der Iteration beraubt, gibt es keinen zweiten Versuch, kein Entkommen von den Erschütterungen und dem tiefen Bedauern des Lebens. Und so vergeht der Neid.

Was bleibt? Vollkommene Tage in endloser Zahl und ein Traum, in dem ich, umschlossen von den Armen der Liebe, in die Sterne stürze.

Ein Mittwoch vor nicht allzu langer Zeit. Ein Mittwoch im Juni – nicht weil das Datum wichtig wäre, sondern weil es nun einmal ein Mittwoch war. Die zerwühlten, schweißfeuchten Laken, die eingebildeten Schrecken der Nacht (Meer, Sterne), die langsam verwehen, das Meereslicht des Morgens, das das Schlafzimmer erfüllt wie ein goldenes Gas. Ich, Proctor Bennett – Prosperaner, Ehemann, Fährmann –, öffne die Augen und weiß sofort, dass das Haus leer ist. Ich stehe auf, strecke mich, ziehe Hausmantel und Pantoffeln an. In der Küche hat Elise eine Kanne Kaffee hingestellt. Frische Meeresluft weht durch die offenen Terrassentüren ins Haus. Ich gieße mir eine Tasse Kaffee ein, gebe einen Schuss Milch dazu und trete ins Freie.

Eine Zeit lang stehe ich einfach da und schaue aufs Meer hinaus. Es ist schon lange meine Gewohnheit, den Tag so anzufangen und abzuwarten, bis ich von selbst einen klaren Kopf bekomme. Manchmal verschwindet mein Traum sofort wie eine platzende Seifenblase. An solchen Tagen frage ich mich oft, ob ich tatsächlich geträumt habe oder ob ich mich einfach an andere Träume aus anderen Nächten erinnere. Dann wieder kommt es vor, dass der Traum in mir nachklingt wie eine Art zweite, überlagernde Realität, und dann weiß ich, dass seine Bilder meine Empfindungen noch weit in den Tag hinein färben werden.

Dies ist ein solcher Morgen.

Ich bin immer ein Träumer gewesen – das heißt, jemand, der Träume hat. In aller Regel träumen die Bürger unserer Welt nicht. Dies hält man gemeinhin für ein Nebenprodukt der industriellen Gifte, die einst den Planeten bedeckten, wenn auch für ein nicht völlig unwillkommenes. Wenn unser Leben im Wachzustand so zufriedenstellend ist, warum sollten wir dann solche qualvollen Ausflüge ins Geschichtenerzählen für nötig halten? Ich sage, Prosperaner träumen nicht, aber das stimmt nicht ganz. Die Ältesten unter uns tun es doch. Bei meiner Arbeit habe ich die Konsequenzen oft gesehen. Die rastlosen Nächte und seltsamen Visionen, die allmählich sich ausbreitende Unordnung des Denkens, der abschließende Sturz in den Irrsinn, der so schmerzlich mitanzusehen ist. Ich spreche für meinen Beruf, wenn ich sage, wir bemühen uns, es nicht so weit kommen zu lassen, aber das bedeutet nicht, dass es nie passiert.

Es ist mir gelungen, diesen Teil meines Lebens großenteils herunterzuspielen – aber das war nicht immer so. Als junges Mündel plagten mich nächtliche Besuche von solcher Kraft, dass sie mich oft aus dem Bett trieben und in einem Zustand benommener Besinnungslosigkeit im Haus umherwandern und die unverständlichsten Handlungen vollziehen ließen. Dann drehte ich alle Wasserhähne auf. Ich zerschlug eine Lampe. Ich machte ein Brot mit Butter und Gelee und schleuderte es zur allgemeinen Verblüffung aus dem Fenster. (Dies hat mein Vater mit eigenen Augen beobachtet; zu jener Zeit hatten meine Vormünder sich angewöhnt, mich in Ruhe zu lassen, solange nicht die Gefahr bestand, dass ich mich selbst verletzte.)

Diese Vorstellung mag amüsant erscheinen, aber damals war sie es nicht. Irgendwann verunsicherte die Situation meine Vormünder so sehr, dass meine Mutter mit mir zu einer Ärztin ging. Ich war erst ein oder zwei Jahre zuvor von der Fähre abgekommen. Damals war die Welt noch neu für mich, und abgesehen von meinen täglichen Fahrten zur Akademie des frühen Lernens hatte ich noch nicht viel von der Insel gesehen. Der Shuttle brachte uns ins Landesinnere und folgte dabei einer gewundenen Landstraße durch Felder und Obstgärten, bevor man uns bei einem unauffälligen Bürogebäude mitten im Nirgendwo absetzte, als außer uns schon keine Fahrgäste mehr an Bord waren. Das Gebäude war kaum mehr als ein Betonwürfel, aber in einer hübsch gestalteten Umgebung mit blühenden Büschen und einem sanftgrünen Rasen, der immer noch nass vom nächtlichen Regen war. In einem Büro nahm eine Frau unsere Namen auf und befahl uns, zu warten, obwohl außer uns niemand da war. Tickend vergingen die Minuten, und meine schwindende Aufregung ließ zu, dass das ganze Ausmaß meiner Bangigkeit zutage trat. Mir war bewusst, dass meine Träumerei ein Problem war. Tatsächlich träumte ich ja nicht einmal *gern*. Die zerbrochenen Bilder und machtvollen Gefühle beunruhigten mich zutiefst. Aber noch besorgniserregender war, dass ich meine Vormünder enttäuscht haben könnte, was ich keinesfalls wollte. Als ich dort im Wartezimmer saß und meine Ängste wie eine kalte Suppe gerannen, kam mir ein schrecklicher Gedanke. Ich war eine Belastung. Wenn meine Träume nicht aufhörten, würden meine Vormünder mich in die Nursery zurückschicken. Weil ich ihren Erwartungen nicht entsprochen hatte, würden sie mich gegen einen anderen, würdigeren Jungen eintauschen, wie man ein schlecht ausgewähltes Geschenk im Geschäft gegen etwas Passenderes umtauschte.

Endlich öffnete sich die Tür zum inneren Büro. Die Ärztin, eine junge Frau im weißen Kittel mit strahlend blauen Augen und braunem Haar, das mit einer silbernen Spange zusammengehalten wurde, stellte sich als Dr. Patty vor und bat uns herein. Das Büro war entmutigend funktional: Fensterlos und ohne jeden Schmuck, enthielt es nur eine gepolsterte Liege, einen gläsernen Instrumentenschrank und einen Stuhl für meine Mutter. Dr. Patty bat mich, mein Hemd auszuziehen und mich auf die Liege zu setzen, wo sie mich untersuchte. Sie kontrollierte meine Monitordaten, hörte Herz und Lunge ab, spähte mir in Augen, Nase und Mund und wandte sich dann der aktuellen Frage zu. »So«, sagte sie, »träumen, ja?« (Ich nickte.) Wie oft, würde ich schätzen, kam das vor? (Das wusste ich nicht genau. Oft.) Und was, falls ich das sagen konnte, blieb mir von diesen Träumen in Erinnerung? (Sie machten mir Angst?) Sie notierte meine Antworten und kritzelte sie auf meine Karte, auch den Bericht meiner Mutter über das Geleebrot. Inzwischen war ich ein nervöses Wrack und den Tränen nahe. Sicher hatte ich mich so gründlich selbst belastet, dass man mich von ihrem Büro geradewegs auf die Fähre bringen würde. Damit wäre mein jetziges Leben, das doch gerade erst angefangen hatte, schon vorbei.

Aber das geschah nicht. Stattdessen legte Dr. Patty meine Karteikarte zur Seite und sah mich mit einem zutiefst beruhigenden Blick an. »Tja«, erklärte sie, »ich glaube nicht, dass es Anlass zur Sorge gibt.« In meinem Alter seien Träume vielleicht ungewöhnlich, aber nicht gänzlich unbekannt. In den ersten Jahren einer Reiteration könne es vorkommen, dass Splitter und Fetzen einer früheren Iteration an die Oberfläche drangen. Sie könnten die Form nächtlicher Störungen annehmen, wie ich sie beschrieben hatte. »Betrachte sie«, sagte Dr. Patty, »nicht als Träume, sondern als Echos.« Die Quelle sei nicht mehr da, aber der Ton halle noch im Kopf nach, bis er ebenfalls verklang.

Und es war ihr zugutezuhalten, dass die Situation sich mehr oder weniger so entwickelte. Im Laufe einiger Monate wurden diese Episoden immer seltener und hörten dann ganz auf, und als ich auf die Universität kam, dachte ich schon nicht mehr daran. Die ganze Sache war eine von vielen verrückten Episoden, wie sie in den Anfängen der Reiteration vorkamen, etwas, worüber man beim zweiten Cocktail oder beim dritten Glas Wein seine Scherze machte. *Proctor, erzähl doch mal die Geschichte von dem Geleesandwich! Deine Vormünder müssen ja gedacht haben, du hättest den Verstand verloren!*

Das glaubte ich damals wenigstens.

Aber meine Erinnerung an jenen Morgen ist damit noch nicht erschöpft. Meine Mutter und ich kehrten zur Bushaltestelle zurück. Auch wenn Dr. Pattys Erklärung mir nur teilweise einleuchtete (Echos in meinem Kopf?), war ich doch ungeheuer erleichtert. Ich war normal; es gab keinen Grund, mich in die Nursery zurückzuschicken. Dies versetzte mich in schwindelnde Begeisterung, aber meine Mutter blieb stumm und war anscheinend außerstande, an meiner guten Laune teilzuhaben. Ich saß neben ihr auf der Bank und versuchte, sie mit einer Reihe von optimistischen Bemerkungen aus der Reserve zu locken, aber ohne Erfolg. Schließlich wandte sie mir ihr Gesicht zu und sah mich lange und forschend an.

Meine Mutter war eine hübsche Frau, viel jünger als mein Vater. Nur hauchzarte Fältchen breiteten sich fächerförmig von ihren Augen- und Mundwinkeln aus, und ihr Haar, ein sattes Kakaobraun, glänzte in der Sonne. Es stimmt, ich wusste nur sehr wenig Persönliches über sie. Zum Beispiel wusste ich nicht, ob mein Vater ihr erster Mann war. (Mein Vater hatte drei Verträge hinter sich, bevor sie sich kennenlernten.) Ich hatte nie ein Wort über ihre eigenen Vormünder gehört, und sie hatte nie von den frühen Jahren ihrer eigenen Iteration gesprochen. Alles in allem war sie umgeben von einer wehmütigen, geheimnisvollen Aura – sie war eine Frau, bei der man sich danach sehnte, mehr über sie zu erfahren –, und fast alle, die sie kannten, behaupteten, ihr Glück sei von einer ganz besonderen Art: nicht, dass sie selbst glücklich gewesen wäre, was ich inzwischen entschieden bezweifle, sondern dass ihre Anwesenheit die Macht habe, bei anderen positive Gefühle zu wecken. Das war ihre spezielle Begabung, und das kann ich bezeugen.

Aber das war es nicht, was an jenem Morgen auf der Bank geschah. Ihr Blick machte mir Angst.

»Du weißt, dass ich dich liebe«, sagte sie. »Oder?«

An einem Tag voll seltsamer Ereignisse waren diese Worte für mich das Seltsamste überhaupt. Keiner meiner Vormünder hatte mir je gesagt, dass er oder sie mich liebe; elterliche Liebe von der Art, wie sie die Helfer gegenüber ihrem biologischen Nachwuchs praktizierten, war weder vorgesehen noch erforderlich. Vielleicht würde sich mit der Zeit, wenn wir drei uns besser kennenlernten, eine festere Bindung zwischen uns bilden. Aber ich sah keinen Grund für sie, mich zu lieben.

»Schon gut«, sagte sie, als ich nicht antwortete. (Ich hatte keine Ahnung, was ich sagen sollte.) »Ich will dich nicht verlegen machen. Ich wollte es nur sagen.«

Ich war zutiefst verblüfft. Warum sprach sie so mit mir, auf diese intime Weise – als wäre ich erwachsen? Ja, ich war einen Meter achtzig groß, aber was wusste ich denn schon?

»Weißt du, Proctor, es ist mir egal, was die Leute sagen, ich finde es überhaupt nicht schlimm, dass du Träume hast.«

»Nicht?«

»Tatsächlich finde ich es wundervoll.« Sie lehnte sich zu mir herüber. »Ich verrate dir ein Geheimnis. Du bist nicht der Einzige.«

Ich war verdutzt. »Nicht?«

»Keineswegs. Wenn du mich fragst, träumen viele Leute. Sie *wissen* es nur nicht.«

Über diese wunderliche Idee musste ich nachdenken. »Was ist mir dir?«, fragte ich sie. »Träumst du?«

Sie spähte mit schmalen Augen in die Ferne, als läge die Antwort auf meine Frage dort verborgen. »Manchmal«, sagte sie. »Zumindest glaube ich es. Dann wache ich mit diesem ... Gefühl auf. Als wäre ich woanders gewesen.«

Ich verstand, was sie meinte: das Gefühl des Reisens. Diese Welt verlassen zu haben und auf einer anderen gewesen zu sein. »Glaubst du, das sind gute Träume?«, fragte ich.

Sie zuckte kurz die Achseln. »Das kann ich wirklich nicht sagen.« Sie sah mich wieder an. »Das Wichtigste ist, Proctor, dass du hörst, was sie dir sagen.«

»Aber ich erinnere mich nicht daran.«

»Vielleicht. Vielleicht wirst du es nie tun, nicht so, wie du es meinst. Aber selbst wenn nicht, sie sind noch in dir. Etwas, das dein Geist geschaffen hat. Sie sind ein Teil dessen, was du bist.«

»So habe ich es nie gesehen.«

Ihr Gesicht wurde noch ernster. »Ich habe gemeint, was ich vorhin gesagt habe. Ich hoffe, Liebe ist etwas, das in deinem Leben vorkommt. Dass du jemanden so liebst, wie ich dich liebe. Denke immer daran, okay?«

Sie meinte: *Eines Tages werde ich dich verlassen.* Aber das konnte ich da noch nicht wissen.

Geräusche hinter mir: Elise, die aus ihrem Atelier über der Garage zurückkommt. Meine Kaffeetasse, fast noch voll, ist in meiner Hand kalt geworden. Ich gehe ins Haus, gerade noch rechtzeitig, um zu sehen, wie sie ihre Mappe auf den Esstisch legt, mit zügigem Schritt in die Küche kommt und den Kühlschrank öffnet.

»*Da* bist du«, sagt sie.

Klare Haut, helle Augen, energische Bewegungen – es war ein produktiver Morgen für sie. Sie ist für den Tag gekleidet: Stretchhose und eine weite Leinenbluse, ein sehr zarter Hauch von Make-up – nicht, dass sie es brauchen würde. Kolonnen von silbernen Armbändern – ihr einziger Schmuck – klingeln auf und ab an ihren Handgelenken. Sie fängt an, Frühstückssachen aus dem Kühlschrank zu holen: Möhren, Sellerie, Blattsalat, Vitamin-B-Komplex, eine Zitrone.

»Du solltest etwas zu dir nehmen«, sagt sie und wirft mir einen Blick zu.

Selbst nach den hohen Maßstäben von Prospera ist meine Frau hinreißend schön. Bevor sie Designerin für Damenbekleidung wurde, hatte sie eine höchst erfolgreiche Karriere als

Model, insbesondere im Rahmen der »Lebe-außergewöhnlich«-Kampagne des Lifestyle-Ministeriums, als ihr Gesicht die Seiten der Illustrierten geziert und von Plakatwänden überall auf der Insel die Vorübergehenden angestrahlt hatte. Noch heute erkennen die Leute sie – Kundinnen, Partygäste, sogar unser Klempner – und bekommen leuchtende Augen, wenn sie den Zusammenhang herstellen. Und es gibt Momente – wie jetzt –, da verschlägt sie mir immer noch den Atem.

»Proctor, hörst du mir zu?«

Ich reiße mich aus meinen Gedanken. »Entschuldige.« Ich halte meine Tasse hoch. »Der Kaffee genügt. Ich hole mir etwas im Büro.«

Sie wirft ihre Zutaten in den Mixer. »Was hast du letzte Nacht hier draußen gemacht?«

»Gemacht?«

Der Mixer brüllt und hört dann unvermittelt auf, wodurch die Stille noch tiefer wird. Elise gießt ihre Mixtur in ein hohes Glas.

»Ich habe gehört, wie du hier herumgeklappert hast.« Sie trinkt einen Schluck und macht eine kreisförmige Gebärde mit dem Glas. »Das muss gegen drei Uhr morgens gewesen sein.«

Das ist natürlich beunruhigend. Gibt es eine plausible Erklärung? Habe ich ein Geräusch gehört und bin nachsehen gegangen? Habe ich die Küche geplündert, weil ich Hunger hatte? Bin ich vom Regen aufgewacht und aufgestanden, um die Fenster zu schließen? Soweit ich weiß, habe ich die Nacht durchgeschlafen, und zwar wie ein Stein.

»Das muss der Wein gewesen sein. Der viele Zucker. Da konnte ich nicht schlafen.«

»Na, du hast jedenfalls eine Menge getrunken.« Sie leert

ihr Glas und stellt es in die Spüle. »Komm, ich muss dir etwas zeigen.«

Am Esstisch schlägt sie ihre Mappe auf und nimmt vier großformatige Pastellskizzen heraus, die sie auf dem Tisch ausbreitet. Jede zeigt eine Frauengestalt in einem hochtaillierten Cocktailkleid mit halblangen Ärmeln, Faltenrock und einem samtenen Schmetterlingskragen.

»Für die neue Saison.« Elise tritt zurück und verschränkt die Arme. »Was meinst du?«

Um ehrlich zu sein, ich habe keine wirkliche Meinung zu diesem Kleid. Ich kann mir solche Dinge nicht gut abstrakt vorstellen. Wie würde das an einer lebenden Frau aussehen? Sehr schwer zu sagen.

»Ich finde sie toll.« Ich lächle nach besten Kräften wie ein guter Ehemann. »Vielleicht deine besten Skizzen bisher.«

»Welches?«

»Welches was?«

»Sie sind alle unterschiedlich, Proctor.«

Ich begreife, dass ich nicht so leicht davonkomme. Ich betrachte die Bilder und suche nach Unterschieden, die anscheinend so gering sind, dass sie mir bedeutungslos erscheinen. Ich nehme eine Skizze und zeige darauf, aber meine Auswahl ist beliebig. »Das hier.«

Elise blinzelt zweifelnd. »Warum?«

Ich betrachte das Bild noch einmal. »Ich glaube, wegen des Kragens. Er kommt mir zurückhaltender vor.«

»Die Kragen sind alle gleich, Proctor. Nur die Kragen; alles andere ist unterschiedlich.«

Ein angespannter Augenblick verstreicht. Elise fängt an, die Skizzen nachlässig zusammenzuschieben.

»Vielleicht irre ich mich ja«, sage ich. »Lass mich noch mal sehen.«

Sie schüttelt den Kopf, ohne mich anzublicken, und schiebt die Entwürfe wieder in die Mappe. »Nein, wo du recht hast, hast du recht. Es ist totaler Mist.«

»Elise, das habe ich nicht gesagt.«

»Das brauchtest du auch nicht. Ich weiß nicht, was ich mir gedacht habe. Den ganzen Morgen habe ich verschwendet.«

Es hat keinen Sinn, weiter beruhigend auf sie einzuwirken. Nach beinahe zehn Jahren mit ihr habe ich gelernt, dass manche Versionen dieses Gesprächs einfach Bestandteil des Lebens mit einer kreativen Persönlichkeit sind und nicht persönlich genommen werden dürfen. Elise' Stimmung wird sich bessern, und sie wird vergnügt an etwas anderem arbeiten. Der andauernde Kampf gegen den Selbstzweifel ist einfach ein Teil des Prozesses und verstärkt ihre Begeisterung, wenn sich am Ende alles fügt (was es sicher tun wird, und dann finden sich ihre Entwürfe zu Höchstpreisen in den besten Geschäften).

»Tja.« Sie seufzt, und es klingt ziemlich hoffnungslos. »Ich glaube, ich sollte mich anziehen. Ich habe mein Training in einer Stunde und heute Mittag ein Treffen mit einem Einkäufer. Nicht dass ich da etwas vorzuweisen hätte.« Sie wirft mir einen wachsamen Blick zu. »Weißt du, manchmal mache ich mir Sorgen um dich, Proctor.«

»Um mich? Warum solltest du dir um mich Sorgen machen?«

»Du scheinst dich in letzter Zeit einfach nicht – ich weiß es nicht ... nicht für besonders viel zu *interessieren*. Du bist die halbe Nacht auf, du isst kaum, du achtest nicht auf dich.«

»Aber mir geht's gut, wirklich. Ich habe nur gerade viel zu tun im Büro.«

»Dann ist vielleicht die Arbeit das Problem. Vielleicht wird es Zeit, über etwas anderes nachzudenken.«

Auch das ist ein altes Gespräch. »Ich habe doch schon gesagt, mir gefällt, was ich tue. Die Leute brauchen mich.«

»Und darum bist du bei siebenundsiebzig Prozent. Und versuch nicht, es abzustreiten. Ich habe gestern Abend das Lesegerät gecheckt, als du geschlafen hast. Du hattest es im Bad vergessen.«

Sie spricht von meinem Monitor. Jeder Prosperaner hat einen; es ist ein kleiner Port, in die Mitte des Unterarms zwischen Ellenbeuge und Handgelenk eingebettet. Er ist durch ein Netzwerk von Drähten, die ein Zehntel der Dicke eines menschlichen Haars messen und an den Knochen entlang verlaufen, mit einem Sensorarray an der Basis der Großhirnrinde verbunden, das Tool, das an vorderster Front den ständigen Wechsel von Ebbe und Flut des Lebens zu messen hat – nicht nur unsere körperliche Gesundheit, sondern auch die reichhaltigere, komplexere Matrix, aus der unser allgemeines Wohlbefinden besteht. Wir sind gehalten, jeden Abend unseren Wert, gemessen in Prozent, zu kontrollieren, aber die meisten Gesundheitsbegeisterten unter uns sind dafür bekannt, dass sie ihre Lesegeräte bei sich tragen, wohin sie auch gehen. Im Allgemeinen liegt mein Wert, seit ich Anfang dreißig war, immer bei Mitte achtzig, aber in letzter Zeit habe ich gesehen, dass er sinkt, dass er hin und wieder um einen oder zwei Punkte fällt und sich nie wieder vollständig erholt.

»Wenn du es so herumliegen lässt«, sagt Elise, »ist es, als *wolltest* du, dass ich es sehe.«

»Er wird auch wieder steigen. Ich bin nur müde.«

»Das sage ich ja. Deine Arbeit strapaziert dich. Es tut mir weh, dich so zu sehen.«

»Was sollte ich denn sonst tun?«

Ein Lächeln erstrahlt auf ihrem Gesicht, es soll aufmunternd wirken. »Wie ist es mit Malen? Ich glaube, das könntest du gut. Oder Schreiben. Du hast davon gesprochen, ein Buch zu schreiben.«

»Elise, ich habe noch nie davon gesprochen, ein Buch zu schreiben.«

Sie seufzt schnaubend. Ich bin kein kooperativer Ehepartner. »Na, dann *irgend*etwas. All diese alten Leute. Ehrlich, Schatz, ich weiß nicht, wie du das den ganzen Tag aushältst.«

»Aber so ist es nicht. Es ist wichtig, was ich tue. Es gibt mir das Gefühl, nützlich zu sein.«

Sie sieht mich vielsagend an. »Versprich mir, dass du zu Warren gehst, okay? Lass dich einfach durchchecken. Nur um sicherzugehen, dass sonst alles in Ordnung ist.«

Warren ist ein alter Freund, ich kenne ihn seit Jahren. Er ist leitender Beamter im Ministerium für Wohlergehen, er ist also Arzt in dem Sinne, wie ich Verkehrspolizist bin – verwandte Berufe, aber nicht ganz das Gleiche.

»Es ist alles in Ordnung, Elise.«

»Dann wird er das auch feststellen. Mir *liegt* etwas an dir, Proctor. Es gefällt mir nicht, dich so erschöpft zu sehen. Tu mir den Gefallen, okay?«

Ein Attest über meinen ausgezeichneten Gesundheitszustand könnte zumindest dieses Gespräch beenden. »Es kann wohl nichts schaden, nehme ich an.«

»Also gehst du hin?«

Ich nicke. »Okay, ich gehe hin.«

»Gut.« Sie lächelt triumphierend – als hätte es je irgendeinen Zweifel daran gegeben, dass sie ihren Kopf am Ende durchsetzt. Sie tritt an mich heran und küsst mich kurz auf den Mund. »Und um Himmels willen, Proctor, iss etwas zum Frühstück.«

Sie verschwindet ins Schlafzimmer und verlässt dann das Haus, ehe ich michs versehe. Eigentlich gibt es auch nichts mehr zu sagen. Es ist eine Situation, von der wir beide wissen, dass sie sich wahrscheinlich nicht mehr ändern wird. Nicht dass Elise es tatsächlich notwendig fände. Das alles ist eine Art Spiel, in dem Elise ihre Besorgnis über mich zum Ausdruck bringt. Nachdem sie diesem Gedanken Luft gemacht hat, steht es ihr frei, mit etwas anderem weiterzumachen. Nach meiner Erfahrung läuft ein großer Teil der menschlichen Interaktion über Wortwechsel dieser Art. Sie sind weniger ein wirkliches Gespräch als vielmehr eine Form der parallelen Beichte: Die beiden Beteiligten tragen ihre inneren Monologe vor, abwechselnd und ohne einander wirklich zuzuhören. Das meine ich nicht zynisch oder als Beschreibung meiner persönlichen Überlegenheit. Ich bin da genauso schuldig wie jeder andere.

Aber unter diesem Gespräch verbirgt sich ein zweites, unausgesprochenes Problem, das unsere Verbindung allmählich belastet: die Frage der Adoption eines Mündels. Anders als das Hilfspersonal können Prosperaner keine eigenen Kinder produzieren. Sterilität ist eine Nebenwirkung des Iterationsprozesses. Das ist eine Sache mathematischer Notwendigkeit (wir leben schließlich auf einer Insel), aber auch eine allgemein begrüßte Eigenschaft unseres Lebens, denn es gestattet folgenlose sexuelle Experimente und erspart den Frauen die gefährlichen und entstellenden Strapazen der Schwangerschaft. Aber die Adoption eines Mündels wird gern gesehen, und nachdem sie acht Jahre miteinander verbracht haben, sind die meisten Paare weit fortgeschritten auf dem Weg zur Elternschaft.

Und doch, irgendwie bringen Elise und ich es nicht zustande. Gemeinhin sind die Frauen die treibende Kraft, und die Männer machen mehr oder minder bereitwillig mit. Aber bei uns ist das Gegenteil der Fall. Ich bin derjenige, der adoptieren will. Die Kraft dieses Impulses hat mich überrascht; es war etwas, das ich nicht wahrgenommen habe, bis ich es fühlte. Und ich erinnere mich an den Augenblick, als es mich überkam – nicht weil es einen naheliegenden Auslöser gegeben hätte, sondern weil es *keinen* gab. Ich war an einem nicht weiter bemerkenswert angenehmen Samstagnachmittag auf der Terrasse, um mich zu entspannen, und Elise war irgendwo unterwegs, als mich aus heiterem Himmel ein Gefühl der Unvollständigkeit überkam, das so sonderbar konkret war, dass ich sofort erkannte, was es war: Jemand fehlte. Ich war so begeistert von dieser Erkenntnis über mich, dass ich bereit war, geradewegs zur Adoptionsagentur zu fahren und die Papiere auszufüllen. Aber als Elise nach Hause kam und ich ihr in der sicheren Erwartung, sie werde meine Begeisterung teilen, erzählte, was passiert war, konnte ich sie kaum dazu bringen, sich auf das Thema zu konzentrieren. Ich konnte sie gar nicht dazu bringen, sich überhaupt zu konzentrieren. »Interessant«, sagte sie, ohne auf dem Weg von der Terrasse in die Küche ins Wohnzimmer innezuhalten (ich musste ihr tatsächlich nachlaufen, um mich verständlich zu machen). Und:

»Darüber habe ich eigentlich noch nie nachgedacht.« Und: »Ehrlich, Proctor, wann hätten wir denn dafür Zeit?« Und anderes in dem Sinne. Ich brachte das Thema einen Tag später noch einmal zur Sprache und danach an mehreren Tagen, und ich kassierte jedes Mal die gleiche unbestimmte Absage. Schließlich ließ ich es bleiben und hoffte, sie werde selbst darauf zurückkommen. Aber das ist nicht passiert, und allmählich glaube ich, es wird auch nie passieren.

Einstweilen verlangt mein niedriger Wert ein wenig Aufmerksamkeit. Der Vormittag ist fortgeschritten, aber als Leitender Direktor habe ich einige Freiheiten, was mein Kommen und Gehen betrifft. Ich ziehe eine Badehose an, schnappe mir ein Handtuch aus dem Bad und mache mich auf den Weg, die lange Treppe hinunter zum Strand. Der Morgendunst ist verdampft, aber das weiche Licht hat immer noch einen reizvollen, rosaroten Glanz. Das Wasser ist glasklar und ruhig wie immer am Morgen, bis die Hitze an Land sich aufbaut und die Luft aus dem Süden ansaugt. Dann bringt sie Wind und Brandung mit.

Ich wate ins Wasser und stürze mich hinein.

Ich weiß, was Sie denken: dass ich morgens schwimme, um meinen Traum zu vertiefen und auszuweiten, seine Einzelheiten an die Oberfläche zu locken und das Gesicht der rätselhaften Frau zu sehen. Und damit hätten Sie teilweise recht. Ich empfinde tatsächlich eine gewisse Neugier, was diese Dinge angeht. Aber ich war immer schon ein Geschöpf des Wassers. Seit der Anfangszeit meiner Iteration liebe ich das Meer, und auf der Universität war ich Wettkampfschwimmer. Ich bin natürlich kaum noch der Schwimmer, der ich einmal war – diese Zeiten sind vorbei, und ich habe jüngeren Männern Platz gemacht –, aber meine Seele fühlt sich im Meer immer noch so sehr zu Hause wie an keinem anderen Ort. (Seltsamerweise muss man feststellen, dass Elise das genaue Gegenteil ist: Die Frau hasst das Wasser regelrecht. In all unseren gemeinsam verbrachten Jahren habe ich noch nie gesehen, dass sie auch nur die Füße in einem Pool baumeln ließe.)

Ich schwimme hinaus, meine Muskeln werden warm, meine Gedanken treiben im metronomischen Rhythmus von Beinschlag, Armzügen und Atmung. Unter meinem Gesicht kreisen Fische in riesigen Schulen, silberne Pfeile im Blau. Ein Teppich aus Seegras wogt in der Tide wie eine winkende Zuschauermenge, als ich vorüberschwimme. Eine Viertelmeile weiter ändere ich meinen Kurs und schwimme am Ufer entlang, noch einmal eine Viertelmeile weit, und kehre dann zum Strand zurück. Als ich aus den Wellen steige, stelle ich fest, dass ich nicht allein bin.

Ein junges Mädchen sitzt im Sand und beobachtet mich. Wahrscheinlich ist sie vor einem oder zwei Jahren von der Fähre gekommen, schlank und fohlenhaft, das weißblonde Haar zu einem Pixie Cut geschnitten (ein Ausdruck, den ich von Elise kenne, die diese Frisur auch einmal eine kurze Zeit lang hatte). Sie trägt Shorts und ein übergroßes Männeroberhemd. Ich kenne dieses Mädchen, wird mir klar – genauer gesagt, ich weiß von ihr. Wie mir die Geschichte zu Ohren gekommen ist, weiß ich nicht mehr. Aber ich kenne sie. Ich kenne sie wegen der Narbe.

Neue Iteranten kommen nicht völlig hohlköpfig von der Fähre. Ihre Emotionen sind zwar stumpf, aber das Arbeitsvokabular, das sie besitzen, genügt, um über den Tag zu kommen, sie sind zu präalgebraischen Rechnungen fähig, und sie haben ein grundlegendes Verständnis von den physikalischen Abläufen der Welt. Fast alle zum Beispiel können die Uhr lesen, sich ankleiden, die Schuhe binden und einfache Hausarbeiten verrichten, und das alles ohne Unterweisung. Andere sind zu komplexeren Aufgaben fähig, wie beispielsweise Fahrradfahren oder Telefonieren (auch wenn sie niemanden haben, den sie anrufen könnten). Was sie nicht können, lernen sie schnell; sie sind von gefräßiger Aufmerksamkeit und von Natur aus begabte Nachahmer. Sie löchern jeden, dem sie begegnen, mit ihren Fragen und verschlingen alle Informationen wie Verhungernde an einem reichhaltigen Büfett. Und sie verfügen über etwas, das man grob gesprochen als »Selbst« bezeichnen könnte. Sie äußern Vorlieben und Geschmacksentscheidungen – in Bezug auf Kleidung, Essen, Freunde –, und sie können überraschend dogmatisch sein. Sie reden gern über sich selbst wie Langweiler auf einer Party. Sie sind äußerst rechthaberisch und häufig widerspenstig, aber sie können auch zu erstaunlichen Glücksausbrüchen neigen. Sie sind, alles in allem, wie Kinder, wenn auch wie große Kinder.

Aber genau wie Kinder besitzen sie keine Vernunft. Sie sind eingefleischte Risikofreunde, und ihr Urteilsvermögen ist entsetzlich. Dass sie nicht allesamt ertrinken oder auf der Straße überfahren werden, ist ein Wunder. Es gibt kaum ein geselliges Beisammensein, bei dem man nicht hört, wie ein an Schlaflosigkeit leidender Vormund einen nervenaufreibenden Bericht über irgendeine todesverachtende Torheit zum Vortrag bringt. Meistens nehmen diese Geschichten ein gutes Ende; es gibt eine Pointe und ein augenrollendes Lachen bei anderen erschöpften Eltern. Aber nicht immer.

Siehe das berühmte Mädchen mit der Narbe.

Unsere Blicke treffen sich, und ich spüre sofort, dass meine Anwesenheit nicht ganz und gar willkommen ist. Sie ist ein Mädchen, allein und gedankenverloren. Aber der Strand ist leer; wir sind vielleicht die beiden einzigen Menschen an diesem Streifen Sand, meilenweit in beiden Richtungen – keine Schiffe, die einander nachts passieren, sondern Boote auf Kollisionskurs. Irgendeine Form der Begrüßung ist erforderlich.

»Hallo!«, rufe ich vergnügt. »Guten Morgen!«

Sie antwortet nicht, aber sie schaut auch nicht weg. Ich stapfe durch den Sand hinauf. Sie wirkt irgendwie verloren, aber ich weiß, die ersten Jahre der Iteration sind eine unstete Phase. Die Narbe, sehe ich, ist nicht ganz so schlimm wie erwartet – eine rosarote, runzlige Linie, die vom linken Auge bis zum Mundwinkel reicht. (Eine Schürfwunde? Eine Verbrennung? Ich weiß es nicht mehr.) Mit etwas Concealer sähe es halb so schlimm aus. Das Mal hat den paradoxen Effekt, einerseits die makellosen Proportionen ihres Gesichts zu akzentuieren (große, dunkle Augen, eine kesse, wohlgeformte Nase und ein klar definiertes Kinn, das sie in einer königlich anmutenden Weise hochreckt) und andererseits den Betrachter daran zu erinnern, wie leicht so etwas beschädigt werden kann – wie riskant das Leben ist, mit anderen Worten, sosehr wir uns auch bemühen, so zu tun, als wäre es anders.

»Darf ich mich einen Augenblick ausruhen? Ich bin ziemlich erschöpft.«

Ich stehe nur ein paar Schritte weit von ihr entfernt. Sie hebt die schmalen Schultern, und ihre Arme umschlingen noch immer die angezogenen Knie.

»Ich treffe hier draußen nie jemanden«, sage ich, um sie aufzumuntern. »Die Tageszeit ist herrlich.«

Sie blickt an mir vorbei zum Wasser und blinzelt im Morgenlicht. »Sie sind weit geschwommen. Ich habe Sie beobachtet.«

»Ach, so weit war das gar nicht.«

Es ist sicher schon nach neun. Die Tatsache, dass sie nicht da ist, wo sie sein sollte – in der Schule, natürlich –, fällt mir auf. Aber das geht mich nichts an, und ich habe das Gefühl, dass sie lieber irgendwo anders wäre, fast egal, wo.

»Ich kann überhaupt nicht schwimmen«, stellt sie neutral fest. »Wir haben einen Pool, aber den benutzt nie jemand.«

»Das ist schade. Aber ich höre, so etwas kommt vor.« Ich lasse mich in den Sand sinken. »Ich bin Proctor.«

Wieder hebt sie die Schultern. Sie ist wie alle jungen Leute eine Meisterin des Schulterzuckens. Ihren Namen werde ich anscheinend nicht erfahren.

»Warum gefällt es Ihnen so sehr?«, fragt sie.

»Was meinst du?«

»Das Schwimmen. Es *muss* Ihnen ja gefallen, sonst würden Sie es nicht tun.«

Jetzt bin ich derjenige, der die Schultern zuckt. »Es war einfach schon immer so. Es wirkt beruhigend auf mich.«

»Woran denken Sie dabei?«

Sie gefällt mir, mit ihrer direkten Art. »Ich glaube, eigentlich denke ich an nichts. Vielleicht ist das der Sinn der Sache.«

Sie wägt meine Antwort ab und schaut dann wieder in die Ferne. »Na, das muss schön sein«, sagt sie nach einer Weile. »An nichts zu denken, meine ich.«

Die Situation ist schlimmer, als ich dachte. Nicht dass nicht jeder ab und zu so etwas empfinden würde. Auch mir ist es an genau diesem Stück Strand schon so gegangen.

»Du solltest es mal versuchen«, schlage ich vor, um sie aufzumuntern. »Ich kann es dir gelegentlich beibringen, wenn du willst.«

Dazu sagt sie nichts. Anscheinend hat sie mich gar nicht gehört. Wieder vergeht ein Augenblick.

»Was, glauben Sie, ist da draußen?« Sie hebt das Kinn zum Horizont. »Als Fachmann und so.«

Ich wende mein Gesicht dem Wasser zu – dem Meer, dem Himmel, der perfekten horizontalen Demarkationslinie zwischen beiden. Ein Kreis, der die Welt umschließt.

»Das kann man nicht wissen.«

»Aber … etwas.«

Ihr Blick wird nachdenklicher, als ob sie etwas ausknobelte. Ich wünschte, ich hätte bessere Antworten für sie.

»Sie sind einer von denen, die die Leute zur Fähre bringen, stimmt's?«, fragt sie plötzlich. »Ein Fährmann.«

Sie muss gehört haben, wie ihre Vormünder über mich sprachen. »So ist es.«

»Ist das nicht traurig?«

Die Frage klingt nicht vorwurfsvoll, nur neugierig. »Eigentlich nicht. Die meisten Leute gehen gern, wenn es so weit ist.«

»Weil sie alt sind.«

»Das ist das eine. Aber vor allem ist es der Gedanke an das, was als Nächstes kommt. Sie können ein ganz neues Leben leben.«

»Und Sie?«

»Was ist mit mir?«

»Wie ist es für Sie, sie wegzubringen? Macht es *Sie* traurig?«

Ich brauche einen Moment, um die Frage zu verarbeiten.

Darüber habe ich noch nicht oft nachgedacht. Ich erfülle eine Aufgabe. Die Aufgabe ist nützlich, ich bin gut darin, die Leute halten viel von mir. Auf die Gefühle der Aussteiger kommt es an, nicht auf meine. Das ist der Calculus, mit dem ich mein Leben bemesse.

»So würde ich es nicht sagen.«

Sie schaut mich vielsagend an. »Ich glaube Ihnen nicht.«

»Warum nicht?«

»Sie haben gezögert. Sie haben nicht sofort geantwortet.«

Ich bin bestürzt über ihre direkte Art. Auch darüber, dass sie recht haben könnte. »Das war eine komplizierte Frage. Eigentlich nichts, was man mit Ja oder Nein beantworten könnte.«

Das Licht hat sich in den Vormittag verschoben, klar und hell, und eine zarte Brise weht vom Wasser herein und lässt kleine, zischelnde Wellen an den Strand laufen.

»Entschuldigen Sie, dass ich Sie so verhöre«, sagt sie. »Das war ungehörig.«

»Eine Entschuldigung ist nicht nötig.« Ich lächle, um sie zu beruhigen. »Es waren gute Fragen.«

Sie nimmt eine Handvoll Sand auf und lässt ihn durch die Finger rieseln. »Ich sollte nicht hier sein, wissen Sie?«

»Das habe ich geahnt. Ich schwänze selbst auch, wenn du die Wahrheit wissen willst.«

»Wirklich?«

»Der Tag war einfach zu schön, um drinnen eingesperrt zu sein. Aber du solltest vielleicht nach Hause gehen. Deine Vormünder machen sich wahrscheinlich Sorgen um dich.«

Sie schnauft kurz und sarkastisch. »Das bezweifle ich ernsthaft. Ich bin die Letzte, um die sich irgendjemand Sorgen macht, glauben Sie mir.«

»Ich bin sicher, das stimmt nicht.«

»Ja, schön.« Sie sieht zu, wie der letzte Rest Sand zu Boden rieselt. »Da werden Sie mir einfach vertrauen müssen.«

Eine oder zwei Minuten vergehen, während wir den rauschenden Wellen zusehen. Ich bin hier überfragt. Wenn überhaupt, kenne ich nur wenige junge Leute. Ich habe keine Ahnung, was ich ihr raten soll, abgesehen von den üblichen Platitüden: *Du musst das Positive sehen. Morgen ist ein neuer Tag*. Nicht falsch, aber trotzdem banal, und ich spüre, das durchschaut sie sofort.

»Tja.« Ich beende das Schweigen. »Ich muss gehen.« Ich stehe auf und klopfe den Sand ab. »Es war wirklich schön, mit dir zu reden …«

»Caeli.«

Caeli, vom lateinischen *caelus*, »aus dem Himmel«. Es ist eine erfreuliche Überraschung, dass ich mich an so etwas aus meiner kurzen und relativ uninspirierten Zeit als Schüler der klassischen Sprachen erinnere. Außerdem finde ich, dass der Name zu ihr passt, wie Namen es manchmal zu tun pflegen.

»Es war schön, mit dir zu reden, Caeli. Trödle nicht mehr zu lange herum, okay? Ich weiß, du glaubst nicht, dass jemand sich Sorgen um dich macht, aber da irrst du dich.«

Daraufhin verdreht sie die Augen. Aber sie lächelt auch. Meine geradezu väterliche Besorgnis amüsiert sie.

»Okay, wenn es Sie glücklich macht.« In der Pause, die jetzt eintritt, wissen wir beide nicht recht, wohin wir die Situation lenken sollen. »Dann nehme ich an, wir sehen uns wieder, ja?«

Es ist seltsam. Von Zeit zu Zeit begegnet man jemandem, zu dem man sofort eine gewisse Nähe empfindet. Wer weiß, warum das so ist? Aber so geht es mir an diesem Mittwochmorgen im Juni. Mir ist, als hätte ich eine Freundin gefunden.

»Auf jeden Fall.«

Ich gehe den Strand hinunter. Ich sehe mich nicht um, denn das käme mir vor wie eine Verletzung des neu entstandenen Vertrauens zwischen uns. Aber als ich zwanzig Schritte gegangen bin, ruft sie mir nach:

»Haben Sie das ernst gemeint?«

Ich drehe mich um.

»Dass Sie mir das Schwimmen beibringen.«

Die Frage beruhigt mich. Sie denkt an zukünftige Tage, an etwas, worauf sie sich freuen kann.

»Natürlich«, sage ich. »Absolut.«

Sie nickt und schaut wieder auf das Meer hinaus. »Denn ich glaube, das würde ich gern tun«, sagt sie. »Ich finde, Schwimmen ist etwas, das man lernen sollte.«

Am Fuße der Treppe blicke ich hinauf und sehe Doria, unsere Haushälterin, die heftig winkt.

»Mr Bennett! Mr Bennett!«

Ich steige schneller die Stufen hinauf. »Was ist?« Sie ist eine kleine, etwas rundliche Frau in einem undefinierbaren mittleren Alter.

»Da ist ein Mann für Sie.«

»Ein Mann? Wer ist es?«

»Das hat er nicht gesagt. Er wartet im Haus.«

Jemand aus dem Büro, ohne Zweifel, der mich einfangen will. Seufzend nehme ich mein Handtuch vom Pfahlgerüst und kehre ins Haus zurück.

»Direktor Bennett?«

Mein Besucher steht mitten im Wohnzimmer – exakt in der Mitte, um genau zu sein, als wagte er nicht, etwas zu berühren – und hält einen ledernen Aktenkoffer mit dem Emblem der Abteilung in den Händen. Sehr jung, äußerst gepflegt, von makelloser Körperhaltung und mit einem ernsten, eifrigen Gesicht, trägt er einen dunklen Anzug, eine nüchterne Krawatte und blank geputzte Schnürschuhe.

»Ganz recht.«

»Jason Kim.« Er kommt auf mich zu und streckt fröhlich die Hand aus. »Ich habe den Auftrag, Sie zu beschatten.«

Ich bin völlig verblüfft. Als Mentor für einen Trainee – diese Zeiten sind für mich lange vorbei.

»Lassen Sie mich sagen, Direktor Bennett«, sprudelt er hervor, »dass es mir eine große Ehre ist.«

»Es tut mir leid, Mr … Kim, ja?«

»Ja, Sir. Aber bitte nennen Sie mich Jason. Jason genügt vollkommen.«

»Ich fürchte, das muss ein Irrtum sein. Niemand hat mich darüber informiert.«

Und da ist es – das Ernennungsschreiben. Ich schaue am unteren Rand nach der Unterschrift. Es ist meine eigene.

»Als man mir sagte, ich sei Ihnen zugewiesen, konnte ich es nicht glauben. Ich habe alle Ihre Fallstudien gelesen. Absolut meisterhaft.«

Wie es scheint, bin ich ein Opfer meiner eigenen Großzügigkeit. Vor ein paar Monaten habe ich angesichts sinkender Neueinstellungszahlen eine Aktennotiz an die oberen Etagen geschickt und vorgeschlagen, neue Rekruten mit leitenden Vollzugsbeamten zusammenzukoppeln. Es war eine unausgegorene Idee, und ich hätte nie damit gerechnet, dass dabei etwas herauskommen würde. Keinesfalls hatte ich die Absicht, mich *selbst* anzubieten, das steht fest. Was meine Unterschrift angeht: Ich unterzeichne jeden Tag Dutzende Dokumente, ohne einen Blick darauf zu werfen.

»Was soll ich als Erstes tun?«

Ich reiche ihm den Brief zurück. »Wie du siehst, Jason, war es ein viel beschäftigter Vormittag für mich.« Was soll's, dass ich in einer nassen Badehose vor ihm stehe. »Wollen wir uns nicht im Büro unterhalten? Da können wir ein paar Grundregeln besprechen. Sagen wir, in zwei Stunden.«

»Ich fürchte, das ist nicht möglich, Sir.« Er greift in seinen Aktenkoffer und holt einen zweiten Brief heraus, diesmal in einem blauen Umschlag. »Ihre Assistentin sagt, den soll ich Ihnen geben.«

Sofort weiß ich, was der Umschlag enthält: einen Ausstiegsvertrag. Planmäßig um ein Uhr geht eine Fähre, und jemand hat sich in letzter Minute entschlossen mitzufahren. Das ist nicht so ungewöhnlich; in manchen Fällen ist es, hat man sich einmal für den Ausstieg entschieden, am besten, schnell zu handeln. Sich still und leise davonzuschleichen. Ich könnte mir vorstellen, dass ich es auch so handhabe, wenn der Tag kommt. Was getan ist, ist getan, selbst wenn es um alles geht.

Ungewöhnlich ist allerdings der Umstand, dass der Vertrag geradewegs zu mir kommt statt zu einem meiner Mitarbeiter. Dass er sogar zu mir nach Hause gebracht wird, von einem übermäßig beeindruckten, streberhaften Untergebenen, der so frisch aus der Presse kommt, dass er noch riecht wie die Farbe auf einem neuen Dollarschein.

»Warte bitte draußen beim Wagen.«

Er schaut auf die Uhr. »Aber, Direktor Bennett …«

»Ich weiß, wie spät es ist, mein Sohn. Jetzt kommt meine erste Regel. Hörst du zu?«

Er nimmt Haltung an. »Jawohl. Absolut.«

»Regel Nummer eins: Tu, was ich sage, sobald ich es sage. Das ist nichts Persönliches, und es ist nicht sehr kompliziert. Befolge die Regel, und wir werden bestens miteinander auskommen.«

Er nickt heftig und demütig.

»Ab mit dir.«

Die Haustür schließt sich mit einem Klick hinter ihm. Die plötzliche Erschöpfung ist wie ein Stich; einen Welpen stubenrein zu machen, ist nicht das, was ich mir für diesen Tag vorgenommen hatte. Auch freue ich mich nicht darauf, einen Sprint zur Fähre in letzter Minute zu managen. Vielleicht habe ich es mit einem plötzlichen Impuls zu tun, der sich in Panik verwandelt, wenn der Augenblick gekommen ist, und für eine unerfreuliche Szene sorgt. Wenn der Vertrag unterschrieben ist, kann man ihn nicht auflösen. Der Aussteiger muss gehen, ob es ihm gefällt oder nicht. Wir haben Leute, die das durchsetzen, und es ist nicht immer schön.

Dafür, dass der Vertrag bei mir gelandet ist, sehe ich zwei mögliche Gründe, und keiner ist mir willkommen. Erstens, der Auftrag wurde nicht freiwillig erteilt. Der Monitor des infrage stehenden Aussteigers ist unter zehn Prozent gefallen, was eine richterliche Zwangsversetzung in den Ruhestand gebieten würde. Das sind heikle Umstände. Der Ruheständler ist wahrscheinlich nicht mehr in der Lage, in seinem eigenen Interesse zu handeln, und wahrscheinlich sind andere Parteien beteiligt, eine Ehepartnerin, die es nicht über sich bringt, Lebewohl zu sagen, oder Mündel mit finanziellen Interessen.

In solchen Fällen wird typischerweise ein erfahrener Fährmann auf der Ebene eines Leitenden Direktors hinzugezogen.

Zweite Möglichkeit: Es ist jemand, den ich kenne.

Ich habe nichts dagegen, die Antwort abzuwarten. Also lege ich den Umschlag auf den Couchtisch und bereite mich auf den Tag vor. Als ich damit fertig bin – geduscht, rasiert, in meinem eigenen dunklen Anzug und blank polierten Wingtips –, zeigt die Uhr 10:05. Diskret ziehe ich den Schlafzimmervorhang zur Seite. Vor meinem Fenster steht mein Schatten und lehnt am vorderen Kotflügel meines Wagens, einer frisch gewaschenen schwarzen Dienstlimousine. Die tropische Sonne strahlt vom Himmel; wenn ich mich nicht täusche, schwitzt der arme Kerl heftig in seinem nagelneuen Anzug. Er sieht auf die Uhr (ohne Zweifel zum zwanzigsten Mal) und bläst die Wangen auf angesichts der wenig bemerkenswerten Erkenntnis, dass die Zeit voranschreitet, ob es ihm nun gefällt oder nicht.

Ich gehe zurück ins Wohnzimmer und reiße den Umschlag auf.

Wenn ich diese Ereignisse jetzt Revue passieren lasse, frage ich mich:

Habe ich es gewusst?

Nicht nur, welcher Name auf dem Vertrag stand; wenn ich das bis dahin nicht herausgefunden hatte, hätte ich es zumindest längst tun *sollen*. Sondern auch den *Rest*? War das Frösteln, das mich überlief, als ich die Lasche aufriss, eine Vorahnung all dessen, was kommen sollte?

Der Geist wandelt auf wundersamen Wegen, und er ist zu erstaunlichen Leistungen fähig. Er ist die einzige Maschine in der Natur, die das eine denken kann, während sie das Gegenteil weiß. Die helle, geschäftige Oberfläche des Lebens – sie ist der Schlüssel. Wie leicht sie uns ablenken kann – wie ein Magier, der mit der einen Hand seinen Stab schwenkt, während er mit der anderen ein Kaninchen aus der Weste zieht. Hier ist der goldene Morgen, sagen wir, hier ist das schöne Meer. Hier ist mein schönes Zuhause, hier meine anbetungsvolle Frau, mein Morgenkaffee und mein erfrischendes Bad bei Tagesanbruch. Tiefer schauen wir nicht in die Dinge hinein; wir haben kein Verlangen danach, und wir sollen es auch nicht tun. Dies ist der Plan der Welt: uns zu täuschen, sodass wir glauben, sie ist das eine, während sie etwas ganz anderes ist.

Noch einmal frage ich: Habe ich es gewusst?

Natürlich habe ich es gewusst. Scheiße, natürlich wusste ich es.

2

Es ist nach halb elf, als wir ankommen. Reifen knirschen im Kies, langsam und holprig geht die Fahrt über die von Schlaglöchern übersäte Straße, und dann, plötzlich, erscheint das Haus: ein weitläufiges, schindelverkleidetes Gebäude, das mit wackliger Würde am Rand der Dünen steht. Mein Schatten am Steuer stößt einen leisen Pfiff aus, halb bewundernd, halb ironisch.

»Was für ein Bau«, sagt er.

In der Tat. Es gibt nur noch wenige solcher Häuser in diesem Zeitalter der sterilen Linien und sauberen Funktionalität. Ich weise ihn an, im Wagen zu warten. Das missfällt ihm offensichtlich, aber Regel eins ist Regel eins. Ich habe ihm den Namen auf dem Vertrag nicht verraten – der Auftrag ist geradewegs in meine Tasche gewandert, nachdem ich ihn gelesen hatte –, aber es ist möglich, dass er ihn schon kennt. Seine Ankunft ausgerechnet an diesem Tag kommt mir nicht wie ein Zufall vor. Wer ist hier der Babysitter und wer das Baby?

»Ich meine es ernst. Von mir aus kannst du Rauch aus den Fenstern aufsteigen sehen. Du verlässt den Wagen nicht.«

Ich steige aus und gehe auf das Haus zu. Die Zeit war nicht barmherzig zu ihm. Die Farbe schält sich in großen Blättern von den Kanten ab, Schindeln sind vom Meereswind fortgerissen und nie ersetzt worden, eine Fensterscheibe im ersten Stock ist gesprungen und mit Klebstreifen repariert worden, eine mit Ziegelsteinen beschwerte Plastikplane bedeckt das halbe Verandadach. Fünfzig Meter links von mir, zum Teil von Ranken verdeckt, liegt der Tennisplatz oder das, was davon übrig ist, und der Garten sieht aus, als sei er seit Jahren nicht mehr gepflegt worden. Der Anblick ist zutiefst bedrückend, aber es ist auch ein Zuhause: das Heim, in das mein Vater vor dreißig Jahren seine junge Braut führte, das Heim, in dem die beiden ihr gemeinsames Leben bis zu seinem unfasslichen Ende führten, das Heim meiner Kindheit mit ihren Erinnerungen, guten wie schlechten.

Als ich auf die Veranda steige, öffnet sich die Haustür. Als Mann der Förmlichkeit ist mein Vater dem Anlass entsprechend gekleidet. Sein Outfit ist entschieden nautisch geprägt: ein marineblauer Blazer, makellos weiße Hose und lederne Deckschuhe. Ein Taschentuch blitzt aus der Brusttasche seines Blazers mit den Insignien des Jachtklubs, in dem er viele Jahre lang Vorsitzender der Regattakomitees war. (Vielleicht ist er es immer noch – woher soll ich das wissen?) Trotz seines fortgeschrittenen Alters – er ist hundertsechsundzwanzig – ist er eine beeindruckende Gestalt und nimmt den Raum in Anspruch, als ob er ihm gehörte.

»Hallo, Proctor.« Sein Blick huscht über meine Schulter zum Wagen und wieder zurück. Sein Haar, so weiß und makellos wie seine Hose, ist feucht von der Dusche und aus der Stirn zurückgekämmt, und aus den Furchen, die die Zinken seines Kamms hinterlassen haben, leuchtet rosig seine Kopfhaut. »Danke, dass du so prompt gekommen bist.«

Wir schütteln uns die Hände wie zwei alte Freunde. Ich

spüre ein leichtes Zittern in seinem Händedruck – eine milde neurologische Unsicherheit, wie sie für sein hohes Alter typisch ist. Drei Jahre sind vergangen, seit wir uns zuletzt gesehen haben, und das auch nur zufällig, eine Begegnung in einem Restaurant, in dem Elise und ich mit Freunden saßen (ich hätte ihn vielleicht gar nicht angesprochen, wenn Elise mich nicht gezwungen hätte, hinüberzugehen und Guten Tag zu sagen). Nicht Böswilligkeit hat zu der Entfremdung zwischen uns geführt, sondern das stillschweigende Einverständnis, dass es uns ohne einander besser geht. Mein Vater, das muss man sagen, ist nicht der Mann, der seine Gefühle offen zur Schau trägt. Ich kann mich nicht erinnern, dass er nach der Tragödie mit meiner Mutter auch nur eine einzige Träne vergossen oder ein Wort des Trostes für mich gesprochen hätte. Damals schien mir diese Unterlassung an Grausamkeit zu grenzen, aber solche Empfindungen haben es an sich, dass sie sich mäßigen, und man kann nicht behaupten, dass meine Mutter ihm nicht am Herzen gelegen hätte – im Gegenteil. Die meisten Männer hätten längst neue Lebensumstände für sich gefunden. Aber hier ist er, zwölf Jahre später.

»Komm herein, ja?«

Er macht im Eingang für mich Platz. Alles ist so, wie ich es in Erinnerung habe, sogar der Geruch, eine Mischung aus Staub und allgemeiner Meeresmuffigkeit, eine Duftbombe, die mich taumelnd in die Vergangenheit zurückschicken würde, wenn ich es zuließe – was ich aber nicht vorhabe. Ich folge ihm ins Wohnzimmer. Der Raum ist so vollgestopft mit schweren Polstermöbeln, dass er mir kleiner vorkommt, als er ist. Die weißen Vorhänge, vergilbt vom Alter, wehen in den offenen Fenstern wie winkende Gespenster. Wir beide ertragen einen Augenblick des Schweigens und suchen nach Worten. Vor den Fenstern hallen die kleinen Detonationen der Wellen.

»Möchtest du Tee?«, fragt mein Vater. »Ich wollte gerade welchen machen.«

Ich habe die Zeit im Blick. Wenn wir uns nicht beeilen, verpassen wir vielleicht die Fähre. Aber dafür reicht es noch. Tee oder Champagner oder starker Whiskey – der Fährmann lehnt solche feierlichen Angebote in letzter Minute nicht ab. Es ist ein Grundprinzip des Berufs, das hauptsächlich darauf hinausläuft, dem Aussteiger zu geben, was er oder sie braucht. In den letzten Stunden überkommt die meisten Leute ein gewisses Zögern. Es ist normal, Zweifel zu haben. Es ist ja keine Kleinigkeit, sämtliche Bindungen aufzugeben – all die Leute und Orte und Dinge, die als Ballast für das Schiff des Lebens gedient haben.

»Ja, danke. Eine Tasse Tee wäre nett.«

Er verschwindet in der Küche. Als er weg ist, setze ich mich auf das Sofa und öffne meinen Aktenkoffer. Abgesehen von meinem eigenen Bericht gibt es zwei Dokumente, die meine Aufmerksamkeit verlangen: den Vertrag über den freiwilligen Ausstieg, mit dem mein Vater seine physische Person der Nursery zur Reiteration überlässt, und die Benennung seines Erben. Typischerweise gehen alle Werte an den verbleibenden Ehepartner. Wenn es, wie im Falle meines Vaters, keinen gibt, wird die gesamte Hinterlassenschaft von der Zentralbank übernommen. Auf diese Weise konzentriert sich der Reichtum von Prospera – und der ist stattlich – nicht auf ein paar bestimmte Familien. Einen einzigen Gegenstand jedoch darf der Aussteiger vererben, vorausgesetzt, sein Wert ist nicht höher als zweihunderttausend Dollar. Als Fährmann bin ich dafür zuständig, dieses Vermächtnis zu vollstrecken.

Der Kessel pfeift. Mein Vater kommt mit einem Silbertablett zurück. Seine Hände zittern, als er es auf den Tisch stellt, die Löffel klingeln, und die Tassen klirren auf ihren Untertassen.

»Soll ich vielleicht einschenken?«, frage ich.

Zu stolz, um mein Angebot anzunehmen, winkt er ab. Infolgedessen bin ich gezwungen, mit wachsender Beklommenheit zuzusehen, wie er sich mit gezwungener Konzentration daranmacht, den Tee zu servieren. Eine nicht ausgebildete Person würde diese Unsicherheit vielleicht nicht bemerken. Aber da ist noch etwas anderes – ein nicht fassbares Detail, das ich nur aufgrund meiner professionellen Erfahrung wahrnehme. Man sieht sie in den Augen: eine Art metaphysische Erregung, als versuchte der Ruheständler, einen Ton auszublenden, den nur er hören kann, oder als ignorierte er eine Phalanx von lauernden Geistern.

Die schlechten Gedanken haben eingesetzt.

Für jeden Prosperaner gibt es eine Zahl. Hundertzwanzig vielleicht oder hundertdreißig, in seltenen Fällen auch hundertfünfzig. Sie repräsentiert die Zahl der Jahre, die ein Verstand tragen kann, bevor er unter der Last zusammenbricht. Die genetischen Manipulationen, die uns mit jahrzehntelanger gesunder Aktivität segnen, die umfassende Freiheit von materieller Not, die anregende Arbeit, zu der man uns ermuntert, die reichhaltige kommunale Matrix, die uns an das Gemeinwesen bindet, die romantischen und sexuellen Möglichkeiten, die uns über die Dauer unserer Iterationen hinweg stimulieren und nähren – keiner dieser Fortschritte im Zustand des Menschen kann etwas an einer grundlegenden Tatsache ändern. Die Zeit selbst hat Gewicht. Sie lastet auf dem Geist – jede Freude, jeder Augenblick der Reue, jede Minute jedes Tages trägt ein Stück zur Gesamtlast bei –, bis das System, nach dem wir die Daten sortieren und ablegen (ich mag Schokolade, heute ist Mittwoch, mein Mündel heißt Proctor, meine Frau Cynthia hat sich einen Anker an den Fußknöcheln gebunden und ins Meer gestürzt), in einer Kaskade der Verwirrung zusammenbricht.

Man kann nicht wissen, wann es passiert – bis es passiert, wie man so schön sagt. Mein Vater hat mich nicht aus Langeweile zu sich gerufen. Er ist nicht krank und hat keine Schmerzen, zumindest keine körperlichen. Er ist nicht einfach lebensmüde geworden. Ich bin hier, weil es ihm nicht mehr behaglich ist, in der Welt zu leben. Für meinen Vater ist aus dem sanften Regen der Realität ein Bombardement geworden. Wie er hier Zucker in seinen Tee löffelt, könnte er genauso gut im Zentrum eines heulenden Hurrikans stehen. Nur mit äußerster Konzentration gelingt es ihm, wenigstens eine Art von Gleichgewicht zu bewahren, und die Anstrengung erschöpft ihn.

Endlich ist der Tee erfolgreich serviert. Beide nutzen wir die Gelegenheit, an unseren Tassen zu nippen, um die Mühen lohnend erscheinen zu lassen.

»Wäre es dir recht, wenn wir jetzt anfangen?«, frage ich.

Mein Vater nickt schweigend. Plötzlich berührt mich die Seltsamkeit dieser Situation. In fast zwei Jahrzehnten als Fährmann habe ich diese Aufgabe ein paar tausend Mal erfüllt. Vielleicht ein Dutzend Aussteiger waren Leute, die ich als Freunde bezeichnet hätte. Fünfzig Bekannte waren auch dabei. Die Übrigen waren Wildfremde. Nicht im Traum hätte ich daran gedacht, es für meinen Vater tun zu müssen.

»Darf ich deinen Monitor sehen, bitte?«

Mein Vater streift sein Jackett ab und rollt den Hemdsärmel hoch. Ich nehme das Lesegerät aus meinem Aktenkoffer und schließe es an. Mit einem *ping* fangen die Daten an zu fließen.

»Habe ich dir erzählt, dass ich vorgestern Tennis gespielt habe?«, fragt mein Vater. »Natürlich nicht hier. Im Club. Der Platz hier – na, du hast ihn ja gesehen, Eine totale Katastrophe. Erinnerst du dich an unsere Partien?«

Es ist eine schöne Erinnerung, die ich gern mit ihm teile. »Ja. Natürlich erinnere ich mich.«

»Als du mich das erste Mal geschlagen hast – ich habe dich vorher nie so glücklich gesehen.«

Ich lasse meine Gedanken zu dem Tag zurückkehren. Ein unglaublicher Zweisatzsieg, 6:2, 6:3. Das Glück traf mich wie ein Blitzschlag.

»Ich glaube, du hast mich gewinnen lassen.«

»Ja?« Er spitzt die Lippen. »Na ja, vielleicht habe ich das. Dieser nette junge Lehrer im Club, Javier. Kennst du ihn?«

»Ich glaube, nicht.«

»Ein netter Kerl. Äußerst nett. Und sein Aufschlag … Wie eine Rakete.«

Ich spiele immer noch im Harbor Club, und da ist niemand, der Javier heißt.

»Nachher bin ich mit der *Holiday* hinausgefahren. Bin um das Kap gesegelt, wie wir es früher getan haben.«

Seine Stimme klingt gedankenverloren, seine Augen sind feucht und blicken unscharf. Aber wichtiger ist: Die *Holi-*

day, eine Zweiundzwanzig-Fuß-Regatta-Sloop, gibt es seit Jahren nicht mehr. Vielleicht ist er mit einem anderen Boot gesegelt und hat nur die Namen durcheinandergebracht. Und vielleicht hat er den ganzen Tag hier in diesem Zimmer gehockt, aus dem Fenster gestarrt und sich in der Vergangenheit verloren.

»Es war ein so schöner Tag«, sagt er. »Und da habe ich mich entschieden. Malcolm, habe ich zu mir gesagt, der nächste schöne Tag wird der letzte sein, und dann steigst du auf die Fähre.«

Es ist traurig, so etwas zu sagen, aber auch richtig. »Ich glaube, das war eine kluge Entscheidung.«

»Machen andere Leute es auch so?«

Diese Frage wird oft gestellt, in der einen oder anderen Variante. *Mache ich es richtig? Bin ich wie die anderen Leute? Ist das normal?* Wir sind Herdentiere, das steht außer Frage.

»Manche. Es gibt eigentlich nicht nur eine einzige Art und Weise.«

»Und du hast nichts dagegen? Dass ich nach dir gefragt habe, meine ich?«

»Überhaupt nicht. Es freut mich.«

Das Lesegerät beendet seine Arbeit und signalisiert es mit einem leisen Klingen. Sein Wert erscheint auf dem Display: Sechzehn Prozent. Keiner von uns beiden sagt ein Wort. Was gibt es auch zu sagen? Ich ziehe das Kabel von seinem Arm ab – die vollständigen Daten werde ich später im Büro herunterladen – und lege es in meinen Koffer.

Mein Vater sagt: »Es wird so seltsam sein, mich an all das nicht zu erinnern.«

»Du wirst neue Erinnerungen produzieren.« Ich schenke

ihm ein Lächeln. »Darauf musst du dich fokussieren. Stell dir vor, wie wundervoll es sein wird, wieder jung zu sein. Du wirst dein ganzes Leben vor dir haben.«

Das sind natürlich die bewährten Argumente meines Berufs; als würde ich sie aus dem Handbuch *Einführung in die menschliche Übergangsdynamik* vorlesen. Sie klingen unbestreitbar wie aus der Konserve, aber deshalb sind sie nicht weniger wahr oder weniger hilfreich. (Draußen im Wagen hat mein Schatten, dessen Namen ich verdrängt habe, wahrscheinlich einen ganzen Stapel Lernkarten mit genau diesen Worten in seiner Jackentasche. Wahrscheinlich übt er in seiner Mittagspause damit.)

»Ich weiß, das Haus ist hin. Ich hätte mich besser darum kümmern sollen.«

»Das kann man nie wissen«, sage ich. »Vielleicht wird jemand es herrichten wollen.«

»Es hat einfach irgendwie aufgehört, wichtig zu sein. Ich schätze, so läuft das, oder? Eines Tages hört man auf, sich um solche Dinge zu kümmern.«

»Manchmal. Aber manchmal ist es auch umgekehrt. Was immer du fühlst, ist richtig.«

Jetzt folgt ein leerer Augenblick.

»Es heißt, es ist wie Einschlafen«, sagt mein Vater dann.

»Das stimmt.«

»Glaubst du es?«

Auch das ist eine häufig gestellte Frage. »Das ist nicht etwas, das man glaubt oder nicht glaubt. Es ist einfach, wie es ist.«

»Lex non requirit verificari quod apparet curiae.« Er zieht die Brauen hoch und sieht mich an. »Du kommst nicht mit?«

»Mein Latein ist ein bisschen eingerostet. Warum sagst du es mir nicht einfach?«

Er hebt den Zeigefinger und rezitiert: »Das Gesetz verlangt nicht, dass geprüft wird, was gerichtsbekannt ist.«

»Aha.«

»Eine Idee, die mir ein wenig Gewicht für den heutigen Tag zu haben scheint, obwohl sie mir gerade erst einfällt.« Seine Miene wird milder. »Weißt du, ich habe mir immer gewünscht, du hättest diesen Teil deiner Ausbildung ernster genommen.«

Er hat nicht unrecht. Ich war bestenfalls ein gleichgültiger Schüler. Nicht dass Bücher mich nicht interessiert hätten, aber meine eigenen Gedanken interessierten mich mehr.

»Entschuldige, ich habe vergessen zu fragen«, sagte er. »Wie geht es Elise?«

»Ganz gut, danke. Sie hat viel zu tun mit den Vorbereitungen für die neue Saison.«

»Sag ihr, dass ich nach ihr gefragt habe, ja?«

»Auf jeden Fall. Aber uns wird jetzt die Zeit knapp. Wollen wir uns um den Vertrag kümmern?«

Er denkt über meine Frage nach und nickt dann.

Vielleicht sollte ich an dieser Stelle erwähnen, dass mein Vater Rechtsanwalt ist – oder besser war. Leitender Justiziar des Aufsichtsrats bis zum Tod meiner Mutter. Es ist durchaus möglich, dass die aktuelle Variante des Vertrages, die er gleich unterschreiben wird, tatsächlich von ihm verfasst worden ist. Mit anderen Worten, er braucht kaum Erläuterungen von mir, aber Protokoll ist Protokoll. Ich muss ihm den Text laut vorlesen, ich muss ihn um seine mündliche Zustimmung bitten, und der Vertrag muss mit schwarzer Tinte unterschrieben werden. (Dafür habe ich einen speziellen Stift bei mir, denn es gibt nichts Schlimmeres, als in letzter Minute nach so etwas zu kramen.) In meiner Eigenschaft als Fährmann und gesetzlicher Zeuge muss ich ebenfalls unterschreiben.

Wir machen uns an die Arbeit. Für manche Aussteiger ist dies eine heikle Angelegenheit: Eine zutiefst menschliche Entscheidung verschwindet verschlüsselt hinter einer Wand aus Juristenlatein. Nicht für meinen Vater, der die Sprache des Rechts spricht und liebt. Während ich meine Zeilen hersage, verändert sich sein Gesichtsausdruck und zeigt Zufriedenheit, ja, Nostalgie. In diesen paar Augenblicken ist mein Vater wieder ein Mann in seinem Element.

Ich komme zum Schluss. »Und stimmst du allen Bedingungen zu, wie ich sie hier aufgeführt habe?«

»Ja.«

Mein Vater nimmt den Stift und kritzelt mit schneller Bewegung seine Unterschrift auf das Papier. Ich tue das Gleiche.

Und auf einmal ist es erledigt.

Eins bleibt noch zu tun.

Ich bin natürlich sein Erbe; er hat sonst niemanden. Ironisch und ein bisschen traurig, dass ich nach Jahrzehnten der Freundschaft und Ehe und Familie und anderen Verbindungen der Einzige bin, der noch da ist – wie der letzte Partygast, der noch nicht bemerkt hat, dass der Gastgeber zu Bett gehen will.

Ich frage ihn: »Was möchtest du gern vererben?«

Es wäre einfacher, sagt mein Vater, es mir schnell zu zeigen. Ohne weitere Erklärungen lotst er mich aus dem Haus. Ein Weg aus verwitterten Planken führt uns zwischen den Dünen und über eine seegrasbewachsene Bachmündung in Richtung Strand. Mir ist inzwischen schneidend bewusst, wie spät es schon ist. Wenn wir wieder im Wagen sitzen, werden wir uns beeilen müssen. Auf Pfählen am Rand des Wassers steht das Bootshaus, und dort wollen wir hin.

Nach dem Tod meiner Mutter ist mein Vater als Leitender Justiziar des Aufsichtsrats zurückgetreten. Trauer war nicht der Grund. Meinem Vater lag das Recht sehr am Herzen, seine verschlungenen Mechanismen und ethischen Debatten, und ich glaube, es hätte den Schicksalsschlag gemildert, wenn er weiterhin hätte arbeiten dürfen. Aber bei einem Mann seines Standes war nicht einmal der Hauch eines Skandals annehmbar. Fast zwei Jahre lang tat er überhaupt nichts, sondern lungerte nur trübsinnig im Schlafanzug im Haus herum, löste Kreuzworträtsel und brachte seine ganze Umgebung dazu, sich Sorgen zu machen. Aber ein Mann wie er konnte nicht in Ewigkeit untätig bleiben, und im Laufe der Zeit entwickelte sich ein Hobby, das ihm früher als Ablenkung von der Arbeit gedient hatte, immer mehr zu seiner eigentlichen Tätigkeit, einem ganz neuen Beruf: Er baute Holzboote nach Maß. Seine Entwürfe waren bald sehr begehrt, nicht nur wegen ihrer Seetüchtigkeit, sondern auch wegen der gewissenhaft ausgeführten Ornamente: verschnörkelt geschnitzte Bugspriete, Decks und Heckspiegel aus glänzendem Teak, lederbezogene Ruderpinne, Messingbeschläge, blitzblank poliert. Es war ein erfreulicher Schock für mich, als der Mann, den ich als ziemlich trockenen Intellektuellen gekannt hatte, sich so vollständig in einen Handwerker verwandelte – einen Mann, der tatsächlich Dinge *machte*, die für die Welt von praktischem Nutzen sein konnten. Was nur zeigt, dass Leute komplizierter sind, als man ihnen zugesteht, und dass sogar eine Tragödie (und manchmal *nur* eine Tragödie) die Tür zu dem öffnen kann, der wir wirklich sind.

Die Werkstatt meines Vaters ist dem Meer zugewandt und hat eine abschüssige Rampe zum Wasser. Wir gelangen durch den Seiteneingang ins Dunkle. Der Geruch von Lack und Sägemehl hängt schwer in der Luft. Mein Vater tastet nach dem Lichtschalter, und dann, in strahlender Helligkeit, ist sie da.

Ein Boot natürlich – aber was für ein Boot! Selbst ich, der ich nautisches Design nicht zu schätzen weiß wie mein Vater, begreife sofort, was ich da sehe: das krönende Werk eines Mannes. Das Boot ist nicht besonders groß. Fünfundzwanzig Fuß lang, vielleicht ein bisschen mehr, sieben oder acht Fuß breit, ein Gaffelschoner mit einem einzelnen Segel, einem breiten Cockpit, einer winzigen Kajüte und ohne Kiel. Ein Boot für Tage, wie wir sie zusammen erlebt haben, wir drei, wenn wir zu einem Picknicklunch zum Kap segelten oder einen Spätnachmittagsausflug machten (meine Eltern nannten es »Cocktail-Kreuzfahrt«, eine Thermosflasche mit Gin and Tonic für sie, Orangensaft für mich), um die Farben des Abendhimmels zu genießen. Eine Erinnerung steigt herauf, lebendig wie ein Wachtraum. Der Wind in meinem Gesicht und das Knallen des Segels, der krängende Rumpf und die harte, salzige Großschot in meiner Faust, die weißen Spitzen der Wellen und die warme Sonne, die auf uns herabfällt wie ein Segen. Meine Eltern sitzen im Heck, mein Vater hält die Pinne, meine Mutter hockt neben ihm, unter seinen Arm geschmiegt. Der Wind lässt ihr Haar flattern, und eine feine Strähne fängt sich in ihrem Mundwinkel, als sie über etwas lacht, das er gesagt hat, und sie zupft sie heraus. Warum bleiben bestimmte, beliebige

Bilder bei uns, eingebrannt in die Mauern der Erinnerung, während andere für alle Zeit im Abgrund der Zeit versinken?

Ich gehe einen Schritt näher heran. Das Boot meines Vaters ruht auf dem Slip wie ein Edelstein auf einem Filzkissen. Der Drang, es zu berühren, mit den Fingerspitzen über den Rumpf zu streichen, ist so stark, dass ich es tatsächlich tue. Selbst die Leinen sehen handgemacht aus.

»Wie lange hast du dafür gebraucht?«

»Zwei Jahre.«

In Anwesenheit dieser prachtvollen Schöpfung erscheint mein Vater verändert, mehr wie er selbst. Für einen Augenblick ist die fahrige Resignation verflogen. Ohne dass man es mir sagt, weiß ich, dass ich im Licht einer zusätzlichen, tieferen Wahrheit stehe. Dies ist es, worauf mein Vater in Wirklichkeit gewartet hat. Dies ist der letzte schöne Tag. Der Tag, an dem er das Boot vollendet hat.

Ich gehe um den Rumpf herum zum Heck. In eine Holztafel geschnitzt, steht da der Name des Bootes: *Cynthia*.

»Ich hatte leider keine Zeit zum Aufräumen mehr«, sagt mein Vater. »Ich hinterlasse nicht gern ein solches Durcheinander.«

Ich begreife, was mein Vater getan hat. Sein Vermächtnis ist nicht für mich bestimmt, nicht wirklich. Ich bin nur der Handlanger. Der Leichnam meiner Mutter wurde nie geborgen – nur das Ruderboot, das in der Flut driftete, ohne Anker und mit blutbespritzten Ruderbänken. Kein Abschiedsbrief. Letzteres war in gewisser Weise das Härteste. Ihr Tod hinterließ eine Leere und nichts, das sie hätte füllen können. Nicht einmal ein paar letzte Worte. Es war ein Bruch in der natürlichen Ordnung der Dinge. In seinen letzten Stunden hat mein

Vater versucht, das zu korrigieren. Sein Boot, seine *Cynthia*. Es ist seine Art, sie wieder in die Welt zurückzubringen.

»Versprich mir, dass du sie segeln wirst.«

»Das werde ich. Absolut.«

Er schweigt einen Moment; seine Füße scharren auf den Bodenplanken, und er hat die Hände in den Taschen vergraben. »Ich weiß, ich habe meine Sache mit dir nicht besonders gut gemacht. Zumal nach ...« Er zuckt die Achseln. »Na ja. Nach dem, was passiert ist.«

Es gibt kein Gespräch, das ich in diesem Moment weniger gern führen würde – oder überhaupt jemals. »Es ist gut. Es ist vorbei.«

»Du sollst nur wissen, wie leid es mir tut.« Er atmet langsam und tief ein. »Es ist alles nur meine Schuld. Es gab Dinge, mein Sohn – Dinge, die du nicht von ihr wusstest.«

Die Tür hinter ihm öffnet sich: mein Schatten. Er ist außer Atem; wahrscheinlich ist er im ganzen Haus umhergerannt und hat uns gesucht. Ich könnte ihn an Ort und Stelle erwürgen.

»Ich dachte, ich hätte gesagt, du sollst im Wagen warten.«

»Es tut mir leid, Sir. Es ist nur – die Zeit, nicht wahr? Sie wollten sicher nicht, dass ich noch länger warte.«

Ich sehe auf die Uhr. Es ist kurz nach zwölf; bis zur Fähre sind es vierzig Minuten, je nach Verkehr auch mehr. Und plötzlich überkommt es mich wie ein Schlag gegen die Brust: Mein Vater geht, mein Vater ist fast weg. Und wenn er weg ist – wenn ich auf dem Pier stehe und der Fähre nachsehe, wie sie abdampft –, wird das alles sein, was von uns bleibt. Alle Erinnerungen an die Dinge, die geschehen sind, werden meine Erinnerungen sein, nur meine.

»Gib uns noch einen Moment«, sage ich.

Aber mein Schatten steht da, unbeweglich wie ein Zaunpfahl. In diesem Augenblick bin ich zu fast allem fähig, sogar zur Körperverletzung. Aber bevor es dazu kommen kann, schaltet mein Vater sich ein und wendet sich mit ausgestreckter Hand an meinen Schatten.

»Willkommen. Ich bin Malcolm Bennett.«

Der schockierte Gesichtsausdruck des Jungen ist nicht zu übersehen. Er hat es also nicht gewusst. Als die beiden sich die Hände schütteln, huscht sein Blick zu mir und wieder zurück zu meinem Vater. »Sie sind …?«

»Ganz recht. Sie arbeiten mit meinem Sohn, wie ich sehe.«

»Ja, Sir. Ich bin sein Trainee.«

»Sie Glücklicher. Und Ihr Name?«

»Oh. Verzeihung. Jason Kim.«

»Danke, dass Sie uns an die Zeit erinnern, Mr Kim. Wir haben ein bisschen in Erinnerungen geschwelgt und dabei die Zeit aus den Augen verloren.«

»Sicher.« Mein Schatten schluckt mühsam. »Ich meine, natürlich.«

»Ausgezeichnet.« Das strahlende Lächeln meines Vaters ist so entwaffnend, dass es das Gesicht des Jungen erhellt wie ein Scheinwerfer, und sofort sehe ich, was der Mann da tut. Jemand muss die Führung übernehmen und uns hinaus und ins Auto bugsieren, und ich erweise mich als absolut unfähig. Ich bin kurz davor, mich vor einem zwei Jahrzehnte jüngeren Kollegen zu blamieren, und das kann mein Vater nicht zulassen. Es ist ungeheuer berührend und traurig, das zu erkennen.

Mein Vater dreht sich lächelnd zu mir um. »Danke für deine Geduld mit einem alten Mann, Proctor. Es hat gutgetan, so mit dir zu reden.«

Ich kann nur nicken.

»Und?«, sagt er und reibt sich die Hände. »Wollen wir?«

Mein Vater und ich sitzen hinten. So will es das Protokoll: Der Fährmann lässt den Aussteiger nicht allein, nicht für eine Sekunde – aber auch sonst würde ich hier sitzen. Die Straßen sind fast leer – es ist, als verstünde die Welt den Ernst unserer Mission und hielte den Atem an, um uns vorbeizulassen. Mein Herz schlägt ruhiger. Mein Vater schaut aus dem Fenster. Ich nehme an, er verabschiedet sich von der Welt, obwohl er sie natürlich wiedersehen wird, wenn auch mit frischen, neuen Augen. Seine Beine in den glatten Hosenbeinen sind elegant übereinandergeschlagen. Seine Hände haben aufgehört, nervös miteinander zu ringen, und liegen ruhig im Schoß. Ab und zu trinkt er einen Schluck Wasser aus einer der Flaschen, die wir im Wagen liegen haben, aber sonst bewegt er sich nicht.

Wolken sind von der See her aufgezogen, machen das Licht weicher und vertreiben alle Schatten. Als wir die Stadtgrenze überqueren, fließt der Verkehr langsamer, aber wenn nichts Außergewöhnliches passiert, kommen wir noch pünktlich. Die Gebäude um uns herum stehen immer dichter – Apartmentkomplexe, Büros, Shopping Malls. Fußgänger tauchen auch auf: Männer und Frauen in Bürokleidung, eilig unterwegs zu ihren drängenden Verpflichtungen, oder sie tragen Trainingskleidung, und ihre Gesichter leuchten vor Anstrengung. An einer Shuttle-Haltestelle steht eine Gruppe von jungen Iteranten in ihren Schuluniformen – ein karierter Kilt und eine Peter-Pan-Bluse für die Mädchen, für die Jungen Khaki-Shorts und ein blaues Polohemd mit dem Schulwappen auf der Brusttasche. Sie lachen und schwatzen und rempeln einander an. Die Jungen beobachten nervös die Mädchen, und die Mädchen beobachten sie ihrerseits – ein Augentanz der jugendlichen Neugier und Sehnsucht, unverändert seit Anbeginn der Zeit.

»Es sieht nach Regen aus«, bemerkt mein Vater – seine ersten Worte seit unserer Abfahrt.

Und es stimmt. Die Wolken sind dichter geworden, und ihre grauen Bäuche hängen über der Stadt. Wir erreichen Prosperas prächtigen Kern. Der Wagen gleitet vorbei an der Prosperity Plaza mit ihren endlos grünen Rasenflächen, dem Netz von konzentrischen Wegen und dem Springbrunnen im Zentrum – dem großen steinernen Herz der Stadt. Drohnen brummen am Himmel und dümpeln in der unruhigen Luft, alles und jeden beobachtend. Zu beiden Seiten wird die Plaza von Ministerien begrenzt (Wohlergehen, Arbeit, Finanzen, Innere Bauten, Öffentliche Sicherheit und Human Resources, wo auch die Sozialverträge bearbeitet werden). Am oberen Ende der Plaza erhebt sich wie ein Patriarch, der einer festlichen Zusammenkunft vorsitzt, die Halle der Aufseher – ein großartiges neoklassisches Gebäude mit Säulen, so dick wie Baumstämme, und einer geschwungenen Freitreppe aus Marmorstufen in so großer Zahl, dass selbst der Fitteste oben anhalten und Luft holen muss. Hier, in den majestätischen Kammern, geht der Aufsichtsrat seinen geheimnisvollen, unentbehrlichen Geschäften nach, und hier ist mein Vater sechzig Jahre lang jeden Tag pünktlich um halb acht erschienen, um das Recht zu zergliedern und zu analysieren.

»Nicht mehr lange«, meldet mein Schatten vom Vordersitz.

Der Pier liegt am Westrand des u-förmigen Hafens. Die

letzte Etappe unserer Reise führt uns auf dem Shoreline Drive vorbei an Apartments mit Hafenblick, Restaurants und dem geschäftigen Jachthafen. Der Strand ist leer bis auf ein paar einzelne Nachzügler, die ihre Strandlaken und Liegestühle einsammeln und sich auf den Weg zu ihren Autos machen. Eine Windbö schüttelt den Wagen. Die Stille wird allmählich drückend, aber daran kann – und sollte – ich nichts ändern. Dies ist nicht meine Stunde.

Und in diesem Augenblick beginnt das Schlimmste. Mein Vater fängt an zu murmeln.

Seltsame Worte, wirre Worte. Vielleicht auch gar keine Worte, sondern nur der phonetische Ausdruck reinster Verwirrung. Er schaut sich fieberhaft um und ruckt mit dem Kopf wie ein Vogel. Ich habe so etwas schon gesehen, und zwar immer bei Aussteigern unter zehn Prozent. Der zunehmende Stress dieses Tages – wir sind jetzt in Sichtweite der Fähre – überrennt ihre psychologischen Verteidigungsbastionen. Die geistigen Barrikaden, die sie errichtet haben, um das Gleichgewicht zu halten und sich auf die gegenwärtige Realität zu konzentrieren, beginnen zu bröckeln. Es ist, als sähe man bei einem Dammbruch zu.

»Dad, sieh mich an«, sage ich.

Er atmet sehr schnell, und gutturale Silben strömen über seine Lippen. Eine Hand nestelt an seinem Sicherheitsgurt, die andere am Türgriff. Die Blicke meines Schattens zucken immer wieder in den Rückspiegel. »Alles okay dahinten?«

»Malcolm Bennett«, sage ich herrisch, *»sieh mich an.«*

Ich nehme sein Kinn in die Hand und drehe sein Gesicht zu mir herum. Seine Augen sind feucht und weit aufgerissen und von Grauen erfüllt. Aber im nächsten Moment geschieht etwas. Mein Vater fängt an zu lächeln. Es ist anders als jedes Lächeln, das ich je gesehen habe – es leuchtet vor Staunen, beinahe selig. Als sei ein großes, glückliches Licht hinter seinen Augen angezündet worden.

»Proctor?«, fragt er. »Proctor, bist du es wirklich?«

»Soll ich anhalten?«, fragt mein Schatten. »Es klingt, als ginge es ihm nicht gut.«

»Fahr weiter.«

»Proctor«, sagt mein Vater, »es ist so schön, dich zu sehen.« Er umschließt meine Hand, die sein Kinn hält, mit beiden Händen. Sein Blick ist durchdringend wie ein Laser. Er beugt sich vor und senkt die Stimme. »Sind wir da?«

»Fast.«

Er nickt. »Weil ich sehr gern bald ankommen würde.«

»Sieh mich einfach an. Alles wird gut.«

»Mir ist kalt.« Ihn fröstelt. »Mir ist sehr, sehr kalt.«

Der Wagen hält an; mein Schatten springt vom Sitz und kommt um den Wagen herumgelaufen, um an der Tür meines Vaters zu warten. Der Parkplatz ist voll von langen schwarzen Autos. Ich kann den Blick nicht von meinem Vater wenden, denn ich will die Kontrolle über ihn nicht verlieren, aber ich spüre die Anwesenheit einer Menschenmenge um uns herum – Freunde, Familien, Partner aus allen Bereichen des Lebens, die gekommen sind, um ihre Lieben zu verabschieden, ihnen liebevoll Lebewohl zu sagen. Wachleute in blauen Uniformen und mit hohen Lederstiefeln lungern im Gedränge.

»Wir werden jetzt aussteigen«, weise ich meinen Vater an. »Kannst du das tun, mit mir zusammen?«

Seine Miene verfinstert sich. Würdevoll schüttelt er den Kopf. »Die Welt ist nicht die Welt.«

Das Schlimmste ist eingetroffen. Ich verliere ihn; er versinkt im Wahnsinn. »Bleib einfach bei mir. Ich bin hier.«

»Du bist nicht … *du.*«

Mein Schatten öffnet die Tür meines Vaters – zu früh. In jäher Panik ist mein Vater aufgesprungen, bevor ich ihn aufhalten kann. Mit erstaunlicher Kraft stößt er die Tür weit auf, rempelt meinen Schatten zu Boden und rennt davon.

»Verdammt noch mal!«

Ich komme gerade noch rechtzeitig aus dem Wagen, um zu sehen, wie mein Vater oben am Kai in der Menge verschwindet. Mein Schatten sitzt neben dem Wagen auf dem Boden und wirkt benommen.

»Es tut mir leid, Direktor Bennett. Er hat mich komplett überrumpelt.«

»Du verdammter Idiot!«

Ich stürze hinter meinem Vater her. Die Unruhe bei unserem Wagen ist nicht unbemerkt geblieben. Drei Wachmänner haben sich der Verfolgung angeschlossen. Schreckensschreie hallen über den Kai. Für unsere Bürger gibt es nichts Beunruhigenderes als die Szene, die sich jetzt vor ihren Augen entfaltet: Es ist nicht weniger als die Schändung eines Tempels. Ich drängle und stoße und schreie, man solle mich vorbeilassen. Andere Fährleute – Kollegen, Männer und Frauen, denen ich auf den Fluren begegnen werde – ziehen ihre Klienten aus dem Weg, schirmen ihre Gesichter ab und beschwören sie, nicht hinzusehen.

Mein Vater ist oben am Pier angekommen. Da ist das Ende der Schlange; er kann jetzt nirgends mehr hin. Neben mir springen die Maschinen der Fähre dröhnend an, und gurgelnd gischtet es am Kai herauf. Alles ist automatisiert; das Boot hat nicht einmal einen Steuermann. Exakt um ein Uhr wird es ablegen, ob man will oder nicht.

Ich werde nicht der Erste sein, der meinen Vater erreicht. Einer der Wachleute hat mich eingeholt. Er ist jung und stark, ein Mann, der sich beweisen will. Sehnige Muskelstränge wölben sich unter dem blauen Stoff seiner Uniform. Allerlei Firlefanz hängt an seinem knarrenden Ledergürtel: Handschellen, ein Elektroschocker, ein langer Teleskop-Schlagstock. Warum sollte es so einen Mann interessieren, dass ich meine Dienstmarke aus dem Jackett gezogen und hochgehalten, dass ich mich als Fährmann auf der Ebene eines Leitenden Direktors identifiziert und ihm befohlen habe, sich zurückzuziehen? Er ist schlicht unfähig – ein Hund, der von der Leine gelassen wurde. Er zieht in einem letzten Spurt davon, und als mein Vater sich seinem Angreifer zuwendet, stürzt der Wachmann sich auf ihn, die beiden landen auf dem Beton, und der Taser erscheint, den er meinem Vater an den Hals drückt.

Ich höre ein entsetzliches Knattern.

Mein Vater verkrampft sich einmal, er erstarrt zu einem grotesken Bogen über dem Beton und sackt dann wie ein geplatzter Ballon in sich zusammen. Der Rest ist ein Nebel von rücksichtsloser Gewalt. Schon während ich sie ausübe, ist mir klar, dass sie auf mich zurückfallen und mich verfolgen wird – alles wird aufgezeichnet von den Drohnen, die über uns schweben. Ich greife hinunter und packe den Wachmann beim Gürtel, um ihn von meinem Vater herunterzuzerren, nehme ihn in den Schwitzkasten und drücke zu, um seine Halsschlagader zu blockieren. Er fängt an, sich zu wehren, und krallt die Finger in meine Arme, aber das Überraschungsmoment ist auf meiner Seite, und ich bin kein Schwächling.

Sein Leben bedeutet mir nichts. Von mir aus steht es ihm absolut frei zu sterben. Am Rande meiner Wahrnehmung stehen die anderen Wachleute bewegungslos da. Vielleicht haben sie endlich herausgefunden, was meine Dienstmarke bedeutet (die jetzt irgendwo auf dem Boden liegt), vielleicht sind sie aber auch nur zu verdattert, um etwas zu unternehmen.

Irgendwie siegt die Vernunft. Ich lasse den Wachmann los, und der gleitet zu Boden wie ein nasser Sack. Dem Chaos zum Trotz haben die Aussteiger angefangen, an Bord der Fähre zu gehen, die einen schneidenden Sirenenton abgibt: noch drei Minuten. Ich knie neben meinem Vater. Seine Augen sind offen. Er blinzelt. Blut kriecht an seinem Haaransatz entlang, und ein Ärmel seines Blazers ist an der Schulter abgerissen. Seine Hose ist nass, ein Urinfleck breitet sich immer weiter aus. Wie klein er aussieht, wie verwüstet! Seine Würde ist dahin, gestohlen in letzter Minute; alles, was bleibt, ist sein gebrechlicher, verbrauchter Körper, das zerbrochene Gefährt eines Menschen. Seine Lippen arbeiten lautlos und ringen um Worte. Ich beuge mich über ihn, um zu hören, was er sagt. Ein einzelnes Wort nimmt Gestalt an.

»Oranios.«

Das Wort sagt mir nichts. Es ist nicht einmal ein Wort, nur das sinnlose Plappern eines Geistes in Auflösung. »Dad, sieh mich an.« Ich wölbe die eine Hand um seinen Hinterkopf und fasse sein Kinn mit der anderen, um sein Gesicht zu drehen. Die Natur dieser Gebärde entgeht mir nicht. Ich bin der Vater, er ist das Kind – noch ein Verlust an Würde, den ich ihm nicht ersparen kann. Die Sirene der Fähre heult zweimal. Noch zwei Minuten.

»Siehst du es nicht?«, sagt er. »Es ist alles … *Oranios.*«

Ich blicke auf. Mein Schatten ist zu den beiden anderen Wachleuten getreten, und sein Gesicht verrät stumme Ratlosigkeit und Schock. Beim besten Willen kann ich mich nicht an seinen Namen erinnern, obwohl er ihn vor weniger als einer Stunde wiederholt hat. Der Junge ist hilflos, und ich will seine Hilfe auch nicht. Ich ziehe meinen Vater auf die Beine, lege seinen linken Arm über meine Schultern und befördere ihn halb schleppend, halb schleifend den Anleger hinunter. Ich bin restlos erschöpft; meine Glieder sind kraftlos wie Gelatine.

»*Oranios*«, murmelt mein Vater. »*Oranios*, *Oranios*, alles *Oranios* …«

Wir erreichen das untere Ende der Gangway. Aussteiger gaffen von der Reling herunter. Eine entsetzte Stille hat sich über alles gelegt; selbst der Himmel, an dem Wolken von ungefallenem Regen schwellen, scheint mich zu verspotten. Ich trage meinen Vater an Bord. Der Wind hat zugenommen; Wellen klatschen an den Rumpf, und die Leinen knarren an ihren Klampen. Das Deck unter meinen Füßen schwankt wie ein Betrunkener. Ich lasse meinen Vater auf eine Bank sinken und gehe vor ihm in die Hocke. Irgendjemand drückt mir eine Flasche Wasser in die Hand; ich halte sie ihm an die Lippen. Es gelingt ihm, einen kleinen Schluck zu trinken, der Rest tröpfelt über sein Kinn.

Drei kurze Sirenentöne. Noch dreißig Sekunden, und die Fähre wird ablegen. Dreißig Sekunden für die letzten Worte, die es zwischen uns zu sagen gibt. Und ich finde sie nicht.

»Proctor?«

»Ja, ich bin hier.«

»Ich habe Angst.«

Ihn fröstelt. Die Maschine brüllt auf und läuft dann im Leerlauf. Ich nehme seine Hand und halte sie, als der Countdown beginnt. Zehn. Neun. Acht. »Das verstehe ich.«

»Ich wollte sie nicht vergessen.«

Es gibt Sekunden, die keine Sekunden sind, ganz und gar nicht. Sie tun sich um uns herum auf wie der Balg eines großen, kosmischen Akkordeons, und darin liegt eine endlose Weite – so fühlt es sich jedenfalls an. In diesem Raum treffen Offenbarungen auf uns, und dies ist meine: Es gibt nur eins, das ich jetzt tun kann, um meinem Vater zu helfen – etwas, das ich noch nie getan habe. Ich küsse ihn auf die Stirn.

»Ich liebe dich«, sage ich zu ihm.

Sieben. Sechs. Fünf. Das Getriebe der Maschine wird eingekuppelt, die Gangway eingezogen. Ich werde springen müssen.

»Es tut mir leid, aber ich muss jetzt gehen.«

Vier. Drei. Zwei.

Eins.

Und aus.

Die Zeit vergeht auf geheimnisvolle Weise. Gerade bin ich noch auf der Fähre, und im nächsten Moment stehe ich auf dem Pier. Die Fähre weicht zurück in das Grau des Wassers und des Himmels. Die Menschenmenge löst sich tröpfelnd auf, bis ich allein bin. Dann kommt ein Augenblick, in dem mir klar wird, dass der Gegenstand meiner Aufmerksamkeit nicht mehr zu sehen ist. Die Fähre und alle an Bord sind von einem weiten Jenseits verschluckt worden.

Vom anderen Ende des Piers nähern sich vier Gestalten. Die erste ist mein Schatten, dessen Name, wie mir plötzlich einfällt, Jason ist. Hinter ihm sind zwei Wachleute. Sie stützen ihrerseits einen dritten – den, den ich beinahe erwürgt hätte. Ich warte mit den Händen in den Taschen, als die vier auf mich zukommen.

Jason hat meine Dienstmarke. Wortlos reicht er sie mir. Als die Wachleute vorbeigehen wollen – zweifellos in der Hoffnung, mir zu entkommen –, befehle ich ihnen, stehen zu bleiben.

Ich will diesen Männern nichts Böses. Dieses Bedürfnis ist vergangen. Aber ich wünsche ihnen auch nichts Gutes.

»Sie alle drei«, sage ich.

Sie sehen mich schuldbewusst an. Sie kommen mir nicht mehr so viehisch vor wie noch vor zehn Minuten. Es sind Jungen, die eine Aufgabe erfüllen, und ihnen ist klar, dass sie sie verpfuscht haben.

»Sie sind entlassen.«

Jason und ich kehren zum Wagen zurück. Ich setze mich neben ihn auf den Vordersitz. Als er mich fragt, wohin er mich fahren solle, sage ich: »Ins Büro.« Ich muss einen Fallbericht schreiben, und um solche Dinge kümmert man sich am besten schnell, solange die Erinnerung noch frisch ist. Das Letzte, was ich will, ist, dass bestimmte Aspekte meiner Geschichte den Aufzeichnungen der Drohnen widersprechen.

»Was hatte denn das zu bedeuten?«, fragt er.

Die Welt ist nicht die Welt. Du bist nicht du. Das sind Aussagen ohne Kontext. Sie schweben wie verwaiste Atome im Vakuum. Aber die Reihenfolge ihres Auftretens impliziert einen Gedankengang. Sie stehen in einer Beziehung, aber nur zueinander. *Oranios. Es ist alles Oranios.*

Was ist *Oranios*?

Wir nähern uns schweigend der Plaza. Die Fußgänger sind weniger geworden – die Mittagspause ist vorbei, und Regen setzt ein. Während ich das noch bemerke, zuckt ein gabelförmiger Blitz wie eine himmlische Bestätigung durch die Luft über dem Hafen. Sporadisches Klopfen auf dem Wagendach, und dann fängt es an, heftig zu regnen – ein heißer, nadelspitzer, tropischer Regen, der die letzten Fußgänger auf der Straße eilig in Deckung gehen lässt. Cafémarkisen. Büroeingänge. Die Plexiglasdächer der Shuttle-Haltestellen. Ein paar kämpfen sich tapfer weiter und halten sich Aktentaschen und Zeitungen über den Kopf. Es ist eine erfreuliche Szene, die das Gedächtnis aktiv werden lässt. Ein regnerischer Vormittag, und ich lege ein Puzzle mit meiner Mutter. Ich bin entzückt, als ich ein einzelnes, perfektes Stückchen Himmel finde. Ein Nachmittag, als ich nach der Schule von einem Freund nach Hause ging und von einem plötzlichen Schauer überrascht wurde. Statt mich unterzustellen, stand ich viele, lange Minuten mit zurückgelegtem Kopf da, um den Regen im Gesicht zu spüren. Eine Nacht in der ersten Zeit meiner Ehe, als Elise und ich miteinander schliefen und wegdämmerten und von einem Gewitter wieder wach wurden. Unter seinem Zauberbann wandten wir uns wortlos einander zu und schliefen noch einmal zum Rauschen des Regens miteinander. Ich sage Jason, er solle anhalten.

»Hier? Es gießt.«

»Halt einfach an, bitte.«

Er hält am Randstein.

»Du kannst den Rest des Nachmittags freinehmen«, sage ich.

»Und der Bericht?«

»Der kann warten.« Er sagt nichts und starrt mich nur an.
»Es ist in Ordnung«, beruhige ich ihn. »Du hast deine Sache gut gemacht. Fahr einfach.«

Ich steige aus, der Wagen fährt ab. Sofort ist mein Anzug durchnässt. Leute eilen vorbei und werfen mir neugierige Seitenblicke zu, andere beobachten mich skeptisch unter den Markisen und Hauseingängen hervor, wo sie Zuflucht gesucht haben. Wer ist dieser Mann, der da im Regen steht? Was ist los mit ihm? Ist er nicht bei Trost?

Nachrichten verbreiten sich schnell. Innerhalb weniger Stunden, in höchstens einem Tag, wird es sich herumgesprochen haben: Bei der Fähre ist etwas Schlimmes passiert. Aber vorläufig bin ich ein Niemand für diese Leute, ein Wildfremder, und mehr kann ich mir nicht wünschen. Als ich losgehe, schlage ich den Kragen hoch und ziehe den Kopf zwischen die Schultern, um mich vor dem Regen zu schützen und damit niemand sieht, dass ich weine.

3

Der Ausflug, das weiß Thea, ist nicht klug.

An der Prosperity Plaza nimmt sie ein Shuttle zur Transferstation. Aber das Unwetter ist abgezogen, und die Sonne scheint wieder. Ihre tropischen Strahlen werden gleißend von Straßen und Gebäuden und dem Laub der Bäume zurückgeworfen, von denen dicke Regentropfen fallen. Bei der Station muss sie fünf Minuten warten, und dann besteigt sie ein zweites Shuttle, die Annex Direct Line. Blicke wenden sich ihr kurz zu und verlassen sie gleich wieder, als sie im vorderen Teil Platz nimmt; die Gespräche um sie herum werden zu einem Gemurmel. Das Shuttle ist halb voll: Männer in Arbeitskleidung, die zusammengesunken auf ihren Plätzen sitzen und nach Schweiß riechen; Frauen in den schlichten weißen Uniformen von Hausmädchen und Küchenhelferinnen; vereinzelte Techniker und Büroangestellte, die privilegierten wenigen, für anspruchsvollere Arbeiten ausgewählt.

Mit pneumatischem Zischen schließen die Türen sich wieder; das Shuttle gleitet weg von der Station, talwärts. Die Fahrt zum Damm dauert zwanzig Minuten. Gespräche werden allmählich fortgesetzt, als die Mitfahrenden sich an ihre Anwesenheit gewöhnt haben. Es ist nicht so, als würden Prosperaner den Annex nie besuchen, aber es kommt selten vor, und wenn, dann reisen sie in Gruppen und zu irgendeinem offiziellen Anlass. Behördliche Informationsbesuche. Wohltätigkeitsmissionen. (Prosperaner lieben Wohltätigkeiten aller Art.) Touristische Ausflüge zur Befriedigung morbider Neugier, deren Teilnehmer auf jedes hinreißend schmutzige Detail mit »Ooh« und »Aah« reagieren. Eine einzelne Prosperanerin, noch dazu eine Frau, in der Annex Direct, das ist eine einsame bunte Blume auf einem schlammigen Feld. Ihre Schuhe mit den Zehn-Zentimeter-Absätzen und den offenen Spitzen sind in keiner Weise geeignet für die dreckigen Straßen und offenen Gossen des Annex, und was ihre Handtasche gekostet hat, verdienen die Mitfahrenden wahrscheinlich in einem Monat. Was will sie hier? Was kann eine solche Frau vorhaben, wenn sie unbegleitet in den Annex fährt?

Vier Haltestellen, jedes Mal mehr Fahrgäste, und bald ist jeder Sitz besetzt, nur der neben ihr nicht. Noch mehr Fahrgäste stehen im Gang. Die Fahrt verlangsamt sich, als das Shuttle sich in die Schlange der anderen Fahrzeuge am Anfang des Fahrdamms einreiht. Theas Herz schlägt schneller. Schweißperlen bilden sich unter ihren Achseln, und ihre Kehle ist plötzlich wie ausgedörrt. Das Shuttle kommt ihr unnatürlich eng vor. Sie weiß, wie sie sich verhalten muss, sie hat das alles schon gemacht, aber die Reaktion des Körpers hat mit Logik nichts zu tun und erfolgt ganz unwillkürlich. Sie haben den dritten Platz in der Schlange, dann den zweiten. Das letzte Shuttle fährt an, und man sieht den Wachtposten und das Tor. Drei Wachleute in engen blauen Uniformen werden ergänzt durch zwei auf das Wesentliche reduzierte, waffenfähige Faksimiles – Security-Faxe nennt man sie: menschengroß und von angedeuteter Menschengestalt, aber davon abgesehen ohne sichtbares menschliches Element. Sie sind Maschinen von purer Nützlichkeit – glänzende Stangen und pneumatische Motoren und pulsierende, interne Lämpchen. Alles, was sie tun, macht ein Geräusch.

Das Shuttle fährt an und hält am Tor.

Der Wachmann, der einsteigt, ist typisch für seine Art. Wie die Faksimiles hat er etwas Mechanisches, und nichts an ihm ist verschwendet. Sein helles Haar ist borstig kurz geschnitten und steif wie Weizenhalme, sein Gesicht besteht aus erbarmungslosen Winkeln, und Muskeln schwellen unter seiner Uniform wie Druckluft. Das Leder seiner Stiefel und seines Gürtels quietscht, als er die Stufen erklimmt.

»Ausweise vorzeigen.«

Der Wachmann wirft einen Blick auf sie – eine kurze Seitwärtsbewegung seiner Augen, als er vorbeikommt. Reihe um Reihe kontrolliert er die Ausweismarken der Fahrgäste und zieht sie durch den roten Lichtstrahl seines Scanners. Bei allem, was er tut, ist sein unterdrückter Abscheu spürbar.

Thea ist als Letzte an der Reihe. Der Blick des Wachmanns verändert sich und biedert sich an – *Diese Leute, ist das zu fassen?* –, aber die innere Härte verschwindet nicht.

»Madam, guten Tag. Darf ich Ihren Ausweis sehen?«

Sie klappt ihre Handtasche auf und reicht ihm das Dokument. Er scannt es.

»Sehr gut, Miss Dimopoulos. Darf ich nach dem Zweck Ihres heutigen Besuchs im Annex fragen?«

»Ich bin Kunsthändlerin und hier im Auftrag eines Käufers.«

»Kunst … wie Gemälde?«

»Manches davon ist tatsächlich ganz interessant. Auf primitive Art.«

Die Vorstellung amüsiert ihn. »Primitiv«, wiederholt er. »Darauf wette ich.« Er gibt ihr den Ausweis zurück. Sie sind jetzt so etwas wie Freunde. Spieler in derselben Mannschaft. »Möchten Sie, dass ich von hier aus anrufe und eine Eskorte bestelle?«

»Das ist nett von Ihnen, aber nein.«

Er mustert sie sorgenvoll. »Wenn Sie es sich anders überlegen, sagen Sie es jemandem. Und ich würde Ihnen nicht raten, dazubleiben, wenn es dunkel wird.«

»Danke, Officer. Das habe ich auch nicht vor.«

Die Reise über den Fahrdamm dauert drei Minuten. Innerhalb dieser kurzen Zeit wird eine Welt gegen eine andere ausgewechselt: das geräumige, gepflegte Prospera gegen die engen Bezirke des Annex. An der Haltestelle steigt Thea aus und geht die Straße hinunter. Sogar das Wetter erscheint hier anders. Der Sonnenschein ist eine machtvolle Belastung. Die übervollen Apartments in tristen Betonbauten, die engen Marktstände voll abgelegter Waren, die Meute von Kindern, die einem ständig vor die Füße laufen. Die Stufen und Ecken, wo Männer müßig herumlungern und ihren Weg mit ihren Blicken verfolgen – das alles ist schmutzig. Es ist gefährlich. Aber es ist lebendig. Das ist das Wort, das Thea einfällt. Der Annex ist lebendig.

Und jetzt sieht sie es: das erste *A*. Auf eine Hauswand geschrieben, in breiten, tropfenden Pinselstrichen, ist es sicher fast zwei Meter groß. Ein Wachmann beaufsichtigt zwei Männer in Overalls, die versuchen, es mit langstieligen Seifenbürsten zu entfernen. Ihre Mühen werden erfolglos bleiben; die Poren der Ziegelsteine haben die Farbe bereits aufgesogen. Wer immer dafür verantwortlich ist, wusste, was er tat. Die ganze Wand wird neu gestrichen werden müssen.

Was bedeutet das? Thea hat die Geschichten gehört – wie alle anderen auch. Sperrt man zwei Prosperaner in ein Zimmer, ist es das Erste, was einer der beiden ausspricht. Hauspersonal, das sich krankmeldet. Halb bemannte Straßenbautrupps. Lustloser Einsatz von Hausmeistern und Gärtnern und Köchen. Noch kein Generalstreik; vorläufig redet man von »Dienst nach Vorschrift«. Niemand kann sagen, wie oder wann es angefangen hat.

»Hey, reiche Lady.«

Die Stimme gehört einem Jungen. Er taucht vor ihr auf und hüpft rückwärts, um sich ihrem Tempo anzupassen. Zerzaustes schwarzes Haar, nackte, lehmverschmierte Füße, ein raffiniertes Grinsen. Er sieht aus wie zehn, aber er könnte auch schon dreizehn sein. Thea weiß, dass noch andere hinter den Kulissen warten. Er ist nur der Kundschafter.

»Sind Sie 'n Prossie?«, fragt er.

Sie verlangsamt ihr Tempo nicht und er auch nicht. Im Tandem gehen sie die Straße hinunter wie Tangotänzer auf der Tanzfläche.

»Du kannst deinen Freunden sagen, dass ich sie sehe.«

»Meinen Freunden? Was für Freunden?« Er grinst immer noch und macht eine kleine Verbeugung. »Antone Jones, zu Ihren Diensten.«

»Aha. Und was wären das für Dienste?«

»Alles, was Sie brauchen! Antone wird sich darum kümmern.«

»Ohne Zweifel gegen ein Honorar.«

Er machte große Augen. »Kein Honorar! Aber wenn Sie was entbehren können, wäre ich Ihnen sehr verbunden.«

Sie nähern sich dem Ende des Blocks. »Tatsächlich gibt es

da etwas. Da ist ein Mann, der mir folgt. Benimm dich nicht zu auffällig. Siehst du ihn? Er trägt eine blaue Jacke und eine Sonnenbrille.«

Antone späht an ihr vorbei. »Den kennt hier jeder«, sagt er. »Heißt Hanson. Er ist ein großer Suit hier in der Gegend.«

Ein Suit. Die Abkürzung für State Security Service, den Staatlichen Sicherheitsdienst oder S3. Er hat Thea verfolgt, seit sie aus dem Shuttle gestiegen ist.

»Vielleicht ist er das. Ich weiß es wirklich nicht. Aber ich möchte, dass ihr ihn beschäftigt, du und deine Freunde. Für so einen Dienst zahle ich fünfzehn Dollar.«

»Fünfundzwanzig.«

Ganz schön gerissen, dieser Antone. Sie nähern sich der Straßenkreuzung, und es wird Zeit, dass sie handelt. Sie zieht einen Schein aus ihrer Tasche.

»Zwanzig. Mein letztes Angebot. Abgemacht?«

Der Junge reißt ihr den Schein aus der Hand, pfeift durch die Zähne und ist verschwunden. Thea sieht sich nicht um. An der Ecke beschleunigt sie ihren Schritt und biegt nach rechts, dann nach links, drückt sich in eine Gasse und findet sich schließlich im Trubel eines Marktplatzes mit dicht gedrängten Ständen wieder. Manche Leute starren sie an, andere wenden sich ab und treten zur Seite, um sie vorbeizulassen. Sie biegt in die nächste Gasse ein, die von hohen Mietshäusern gesäumt ist. Auf halber Strecke sieht sie eine Tür aus schwerem Stahl, eingelassen ins Ziegelmauerwerk. Thea klopft dreimal, wartet kurz und klopft noch zweimal. Sie hört, wie Riegel zurückgezogen werden, und ein Männergesicht, ein schmaler Streifen, späht über eine Kette hinweg.

»Ich suche Stefano.«

»Wen?«

»Mutter schickt mich.«

Die Tür schließt sich, und die Kette wird abgenommen.

»Kommen Sie«, sagt der Mann. »Schnell.«

Thea tritt ein und steht in einem kleinen Zimmer mit einem kleinen, drahtverglasten Fenster, durch das das Licht hereinfällt. In der Ecke steht eine Pritsche, auf der ein Mann schläft, daneben eine behelfsmäßige Küche mit einer Kochplatte.

»Hat man Sie verfolgt?« Er ist stämmig und muskulös, hat einen kahlen Schädel und dichte Augenbrauen.

»Ja, vom Shuttle-Depot an. Auf dem Markt habe ich ihn abgehängt.«

»Was brauchen Sie?«

»Kleidung. Papiere.«

»Mal sehen, was ich habe.«

Während sie sich auszieht, wühlt der Mann in einer Packkiste. Thea entscheidet sich für eine Baumwollhose mit einer Schnur um die Taille, eine weite Bluse und ein Paar Lederstiefel. Die Sachen riechen nach Schweiß und Alter und Arbeit. Sie hat ihr eigenes Make-up mitgebracht und tupft ein wenig Rot und Violett um die Augen, bleicht sich die Lippen mit einer fleischfarbenen Flüssigkeit und sorgt mit einem gelblichen Puder für einen fahlen Teint. Ihr Haar mit den zarten Akzenten und den sorgsam angelegten Stufen lässt sich nur verhüllen. Sie bindet es zusammen und stopft es unter eine Männermütze.

»So?«, fragt sie.

Der Mann mustert sie einen Augenblick lang. »Halten Sie den Kopf gesenkt, dann sollte es gehen. Lassen Sie uns das Foto machen.«

Ein Laken hängt an der Wand. Thea stellt sich davor auf. Es blitzt, und das Foto schiebt sich unten aus der Kamera. Der Mann verschwindet in einem Nebenzimmer und kommt nach kurzer Zeit zurück. Er bringt Thea ihren neuen Ausweis, der noch warm vom Laminator ist. Sie steckt ihn ein und öffnet ihre Handtasche.

»Sie kennen Old Fred?«, fragt er.

Thea nickt. Jeder kennt Old Fred.

»Ich lasse Ihre Sachen an seinem Stand.«

Das soll heißen: Kommen Sie nicht wieder her. Er bringt Thea zur Tür und zieht die Riegel zurück.

»Die Ankunft ist nah«, sagt er.

»Die Ankunft ist nah.«

Sie geht mit gesenktem Kopf und meidet das Blickfeld der Drohnen und Kameras. Von dem Mann, der sie verfolgt hat, keine Spur. Sie macht Umwege, und als sie an ihrem Ziel ankommt, werden die Schatten schon länger. Sie ist in der Nähe der Hafenanlagen an der Ostseite der Insel, und fauliger Fischgeruch hängt in der Luft. Boote dümpeln am Pier, und die Männer laden den Fang des Tages in Körbe. Manches bleibt im Annex, und die besten Stücke finden den Weg auf die Porzellanteller in den Häusern und Bistros von Prospera.

Sie nimmt den Schlüssel aus seinem Versteck hinter einem losen Backstein in der Mauer und betritt das Gebäude. Nach der tristen Eintönigkeit des Annex ist es, als wäre sie plötzlich in einen Dschungel geraten, so lebendig ist der Raum mit seinen Farben und Formen. Großformatige, bemalte Leinwände hängen an allen Wänden; andere stehen auf Staffeleien, die überall verteilt sind. Die Pinselstriche sind wild und kühn und reich an Emotionen, aber irgendwie scheinen sie zugleich sehr kontrolliert und absichtsvoll. Die Ruhe nach dem Regen. Die Trauer, wenn man jemanden vermisst, der vor langer Zeit gegangen ist. Der Funke einer ersten, überraschenden Liebe.

»Pappi«, sagt sie.

Der alte Mann sitzt vor einer Leinwand am anderen Ende des Raums, mit dem Gesicht dicht vor der Oberfläche. Er ist so konzentriert, dass er keine Notiz von ihr nimmt, als sie auf ihn zutritt.

»Pappi, ich bin's.«

Der Bann ist gebrochen; er wendet ihr sein starres Gesicht zu. »Thea?«

Seine Augen sind wie wolkige Murmeln, und was von seinem Haar noch übrig ist, ist ein wilder weißer Haarkranz. Sie überlässt sich seiner warmen Umarmung.

»Was willst du hier?«, fragt er grinsend.

»Das sollst du doch nicht fragen.«

»Ich nehme an, du willst Mutter besuchen«, sagt Pappi. »Tja, sie ist nicht hier.«

»In Wirklichkeit will ich ein paar Bilder kaufen.« Das ist ein Witz, aber nicht nur. »Ich sage dir, ich kann dich reich machen.«

Er lacht leise. »Das hat mir noch gefehlt, dass jemand meine Arbeiten danach auswählt, ob sie zu seinem Sofa passen. ›Haben Sie nicht was mit mehr Beige? Und was ist mit Katzen? Haben Sie Bilder mit Katzen?‹«

Thea betrachtet die Leinwand. »Ich sehe, du bist wieder bei den Gesichtern.«

Das ist ein Gegenstand, zu dem er immer wieder zurückkehrt. Nein, kein »Gegenstand«. Pappis Bilder zeigen keine

Gegenstände. Das Wort, für das Thea sich entscheiden würde, ist »Präsenz« – eine unterirdische Schicht, gerade noch sichtbar unter der Oberfläche des Bildes. Gesichter im Wasser, Gesichter in den Wolken. Gesichter in den Hauswänden. Ein Faden aus Gesichtern, eingewoben in das Gewebe der Welt.

»Sag mir, was du siehst.«

Das ist ein Spiel, das sie spielen. Thea schaut das Gemälde an, lässt den Blick über die Oberfläche wandern und saugt die Gefühle auf, die es weckt.

»Einsamkeit«, sagt sie nach einer Weile. »Nein, nicht ganz. Alleinsein, aber von einer bestimmten Art. Du bist mitten in der Nacht wach, aber niemand sonst.« Sie sieht ihn an. »Und?«

»Das alles hast du gesehen? Ich dachte, ich spiele hier bloß herum. Sag, dass du zum Essen bleibst.«

»Ich muss zurück sein, wenn es dunkel wird.«

»Dann essen wir früher.«

Sie sollte ablehnen. Die Zeit ist knapp. Aber sie bringt es nicht über sich. Was schadet es, wenn sie zum Essen bleibt? Die bloße Aussicht darauf beschwingt ihr Herz wie seit Wochen nichts mehr.

Sie drückt einen Kuss auf den kahlen Schädel. »Mal sehen.«

Pappi lächelt. Die Sache ist entschieden. »Ach, Thea. Unsere Thea. Die Cousinen werden sich freuen, dich zu sehen.«

Sie tritt durch die Hintertür hinaus in eine zweite Gasse, voll von Müll und Unkraut. Dort geht sie bis zu einer anderen Tür und öffnet sie. Der Geruch ist hier stärker; das Gebäude wurde früher zur Fischverarbeitung benutzt. Lange

Stahltische zum Ausnehmen stehen an den Wänden. Hinten, flach in den Boden eingelassen, ist eine Luke. Thea hebt sie hoch und steigt hinunter in einen Kellerflur, der von einer einzelnen, matten Glühlampe beleuchtet wird. Die Wände schwitzen Kondenswasser und riechen nach Schimmel und feuchter Erde. Sie gelangt zu einer zweiten Tür, über der eine abwärtsgerichtete Kamera hängt. Sie klopft und schaut hoch in die Kamera.

Eine körperlose Stimme sagt: »Wer da?«

»Scheiße, Quinn, mach auf.«

»Eine Sekunde.«

Es dauert mehr als eine Sekunde – es sind fast zwei Minuten. Thea ist kurz davor, die Geduld zu verlieren, als die Tür sich öffnet.

»Wow«, sagt Quinn. »Underdressed, wie ich sehe.«

Er selbst ist auch nicht gerade todschick. Er ist irgendwo jenseits der vierzig, hat eine teigige Haut und ständig blinzelnde Augen, und sein Bart ist ungepflegt; er sieht aus wie ein früher halbwegs attraktiver Mann nach einer langen, erschöpfenden Krankheit.

»Mehr hast du nicht zu sagen? Ich dachte, wir wären Freunde.«

»Es ist gefährlich, Freunde zu haben, hast du das noch nicht gehört? Hat Mutter dich angerufen?«

»Ich bin von allein gekommen. An der Fähre ist heute etwas passiert.«

Er öffnet die Tür weiter, um sie hereinzulassen. »Mal sehen, was du hast.«

Sie betritt einen Komplex aus engen Räumen. Ein Zimmer mit Kojen für die Mitglieder der Bewegung. Eine kleine Küche, die auch als Lazarett dient. Und das Herz des Ganzen: der Raum namens »das Nest«.

Mit einer Fläche von nicht mehr als anderthalb Quadratmetern fungiert er als Zentrale der Bewegung. Der Raum erscheint wie eine Art mechanisches Gehirn, vollgestopft mit Terminals, Leucht- und Schalttafeln und improvisierten Leitungen, die überall entlanglaufen, an den Wänden, auf dem Boden und sogar unter der Decke. Die Hälfte des ganzen Zeugs ist Thea ein Rätsel.

Sie fragt: »Kannst du das heutige Drohnenvideo vom Pier aufrufen?«

»Welche Uhrzeit?«

»Kurz vor eins. Sagen wir, zwölf Uhr fünfzig.«

Quinn setzt sich an sein Terminal. Zwei Sekunden lang hält er die Hände über die Tastatur wie ein Pianist, der sich darauf vorbereitet, einen Sturm von Noten loszulassen. Dann fängt er an zu tippen. Daten des Zentralen Informationssystems fliegen über den Monitor, eine Wand aus Buchstaben und Zahlen, neongrün vor dem schwarzen Hintergrund.

»Ta-daa«, sagt Quinn.

Ein Fenster erscheint auf dem Bildschirm, und darin sieht man ein bewegliches Bild. Der Pier, von oben gesehen. Menschen gehen nacheinander an Bord der Fähre. Der Zeitstempel zeigt 12:53.

Quinn beugt sich vor und zeigt auf die untere linke Ecke des Monitors. »Bist du das?«

»Ja.«

»Was hast du da gemacht?«

»Ich bin in der Mittagspause dort gewesen.« Sie zuckt die Achseln. »Manchmal gehe ich da hin.«

»Ziemlich morbide Art, die Mittagspause zu verbringen.«

»Egal. Sieh einfach hin.«

Von der linken Seite kommt ein Mann ins Bild. Er rennt etwas unbeholfen auf dem Pier entlang. Drei andere jagen hinter ihm her – Wachleute mit gezückten Elektroschockern –, gefolgt von einem vierten im dunklen Anzug. Die Drohne schwenkt zur Seite und zoomt den ersten Mann heran. Er kann nirgends hin; seine Flucht ist sinnlos. Am Ende des Piers bleibt er stehen und dreht sich zu seinen Verfolgern um. Er hebt die Hände in einer abwehrenden Gebärde, aber der erste Verfolger wirft ihn zu Boden und drückt ihm den Schocker an den Hals. Der Körper des Mannes erstarrt und wird dann schlaff.

»Netter Kerl«, sagt Quinn. »Hat ihm noch niemand gesagt, dass man ältere Leute respektieren soll?«

Die Szene geht weiter. Der Fährmann erscheint, reißt den Wachmann am Gürtel hoch und klemmt ihm die Ellenbeuge unter das Kinn.

»Jetzt«, sagt Quinn und klopft mit dem Finger auf das Monitorglas. »Ich glaube, er will den Mann erwürgen.«

So sieht es aus. Mehrere Sekunden vergehen, und der Körper des Wachmanns erschlafft. Der Fährmann lässt ihn los, und er fällt zu Boden.

»Scheiße«, sagt Quinn.

Der Fährmann fällt neben dem alten Mann auf die Knie und legt ihm eine Hand an den Hinterkopf. Die Geste hat eine völlig andere Tonart als das, was eben passiert ist. Sie ist zärtlich, beinahe liebevoll. Die Augen des alten Mannes sind offen und starren in den Himmel. Seine Lippen bewegen sich.

»Stopp hier«, sagt Thea.

Quinn drückt eine Taste und dreht sich mit seinem Stuhl um. »Ist das der, für den ich ihn halte?«

»Ja, und das ist nicht alles. Der Fährmann? Ich glaube, das ist sein Sohn.«

»Heilige Scheiße!«

»Kannst du mir den Ton dazu geben? Ich muss hören, was er sagt.«

Quinn lässt die Aufnahme zurücklaufen, stoppt da, wo der Fährmann auf die Knie fällt, fummelt an der Audiotaste herum und startet wieder. Die Worte gehen im Strom der Hintergrundgeräusche unter: im Schreien der Menge, im Rumpeln der Schiffsmaschine und im Wind, der dem aufziehenden Unwetter vorausgeht.

»Kriegst du das irgendwie sauber?«, fragt Thea.

Quinn unternimmt noch drei Durchläufe. Mit jedem bessert sich die Tonqualität, aber nur wenig, und was der Mann sagt, ist immer noch nicht zu verstehen. Quinn lehnt sich zurück und wischt sich mit einer Hand über das Gesicht. »Da sind einfach zu viele Umgebungsgeräusche.«

»Versuch's noch einmal, aber langsam. Bild für Bild.«

Quinn spult zurück und startet wieder.

»Da.« Er zeigt auf den Mund des alten Mannes. »Das ist ein O.«

»O ist einfach. Mach weiter.«

»*A?*«, fragt Quinn.

»Nein«, sagt Thea. »Siehst du, wie die Kiefermuskeln sich anspannen?«

»Wenn du meinst …«

»Das ist ein *R*. *O*, *R* und dann *A*.«

Quinn schaut sie durchdringend an. Sie schweigen ein paar Augenblicke. »Was zum Teufel …?«

Sie machen weiter, aber das ist eigentlich nicht nötig. Sie wissen, was der Mann sagt.

O-R-A-N-I-O-S.

Oranios.

»Ich versuche seit Jahren, diese Firewall zu knacken«, sagt Quinn. »Und dann kommt dieser alte Knabe und spricht es aus, als wäre es nichts.«

Sie sitzen in der Küche und trinken Tee. Hinter ihnen geht die Tür auf. Jess.

»Thea«, ruft sie erfreut.

Thea steht auf, und die beiden Frauen umarmen einander.

»Mutter ist nicht hier«, sagt Jess.

»Ich hab's schon gehört.«

Sie lösen sich voneinander, und Thea betrachtet ihre Freundin. Die Jess, die Thea vor zehn Jahren kennengelernt hat, sah ziemlich beeindruckend aus und hätte leicht als Prosperanerin durchgehen können. Die Schönheit ist immer noch da, aber sie wirkt jetzt härter und schmaler. Das Gesicht einer Frau, die viel erlebt hat und die vom Glauben lebt. Ihr Haar, das einmal lang war, ist jetzt dicht am Schädel abrasiert.

»Und du?«, fragt sie. »Geht es dir gut da drüben?«

Thea zuckt die Achseln. »Ich gehe einmal die Woche zur Kosmetikerin. Und ich arbeite an meiner Rückhand.«

»Hat Mutter dich angerufen?«, fragt Jess.

»Ich bin von selbst gekommen«, sagt Thea. »Das hier musst du sehen.«

Im Nest zeigen sie Jess das Drohnenvideo. »Genau da«,

sagt Quinn und klopft mit dem Fingernagel auf den Monitor. »Hier sagt er es.«

Jess lässt sich auf einen Stuhl fallen. »Du lieber Gott!« Sie sieht Thea an. »Wie hast du das herausgefunden?«

»Ich war da. Ich habe die ganze Geschichte gesehen und nicht als Einzige. Inzwischen hat die halbe Insel davon gehört.«

Jess verlagert ihren Blick auf Quinn. Mehr ist nicht nötig.

»Ich kann ein Ohr auf den Funkverkehr haben«, sagt er. »Wir sollten bald davon hören.«

Sie wendet sich wieder an Thea. »Was wissen wir sonst noch über den Fährmann?«

»Quinn hat seine Akte heruntergeladen. Er arbeitet seit der Uni bei der Behörde für Sozialverträge. Er hat eine ziemlich hohe Position in der Abteilung inne, er ist Leitender Direktor für Bezirk sechs. Wahrscheinlich steht er auf der Liste für einen noch höheren Posten, angesichts der Beziehungen seiner Frau.«

»Ach? Wer ist denn die Frau?«

Thea sagt es ihr.

»Das ist ja *entzückend*. Sonst noch was?«

Thea zuckt die Achseln. »Sie stehen seit acht Jahren miteinander unter Vertrag, haben aber kein Mündel angenommen. Angesichts ihrer Position ist das ein bisschen merkwürdig.«

»Ein Power-Paar eben, versessen auf die Karriere«, mutmaßt Jess. »Das könnte es erklären.«

»Das oder Probleme im häuslichen Bereich. Vielleicht mögen sie einander nicht besonders.«

»Die große Frage ist: Was hat der alte Mann *sonst* noch gesagt?«

»Stand er unter Beobachtung?«, fragt Thea.

Jess überlegt kurz. »Ja, aber das ist eine Weile her. Eine Köchin, glaube ich. Als er sie vor ein paar Jahren gefeuert hat, beließ Mutter es dabei.«

»Warum denn das?«

Jess zuckt die Achseln. *Wer weiß schon, warum sie tut, was sie tut. Sie ist Mutter.*

»Dann haben wir also keine Ahnung, ob dies seine erste … Episode ist«, sagt Quinn.

»Wir wissen einen Scheißdreck. Das wissen wir.«

»Wirst du es ihr sagen?«, fragt Thea und sieht Jess an.

»Willst du den Job haben?« Als Thea nicht antwortet, zuckt Jess wieder die Achseln. »Ja, ich werde es ihr sagen.«

»Und was soll ich tun?«, fragt Thea.

Jess überlegt. »Wir müssen näher an den Fährmann heran. Rausfinden, was er weiß.«

»Das sehe ich auch so.«

»Quinn?«

Der Mann am Terminal zuckt die Schultern. »Ich sollte in der Lage sein, etwas zu finden, das wir benutzen können.«

Jess wirft Thea einen nüchternen Blick zu. »Es ist offensichtlich, aber ich sage es trotzdem: Wir sind nicht die Einzigen, die sich dieses Video ansehen. Der S3 wird sich darauf stürzen, besonders in Anbetracht all dessen, was gerade passiert.«

»Ich habe eins von diesen *A*s entdeckt, an der Shuttle-Station. War kaum zu übersehen.«

»Ja, und das ist wohl kaum das einzige. Die Dinger tauchen überall auf.«

»Wissen wir, wer dahintersteckt?«

Jess macht ein betretenes Gesicht. »Niemand aus der Bewegung, soweit wir wissen. Zumindest erklärt sich niemand für verantwortlich. Wer immer es ist, stiftet eine Menge Unruhe. Der Rat lässt das nicht einfach so durchgehen. Du solltest auf der Hut sein da drüben.«

»Bin ich das nicht immer?«

»Ich sag's nur.« Jess atmet tief ein und wieder aus. »Ich kann es nicht glauben. Dieser verdammte *Oranios.*«

Und dann darf Thea eine Stunde lang ein Mensch sein.

Die ganze Familie ist da. Natürlich keine echte Familie, sondern eine Ansammlung von Ausgestoßenen und Straßenkindern. Sie kommen und gehen, und ihre Zahl ändert sich ständig. Papi führt den Vorsitz an einem Ende des Tisches, seine Frau Claire am anderen. Sie ist eine großzügige Frau, diktatorisch und umtriebig, ein warmer Ofen, um den sich die anderen versammeln. Am Tisch herrscht das Chaos, alle reden durcheinander. Antone kommt als Letzter und schiebt sich auf den Stuhl neben Thea.

»Ich kann nicht fassen, dass du versucht hast, mich dermaßen auszunehmen«, sagt Thea zu ihm.

»Ich hab mich um den Suit gekümmert, oder etwa nicht?« Er grinst von einem Ohr zum anderen. »Außerdem habe ich meine Leute. Der äußere Eindruck ist wichtig.«

»Als wäre ich ein Idiot.«

»Das hast du gesagt, Prossie, nicht ich.«

»Weißt du, ich hätte nichts dagegen, wenn du aufhören wolltest, mich so zu nennen.«

Pappi klopft mit dem Messerrücken an sein Wasserglas, und am Tisch wird es still. »Okay, alle zusammen, ihr kennt das Prozedere.«

Alle nehmen sich bei den Händen und bilden den Kreis. Antone sitzt rechts neben Thea, Quinn links, Jess ihr gegenüber. Sie senkt den Kopf und schließt die Augen.

»Großer Schöpfer, Erschaffer der Erde und des Himmels, danke für deine Segnungen und deine wachsame Hilfe und vor allem für Theas Anwesenheit heute an unserem Tisch. Sie ist eine deiner tapfersten Dienerinnen, eine Schwester in unserem Kampf um die Kenntnis deines Großen Plans. Halte sie sicher in deinen Händen, auf dass sie ihre wichtige Arbeit tun kann. Bis zur Ankunft.«

Im Chor ertönt es rund um den Tisch: »Bis zur Ankunft.«

Pappi hebt den Kopf und grinst. »Und nachdem das erledigt ist«, sagt er, »wollen wir essen.«

Die schlichte Kost des Annex: warme Laibe von grobem Brot, ein Eintopf aus Kohl und Wurzelgemüse, Krüge mit Wasser, in denen Scheiben von Orangen und Zitronen schwimmen. Während das Essen herumgereicht wird, fragt Thea sich wie immer: Hat sie bei dem Gebet etwas gefühlt? *Irgendetwas* gefühlt? Sie ist gerührt von Pappis Worten, sogar ein bisschen verlegen, aber ist das alles? Sie würde sich nicht gerade als wahre Gläubige bezeichnen. Schon oft hat sie sich bemüht, kraft ihres Willens zum Glauben zu finden, weil sie hoffte, sie könne daraus Trost und Richtung beziehen – und er könne die Leere ausfüllen, die sie empfindet. Aber trotz all dieser Bemühungen ist es ihr nie gelungen. An Pappis Bilder glaubt sie, an das Gefühl einer tieferen Dimension des Lebens, das sie hervorrufen. Es ist, als wäre da gar keine Leinwand, keine Farbe. Sie schaut durch ein Fenster, und was da vor diesem Fenster liegt, ist eine Realität von größerer Authentizität, die wahre Gestalt der Welt.

Aber noch während Thea dies denkt, schiebt sie den Gedanken beiseite. Vielleicht gibt es einen Großen Plan der Dinge, vielleicht auch nicht. Der Kreis rettet sie: der beinahe elektrische Puls, der leise von Hand zu Hand geht. Es ist das einzige Glück, das sie je gekannt hat. Das ist die schlichte Wahrheit der Stunde: Sie ist glücklich.

»Langsam, Antone. Sonst wird dir noch schlecht.«

Der Junge benutzt eine Scheibe Brot wie eine Mörtelkelle, um den Eintopf in sich hineinzuschaufeln. Bevor Thea sichs versieht, ist seine Schale leer.

»Hier«, sagt sie und schiebt ihm ihre Schale zu, »nimm meins.«

»Sind Sie sich zu fein dafür? Wahrscheinlich essen Sie nichts als Kuchen.«

»Ich bin mir nicht zu fein dafür, Antone. Ich bin nur nicht hungrig.«

Er macht sich über die zweite Schale her und spricht mit vollem Mund. »War doch nur Spaß. Keine Sorge. Sie gehören zu uns.«

Die Stunde vergeht allzu schnell. Thea ist in die Küche gegangen, um beim Spülen zu helfen. Claire nimmt sie beiseite.

»Geht es dir wirklich gut?«, fragt die Frau sie. »Ich mache mir Sorgen um dich. Pappi auch.«

Sie reichen einander die Teller zu. »Ehrlich, mir geht's gut.«

»Thea, ich kenne dich doch. Ich sehe es.«

»Was siehst du denn?«

Die Frau hält inne und schaut ihr prüfend ins Gesicht. »Erschöpfung. Sorge. Einsamkeit. Ich weiß nicht, womit Mutter dich da drüben beauftragt, und je weniger ich weiß, desto besser. Aber vielleicht wird es Zeit, dass du einfach dein Leben lebst. Verdient hast du es sicher.«

»Sie braucht mich.«

»Das ist gewiss wahr. Wir alle brauchen dich, Thea. Pappi vor allem.«

Die Gewissensbisse sind schmerzhaft. Offenbar ist es ihrem Gesicht anzusehen, denn Claire sagt: »Entschuldige, das war nicht fair von mir.«

»Schon gut. Es ist schön, wenn man gebraucht wird.«

»Ich sage nur, sei vorsichtig.«

»Ich weiß, was ich tue. Du brauchst dir keine Sorgen zu machen.«

»Natürlich mache ich mir Sorgen. Sorgen sind mein täglich Brot.« Claire lächelt müde. »Sorgen und regelmäßiges Essen für alle.«

Als das Geschirr abgewaschen ist, verabschiedet Thea sich. Die Zeit wird knapp; in wenigen Minuten wird es dunkel. Old Freds Stand ist geschlossen, und seine Waren sind für die Nacht eingelagert. Sie benutzt Stefanos Schlüssel, um hineinzukommen, und findet ihre Sachen in einer Papiertüte. Rasch zieht sie sich um und erreicht die Station, als das letzte Shuttle zum Einsteigen aufruft.

»Ein produktiver Tag, Miss Dimopoulos?«

Es ist derselbe Wachmann wie vorhin. Thea schaut in sein selbstgefälliges Gesicht.

»Danke«, sagt sie und lächelt. »Ich glaube, ja.«

Für Callista Laird, die Vorsitzende des Aufsichtsrats für ganz Prospera – um die sechzig, durchtrainiert, manikürt und gesträhnt, in einem schmalen grauen Bleistiftrock mit passender Jacke und hochhackigen Schuhen –, ist es kein guter Tag.

Es fing an mit dem neuen Bericht des Arbeitsministeriums.

Callista hat auf gute Nachrichten gehofft, aber es trat genau das Gegenteil ein: Woche für Woche ist die Arbeiterbeteiligung im Durchschnitt um vier Prozent zurückgegangen. Die Leute fangen an, es zu bemerken, und den anderen wird es nur zu bald auch auffallen. Der Müll bleibt stinkend liegen am Straßenrand. Farmen und Fabriken stehen still. Restaurants haben nicht genug Kellner und Abräumer, und es kann eine Stunde dauern, bis man einen Tisch bekommt.

Und jetzt dieser ... hässliche Zwischenfall bei der Fähre.

Als Callista es hörte, erließ sie sofort die übliche Nachrichtensperre, aber das Kind war bereits in den Brunnen gefallen. Das Gebäude ist eine einzige große Klatschfabrik. Ab Mittag wird niemand mehr über etwas anderes reden. *Haben Sie schon gehört ...? Wie schrecklich, was für ein Schock, ich kann nicht glauben, dass Ihnen niemand davon erzählt hat ...* Noch dazu ausgerechnet Malcolm Bennett. Man muss Mitleid mit dem Mann haben, aber mal ehrlich, wieso war er überhaupt noch da? Er hätte schon vor Jahren auf die Fähre gesetzt werden sollen.

Es klopft, und ihr Referent tritt ein. »Frau Vorsitzende, der Minister für öffentliche Sicherheit ist jetzt da.«

»Danke, Sacha. Schicken Sie ihn herein.«

Sie steht auf, um ihren Besucher zu begrüßen. »Minister Winspear. Es ist nett von Ihnen, so spät noch zu kommen.«

»Das ist doch selbstverständlich, Frau Vorsitzende.«

»Darf ich Ihnen etwas anbieten? Kaffee? Tee? Etwas Stärkeres vielleicht?«

»Im Moment nicht, vielen Dank.«

Sie setzen sich. Callista nimmt sich einen Augenblick Zeit, um den Mann, der ihr gegenübersitzt, zu betrachten. Er ist etwa in ihrem Alter, schlank und mit guter Figur, markanten Wangenknochen und sauber getrimmtem Silberhaar samt dazupassendem Bart. Trotz der späten Stunde sieht sein Anzug frisch gebügelt aus.

»Sie wissen sicher, warum ich Sie angerufen habe.«

Winspear nickt.

»Haben Sie das Drohnenvideo gesehen?«

»Natürlich.«

»Niemand sonst?«

Er schüttelt den Kopf.

»Und was ist Ihr Eindruck?«

Winspear zögert und streicht über seinen Bart. »Das Material ist ... beunruhigend.«

»Reden Sie nicht drum herum, Otto. Hat Malcolm es gesagt oder nicht?«

»Die Tonspur ist nicht klar, aber es kann gut sein. Wir befragen jetzt Zeugen.«

»Wie viele gibt es?«

»Sechsundfünfzig, die Aussteiger nicht mitgezählt. Aber die meisten waren ziemlich weit weg. Ich glaube nicht, dass wir uns ihretwegen schrecklich große Sorgen machen müssen.«

»Um wen müssen wir uns dann Sorgen machen?«

»Außer Proctor? Ich würde sagen, um seinen Trainee.«

»Ich wusste nicht, dass Proctor einen hat. Wer ist es?«

»Jason Kim.«

Callistas Magen krampft sich zusammen.

»Der Junge wurde ihm gerade erst zugewiesen«, fährt Otto fort. »Heute Morgen, genau gesagt.«

Callista geht einen Moment in sich. Hat nicht jemand die Aufgabe, diese Dinge zu stoppen, bevor sie passieren?

»Frau Vorsitzende, wenn Sie gestatten …« Winspear beugt sich auf seinem Stuhl nach vorn und nimmt eine Akte aus seiner Mappe. »Nachdem ich die Aufnahmen gesehen hatte, habe ich ein wenig gegraben. Dies ist ein Bericht vom Ministerium für Wohlergehen, der vor vierundzwanzig Jahren verfasst wurde. Proctors Vormünder haben ihn zu einem umfassenden, außerplanmäßigen Gesundheitsgutachten vorgestellt.«

Das ist neu. »Was war los mit ihm?«, fragt Callista.

»Er hat geträumt.« Winspear legt die Akte aufgeschlagen auf den Tisch. »Und nicht nur das, er hat die Träume ausagiert. Ziemlich dramatisch, um genau zu sein.«

Callista nimmt die Akte und liest. *Subjekt Bennett, Proctor, Alter 1+2, Vormünder Malcolm und Cynthia Bennett. Monitorwerte sämtlich unauffällig. Subjekt klagt über häufige und beunruhigende Träume, hat aber keine konkreten Erinnerungen an den Inhalt. Episodischer Schlafwandel wird von mütterlichem Vormund beschrieben, einschließlich der Zerstörung von Haushaltsgegenständen.*

»Wie Sie sehen«, fährt Winspear schließlich fort, »zeigt Proctor ein Echo, praktisch seit er von der Fähre gekommen ist.«

Lieber Gott, wie konnte ihnen das entgehen? »Wie entwickelte sich der Fall weiter?«

»In den Akten steht nichts. Er war jung, so etwas kommt vor. Dr. Patty hat seinerzeit nicht viel darauf gegeben.«

Callista steht auf und tritt an das Fenster hinter ihrem Schreibtisch. Durch ihr Spiegelbild sieht sie die Lichter der Stadt und dahinter eine funkelnde Straße aus Mondlicht auf dem Wasser des äußeren Hafens.

»Frau Vorsitzende …«

Sie hebt eine Hand. »Bitte, Otto. Wir kennen uns schon zu lange.«

»Also gut. Callista, ich weiß, für Sie ist es etwas Persönliches. Das war es immer schon. Aber das hier ... das hier ist ein *Problem.*«

»Vielleicht hat Malcolm es nicht gesagt.«

»Vielleicht nicht. Vielleicht doch, und Proctor wird sich nichts dabei denken. Es war eine stressreiche Situation, und vielleicht hat er das alles schon wieder vergessen. Hat Elise etwas gesagt?«

»Was, zum Beispiel?«

»Etwas über eine Verhaltensänderung bei ihrem Mann. Probleme zu Hause vielleicht.«

»Erwähnt hat sie nichts. Ich bin aber auch nicht sicher, dass sie es mir gegenüber tun würde.«

»Und es scheint ihr gut zu gehen?«

Sie wendet sich vom Fenster ab.

»Es tut mir leid, wenn ich Sie bedränge, Callista, aber ich muss solche Dinge wissen. Ich nehme an, Sie haben die neuen Daten aus dem Labor gesehen?«

»Was hat das mit Proctor zu tun?«

»Ich fürchte, alles. Die Unruhe im Annex nimmt zu. Diese Ankunftisten ...«

»Querulanten«, sagt sie verächtlich und macht eine wegwerfende Handbewegung. »Religiöse Fanatiker. Mit dieser Sorte hatten wir schon öfter zu tun.«

»Das stimmt. Bis zu einem gewissen Grad ist so etwas zu erwarten, und wir sind immer damit fertiggeworden. Aber diesmal ist es anders. *Ankunftisten*, Callista. Die Wortwahl ist Ihrer Aufmerksamkeit sicher nicht entgangen.«

»Das könnte vieles bedeuten, Otto.«

»Das ist wahr. Aber ich bin nicht davon überzeugt, und ich lehne mich weit aus dem Fenster und behaupte, Sie auch nicht. Jemand da drüben *weiß* etwas. Vielleicht wissen sie nicht, dass sie es wissen. Zum jetzigen Zeitpunkt ist es vielleicht nur ein Gefühl, aber es breitet sich schnell über den Annex aus. Man redet sogar von einem Generalstreik.« Otto schweigt und lehnt sich auf seinem Stuhl zurück. »Und da kommt Malcom Bennett und seine kleine … Episode auf dem Pier. Wenn Proctor mit seinen Freunden im Country Club darüber spricht, ist das eine Sache. Mit dem Personal zu sprechen – das wäre etwas ganz anderes. Was immer der Mann gehört hat oder gehört zu haben glaubt, ich bin sicher, diese Ankunftisten wären genauso interessiert daran wie wir.«

»Wir wissen immer noch nicht, ob Malcolm es gesagt hat.«

»Ich gebe zu, dass er es vielleicht nicht gesagt hat. Die Frage ist: Können wir das Risiko eingehen?«

Callista wendet sich wieder dem Fenster zu. Wahrhaftig – wie herrlich diese Aussicht ist, so wunderschön! Es ist jetzt kurz nach sieben; überall machen die Menschen von Prospera sich für den Abend bereit, sie baden und ziehen sich an und mixen sich Cocktails und machen sich Sorgen wegen ihrer Restaurantreservierungen.

»Ich dachte, vielleicht wird sich das Problem diesmal ausnahmsweise …«

»… von selbst lösen?«, fragt Otto. »Wir wissen beide, dass es so nicht funktioniert.«

Eine Zeit lang ist es still.

»Fast hätte ich es vergessen«, sagt Callista dann und schaut dabei immer noch aus dem Fenster. »Wie ich höre, haben Sie einen neuen Vertrag übernommen, Otto. Ich gratuliere.«

»Danke. Das ist sehr freundlich von Ihnen.«

»Ein reizendes Mädchen nach allem, was ich weiß. Aber ein bisschen jung. Sie werden ein paar Blicke auf sich ziehen.« Bevor er antworten kann, dreht sie sich zu ihm um. »Danke, Minister. Ich weiß es zu schätzen, dass Sie so kurzfristig gekommen sind.«

»Wenn Sie wollen, dass ich mit unserem Freund spreche …«

Sie hebt die Hand und bringt ihn zum Schweigen. »Das wäre alles.«

Winspear mustert sie einen Moment lang mit unergründlicher Miene. Dann steht er auf, nimmt seine Mappe – die Akte lässt er vielsagend auf ihrem Schreibtisch liegen – und nickt. »Frau Vorsitzende.«

Als sie wieder allein ist, geht Callista durch den Raum zur Bar und schenkt sich einen Whiskey ein. Winspear ist ein kalter Fisch; die bloße Nähe dieses Mannes ist verstörend. Und was bei der Öffentlichen Sicherheit vor sich geht – na ja, sogar Callista selbst äußert sich ein bisschen unbestimmt zu dem Thema.

Sie kehrt zum Schreibtisch zurück und nimmt einen kleinen Schluck Whiskey. Was steht für heute Abend auf dem Programm? Wahrscheinlich haben sie Karten für irgendwas. Die haben sie fast immer. In diesem Augenblick geht Julian wahrscheinlich auf und ab, sieht alle fünf Sekunden auf die Uhr und fragt sich, wo sie bleibt.

Es klopft leise, und das Gesicht ihrer Referentin erscheint in der Tür. »Madam, ist sonst noch etwas?«

Callista ist in Gedanken weit weg. »Schon gut, Sacha. Sie können gehen.«

»Gute Nacht, Frau Vorsitzende.«

Ein braves Mädchen, ihre Sacha. Höflich, pünktlich, makellos diskret. Callista setzt sich an den Schreibtisch und trinkt ihren Whiskey aus. Das Telefon steht da und wartet. Dieser verdammte Malcolm Bennett. Dieser verdammte Otto Winspear. Dieser verdammte Proctor, dieser verdammte Job und alles andere auch, verdammt!

Sie weiß, was sie zu tun hat. Sie muss sich nur dazu zwingen, es auch zu tun.

4

»Oh, Proctor, es tut mir so leid.«

Elise stand im Eingangsflur und warf mir die Arme um den Hals. »Ich bin sofort nach Hause gekommen, als ich es gehört habe. Wo bist du gewesen? Mein Gott, du bist ganz durchnässt.«

Tatsächlich, wo war ich gewesen? Es war, als hätte der Nachmittag sich in einem Zustand der nur partiellen Realität entfaltet. Aus dem Wagen steigen, die regennassen Straßen, eine verwandelte Stadt. Richtungslos gehen, meilenweit. Die Sonne, die hinter den Wolken hervorkommt, blendend hell, brennend in den Augen. Irgendwann fand ich mich – und ich benutze dieses Wort im buchstäblichen Sinn, denn ich hatte keine Ahnung, wie ich dort hingekommen war – vor den Toren der Akademie wieder und fragte mich, ohne die Frage wirklich zu formulieren, ob Caeli es noch zur Schule geschafft hatte (warum tat ich das, warum interessierte es mich?). Später, als es Abend wurde, stand ich auf dem Sandstreifen, wo wir uns am Morgen begegnet waren, und ich sah diese Szene jetzt in zeitlicher Umkehrung vor mir: Die Sonne stand hinter mir und warf meinen Schatten zum Wasser. Der Himmel war bunt gestreift über dem dunkelnden Meer, die Luft bewegungslos, statisch wie angehaltener Atem, und die Wellen kräuselten sich am nassen Rand des Sands. *Was, glaubst du, ist da draußen?* Als ich so am Ufer stand, überkam mich ein plötzlicher Drang. Ich zog mich aus, bis auf die Shorts, legte meinen regennassen Anzug säuberlich gefaltet in den Sand, ging zum Wasser und stürzte mich in die Wellen.

Jetzt war der Tag unerklärlicherweise zu Ende, und ich war zu Hause.

»Das muss schrecklich für dich gewesen sein«, sagte Elise.

»Wie hast du davon erfahren?«

Noch während ich die Frage stellte, wurde mir klar, wie dumm sie war. Sie hatte es erfahren, wie alle es erfahren hatten.

»Ich hab's von einem Kunden gehört. Ich wusste nicht, dass du es warst, aber dann rief mich jemand aus deinem Büro an.«

»Hieß er Jason?«

»Ich glaube, ja. Er sagte, er sei bei dir in der Ausbildung. Ich wusste nicht mal, dass du einen Trainee *hast.*« Sie umarmte mich noch fester. »Zumindest warst du da. Ich weiß, wie schmerzhaft es gewesen sein muss, ihn so zu sehen. Aber wenigstens war es kein Fremder, der am Ende bei ihm war. Das ist das Wichtigste.«

»Wahrscheinlich hast du recht.«

Ihr Gesicht wich zurück, und ich sah, dass Tränen in ihren Augen glänzten. Sollte nicht ich derjenige sein, der weinte, gerührt von der Liebe meiner Frau, die mich tröstete in der Stunde der Not? Aber ich fühlte nichts dergleichen, ich war nur erschöpft.

»Es tut mir leid wegen heute Morgen«, sagte Elise. »Ich war so kurz angebunden zu dir. Ich will nur, dass du glücklich bist, Proctor. Und dann passiert so etwas ...«

»Ich weiß das alles. Es tut mir auch leid.«

Sie drückte mich ein letztes Mal an sich. »Lass uns diese Sachen ausziehen.«

Elise ließ ein Bad ein, während ich mich auszog. Erst als ich in das warme Wasser sank, wurde mir wirklich bewusst, wie kalt mir gewesen war, als ich den ganzen Nachmittag in meinem nassen Anzug und den schmatzenden Schuhen herumgelaufen war. Ich war müde bis auf die Knochen. Ich blieb in der Wanne liegen, bis das Wasser lauwarm war, und als ich herauskam, waren drei Dinge geschehen. Mein Kopf hatte sich geklärt. Elise hatte Essen gemacht (ich roch Knoblauch und Wein). Und ich hatte beschlossen zu kündigen.

Als Fährmann hatte man eine bestimmte Rolle einzunehmen. Wir sollten trösten und beruhigen. Wir waren die Hüter der emotionalen Ordnung in einem der herausforderndsten Momente des Lebens. Vor sechs Stunden hatte ich vor einem entsetzten Publikum beinahe einen Kollegen im Dienst erwürgt. In einem gedankenlosen Augenblick hatte ich alles, wofür ich stand, Lügen gestraft. Ich hatte mich selbst und meinen Beruf entehrt. Jetzt, da ich mir die Angelegenheit noch einmal durch den Kopf gehen ließ, war es durchaus möglich, dass ich gefeuert werden würde – oder, wenn nicht gefeuert, auf einen weniger wichtigen Posten versetzt, dessen Bedeutung mit der Zeit weiter schrumpfen würde: Tod durch tausend Schnittwunden, verursacht durch Papier. *Ach, zum ehemaligen Direktor Bennett? Den Gang hinunter und dann links, und Sie finden ihn in der Besenkammer neben der Toilette.*

Keine schönen Aussichten. Besser stürzte ich mich in mein Schwert wie die alten Recken vergangener Zeiten. Ja, sagte ich mir, die Zeit war gekommen weiterzuziehen.

Ich zog mich an und ging in die Küche. Elise legte letzte Hand ans Abendessen. Der Tisch war gedeckt, die Kerzen brannten, wie es bei uns üblich war. Eine geöffnete Flasche Wein und zwei Gläser standen auf der Küchentheke.

»Fühlst du dich besser?«, fragte sie.

Ich nickte. »Mir war nicht klar, wie kalt mir war.«

Sie schüttelte ein Sieb aus und deutete mit dem Kopf auf den Wein. »Gib mir ein Glas, ja?«

Ich trug unsere Gläser zum Tisch. Der Wein war gut, leuchtend rot, gemacht von jemandem, den wir kannten – einer Freundin von Elise, die den Winzerbetrieb ihrer Vormundin auf der Nordseite der Insel übernommen hatte. Das Klima dort, trockener im Sommer und regnerischer in den kühleren Monaten, galt als das beste für die schweren Weinsorten. Vielleicht sollte ich Winzer werden?

Das Essen kam auf den Tisch. Eine Zeit lang aßen wir schweigend. Ich konnte mir meinen Appetit nicht erklären – ich war heißhungrig –, bis mir klar wurde, dass ich den ganzen Tag keinen Bissen zu mir genommen hatte. Mein Teller war leer, bevor ich den Kopf hob und sah, wie Elise mich zärtlich besorgt anschaute. Diese wunderbare, liebevolle Frau. Warum konnte ich die Tatsache ihrer Existenz nicht restlos akzeptieren? Passierte das mit allen Ehepaaren? Dass aus einem Bund der Wahl mit der Zeit ein Bund der Gewohnheit wurde? Das alles machte mich froh – die tröstenden Umarmungen, der Kokon eines warmen Bades, ein nahrhaftes Essen, serviert bei Kerzenschein –, aber nach den Ereignissen des Tages kam mir alles weniger stabil und eher zufällig vor. Wie Aspekte eines Lebens, das nicht ganz und gar meins war – oder nicht mehr. Ich dachte an Caeli, meine überraschende neue Freundin. Vielleicht hatte das Trauma des Nachmittags meine Wahrnehmung dieser Begegnung verzerrt, aber irgendwie schien es sich um einen Vorboten zu handeln. Ich wollte eben etwas darüber zu Elise sagen – »Ich habe heute ein höchst interessantes Mädchen kennengelernt, eine tolle Geschichte, du hast vielleicht von ihr gehört, von dem Mädchen mit der Narbe« –, als ein unbehaglicher Gedanke mich verstummen ließ. Ein rastloser Mann mittleren Alters und ein hübsches, verstörtes junges Mädchen: Die Gleichung sah nicht gut aus. Mein Interesse an ihr ließe sich leicht missdeuten. Wenn die Geschichte von jemand anderem gehandelt hätte, wäre ich wohl sofort zu demselben Schluss gekommen.

»Proctor? Alles okay?«

»Sorry.« Ich brachte ein spezielles Lächeln zustande – halb abwesend, halb entschuldigend –, wie ich es der Welt immer präsentierte. Das Essen auf Elise' Teller, sah ich, war eher umarrangiert als verzehrt. »Ich war in Gedanken. Ein ziemlich merkwürdiger Tag.«

»Würde es helfen, darüber zu reden?«

»Ich weiß nicht genau, was ich sagen soll.«

Elise langte über den Tisch und nahm meine Hand. »Du weißt, ich will nur, was für dich am besten ist.«

»Das weiß ich. Ich habe ein bisschen darüber nachgedacht. Du hattest recht heute Morgen. Das ist heute ziemlich klar geworden.«

Ein entzücktes Lächeln ließ sie strahlen. »Proctor, das ist wunderbar. Ich bin so froh, das von dir zu hören.«

»Es wird ein paar Wochen dauern, alles zum Abschluss zu bringen. Einen Monat vielleicht. Ich möchte die Abteilung nicht im Stich lassen. Aber wenn das getan ist, werde ich um Urlaub bitten. Das wäre wahrscheinlich der eleganteste Abgang. Es ist ja nicht so, als hätte ich die nötige Zeit nicht angesammelt.«

Elise nickte die ganze Zeit. »Das leuchtet absolut ein. Ich finde, es ist ein ausgezeichneter Plan.«

»Ich glaube nicht, dass ich nach dem heutigen Tag irgendwelchen Widerstand zu erwarten habe. Wahrscheinlich ist es das, was sie wollen. Ich erspare ihnen nur die Mühe, es auszusprechen.«

»Na ja, du bist der Beste in dem, was du tust. Das sagen alle. Es ist keine Schande, weiterzuziehen, solange man ganz oben ist. Zumindest hast du dann Zeit, über deine Optionen nachzudenken.«

»Das habe ich eigentlich schon getan. Ich habe daran gedacht, zu unterrichten.«

»Unterrichten.« Elise nickte reserviert. Vielleicht hatte sie sich doch etwas Abenteuerlicheres vorgestellt. »Du meinst, auf der Universitätsebene.«

»Ich bin nicht sicher.« Und das war ich absolut nicht. Unterrichten? Woher zum Teufel kam das? Und was wollte ich irgendjemandem beibringen? »Na, es ist ja auch nur so eine Idee.«

»Also, vielleicht unterrichten. Vielleicht etwas anderes. Wichtig ist, dass du herausfindest, was du wirklich tun *willst*. Nimm mich zum Beispiel. Alles, was ich jemals sein wollte, war Designerin.«

»Du bist auf jeden Fall gut darin.«

»Und du wärst in *vielen* Dingen gut. Also lass dir Zeit. Tu, was dir Spaß macht. Es hat keine Eile.« Sie drückte meine

Hand. »Und vergiss den Abwasch. Ich möchte, dass du dich ausruhst.«

»Danke. Ich bin ein bisschen müde.«

»Das ist das Mindeste, was ich tun kann. Entspann dich einfach, okay?«

Ich ging mit dem Rest des Weins auf die Terrasse, wo ich mich dem Projekt widmete, ihn zu vernichten und auf das Meer hinauszuschauen. Es pulsierte wie ein schlagendes Herz, wie der Motor der Erde. Wie seltsam das alles war! Ein schöner Abend, klar und voller Sterne, aber mein Vater war nicht mehr da.

In dieser Nacht war der Traum anders.

Ich wachte auf und stellte fest, dass ich durch eine unbekannte Straße wanderte. Wo war ich? Wie war ich hergekommen? Ich sah keine Häuser, keine Lichter, nirgends. Ich trug meinen Bademantel – und darunter nichts. Irgendwie hatte ich bei meinem zwanghaften Umherirren noch die Geistesgegenwart besessen, mich zu bedecken. Die Sittsamkeit eines Wahnsinnigen! Wenigstens würde man mich nicht wegen Erregung öffentlichen Ärgernisses verhaften, sondern nur wegen Irrsinns.

Die Ereignisse des Abends fielen mir wieder ein. Wie ich mich auf der Terrasse betrunken hatte. Wie Elise hinter mir herkam, meine Hand nahm und mich ins Bett brachte. Die alles umschließende Bettdecke, ihre weiche Haut und dann ihre weichen Lippen auf meinen. Die zunehmende Hitze, der vertraute Rhythmus und die Trägheit danach, die mich hinabzog, tiefer und tiefer.

Die Nachtluft war erschreckend kalt. Fedrige Wolken jagten über die silbrige Mondsichel. Die Zeit war unbekannt, aber es kam mir spät vor. Ich erkannte nichts. Wo war mein Zuhause? Was war, wenn mich jemand sah? Wie konnte ich erklären, dass ich mitten in der Nacht im Bademantel draußen herumlief?

Ich entschied mich für eine Richtung und ging los. Dichte Vegetation säumte die Straße zu beiden Seiten wie undurchdringliche Mauern. Die Minuten tickten vorbei, und ich sah immer noch keinen Hinweis auf den Ort, an dem ich mich befand. Ich hatte die Hoffnung fast schon aufgegeben und befürchtete, die Morgendämmerung würde mich den Blicken preisgeben, als ich auf eine zerfurchte Einfahrt stieß. Meine Verzweiflung war so groß, dass ich beschloss, die Bewohner zu belästigen.

Ich folgte der Zufahrt ins Gebüsch, und schließlich kam das Haus in Sicht. Drinnen brannte kein Licht, aber so früh am Morgen war das auch nicht zu erwarten. Als ich näher kam, traten entmutigende Details zutage. Der Rasen war stark gewuchert, die Vorhänge an den Vorderfenstern waren zugezogen, ein Fallrohr an der Seite hatte sich gelöst. Ich versuchte, die Türglocke zu läuten, aber ich hörte keinen Laut. Die Klingel war kaputt. Ich klopfte, aber ohne Erfolg. Ich versuchte es noch einmal, entschlossener jetzt. »Hallo?«, rief ich. »Jemand zu Hause?«

Stille. Ich geriet zunehmend in Panik. Außerdem fror ich. Wann waren die Nächte so kalt geworden? Ich packte den Türknauf und stellte fest, dass die Tür nicht abgeschlossen war. »Hallo, ich komme jetzt rein!«

Die Luft im Hausflur war stickig und klamm, mit einem Hauch von Schimmel. Inzwischen war ich fast sicher, dass das Haus verlassen war. Ich ging weiter hinein, aber ich fand keine Möbel, keine Bilder an den Wänden, nichts, was darauf hindeutete, dass hier jemand wohnte. Ich sah mich nach einem Telefon um, aber natürlich war keins da. Wie es aussah, stand das Haus seit Jahren leer.

Durch eine Glasschiebetür gelangte man aus dem Wohnzimmer in den Garten. Inzwischen stöberte ich nur noch, um zu stöbern. Ich trat hinaus und stand auf einer mit unebenen Steinen gepflasterten Terrasse. Unkraut wucherte in den Fugen. Dahinter lag eine dunkle, offene Fläche.

Ein Swimmingpool. Nur eine Handbreit tiefes, fauliges Wasser voller Müll bedeckte den Grund.

Was war hier passiert? Wo waren die Bewohner hin? Und warum fühlte sich alles hier so traurig an, nach bitterem Verlust und plötzlicher Flucht?

Da sah ich den Mann.

Er stand am Rand der Terrasse, von mir abgewandt, den Kopf in den Nacken gelegt wie ein Sternengucker. Auch er trug so etwas wie einen Bademantel. Ich hatte Glück! Ein Wanderkamerad, von rastlosen Träumen aus dem Bett vertrieben, um durch die Nacht zu streifen, wie ich es tat. Ich räusperte mich, und als er sich nicht rührte, rief ich: »Entschuldigen Sie, Sir. Ich dachte, Sie könnten mir vielleicht helfen.«

Er sagte noch immer nichts. Ich näherte mich von hinten. »Ich glaube, ich brauche Hilfe.« Weil ich ihn nicht erschrecken wollte, blieb ich ein paar Schritte hinter ihm stehen. »Wissen Sie, ich habe mich ziemlich verirrt.«

Schweigen. Dann:

»Die Sterne sind falsch.«

Was für eine eigenartige Bemerkung! Hatte ich richtig gehört?

»Ich kann nicht glauben, dass es mir noch nie aufgefallen ist. Siehst du es?« Er wandte mir weiter den Rücken zu, hob den Arm und schwenkte ihn. »Die Sterne stimmen *überhaupt* nicht.«

Mir war plötzlich zutiefst unbehaglich zumute. Fast hatte ich Angst.

»Aber das weißt du schon dein Leben lang, oder? Zeit, aufzuwachen und den Kaffee zu riechen.«

Er fuhr herum und sah mich an. Meine Beine verwandelten sich in Gelatine, und mich verließen die Kräfte. Es war, als schwebte ich, losgelöst von der Erde. Ein Albtraum, in dem ich fliegen, aber nicht landen konnte und in Ewigkeit davonschweben würde.

Der Mann war ich.

»Du hast es vergessen, nicht wahr?« Er packte mich bei den Schultern mit eisernem Griff. »Du kläglicher Sack, du hast alles vergessen.«

Ich zitterte am ganzen Leib und brachte kein Wort über die Lippen.

»Mach die Augen auf!«

»Bitte«, stammelte ich. »Ich verstehe nicht.«

Er holte weit aus und schlug mir ins Gesicht. Der Schmerz war ungeheuer. »Mach sie auf, habe ich gesagt!«

Er schlug mich noch einmal. Ich winselte wie ein Hund, und ich hatte nicht die Kraft, mich zu wehren.

»Hey, Schlafmütze!«

Und noch einmal.

»Mach die Augen auf, verdammt!«

»Mach die Augen auf, Schlafmütze.«

Die kühle Bettdecke, die Sonne in meinen Augen, ein Gesicht, das über mir schwebte. Elise.

»Da bist du ja.« Sie lächelte.

Ich blinzelte den Traum weg. Angezogen für die Arbeit, saß Elise auf der Bettkante wie eine Schwester, die meine Temperatur messen wollte.

»Wie spät ist es?«, fragte ich.

»Halb zehn? Eher zehn.«

Das schien mir unmöglich. Meine Frau war seit Stunden auf – sie war aufgestanden, hatte in ihrem Atelier gearbeitet, trainiert, gegessen, gebadet und sich angezogen, und das alles, ohne dass ich es gemerkt hatte. Ein ganzer Morgen war ohne mich verlaufen.

»Ich habe Oona angerufen und ihr gesagt, es geht dir nicht gut. Bleib hier und ruh dich aus. Ich habe in der Stadt zu tun.«

Oona war meine Assistentin, obwohl sie in Wirklichkeit eine sehr viel umfassendere Rolle spielte, eher die einer stellvertretenden Kommandantin. Mit ihren flammend roten Haaren und ihrem forschen, nüchternen Auftreten war sie viel zu gescheit für ihren Job. Seit Jahren rechnete ich damit, dass sie mich für einen Job verließ, der ihren Talenten würdiger war, aber bis jetzt war sie geblieben.

»Okay, aber ich muss immer noch meinen Bericht einreichen.«

»Wirklich, Proctor? Ich bin sicher, das kann jemand anderes tun.«

»So läuft das nicht.« Elise sah mich vielsagend an. »Okay«, sagte ich, »ich habe verstanden. Aber früher oder später werde ich es tun müssen.«

Meine Antwort schien sie zufriedenzustellen. Sie beugte sich herunter, drückte ihren Mund auf meinen und zog den Kuss in die Länge. »Du warst wundervoll letzte Nacht.«

Meinte sie den Sex? Oder hatte ich den auch geträumt?

»Du auch.«

Sie stand vom Bett auf. Ihr Outfit, das sah ich, war eleganter als üblich: eine cremefarbene Seidenbluse, gerade so weit offen, dass ein wenig Dekolleté zu sehen war, ein kurzer, enger Rock und hohe Absätze. Eine Frau auf dem Kriegspfad. Offenbar hatte sie ein wichtiges Meeting mit einem Einkäufer.

»Vergiss die Sache heute Abend nicht«, sagte sie.

Ich durchsuchte mein Gedächtnis, fand aber nichts. »Tut mir leid, du musst mir auf die Sprünge helfen.«

Sie seufzte. »Das Konzert? Meine Eltern?«

Meine Schwiegereltern waren treue Förderer der Kunst. Oper, Symphonieorchester, Theater – sie saßen in allen Vorständen und hatten Abonnements für alles. Sie luden uns oft ein, sie zu begleiten.

»Genau. Sorry, dass ich es vergessen habe.«

Elise' Lächeln war wieder da. »Das ist nur der Stress«, sagte sie. »Ich verstehe das total.« Sie beugte sich herunter und küsste mich noch einmal. »Ich bin so stolz auf dich, Proctor. Wir bringen deinen Wert wieder hoch. Diese Veränderung ist nur zu deinem Besten, du wirst sehen.«

Ich lauschte dem Knirschen von Kies, als sie aus der Einfahrt fuhr, und war froh, wieder allein zu sein – und auch wieder nicht. Im Bad benutzte ich das Lesegerät, um meinen Wert zu checken. Fünfundsiebzig. Nicht so schlecht, wie ich befürchtet hatte, aber trotzdem ... Was für ein Zustand, in dem ich da war! Ein träumerischer Zustand, aus dem ich aufwachte, um mich in weiteren Träumen wiederzufinden. Der Gedanke verzweigte sich beunruhigend. Wer konnte sagen, ob ich nicht immer noch schlief?

Ich konnte den Aufgaben des Tages nicht länger ausweichen. Ich duschte, zog mich an, dachte ans Frühstück, hatte aber nicht die Energie, mir etwas zu machen. Ich saß am Tisch und nuckelte an einem Becher Kaffee, als es an der Tür klingelte. Ich nahm an, es wäre Jason. Ich würde ihn wegschicken, aber er war es nicht.

»Wow«, sagte Caeli. »Sie haben es komplett vergessen, stimmt's?«

Sie stand in der Tür in einem gelben Frotteekleid über ihrem Badeanzug und hatte eine Netztasche bei sich.

»Ich wusste nicht, dass du *heute* meintest. Ich kann mich nicht erinnern, dass wir eine so konkrete Verabredung getroffen hätten.«

»Sie haben gesagt, Sie bringen mir das Schwimmen bei. Und jetzt bin ich hier.«

»Solltest du nicht in der Schule sein?«

»Total überschätzt.« Ihr Blick wanderte an mir vorbei. »Und wo ist Ihre Frau?«

»Arbeiten.«

»Was macht sie?«

»Wenn du es unbedingt wissen musst: Sie ist Modedesignerin.«

»Mode«, echote Caeli. Aus ihrem Mund klang das Wort schlichtweg lächerlich. »So was wie Kleider und so Zeug?«

»Ja. Kleider und so Zeug.«

Sie nickte kühl, schob sich eine blonde Strähne hinter ein Ohr und zog die Nase kraus. »Eins sollte ich noch erwähnen, bevor wir gehen. Ich habe irgendwie Angst vor dem Wasser.«

»Ach? Warum?«

Sie legte den Kopf schräg und sah mich an. In ihrem Blick lag pure Herablassung. *Gott, diese Erwachsenen, die sind einfach lachhaft, wer hat ihnen das Kommando gegeben?* »Ich weiß es nicht, Mr Fährmann. Vielleicht, weil es mich irgendwie ertränken will?«

»Das Meer *will* nichts. Es *ist* einfach irgendwie.«

Sie lächelte triumphierend. »Da haben Sie es. Schon lerne ich was. Ich werde einfach hier warten, während Sie sich fertig machen.«

Es stimmte. Sie hatte nicht einfach Angst. Sie hatte Panik.

»Niemals, verdammte Scheiße.«

Wir standen bis zu den Hüften im Wasser. »Hey, achte auf deine Ausdrucksweise.«

Ihr Unterkiefer zitterte, und alle Farbe war aus ihrem Gesicht gewichen. »Im Ernst, das war eine blöde Idee.«

»Bist du jemals im Meer gewesen?«

»Definieren Sie ›im Meer‹.«

»Also nicht.«

»Man könnte sagen, es ist was, was ich schon eine ganze Weile vorhatte.«

»Das wäre jetzt der Moment, in dem ich dich hineinschubse.«

»Das machen Sie nicht.«

Ein Stoß, und sie lag drin. Eine Sekunde später kam sie wieder hoch, prustend und um sich schlagend.

»Arschloch!«

»Du kannst da stehen, weißt du?«

Sie funkelte mich an. »Ich weiß, dass ich *stehen* kann. Dazu wollte ich gerade kommen.«

Sie stand auf.

»Und«, fragte ich, »wie war's?«

»Scheußlich, vielen Dank.«

»Ich meinte, mich Arschloch zu nennen.«

Sie dachte nach. »Okay, das hat ziemlich gutgetan.«

»Fangen wir mit etwas Leichtem an, damit du dich daran gewöhnst. Kannst du zwanzig Sekunden lang den Atem anhalten?«

»Fünf?«

»Sagen wir, zehn. Stell dich hinter mich und leg mir die Arme um den Hals.«

Ich ließ mich in die Hocke sinken, und sie kletterte an Bord. »Das ist schräg«, sagte sie.

»Eigentlich nicht. Meine Mutter hat es mir so beigebracht. Fertig?«

»Irgendwie machen Sie mich fertig.«

»Halte die Augen offen. Das ist der Spaß an der Sache – zu sehen, was da unten ist. Tief einatmen und ... los.«

Mit dem Kopf voran glitt ich unter die Oberfläche, stieß mich ab und zog sie hinter mir her wie ein Cape. Zwei Züge, drei, und ich navigierte über dem Grund entlang. Winzige Fische schossen um uns herum, ein Wirbel aus Farben. Es war der Augenblick, den man liebt, den *ich* liebte, das Gefühl des Eintauchens in diese verborgene Welt voller Schönheit und Leben. Die Fische bewegten sich instinktiv und ohne nachzudenken. Was interessierte einen Fisch das alles hier, außer dass er ein Fisch war? Was bedeutete die Welt über dem Wasser solchen Geschöpfen? Existierte sie für sie, oder war sie nur ein himmlisches Licht, das sie nicht erreichen konnten? Ich zählte die Sekunden, und bei zehn stieß ich mich vom Grund ab und stieg auf, zurück in den sonnigen Morgen.

»Heilige Scheiße!«

Ich konnte nicht erkennen, ob sie erstaunt war über das, was sie getan hatte, oder wütend auf mich, weil ich sie dazu gezwungen hatte.

»Ziemlich cool, was?«

»Was waren das für Dinger? Waren das Fische?«

»Du machst Witze, oder? Du hast noch nie Fische gesehen?«

»Doch, auf einem *Teller.*« Sie kam wieder hinter mich. »Okay, Mr Ferryman, Zeit für noch einen Ausritt.«

Ich lächelte unwillkürlich. Das machte mehr Spaß als alles, was ich seit Langem erlebt hatte. Wer hätte nach dem gestrigen Tag gedacht, dass ich dem launenhaftesten Teenager der Welt heute Schwimmunterricht geben würde? Immer wieder tauchten wir unter und gelangten nach und nach in tieferes Wasser. Bei unserer letzten Runde wies ich sie an, mich loszulassen und selbst aufzusteigen. Sie brach begeistert durch die Oberfläche.

»Und jetzt kommt das Eigentliche«, sagte ich.

Ungefähr eine Stunde lang half ich ihr bei ihren grundlegenden Freestyle-Zügen. Ihre Bewegungen waren zu Anfang schlecht koordiniert – sie hörte auf zu treten, wenn sie den Kopf zum Atmen zur Seite drehte, und sofort ging sie unter wie ein Stein –, aber nach und nach hatte sie den Bogen raus. Als wir eine Pause einlegten, war es fast Mittag, die Sonne stand hoch am Himmel, und wir beide waren ein Paar munterer Verschwörer mit dem Plan, sämtlichen institutionellen Verpflichtungen für heute ein Schnippchen zu schlagen.

»Danke für den Unterricht«, sagte Caeli.

Wir saßen auf unseren Handtüchern, mit dem Rücken an die Klippen gelehnt und angenehm erschöpft. Salz klebte an unserer Haut.

»Eigentlich bin ich derjenige, der sich bei dir bedanken sollte.«

»Ach ja? Wofür?«

»Gestern hast du mich gefragt, ob ich traurig bin. Das hat mich nachdenklich gemacht. Du hattest recht, ich bin traurig.« Ich zuckte die Achseln. »Oder ich war es.«

»Was heißt das, Sie waren es?«

Der Morgen hatte mich in Offenbarungslaune versetzt. »Bei der Arbeit gestern ist etwas passiert. Ich will nicht ins Detail gehen; die Geschichte ist zu lang. Aber ich habe beschlossen, es ist Zeit, mit meinem Leben etwas anderes anzufangen.«

Sie musterte mich skeptisch. »Dann sind Sie jetzt kein Fährmann mehr?«

»Na ja, noch für ein Weilchen. Es dauert seine Zeit, diese Dinge zu regeln. Aber dann geht's mit etwas anderem weiter, schätze ich. Hast du Vorschläge?«

Sie dachte nach. »Na ja, Sie sind ein ziemlich guter Schwimmlehrer. Ist mit so was Geld zu verdienen?«

»Haha.«

»Na schön, sagen Sie nicht, ich hätte es nicht versucht.«

Da ging mir ein Licht auf. Wie hatte ich es Elise gegenüber formuliert? *Ich habe daran gedacht, zu unterrichten.* Vielleicht hatte ich unbewusst von Caeli und von diesem Tag gesprochen.

»Eins kapiere ich nicht«, sagte Caeli. »Wenn es Sie traurig macht, warum sind Sie dann überhaupt Fährmann geworden?«

Meine treue Inquisitorin. »Na ja, es war ja nicht immer so. Ich habe vielen Leuten geholfen. Und ich war gut darin. Weißt du, was A-Linien sind?«

Sie blinzelte. »Eine Art Test?«

»Richtig. Im ersten Jahr an der Universität machst du eine ganze Menge davon. Auf der Grundlage der Resultate hilft dein Berater dir, den Job auszusuchen, in dem du am besten wärst. Dabei wird nicht getestet, was du weißt, sondern eher, *wie* du es weißt. Dinge wie ›Formen und Räume‹ und ›Zeichen und Semiotik‹. Hat sich herausgestellt, dass ich darin ziemlich schlecht war.«

»Ich habe echt keine Ahnung, wovon Sie reden.«

Ich lachte. »Ehrlich gesagt, ich wusste es auch nicht. Aber eine Kategorie ergab Sinn für mich. Sie hieß ›Emotionale Intelligenz‹. Im Grunde ist damit die Fähigkeit gemeint, zu verstehen, was andere Menschen fühlen. Da hatte ich mein bestes Ergebnis.«

»Und da hat Ihr Berater gesagt, Sie sollen Fährmann werden?«

»Eben nicht. Er hat gesagt, ich soll Rechtsanwalt werden. Und das, glaub mir, war das Letzte, was ich wollte.« Ich schaute Caeli gerade noch rechtzeitig an, um zu sehen, wie sie ein Gähnen unterdrückte.

»Sorry, erzählen Sie weiter«, sagte sie.

»Das ist eine langweilige Geschichte, nicht wahr?«

»Ein bisschen, ja. Ich bedaure irgendwie, dass ich gefragt habe. Aber das mit dem Verstehen der Menschen und ihrer Gefühle, das gefällt mir. Hört sich an, als wäre es was Schönes, darin gut zu sein.«

Es steckte natürlich mehr dahinter. Es hatte eine Menge mit meiner Mutter zu tun, auch wenn ich damals zu jung war, um es zu begreifen. Obwohl ihre Tragödie noch Jahre in der Zukunft lag, glaube ich inzwischen, dass ich schon damals die Saat der Trauer spürte, die in ihr wohnte, und dass meine Entscheidung, Fährmann zu werden, ein symbolischer Versuch war, diese Saat am Aufkeimen zu hindern und den Code ihres geheimnisvollen Innenlebens zu knacken, damit sie damit nicht allein war.

»Kann ich Sie noch was fragen?«

Ich nickte dem Meer zu.

»Wieso haben Sie noch nie was über meine Narbe gesagt?«

Die Frage kam überraschend. Ich hatte längst aufgehört, in solchen Kategorien über sie nachzudenken. »Um die Wahrheit zu sagen, ich habe sie irgendwie vergessen.«

Sie verdrehte die Augen. »Oh, bitte.«

»Ehrlich, ich finde, es sieht einfach nicht so schlimm aus.«

»Dann wären Sie aber der Einzige, der das findet.«

»Viele Leute haben Narben, Caeli. Man sieht sie vielleicht nicht, aber sie sind trotzdem da.«

»Was für eine haben Sie?«

»Meine Mutter hat sich umgebracht.«

Ich hatte spontan geantwortet – das heißt, ohne nachzudenken. Es war das große Unaussprechliche, aber es war der Kern meines Lebens, und ich würde lügen, wenn ich nicht zugäbe, dass es ein Trost war, mich dazu zu bekennen: der Trost des geteilten Leids. Mein Verbrechen bestand in meinem Publikum: dass ich ein Kind auswählte, dem ich es anvertraute.

»Wow«, sagte Caeli. »Sie haben total gewonnen.«

»Das war nicht fair von mir. Ich muss mich entschuldigen.«

»Ich habe doch gefragt. Warum, glauben Sie, hat sie es getan?«

»Ich wünschte, das wüsste ich.« *Proctor*, dachte ich, *was ist los mit dir? Musst du diese Geschichte dem möglicherweise depressivsten Mädchen der Welt erzählen?* »Hör zu, ich meine es ernst. Vergiss, dass ich etwas gesagt habe. Es war falsch, davon anzufangen.«

»Sie müssen ziemlich sauer auf sie sein.«

»Willst du darüber wirklich reden?« Als Caeli mich nur anschaute, zuckte ich die Achseln. »Manchmal bin ich es. Aber meistens wünschte ich, ich hätte ihr helfen können.«

»Wie, zum Beispiel?«

Ich sah die Antwort in aller Klarheit vor mir. »Indem ich ihr sagte, dass ich sie liebte und dass sie sich bitte nicht umbringen soll.«

Eine Zeit lang saßen wir schweigend da und sahen zu, wie die Wellen rauschend vor- und zurückrollten.

»Das tut mir wirklich leid«, sagte Caeli.

»Es ist okay. Es ist lange her.«

»Es war nicht Ihre Schuld. Sie denken das vielleicht, aber es stimmt nicht.«

Ich wandte ihr das Gesicht zu. Sie starrte zu Boden und malte mit dem Finger müßig Figuren in den Sand. Kreise in Kreisen in Kreisen.

»Es war nur ein dummer Fehler.« Ihre Stimme klang dünn und wie aus weiter Ferne. Es war, als sei sie fortgegangen in irgendein abstraktes Reich. »Wenn sie auch nur eine Sekunde lang daran gedacht hätte, wie Sie sich dabei fühlen, hätte sie es niemals getan.«

Ich war wie vom Donner gerührt. Noch nie hatte jemand diese oder ähnliche Worte zu mir gesagt – noch nie. Wie anders wäre mein Leben verlaufen, wenn mein Vater sie ausgesprochen hätte? Und eine traurige Tatsache wurde mir bewusst: Auch ich hatte nichts Derartiges zu ihm gesagt.

»Vielleicht«, erwiderte ich. »Ich hoffe, das stimmt.«

Wieder legte sich Stille über uns, und sie war tiefer als beim ersten Mal. Der Tag war kaum halb vorüber, aber es fühlte sich an, als wären wir schon sehr viel länger dort. Ich wäre ganz und gar damit zufrieden gewesen, den ganzen Tag am Strand zu bleiben.

»Na«, sagte Caeli schließlich, »ich glaube, ich sollte gehen.« Sie stand auf, schob die Füße in die Sandalen und sammelte ihre Sachen ein. »Morgen noch eine Lektion?«

»Caeli, es hat Spaß gemacht, aber ich finde wirklich, du solltest in die Schule gehen.«

»Ist aber eigentlich nicht mein Ding.«

»Ja, das ist mir schon klar. Aber kriegst du keinen Ärger?«

Sie seufzte genervt. »Okay, wie Sie meinen.«

»Ehrlich, es ist nicht so, dass ich dir keinen Unterricht geben wollte. Es ist nur … es gibt Regeln. Für alles.«

»Ich sagte doch, okay, oder? Geh zur Schule. Verstanden.«

Mir war mulmig zumute. Andererseits, wie lange konnte das hier schon andauern? Sie war schließlich jemandes Mündel. Mit resignierten Schritten ging sie zum Weg, und dort blieb sie noch einmal stehen, drehte sich um und sah mich an. Nein, sie sah nicht, sie *starrte* mich an.

»Glauben Sie, wir kannten einander?«

Ich verstand, was sie meinte. Es gab eine allgemein akzeptierte Theorie, die besagte, dass wir uns zu Menschen hingezogen fühlten, die in früheren Iterationen wichtig für uns gewesen waren. »Konvergenz« nannte man das. Es hieß, dabei komme es zu einem Empfinden, das einem Déjà-vu vergleichbar war – einem flüchtigen, traumartigen Gefühl, als habe man das alles schon einmal erlebt. Die Leute machten gern Witze darüber. *Ich glaube, ich habe dich schon einmal geheiratet! Vielleicht haben wir miteinander geschlafen – ich hoffe, es war gut.* Spiel und Spaß, aber mit einem ernsthaften Unterton – dem Wunsch, unser vergangenes Leben möge nicht völlig für uns verloren sein.

Ich lächelte. »Vielleicht.«

»Weil es sich so anfühlt.«

»Jetzt sind wir Freunde. Darauf kommt es an.«

Sie schob ihre Tasche höher auf die Schulter. »Na ja, das wollte ich nur sagen. Danke für den Unterricht.«

Sie stieg den Hang hinauf. Das Mädchen hatte recht; ich hatte es auch gespürt. Ich wusste, dass Konvergenz ein rein psychologisches Phänomen war, auf das man sich nicht verlassen und mit dem man nicht viel anfangen konnte. Aber warum empfand ich, als ich sie gehen sah, ein so schneidendes Gefühl von Verlust, eine Art augenblickliche Einsamkeit? Mir wurde klar, dass ich in all den gemeinsam verbrachten Stunden nichts Handfestes über sie erfahren hatte. Ich war einfach nicht auf den Gedanken gekommen, sie zu fragen. Die Zeit mit ihr erschien mir hermetisch verschlossen, abgeriegelt vor dem Rest der Welt.

Der Fußweg führte in Serpentinen den Hang hinauf, und

sie kam nur langsam voran, als ginge sie nicht gern, aber das lag wahrscheinlich nur an dem steilen Aufstieg. Oben drehte sie sich um, sah, dass ich sie beobachtete, und winkte. Hallo? Wiedersehen? Beides? Ich winkte zurück.

Ich sah ihr immer noch nach, als sie verschwand.

5

Thea trifft um halb elf ein, um die Galerie aufzumachen.

GALERIE DIMOPOULOS, MONTAGS–DONNERSTAGS 10–17, FREITAGS NACH VEREINBARUNG: So steht es auf dem Schild neben einer Telefonnummer. Mitten in einem angesagten Viertel mit Boutiquen und Fachgeschäften ist sie flankiert von einem Hutladen und einer Buchhandlung. Eine Bäckerei auf der anderen Straßenseite überflutet jeden Morgen den ganzen Block mit dem Duft von frisch gebackenem Brot und Süßgebäck. Thea schaltet die Sensoren ab und das Licht ein. Im Arbeitszimmer setzt sie Teewasser auf. Ihr Schädel brummt wie eine Maschine. Sie trägt den Tee zu ihrem Tisch in der Galerie. Das ist es, was sie braucht: etwas Warmes, das sie in den Händen halten kann. Obwohl sie lieber einen Drink hätte – etwas Starkes, das das Vibrieren ihrer Nerven lindert.

Sie hat drei Termine heute, aber ihre eigentliche Aufgabe für diesen Tag besteht darin, darauf zu warten, bis sie von Quinn etwas hört, damit sie einem gewissen Proctor Bennett, Fährmann, auf die Spur kommt. Gästelisten, Mitgliedschaften, Golfverabredungen – buchstäblich alles kann man finden, hat er gesagt, wenn du weißt, wo du danach suchen musst. Einmal hat der Mann es geschafft, herauszufinden, dass ein bestimmter stellvertretender Unterminister der Finanzen, dessen Ehevertrag vor Kurzem erloschen war, jeden Tag um Punkt 12:30 Uhr an die frische Luft ging und von seinem Büro aus immer denselben Weg einschlug. So kam es, dass der Riemen an Theas Handtasche riss und sich der Inhalt der Tasche vor seinen Füßen auf das Pflaster ergoss.

Wie wird Quinns Nachricht sie erreichen? Man kann es einfach nicht wissen. Mutters Leute können jedermann und überall sein. Hauswirtschafterinnen, Hausmeister, Landschaftsgärtner, Kellner. Sie bewegen sich mit offenen Augen und Ohren durch Prospera, stellen fest, wer mit wem Tennis spielt, zupfen Papiere aus Mülltonnen, belauschen Gespräche, während sie Wein einschenken und schmutzige Teller abräumen. Andere, wie Thea, steigen tiefer ein. Sie schenken keinen Wein ein, sie trinken ihn. Sie flirten schamlos ganze Nächte hindurch. *Du arbeitest beim Sicherheitsdienst? Ich habe mich immer schon gefragt, wie das wohl ist, es muss so faszinierend sein, erzähl mir mehr …*, und eine Hand unter dem Tisch findet ein Knie.

Vor den Fenstern der Galerie strömen ahnungslose Passanten vorbei. Wie glücklich sie alle aussehen, wie über die Maßen gesund und optimistisch. Prosperaner beginnen den neuen Tag nicht einfach, sie stürmen ihn wie einen feindlichen Schützengraben. »Lebe außergewöhnlich!« Die Botschaften sind überall zu finden – auf Plakatwänden, in den Zeitschriften, zwischen den Sendungen im Fernsehen. »Bringe dein Potenzial zur Entfaltung!« »Sei heute dein bestes Ich!«

Thea fühlt sich nicht wie ihr bestes Ich. Als sie am vergangenen Abend in ihr Apartment zurückgekehrt ist, hat sie halb damit gerechnet, zwei Suits vor ihre Tür anzutreffen. Die blitzende Dienstmarke, die Hand auf ihrer Schulter – das ist die Angst, mit der sie täglich lebt, wie die Szene aus einem Film, der ständig in ihrem Kopf läuft. Als sie aus dem Aufzug kam und mit dem Schlüssel in der Hand um die Ecke bog, war sie tatsächlich überrascht, dass niemand sie erwartete – nur ein Zettel von einer Nachbarin, die wissen wollte, ob Thea sich am Wochenende um ihre Katze kümmern könne. (»Futter ist reichlich im Napf. Fahre mit Freunden aufs Land. Es macht Dir hoffentlich nichts aus.«)

Die Stille in ihrem Apartment hätte sie fast wahnsinnig gemacht. Wie furchtbar, mit seinen Gedanken allein zu sein! Sie lag im Dunkeln auf der Couch und dachte an Proctor Bennett. Wer war Proctor Bennett? Nur eins der unzähligen Zahnrädchen im Getriebe, aber der Mann hatte etwas an sich. Er war ... anders. Thea ließ das Video im Geiste ablaufen, Einzelbild für Einzelbild. Der Aufruhr auf dem Pier, der Stromschlag des Schockers, der alte Mann, wie er erstarrte, und Proctor mit dem Wachmann im Schwitzkasten. Der geflüsterte Wortwechsel, und Proctor, wie er den alten Mann auf die Beine zog und ihm einen Arm um die Taille legte, um ihn zu stützen. Eine Pause im Geschehen, als er sich für den Spurt zur Fähre bereit machte, sein Gleichgewicht fand und das Gesicht zum Himmel wandte.

Stopp.

Das Gesicht, das Thea sieht, ist nicht unattraktiv. Dunkles Haar, von den Schläfen nach hinten gekämmt, und eine recht hohe Stirn, kräftige Konturen im Bereich der Brauen und des Kiefers, ein kleiner Mund mit vollen Lippen. Seine Körperkraft war ersichtlich an den gewölbten Muskeln, über denen sich an den Schultern sein Jackett spannte. Er war alles in allem ein ansprechendes, wenn auch austauschbares Exemplar prosperanischer Männlichkeit in den mittleren Jahren – gepflegt, trainiert und gut gebaut, ein Kämpfer für das Gute, der meistens gewann.

Aber das ist es nicht, was das Gesicht des Mannes ihr *sagte*.

Nein, nicht sein Gesicht, seine Augen. Er hat – unwillkürlich – zu der Drohne hinaufgeschaut, aber es sah nicht aus, als ob er irgendetwas anschaute. Es war, als strahlten seine Gedanken in ein unsichtbares Reich hinauf, aus dem irgendeine Art von Hilfe oder Trost kommen könnte. *Helft mir*, sagten seine Augen. *Ich weiß nicht, warum ich das tue. Helft mir, zu verstehen.*

Danach hat sie angefangen zu trinken. Aus einem Glas wurden zwei, dann drei und mit der Zeit eine ganze Flasche, und ehe Thea sichs versah, lag sie angezogen auf dem Sofa, und das Sonnenlicht bohrte sich in ihre Augen.

Aus verquollenen Augen wandert ihr Blick über die Wände der Galerie, und jetzt fühlt sie sich noch schlechter. Wie langweilig das alles ist, wie leblos, wie schal. Sonnenuntergänge. Bergpanoramen. Stillleben mit Flaschen und Blumen und Früchten. Jemandes Hund.

Thea seufzt. Diese Vierecke an der Wand: Das sind keine Gemälde. Das ist Farbe.

Sie heftet im Arbeitszimmer Rechnungen ab, als es klingelt. Ihr erster Termin. Sie wirft einen kurzen Blick in den Spiegel und geht dann in die Galerie, wo ihre Besucherin wartet. Sie hat ein Papptablett mit Kaffeebechern mitgebracht.

»Sandra!«

»Thea!«

Eine kurze Umarmung, bei der das Kaffeetablett im Weg

ist, und die obligatorischen Luftküsse. Sandra trägt schwarze Leggings und Ballett-Slipper und ein langes Hemd aus schimmerndem Stoff, und sie kommt geradewegs aus dem Yoga-Studio weiter unten an der Straße. Ihr Haar ist zurückgebunden und festgeklammert, ihr Gesicht feucht und gerötet von musterhafter Gesundheit.

»Ich habe dir einen Latte macchiato mitgebracht«, sagt sie und hebt einen Becher von ihrem Tablett. »Soja, richtig?«

Thea hasst Sojamilch. Sie schmeckt wie Kleister. Sie ist auch keine große Kaffeetrinkerin. Aber die Kundin hat immer recht. Sie nippt an ihrem Becher und verbrüht sich die Zungenspitze. »Danke. Das habe ich gebraucht.«

»Harte Nacht?«

»Sieht man das?«

Sandra leckt Schaum vom Rand ihres Bechers. »Das Single-Leben. Du musst es genießen, solange du kannst, glaub mir.«

Die Mühen der Ehe bilden das Rückgrat von Sandras vorherrschenden Gesprächsthemen. Ganz gleich, worüber sie redet, ihre Sätze sind durchzogen von Anspielungen auf die kleinen Freveltaten ihres Mannes: eine späte Heimkehr, eine unsensible Bemerkung, ein vergessener Jahrestag, eine ungeschickte sexuelle Performance. Theas Vorstellung von dem Mann setzt sich ausschließlich aus diesen Klagen zusammen. Sie weiß nicht einmal, wie er heißt.

Thea lächelt. »Das hat seine Vorteile.«

»Du solltest wirklich mit mir in den Kurs kommen. Heute Morgen habe ich meinen Monitor gecheckt – und? Zweiundneunzig! Zweiundneunzig, in meinem Alter!«

Thea hat keine Ahnung, wie alt Sandra ist. Sie hat Siebzigjährige getroffen, die für fünfzig oder sogar für fünfundvierzig durchgingen. Diese Frau könnte nach allem, was Thea weiß, auch hundert sein.

»Das Studio hat einen großartigen neuen Lehrer«, fährt Sandra ein wenig atemlos fort. »Er hat eine Übung vorgemacht, ohne Witz, wo er einen Handstand auf den Fingerspitzen macht.«

»Wow«, sagt Thea.

»Plus, er wirft eine Menge Zen-Zeug mit hinein, wo man mit dem universalen Bewusstsein in Kontakt kommt, so was eben.« Sie wühlt in ihrer Tasche, fördert ein zusammengefaltetes Blatt zutage und liest: »Wie eine Biene beim Nektarsammeln die Farbe und den Duft der Blüte nicht beeinträchtigt, so bewegt sich die Weise durch die Welt.« Sie blickt auf. »Inspirierend, nicht wahr? Ich habe ihn gebeten, es nach dem Kurs zu wiederholen, damit ich es mir aufschreiben konnte.«

Thea nickt freundlich. »Er scheint interessant zu sein.«

»Ein bisschen esoterisch, okay, aber wenn man es sich überlegt, ergibt es eine Menge Sinn. Außerdem ist er superniedlich. Sozusagen *hinreißend.*«

Sie kommen zum Geschäftlichen, und Sandra erklärt, was sie sucht. Nicht für sich selbst; sie ist Inneneinrichterin und hat eine ganze Liste von gut betuchten Kunden. Ihr derzeitiges Projekt ist ein großes Apartment in der Nähe des Opernhauses – elegant, modern, jede Menge Glas. Sie spazieren durch die Galerie, Sandra macht sich Notizen, und dann schauen sie die Kataloge der Künstler durch, die ihr gefallen. Als sie fertig sind, ist es fast Mittag. In der Tür kommt es zu weiteren Umarmungen und Luftküssen. Sandra nimmt Thea das Versprechen ab, ihren neuen Yogalehrer auszuprobieren. Er heißt Raymond.

»Ich meine, stell dir vor, was dieser Mann mit seinen Fingern anstellen könnte. Oh«, sagt sie, »jetzt hätte ich es fast vergessen.« Sie holt einen kleinen Umschlag aus ihrer Handtasche und hält ihn Thea hin. »Für dich«, sagt sie.

Wie merkwürdig. Diese Begegnung hat plötzlich eine verblüffende neue Dimension. Thea öffnet den Umschlag. Ein Ticket.

»Ein gemeinsamer Freund dachte, das könnte dir Freude bereiten«, sagt Sandra.

Thea blickt auf. Die alberne Sandra! Wer hätte das gedacht?

»Danke«, sagt Thea. »Das ist sehr aufmerksam. Es wird mir sicher gefallen.«

Sandra löst die Spannung mit einem strahlenden Lächeln. »Na super!« Auf der Schwelle dreht sie sich um und zwinkert Thea vielsagend zu. »Und vergiss nicht, was ich über Raymond gesagt habe. Ich schwöre dir, wenn niemand anders ihn fickt, werde ich es tun.«

Thea schließt die Tür hinter ihr ab und lässt die Jalousie herunter. Mit zwei kurzen Telefonaten sagt sie ihre Nachmittagstermine ab und vereinbart dann zwei neue, im Nagelstudio und beim Friseur. *Thea Dimopoulos, es ist sehr kurzfristig, ich weiß, aber können Sie mich dazwischenquetschen? Wunderbar, Sie sind ein Engel, ich kann Ihnen gar nicht genug danken …*

Sie schiebt Quinns Umschlag in ihre Handtasche und verlässt die Galerie. Die Mittagspause ist in vollem Gange. Sie nimmt sich einen Augenblick Zeit, nur um durchzuatmen, und dann stürzt sie sich in den menschlichen Strom, der an ihr vorbei- und die geschäftige Straße hinunterfließt.

6

Es war kurz nach zwei, als ich zum Haus zurückkehrte – Zeit genug, dachte ich, um das Schlimmste hinter mich zu bringen.

Geduscht und umgezogen machte ich mich auf den Weg zur Shuttle-Haltestelle am Ende unserer Straße. Der Fahrplan auf der Glasscheibe sagte mir, ich hätte zehn Minuten zu warten. Es war Jahre her, dass ich mit dem Shuttle gefahren war. Als Fährmann auf der Ebene eines Leitenden Direktors hatte ich zu jeder Stunde ein Auto und einen Fahrer zu meiner Verfügung. Aber wenn ich jetzt ohne solche Zulagen leben sollte, dachte ich, gewöhnte ich mich am besten gleich daran.

Und wenn ich es mir überlegte, wie lange hatte ich diesen Luxus genossen? Sosehr ich mich auch bemühte, ich konnte mich an keinen weniger lang zurückliegenden Anlass erinnern als jenen Morgen, an dem meine Mutter mit mir zu Dr. Patty gefahren war. Das stimmte sicher nicht, aber es kam mir so vor. Meine Gedanken kehrten zurück zu diesem Tag. *Du weißt, dass ich dich liebe, oder?* Ich saß an der Shuttle-Haltstelle, und plötzlich vermisste ich sie schmerzlich, aber das Gefühl war ein anderes als Trauer. Es hatte auch etwas Friedliches, als hätte ich durch diese Wiederaufführung unseres gemeinsam verbrachten Tages eine in mir schlafende Regung geweckt – das Gefühl, ihr Sohn zu sein.

Das Shuttle kam. Um diese Tageszeit saß drinnen nur Hilfspersonal. Ich ging den Gang hinunter und setzte mich auf den erstbesten freien Platz neben einem Mann im braunen Overall. Die Luft um ihn herum stank nach altem Schweiß mit einer fäkalen Note. Der Anzug schlabberte an seinem Körper, obwohl ihn eine Aura von geschmeidiger Kraft umgab. Auf eine nicht sehr angenehme Weise war ich mir plötzlich meiner selbst bewusst. Wie viele Prosperaner hatte ich den Fahrdamm zum Annex noch nie benutzt, weil es keinen Anlass dafür gegeben hatte, und meine Erfahrung mit dem Hilfspersonal beschränkte sich auf eine Handvoll Individuen und war nicht im Entferntesten persönlich. Um uns die Verlegenheit zu nehmen, beschloss ich, ein Gespräch anzufangen.

»Wie läuft der Tag?«, fragte ich.

Er blickte weiter starr geradeaus und zuckte die Schultern. »Okay.«

»Was arbeiten Sie?«

Wieder ließ er sich einen Extraherzschlag Zeit. Alles an ihm verriet, dass er nicht mit mir reden wollte. »Abwasser«, sagte er.

Daher der Geruch. »Klingt nach schwerer Arbeit.«

»Ist es wohl.«

Warum tat ich das? Ließ diesen armen Kerl über seinen Tag nachdenken, den er in der Kloake verbracht hatte? Man brauchte nur einen Blick auf unsere Schuhe zu werfen, um eine Menge zu erfahren – auf seine klobigen Arbeitsstiefel, deren Schnürsenkel offen waren, um die Füße zu kühlen, und auf meine polierten Mokassins daneben.

Es war dumm, so etwas zu sagen, aber ich sagte es trotzdem: »Das tut mir leid.«

Er drehte den Kopf und sah mich an. Er hatte zu viele fleckige, übergroße Zähne im Mund. Irgendwann in der Vergangenheit war seine Nase praktisch zerstört worden.

»Was tut Ihnen leid?«

»Entschuldigung. Das war eine dumme Bemerkung.«

Sein Blick wanderte an meinem Körper entlang, wie ein Metzger ein halbes Rind taxiert. Das Gleichgewicht der Macht hatte sich verlagert: Jetzt war er der Inquisitor.

»Ich will Ihr Mitleid nicht«, sagte er.

»So habe ich es nicht gemeint.«

In diesem Moment sah ich es in seinen Augen, das Leuchten der puren Verachtung – wie ein Pilotflämmchen im Hochofen seines Zorns. Dieser Mann – er hasste mich!

»Und wie *haben* Sie es gemeint?«

»Ich habe gar nichts gemeint. Vergessen Sie, dass ich etwas gesagt habe.«

»Sie haben doch davon angefangen. Sie haben gesagt, es tut Ihnen leid, also warum verraten Sie es mir nicht? Was genau tut Ihnen denn leid, Prossie?«

Das Wort wirkte wie eine Sirene, die plötzlich losheulte. Alles Geplauder unter den Fahrgästen verstummte, und mir wurde bewusst, dass ich mich auf ein heikles Gelände verirrt hatte. Nach allem, was ich über den Annex wusste – und noch einmal: viel war es nicht –, waren Schlägereien nicht selten. Worte wurden gewechselt, Emotionen kochten hoch, und ehe man sichs versah, war Blut an den Wänden und ein Toter am Boden. Mein Sitznachbar war nicht schwerer als ich, und ich war mehr als gewandt, aber seine Kraft war erarbeitet –

ein entscheidender Unterschied. Der Fahrer warf mir einen warnenden Blick im Rückspiegel zu. *Mister, was haben Sie vor? Halten Sie die Klappe!*

»Ich wollte nur nett sein. Wenn ich Sie verärgert habe, bitte ich um Verzeihung.«

»Sie wissen absolut nichts über mich. Vielleicht macht es mir Spaß, Ihre Scheiße zu schaufeln. Vielleicht finde ich, Ihre Scheiße zu schaufeln ist das Tollste auf der Welt.«

»Okay, vielleicht finden Sie das. Ihre Sache.«

»Sie sollten es mal versuchen. Könnte Ihnen gefallen.«

Diese Fahrt konnte nicht schnell genug zu Ende gehen. Was hatte ich eigentlich erwartet, als ich versuchte, ein Gespräch mit ihm anzufangen? Dass wir beide ein zwangloses Schwätzchen über unseren Tag führen könnten? Gehasst zu werden – damit hatte ich einfach keine Erfahrung.

Das Shuttle hielt an, und ein Mann stieg ein. Ein schlaksiger, bärtiger Bursche, ein bisschen ungepflegt, mit müden, blinzelnden Augen. Er setzte sich auf die andere Seite des Ganges, öffnete seine Schultertasche und nahm ein Buch heraus, einen schmalen Band mit dunklem Einband. Er schlug die Beine übereinander, legte die Tasche auf den Schoß und schlug das Buch auf, wobei der rätselhafte Titel sichtbar wurde: *Grundlagen des Ankunftismus*.

»Hey, Prossie«, sagte mein Sitznachbar. »Wollen Sie eine Geschichte hören?«

»Was?« Ich war völlig verdattert. Vor den Fenstern zogen die äußeren Vororte vorbei.

»Sie finden sie sicher interessant. Meine Frau, Tess, sie ist Hausmädchen. Es gibt da eine Lady, reich wie Sie, und Tess hilft bei all ihren Partys. Das tut sie seit Jahren. Die beiden sind wie zwei alte Freundinnen. Können Sie mir so weit folgen?«

»Ihre Frau ist Hausmädchen«, antwortete ich blöde.

»Genau. So. Und eines Abends arbeitet Tess in der Küche, während die Lady sich auf die Party vorbereitet, und was soll ich Ihnen sagen? Sie findet eine Kette nicht, die sie tragen will. Ein altes Stück, wahrscheinlich eine Menge wert. Sie macht ein großes Theater wegen der Halskette und tobt im ganzen Haus herum. ›Wo ist meine Kette, wo ist meine Kette?‹ Und wissen Sie, was sie tut, als sie sie nicht findet?«

Ich wusste schon, worauf es hinauslief, und es war nicht gut. »Sie beschuldigt Ihre Frau, sie habe sie gestohlen.«

Er grinste mit seinem Mund voll fauler Zähne. »Also, das ist der erste intelligente Satz, den ich von Ihnen höre. Vergessen ist, dass sie jahrelang bei der Frau gearbeitet hat. Ehe man sichs versieht, steht ein Wagen in der Zufahrt, und die Wachleute schleppen sie weg. Können Sie mir noch immer folgen, Prossie?«

Ja, konnte ich, aber ich wusste nicht, was ich zu dieser abscheulichen Geschichte sagen sollte. Ich blickte auf und sah, dass der Mann auf der anderen Seite des Ganges mich beobachtete. Die Art, wie er mich ansah, ließ ahnen, dass sein Interesse an mir nicht nur beiläufig war. Etwas Persönlicheres steckte dahinter, als hätte er eine Wette auf das Ergebnis abgeschlossen.

Mein Sitznachbar redete weiter. »Natürlich wusste ich nichts von alldem. Vier Tage lang höre ich überhaupt nichts, bis Tess wieder nach Hause kommt. Fast hätte ich sie nicht erkannt. Das Gesicht zu Brei geschlagen. Aber das war nicht das Schlimmste.«

Der Mann auf der anderen Seite des Ganges mischte sich ein. »Freund, warum lässt du den Mann nicht in Ruhe?«

Mein Nachbar ignorierte ihn. »Wollen Sie wissen, was sie mit ihr gemacht haben?«

Nein, absolut nicht.

»Na los.« Er stieß mich mit dem Ellenbogen an. »Raten Sie mal.«

Der andere Mann sagte mit mehr Nachdruck: »Ich glaube, das genügt.«

Mein Nachbar warf ihm einen eisigen Blick zu. »Erlauben Sie mal! Ich erzähle hier eine Geschichte.«

Mir wurde fast übel. »Ich weiß es nicht.«

Mein Nachbar hob die rechte Hand, knickte den Daumen zur Handfläche und machte eine flatternde Geste mit den Fingern. »Einem Dieb schneiden sie den Daumen ab. Jetzt kann sie nichts anderes mehr machen als winken.« Sein diabolisches Lächeln durchbohrte mich. »Und, was halten Sie von meiner Geschichte?«

Ich blieb stumm. Mir war bewusst, dass er mir diese grausige Geschichte erzählt hatte, weil ich an dieser Grausamkeit einen Anteil hatte. Soweit es ihn betraf, hätte die Frau mit der Halskette genauso gut ich sein können.

»Haben Sie die Sprache verloren, Prossie?«

Was mir einfiel, war eine lachhafte Antwort. »Haben sie die Kette je gefunden?«

»Natürlich. Dazu wollte ich jetzt kommen. Die Lady hat sie zwischen den Sofapolstern gefunden. Hat Tess ein nettes Entschuldigungsschreiben geschickt. Haben wir an den Kühlschrank gehängt.«

Jetzt war mir wirklich schlecht. Der Speichel floss innen

über meine Wangen, und der Geschmack von Galle quoll mir in die Kehle. »Das ist … schrecklich.«

»Da haben Sie verdammt recht. Wollen Sie den besten Teil hören?«

Guter Gott, kam da noch mehr?

»Ich habe alles erfunden. Ich habe nicht mal eine Frau, verdammt.« Er brüllte vor Lachen. »Jetzt sollten Sie Ihr Gesicht sehen, Prossie.«

Ich zitterte vor Wut. Ich spürte den Pulsschlag an meinem Hals. »Sie Scheißkerl.«

»Sie haben gesagt, es tut Ihnen leid. Ich wollte Ihnen etwas geben, das Ihnen leidtun kann.« Er wandte sich ab. »Ihr Typen. Was seid ihr doch für Heuchler!«

Und das war zum Glück das Ende. Für den Rest der Fahrt saßen wir schweigend nebeneinander und taten beide so, als wäre der andere nicht da. *Du herzloses Arschloch!*, wollte ich schreien. *Was gibt dir das Recht, so mit jemandem umzugehen?* Als wir an der Plaza ankamen, war es, als wollte mir der Kopf platzen. Ich sprang von meinem Sitz wie ein Sprinter vom Startblock, lief durch den Gang und stieg die Treppe zum Gehweg hinunter, wo mir die Sonne so intensiv entgegenstrahlte, dass es sich anfühlte wie ein Schlag. Ich rang nach Atem, und mein Herz taumelte in meiner Brust. Was zum Teufel war los mit mir? Innerhalb von nur vierundzwanzig Stunden war ich völlig aufgelöst.

»Bürger, darf ich Ihnen behilflich sein?«

Ich stand vornübergebeugt da und stützte mich mit beiden Händen auf die Knie. Ich hob den Kopf, um zu sehen, wessen Stimme ich da hörte. Ein Fax. Genderneutral und auf einer gegliederten, geräderten Plattform. Sie hießen »Helfer«, diese

Modelle, und sie schwirrten durch die Straßen der Stadt und machten sich nützlich – gaben Wegbeschreibungen, öffneten eine Tür für eine Frau mit vielen Paketen, regelten den Verkehr, wenn es nötig war. Schon der Anblick seines ausdruckslosen Ersatzgesichts erfüllte mich mit Abscheu.

»Benötigen Sie medizinische Versorgung, Bürger?«

Ich richtete mich auf und schluckte den Gallegeschmack in meiner Kehle herunter. »Nein danke.«

»Proctor Bennett, ich rufe Ihnen gern Hilfe, wenn Sie welche brauchen.«

Woher kannte es meinen Namen? Aber natürlich kannte es meinen Namen. Das Fax hatte eine Verbindung zum Central Information System, es hatte mein Gesicht gescannt und das Bild durch die Datenbank laufen lassen. Vermutlich wusste das verdammte Ding jetzt, was ich zum Frühstück gegessen hatte. (Nichts.)

»Nicht nötig. Mir geht es gut.«

Es setzte einmal aus und erklärte dann mit seiner androgynen, monotonen Stimme: »Ich bin mit einem kompletten Satz medizinischer Diagnosesoftware ausgestattet.«

»Hörst du mir zu, du dämliche Maschine? Geh weg.«

»Wenn Sie mir gestatten, auf Ihren Monitor zuzugreifen …«

Ich legte eine Hand an die stählerne Brust und stieß kräftig dagegen. »Ich habe gesagt, du sollst mich in Ruhe lassen, verdammt!«

Das Fax rollte rückwärts und blieb stehen. Es stockte kurz – ich konnte die Schaltungen praktisch klicken hören – und drehte sich dann um hundertachtzig Grad. Summend fuhr es davon und machte sich auf die Suche nach anderen Leuten, die es mit seiner besinnungslosen Großzügigkeit schikanieren konnte. Verachtungsvoll sah ich ihm nach. Wer war auf die Idee gekommen, diese unnatürlichen Monstrositäten zu bauen, diese Parodien auf lebende Menschen? Und warum waren sie mir nie aufgefallen? So wie ich auch die kaum gezähmte Feindseligkeit dieser gewöhnlichen Männer und Frauen unter uns nie bemerkt hatte, die nicht nur den ganzen Tag gezwungen waren, die niedersten Arbeiten zu verrichten, sondern auch unser Mitleid wegen ebendieser Arbeiten zu ertragen, die wir ihnen abverlangten.

»Freund, ist alles okay?«

Es war der bärtige Mann aus dem Shuttle. Er zog eine Wasserflasche aus seiner Tasche und hielt sie mir hin. »Hier, nehmen Sie. Sie ist noch ungeöffnet.«

Wer war ich, in diesem Augenblick eine solche Freundlichkeit zurückzuweisen? Ich brach das Siegel und trank.

»Ich bin auch kein großer Fan von diesen Dingern«, sagte er. »Aufdringliche Biester.«

Ich gab ihm die Flasche zurück. »Danke.«

»Nicht der Rede wert.« Er steckte sie wieder in seine Tasche. »Der Kerl im Shuttle war ein richtiges Arschloch.«

»Danke, dass Sie versucht haben zu helfen.«

Er zuckte die Schultern. »Kein Problem, Freund. Nicht dass es viel genutzt hätte.«

Jetzt fiel mir etwas ein. »Was war das für ein Buch, das Sie da im Shuttle gelesen haben? Ich kannte es nicht.«

Er grinste durch die Matte seines Bartes. »Sie müssten ein sehr belesener Mann sein, wenn Sie jedes Buch kennen wollten.«

»Ich meinte das Wort im Titel, ›Ankunftismus‹. Das ist mir neu.«

Er schwang seine Schultertasche wieder herum, griff hinein und holte das schmale Buch heraus, in dem er gelesen hatte. Er gab es mir.

»Wovon handelt es?« Ich drehte es in meinen Händen hin und her.

»Fragen Sie lieber, wovon handelt es nicht. Betrachten Sie es als ganz neuen Blick auf die Dinge.« Er neigte den Kopf. »Behalten Sie es, wenn Sie wollen. Ich habe noch mehr.«

Es war eher eine Broschüre als ein richtiges Buch – es hatte höchstens zwanzig Seiten –, und es fühlte sich billig an, wie selbst gemacht. Ein verrückter philosophischer Traktat, den jemand verfasst und im Keller zusammengeklebt hatte.

»Das ist nett von Ihnen.« Ich reichte das Buch zurück. »Aber im Moment habe ich ziemlich viel um die Ohren.«

Ich erwartete, dass er protestierte – auf seine freundliche Art schien er ganz hartnäckig darauf zu bestehen, dass ich es behielt –, aber er nahm es ohne Zögern zurück. »Dann eben, wenn Sie bereit sind.« Er schob das Buch wieder in seine Tasche und musterte mich noch einmal einen Moment. »Der Kerl war ziemlich grob mit Ihnen. Ist wirklich alles in Ordnung?«

Ich versicherte es ihm, und das war die Wahrheit. Seine Besorgnis hatte mich wiederbelebt. Ich war das Opfer eines grausamen Spaßes gewesen, aber das war alles, und ich konnte mir sogar vorstellen, dass aus der ganzen Angelegenheit irgendwann noch eine lustige Anekdote werden würde. *Dieser schreckliche Mann, er hat mir eine unerhörte Geschichte erzählt, ich kann nicht glauben, dass ich darauf hereingefallen bin …*

»Wirklich, Sie waren mehr als freundlich«, sagte ich.

»Überhaupt kein Problem.« Wieder dieses Lächeln. »Die Ankunft ist nah, Freund.«

Ich sah ihm nach, als er davonschlenderte, und mein Kopf war voll von seiner Merkwürdigkeit. »Die Ankunft ist nah«? Was mochte er damit meinen? Ankunft wo? Und »Freund« – wie er das sagte, klang es nicht unaufrichtig, im Gegenteil. Als wären wir beide tatsächlich Freunde, nur weil er es sagte.

Ich hatte vor, ins Büro zu huschen, ohne allzu viel Aufmerksamkeit auf mich zu ziehen. Die Abteilung Sozialverträge befand sich an der Nordseite der Plaza, und wie bei allen Ministerialgebäuden war das Foyer eine prunkvolle Angelegenheit – eine hohe, von Fenstern beleuchtete Halle mit so viel Marmor, dass das leiseste Geräusch eine halbe Stunde lang widerhallte. Ich wies mich am Empfang aus und fuhr mit dem Aufzug hinauf in den fünften Stock, wo Bezirk sechs seine Büroräume hatte. Verschwunden war die protzige Pracht des Atriums, ersetzt durch reizlose Funktionalität: Dämmplatten unter der Decke, Industriebeleuchtung, neutrale Teppichböden. Es war ruhig, wie ich gehofft hatte; viele Leute hatten bereits für diesen Tag Feierabend gemacht. Aber Oona saß immer noch an ihrem Schreibtisch vor meinem Büro. Sie erschrak, als sie mich sah.

»Direktor Bennett? Ich dachte, Sie kommen heute nicht. Ihre Frau hat am Morgen angerufen.«

»Glauben Sie nicht alles, was Sie hören. Können Sie die Unterlagen meines Vaters holen? Ich muss den Fallbericht schreiben.«

»Selbstverständlich.« Sie stand auf. »Ich wollte nur sagen, Direktor Bennett, wie sehr mir leidtut, was … was passiert ist.«

»Danke, Oona.«

Ich wollte gerade in mein Büro gehen, als mir klar wurde, dass ich mein Lesegerät am Tag zuvor im Auto gelassen hatte. Ich war so durcheinander, dass ich es komplett vergessen hatte. »Ist Jason hier?«

»Ich habe ihn seit heute Morgen nicht mehr gesehen. Ich glaube, er ist nach Hause gegangen.«

Auch recht. Ich hatte keine Lust, mich mit ihm zu befassen. »Hat er zufällig mein Lesegerät bei Ihnen gelassen?«

»Nein, aber ich kann mich umhören.«

Ich ging in mein Büro, um zu warten. Es war das größte auf dieser Etage, mit einem bequemen Sitzbereich und einem herrlichen Blick auf den Hafen. An ganz klaren Tagen konnte man am Horizont die Nursery erkennen. Heute nicht. Ich dachte an meinen Vater und an das, was dort mit ihm passierte. Mussten Aussteiger warten und sich über das, was vor ihnen lag, Gedanken machen, oder war der Prozess für ihn bereits vorüber, war sein Körper wiederhergestellt, seine geliebten Erinnerungen gelöscht? Das schien mir etwas zu sein, das ein Mann in meiner Position eigentlich wissen sollte, aber ich hatte nicht den leisesten Schimmer.

Ein paar Minuten später kam Oona mit der Akte. »Das ist seltsam«, sagte sie und legte sie auf meinen Schreibtisch.

Der Ordner trug den Stempel GESCHLOSSEN. Ich klappte ihn auf. Da war er, der Fallbericht, aber jemand hatte das Formular bereits ausgefüllt, einschließlich der Daten meines Vaters aus dem Lesegerät. In dem Abschnitt für die »narrative Beschreibung« las ich: *Subjekt war leicht desorientiert. Assistenz durch Mitarbeiter der Abteilung Sozialverträge. Planmäßig an Bord.*

Das war alles – nur drei Sätze. Kein Wort von seiner wilden Flucht auf dem Pier, von dem Elektroschocker oder davon, dass ich den Wachmann beinahe erwürgt hätte. Ich hätte erleichtert sein müssen – eine Pflicht, vor der mir gegraut hatte, war mir von den Schultern genommen worden –, aber das war ich nicht. Etwas war mir gestohlen worden, etwas, von dem ich gar nicht gewusst hatte, dass ich es beanspruchen wollte: die Wahrheit über das, was passiert war.

»Proctor, was machen Sie hier?«

Amos Cordell, stellvertretender Minister für Sozialverträge, stand in der Tür. Ein kräftiger, leutseliger Mann und mein unmittelbarer Vorgesetzter. Wir kannten einander seit Jahren.

»Ich bin hier, um den Fallbericht über meinen Vater zu schreiben.« Ich hielt die Akte hoch. »Wissen Sie, wer die ausgefüllt hat?«

Er räusperte sich. »Ach, das.« Er drehte sich zu meiner Assistentin um. »Oona, lassen Sie uns kurz allein, bitte?«

Sie ging hinaus und schloss die Tür. »Zunächst mal«, sagte Amos, »lassen Sie mich Ihnen sagen, wie leid es mir tut, was da passiert ist. Man hätte Sie niemals in diese Lage bringen dürfen.«

»Also haben *Sie* es ausgefüllt.«

Er hob resignierend die Hände. »Okay, Sie haben mich erwischt. Ehrlich, Proctor, ich dachte, Sie hätten nichts dagegen.«

»Es lag in meiner Zuständigkeit.«

»Und glauben Sie mir, ich weiß, wie ernst Sie so etwas nehmen. Ich konnte mir nur nicht vorstellen, dass Sie nach allem, was Sie durchgemacht haben, noch den Papierkram erledigen.«

»Es geht mir gut, Amos. Es war kein Vergnügen, aber ich habe meinen Job erledigt.«

»Und niemand behauptet etwas anderes. Aber unter den gegebenen Umständen hielt ich es für das Beste, nach vorn zu schauen und einen Schlussstrich zu ziehen.«

»Wir werden also einfach alles unter den Teppich kehren.«

»Wie Sie es sagen, klingt es fragwürdig, Proctor. Ich wollte nur helfen.« Er zog mein Lesegerät aus der Jackentasche und legte es auf den Schreibtisch. »Das haben Sie im Wagen vergessen. Die Fahrzeugverwaltung hat es gefunden.«

Ich sah, dass ich ihn verletzt hatte, und ich bekam Gewissensbisse. Wir waren schließlich Freunde, und er hatte es gut gemeint. »Amos, es tut mir leid. Ich habe überreagiert. Es war nett von Ihnen.«

Ein Augenblick der Unsicherheit verging, und dann zuckte er die Achseln. »Vergessen Sie es. Jeder hat Verständnis. Ich an Ihrer Stelle wäre am Boden zerstört.« Er hob den Kopf, und seine Miene hellte sich auf. »Sagen Sie, wie geht's Elise?«

Ich war froh, das Thema wechseln zu können. »Sie ist halb von Sinnen. Sie hat eine große Show vor sich.«

»Gut für sie. Die Frau ist ein großes Talent. Olivia kriegt nie genug von ihren Entwürfen.«

»Das höre ich gern. Ich werde es ausrichten.«

»Das sollten Sie. Für das Geld, das wir ausgegeben haben, können Sie wahrscheinlich noch einen Flügel an Ihr Haus anbauen.« Er wandte sich zur Tür. »Und um Gottes willen, Proctor, machen Sie, dass Sie rauskommen. Fahren Sie nach Hause zu Ihrer hinreißenden Frau.«

Ich ließ einen Wagen kommen (nie im Leben würde ich noch einmal mit dem Shuttle fahren), und als ich nach Hause kam, war Elise schon da.

»Proctor, wo um alles in der Welt hast du gesteckt?« Sie sprach mit mir durch den Spiegel ihrer Frisierkommode, an der sie in einem schwarzen Cocktailkleid saß und ihren Schmuck anlegte: Ohrringe, ein silbernes Amulettarmband, eine Halskette aus blauen Steinen. Unter dem Druck eines Abends mit ihren Eltern war die warmherzige Stimmung unserer morgendlichen Interaktion verflogen. »Schon gut«, fuhr sie mit einer wegwerfenden Handbewegung fort, »ich will es gar nicht wissen. Himmel noch mal, mach dich einfach fertig. Wir kommen jetzt schon zu spät.«

In Abendkleidung fuhren wir mit dem Wagen in die Stadt. (Elise bestand darauf, zu fahren, sodass ich mich wieder einmal weniger wie ein Ehemann und mehr wie ein Patient fühlte.) Wir parkten am Kulturzentrum und gingen zusammen mit anderen Konzertbesuchern, einem gutbetuchten, schon älteren Publikum, über den Parkplatz zum Auditorium.

»Ich habe vergessen, es dir zu erzählen«, sagte Elise, als wir das Atrium betraten, »Warren kommt auch.«

Ich blieb wie angewurzelt stehen.

»Sei nicht so«, sagte sie. »Ich bin ihm heute über den Weg gelaufen, das ist alles. Ich dachte, du würdest ihn gern sehen.« Ohne meine Antwort abzuwarten, hob sie den Kopf und suchte die Menge ab. »Warren!«, rief sie dann und winkte. »Hier drüben!«

Und ehe ich noch ein Wort sagen konnte, sah ich, wie er mit zielstrebigen Schritten durch das Gedränge auf uns zukam: mein alter Freund Warren Singh, ein breites Lächeln auf den vollen Lippen, das wellige Haar verwegen zurückgekämmt. Er küsste Elise auf beide Wangen (»Hallo, du Schöne«), wandte sich dann mir zu und umschloss meine ausgestreckte Hand in einem feierlich-maskulinen Händedruck, den er sogleich dazu benutzte, mich in eine einschultrige Umarmung und eine Wolke seines Rasierwassers zu ziehen.

»Proctor, mein Lieber, ich weiß nicht, was ich sagen soll.«

Warrens Anwesenheit hier war offensichtlich kein Zufall. In welcher Eigenschaft hatte meine Frau ihn eingeladen? Als Kumpel, dem mein Wohlergehen am Herzen lag? Als professionellen Mediziner? Als unabhängigen Zeugen meiner geistigen Zerrüttung? Unsere Beziehung war freundschaftlich, aber nicht ohne Komplexität. Bevor ich auf der Bühne erschienen war, waren er und Elise einmal ein Paar gewesen. Elise hatte mir versichert, dass diese Beziehung weder lang noch ernst gewesen war, eine Sache von exakt null Bedeutung. Trotzdem ist es nicht leicht, zuzusehen, wie ein Mann meine Frau küsst und sie »du Schöne« nennt, wenn er irgendwann in der Vergangenheit all das schon einmal im Bett getan hat. Warren sah außerdem besser aus als irgendjemand sonst, den ich kannte; er hatte das unverschämte Selbstbewusstsein eines Playboys und ein gewaltiges persönliches Reservoir für erotische Eroberungen. Von all meinen Freunden war nur er niemals einen Ehevertrag eingegangen und bevorzugte das Leben als freies sexuelles Elektron. Eine Parade von Frauen, eine schöner als die andere, marschierte durch sein Leben wie Models auf dem Laufsteg.

»Und wo ist dein Date?«, fragte ich ihn.

Er hielt immer noch meine Schulter fest, als könnte ich sonst davonfliegen, und ein Grinsen entblößte einen Zaun aus funkelnd weißen Zähnen. »Siehst du das nicht? Es steht vor mir. Elise hat gesagt, sie ist bereit, dich für den Abend mit mir zu teilen.« Sein Lächeln verblasste. »Im Ernst. Es muss schrecklich für dich gewesen sein.«

»Danke, dass du das sagst.«

Sein Blick war so sorgenvoll, dass es mir peinlich war. »Er war ein guter Mann, Proctor. Und du, in diese Lage gebracht. Es ist eine Schande, dass es so enden musste.«

»Das sage ich ihm ja auch«, warf Elise ein.

»Du darfst dir keine Vorwürfe machen«, fuhr Warren ernsthaft fort. »Ich weiß, du hast getan, was du konntest. Und du sollst wissen, dass ich für dich da bin, mein Freund. Ich bin bei dir, ganz gleich, wie du dich entscheidest.«

Ich sah Elise an, die betreten die Schultern zuckte. »Vielleicht habe ich etwas erwähnt. Von deinen neuen Plänen, meine ich.«

»Erwähnt?«

»Okay. Gut. Ich hab's ihm erzählt. Es ist mir einfach so herausgerutscht. Aber das ist *Warren*, mein Schatz. Er ist unser Freund.«

»Und ich finde es großartig«, sagte Warren. »Wirklich großartig. Also«, fuhr er fort, »ich möchte, dass du zu mir in die Praxis kommst. Bevor du widersprichst – ich weiß, ich weiß, dir fehlt absolut nichts. Aber es könnte nicht schaden, dich untersuchen zu lassen, oder?«

»Genau das habe ich auch gesagt«, sagte Elise.

Ich warf ihr noch einen Blick zu. »Du hast ihm von meinem Wert erzählt?«

»Sie hat nur ihre Besorgnis zum Ausdruck gebracht, Proctor.« Wann hatte Warren eigentlich vor, meine Schulter loszulassen? »Sie liebt dich. Wie ich übrigens auch. Gleich morgen früh – ich schicke dir einen Wagen.«

Es war meisterhaft. Das Ganze war wie ein Theaterstück. Ich konnte praktisch hören, wie die beiden in irgendeinem

Bistro die wöchentliche Sitzung des Projekts »Trübsal-Proctor« abhielten und ihren Text bei Salat und Chardonnay probten. Wo war ich gewesen, als sich das alles abgespielt hatte? Ich hatte Schwimmunterricht gegeben.

»Da seid ihr ja, mein Herz.«

Meine Schwiegereltern hatten sich angeschlichen. Spielten sie auch eine Rolle in diesem dramatischen Drehbuch? Egal – ihr Auftritt befreite mich für einen Moment. Ich löste mich aus Warrens Griff, schüttelte Julian die Hand (seine Augen, feucht von Mitgefühl, verrieten mir sofort, dass auch er die Neuigkeit schon kannte), und dann wandte ich mich an meine Schwiegermutter für den üblichen Kuss.

»Callista, hallo.«

Vielleicht sollte ich an dieser Stelle eine besonders bemerkenswerte Tatsache erwähnen: Meine Schwiegermutter, Elise' Vormundin, war niemand anderes als die ehrenwerte Callista Laird, Vorsitzende des Aufsichtsrats für ganz Prospera. Mit anderen Worten, nicht nur der Boss in meiner Ehe, sondern der Boss von allem.

»Proctor, wie *geht* es dir?«

Ich war mit meiner Geduld mit dieser Frage am Ende. Aber bevor ich antworten konnte, schaltete Elise sich ein. »Wir sprachen gerade über die Zukunft.«

Callista warf ihrer Tochter einen Blick zu. Dann sah sie mich an und schenkte mir ein gemessenes Lächeln. Eine gemessene Frau, meine Schwiegermutter, frisch wie eine Meeresbrise, präzise wie ein frisch gespitzter Bleistift, in einem gewissen Alter, aber immer noch im Besitz einer offenen, etwas herrischen Sinnlichkeit. Für den Abend trug sie ein elegantes, knöchellanges Abendkleid mit einem tief ausgeschnittenen Dekolleté, geschmackvoll zurückhaltenden Schmuck und eine leichte Pelzstola, nützlich bei der hochtourig laufenden Klimaanlage des Konzertsaals. Eine verblasste Rose vielleicht, aber Dornen hatte sie immer noch. Ich hätte Angst vor ihr haben müssen – Julian zitterte vor ihr –, aber das war mir nie gelungen. Im Gegenteil: Ihre Offenheit konnte oft brutal sein, ersparte aber auch eine Menge Zeit, und ich bildete mir ein, dass wir einander ein gewisses Maß an gegenseitigem Respekt entgegenbrachten. Ich hatte schließlich etwas, das sie nicht hatte: ihre Tochter.

»Die Zukunft – also das ist interessant«, sagte Callista. »Zu welchem Schluss sind alle gekommen?«

Es war Warren, der die Antwort übernahm. Er wippte auf den Fersen und hatte die Hände in den Hosentaschen. »Nur dass sie so viele Möglichkeiten in sich trägt. Würden Sie das nicht auch sagen?«

»Warren«, sagte Callista freundlich, »ich wusste nicht, dass Sie auch kommen würden. Wie wundervoll!«

»Elise hat mich überredet. Um die Wahrheit zu sagen, für gewöhnlich würde ich eine solche Veranstaltung unter allen Umständen meiden. Ich bin ziemlich heidnisch.«

»Es stimmt, ich bin verantwortlich«, sagte Elise munterer, als die Situation es erforderte. »Wer braucht Wein?«

Ich, das stand fest, idealerweise serviert in einem Glas von der Größe eines Blumentopfs. Warren und Elise nahmen Kurs auf die Bar, um die Honneurs zu machen, und ließen mich mit meinen Schwiegereltern allein – wieder ein Manöver, auf das ich nicht reagieren konnte, weil es zu schnell abgelaufen war.

Um das Schweigen zu beenden, sagte Julian: »Ich habe wunderbare Dinge über die Aufführung gehört.«

Von uns allen war mein Schwiegervater der Einzige, der sich vielleicht wirklich für die Musik interessierte. Ich für meinen Teil hatte keine Ahnung, was wir hören würden, oder auch nur, welches Instrument der oder die Musiker spielen würden. Nach allem, was ich wusste, konnte es eine Ziehharmonika sein.

»Julian, willst du nicht zur Bar gehen und ihnen helfen?«, fragte Callista.

»Das sind doch nur ein paar Gläser.«

Sie sah ihn vielsagend an. »Ich bin sicher, sie könnten noch ein Paar Hände gebrauchen.«

Julian öffnete den Mund, um etwas zu erwidern, aber im letzten Augenblick überlegte er es sich anders. »Na gut«, murrte er und verschwand in der Menge.

Der arme Mann, dachte ich, als er ging. Einmal, nach drei besonders hart umkämpften Tennis-Sets und ebenso vielen Gin and Tonics, hatte er mir anvertraut, dass er die Tage zählte, bis sein Vertrag auslief.

»Proctor, ich möchte unter vier Augen mit dir sprechen«, sagte Callista.

»Das sehe ich.«

»Ich weiß, wie schwierig das sein muss. Niemand könnte mehr Mitgefühl empfinden.«

»Ich höre ein Aber.«

»Kein Aber. Ich mache mir Sorgen um dich. Du hast etwas Schreckliches durchgemacht. Zweifach. Jeden würde das durchrütteln.«

Es passte nicht zu ihr, den Fall meiner Mutter anzusprechen. Wir waren auf unbekanntem Territorium.

»Mit mir ist alles okay, Callista. Wirklich.«

»Und niemand behauptet etwas anderes. Du hast getan, was du konntest.«

»Du hast also die Videoaufnahmen gesehen. Sag, wie geht es dem Hals des Jungen?«

Sie nahm mich beim Ellenbogen. Wieso hatte plötzlich jeder das Bedürfnis, mich anzufassen? »Mach keine große Sache daraus, sage ich dir. Der Mann war von Sinnen. Also«, fuhr sie fort, »meine Tochter sagt, du denkst daran, eine Zeit lang Urlaub zu nehmen.«

»Herrgott, gibt es irgendjemanden, dem sie es *nicht* erzählt hat?«

»Sie ist besorgt, Proctor. Sie will, dass du glücklich bist. Und du sollst wissen, du hast meine volle Unterstützung, wie immer du dich entscheidest. Es versteht sich von selbst, aber du bist wie ein Sohn für mich.«

Ich war kaum wie ein Sohn für sie. Etwas war im Busch. Man führte mich am Nasenring darauf zu.

»Wir müssen diese Sache hinter uns bringen. Nur eins, Proctor, und danach muss ich dich fragen: Was hat er zu dir gesagt? Das Videomaterial war unklar.«

Aha, dachte ich, *jetzt kommt's*.

»Dein Vater war ein wichtiger Mann. Er hatte Zugang zu zahlreichen vertraulichen Informationen. Ich weiß, ich kann auf deine Diskretion zählen, aber wenn er etwas Unzulässiges gesagt hat, besteht immer die Chance, dass es noch jemand gehört hat.«

»Aber da war eigentlich nichts. Ein Haufen Unsinn.«

»Also nichts Spezielles, das hervorstach.«

Die Welt ist nicht die Welt. Du bist nicht du. Es ist alles Oranios. Wusste sie davon? Ihr amtlicher Tonfall, ihr gewissenhaftes emotionales Manövrieren, die Erwähnung meiner Mutter – das alles zusammengenommen brachte mich dazu, die letzten Minuten meines Vaters mit wilder Entschlossenheit zu schützen. »Um die Wahrheit zu sagen, ich kann mich nicht einmal besonders gut daran erinnern. Er war von Sinnen, das hast du selbst gesagt. Wenn da noch etwas gewesen wäre, würde ich es dir mitteilen. Ich will die ganze Sache nur vergessen.«

Ein paar Sekunden verstrichen, dann ließ die Frau mich los. »Ja. Ohne Zweifel ist es am besten so. Aber wenn dir noch etwas einfällt, irgendetwas, dann komm damit zu mir. Versprichst du mir das? Eine solche Geschichte«, sagte sie mit leichtem Frösteln, »beunruhigt die Leute. Ah.« Sie schaute über meine Schulter hinweg. »Da sind sie ja.«

Zum Glück waren die Drinks gekommen. Gleichzeitig erfüllte ein sanfter Glockenton die Halle und rief alle zu ihren Plätzen.

»Zum Wohl, alle miteinander«, sagte Warren und reichte die Gläser herum.

Mich brauchte er nicht zweimal aufzufordern.

Das Instrument war ein Flügel – riesig, schwarz, im Scheinwerferlicht glänzend wie ein Hai im Aquarium. Daran saß eine Frau mit einem blassen, ovalen Gesicht, das dunkle Haar modisch hochgesteckt, die Lippen grell geschminkt. Die Musik war dicht, schwierig und ein bisschen atonal. Ihre Finger flogen über die Tastatur, so schnell, dass das Auge ihnen nicht folgen konnte. Julian neben mir geriet zusehends außer sich vor Genuss, aber ich fühlte mich mehr und mehr abgestoßen. Das Spiel der Frau hatte etwas zutiefst Mechanisches, beinahe Industrielles. Es war, als sähe ich zu, wie jemand perfekte Reihen von Nägeln in ein Brett hämmerte. Vier Stücke, jedes mit überschwänglichem Beifall bedacht, und dann ging sie schwebend über zum ersten, das ich kannte, und zwar aus meinem obligaten Musikverständniskurs an der Universität – Franz Liszts Ungarische Rhapsodie Nr. 2: üppig, gefühlvoll, absolut kitschig, aber nichtsdestoweniger ein Maßstab für romantisches Empfinden. Unter den Händen dieser Frau war es tot wie ein Stück Holz.

Nach der vierzigsten Minute hielt ich es nicht länger aus. Im Rauschen des Applauses zwischen zwei Stücken stieß ich Elise an und flüsterte: »Ich muss an die frische Luft.«

Ich war aufgestanden, bevor sie Einwände erheben konnte, und stieg über meinen Schwiegervater hinweg, um zum hinteren Ende des Auditoriums zu gelangen und zur Tür hinauszugehen. Das Atrium war fast leer; nur ein paar Helfer räumten auf, und ein einsamer Barkeeper tauchte Gläser in sein Spülbecken. Ich hörte die Frau immer noch hämmern. Der Klang war mir inzwischen verhasst und erfüllte mich mit Grauen. Ich musste ihn vollständig loswerden und sie ebenfalls.

Ich lief die Treppe zur Besucherlounge hinauf. Dort gab es einen Balkon mit Blick auf einen kleinen, gepflegten Garten: Hecken, Blumen der Saison, ein sprudelnder Springbrunnen. Einen Augenblick lang stand ich nur da und atmete. Frösche quakten in den Bäumen, ein angenehmes Geräusch und ein Gegenmittel gegen das Spiel der Frau, wie es besser nicht ging. Wie lange konnte ich mich hier draußen verstecken, bevor Elise mich wieder einfing?

Die Tür hinter mir öffnete sich, und eine unbekannte Frau kam heraus. Vielleicht spürte sie, dass ich allein sein wollte –

jedenfalls nahm sie keine Notiz von meiner Anwesenheit. Aber der Balkon war klein; wir würden einander auf die Dauer nicht ignorieren können. Sie trat an das Geländer, öffnete ihre Clutch und nahm ein kleines, röhrenförmiges Gerät heraus, das sie hochhielt, um es mir zu zeigen.

»Stört es Sie?«, fragte sie.

Der neueste Gesundheitshype – man nannte es »Clouding«. Eine aromatisierte Flüssigkeit, versetzt mit wichtigen Nährstoffen, wurde erhitzt und produzierte einen Dampf, den der Benutzer in die Lunge sog. Angeblich wirkte es entspannend.

»Keineswegs.«

Sie hielt den Apparat an den Mund und inhalierte. Eine dicke Nebelwolke, süß und würzig, kam aus ihrem Mund, hing im Wind und flutete über mich hinweg.

»Verzeihung.« Die Frau zog verlegen den Kopf ein. »Vielleicht sollten wir die Plätze tauschen.«

»Nicht nötig. Es gefällt mir. Was rieche ich da?«

»Es heißt ›Friedenstorte‹.« Sie schob sich an mich heran und bot mir den Clouder an. »Möchten Sie es versuchen?«

Das Licht von der Tür fiel ihr ins Gesicht. Sie war hübsch, aber auf eine etwas unkonventionelle Art, weniger kalkuliert und absichtsvoll als bei den meisten Frauen. Ihr braunes Haar war so hell, wie es das nur sein konnte, und durchzogen von bernsteinfarbenen Akzenten. Sie hatte die helle Haut einer Rothaarigen, zart von Sommersprossen überstäubt, eine schmale Stupsnase und sanft gerundete Wangenknochen. Die blassen Brauen waren fast unsichtbar. Sie trug ein schlichtes seidenes Futteralkleid in Kobaltblau.

»Hier, so geht das.« Sie führte meine Hand um den Apparat. »Sie müssen nur auf den Knopf drücken und inhalieren.«

Ich tat, was sie sagte. Es brutzelte leise, und der Dampf floss behaglich in meine Lunge. Als ich ausatmete, erfüllte der Duft von Früchten und Gebäck meinen Mund.

»Nicht schlecht.« Ich reichte das Gerät zurück. »Vielleicht sollte ich es mir auch angewöhnen.«

Mein Gegenüber sog an dem Gerät und atmete aus. »Und wie fanden Sie das Konzert?«

»Ich fand, sie spielte ... sehr schnell.«

Sie lachte hell und stieß dabei kleine Dampfwölkchen aus. »Irgendwie schrecklich, nicht wahr?«

»Ich dachte, ich wäre der Einzige, der es bemerkt hat.«

»Glauben Sie mir, nein. Wollen Sie meine Theorie hören?«

»Eine Frau mit Theorien.«

»Jeder merkt es. Aber sie sind so erpicht darauf, einander zu beeindrucken, dass sie nicht *wissen*, dass sie es bemerken.«

Ich deutete auf den Clouder. »Darf ich?«

Ich inhalierte wieder und behielt den Dampf für ein paar Extrasekunden in der Lunge, bevor ich ihn langsam wieder herausließ. Die Wolke schwebte vor meinem Gesicht, breitete sich träge aus und segelte dann in einem Luftstrom davon.

Sie streckte die Hand aus. »Thea Dimopoulos.«

Ich drückte ihre Hand. Sie war klein und kräftig. »Proctor Bennett.«

Wir schwiegen eine Zeit lang und reichten den Clouder hin und her. Es stimmte, was man sagte: Unter dem Einfluss des Clouders war die Welt leichter zu handhaben und sogar erfreulicher.

»Und was tun Sie so, Proctor Bennett? Das fragt man doch, wenn ich mich nicht irre.«

Normalerweise tat ich mein Bestes, um diese Frage zu umgehen. Leuten zu erzählen, was ich so tat, war in neunzig Prozent der Fälle ein Gesprächskiller. Aber jetzt – vielleicht war auch das die Wirkung des Clouders – kam ich aus meiner Deckung.

»Sozialverträge«, sagte ich. »Ich bin Fährmann.«

»Aha«, sagte sie und nickte nüchtern. »Klingt spannend.«

»Es stört Sie nicht?«

»Ich weiß nicht. Sollte es?«

»Es ist nur so, dass die meisten Leute jetzt zum Ausgang rennen würden.«

Sie lächelte spöttisch. »Ich nehme an, dann bin ich nicht die meisten Leute.«

»Es ist nicht so aufregend, wie Sie vielleicht denken. Man hat tonnenweise Papierkram zu erledigen.« Eine Erinnerung erwachte. »Dimopoulos. Habe ich Ihren Namen nicht schon mal irgendwo gesehen?«

»Vielleicht.«

»Aber ich weiß nicht, wo.«

Sie öffnete ihre Clutch, nahm eine Visitenkarte heraus und gab sie mir. GALERIE DIMOPOULOS, BILDENDE KUNST. Die Adresse war nicht weit von meinem Büro entfernt. Ich hatte das Schild auf dem Weg zur Bäckerei auf der anderen Straßenseite gesehen.

»Sie sind Kunsthändlerin.«

Sie verdrehte die Augen. »Angeblich.«

»Wieso ›angeblich‹?«

»Soll ich ehrlich sein? Das meiste ist scheußlich. Wie das Klavierspiel der Frau. Ein tönendes Nichts.«

»Es ist doch sicher nicht alles schlecht.«

»Sie sollten gelegentlich vorbeikommen und sich selbst ein Urteil bilden.«

»Glauben Sie, es würde mir gefallen?«

»Könnte ich nicht sagen.« Unsere Blicke trafen sich und hielten einander fest. »Was gefällt Ihnen denn sonst?«

Eine knisternde Pause folgte. Es war wie ein Wettkampf: Wer würde zuerst wegschauen? Seit Langem hatte niemand mehr so mit mir geflirtet. Es machte ungeheuren Spaß – als nähme ich nach Jahren ein altes Hobby wieder auf.

»Reale Dinge, nehme ich an.«

»Dann sind Sie also einer von *diesen* Leuten.«

»Wen meinen Sie?«

»Sie wissen schon.« Sie lächelte. »Die, die selbst denken.«

Stimmen wehten vom Hof herauf. Männer und Frauen in Abendkleidung kamen hintereinander aus dem Auditorium und machten sich auf die Suche nach Drinks oder einem Abendessen.

»Anscheinend ist das Konzert zu Ende«, sagte ich zögernd. »Ich sollte wahrscheinlich gehen.«

»Ah«, sagte sie, »ja, das sollten Sie wahrscheinlich.«

»Sind Sie nicht mit jemandem hier?«

»Ach, der. Hat mich leider sitzen lassen.«

»Das ist schwer zu glauben.«

»Ist aber auch in Ordnung. Er ist einer von der anderen Sorte. Mit Ihnen zu reden gefällt mir viel besser.« Sie schaute zur Tür. »Es ist okay. Ich möchte nicht, dass Sie Ärger bekommen.«

»Den habe ich schon.« Weggehen und den Bann brechen, das war das Letzte, was ich wollte. »Tja«, sagte ich und nickte, »es war nett, mit Ihnen zu reden. Ich hoffe, ich sehe Sie wieder.«

»Sie haben meine Karte.«

Im Atrium war das Publikum spärlicher geworden. Ich sah Warren und Elise an der Bar, die jetzt geschlossen war.

»Entschuldigt.« Ich ging auf sie zu.

Elise nagelte mich mit einem harten Blick fest. »Proctor, wo bist du gewesen?«

»Frische Luft schnappen, wie ich sagte.« Ich ließ den Blick durch die Halle schweifen. »Was ist aus deinen Eltern geworden?«

»Sie sind schon ins Restaurant gegangen. Ehrlich, Proctor. Mich so hängen zu lassen. Das ist peinlich.«

»Warren hat dir doch Gesellschaft geleistet.«

Mein Freund hob in einer komischen Geste der Kapitulation beide Hände. »Sieh mich nicht an, Alter. Das ist dein Streit, nicht meiner.«

»Es ist kein Streit.« Ich sah Elise wieder an. »Müssen wir wirklich noch essen gehen? Ich bin sehr müde.«

»Was soll ich dazu sagen?«

»›Nein, wir müssen nicht essen gehen‹?«

»Sei nicht albern. Sie *warten.*«

Was blieb mir übrig? Der Abend musste wie geplant ablaufen. Zu dritt gingen wir zum Parkplatz, der jetzt fast leer war. Bei unserem Wagen sagte Warren Gute Nacht.

»Du kommst nicht mit?« Ich wünschte mir plötzlich verzweifelt seine Gesellschaft.

»Im Ernst? Callista jagt mir eine Scheißangst ein. Nichts für ungut, Elise.«

»Schon in Ordnung.«

Natürlich ließ er uns sitzen, weil er ein besseres Angebot hatte. Warum sollte ein Mann wie Warren Singh sich einen Abend antun, der so langweilig war wie der mit uns? Wahrscheinlich rekelte sich bereits eine Frau in seinem Bett, bekleidet mit einer Kombination aus hochpreisiger Seide und zartem Nichts, und blätterte lustlos in einer Zeitschrift, während sie sich fragte, wieso er so lange brauchte.

»Also, ich muss los«, sagte er und pflanzte noch einen theatralischen Kuss auf Elise' Wange. »Und was dich angeht«, sagte er und wackelte drohend mit dem Finger in meine Richtung, »vergiss unsere Verabredung morgen früh nicht. Ich werde warten, und ich mache keine Hausbesuche.«

Wir sahen ihm nach, als er zu seinem Wagen schlenderte, einem schicken Roadster-Cabrio, dem Auto eines unabhängigen Mannes. Er sprang hinein, ließ das Dach herunter und drückte auf die Hupe, als er davonsauste und verschwand in einer Nacht der Abenteuer.

»Ich fahre«, sagte ich.

Elise beäugte mich zweifelnd.

»Wirklich, das ist okay. Es wird mir helfen, einen klaren Kopf zu bekommen.«

Das war kaum ein Argument dafür, mich ans Steuer zu setzen, aber Elise überließ mir seufzend die Schlüssel. »Sorg bitte nur dafür, dass wir die Fahrt zum Restaurant überleben«, sagte sie.

Wir stiegen ein. Es hatte volle vierundzwanzig Stunden gedauert, die Geduld, die meine Frau mit mir hatte, restlos zu erschöpfen. Ein grauenvolles Abendessen drohte (hingerissene Lobreden auf die Musik, ein lang gezogener Vortrag von Julian über die Kunstszene, Klatschgeschichten über Leute, die ich kannte oder nicht kannte, die mich aber so oder so nicht interessierten), aber als ich in diesem Augenblick im Auto saß, waren meine Gedanken nicht bei diesen Dingen, sondern ganz woanders. Meine Gedanken waren bei der Frau namens Thea. Das Hin und Her unseres Gesprächs, lebendig wie der Stabwechsel zwischen zwei Läufern. Das sexuelle Prickeln, als wir den Clouder teilten. Unsere Augen, die einander herausforderten, den Blickkontakt zu unterbrechen. – *Glauben Sie, es würde mir gefallen? – Könnte ich nicht sagen. Was gefällt Ihnen denn sonst?* Wie lange war es her, dass ich so etwas erlebt hatte? Jahre. Ewigkeiten. Als ich den Motor startete, warf ich einen Blick hinauf zu dem Balkon und fragte mich, ob Thea vielleicht noch da war, aber natürlich war sie es nicht. Sie hatte die Bühne verlassen, wie sie sie betreten hatte: wie durch Magie.

»Proctor, fahren wir jetzt oder nicht?«

»Doch. Sorry.« Ich legte den Gang ein.

Dieser Abend der Musik. Elise. Warren. Callista. Thea, der Kobold vom Balkon. Und Caeli – dieses seltsame, herrische, trübselige Mädchen, das sich in mein Leben gedrängt hatte.

Es war alles da. Ich konnte es nur einfach nicht sehen.

II

Das Unwetter

7

Freitagmorgen: Wieder erwachte ich in einem leeren Bett. In der Küche fand ich Doria, die Lebensmittel auf der Theke entlud.

»Mrs Bennett hat mir aufgetragen, Ihnen zu sagen, dass sie aufs Land gefahren ist. Sie wollte Sie nicht wecken.«

Dauernd passierten Dinge, während ich schlief. »Wann war das?«

»Eben. Sie will an ihrer Show arbeiten.«

»Hat sie gesagt, wann sie zurückkommt?«

»Übers Wochenende, hat sie gesagt. Sie hat Ihnen den Wagen hiergelassen.«

Elise' Ausflug war nicht der erste seiner Art. Schon oft war sie vor einer wichtigen Show für ein Wochenende verschwunden, um ihre Gedanken zu sortieren und letzte Vorbereitungen zu treffen. Sie hatte zahlreiche Freundinnen mit Häusern auf dem Land, die sie ihr mit Freuden zur Verfügung stellten.

»Möchten Sie, dass ich Ihnen Frühstück mache, Mr Bennett?«

»Danke, Doria. Ein paar Eier wären mir recht.«

Satt, geduscht und angezogen, wartete ich in der Zufahrt, als der Wagen kam, den Warren mir versprochen hatte. Die Fahrerin, eine ältere Frau, gehörte nicht zu denen, die ich kannte. Erst als ein paar Minuten vergangen waren, erkannte ich, dass wir nicht in die Stadt fuhren, sondern in die andere Richtung.

»Ich glaube, Sie machen einen Fehler. Ich will ins Ministerium für Wohlergehen.«

Die Fahrerin warf einen Blick auf ihr Clipboard. »Davon steht hier aber nichts.«

Sie reichte das Clipboard über die Sitzlehne. Die Adresse lag weit außerhalb der Stadt, und sie kam mir bekannt vor, aber ich brachte sie nicht unter.

»Wollen Sie, dass ich Sie woandershin fahre?«, fragte sie.

»Nein, das ist schon recht.« Ich gab das Clipboard zurück. »Ich möchte Sie nicht in Schwierigkeiten bringen.«

Wir schwiegen beide. Als wir ankamen, fast dreißig Minuten später, hatte ich herausgefunden, wohin wir wollten. Die Fahrerin hielt vor dem Eingang.

»Ich warte hier auf Sie, Sir.«

Das Gebäude sah noch genauso aus wie damals, als ich vor all den Jahren Dr. Patty konsultiert hatte. Drinnen brannte kein Licht, und keine Menschenseele war zu sehen. Die Anmeldetheke war verlassen; es gab nicht einmal ein Telefon. Ich wollte schon rufen, als eine Tür sich öffnete und Warren erschien. Er trug einen Laborkittel über Polohemd und Sporthose.

»Wurde auch Zeit«, sagte er fröhlich. »Ich wollte schon einen Suchtrupp losschicken.«

»Das Gebäude sieht verlassen aus. Was sollen wir hier draußen?«

»Oh, wir benutzen es immer noch manchmal. Ich dachte, du hast vielleicht nichts gegen ein wenig mehr Privatsphäre.

Also, was meinst du? Lass uns ein bisschen Doktorkram erledigen. Ich habe um zwölf eine Golfverabredung.«

Er folgte mir in das Untersuchungszimmer – dieselbe Liege, derselbe gläserne Instrumentenschrank, derselbe fensterlose Raum mit künstlicher Beleuchtung – und reichte mir ein kleines Papierbündel.

»Sei ein braver Junge und zieh dieses sexy Nachthemdchen an.«

Ich zog mich hinter einem Vorhang aus. Das Hemdchen überließ nur noch wenig der Fantasie, und ich fror unverzüglich. Welcher Sadist war auf die Idee gekommen, eine Arztpraxis so herunterzukühlen?

»Okay, mein Hübscher, auf die Liege mit dir.«

Warren fing an, mich zu untersuchen – das Übliche: Er spähte in mich hinein, stocherte an mir herum und hörte mich ab, und die ganze Zeit nickte er unergründlich. Als er damit fertig war, verließ er den Raum und kam mit einem Lesegerät zurück.

»Okay, sehen wir uns den Monitor an.«

Er stöpselte mich an. Das Lesegerät war größer als das gewöhnliche Haushaltsmodell oder selbst das Modell, das ich zur Arbeit benutzte und das unendlich viel mehr spezifische Informationen ermitteln konnte. Während die Daten flossen, bombardierte Warren mich mit Fragen und notierte meine Antworten auf einem Clipboard.

»Körpertraining?«

»Ich gehe fast jeden Tag schwimmen.«

»Sehr gut. Alkohol?«

»Vielleicht zwei Glas Wein jeden Abend.«

»Ich kenne dich. Du bist so *straight* wie nur irgendjemand; also frage ich nicht nach anderen Drogen.« Häkchen, Häkchen. »Elise sagt, du bist in letzter Zeit ein bisschen niedergeschlagen.«

Ich zuckte die Achseln. »Ein bisschen vielleicht.«

»Ich bin sicher, die Sache mit deinem alten Herrn hat da nicht geholfen. Wie steht's mit der sexuellen Aktivität? Wie sieht es in dieser Abteilung aus?«

»Fragst du mich das ernsthaft?«

Warren blickte von seinem Clipboard auf und grinste. Die Sache machte ihm Spaß. »Die Frage steht hier auf dem Formular. Willst du sie sehen?«

»Ich passe, vielen Dank.«

»Streng *entre nous*.«

»*Entre nous* geht dich das nichts an.«

Warren sagte nichts. Er starrte mich nur mit seinem Doktorblick an. Lernten sie so was an der Uni?

»Okay, prima«, sagte ich. »Alles läuft prima.«

»Also, war das denn so schwer? Freut mich übrigens zu hören.« Er machte eine Notiz. »Wie sieht es mit Kopfschmerzen aus?«

»Nicht der Rede wert.«

»Lästige Gedanken?«

»So wie du und deine Frage nach meinem Sexualleben?«

»Ich nehme an, das heißt Nein. Wie schläfst du?«

»Ganz gut.«

»Sieben, acht Stunden?«

»Ungefähr.«

»Was ist mit Träumen? Hast du welche?«

Ich erstarrte. Warren blickte von seinem Clipboard auf. »Ich habe deine Akte gelesen, Proctor. Ich muss dich danach fragen. Es ist keine große Sache.«

»Nein.«

»Überhaupt keine? Oder keine, an die du dich erinnern kannst?«

Die Lüge kam mir schnell über die Lippen. »Ersteres.«

»In deiner Akte steht, dass du schlafgewandelt bist. Und ziemlich irres Zeug getrieben hast. Was hat das Sandwich dir denn getan?«

»Ich war ein Kind, Warren.«

»Das heißt, so was kommt heute nicht mehr vor?«

Diese Befragung hatte eine Richtung angenommen, die mir auf die Nerven ging. Außerdem wusste ich nicht ganz genau, was die Wahrheit war. »Ich sagte doch, nein.«

Das Lesegerät piepte, und Warren zog den Stecker heraus. »Zieh dich doch schon an. Ich lasse die Daten durchlaufen und bin gleich wieder da.«

Ich schob eben die Füße in meine Mokassins, als er wieder hereinkam. »Und, sind wir fertig?«, fragte ich.

Aber sein Gesicht verriet mir, dass wir nicht fertig waren. »Ich will ehrlich sein, Proctor. Dein Wert macht mir Sorgen. Zweiundsiebzig ist zu niedrig für einen Mann in deinem Alter.«

Wieder um drei Punkte gefallen. »Du klingst wie Elise.«

»Die Frau hat nicht unrecht. Es gibt Anzeichen von akutem geistigem und körperlichem Stress. Du musst dich entspannen.«

Ich war erleichtert. »Ist das alles? Nur entspannen?«

»Nicht ganz. Ich würde dir gern etwas verabreichen, das dir wieder ein bisschen von deinem Elan zurückgibt. Spring noch mal auf die Liege und roll den Ärmel hoch.«

Als gehorsamer Patient tat ich, was er sagte. Warren zog

einen verchromten Rollwagen an die Liege und holte eine kleine Stahlbox aus der Tasche seines Laborkittels. Sie enthielt eine Injektionsspritze – ein riesiges Ding mit einem glänzend verchromten Kolben und einem dicken Glasröhrchen, das eine gelbliche Flüssigkeit enthielt.

»Was zum Teufel ist das?«, fragte ich entsetzt. »Das ist ja so groß wie ein Schwert.«

Warren streifte Handschuhe über und betupfte meinen Arm mit Alkohol. »Ach, das ist noch eine von den kleinen. Du solltest mal die extragroßen sehen.«

»Und was ist da drin?«

»Du weißt schon, medizinisches Zeug.« Er hielt die Spritze hoch und schnippte mit dem Finger dagegen. »Entspann dich, Proctor. Hab ein bisschen Vertrauen. Das sind Vitamine, okay?«

»Das sind aber viele Vitamine.«

Und schon war die Nadel drin, vergraben bis zum Heft in meinem Oberarm.

»Fuck!«

Warren drückte den Kolben hinunter. Es fühlte sich an, als ob Zement in meinen Arm gepumpt würde. Als der Kolben unten angekommen war, zog Warren die Nadel heraus und gab mir ein Stück Verbandsmull.

»Fest draufdrücken.«

Ich war zu verdattert, um etwas zu sagen. Warren stülpte eine Kappe auf die Nadel, legte sie zur Seite und klebte ein Pflaster über den Mull.

»So«, sagte er und lächelte vergnügt. »Das war doch gar nicht so schlimm, oder?«

»Es hat beschissen wehgetan.«

»Du brauchst mir nicht zu danken.« Er warf die Handschuhe in den Mülleimer beim Waschbecken und wusch sich die Hände. »Kann sein, dass es sich ein Weilchen wund anfühlt. Lass das Pflaster drauf, bis du schlafen gehst. Danach Wasser und Seife. Die Wirkung solltest du in ungefähr einem Tag spüren.«

Ich rollte den Hemdsärmel herunter. Mein ganzer Arm pochte. »War es das jetzt?«

Warren drehte den Wasserhahn mit dem Ellenbogen zu und schüttelte das Wasser von den Händen. »Wenn du nicht noch eine Darmspülung haben möchtest. Ich kenne eine Frau, die das macht. Sieht außerdem nicht so schlecht aus.«

»Ich verzichte für heute.«

»Sag nicht, ich hätte es dir nicht angeboten.« Er deutete mit dem Kopf zur Tür. »Jetzt mach, dass du rauskommst. Und lerne, dich zu entspannen, ja?«

Als ich nach Hause kam, parkte ein Wagen der Abteilung in der Einfahrt. Jason saß am Küchentisch und schaufelte sich energisch eine Portion Rührei in den Mund.

»Was machst du hier?«

Wie ein Kind, das man bei einer kleinen Übeltat ertappt hat, sprang er buchstäblich auf und wischte sich gleichzeitig mit einer Serviette den Mund ab. »Guten Morgen, Boss.«

Ich war also jetzt »Boss«, ja?

»Sie haben hoffentlich nichts dagegen«, sagte er mit seiner atemlosen Art, die mich bis jetzt noch nicht hatte bezaubern können. »Ihre Haushälterin hat mir angeboten, Rühreier zu machen.«

»Das war nett von ihr. War der Hummer aus?«

Er machte ein verwirrtes Gesicht. »Äh, ich mag eigentlich keine Meeresfrüchte.«

»Das war nur ein Scherz, mein Sohn.« Warum machte es mir solchen Spaß, den armen Jungen zu quälen? Aber ich konnte nicht aufhören. »Und, hat das Büro dich geschickt, oder bist du von dir aus vorbeigekommen?«

»Ich dachte, Sie brauchen vielleicht einen Fahrer für den Tag.«

»Ich habe Urlaub, falls du das noch nicht gehört hast. Doria, lassen Sie uns kurz allein?«

Sie verschwand in den Tiefen des Hauses. Ich setzte mich ihm gegenüber.

»Okay, warum sagst du mir nicht einfach, was du wirklich willst?«

Der Junge trat von einem Bein aufs andere und setzte sich wieder. Sein Hemdkragen, sah ich, war einen Fingerbreit zu weit. Entweder das, oder er war seit Mittwoch geschrumpft.

»Man hat mit mir gesprochen, Sir. Über … Sie wissen schon. Was da passiert ist.«

»Wer ist ›man‹?«

»Es waren drei. Zwei von der Internen Prüfung. Ich habe mir ihre Namen aufgeschrieben.« Er zog einen Notizblock aus der Jackentasche. »Chase Smith und Jennifer Bodine.«

»Die kenne ich. Sie sind in Ordnung.« Ich nahm mir eine Scheibe von seinem Toast. »Wer war der Dritte?«

»Das ist es ja gerade. Er hat es nicht gesagt. Er hat mir auch keine Fragen gestellt, er hat nur dagesessen. Es war irgendwie unheimlich.« Er senkte die Stimme. »Ich glaube, er war vielleicht vom S3.«

Wieso schaltete der Staatssicherheitsdienst sich ein?

»Wie sah er aus?«

»So genau konnte ich ihn nicht anschauen. Silbernes Haar? Ein Bart? Er saß abseits.«

»Wie kommst du darauf, dass er vom S3 war?«

»Es lag am Benehmen der beiden anderen. Sie waren genauso nervös wie ich. Als könnte alles was ich sagte, auch sie in Schwierigkeiten bringen.«

»Und was *hast* du gesagt?«

Er zuckte die Achseln. »Eigentlich nichts. Nur dass alles gut lief, bis Ihr Vater in Aufregung geriet und vom Wagen weglief. Ich habe nicht über das gesprochen, was er gesagt hat. Das würde ich niemals tun.«

Der Junge lernte schnell. »Was genau hast du denn gehört?«

»Die Sachen im Auto. ›Du bist nicht du.‹ ›Die Welt ist nicht die Welt.‹ Das alles.«

»Und auf dem Pier?«

Er kniff die Augen zusammen. »Etwas über … *Oranios*?«

Und einfach so verwandelte mein Schatten sich in ein dreidimensionales Wesen. Er war jetzt Teil dieser Angelegenheit, ob es mir gefiel oder nicht.

»Und du hast nichts davon erwähnt?«

Er schüttelte den Kopf.

»Weder bei diesem Gespräch noch irgendwo anders? Bei deiner Freundin? Deinem Freund? Überleg kurz.«

»So jemanden habe ich eigentlich nicht.«

Es folgte keine Erklärung. Nicht dass es wichtig gewesen wäre. Soweit es mich anging, war beides recht. »Na, dann sieh zu, dass es so bleibt.«

Sein Blick wurde unsicher. »Sir?«

»Entschuldigung. Nicht die Freund-Freundin-Geschichte. Davon kannst du so viele haben, wie du willst. Erzähl niemandem, was du gehört hast. Das will ich damit sagen.«

Er nickte nachdrücklich. »Absolut, Boss. Sie können sich auf mich verlassen.«

»Noch etwas. Du kannst den ›Boss‹ weglassen.«

»Wirklich?« Er strahlte. »Wollen Sie, dass ich Sie Proctor nenne?«

»Nein, Jason, das will ich nicht. Ich will, dass du einen Augenblick draußen wartest, während ich nachdenke.«

So geschah es zum zweiten Mal in unserer kurzen Beziehung, dass ich den jungen Jason Kim aus meinem Haus warf und er in der Tropensonne herumstehen und über sein Leben nachsinnen konnte. Ich war kein Fan des S3. Jede Gesellschaft bringt solche Leute hervor, die im Schatten hausen, vom Misstrauen leben und deren Lebensaufgabe darin besteht, die Luft in einem Raum drückender zu machen, nur indem sie atmen. Der S3 war möglicherweise ein notwendiges Übel – jemand musste ja die Schmutzarbeit machen –, aber ein Übel nichtsdestoweniger.

Ich wusste jedoch nicht, wie ich mir ihr Interesse erklären sollte. Die letzten Augenblicke meines Vaters schienen mir kaum ein Fall für die Staatssicherheit zu sein. Ebenso wenig konnte ich mir erklären, dass sie meinen Assistenten befragt hatten, aber nicht mich, die Hauptperson. Alles das hatte meine Schwiegermutter zu erwähnen versäumt.

Ich ging hinaus und fand Jason am Steuer des Wagens. Als ich näher trat, ließ er das Fenster herunter.

»Gib mir die Schlüssel«, befahl ich.

»Direktor Bennett, ich wollte nur sagen ...«

»Vergiss es, mein Sohn.«

»Es ist nur ... ich wollte immer nur eins, nämlich sein wie Sie.«

Glaub mir, dachte ich, *das willst du nicht*.

»Wirklich?«, fragte Jason. »*Hier* halten wir an?«

Wir parkten am Bordstein am Ostrand der Plaza, gegenüber der Halle der Aufseher.

»Ja«, sagte ich, »das tun wir. Und du wartest im Wagen.«

Es war möglich, dass man mich kurzerhand wegschickte. Man besuchte nicht einfach unangemeldet die Vorsitzende des Aufsichtsrats, selbst wenn man die Vorsitzende seine Schwiegermutter nennen durfte. Ich fuhr mit dem Aufzug in den obersten Stock, wo eine junge Frau an dem Schreibtisch vor Callistas Büro saß. Sie kontrollierte meinen Ausweis und blickte mit leerem Lächeln zu mir auf.

»Wie kann ich Ihnen heute helfen, Direktor Bennett?«

»Ich würde gern ein paar Minuten Zeit der Vorsitzenden in Anspruch nehmen.«

»Die Frau Vorsitzende hat heute Morgen einen vollen Terminkalender. Vielleicht sollten Sie etwas vereinbaren.«

»Es ist schon gut, Sacha.« Callista war in der Bürotür erschienen. Sie trug ein schickes graues Kostüm, das ich kannte – es war ein Entwurf von Elise. »Proctor, wie reizend. Was verschafft mir diese Ehre?«

»Wir müssen miteinander reden.«

»Selbstverständlich.« Sie winkte mich herein. »Sacha, keine Anrufe, bitte.«

Ihr Büro war prachtvoll in einem Ausmaß, wie es ihrer Position zukam. Am hinteren Ende präsidierte ihr Schreibtisch, eine Monstrosität aus Mahagoni, so groß wie ein Billardtisch, in majestätischer Isolation. Aber Callista dirigierte mich zu einem Sofa und setzte sich mir gegenüber in einen Sessel.

»Ich freue mich, dich zu sehen«, sagte sie. »Darf ich dir etwas anbieten? Kaffee? Tee?«

»Im Moment nicht, danke.«

Sie lehnte sich zurück und schlug die eleganten Beine übereinander. »Dann erzähl's mir. Ist dir noch etwas eingefallen, was auf dem Pier passiert ist?«

»Nein, und deshalb bin ich auch nicht hier.«

»Ach?«

Was ich empfand, hatte sich auf der Fahrt hierher verschärft. Die Beteiligung des S3 erschien mir weniger wie ein Rätsel als vielmehr wie ein Verstoß, dem ich mit gleicher Wucht zu begegnen hatte. »Warum verhört Otto Winspear meinen Trainee?«

»Ah, ich verstehe.« Ihr Gesicht erstarrte in professioneller Selbstbeherrschung. »Jason, richtig?«

»Jason Kim.«

»Zunächst einmal möchte ich dir versichern, dass niemand irgendjemanden verhört. Ein paar Fragen. Das ist alles. Minister Winspear war lediglich als Beobachter dabei.«

»Nicht so, wie Jason es darstellt. Der Junge hatte eine Scheißangst.«

»Unglückselig. Ich werde das überprüfen, das verspreche ich dir. Aber ich dachte, du hast die Situation verstanden.«

»Vielleicht kannst du sie mir noch einmal erklären.«

»Du bist wütend. Das verstehe ich. Und es freut mich, dass dir so viel an deinem Trainee liegt. Aber in einem solchen Fall ist eine formelle Untersuchung einfach vorgeschrieben. Ich hätte es nicht verhindern können, wenn ich gewollt hätte.«

»Muss ich auch mit einem Besuch rechnen? Verdammt, dann kannst du die Gorillas gleich rufen. Ich habe nichts zu verbergen.«

»Das behauptet doch auch niemand, Proctor. Und wenn du es unbedingt wissen musst: Der S3 wollte auch mit dir sprechen. Ich habe es ihnen untersagt.«

»Ach? Und warum tust du das?«

Ihr Kinn wich zurück. »Proctor, ich bin erstaunt. Und ehrlich gesagt, auch ein bisschen gekränkt. Wir sind eine *Familie*. Und natürlich würde ich mich jederzeit für dich einsetzen. Ich will nicht darauf herumreiten, aber formal gesehen habe ich eine offizielle Untersuchung in deinem Interesse verhindert. Ich finde, ein bisschen Dankbarkeit wäre angebracht.«

Ich musste es der Frau lassen. Vor zehn Sekunden war ich auf einer Welle der reinsten Selbstgerechtigkeit gesurft, und jetzt war ich derjenige, der sich zu entschuldigen hatte.

»Du hast recht«, sagte ich. »Es tut mir leid.«

Ihr Blick wurde milder. »Wirklich, du musst dir keine Sorgen machen. Ich bin hier auf deiner Seite. Und das sind viele Leute. Meine Tochter zum Beispiel. Stimmt es, dass du einen Termin bei Warren hast?«

Anscheinend blieb nichts, was ich tat, geheim. »Ich war heute Morgen bei ihm.«

»Und was hat er gesagt?«

»Er hat gesagt, ich soll mich entspannen.«

»Na, da hast du es. Das klingt nach einem ausgezeichneten Rat.« Sie sah mich ernst an. »Es ist kein leichter Job, den du da hast. Er fordert seinen Tribut, und nicht nur von dir. Ich habe um Elise' willen Abstand gehalten, aber ihr Glück bedeutet mir alles. Ich hoffe, das verstehst du.«

Das war die Callista, die ich nur zu gut kannte. Die Frau war wie Zuckerguss auf einer Eisenstange. »Es ist mir auch wichtig.«

»Ich weiß. Darum rate ich dir, die Dinge nicht zu zergrübeln.«

Es klopfte, und Callistas Assistentin streckte den Kopf zur Tür herein.

»Frau Vorsitzende, verzeihen Sie die Störung, aber das Büro des Arbeitsministers hat eben angerufen. Der Minister ist unterwegs zu Ihnen.«

Callista seufzte theatralisch und nur für mich. »Kann das nicht warten?«

»Er sagt, es ist dringend. Es geht um den Bummelstreik.«

Ich sah Callista an. »Um welchen Bummelstreik?«

»Es überrascht mich, dass du noch nichts gehört hast. Die Arbeitsleistung ist um sechzehn Prozent gesunken.«

»Du meinst ... die Leute erscheinen nicht zur Arbeit?«

»So etwas kommt vor. Wir hatten schon öfter mit solchen Problemen zu tun.« Sie erhob sich aus ihrem Sessel. »Ich fürchte, die Pflicht ruft. Ich bringe dich hinaus.«

Sie führte mich zur Tür. »Ich bin froh, dass du vorbeigekommen bist«, sagte sie. »Habe ich dich wenigstens ein bisschen beruhigen können?«

Wohl kaum. »Ja, danke.«

Sie ließ ein kurzes, entwaffnendes Lächeln aufstrahlen. »Vergiss nicht, Proctor, wir sind alle im selben Team hier.«

Ich war mitten in ihrem Vorzimmer, als ein unbehaglicher

Gedanke mich innehalten ließ. Ich drehte mich um. »Wie genau willst du dich darum kümmern?«

Callista blieb in ihrer Tür stehen. »Worum kümmern?«

»Um den Bummelstreik. Du hast gesagt, ihr hattet schon öfter damit zu tun.«

Sie winkte gelassen ab. »Ach, ein bisschen dies, ein bisschen das. Es ist hauptsächlich ein Spiel wie alles andere auch. Am Ende wird alles gut, du wirst schon sehen.«

Draußen stand Jason neben dem Wagen und versuchte, einen Verkehrspolizisten davon abzubringen, uns einen Strafzettel für das Parken in einer Ladezone zu verpassen.

»Ich bitte um Verzeihung, Direktor Bennett, ich wusste nicht, was ich tun soll, Sie haben gesagt, ich soll warten …«

Ich hielt dem Polizisten meinen Ausweis vor die Nase. »Gehen Sie weg«, sagte ich.

Betreten machte der Mann sich aus dem Staub. Ich nahm die Schlüssel, und Jason und ich stiegen ein.

»Hier ist Regel Nummer zwei«, sagte ich. »Entschuldige dich nicht alle zehn Minuten. Das nervt.«

»Klar.« Er nickte inbrünstig. »Verstanden. Nicht entschuldigen.«

»Und wiederhole nicht alles, was ich sage.«

»Ist das Regel drei?«

Ich schaute in sein reizendes Gesicht.

»Ja«, sagte ich und fuhr los.

Und weiter zur Zentralbibliothek.

In diesem riesigen, matt beleuchteten Labyrinth lagerte das gesammelte Wissen der Epochen – der Höhepunkt der menschlichen Zivilisation, aus einer Zeit vor »Den Schrecknissen«. Der Lesesaal war dementsprechend so majestätisch wie eine Kathedrale oder ein mittelalterliches Refektorium. Eiserne Kerzenleuchter hingen an schwarzen Ketten über den Tischreihen, wo Studenten und Wissenschaftler geschäftig lasen und sich Notizen machten. Die Akustik verstärkte selbst das kleinste Geräusch so sehr, dass es hallte wie ein Schuss, und man konnte sich kaum räuspern, ohne sich einen vernichtenden Blick des Bibliothekars zuzuziehen, der auf einem Podest am oberen Ende des Saals präsidierte. Tatsächlich waren wir kaum zehn Schritte weit gekommen, bis der Mann uns mit seinen Blicken durchbohrte: derselbe Homunculus mit den buschigen Brauen, den ich noch aus meiner Universitätszeit kannte, der Mann, bei dessen finsterem Zensorenblick sich meine Eingeweide verkrampften – was sie immer noch taten. Ich sagte Jason, er solle auf mich warten, und näherte mich dem Podest.

»Haben Sie ein freies CIS-Terminal?«

Wieder zeigte ich meinen Ausweis vor. Der Bibliothekar studierte ihn mit vorgeschobenen Lippen, und nachdem eine hinreichende Zahl von Sekunden verstrichen war, um klarzumachen, dass dies sein Königreich war, nicht meins, langte er unter seinen Tisch und holte einen Schlüssel an einem schweren Holzstück hervor.

»Den Gang hinunter, dritte Tür links.«

Der Raum, kaum größer als eine Garderobenkammer, enthielt nur das Terminal, das auf einem kleinen Tisch stand, und ein wackliger Holzstuhl sollte offensichtlich vom Trödeln abhalten. Das einzige Licht kam von einer nackten Glühlampe, die an einem Draht hing. Das Central Information System CIS war selbstverständlich nicht allgemein zugänglich. Selbst ich als Leitender Direktor hatte nur einen begrenzten Zugang. Ich hoffte, er werde für meine Zwecke ausreichen.

Ich setzte mich auf den Stuhl – er war so unbequem, wie er aussah –, loggte mich im System ein und tippte:

SUCHE > ORIANIOS

CIS antwortete:

ORANIOS >?

Da war also etwas; das System hatte das Wort erkannt. Ich schrieb:

ORANIOS > DATEI

Eine Sekunde verging.

ORANIOS > KEINE DATEI

Also keine Datei. Es war etwas anderes.

SUCHE > ORANIOS
  ORANIOSSYS LOGIN >

Es war keine Datei, sondern ein Systemkommando. Kein Nomen, sondern ein Verb. Ich schrieb:

ORANIOSSYSLOGIN > PBENNETT8759476

CIS antwortete:

PASSWORT >

Ich hatte nur eins, und es war nicht sehr einfallsreich:

PASSWORT > ELISE

Eine Pause, und dann:

PROCTOR, ICH BIN PROCTOR.

Was zum Teufel …?

MACH DIE AUGEN AUF, PROCTOR.
VERDAMMT, MACH DIE AUGEN AUF.

Bevor ich das verarbeiten konnte, verschwanden die Worte, und ich las:

PBENNETT8759476 > AUTOLOGOUT

Was um Himmels willen hatte ich gerade gesehen? Ich loggte mich noch einmal ins System ein und versuchte es erneut.

ORANIOSSYSLOGIN > PBENNETT8759476
PBENNETT8759476 > AUTOLOGOUT

Ich unternahm noch zwei Versuche mit dem gleichen Resultat. Hatte ich Wahnvorstellungen? Ich hob den Blick. Der

Monitor war jetzt schwarz. Lag es nur an meinen Augen, die vom Starren auf den Bildschirm brannten, oder hatte die Kammer sich irgendwie verändert? Sie wirkte enger, bedrängender; das Licht war bedrückend ungleichmäßig, als flackerte die Glühlampe über meinem Kopf ganz leicht. Und es war kalt; die Luft war eisig, und ich konnte fast meinen Atem sehen. Mein schweißfeuchtes Hemd umschloss mich wie ein Kokon aus Eis. Ich hob die Hand vor mein Gesicht. Meine Hand, ja, aber die hatte etwas gespenstisch Beliebiges an sich. Ihre Existenz am Ende meines Handgelenks kam mir fremdartig vor, als könnte sie genauso gut jemand anderem gehören, oder als wäre sie erst vor Kurzem dort angebracht worden.

Ich verließ die Kammer hastig und einer Panik nahe. Mein Herz pumpte, und ich fühlte mich wie am Rande eines Infarkts. Als ich in den Lesesaal zurückkam, war ich so verstört, dass mich die stille Ordnung schockierte. Was hatte ich erwartet? Das Spiegelkabinett im Jahrmarktstrubel? Ein Urwaldgehege mit schaukelnden Affen?

»Direktor Bennett, wenn ich bitten darf?«

Der Bibliothekar starrte mich an. Ich hielt ihm den Schlüssel entgegen, und er nahm ihn mit koboldhaft funkelndem Auge. Ich machte mich auf die Suche nach Jason. Der Junge saß an einem der Tische, hatte die Füße hochgelegt und blätterte in einer Sportzeitschrift.

»Direktor Bennett, ist alles in Ordnung?«

Er muss es mir am Gesicht angesehen haben. Mein Herz hatte sich wieder beruhigt, aber die Kälte der Kammer hing mir noch in den Sachen, und meine Finger waren tatsächlich taub.

»Haben Sie was gefunden?«

»Eigentlich nicht.« Das war die einfachste Antwort. »Kommen Sie, ich habe noch eine Idee.«

In der Bibliothek gab es viele Wörterbücher. Von den einfachen mit Bildern für Iteranten bis hinauf zum Großvater aller Lexika, dem *Wells-Gifford Lexicon and Concordance of the English Language and Its History*. Ich führte Jason durch die Regale im hinteren Teil des Saals, machte den richtigen Band ausfindig, schlug ihn auf einem Tisch auf und fand den Eintrag, den ich suchte.

`Oranios (ō-ra'-ni-os), var. des griechischen οὐράνιος (Ouranios, Oranos, Uranos): der Himmel, personifiziert als Gott und Vater der Titanen in der griechischen Mythologie; himmlisch, zum Himmel gehörig oder vom Himmel kommend; die Sterne. Lateinisches Äquivalent: Caelus.`

Caelus, dachte ich.

Caeli?

8

Es war trüb geworden, als wir in die Einfahrt bogen. Da stand es, das Haus meines Vaters, wie der einsame Überlebende einer großen Katastrophe. Wir stiegen aus, betraten die Veranda – es war beruhigend, nach so vielen Jahren immer noch den Schlüssel unter der Matte zu finden – und gingen hinein.

»Wonach suchen wir?«, fragte Jason. Wir standen in der Diele.

»Gute Frage.«

Das war es wirklich. Was sollte ich davon halten, dass die letzten Worte meines Vaters und der Name des düstersten Teenagers der Welt Varianten derselben klassischen Gottheit waren – das heißt, im Grunde genommen Synonyme? Ich war verblüfft, ja, und wer wäre das nicht gewesen, aber ich war zugleich absolut bereit, das Ganze einem Zufall zuzuschreiben, wie es jeder halbwegs vernünftige Mensch getan hätte.

Und doch …

Wir gingen weiter ins Haus hinein. Wie spukhaft still es hier war! Nur zwei Tage war es her, dass ich meinen Vater zur Fähre gebracht hatte, aber es kam mir viel länger vor, als wäre er schon seit Jahren fort. Für einen Moment blieb ich auf der Schwelle zum Wohnzimmer stehen und versuchte, den

Raum mit frischen, neutralen Augen zu inspizieren, was sich als schwierig erwies: Alles, was ich sah, war so beladen mit Erinnerungen, dass es war, als versuchte ich, es durch eine Wolke aus vergangenen Ereignissen zu betrachten.

»Sieh dich in der Küche um«, sagte ich zu Jason.

Ich ging im Zimmer umher. Nichts war merkwürdig oder anders, nur ein bisschen vernachlässigt. Aber es gab auch die traurigen kleinen Spuren der letzten Tage meines Vaters, Dinge, die ich vorher nicht bemerkt hatte: ein aufgeschlagenes Kreuzworträtselheft mit den Innenseiten nach unten auf einem Beistelltisch. Ein Paar Schlafzimmerpantoffeln vor seinem Lieblingssessel und ein Glas verwässerter Whiskey auf dem Tisch. Ein Stapel ungelesene Post. (Wer gibt sich noch mit Post ab, wenn er den Ausstieg plant? Niemand tut das.)

Jason kam zurück. »Was gefunden?«, fragte ich ihn.

»Nur ein paar schmutzige Teller in der Spüle.«

Die Überreste der letzten Mahlzeit meines Vaters waren nichts, was ich sehen musste oder wollte. »Komm mit.«

Das Arbeitszimmer meines Vaters hinter einer von Vorhängen verdeckten doppelten Glastür erreichte man von der Diele aus durch einen kurzen Flur. Noch jetzt zögerte ich, einzutreten: Es war das private Reich meines Vaters, ein heiliger, männlicher Raum, in den ich nur selten eingeladen worden war und dann immer anlässlich einer feierlichen moralischen Unterweisung. Nach meinem ersten Eindruck war alles in Ordnung, aber es gab Veränderungen. Die Wand der juristischen Bücher war noch da, aber sein Schreibtisch, der immer in der Mitte des Zimmers gestanden hatte, war unter die Fenster geschoben und durch einen Zeichentisch ersetzt worden. Darauf lag ein großer Schiffsbauplan, durch klobige gläserne Briefbeschwerer festgehalten. Ein Segelboot natürlich, in drei Ansichten: von der Seite mit aufgezogenen Segeln, ein Querschnitt durch den Rumpf und ein Plan der Innenräume. Salon, Kombüse, Schlafräume, vorn und achtern, und ein Maschinenraum. Das Ganze war fantastisch detailliert, bis hinunter zu den winzigsten Kleinigkeiten der Takelage. Außerdem war das Boot riesig. Dem Maßstab zufolge war das verdammte Ding über achtzig Fuß lang.

»War das etwas, das Ihr Vater gebaut hat?«, fragte Jason.

»Ich wüsste nicht, wie er das hätte machen sollen.«

»Warum hat er es dann gezeichnet?«

Darauf wusste ich keine Antwort. Ich ging zum Bücherregal. Die meisten Böden waren voll von juristischen Büchern, andere waren dem Meer gewidmet: maritime Historie, Schiffsarchitektur, Abenteuergeschichten, die auf See spielten, Navigation nach den Sternen. Dazwischen verteilt stand eine Sammlung von nautischen Gegenständen. Ein Flaschenschiff. Ein kardanisch gelagerter Kompass in einem hübschen Holzkasten. Ein Sextant. Ich strich mit der Fingerspitze über ein Bord. Der Finger blieb sauber, und als ich ihn an die Nase hielt, roch er nach Möbelpolitur.

»Sehen wir oben nach«, sagte ich.

Als Erstes schauten wir in das Schlafzimmer meiner Eltern. Es war ein geräumiges Zimmer, dessen Fenster über den Rasen und den Garten im Osten und auf der anderen Seite auf das Meer blickten. Das Bett war auf der einen Seite stark zerwühlt. Schmutzige Kleidung war haufenweise auf dem Boden verstreut, Schubladen standen offen, und schmutzige Teller und halb leere Teetassen balancierten auf jeder freien Fläche.

»Irgendwie stinkt es hier drin«, stellte Jason fest.

Das stimmte, und es lag nicht nur an den Essensresten. Der Altmännergeruch war das Erste, was ich bemerkt hatte. Ein warmer, biologischer Geruch wie saurer Atem. Wir fingen mit dem Schrank an. Auf der einen Seite die Sachen meines Vaters, Blazer, Anzüge und die gebügelten Baumwollhosen, die er bevorzugt hatte, und auf der anderen Seite die Kleider und Blusen meiner Mutter, die auf ihren Bügeln durch ihr eigenes Gewicht langsam die Form verloren. Ich warf einen Blick auf die Regale, ich durchwühlte die Kommodenschubladen. Ich ließ mich auf alle viere sinken und spähte unter das Bett – nichts als Staubflocken –, und als ich mich aufrichtete, wurde mir etwas Trauriges klar. Die eine Hälfte des Bettes, die ungemachte, war die Hälfte meiner Mutter gewesen. Mein Vater hatte auf ihrer Seite geschlafen.

»Ist sie das?«, fragte Jason.

Er betrachtete ein kleines, gerahmtes Foto auf dem Sekretär meines Vaters. Ich nahm es in die Hand. Die beiden posierten auf einer Party. Mein Vater, viel jünger, trug einen Smoking, meine Mutter ein schmales rotes Kleid, und die beiden standen dicht beieinander und lächelten. Das Bild war aufgenommen worden, bevor ich gekommen war.

»Sie sieht aus wie eine sympathische Frau.«

Es war rührend, das zu hören. »Ja, das war sie. Sie hatte eine Menge Freunde.«

»Wie haben die zwei sich kennengelernt?«

»Meine Mutter hat bei ihm gearbeitet. Sie hat aufgehört, nachdem sie mich adoptiert hatten.«

Ich dachte daran, das Foto einzustecken, aber wozu? Es würde mich nur deprimieren. Außerdem war es illegal, etwas aus dem Haus zu entfernen. Das Foto, wie die ganze persönliche Habe meines Vaters, war Teil seiner Hinterlassenschaft und gehörte jetzt der Central Bank.

Ich stellte das Foto wieder an seinen Platz auf dem Sekretär. »Lass uns weitersuchen.«

Die beiden Gästezimmer verrieten uns nichts; sie sahen aus, als hätte seit Jahren niemand mehr einen Fuß hineingesetzt. Nachdem alle anderen Möglichkeiten erschöpft waren, gingen wir durch den hinteren Korridor zu dem Zimmer, das einmal meins gewesen war. Ich fragte mich, warum ich damit bis zum Schluss gewartet hatte, und dann wusste ich es. Der Grund war das Teleskop.

Es war die älteste klare Erinnerung, die ich hatte. Es war mein erster Tag nach meiner Landung mit der Fähre, als alles noch fremd war. Mein Vater hatte mich in mein Zimmer geführt, wo ich unter einer Vielzahl von unbekannten Gegenständen ein schönes, geheimnisvolles Objekt erblickte: Ein langes, schlankes Rohr, in Leder gehüllt, mit blanken Messingbeschlägen und einem Stativ aus poliertem Mahagoni, stand im gebogenen Erkerfenster. Sofort zog es mit magnetischer Kraft meine Aufmerksamkeit auf sich. *Was ist das?*, fragte ich diesen Mann, der mir erzählt hatte, er werde mein Vater sein. *Wozu ist es gut?* Und mit einem Strahlen in den Augen – er hatte gehofft, dass ich diese Frage stellen würde – erklärte er mir die Funktion der Linsen und wie ein Teleskop kleine Gegenstände groß und ferne Dinge nah erscheinen lassen konnte. So etwas hätten Seefahrer früher benutzt, um die Dinge der Welt zu sehen und zu wissen, wohin sie fuhren. Es gefiel mir, wie er das sagte, auch wenn ich es nicht ganz verstand, bis ich das Gesicht auf das Okular senkte und im blau verschwommenen Ozean weit draußen das kristallene Bild eines Segelboots entdeckte. Der Anblick war wundersam, ein Ding zum reinsten Staunen, und ich spürte, dass mein Vater mir mit dieser mechanischen Unterweisung zu verstehen gab, dass ein Mensch – mit anderen Worten: ich – auf diese Weise die Dinge seines Lebens dirigieren sollte.

Eine Zeit lang war das Teleskop ein Quell der endlosen Bezauberung gewesen. Stundenlang hatte ich durch das Okular gespäht und eine Bestandsaufnahme der Welt vorgenommen, zu der ich jetzt gehörte: der weiß gekrönten Wellen, der Segelboote, die mit Muskelkraft gegen den Wind kreuzten, des Mondes mit seinen Zügen, die so große Ähnlichkeit mit einem Gesicht hatten, dass es schien, als erwiderte er meinen Blick und nähme meine Existenz zur Kenntnis, und der Sterne. Irgendwann waren natürlich andere Interessen dazwischengekommen, und das Teleskop war zu einem besseren Kleiderbügel geworden. Aber in meiner Erinnerung war es ein Totem meiner Kindheit und ihrer Wunder, aus einer Zeit, da ich als frische, neue Person ins Leben getreten war.

Aber als ich die Tür zu meinem Zimmer öffnete, war es nicht mehr da. Wie alles andere. Das Zimmer war leer und frei von Möbeln.

Der Anblick ließ mich wie angewurzelt stehen bleiben. Mit aufblitzender Trauer dachte ich, mein Vater habe unsere Entfremdung so schmerzhaft empfunden, dass er das Zimmer leer geräumt hatte, um mich so aus seinem Leben zu tilgen. Aber der Mann, bei dem ich zwei Tage zuvor gesessen hatte, schien mir eine solche Person nicht zu sein.

»Was riechst du?«, fragte ich Jason.

Er überlegt kurz. »Frische Farbe?«

Ich suchte mir eine Wand aus und strich mit der Hand darüber. Die Fläche war völlig glatt. Ich schaute zu Boden. An der Fußleiste entlang sah ich weiße Tröpfchen.

Ich drehte mich zu Jason um. »Bei der Vernehmung, haben sie da noch irgendwelche Fragen über meinen Vater gestellt?«

Er hatte kurz mit der Frage zu kämpfen. »Es tut mir leid, Direktor Bennett, ich kann mich einfach nicht erinnern. Die Sache hat mich völlig verrückt gemacht.«

»Und der dritte Mann? Du bist sicher, dass er nichts gesagt und keine Fragen gestellt hat?«

»Es war so, wie ich sagte. Er hat einfach dagesessen.« Er sah mich blinzelnd an. »Sie glauben, der S3 hat das getan?«

»Ich weiß es nicht. Aber die Farbe ist kaum trocken. Ich glaube nicht, dass wir die Ersten waren, die hier hereingekommen sind.«

Ich trat zurück und ließ den Blick über die Wände wandern. Irgendetwas war hier, das fühlte ich. Aber sehen konnte ich nichts.

Als wir wieder zu Hause waren, befahl ich Jason, den Wagen ins Büro zurückzubringen und heimzugehen.

»Sind Sie sicher? Müssen Sie sonst nirgends mehr hin?«

»Schon in Ordnung. Genieß das Wochenende.« Ich stieg aus und beugte mich zum Fahrerfenster hinunter. »Eins noch. Rede nicht über den heutigen Tag. Mit niemandem.«

»Und wenn es der S3 ist?«

»Besonders, wenn es der S3 ist. Wenn du von ihnen hörst, ruf mich sofort an.«

Er schwieg kurz und schaute über das Lenkrad hinweg nach vorn. »Ich möchte nur sagen, Direktor Bennett, es tut mir wirklich leid um Ihren Dad.«

Diese Worte hatte ich in den letzten drei Tagen wiederholt gehört. Sie waren das, was man so sagte: ein gebräuchliches Schmerzmittel. Aber aus seinem Mund klangen sie nach mehr.

»Danke, Jason. Es freut mich, dass du das sagst.«

»Meine Vormünder sind vor drei Jahren zusammen ausgestiegen. Vielleicht erinnern Sie sich an sie? Frank und Leonie Kim.«

Plötzlich fiel es mir ein. Ich war zwar nicht der für diesen Fall zuständige Fährmann gewesen, aber die Akte war auf meinem Tisch gelandet, weil es ein doppelter Ausstieg war – selten, aber nicht beispiellos. Das Paar war über drei Verträge hinweg zusammen gewesen, fast sechzig Jahre. Frank war älter als seine Frau, und er hatte ein paar Probleme gehabt. Es war spezieller Papierkram nötig gewesen. Und sie hatten ein Mündel an der Universität gehabt, einen Jungen.

»Sind wir uns begegnet?«

Er nickte. »Zu Hause, an dem Tag, als sie auf die Fähre gingen. Da waren eine Menge Leute, aber Sie haben mich beiseitegenommen und mir die Hand geschüttelt. Sie haben gesagt, ich sei sehr tapfer.«

»Das habe ich gesagt?«

»Ja. Das war wirklich nett von Ihnen.«

Die ganze Zeit hatte er darauf gewartet, dass ich mich daran erinnerte. »Jason, ich muss mich entschuldigen. Daran hätte ich mich erinnern müssen.«

Er zuckte die Achseln. »Das ist okay. Sie hatten viel um die Ohren.«

Ich fand es keineswegs okay. Aber ich klopfte mit der flachen Hand auf das Wagendach und trat einen Schritt zurück. »Wir sehen uns Montag.«

Ich schaute ihm nach, als er wegfuhr, und ging dann hinein. Mit dem leeren Haus stimmte etwas nicht, fand ich, bis ich mich erinnerte, dass Elise aufs Land gefahren war. Ich spielte meine Nachrichten ab, aber sie hatte nicht angerufen – was, wenn ich es mir recht überlegte, auch in Ordnung war. Was hätte ich ihr sagen sollen? Wie hätte ich die Ereignisse dieses eigenartigen und beunruhigenden Tages erklären sollen?

Ich machte mir einen Drink und zog mich auf die Terrasse zurück. Dicke Wolken zogen vom Meer heran, und die Temperatur ging zurück. Ich saß in einem Liegestuhl, und mich fröstelte tatsächlich. Ich holte mir eine Decke aus dem Schlafzimmer, aber selbst damit wurde mir nicht wärmer.

Eben ging ich hinein, um mein Glas aufzufüllen, als das Telefon klingelte. Elise, dachte ich, endlich rief sie an, um mir zu versichern, dass sie immer noch an mich dachte. Aber es war nicht ihre Stimme, die ich hörte.

»Erwische ich Sie zu einer ungünstigen Zeit, Mr Fährmann?«

»Caeli?«

»Mal nachsehen. Ja. Eindeutig Caeli.«

Ich war, das versteht sich von selbst, völlig unvorbereitet. »Woher hast du diese Nummer?«

»Äh … aus dem Telefonbuch? Also«, fuhr sie fort, »weshalb ich anrufe. Sie haben gesagt, die Missus ist … Designerin, ja? Ich habe nachgedacht. Vielleicht könnte sie was für mich entwerfen? Plus, ich würde sie gern kennenlernen. Wo Sie und ich doch Freunde sind und so.«

»Caeli, wissen deine Vormünder, dass du mich anrufst?«

Sie seufzte. »Das nun wieder.«

»Ich finde wirklich, das gehört sich nicht.«

»Sie machen es mir wirklich nicht leicht.«

»Was mache ich dir nicht leicht?«

Ihre Stimme klang plötzlich panisch. »Das hier! Die ganze Sache! Ich versuche doch nur, zu helfen!«

Ich fragte mich, ob das Mädchen vielleicht ein psychologisches Problem hatte. »Caeli, ist alles in Ordnung? Ist jemand bei dir?«

»Sie haben gesagt, Sie sind traurig. Ich versuche, Sie aufzumuntern. Was denken Sie denn?«

»Mir geht's gut, Caeli. Es ist nett von dir, aber mit mir ist alles völlig in Ordnung.«

»Kann ich sie dann kennenlernen?«

»Ich denke schon. Irgendwann.«

»Glauben Sie, sie wird mich mögen?«

Wieso ihr das so wichtig war, konnte ich mir nicht erklären. »Ich wüsste nicht, warum nicht.«

»Weil es nämlich wirklich beschissen wäre, wenn sie mich nicht leiden könnte. Und außerdem wollte ich Ihnen sagen, dass Sie mich vielleicht in nächster Zeit nicht sehen werden.«

»Ach? Wo willst du denn hin?«

»Das habe ich nicht zu entscheiden. Ich dachte nur, Sie sollten Bescheid wissen. Falls Sie sich, Sie wissen schon, Sorgen machen.«

Ich hatte keine Ahnung, was ich mit dieser unverhofften Erklärung anfangen sollte. »Tja, danke, dass du es mir sagst«, antwortete ich, als sie nicht weiterredete. »Es tut mir leid.«

»Wie auch immer«, sagte sie, »das war es, was ich Ihnen sagen wollte. Gute Nacht, Mr Fährmann.«

Sie legte auf, bevor ich noch etwas erwidern konnte. Eine Zeit lang stand ich einfach völlig verwirrt da. War sie in irgendwelchen Schwierigkeiten? Der Anruf hatte seltsam verschlüsselt geklungen, als wollte sie mir etwas mitteilen, ohne es tatsächlich auszusprechen.

Das Telefon klingelte wieder.

»Mr Bennett? Hier ist Thea Dimopoulos.«

Ich brauchte einen Augenblick, um meine Gedanken neu auszurichten. Und »Mr Bennett«: Das war eine durchsichtige Eröffnung. Wenn Elise zuhören sollte, würde der Anruf harmlos und vielleicht dienstlich klingen.

»Es stört Sie hoffentlich nicht, wenn ich Sie zu Hause belästige.«

Es störte mich nicht. Im Gegenteil. Nach diesem Tag war ich einsam und verstört, und ich hatte keine Lust, mit meinen Gedanken allein zu sein. »Das ist völlig in Ordnung«, sagte ich und fügte dann hinzu: »Ich bin übrigens allein hier.«

»Unser Gespräch gestern Abend hat mir gefallen. Zufällig bekomme ich heute ein paar neue Arbeiten herein, die Sie vielleicht interessieren könnten.«

»Ach ja?«

»Da habe ich mich gefragt, ziemlich kurzfristig, ich weiß, aber hätten Sie morgen Mittag vielleicht Zeit?«

9

Es gab eine Zeit, da waren Elise und ich aufrichtig glücklich miteinander. Mehr als glücklich: Von unserer ersten Begegnung an war unsere Beziehung wie vom Schicksal bestimmt. Sie fand bei einer Abendveranstaltung statt, zu der wir beide niemanden mitgebracht hatten, und von dem Augenblick an, als wir Platz genommen und uns vorgestellt hatten, konnte ich den Blick einfach nicht mehr von ihr wenden. Nicht weil sie schön war, obwohl sie das natürlich war. Nein, es war das Gefühl, dass mein Leben sich durch diese Begegnung veränderte – als hätte ich den Schlüssel zu einer lange verschlossenen Tür gefunden. Dieses Gefühl wurde nur noch stärker, je länger der Abend dauerte und wir beide in ein Gespräch von solcher Intensität vertieft waren, dass der Raum um uns herum zu verschwinden schien. Als die Band das erste Stück anspielte, stand ich auf und reichte ihr die Hand, und sie akzeptierte sie wortlos, nur mit einem wissenden Lächeln; sie hatte das Gleiche gefühlt. Ich führte sie zur Tanzfläche, und das war das erste Mal, dass ich sie in meine Arme nahm.

Wir tanzten die ganze Nacht.

Die Zeit als Liebespaar verging in einem Nebel des Glücks. Alles an ihr faszinierte mich, ihr Blick auf das Leben, ihre Karriere, die Geschichten aus ihrer Vergangenheit. Es war, als hätte ich den einen Menschen auf der Welt gefunden, der wirklich für mich gemacht war. Mein Beruf schien ihr nicht das Geringste auszumachen, im Gegenteil, sie fragte mich nach allen Einzelheiten und äußerte sich voller Bewunderung für das, was ich tat. Mit Elise in meinem Leben schien alles möglich zu sein. Ich konnte mein Glück nicht fassen. Eines sonnigen Nachmittags, genau zwei Jahre nachdem wir uns kennengelernt hatten, unterschrieben wir unseren Vertrag (fünfzehn Jahre, und ich hätte gern für hundert unterschrieben, aber fünfzehn ist Standard für Erstvereinbarungen, und wir konnten ja jederzeit erneuern), und unter einer Tonne Reis und den guten Wünschen von Familie und Freunden begannen wir das Eheleben.

Aber etwas plagte mich. Es ist natürlich unmöglich, einen anderen Menschen vollständig zu kennen. Am Ende sind wir Gefangene unseres eigenen Kopfes. Aber in Elise' Fall – und hier spielte meine Berufserfahrung eine Rolle – spürte ich allmählich, dass etwas Schreckliches am Werk war, eine verborgene Trauer, die all das Lächeln nicht restlos verdecken konnte. Ich ertappte sie beispielsweise dabei, dass sie mit dem Ausdruck verwirrten Schmerzes aus dem Fenster starrte, als könne sie nicht genau ausmachen, woher ihre Trauer kam. Bei anderen Gelegenheiten zog sie sich einfach in eine abgehobene Fahrigkeit zurück, die Stunden und sogar Tage anhalten konnte. War ihr etwas zugestoßen, etwas Schlimmes? Gab es ein Trauma in ihrer Vergangenheit, so tief vergraben, dass nicht einmal sie selbst wirklich Zugang dazu hatte? Aber wenn ich sie danach fragte – immer mit größer Vorsicht –, schwor sie mir, dass alles in Ordnung sei.

Doch irgendetwas war *nicht* in Ordnung. Ich spürte, dass

sich die Kluft zwischen uns mit jedem Jahr verbreiterte, und meine Begeisterung für die Idee, ein Mündel anzunehmen, machte alles nur schlimmer. (Ich fragte mich, ob dieser Impuls teilweise oder vollständig von meiner Hoffnung herrührte, dass ein Mündel uns wieder näher zueinander führen würde. Das Gegenteil war der Fall, wie sich zeigte.) Es gab keine äußerlichen Reibereien zwischen uns, zumindest nichts Ernstes. Wie gesagt, wir waren im Allgemeinen zufrieden, und man kann nicht erwarten, dass die Flammen der Leidenschaft ewig lodern. Aber Elise und ich drifteten auseinander, und ich fühlte mich zutiefst allein.

Ich sage das nicht als Entschuldigung für das, was passiert ist, denn nichts kann das entschuldigen. Aber ich will so präzise wie möglich den Seelenzustand beschreiben, der mich an jenem Nachmittag im Juni dazu brachte, die Treppe zu einem gewissen entlegenen Kellerbistro hinunterzusteigen, um mit einer Frau zu essen, die nicht meine Frau war. Mit alldem will ich nur sagen: Dies ist der Teil der Geschichte, in dem ich kein Held bin. Ganz und gar nicht.

Man kann es sich vorstellen. Ein fensterloses Lokal unterhalb der Straße, in einer Zone permanenter Nacht. Die nachlässige Trägheit eines Sommernachmittags – es war ein brennend heißer Tag, der heißeste seit Monaten – und das Klirren von Glas und Silber und Porzellan, das den Raum mit einer gedämpften Atmosphäre erfüllte. Ich war zehn Minuten zu früh gekommen. War ich nervös? Wer wäre es nicht gewesen, gestrandet an einem leeren Tisch, mit einem Glas Wasser vor sich, während er den Verrat an seinem Ehegelübde in Betracht zog? Ich hatte den Vormittag in einem absoluten moralischen Aufruhr verbracht, viele Male hatte ich erwogen, anzurufen und abzusagen (aber ich hatte es doch nicht getan). Das Restaurant hatte nur ein Dutzend Tische, und davon waren nur vier besetzt. Die Gäste, lauter Paare, waren in die Art von intimen Gesprächen vertieft, wie sie eine solche Umgebung förderte. War jemand hier wie ich? War ich der einzige Möchtegern-Ehebrecher in diesem Raum, oder war eine mittägliche Verabredung in Malvolio's Café ein überall verstandenes Kürzel unter Treulosen? Was zum Teufel wollte ich hier? Vielleicht, dachte ich, deutete ich die Situation völlig falsch. Ich war seit einer Weile nicht mehr im Spiel; vielleicht hatte ich die Signale falsch verstanden? Ich war verheiratet, mittleren Alters, möglicherweise depressiv. Ich hatte den düstersten aller Berufe. Warum sollte eine Frau wie Thea Dimopoulos sich auch nur im Geringsten für mich interessieren?

Alle diese Gedanken waren wie weggeblasen, als mit exakt fünf Minuten Verspätung Thea hereinkam.

Ich stand auf, als sie auf den Tisch zutrat. Sie war unverändert – mit anderen Worten, sie war faszinierend.

»Komme ich zu spät?«, fragte sie ein wenig atemlos.

»Überhaupt nicht.« Eine verlegene Pause folgte – wie wollte ich den Gegenstand eines fünfzehnminütigen Flirts begrüßen, nachdem ich mich tagelang bemüht hatte, nicht an ihn zu denken? –, bis Thea die Situation rettete, indem sie sich vorbeugte, sodass wir einander kurze, luftige Küsse auf die Wange drücken konnten.

»Waren Sie schon mal hier?«, fragte sie, als wir uns setzten. Sie hatte das Restaurant ausgesucht.

»Ja, aber ich weiß nicht mehr, wann.«

»Es ist eins meiner Lieblingslokale. Ich mag es gern, weil

es so intim ist.« Ihr Blick huschte hinüber zum Kellnerposten, und sofort kam der Mann an unseren Tisch.

»Was darf es für den Anfang sein, Madam?«, fragte er und zündete die Kerze auf unserem Tisch mit einem langen Streichholz an. »Ein Cocktail? Oder vielleicht lieber Wein?«

Thea warf mir einen boshaften Blick zu. »Was meinen Sie? Ist es zu früh?«

Ich bestellte eine Flasche, und sie erschien, so kam es mir vor, wie durch Zauberei auf unserem Tisch. Die Rituale mit Etikett und Korken wurden mit einer Art wissender Diskretion vollzogen. *Sir und Madam haben ein Rendezvous, nicht wahr?* Der Kellner goss großzügig Wein in unsere Gläser, so groß wie Aquarien, und es war, als füllte er sie mit einem goldenen Licht. Wir nahmen uns einen Augenblick Zeit, um zu trinken, aber ich hatte Schwierigkeiten. Es war schwer, sie nicht anzustarren. Was war anders an ihr? Das Wort, das mir einfiel, war »Präsenz«. Sie schien einfach mehr »da« zu sein als andere Leute. Der Gedanke machte mich traurig (wo war meine Frau geblieben?), und zugleich verstärkte er die beinahe magnetische Anziehungskraft, die diese Frau auf mich ausübte.

»Und wo sollen wir anfangen?«, fragte sie.

»Sie sprachen von neuen Arbeiten.«

Sie lachte leise. »Das habe ich gesagt, ja? Clever von mir. Die Wahrheit ist, ich wollte nur mit Ihnen essen gehen.«

»Das habe ich mir schon gedacht.«

»Braver Junge.«

»Nur damit das klar ist: Es gibt also keine neuen Arbeiten?«

Thea lehnte sich zurück. »Oh, es gibt immer neue Arbeiten. Was sagen Sie zu einer Katze auf dem Fenstersims? Und ich habe zwei sentimentale Seestücke, die Ihnen vielleicht gefallen.«

Der Kellner kam zurück, um unsere Bestellung aufzunehmen. Wir suchten uns etwas aus. Ich glaube, es war Essen. Mir war es völlig gleichgültig, so sehr stand ich in ihrem Bann.

»Aber ich sage Ihnen etwas«, fuhr Thea fort. »Man kann gute Arbeiten bekommen. Nur nicht hier in der Nähe.«

»Nicht?«

»Es kommt alles vom Annex.« Sie sah mein Gesicht. »Sie sind überrascht?«

Ich dachte an den Mann im Shuttle – an seine schmutzigen Hände und Zähne, an seine Derbheit, an die Glut des Hasses in seinem Blick. »Ein bisschen. Ich dachte immer …«

»Wie alle anderen. Aber glauben Sie mir, es ist nicht so, wie Sie denken. Es gibt da einen Maler. Wir haben uns angefreundet. Der Mann ist ein absolutes Genie.«

»Das ist eine kühne Behauptung.«

Sie nahm einen Schluck Wein. »Mag sein, aber es ist wahr. Sie sollten seine Arbeiten sehen. Intensiv, verstörend, absolut brillant. Und nicht zu verkaufen. Ich habe ihn schon hundert Mal gefragt.«

»Braucht er das Geld nicht?«

»Ich bin sicher, er braucht es, aber ich glaube, es ist ihm egal.«

»Das klingt nach einem Heiligen.«

»Oder nach einem Verrückten. Wahrscheinlich ein bisschen von beidem.« Sie schwieg kurz. »Kann ich Sie etwas fragen?«

»Bitte sehr.«

»Warum haben Sie das Konzert so sehr gehasst?«

Ich lachte. »Das ist einfach. Ich hatte Langeweile.«

»Langeweile ist eine Sache. Hassen ist etwas ganz anderes. Ich habe es gesehen, Ihnen war jede Sekunde zuwider. Sie konnten es nicht mal ertragen, im Saal zu bleiben.«

»Woher wussten Sie das?«

»Weil ich unmittelbar hinter Ihnen saß.«

Es dauerte eine Sekunde, bis ich verdaut hatte, was sie sagte. »Soll das heißen, Sie ... sind mir gefolgt?«

»›Gefolgt‹ ist ein starkes Wort. Klingt ein bisschen irre, finden Sie nicht?« Sie legte den Kopf schräg und lächelte. »Okay, erschießen Sie mich, ich bin Ihnen gefolgt. Habe Sie gestalkt bis auf den Balkon. Ich wollte mehr über den Mann wissen, der das lächerliche Klavierspiel dieser Frau genauso sehr gehasst hat wie ich.«

Ich wusste nicht, wie ich das einschätzen sollte. Einerseits beunruhigte es mich, dass ich so leicht zu durchschauen gewesen war. Andererseits konnte ich mich über die Konsequenzen kaum beklagen. Es war Jahre her, dass ich mich so gefühlt hatte, so gefangen im Strudel der Persönlichkeit eines anderen Menschen.

»Na ja, Sie haben recht«, sagte ich, »ich habe es gehasst. Es kam mir so ... leer vor. Unmenschlich sogar. All die Noten, perfekt gespielt, aber nichts dahinter, kein wirkliches Gefühl.«

»Als ob in Ihrem Leben nie etwas Wirkliches passiert wäre.«

»Genau.« Ich schüttelte den Kopf bei der Erinnerung. »Ich bin immer gern in solche Konzerte gegangen. Zumindest hat mich nichts daran so sehr gestört. Jetzt kann ich mir nicht mehr vorstellen, warum.«

»Das heißt, eines Tages haben sich Ihre Gefühle geändert, einfach so.«

»So habe ich es noch nicht gesehen, aber – ja. War es bei Ihnen genauso?«

Sie dachte darüber nach. »Ja und nein. Es hat früh angefangen, aber damals wusste ich es noch nicht. Meine Vormünder haben mich überallhin mitgenommen – ins Museum, ins Konzert, in die Oper, ins Theater. Und nicht nur zu dem seichten Zeug, das sie neuen Iteranten auftischen. Ich rede von einem strengen Kulturprogramm. Einmal musste ich – und das ist kein Witz – Wagners ganzen *Ring* absitzen, alle vier Tage des verdammten Dings.«

»Das klingt schrecklich.«

»Um fair zu sein, sie meinten es gut. Und ich fühlte mich *sehr* erwachsen. Das war das Problem. Ich verstand gar nichts, ganz zu schweigen davon, dass es mir nicht gefiel, aber ich war eine Expertin darin, so zu tun, als gefiele es mir.«

»Waren Ihre Vormünder Künstler oder so etwas?«

Sie lachte. »Lieber Gott, nein. Mein Vater arbeitete im Finanzministerium, und meine Mutter ging von morgens bis abends reiten.«

»Und die Galerie ...«

»Überkompensation. An der Universität lautete mein Diplomthema ›Kreativer Ausdruck und Ästhetik‹. Ich dachte, das könnte mir helfen, den Code zu knacken und herauszufinden, warum die Leute manche Dinge schön fanden und andere nicht, aber tatsächlich ging es mir danach schlechter. All dieses hochtrabende Gerede – was hatte es mit irgendetwas zu tun? Wissen Sie, wer Picasso war?«

Ich nippte an meinem Weinglas. »Jemand Berühmtes?«

»Ein spanischer Maler, zwanzigstes Jahrhundert. Er erfand etwas namens Kubismus. Es ist schwer zu beschreiben; man muss es sehen, aber im Grunde nahm er alle drei Dimensionen eines Bildes und zeigte sie gleichzeitig, sodass man es gleichzeitig aus verschiedenen Blickwinkeln betrachten konnte. Wenn man eins seiner Bilder anschaut, ist es, als sähe man etwas so wahrhaftig, wie man es sich niemals hätte vorstellen können, eine unkonventionelle Traumwelt. Das ist nicht angenehm, nicht mal bequem, aber das ist der springende Punkt. Die Wahrheit ist nicht immer schön. Danach beschloss ich, nach meinem Examen eine Galerie zu eröffnen. Ich wollte mehr Künstler finden, die mir dieses Gefühl vermittelten, denn ein paar musste es doch noch geben, oder? Es gab doch nicht nur Bilder von Blumen und Früchten.« Sie zuckte resigniert die Achseln. »Wie sich zeigt, habe ich mich geirrt. Das ist einfach alles, was es gibt.«

»Mit Ausnahme Ihres Freundes im Annex.«

»Genau.« Sie hob ihr Glas ein wenig und prostete mir zu. »Abgesehen von ihm.«

Ich überlegte kurz. »Fahren Sie oft hin? Zum Annex, meine ich.«

»›Oft‹ würde ich nicht sagen. Aber ich fahre hinüber.«

»Dann haben Sie Freunde da.«

»Will ich meinen.« Sie sah mir mit schmalen Augen ins Gesicht. »Warum fragen Sie?«

»Ich habe neulich einen Mann kennengelernt. Na ja, ›kennengelernt‹ kann man eigentlich nicht sagen. Wir haben an einer Shuttle-Haltestelle miteinander gesprochen. Ich glaube, er war vom Hilfspersonal. Er las ein Buch, *Grundlagen des Ankunftismus*. Kennen Sie es?«

»Ich habe davon gehört. Man sieht es drüben. Aber ich weiß nicht viel darüber.«

»Aber ein bisschen.«

Sie nahm einen Schluck Wein und stellte ihr Glas auf den Tisch. »Im Wesentlichen ist es eine Religion. Der zentrale Glaubenssatz heißt ›der Große Plan‹. Himmlischer Lohn für irdische Mühen, solche Dinge. Die Gerechten, die aufsteigen in ein mythisches Land der Verheißung. Illegal natürlich, aber ziemlich gutmütig.«

»Haben sie einen Gott?«

Sie nickte. »Die nennen ihn ›die Große Seele‹. Oder sie. Oder es. Ehrlich gesagt, es ist alles ziemlich vage.«

»Und es gibt eine Menge Gläubige im Annex?«

»Schwer zu sagen. Sie sind ziemlich verschlossen.«

»Und Ihr Maler?«

»Das weiß ich nicht. Ich habe ihn nie gefragt.«

Es war merkwürdig. Ich hatte seit jenem Tag buchstäblich keinen Gedanken mehr an die Begegnung verschwendet, aber etwas war mir offenbar trotzdem im Gedächtnis geblieben und ließ mich jetzt davon anfangen.

»Der Mann, dem ich begegnet bin – er nannte mich ›Freund‹.«

»Klingt doch nett.«

»Es war weniger das, was er sagte, als die Art, *wie* er es sagte. ›Die Ankunft ist nah, Freund.‹ Die Ankunft wo?«

Sie lächelte. »Das ist die Frage, oder? Wo immer wir hingehen, schätze ich.«

Wir beließen es dabei. Unser Essen wurde serviert – Fisch, wie sich herausstellte. Wir aßen und plauderten behaglich über dies und jenes, und die Weinflasche wurde immer leichter.

»Ich muss mit Ihnen über etwas reden, Proctor.« Wir teilten uns ein Dessert. Das Restaurant hatte sich geleert. »Kann sein, dass Sie mir die Rechnung überlassen wollen, wenn Sie es gehört haben.«

»Das bezweifle ich.«

»Seien Sie sich nicht so sicher.« Sie holte tief Luft. »Es gibt noch einen Grund, weshalb ich Ihnen gefolgt bin. Ich war am letzten Mittwoch auf dem Pier. Ich habe gesehen, was passiert ist.«

Ich war wie vom Donner gerührt.

»Manchmal gehe ich dorthin, wenn ich weiß, dass eine Fähre ablegt. Ich kann es eigentlich nicht erklären. Es hat damit zu tun, diesen Leuten zuzusehen, wenn sie … alles aufgeben.«

Es war, als hätte sie mich auf einen ganz neuen Weg des Daseins aufmerksam gemacht, der parallel zu meinem eigenen verlief, aber ganz und gar separat davon. »Dann wollten Sie mit dieser ganzen Sache – Sie wollten nur eine Art morbide Neugier befriedigen?«

»Ich war neugierig, das gebe ich zu.«

»Weshalb?«

»Ihretwegen natürlich. Die ganze Fährmann-Angelegenheit. Ich dachte immer, Leute wie Sie wären – ich weiß es nicht …«

»Leichenfresser?«

»Das ist ein bisschen stark. Aber im Grunde – ja.« Sie sah mich eindringlich an. »Ihr Gesichtsausdruck. Wie Sie mit ihm umgegangen sind. Es war nicht das, was ich erwartet hatte.«

»Inwiefern war es anders?«

Sie überlegte. »Vielleicht sanft? Nein, das ist es nicht. Es war mehr. Tiefgehender. Kannten Sie ihn?«

»Er war mein Vormund.«

Thea musste diese Information verarbeiten. »Ich verstehe.«

»Wir hatten allerdings seit einer Weile keinen Kontakt mehr gehabt.«

»Das erklärt es vielleicht. All die verlorene Zeit. Es muss schwer für Sie gewesen sein, Abschied zu nehmen. Schwer für Sie beide.«

All die verlorene Zeit. Sie meinte die Jahre, die mein Vater und ich vertan hatten, weil wir beide törichterweise dachten, so wäre es dem anderen lieber. Aber in ihren Worten hörte ich noch mehr. Jahrzehntelang war ich wie ein Schlafwandler durch mein Leben gegangen. Ich hatte mir im Grunde nichts ausgesucht, das nicht schon für mich ausgesucht worden war. Beim Sprechen hatte ich die Worte anderer im Mund geführt wie ein Schauspieler, der seinen Text rezitierte. Es war das, was die Welt uns beibrachte, aber es war keine Art, zu leben, und jetzt hatte ich zum ersten Mal das Gefühl, aufzuwachen.

»Wissen Sie«, sagte ich, »Sie erinnern mich irgendwie an eine Freundin von mir.«

»Wer ist sie?«

Ich zuckte die Achseln. »Nur ein Mädchen. Ich habe sie vor zwei Tagen am Strand kennengelernt. Sie lässt mir ebenfalls keinen Bullshit durchgehen.«

»Klingt nach einer guten Freundin.« Thea schwieg und sagte dann: »Jedenfalls habe ich Sie dann im Konzert erkannt, und, na ja … den Rest kennen Sie.« Sie beäugte mich vorsichtig. »Und? Habe ich es vermasselt?«

»Ganz und gar nicht.« Ich lächelte, um meine Aussage zu unterstreichen. »Ich bin froh, dass Sie es mir erzählt haben. Es ist gut, so darüber zu sprechen.«

»Ehrlich, meinen Sie.«

Ich nickte.

»Apropos Ehrlichkeit, noch einen letzten Satz. Ihre Frau …«

»Ah.«

»Weiß sie, dass Sie hier sind?«

Ich schüttelte den Kopf. »Sie ist übers Wochenende verreist.«

»Dass Sie also mit mir hier sind …«

»… ist nichts, worüber ich mit ihr sprechen werde, nein.«

Wir zahlten und gingen. Draußen auf dem Gehweg blendete das Licht uns, und die Hitze flutete schimmernd über uns hinweg. Die Luft brannte so sehr, dass mich fröstelte.

»O Gott«, stöhnte Thea, »das ist schrecklich. Wer hat dieses Wetter gemacht?«

Ich sah auf die Uhr. Es war kurz nach drei.

»Ich habe eine Idee«, sagte ich.

»Proctor, es ist wunderschön.«

»Sie«, korrigierte ich.

Sie hob den Kopf.

»Boote nennt man so«, erklärte ich. »Boote sind normalerweise eine ›sie‹.«

Sie ging weiter in die Werkstatt meines Vaters hinein und umrundete langsam den Rumpf. Am Heck blickte sie hoch. »Wer ist Cynthia?«

»Das war meine Mutter.« Wie viel sollte ich preisgeben? »Sie ist jetzt seit einer Weile nicht mehr da.«

»Dein Vater hat also ein Boot gebaut und nach ihr benannt.«

»So ist es.«

Sie lächelte strahlend. »Das finde ich reizend. Und wir werden tatsächlich damit fahren?«

»Genau das werden wir tun.«

Mit der Winde hob ich das Boot auf den Slipwagen, wir beide stemmten uns gegen den Bug, und das Boot meines Vaters glitt mit dem Heck voran auf seinen Rollen aus dem Schuppen und ins Wasser. Mit leisem Klatschen tauchte es ein. Als der ganze Rumpf im Wasser lag, rollte ich meine Hosenbeine hoch, packte die Dockleine, kletterte auf das Dock und zog sie bis zum Ende, wo ich sie festmachte und ins Cockpit hinunterkletterte. Inzwischen war eine gleichmäßige Brise aus Südost aufgekommen. Thea sah vom Dock aus zu, wie ich Ruder und Pinne einsetzte, den Kiel hinunterließ und das Segel aufzog. Das Tuch war fest und strahlend weiß.

»Wie komme ich rein?«, fragte Thea.

»Ich helfe dir.«

Ich streckte die Hand aus. Sie setzte sich auf den Rand des Docks, ertastete das Deck mit den Füßen, nahm all ihren Mut zusammen und stieg hinunter ins Cockpit.

»Wir segeln jetzt über Backbordbug«, sagte ich ihr.

»Was bedeutet das?« Sie lächelte und ich auch. Ich war seit dem Tod meiner Mutter nicht mehr gesegelt. Allein an Bord zu sein war schon wie eine Heimkehr zu einem natürlicheren Zustand. Noch ein Vergnügen, das ich aus den Augen verloren hatte.

»Das bedeutet, das Segel wird auf der linken Seite sein, wenn Sie zum Bug schauen«, erklärte ich. »Das ist die Backbordseite. Steuerbord ist rechts. Da wird der Wind herkommen.«

»Aha.« Sie nickte mit gespieltem Ernst. »Sehr technisch.«

»Vorläufig bedeutet es, du setzt dich hier drüben hin.«

Sie nahm Platz auf der Bank. Ich schob ab ins Heck, packte die Pinne und zog das Großsegel heran, bis ich Widerstand spürte. Mit leichtem Schnappen füllte es sich, und wir bewegten uns vorwärts.

»Bei dir sieht es so einfach aus«, sagte Thea.

»Das ist es eigentlich auch.«

»Nicht für mich.« Sie schloss die Augen und hob das Gesicht zum Himmel. »Der Wind ist schön.«

»Das ist einer der vielen Vorteile.«

Sie deutete mit einer Rückhandbewegung zum Bug. »Bring mich fort, Skipper«, sagte sie und fragte dann nach: »Das ist doch der richtige Ausdruck, oder? Du bist der Skipper.«

»Du lernst schnell.«

»Wenn ich mich nicht irre, bin ich damit der Erste Maat. Das gefällt mir ziemlich gut.«

Wenn man aufs Meer hinausfährt, ändern sich die Dimensionen der Welt. Während die Dinge an Land in die Ferne rücken, vergrößert sich die Fläche des Meeres, es wird blauer und wilder und bekommt einen Hauch von Großartigkeit. Man fühlt sich klein, aber auch verbunden mit größeren Mächten, als Teil eines planetaren Flusses. Ich fühlte mich tief im Innern des gegenwärtigen Augenblicks, als wäre ich in einen authentischeren Daseinszustand eingetreten. *Es ist unmöglich, sich auf einem Boot schlecht zu fühlen*, hatte mein Vater oft gesagt, und das stimmte, jedenfalls für mich. Hier saß ich nach einer denkbar schlechten Woche, die Pinne in der Hand, den Wind im Segel, in Gesellschaft dieser magnetisierend gescheiten Frau, die kein Hehl aus ihrem Interesse an mir machte – eine völlig erneuerte Realität, die ich niemals hätte erahnen können.

»Ich kann sehen, warum dir das gefällt«, sagte Thea. Ihre Stimme klang verträumt.

»Möchtest du ans Steuer?«

Ihr Blick war zweifelnd, aber auch begeistert. »Irgendwie ja?«

Wir tauschten die Plätze, und ich führte ihre Hand an die Pinne.

»Wir segeln jetzt mit halbem Wind«, sagte ich. »Das heißt, der Wind kommt jetzt mehr oder weniger direkt von der Seite. Hier, mach es so.« Ich schob die Pinne ein wenig vor und zurück, und das Segel straffte und lockerte sich, als ich den Bug in den Wind und zurück drückte. »Siehst du, wie es sich bewegt?«

Sie lächelte entzückt. »Wie durch Zauberei.«

»Eigentlich ist es Physik. Willst du wissen, wie es funktioniert?«

»Nicht im Augenblick.« Sie rümpfte die Nase. »Ich will nichts kaputtmachen.«

Ich ließ die Pinne los. »Okay, sie gehört dir. Halte sie ein Weilchen auf Kurs, um ein Gefühl dafür zu bekommen.«

Wir fuhren weiter hinaus. Sie konzentrierte sich angestrengt, und ihr Blick war über den Bug gerichtet. Ich übte mit ihr die verschiedenen Verhältnisse des Bootes zum Wind.

»Bereit zum Kreuzen?«, fragte ich.

»Solltest du das nicht übernehmen?«

»Irgendwann musst du es ja lernen.«

Sie atmete tief ein. »Okay, das wird schon schiefgehen.«

Sie drückte die Pinne von sich weg. Mein Vater hatte die

Cynthia auf Anmut, nicht auf Schnelligkeit ausgelegt, und das Manöver entfaltete sich in vornehmer, langsamer Bewegung. Der Mastbaum schwang über uns hinweg, als wir uns durch den Wind drehten. Das Segel knallte, und wir nahmen wieder Fahrt auf.

»Sehr fachmännisch.«

Wir waren jetzt weit weg vom Land. Die See war kabbelig geworden, der Wind schärfer. Die Nursery war in Sicht, ungefähr eine halbe Meile entfernt an Backbord. Ich konnte mich nicht erinnern, jemals so nah daran vorbeigesegelt zu sein, nicht einmal, wenn ich mit meinen Eltern unterwegs war.

»Willst du näher ran?«, fragte ich.

Ich nahm ihr die Pinne ab und steuerte darauf zu. Die Insel bot ein klobiges Bild – wie ein riesiger Felswürfel. Die Riffe, die sie auf allen Seiten umgaben, bildeten eine gischtige Zone mit krachenden Brandungswellen.

»Werden wir eine Fähre sehen?«, fragte Thea.

»Heute nicht. Die nächste geht am Montag.«

Die Strömungen waren stärker geworden, und die Dünung vor dem Riff schüttelte das Boot. Wieder überkam mich ein Gefühl, das ich nicht auch nur erahnt hatte. Im abstrakten Sinn kannte ich die Nursery als einen Ort des Anfangs, ein fast heiliges Mysterium, aber die Realität – die strenge, abweisende Anmutung der Insel – ließ sie anders erscheinen: ernster, vielleicht sogar ein bisschen beängstigend. Alles begann hier, aber es endete auch hier.

»Irgendwie kriege ich Gänsehaut«, sagte Thea.

»Ich weiß, was du meinst.«

Sie zeigte zum Himmel. »Da kommen die Drohnen.«

Es waren vier. Sie flogen in straffer Formation tief und schnell über das Wasser auf uns zu. In einem Abstand von hundert Metern schwenkten sie voneinander weg, wurden langsamer und schwebten dann zu allen Seiten um uns herum.

»Versuch einfach, unschuldig auszusehen«, sagte ich scherzhaft.

Thea winkte ihnen spöttisch zu. »Vielleicht sollten wir verschwinden?«

Wer beobachtete uns da? Inzwischen hatte das Gesichtserkennungssystem der Drohnen uns identifiziert, und unsere persönlichen Daten strömten über jemandes Bildschirm. Proctor Bennett, Leitender Direktor für Bezirk sechs – aber was tat er in einem Boot mit dieser Frau, Thea Dimopoulos? Mit einer Frau, die nicht seine Frau war?

»Ich glaube, das ist eine gute Idee.«

Ich wendete. Ein paar Minuten lang blieben die Drohnen auf Kurs um uns herum, aber als wir einigen Abstand von der Nursery erreicht hatten, schossen sie senkrecht in die Höhe und schwirrten davon.

»Ich hasse diese Scheißdinger«, sagte Thea.

Wir segelten weiter, auf das ferne Ufer zu. Die fröhliche Stimmung des Nachmittags war trüb geworden, das Wetter ebenfalls. Wolken waren aufgezogen und erstickten die Sonne. Allerlei Anschuldigungen polterten in meinem Kopf herum. War es möglich, dass der S3 ermittelte und im Laufe der Ermittlungen Elise erzählte, was sie gesehen hatten? *Mrs Bennett, wenn Sie so nett wären, könnten Sie uns etwas über die Frau auf diesem Foto erzählen? Und in welcher Beziehung sie zu Ihrem Mann steht?*

Aber das war nicht meine einzige Sorge. Das Wetter verschlechterte sich rapide. Der Wind hatte zugenommen, der Seegang ebenfalls. Die Wellen schwollen auf einen halben Meter, dann auf einen ganzen Meter an, und tiefe Tröge ließen kalten Gischt über das Boot spritzen. Die *Cynthia* mit ihrem breiten, schweren Rumpf und dem übergroßen Großsegel war nicht für schlechtes Wetter gebaut.

»Sollte ich anfangen, mich zu fürchten?«, fragte Thea.

Ich lächelte gezwungen. »Das ist ein Teil des Vergnügens.«

Wir krängten stark. Das Ruder wehrte sich gegen mich, und ich brauchte meine ganze Kraft, um es zu halten. Ich warf einen Blick nach achtern. Eine Wand aus dicken, dunklen, beinahe schwarzen Wolken zog von Osten heran, dicht über dem Wasser. Die Front rollte über aufwärts schäumende Wellen wie wallender Rauch, und in ihrem Innern blitzte die Hochspannung.

Sie kam auf uns zu wie ein gigantischer Pflug.

»Okay«, sagte Thea, »jetzt habe ich Angst.«

Plötzlich stürzte die Temperatur ab. Es war, als wären zwanzig Grad Wärme innerhalb eines Augenblicks davongeweht. Der erste Donnerschlag dröhnte wie das Räuspern eines dunklen Gottes. Das Dröhnen nahm zu, bis es beinahe ununterbrochen über uns hinwegging, und es wurde immer lauter. Wasser schwappte ins Cockpit.

»Geh nach unten«, rief ich Thea zu. »Sieh nach, ob du eine Kelle findest.«

»Was für eine Kelle?«

»Eine Schöpfkelle, um das Wasser über Bord zu schaffen.«

Sie kämpfte sich in die Kabine. »Da ist ein Eimer!«, rief sie. »Der tut's auch!«

Sie kam heraufgeklettert und fing an, das Wasser aus dem

Cockpit über die Bordwand zu schöpfen – ein sinnloser Kampf. Wir tauchten hinunter in den nächsten Wellentrog, und eine Kaskade rauschte über den Bug. Mir war so kalt, dass ich kaum noch die Pinne in den Händen fühlen konnte.

Es fing an zu regnen.

»Regnen« trifft es nicht: Die Tropfen stachen wie Nadeln in unsere Haut. Wir waren jetzt mitten in diesem Unwetter.

»Hilfe!«

Eine Stimme, aber wo? Vor uns? Hinter uns? Ich drehte den Kopf hin und her und suchte nach dem Ursprung des Hilferufs.

»Hilfe, bitte!«

»Hörst du das?«, fragte ich Thea.

Sie schöpfte panisch und warf nicht einmal einen Blick in meine Richtung. Wahrscheinlich konnte sie mich in dem Chaos auch gar nicht hören. Der Bug stieg hoch, krachte hinunter und hob sich erneut. Der Anleger war jetzt in Sichtweite. Wie sollte ich dort landen, ohne dass wir zerschmettert wurden?

Und dann war es vorbei.

Es war unerklärlich. Gerade noch kämpften wir mit einem wütenden Unwetter, und im nächsten Augenblick glitten wir über eine nahezu spiegelglatte See. Strahlende Korridore aus Sonnenlicht drangen schräg durch Wolken, die nicht abzogen, sondern sich vielmehr einfach auflösten. Es war, als hätte ich den Sturm kraft meiner Wünsche vertrieben. Stumm vor Staunen glitten wir ans Dock und machten das Boot fest.

»Proctor, du zitterst.«

Sie hatte recht. Mir war so kalt, dass mein Frösteln sich anfühlte wie ein Krampfanfall aus der Tiefe meines Körpers.

Der Hilferuf, den ich gehört hatte, war schon vergessen – zweifellos eine Illusion, hervorgerufen durch den Sturm.

»Du musst dich aufwärmen. Komm, schaffen wir dich ins Haus.«

Sie half mir auszusteigen, legte einen Arm um mich und führte mich den Pfad hinauf. Ich war völlig aufgelöst. Über die Terrasse gelangten wir ins Wohnzimmer.

»Wo finde ich eine Decke?«, fragte sie.

Ich schickte sie zum Wäscheschrank und fing unbeholfen an, meine nassen Sachen abzustreifen. Ich zog mich bis auf die Unterhose aus, setzte mich auf das Sofa und schlang die Arme um mich, um nicht mehr zu zittern. Thea kam zurück.

»Ich muss dich wärmen«, sagte sie und entkleidete sich ebenfalls bis auf die Unterwäsche. »Leg dich hin und mach Platz.«

Sie schob sich neben mich, zog die Decke über uns und nahm mich fest in die Arme. Dann war alles in Ordnung. Ihre Wärme dicht an meinem Körper. Der sanfte Hauch ihres Atems an meinem Gesicht. Der Duft ihrer Haut, ihres Haars, so wunderbar weiblich.

»Ist es so besser?« Ihre Stimme war leise, und sie strich mir über den Rücken, um mich zu wärmen.

Ich nickte, aber ich zitterte immer noch. »Ja«, sagte ich.

Und einige Zeit später: »Viel besser, danke. Viel, viel besser.«

10

Zwei Uhr morgens.

Sie kommen aus allen Richtungen, sie kommen von überall und nirgends her, sie tauchen einfach auf, wie es ihre Art ist. Sie treffen sich in der Gasse, Jess und Antone und sechs andere Jungen, schlaksige Gestalten, drahtig wie Marionetten.

Im Annex ist es still und dunkel; nirgends regt sich etwas. Jess kniet auf dem Pflaster und gießt die Farbe aus einem großen Behälter in vier kleinere. Die Farbe ist dickflüssig, fast ein Gelee, rot wie Blut. Die Jungen brennen darauf, anzufangen. Jede Gruppe ist für drei Zeichen verantwortlich – vier, wenn sie es schaffen. Je größer und öffentlicher, desto besser. An Durchfahrtsstraßen, Regierungsgebäuden, Shuttle-Haltestellen, überall am Fahrdamm. Sie erinnert sie noch einmal daran: Niemand darf es erfahren, nicht einmal Mutter. *Vor allem* nicht Mutter. Das hier ist unsere Sache, nicht ihre. Ist das klar?

Ja.

Die Jungen laufen paarweise auseinander. Jess sieht Antone an. »Fertig?«

Unter der Kapuze nickt der Junge. Er ist genauso aufgeregt wie die anderen, aber er lässt es sich nicht anmerken. Er ist gefasster, hat sich besser im Griff. Was auf dem Spiel steht, ist ihm nicht entgangen; dazu ist er zu gescheit. Er ist ein geborener Anführer. Seine Zeit wird kommen.

»Dann mal los«, sagt Jess.

Sie sprinten durch die Gassen und kommen auf einem öffentlichen Markt mit verschlossenen Ständen zum Vorschein. Sie wollen eben ihre Deckung verlassen, als Antone eine Hand hebt. Sein Gehör ist schärfer als ihres, und er kann die feinsten Geräusche wahrnehmen. Da ist es, von links. Das Sirren einer Drohne. Sie ducken sich unter eine Markise. Die Drohne gleitet über die Gebäude hinweg und davon.

»Gute Ohren«, flüstert Jess.

Sie wollen zu einem alten Wächterkiosk am Ende des Blocks. Er wird nicht mehr benutzt, ist aber immer noch ein Symbol. Er steht isoliert auf der Straße, und in der Nähe gibt es keine leicht erreichbare Deckung. Eine Herausforderung also, aber die zusätzliche Gefahr ist es wert. *Wir waren hier,* wird ihre Botschaft lauten. *Genau hier. Mittendrin, ihr Wichser.*

Sie drücken sich westwärts durch die Dunkelheit, von Markise zu Markise. Der Kiosk kommt in Sicht; wie ein übergroßer Grabstein steht er mitten auf der Kreuzung. Sie nicken einander kurz zu, treten hinaus und laufen darauf zu. Jess trägt die Farbe, Antone den Pinsel.

»STREIK«, schreibt der Junge.

Er tritt zurück, betrachtet sein Werk, taucht den Pinsel noch einmal in die Farbe und führt ein Ausrufungszeichen hinzu.

»STREIK!«

»Als ob wir schreien würden«, sagt er zu Jess.

Plötzlich hören sie das Trappeln von Stiefeln auf dem Pflaster.

»Ihr da!«

Sie erstarren.

»Sofort aufhören!«

»Los«, sagt Jess.

Sie lassen Farbe und Pinsel fallen und fliegen die Straße hinunter. An der ersten Kreuzung trennen sie sich. Jess hat keine Angst; sie hat einen Plan und führt ihn durch. Dies ist ihre Welt, nicht die des Wachmanns. Sie kennen sie in- und auswendig, sie wissen Dinge, die er niemals erfahren wird. Sie kennen Abkürzungen, blinde Flecken, wo man sich scheinbar in Luft auflösen kann. Ihr Ziel ist ein bestimmtes Kellerfenster. Antone ist ein Lufthauch, ein Phantom, viel schneller als sie. Der Wachmann hat Jess aufs Korn genommen. Darüber ist sie glücklich – nein, entzückt. Scheiß auf den Kerl. Er soll nicht nur seine Niederlage zu kosten bekommen; sie will, dass er daran zu kauen hat wie an einem Stück Knorpel.

Sie beschließt – vielleicht völlig unvernünftig –, sich ein bisschen mit ihm zu amüsieren.

Sie läuft an dem Kellerfenster vorbei, fast ohne einen Blick darauf zu werfen. Wie sehr ist ihr dieser Mann verhasst! Und welche Macht ihr dieser Hass verleiht, welch dunkle Freude! Denn das ist das einzig Wahre in dieser Welt, nicht Pappis Gebete oder Mutters Pläne oder der ganze Rest. Es ist eine Welt von Stiefeln und Fäusten und höhnischen Gesichtern, und wenn du es richtig anstellst – wenn du all den Hass in dich aufnimmst und dein Herz von seinen schwarzen Ranken umschlingen lässt –, gibt es nichts, was dich aufhalten kann, und ehe du dichs versiehst, wird der halbe Annex sich mit Messern zwischen den Zähnen über den Fahrdamm ergießen.

Sie biegt in die nächste Gasse ein. Über ihr hängt immer

noch die Wäsche des Tages an den Leinen. Leer fühlt die Nacht sich an, seelenlos. Sogar die Sterne sind nicht mehr da. Ein hoher Holzzaun versperrt ihr den Weg. Aber sie fühlt sich unbesiegbar, als könnte sie fliegen. Weit hinter sich hört sie den Wachmann schnaufen und keuchen. Jess nimmt drei große Schritte Anlauf, streckt sich hoch, packt den oberen Rand des Zauns und segelt hinüber.

Und landet drüben.

Hart.

Auf etwas.

Dieses Etwas ist ein Kantholz. Aber das Kantholz ist nicht das Problem. Der Nagel, der herausragt, *der* ist das Problem. Der Nagel, der glatt durch ihre Schuhsohle dringt, ins Fleisch ihres Innenrists und zur anderen Seite wieder heraus.

Der Schmerz ist so unermesslich, dass sie nicht aufschreit. Sie schreit nach *innen*, und der Atem stockt in ihrer Brust. *Fuck! Fuck! Fuck!*

Und der Wachmann kommt näher.

Der Schmerz ist ihre Rettung. Er gibt ihr den Willen zum Handeln. Sie setzt sich auf den Boden, zieht das Knie an die Brust, stellt den gesunden Fuß auf das Kantholz, atmet tief ein und drückt.

Ein Blutschwall, und sie ist frei.

Zum Weglaufen ist keine Zeit – nicht, dass sie es könnte. Der Wachmann klettert auf den Zaun. Als er oben ist und an den Händen hängt, sieht er sie.

Aber es ist kein Wachmann. Es ist ein Suit. Der Hanson heißt.

»Na, wen haben wir denn da?«, sagt er.

Sie sitzt auf dem Boden und hält sich den Fuß. »Ich glaube,

er ist gebrochen«, sagt sie und starrt ihn mit großen Augen an, hilflos und unter Tränen, ein Vogel mit gebrochenem Flügel. »Bitte tun Sie mir nichts.«

Er schwingt sich über den Zaun, zieht einen Teleskop-Schlagstock unter der Jacke hervor und lässt ihn zu voller Länge aufschnappen.

»Steh auf.«

Sie hebt die Hände vor das Gesicht. »Bitte, es tut mir leid.«

Hanson macht einen Schritt auf sie zu. »*Fuck* ... ich sagte ... steh auf.«

Als der Schlagstock herunterfährt, ist sie vorbereitet. Sie hebt das Kantholz und holt aus, und gleichzeitig springt sie auf. Der Schlagstock ist plötzlich weg, in die Dunkelheit geflogen. Ein Augenblick der Verblüffung – Hanson steht nur da und starrt auf seine leere Hand.

»Was zum Teufel ...«

Aber dann verstummt er. Er spricht nicht weiter, weil ein Nagel in seiner Schläfe steckt. Er ist acht Zentimeter tief in die weiche Masse seines Gehirns eingedrungen. Mit weit aufgerissenen Augen sieht er vor allem erschrocken aus – wie ein Mann, der gleich die Auflösung des größten Geheimnisses von allen erfahren wird. Seine Knie knicken ein, und er sinkt zu Boden. Da er immer noch an dem Kantholz hängt, das Jess mit beiden Händen festhält, bleibt er auf den Knien aufrecht in der demütigen Haltung eines Gläubigen beim Gebet.

Er schließt die Augen. Und stirbt.

Sie reißt ihm den Nagel aus dem Kopf, und Hanson kippt mit dem Gesicht voran auf das Pflaster. Sie ist atemlos und zittert, und in ihrem Schuh schmatzt Blut. Aber die Nacht ist noch nicht vorbei, noch lange nicht. Eine Leiche ist das eine, aber da ist noch anderes. Ein Statement ist abzugeben, stärker als jedes Wort an einer Mauer, und sie wird es abgeben.

Sie hebt das Kantholz über den Kopf, zielt und lässt es krachend auf Hansons Schädel niederfahren.

Es dauert ein Weilchen. Das Holz saust herab, wieder und wieder und wieder. Sie schlägt den Schädel des Mannes zu Brei, bis nichts mehr übrig ist. Und als sie endlich zufrieden ist und die Latte beiseitewirft und die Gasse hinunterhumpelt, weiß sie genau, was sie getan hat: So und in einem solchen Moment beginnt ein Krieg.

11

Über die vierundzwanzig Stunden, die folgten, breite ich den Schleier der Diskretion. Natürlich gehörten meine Gefühle mir, und die eines anderen kann ich nicht für mich beanspruchen. Aber um für mich selbst zu sprechen: Mir war, als hätte ich eine Zone außerhalb der Zeit betreten. Ich machte mir keine Illusionen darüber, dass Thea und ich so etwas wie eine »Zukunft« hätten. Ich war verheiratet; meine Frau war das Mündel Callista Lairds, der Vorstandsvorsitzenden, und was immer zwischen Elise und mir an Schwierigkeiten existierte, rechtfertigte kaum, dass ich einen Skandal über uns alle heraufbeschwor. Aber als ich mitten in der Nacht aufwachte, eingemummelt neben Thea auf der Couch, von der wir uns kaum einmal entfernt hatten, wurde mir klar, dass ich den unerwarteten Emotionen einer ganzen Woche noch eine weitere hinzufügen konnte: Ich war glücklich.

Sonnig und klar brach der Sonntagmorgen an. Die Hitze hatte sich gelegt und eine kühle, trockene Luft und einen Himmel von faszinierendem, unermesslichem Blau hinterlassen, als habe das Unwetter die Welt von allen Unreinheiten gesäubert. Es war offenkundig, dass keiner von uns beiden weggehen und den Bann brechen wollte. Obwohl ich mich bemühte, es nicht zu zeigen, hatte ich außerdem angefangen, mir Sorgen zu machen, weniger wegen Elise als vielmehr meinetwegen. Wie konnte man nach einem solchen Erlebnis in die Welt zurückkehren? Das Glück, das ich verspürte – wie konnte ich darauf verzichten, wenn ich wusste, wie es sich anfühlte?

Der Augenblick kam, da wir die Trennung nicht länger aufschieben konnten. Schweigend fuhren wir in die Stadt zurück. Thea hatte ihren Wagen dem Restaurant gegenüber auf der Straße stehen lassen. Ich hielt dahinter an und stellte den Motor ab.

»Werde ich dich wiedersehen?«, fragte Thea und blicke starr geradeaus.

Wie verlassen ich mich fühlte! In diesem Augenblick hätte ich weinen können.

»Ich verstehe es, wenn die Antwort Nein ist«, fügte sie hinzu.

»Ich weiß nicht, was die Antwort ist.«

Sie wandte mir das Gesicht zu, legte die Hände auf meine Wangen, zog mich zu sich heran und küsste mich. Langsam, sinnlich, aber auch traurig.

»Du bist ein wunderbarer Mann, Proctor Bennett.«

Rasch stieg sie aus und schloss die Tür. Ich wünschte, ich hätte noch etwas zu sagen gewusst, Worte, die vermittelten, was ich empfand, aber noch konnte ich mir nicht vorstellen, welche Worte das sein könnten. Ich sah zu, wie sie in ihren Wagen stieg. Einen Moment lang schaute sie mir durch den Rückspiegel in die Augen, aber nur für einen Moment, und dann fuhr sie davon.

Ich hatte befürchtet, Elise könnte vor mir nach Hause gekommen sein, aber sie war nicht da, und sie hatte auch keine

Nachricht hinterlassen. Ich schaute mich im Haus um und sah, dass ich unvorsichtig gewesen war. Mein Frühstücksgeschirr stand noch auf dem Tisch, und im Ankleidezimmer lagen Kleidungsstücke verstreut herum. Ich hatte das Bett nicht gemacht. Ich kümmerte mich um das alles, und dann nahm ich das ganze Haus unter die Lupe und versuchte, es mit den Augen einer betrogenen Frau zu sehen. Ich war in ein neues Stadium eingetreten. Ich brachte es nicht über mich, zu bereuen, was passiert war. Es fühlte sich an wie ein großes Glas Wasser nach jahrelangem Durst. Aber allmählich begann ich jetzt auch die dunklere Seite meiner Situation zu begreifen. In unserer Welt war Ehebruch kaum etwas Ungewöhnliches, aber er stieß doch großenteils auf Missbilligung. Bei einer Scheidungsvereinbarung bekam der schuldige Teil üblicherweise nichts, und die gesellschaftliche Sühne war hart. Auch wenn ich Thea nie wieder auch nur anschauen sollte, würde ich für immer ein Geheimnis mit mir herumtragen, das uns beide vernichten würde, wenn es ans Licht käme. Ich hatte keine Entschuldigung für das, was ich getan hatte. Ich war vollkommen im Unrecht. Mit anderen Worten, ich hatte meiner Frau ungeheure Macht über mich verliehen, und der Gedanke war mir zutiefst unangenehm.

Ich ging auf die Terrasse, um dort zu warten und meine Lügen auszuarbeiten. Waren sie zu unbestimmt, würde es aussehen, als hätte ich etwas zu verbergen, waren sie zu detailliert, würde es aussehen, als bemühte ich mich allzu sehr. (Es war auch möglich, dass Elise, abgelenkt, wie sie war, gar nicht nach meinem Wochenende fragen würde.) Da waren außerdem immer noch die Drohnen – Spiel, Satz und Sieg, wenn es schlecht laufen sollte –, aber das Nachdenken darüber erschien mir inzwischen ein bisschen paranoid, und so oder so hatte ich keinen Einfluss darauf.

»Mr Bennett?«

Eine Hand legte sich auf meine Schulter. Doria stand bei mir. Offenbar war ich eingedöst. Wann war sie eingetroffen?

»Wie spät ist es?«, fragte ich. Die Sonne war untergegangen.

»Kurz nach sieben, Sir. Mrs Bennett ist am Telefon.«

Seltsam, zu dieser späten Stunde. Ich ging an das Telefon im Schlafzimmer.

»*Da* bist du«, sagte Elise.

Das Schuldbewusstsein, das lange geschlummert hatte, war auf der Stelle wach – ein kalter Messerstich. »Ist alles in Ordnung? Ich dachte, du wärst inzwischen zu Hause.«

»Ich weiß – es tut mir leid, Schatz. Die Zeit ist mir einfach davongelaufen. Sei nicht böse. Bist du böse?«

»Ich bin nicht böse, Elise. Ich habe mir nur Sorgen gemacht.«

»Es ist nur – ich kriege *so* viel geschafft. Zwei ganze Notizbücher mit neuen Entwürfen! Zwei!«

Ich begriff, worauf das hinauslief. »Das heißt, du willst noch dableiben.«

»Würde es dir sehr viel ausmachen? Ich habe morgen Nachmittag ein paar Meetings in der Stadt. Ich dachte, ich fahre von hier aus geradewegs hin und komme dann zu dir nach Hause.«

Mein erster Gedanke, das muss ich gestehen, war dieser: Ich hätte noch einen Tag mit Thea haben können. Mein zweiter war der, den ich laut aussprach.

»Wo ist ›hier‹?«

»Wie bitte?«

»Du hast mir nie gesagt, wo du bist.«

»Oh.« Sie schwieg einen Augenblick. »Es ist draußen, mitten im Nirgendwo. Ich habe vergessen, wie das Städtchen heißt. Das Haus gehört einer Freundin meiner Eltern; ich glaube nicht, dass du sie kennst. Ich wohne hier im Gästecottage.«

Die Erklärung kam mir unvollständig vor, sogar ein wenig ausweichend, aber es stand mir kaum zu, den Aufenthaltsort meiner Frau infrage zu stellen.

»Ach, du solltest sehen, wie es hier draußen ist, Proctor. So friedlich. Und die Luft! Sie macht etwas mit meinem Gehirn, das schwöre ich. Sie fegt einfach alle Spinnweben hinaus.«

»Das klingt gut.«

»Es hat mich auf eine Idee gebracht. Was würdest du sagen, wenn wir uns selbst hier draußen etwas suchen? Ich weiß, ich weiß, es ist nicht billig, aber ich bin sicher, meine Eltern können uns helfen, und du warst in letzter Zeit so niedergeschlagen, Schatz. Und jetzt diese schreckliche Sache mit deinem Vater. Ich sehe dich nicht gern so. Vielleicht wäre es genau das, was du brauchst.«

Wie ich mich dabei fühlte? Beschissen. Während ich mein Bestes getan hatte, um meine Ehe zu zerstören, hatte meine Frau sich nach einem Urlaubsdomizil umgesehen, um mich aufzumuntern.

»Proctor, was meinst du?«

Ich musste schlucken, bevor ich antwortete. »Ich denke, es kann nicht schaden, darüber zu reden.«

»Denn das müsste auf alle Fälle eine gemeinsame Entscheidung sein. Das ist mir völlig klar.«

Ich hörte plötzlich Stimmen im Hintergrund – erst ein Mann, dann eine Frau, dann noch ein Mann –, aber ich konnte nicht verstehen, was sie sagten.

Elise war plötzlich abgelenkt. »Ich werde zum Essen gerufen.«

»Das ist okay. Geh nur.«

»Und es macht nichts, wenn ich noch hierbleibe? Ich kann auch nach Hause kommen. Wenn du mich brauchst.«

Ich hörte plötzliches Partygelächter am anderen Ende der Leitung.

»Entschuldige, Schatz, es ist ein bisschen laut hier.«

»Schon gut. Lass dich von mir nicht aufhalten.«

»Dann sehen wir uns morgen Abend?«

»Morgen Abend.«

Und exakt gleichzeitig – wie auf eine Verabredung, die wir beide nicht absagen konnten – legten wir auf.

III

Das verlorene Mädchen

12

»Wo ist Jason?«

Es war Montagmorgen. Der Fahrer, ein junger Mann mit Bürstenschnitt und Aknenarben, war schon wieder einer, den ich nicht kannte. »Wer?«

»Jason Kim, mein Trainee.«

»Keine Ahnung, Sir. Man hat mich geschickt.«

Eigenartig, aber ich konnte nichts machen. Vor dem Ministerium für Human Resources ließ der Fahrer mich am Bordstein aussteigen. Ich zeigte dem Wachtposten in der Lobby meinen Ausweis, kam gerade noch rechtzeitig zum Aufzug, um mich hineinzuschieben, bevor die Türen sich schlossen, und stellte fest, dass ich nicht allein war.

Drei Männer und eine Frau, Letztere eine Vollzugskollegin für Bezirk fünf, Regan Brandt. Wir kannten einander kaum – gerade gut genug für einen Gruß auf dem Flur und ein wenig Small Talk –, aber wir hatten zusammen in diversen Gremien und Untersuchungsausschüssen gesessen. Deshalb war ich verblüfft, als sie mein »Guten Morgen« nicht erwiderte und mich keines Blickes würdigte. Sie hielt einen Stapel Aktenordner vor der Brust und fixierte entschieden die Tür. Als die Kabine sich in Bewegung setzte, schoss eine Hand zur Steuertafel und drückte auf den Knopf für die erste

Etage, und sobald die Tür sich öffnete, marschierte sie zielstrebig davon. Regans Büro, das wusste ich zufällig, war in der dritten Etage.

Ratlos nach dieser merkwürdigen Begegnung, stieg ich im fünften Stock aus. Etwas stimmte nicht, das spürte ich mit wachsendem Unbehagen, als ich mich meinem Büro näherte. Es war seltsam still: keine klappernden Schreibmaschinen, kein Papiergeraschel, kein Hintergrundgemurmel von Leuten, die den Tag hinter sich brachten. Stattdessen war da nichts als das unhörbare weiße Rauschen der Beklommenheit.

Oona saß an ihrem Schreibtisch vor meiner Bürotür, die offen stand. Sie sah mich an, und ihre Augen weiteten sich erschrocken. *Du willst nicht hier sein.*

»Ah, Proctor.« Amos stand in meiner offenen Tür. Er winkte mich hinein. »Kommen Sie zu uns, ja?«

Uns? Ich folgte ihm hinein. Auf dem Zweiersofa unter den Fenstern saß ein zweiter Mann, der jetzt aufstand.

»Was ist hier los?«, fragte ich Amos.

»Nehmen Sie Platz, ja?«

»Ich stehe lieber, danke.«

»Wie Sie wollen.« Nervös klimperte er mit dem Kleingeld in seiner Hosentasche. »Sie kennen Nabil, nehme ich an?«

Nabil West, Chefjustiziar im Ministerium für Human Resources, dürr und ernst, bekannt für sein undurchschaubares Auftreten und seine elegante Garderobe. An diesem Morgen trug er einen Anzug mit Kreidestreifen, eng wie ein Trommelfell, und eine prachtvolle gelbe Schleife.

»Leider habe ich beunruhigende Neuigkeiten«, begann Amos. »Am Samstagmorgen haben wir erfahren, dass der

Wachmann, den Sie am Fähranleger attackiert haben, tödlich verletzt wurde.«

Was er da sagte, schien in keinem Zusammenhang mit irgendetwas zu stehen. »Wovon reden Sie?«

»Der Mann ist gestorben, Proctor.«

Ich sah die beiden abwechselnd an. »Tut mir leid«, sagte ich, »ich kann Ihnen nicht folgen. Wollen Sie sagen, ich hätte etwas damit zu tun?«

Amos räusperte sich. »Es war nicht die ... äh ... Strangulation an sich. Nach Auskunft des Rechtsmediziners war die Todesursache eine Hirnblutung als Folge eines Schlags auf den Kopf. Nach Durchsicht des Drohnenvideos steht fest, dass es zu der Verletzung kam, als Sie ihn fallen ließen.«

Die Nachricht, man habe jemandes Leben beendet, ist nicht leicht zu verdauen. *Ein Mord?*, ruft das Gehirn. *Ich? Aber ich bin doch ein netter Mensch! Ich habe eben gefrühstückt! Wie könnt ihr da von mir reden?*

»Das muss ein Irrtum sein. Es ging ihm gut, als ich ihn verließ. Da hat jemand etwas falsch verstanden.«

Nabil meldete sich zu Wort. »Ich fürchte, das ist kein Irrtum, Direktor Bennett. Der Bericht der Rechtsmedizin und das Drohnenvideo lassen wenig Raum für Zweifel. Und dann ist da natürlich noch der Zeuge.«

»Der Zeuge? Welcher Zeuge?«

»Jason Kim, Ihr Trainee.«

Dieser kleine Idiot! »Was hat er Ihnen erzählt?«

»Mehr als genug.«

Jetzt musste ich mich doch hinsetzen. Mir war fast schlecht.

»Lassen Sie sich einen Moment Zeit, Proctor«, sagte Amos. »Möchten Sie ein Glas Wasser?«

Ich wollte keins, aber es würde mir etwas geben, worauf ich mich konzentrieren könnte. Oona erschien mit einem Glas. Meine Hand zitterte, als ich einen Schluck trank.

»Der Untersuchungsausschuss ist am Wochenende zusammengekommen.« Amos' Ton hatte sich verändert. Er klang nicht mehr so offiziös, sondern privater. Die Stimme eines alten Freundes, hilflos im Angesicht der unglückseligen Fakten. »Die gute Nachricht ist, man legt Ihnen keine Straftat zur Last.«

»Ha! Warum nicht, zum Teufel? Sie sagen mir, ich hätte einen Mann umgebracht.«

»Nein, das sagen wir nicht. Ja, Sie haben dabei eine Rolle gespielt. Aber nach Ansicht des Untersuchungsausschusses war der Einsatz seines Elektroschockers unverhältnismäßig, und außerdem hat er einen direkten Befehl missachtet. Ihre Reaktion war zwar ziemlich drastisch, aber provoziert durch die übermäßige Gewaltanwendung des Wachmanns, und seine Verletzung ließe sich genauso gut als Unfall bezeichnen. Dazu kommen die mildernden Umstände in Gestalt der Episode mit Ihrem Vater. Wir alle fühlen mit Ihnen. Sie wurden in eine schreckliche Lage gebracht.«

Der Gedanke, dass mein Leben zu Ende war, nahm allmählich Gestalt an. »Und was ist die schlechte Nachricht?«

»In Anbetracht der Umstände empfiehlt der Ausschuss, Ihre Anstellung in der Abteilung für Sozialverträge unverzüglich zu beenden. Wenn Sie einverstanden sind, die Angelegenheit nicht weiterzuverfolgen, wird der Untersuchungsausschuss keine weiteren Maßnahmen ergreifen. Nabil?«

Der Mann hob einen Stapel Unterlagen aus seinem Aktenkoffer und legte ihn vor mich auf den Couchtisch.

»Das ist verrückt.«

»Alles reine Routine, Direktor Bennett. Wenn Sie bitte bei dem Pfeil unterschreiben würden?«

Direktor Bennett – nicht mehr lange. »Gestatten Sie, dass ich es vorher lese? Eine professionelle Angewohnheit.«

Einen Augenblick lang war dem Mann seine Verärgerung anzusehen. Er wollte die Sache hinter sich bringen. »Wie Sie wünschen.«

Die Trennungsvereinbarung (im Folgenden »die Vereinbarung«) wird geschlossen durch und zwischen Proctor Bennett (»Arbeitnehmer«) und dem Ministerium für Human Resources mit Sitz an der Prosperity Plaza 200 (»Arbeitgeber«) zum Zweck der Beendigung des Vertrages und endgültigen Entlassung.

WOBEI der Arbeitnehmer im Dienst des Arbeitgebers und die folgenden Parteien den Wunsch haben, jegliche Ansprüche des Arbeitnehmers gegen den Arbeitgeber einschließlich aller weiteren Differenzen unstreitig zu vermeiden. Der Angestellte erkennt an, dass die Bedingungen dieser Vereinbarung ausschließlich dem Zweck der Vermeidung von Unklarheiten, Ärgernissen und Gerichtsstreitigkeiten dienen. Beide Parteien erklären, dass sie die Vereinbarung freiwillig und in Kenntnis des vollständigen Inhalts eingehen, einschließlich der Bedingungen und Konsequenzen …

Et cetera, et cetera. Ich hatte mein Leben anhand solcher Dokumente geführt und großen Wert auf ihre Kraft als Bindemittel der Gemeinschaft gelegt. Mein Lebenswerk, das Gute, das ich getan hatte, ja, mein Name – alles würde unwiderruflich durch einen einzigen Federstrich besudelt werden. Was für eine bittere Ironie! Vor zehn Minuten hatte ich geplant, meinen Job zu kündigen. Jetzt wurde mir genau das, was ich hatte abgeben wollen, aus den Händen gerissen, und ich fühlte mich am Boden zerstört.

Ich nahm mir die letzte Seite vor. »Das ist ein Witz.«

»Das ist eine simple Vertraulichkeitsvereinbarung«, sagte Nabil. »Alles Standard.«

»Ich darf nicht mal darüber *sprechen*?«

»Ganz offen gesagt, Direktor Bennett, warum sollten Sie das tun wollen?«

Amos hielt mir einen Stift entgegen. Es war einer von meinen. »Sie sehen doch sicher ein, dass es so am besten für alle Beteiligten ist.«

»Wo ist Jason? Ich will mit ihm reden.«

Die beiden wechselten einen Blick, und Amos sagte: »Ich fürchte, der Junge ist gegangen.«

»Er hat *gekündigt*?«

»Er war sehr erschüttert von der ganzen Sache. Anscheinend waren Sie so etwas wie ein Held für ihn. Wir haben sein Kündigungsschreiben heute Morgen per Kurier erhalten.«

»Weiß Callista von alldem?«

Amos nickte.

»Und sie hat es wirklich unterschrieben?«

»Es war ihre Idee, Proctor. Der Untersuchungsausschuss neigte anfänglich dazu, den Fall vor Gericht zu bringen. Callista ist für dich eingetreten. Sie ist der Grund, weshalb Sie jetzt nicht in Untersuchungshaft sitzen.« Er schob den Stift zu mir herüber. »Proctor, *bitte*. Seien Sie vernünftig. Ein öffentlicher Skandal ist in niemandes Interesse. Wenn Sie es nicht für sich selbst tun wollen, dann tun Sie es für Elise.«

Was blieb mir übrig? Da lag ein Toter auf einem Tisch. Ich konnte von Glück sagen, dass ich so leicht davonkam.

Ich nahm den Stift und kritzelte meinen Namen.

Nabil raffte die Vereinbarung vom Tisch und legte sie in seinen Aktenkoffer, bevor er ihn mit einem endgültig klingenden Schnappen schloss. Unterdessen waren zwei Wachleute an der Tür erschienen.

»Scheiße, verdammt, Amos, sind die Wachen wirklich nötig? Was glaubst du, was ich tun werde?«

»Das ist Vorschrift, weiter nichts, Proctor.« Mir war keine Vorschrift bekannt, bei der es darum ging, einen Mörder vom Gelände zu leiten. Aber wie auch immer. »Noch eine letzte Kleinigkeit. Ich muss Sie um Ihre Ausweisdokumente bitten.«

Hörte es gar nicht mehr auf? Ich warf die Papiere auf den Tisch.

»Sie brauchen nicht zu packen«, sagte Amos. »Wir schicken Ihnen Ihre privaten Sachen nach.«

»Behalten Sie sie. Sie interessieren mich einen Scheißdreck.« Das war nicht hundertprozentig wahr, aber es schien mir die richtige Reaktion zu sein.

»Es tut mir leid, dass es so enden muss, Proctor.«

»Ja, da sind wir schon zwei.«

Oona stand neben ihrem Tisch und sah völlig niedergeschlagen aus. »Ach, Direktor Bennett …«

Mit Tränen in den Augen brach sie ab. Sie konnte nicht weitersprechen. Wir umarmten einander. Es war das erste Mal, dass wir es taten, und vermutlich auch das letzte Mal.

»Von jetzt an Proctor«, sagte ich. »Einfach Proctor.«

Und dann war es vorbei, einfach so. In den Büros von Bezirk sechs war es still wie in einem Haus, in dem alle schlafen gegangen sind. Ich nickte den Wachleuten zu.

»Gehen wir, Jungs.«

Etwas, das ich bis dahin nicht gewusst hatte: Der Abstand zwischen meinem Büro und der Straße betrug genau einhundertsechsundachtzig Schritte.

Etwas zum Nachdenken: Was fängst du mit dem Rest des Tages an, wenn dein Leben vor neun Uhr morgens annulliert worden ist?

Die Ehefrau anrufen und ins Telefon plärren? In eine Bar gehen und irgendeinen Fremden langweilen? Aufs Meer starren und über die Ewigkeit meditieren?

Nichts von alldem. Stattdessen übergab ich mich in einen Mülleimer.

Es fühlte sich an, als wäre ein Riegel in mir aufgegangen. Einmal, zweimal, dreimal erbrach ich mein karges Frühstück in das Durcheinander aus weggeworfenen Zeitungen, Kaffeebechern, altem Kaugummi und Hundekotbeuteln auf dem Grund eines Mülleimers. Passanten starrten mich an, und warum auch nicht? Wer hätte diese abstoßende Szene ignorieren können, dieses Diorama der Demütigung? Ich umklammerte die Ränder des Mülleimers und richtete mich wieder auf.

»Scheiße, was glotzen Sie so?«

Meine Frage landete direkt im verstörten Gesicht einer älteren Frau, die einen winzigen, wuschelhaarigen Hund spazieren führte. Sie starrte mich entsetzt an.

»Na los«, fauchte ich, »machen Sie, dass Sie wegkommen.«

Erschrocken wieselte sie davon. Ich hatte einen fauligen Geschmack im Mund, und Schweiß tropfte mir über das Gesicht. Ich inspizierte meine Krawatte, mein Anzugrevers, die Kappen meiner Schuhe. Das alles wenigstens war verschont geblieben.

Ich überquerte die Straße und betrat die Plaza. Der sattgrüne Rasen, die sorgsam getrimmten Bäume, die Hecken und Strauchskulpturen und Blumenrabatten – alles erschien plötzlich lachhaft, Teil eines großen kosmischen Witzes. Ich wanderte auf den Wegen entlang und begriff plötzlich, dass ich keine Ahnung hatte, wohin ich gehen sollte. Nach Hause, das lag natürlich nahe, aber ich hatte kein Auto, und eine Fahrt mit dem Shuttle traute ich mir im Moment nicht zu. Der Gedanke, in Callistas Büro zu stürmen, war nicht ohne Reiz, aber nur kurz: Ich hatte für einen Tag genug öffentliche Demütigungen ertragen. Auch war mir – zu spät – klar geworden, dass Elise es bereits wusste. *Das Haus gehört einer Freundin meiner Eltern; ich glaube nicht, dass du sie kennst.* Callista hatte ihre Tochter über das Wochenende weggeschafft, während über mein Schicksal entschieden wurde.

Was ich brauchte, war Abgeschiedenheit, damit ich mich sammeln konnte. Theas Galerie war nur fünf Straßen entfernt. Wahrscheinlich war es nicht das, was die Frau sich vorgestellt hatte, aber ich sah keine andere Möglichkeit.

Die Tür war verschlossen, aber drinnen brannte Licht. Ich klopfte ohne Erfolg an die Scheibe, schaute dann hoch und sah die Türglocke. Thea erschien beim zweiten Klingeln.

»Das ist eine schöne Überraschung«, sagte sie lächelnd, aber im nächsten Augenblick änderte sich ihr Gesichtsausdruck. »Du siehst …«

»… furchtbar aus. Ja, ich weiß. Wäre es okay, wenn ich hereinkomme? Ich muss mich frisch machen.«

Einen Moment lang blieb sie stumm und betrachtete meinen grausigen Anblick. »Natürlich.«

Kühle, trockene Luft flutete über mich hinweg, als ich eintrat. Mein Blick wanderte über die Bilder an den Wänden: Meereswellen, Landschaften, Straßenmusikanten.

Thea sah meine Reaktion und zog ein sarkastisches Gesicht. »Ich hab's doch gesagt.«

»Gott, wer malt so was?«

»Leute mit Farbe und zu viel Zeit. Komm in mein Büro. Da ist ein Bad.«

Ein Schreibtisch mit Bergen von Papier, Kisten an der Wand, eine winzige Küche. Im Waschraum zog ich Jackett und Hemd aus, tränkte ein Handtuch mit kaltem Wasser und fuhr damit über Gesicht und Brust. Mein Spiegelbild sah beunruhigend aus. Meine Haut war ausgewaschen, beinahe farblos, und meine Augen lagen tief in ihren Höhlen wie Oger in ihrem Bau. Im Medizinschrank fand ich ein Fläschchen Mundspülung. Ich gurgelte und spuckte und spritzte mir mehr Wasser ins Gesicht. Besser, aber ich sah immer noch höllisch aus.

Thea wartete draußen mit sorgenvoller Miene. »Besser?«

»Ein bisschen, danke.« Ganz anders als unsere letzte Begegnung.

»Ich könnte Tee machen.«

Ich nickte. »Tee wäre gut.«

Ich setzte mich auf einen Stuhl neben ihrem Schreibtisch, und sie setzte Wasser auf. »Willst du mir erzählen, was passiert ist?«

»Ich bin gerade gefeuert worden.«

Sie riss die Augen auf. »Proctor, das ist ja schrecklich.«

»Willst du was Komisches hören? Ich hatte tatsächlich vor zu kündigen. Wie sich zeigt, wird es deshalb nicht einfacher.«

Der Kessel pfiff. Thea goss Wasser in Becher, warf Teebeutel hinein und stellte die Becher auf den Schreibtisch. »Milch? Zucker?«

»Schon gut, danke.«

Meine Hand zitterte, als ich den Teebecher hob, um über den Rand zu blasen. Thea setzte sich mir gegenüber.

»Willst du drüber reden?«

»Formal gesehen darf ich es nicht.«

»Ach?«

»Ich musste eine Vertraulichkeitsvereinbarung unterschreiben.« Ich malte Anführungszeichen in die Luft und ergänzte: »›Alles Standard, Direktor Bennett.‹ Im Gegenzug wird die ganze Affäre in den Shredder geworfen.«

»Das klingt nicht gut.«

»Ich kann es ihnen nicht verdenken. Sie sagen, ich hätte jemanden umgebracht. Den Wachmann auf dem Pier.«

Ich rechnete damit, dass diese Offenbarung sie beunruhigen würde. Ein Mörder, der in ihrem Büro saß und Tee trank! Aber was ich sagte, blieb anscheinend ohne Wirkung.

»Du bist nicht überrascht«, stellte ich fest.

»O doch, ich bin überrascht. Aber ich kapiere es nicht.«

»Sie sagen, es ist passiert, als ich ihn habe fallen lassen.«

»Ich habe ihn gesehen, als sie ihn wegtrugen. Für mich sah er ganz okay aus.«

»Das fand ich auch. Sie sagen, es sei später passiert. Eine Gehirnblutung.«

»Und du glaubst ihnen?«

»Habe ich eine Wahl?«

»Es klingt nur ein wenig … seltsam, oder?«

»Ich würde nicht behaupten, dass mir der Gedanke noch nicht gekommen ist.«

Thea stand auf und ging ein Stück zur Seite, bevor sie sich wieder zu mir umdrehte. »Dein Vater hatte das Echo-Syndrom, stimmt's? Schlechte Gedanken?«

Ich nickte. »Ja. Es war ziemlich schlimm.«

»Hat er möglicherweise etwas gesagt, das du nicht hören solltest?«

Ich sah sie aufmerksam an. »Bist du sicher, dass du davon wissen willst?«

»Wenn du es mir erzählen magst.«

Ich sah kaum einen Grund zur Zurückhaltung. Schließlich war ich damit zu ihr gekommen.

»Die ganze Sache war ziemlich seltsam. In dem Augenblick hielt ich es für Gestammel, aber jetzt bin ich nicht mehr so sicher. Es fing im Wagen an, als er plötzlich nicht mehr zu wissen schien, wer ich war. Das war an sich nicht so ungewöhnlich. Ich habe es gelegentlich schon erlebt. Aber es war die Art, wie er es sagte.«

»Nämlich?«

Ich suchte nach den richtigen Worten. »Es war, als wäre ich ich, aber zugleich auch jemand ganz anderes.«

»War es vielleicht eine Konvergenz? Etwas aus einer alten Iteration?«

»Ich halte es für möglich, aber der alte Herr war mein Vormund. Sicher hätte einer von uns beiden es schon früher gespürt. Anscheinend hatte er es auch sehr eilig, zum Pier zu kommen. ›Weil ich sehr gern bald ankommen würde‹, hat er gesagt.«

»›Ankommen‹.« Thea sah mich durchdringend an. »Das war das Wort, das er benutzt hat. Da bist du sicher.«

Ich sah den Zusammenhang, den sie herstellen wollte. »Du meinst, wie der Mann, den ich an der Shuttle-Haltestelle kennengelernt habe? ›Die Ankunft ist nah‹ und das alles?«

Thea zuckte die Schultern. »Ich weiß es nicht. Aber es könnte etwas dran sein.«

»Ich muss sagen, das passt eigentlich nicht zu ihm. Ich kann mir nicht vorstellen, dass er auf dieses Zeug hereinfällt. Erst als wir zum Pier kamen, geriet er völlig in Auflösung und fing an, verrückte Sachen zu sagen. ›Du bist nicht du.‹ ›Die Welt ist nicht die Welt.‹ Dann stieg er aus dem Wagen und rannte weg. Ich nehme an, das hast du gesehen.«

»Und danach? Hat er hinterher noch was gesagt?«

Wer A sagt, muss wohl auch B sagen. »Ein Wort nur.«

»Ein Wort?«

»Er sagte: ›*Oranios.*‹ ›Es ist alles *Oranios.*‹ Das sagte er immer wieder, den ganzen Weg bis zur Fähre. Ich werde es nie vergessen.«

Thea zog die Stirn kraus. »Was, glaubst du, meinte er damit?«

»Ich habe es nachgeschlagen. Es ist der Name eines antiken griechischen Gottes.«

»Mythologie ist nicht meine Stärke, Proctor.«

»Der Vater der Titanen. Der Gott des Himmels. Der Name bedeutet ›himmlisch‹. Im Grunde ist es der Himmel.« Ich zuckte die Achseln. »Das bringt uns nicht viel weiter.«

»Hast du jemandem davon erzählt?«

»Du bist die Erste.«

Sie lächelte. »Das ehrt mich.«

»Sollte es nicht. Wenn es stimmt, was du sagst, habe ich dich vielleicht soeben in große Schwierigkeiten gebracht.«

Sie winkte ab. »Oh, ich bin ein großes Mädchen. Ich kann auf mich aufpassen. Und was hast du jetzt vor?«

So weit hatte ich eigentlich noch nicht vorausgedacht. »Ich bin offen für Vorschläge. Nach Hause zu fahren scheint mir im Augenblick nicht die beste Option zu sein.«

»Ach?«

»Ja. Man könnte sagen, die Kündigung wird mich nicht eben beliebt machen. Außerdem fühle ich mich scheußlich. Ich hätte nichts dagegen, mich ein Weilchen hinzulegen, wenn das okay ist.«

Thea stand auf. »Zufällig wüsste ich da etwas. Komm mit.«

Sie führte mich durch eine Hintertür in einen Flur mit einem Aufzug, der uns in den sechsten Stock hinaufbeförderte. Schweigend gingen wir einen Gang hinunter.

»Da sind wir.«

Sie schloss eine Tür auf und trat beiseite, um mich hineingehen zu lassen. Ihr Apartment war modern, mit einer luftigen, sachlichen Atmosphäre. Durch breite Fenster im Wohnbereich schaute man über die Dächer kleinerer Gebäude hinweg auf den Hafen – ein Blick, der beinahe identisch mit dem in meinem Büro war, den ich allerdings in absehbarer Zeit wohl nicht noch einmal genießen würde. Möbel mit klaren Konturen, eine halb gefüllte Bücherwand, kleine Objekte auf Tischen. Ein ausgeprägt weiblicher Duft lag in der Luft. Es war merkwürdig, dass ich trotz der geteilten Intimität erst jetzt in diese Zone ihres Lebens eintrat.

»Die Couch ist bequem. Zu bequem, genauer gesagt«, erklärte sie. »Ich bin schon oft abends darauf eingeschlafen.«

Ich drehte mich um und sah sie an. »Das ist sehr nett von dir. Es tut mir leid, dass ich dich so überfalle.«

»Versuch, ein bisschen zu schlafen. Ich werde dich in zwei Stunden wecken, und dann kannst du dir überlegen, was du tun willst.«

Aber ich hörte nicht mehr zu. Ich starrte die Wand hinter ihr an. Thea drehte sich um und folgte meinem Blick.

»Ach, das? Das ist von dem Mann im Annex, von dem ich dir erzählt habe.«

Ich machte einen Schritt auf das Bild zu. Bläulich, übergroß, exakt quadratisch. Als ich näher darauf zuging, kamen Details zum Vorschein.

Es traf mich wie ein Faustschlag.

»Ich muss mich setzen.«

Ich ließ mich in einen Sessel fallen. Was sah ich da? Das Meer bei Nacht, ein weites schwarzes Meer aus verdoppelten Sternen und in den Sternen Gesichter. Sie waren wie Geister, da und doch nicht da, schwebten sie in der Dunkelheit, mit einer großen, schrecklichen Sehnsucht in den Augen.

»Proctor, was ist?«

»Das habe ich schon einmal gesehen.«

Sie sah mich mit schmalen Augen an. »Was heißt das, du hast es gesehen?«

»Es ist ein Traum, den ich habe.« *Die arme Frau!*, dachte ich. Ein harmloser Flirt auf einem Konzert, und jetzt hatte sie einen rasenden Irren in ihrem Apartment. »Ich weiß, das klingt total verrückt. Ruf die Wache – ich leiste keinen Widerstand.«

»Du hast es ... geträumt.«

»Ich habe geträumt, ich träume. Es passiert ständig. Aber

die Gesichter habe ich nie gesehen.« Ich schüttelte den Kopf. »Ich rede Unsinn. Ich sollte gehen.«

»Ich finde nicht, dass du irgendwo hingehen solltest in deinem Zustand.«

Ich sah sie an. »Bring mich zu dem Maler.«

Thea schüttelte den Kopf. »Das kann ich nicht.«

»Warum nicht?«

»Weil es ihm nicht gefallen würde. Er lebt sehr zurückgezogen.« Sie schwieg und fügte dann hinzu: »Es gibt noch etwas, das du vielleicht über ihn wissen solltest.«

»Was denn?«

»Der Mann sieht nichts.« Als ich sie verständnislos anblickte, erklärte sie: »Ich meine, er ist blind.«

»Er ist blind, und er malt *so* etwas?«

»Glaub mir, ich habe schon danach gefragt.«

Wieder starrte ich das Bild an. Wie konnte jemand diese Dinge sehen? Noch dazu ein Blinder?

Denn unter all den Gesichtern war eins, das ich erkannte.

Caeli.

13

Montag, zehn Uhr morgens.

Die Fahrzeugkolonne – zwei Wagen der Sicherheit vorn und hinten und die schwarze Limousine dazwischen – gleitet bergab auf den Fahrdamm zu. Der gesamte restliche Verkehr ist umgeleitet worden. Sie rasen voran, und das Meer leckt an den Rändern der schwimmenden Konstruktion, über die sie fahren. Der Himmel ist weit und blau. Als sie am Ende des Fahrdamms ankommen, öffnet sich das Tor, und die Wache winkt sie durch. Auf dem Rücksitz der Limousine lässt Otto Winspear die Schließen seines Aktenkoffers aufklappen und studiert noch einmal das Beweismaterial. Da sind natürlich Fotos, aber das Drohnenvideo erzählt die ganze Geschichte. Er nimmt den tragbaren Viewer aus dem Etui, spult das Video zurück und lässt es noch einmal abspielen.

Das Video beginnt ausweislich des Zeitstempels um 2:13 Uhr. Zwei rennende Gestalten und im Hintergrund der besudelte Kiosk. Hanson ist noch nicht im Bild. Die zwei achten darauf, nicht hoch und in die Kamera zu schauen, oder sie haben nicht bemerkt, dass die Drohne sie verfolgt. Einer sieht aus wie ein Kind – ein Junge. Die zweite Gestalt ist eine Frau mit kurzen Haaren. Die zwei laufen auf eine Gasse zu, wo sie sich trennen. Hanson erscheint am Rand des Bildausschnitts und folgt der zweiten Person. Ein Fehler. Ein Kind wäre die klügere Entscheidung gewesen: schneller vielleicht, aber nicht fähig, ihn totzuschlagen.

Für zweiundfünfzig Sekunden verliert die Drohne sie im Labyrinth der Gassen, dann tauchen sie vier Blocks weiter westlich wieder auf. Die Kamera hat das Gesicht der Verdachtsperson noch nicht erfasst. Sie läuft in die schicksalhafte Gasse. Eine merkwürdige Entscheidung; die Frau muss doch von dem Zaun gewusst haben, der ihr da den Weg versperrte. Tatsächlich glaubt Otto allmählich, dass diese lang gezogene Verfolgungsjagd geplant war. Sie hätte ihn längst abhängen können, aber sie will, dass er weiß, wie wenig sie von ihm hält. Sie läuft auf den Zaun zu, ohne aus dem Schritt zu geraten. Sie klettert hinauf und hinüber, geschmeidig wie eine Turnerin, und auf der anderen Seite lässt sie sich fallen und verschwindet.

Hanson folgt dicht hinter ihr, aber er hat mehr Mühe. Er ist erschöpft. Die Jagd dauert schon zu lange. Als er sich dem Zaun nähert, zögert er. Es gelingt ihm, den oberen Rand zu ergreifen, aber er kann sich kaum festhalten. Zwei Sekunden hängt er da, bevor er sich hochziehen kann, und dort wartet er einen Moment. Was sieht er da, das ihn warten lässt? Noch einmal ein paar Sekunden, und er lässt sich auf der anderen Seite fallen.

Die Drohne ist darauf programmiert, zwei Dinge zu suchen: Bewegung und Körperwärme. Hanson und die Frau sind hinter dem Zaun nicht mehr zu sehen. Die Drohne schwebt auf der Stelle und kalkuliert ihre nächste Aktion, als sie offenbar auf etwas aufmerksam wird. Sie wendet und folgt etwas. Dem anderen Verdächtigen? Nein. Sie sinkt zwischen den Gebäuden hinunter und nimmt die Verfolgung auf, und ehe Otto sichs versieht, füllt sich das Display mit dem Bild eines räudigen Hundes, der einen Mülleimer durchwühlt.

Die Kolonne hält an. Eine Gruppe Zuschauer hat sich versammelt, und man sieht zahlreiche Sicherheitsleute, sowohl Wachen als auch S3-Agenten.

»Frau Vorsitzende, ich glaube, Sie warten am besten hier«, sagt er.

Callista, die ihm gegenübersitzt, wirf ihm einen vernichtenden Blick zu. »Ich habe schon Blut gesehen, Otto.«

»Nicht so. Aber ich denke an die Leute da draußen. Am besten halten wir es unter dem Deckel.«

Sein Argument ist vernünftig, aber Otto weiß, sie kann es nicht ausstehen, wenn man ihr sagt, was sie tun soll. Sie lässt einen Augenblick verstreichen, bevor sie sich zum Fenster umdreht.

»Vorläufig«, sagt sie.

Otto steigt aus und betritt die Gasse, die mit Flatterband abgesperrt ist. Drei S3-Agenten warten am Zaun. Einer heißt Campbell, die beiden anderen kennt Otto nicht. Er ignoriert sie und sinkt neben der Leiche auf die Knie. Jemand hatte den Anstand, sie mit einem Laken zu bedecken. Die Fotos hätten ihn vorbereiten müssen auf das, was er sieht, als er das Laken zurückzieht, aber es ist trotzdem ein Schock. So ziemlich alles oberhalb von Hansons Hals ist nur noch ein roter Fleck auf dem Pflaster, umringt von einem unregelmäßigen Kranz aus kleinen, zertrümmerten Splittern. Die tropische Hitze hat die Situation nicht erträglicher gemacht.

»Sir«, sagt Campbell, »wir glauben, wir haben die Mordwaffe gefunden.«

»Zeigen Sie sie mir.«

Aus dem Kofferraum seines Wagens nimmt Campbell ein blutiges Kantholz, aus dem ein Nagel ragt. Otto schwingt die Latte kurz hin und her, um ihr Gewicht zu ermessen.

»Zeugen?«, fragt er Campbell.

»Nein, wir haben jeden im Block befragt.«

Otto schaut an der Fensterwand über der Gasse hinauf. Was hier passiert ist, kann nicht lautlos vonstattengegangen sein. »Tun Sie es noch mal. Und seien Sie nicht freundlich.«

Campbell winkt den beiden anderen, und die drei Männer verlassen die Gasse im Laufschritt. Unterdessen ist der Van vom Ministerium für Wohlergehen eingetroffen. Zwei Männer steigen aus, laufen nach hinten und ziehen eine Bahre aus dem Wagen. Otto sieht zu, wie sie den kopflosen Agenten in einen Leichensack rollen und auf die Trage heben.

»Sofort in den Verbrennungsofen«, befiehlt er ihnen.

Sie fahren die Leiche weg. Als Otto allein ist, schaut er sich am Tatort noch einmal um und versucht, das, was er sieht, mit dem Video in Einklang zu bringen. Was ihn interessiert, ist Hansons Zögern oben auf dem Zaun. Auf dieser Seite ist nichts, was der Frau als Deckung hätte dienen können. Falls sie ihn in einen Hinterhalt locken wollte, hätte Hanson sie sicher gesehen. Trotzdem ist der Mann über den Zaun geklettert und geradewegs in ihr Kantholz mit dem Nagel gelaufen. Was hat er entdeckt?

Im Geiste zerschneidet Otto das Ende der Gasse in Quadrate und schreitet sie ab, den Blick auf das Pflaster gerichtet. Müll, Glasscherben, der übliche Dreck. Er nähert sich dem Zaun. Da ist etwas: ein dunkler Fleck.

Er sinkt in die Hocke, zieht ein Paar Handschuhe aus der Jacketttasche und streift sie über. Dann berührt er den Fleck mit dem Zeigefinger. Als er den Finger wegnimmt, ist er klebrig. Sein Blick wandert umher. Jetzt sieht er sie: Fußspuren, die aus der Gasse kommen.

Otto duckt sich unter der Absperrung hindurch und winkt einen Wachmann heran.

»Ja, Sir«, sagt der Mann und steht stramm. Er ist älter und hat einen Bauch. Otto deutet mit dem Daumen über die Schulter.

»Holen Sie Eimer und Schrubber, und machen Sie da sauber.«

Er steigt wieder ins Auto. »Und?«, fragt Callista.

»Die Frau wurde verletzt. Ziemlich schlimm, denke ich. Agenten befragen noch einmal die Leute im Block.«

Callista schaut durch die dunkel getönte Scheibe zu den Zuschauern hinaus. »Ich muss Sie etwas fragen«, sagt sie. »Kommen sie Ihnen … anders vor?«

Tatsächlich, ja. Die Anwesenheit der S3 hätte sie verscheuchen müssen, aber das Gegenteil ist der Fall. Die Zuschauermenge ist gewachsen, und herausfordernde Blicke richten sich auf den Wagen. *Ihr glaubt, wir werden euch etwas verraten? Ratet noch mal.* Vielleicht ist die Frau, die Hansons Schädel zu Brei geschlagen hat, jetzt hier, versteckt in der Menge.

»Sie verabscheuen uns«, sagt Callista.

»Manche von ihnen«, sagt Otto. »Immer schon.«

»Ich meine alle.«

Otto befiehlt dem Fahrer, loszufahren. Schon überlegt er, was er als Nächstes tun wird. Die Hupe des ersten Sicherheitswagens gellt. Die Menge hat es nicht besonders eilig damit, sie durchzulassen. Otto lehnt sich auf seinem Sitz zurück.

Gut, denkt er, sollen sie uns hassen. Es ist besser so.

14

Die Fahrt zur Akademie dauerte zehn Minuten. Der Campus befand sich am landeinwärts gelegenen Rand der Stadt und war riesig, mit zahlreichen Seminargebäuden, Sportplätzen, Freiluft- und Saalbühnen und einem Turnhallenkomplex.

Die Präsenz der Security war ebenfalls spürbar. Sie fing an mit zwei Wachleuten an der Schranke.

»Keine Sorge«, sagte Thea. »Ich regle das.«

Sie ließ ihr Seitenfenster herunter. »Guten Tag, Officer. Wir sind hier wegen der Informationsveranstaltung für neue Vormünder. Der Name ist Dimopoulos.«

Er konsultierte sein Clipboard. »Ich finde Sie nicht auf der Besucherliste.«

Sie sah ihn bestürzt an. »Das ist wahrscheinlich meine Schuld, wir haben erst heute Morgen angerufen. Wir haben gute Neuigkeiten!« Sie nahm meine Hand und drückte sie so, dass der Mann es sehen konnte. »Unsere Nummer wurde gezogen!«

»Oh. Gratuliere.«

»Wir kriegen einen Jungen. Ich, ja, okay, beides ist toll, aber mein Mann war fest entschlossen.«

Ich folgte ihrem Stichwort, beugte mich vor und zeigte dem Wachmann durch Theas Fenster mein bestes Grinsen als frischgebackener Dad. »Das ist wahr. Welcher Mann will denn keinen Sohn? Hab ich recht?«

»Es ist ja schon gut, Schatz«, sagte Thea zu mir. »Erst ein Junge, dann ein Mädchen. Fair ist fair.« Sie wandte sich wieder dem Wachmann zu. »Ich schätze, Sie sehen schon, wir sind ziemlich aufgeregt. Er kommt in zwei Wochen mit der Fähre.«

»Ich sehe noch mal nach.«

Er studierte sein Clipboard noch gründlicher, und sein Finger wanderte an der Namensliste herunter.

»Das ist total nett von Ihnen«, sagte Thea. »Ich kann Ihnen nicht genug danken.«

Er war am Ende angekommen und hob den Kopf. »Sie sind sicher, dass Ihr Termin *heute* ist?«

»Absolut. Hundertprozentig.«

Das Risiko bestand natürlich darin, dass er zum Telefon griff.

»Schon okay«, sagte Thea. »Verstehe schon. Wir können später wiederkommen.«

Der Wachmann seufzte. »Ach, zum Teufel!« Er drehte sich zur Wachbaracke um. »Es ist okay, du kannst sie durchlassen.«

»Wirklich? Das ist so unglaublich nett von Ihnen.«

Er beugte sich zum Fenster herunter. »Wahrscheinlich hat jemand Mist gebaut. Sie glauben nicht, wie oft das passiert.« Die Schranke hob sich. »Wünsche noch einen guten Tag.«

Wir begannen unsere Reise auf der langen Zufahrt. »Das war eine tolle Vorstellung«, sagte ich. »Warst du mal Schauspielerin?«

Sie zuckte die Achseln. »Nur ein Mädchen mit Verkaufstalent.«

Der Campus war noch genauso wie in meiner Erinnerung. Die Majestät der Gebäude, das satte Grün der Rasenflächen, die allgemeine Atmosphäre, die den noblen Zweck spüren ließ. Thea steuerte auf den Parkplatz, als eine Reihe uniformierter Erstklässler, angeführt von ihrer Lehrerin, an uns vorbeizog wie eine watschelnde Parade von kleinen Enten, unterwegs zum nächsten Abenteuer des täglichen Lernens.

»Jetzt bin ich an der Reihe mit Reden«, sagte ich.

Am Empfang saß eine junge Frau mit einem blonden Pagenkopf, einer engen Perlenkette und in einem dunklen, ein wenig matronenhaften Kostüm.

»Guten Tag«, sagte ich. »Ich bin Proctor Bennett von der Abteilung für Sozialverträge. Meine Kollegin und ich sind wegen einer Studentin hier. Es hat Berichte über Regelverstöße gegeben.«

»Regelverstöße?« Sie schien das Wort nicht einordnen zu können.

»Schulschwänzerei.«

Ihre Augen weiteten sich schockiert. Ich gab noch ein bisschen mehr Gas. »Das Mädchen wurde während der Schulzeit außerhalb des Campus gesehen, und zwar in Gesellschaft von Angehörigen des Hilfspersonals.«

»Ach du meine Güte!«

»Können wir sie bitte sprechen?«

»Selbstverständlich.« Sie erhob sich sofort von ihrem Stuhl. »Wie heißt sie?«

»Ihr Vorname ist Caeli. Leider wissen wir weiter nichts. Sie dürfte in der dritten oder vierten Klasse sein, vermute ich.«

Die Frau verschwand im hinteren Büro. Nach zwei Minuten war sie wieder da. »Sind Sie sicher, dass Sie den richtigen

Namen haben? Wir haben derzeit keine Caeli in unseren Akten. Vielleicht schreibt sie sich anders?«

Das bezweifelte ich, aber ich gab ihr doch zwei mögliche Variationen. Die Empfangsmitarbeiterin sah nach, aber ohne Erfolg.

»Ich wünschte, ich könnte Ihnen helfen.« Sie zitterte ein wenig. »Mit dem Hilfspersonal. Unvorstellbar!«

»Vielleicht ist sie Ihnen begegnet. Kurzes blondes Haar, ungefähr so groß. Und sie hat ein Mal auf der Wange.«

»Ein Mal?«

»Eine Narbe, genau gesagt.«

»O Gott. Das arme Ding.« Sie überlegte kurz. »Da klingelt nichts, und ich glaube, ich würde mich an so etwas erinnern. Oh, warten Sie.« Ihr war etwas eingefallen. »Vielleicht haben ihre Vormünder sie abgemeldet. Das wäre eine Erklärung.«

Von der Akademie abgemeldet – so etwas hatte ich noch nie gehört. »Kommt das vor?«

»Es *kann* vorkommen. Ab und zu entscheiden Vormünder, den Iteranten zu Hause zu unterrichten. Es geschieht fast immer, wenn ein Mündel Schwierigkeiten macht. Was Sie sagen, hört sich nach diesem Mädchen an.«

»Archivieren Sie die Unterlagen?«

»Wir geben sie den Vormündern.« Etwas in ihrem Gesichtsausdruck veränderte sich. »Sagten Sie nicht, Sie kommen von der Abteilung für Sozialverträge? Wäre das nicht Ihre Angelegenheit?«

Ich ließ den Blick an ihr vorbeiwandern. Da war sie, in der Ecke unter der Decke: die unvermeidliche Kamera.

»Wir werden es jedenfalls nachprüfen.« Ich lächelte. »Danke für Ihre Zeit, Miss …?«

»Beaufort. Florence Beaufort.«

»Danke für Ihre Zeit, Miss Beaufort.«

Hastig traten wir den Rückzug an. Die Wachbaracke konfrontierte uns mit dem nächsten Problem. Wie sollten wir unseren schnellen Abschied erklären? Aber als wir darauf zufuhren, hob sich die Schranke automatisch. Thea hupte und nahm eine Hand vom Steuer, um zu winken. Das Letzte, was ich von dem Wachmann sah, war, wie er mitten in der Zufahrt stand, die Hände in die Hüften gestützt, und uns nachschaute, als wir davonfuhren.

»Das war vielleicht nicht so schlau«, sagte ich. »Ein Anruf, und jemand wird eins und eins zusammenzählen.«

»Ich weiß. Hast du je davon gehört, dass ein Student abgemeldet wird?«

»Nein.«

»Ich auch nicht.« Sie warf mir einen Seitenblick zu. »Und du bist sicher, dass du ihr Gesicht auf dem Bild erkannt hast? *Wirklich* sicher?«

»Ich erfinde es nicht. Sie war es, ich weiß es einfach.«

»Und das mit ihrem Namen ...«

»Ich gebe zu, das ist ein höllischer Zufall.«

Wieder sah sie mich an. »Ich sage ja nicht, dass ich dir nicht glaube, Proctor.«

»Aber?«

Sie atmete tief durch, bevor sie antwortete. »Aber es kommt mir ein wenig ... abwegig vor.«

»Das bestreite ich nicht. Du brauchst nur ein Wort zu sagen, und ich steige aus.«

Wir fuhren eine Zeit lang schweigend. Ich fühlte mich körperlich elend. Die Kälte war wieder da, und ich hatte einen bitteren chemischen Geschmack im Mund und auf der Zunge. Ich fragte mich, ob ich irgendeine Krankheit ausbrütete – ein verstörender Gedanke. Ich hatte so gut wie keine Erfahrung mit körperlichen Erkrankungen, keine Basis, die als Maßstab für meine Erwartungen dienen konnte: Wie viel Leiden war im Spiel, wie lange würde es dauern? Wir holperten durch ein Schlagloch, und mein Magen machte einen Satz. Die Bewegungen des Wagens waren plötzlich unerträglich.

»Halt an«, sagte ich.

»Was?«

»Im Ernst. Halt an.«

Ich war ausgestiegen, bevor der Wagen ganz zum Stehen gekommen war. Ich stützte die Hände auf die Knie und wartete darauf, dass ich mich übergeben musste, aber nichts kam, und warum auch? Ich hatte meinen Magen vor wenigen Stunden auf der Straße entleert. Langsam ging die Übelkeit vorbei, aber nicht die Kälte, die eine andere Ursache haben musste; sie war weniger ein körperliches Gefühl als vielmehr ein verstörendes inneres Missempfinden. Etwas Merkwürdiges ging mit mir vor. Ich blickte auf. Wir parkten am Rande einer Wiese, die beinahe exotisch lebendig wirkte, beinahe psychedelisch. Ein sanfter Wind strich über die Grasspitzen und kitzelte sie in wallenden Wogen von wechselnden Farbtönen. Der Anblick zog mich hypnotisch an und verzauberte mich restlos. Der Wind auf meinem Gesicht fühlte sich kühl und fremdartig an, nicht wie eine einzige vereinte Kraft, sondern wie das Getrappel mikroskopischer Einheiten, wie ein Regen aus einzelnen Molekülen. Es war, als löste sich die Welt um mich herum in ihre kleinsten Partikel auf. Ein friedliches Gefühl überkam mich. Ich war plötzlich allein im Universum.

Nein, nicht plötzlich. Es war immer schon so gewesen. Ich entdeckte es jetzt nur.

»Proctor?«

Eine Stimme rief mich aus weiter Ferne. Eine Stimme von jenseits des Meeres, die über die Sterne hinweghallte.

»Ist alles in Ordnung?«

Und alles war wieder klar, einfach so. Das Gras, der Wind, der Waldstreifen in der Ferne – alles war ganz alltäglich. Thea saß immer noch am Steuer und beobachtete mich durch die offene Beifahrertür. Ich stieg wieder ein.

»Entschuldige, mir war ein bisschen übel vom Autofahren.«

Sie beäugte mich wachsam. »Du siehst nicht gut aus.«

»Wie lange war ich da draußen?«

Eine merkwürdige Frage. Sie runzelte die Stirn. »Ich weiß es nicht. Dreißig Sekunden vielleicht?«

Dreißig Sekunden. Es war mir vorgekommen wie Tage.

»Vielleicht sollten wir ein Lesegerät auftreiben und deinen Wert checken«, schlug Thea vor.

»Das ist das Letzte, was ich will. Ich habe genug von diesen Scheißdingern.«

Der Wind rüttelte den Wagen, als ein großer Lastwagen vorbeirauschte. Ich hatte fast vergessen, dass wir am Rand einer richtigen Straße standen, die von anderen Fahrzeugen benutzt werden konnte.

»Dir liegt wirklich etwas an ihr, stimmt's?«, fragte Thea. Sie schaute über das Lenkrad nach vorn. »An Caeli, meine ich.«

War das so? Eigentlich gab es keinen richtigen Grund. Sie war ja schließlich nicht mein Mündel. Aber es kam mir so vor.

»Ich kenne da einen Mann«, sagte Thea, »jemanden, der dir helfen könnte, sie aufzustöbern.«

»›Einen Mann‹.«

»Er ist nicht vom S3, wenn du das denkst.«

»Ich habe gar nichts gedacht.«

»Natürlich nicht. Aber ich vertraue ihm, und er ist sehr gut in dem, was er tut.«

Ich war nicht in der Position, den Vorschlag abzulehnen.

»Es kann einen Tag dauern, mit ihm Kontakt aufzunehmen. Aber wenn jemand herausfinden kann, was aus ihr geworden ist, glaub mir, dann ist er der Mann dafür.«

»Okay.«

Wir schwiegen beide.

Dann sagte Thea: »Du solltest wahrscheinlich nach Hause gehen, weißt du?«

Sie hatte nicht unrecht. Ich konnte mich nicht bis in alle Ewigkeit verstecken. Aber etwas blieb noch zu tun.

Wir suchten Jasons Adresse aus dem Verzeichnis in einer Telefonzelle heraus. Sie lag nicht da, wo ich es erwartet hätte. Die meisten jungen Leute zogen es vor, in der Stadt zu wohnen, wo etwas los war. Aber der Komplex, in dem er wohnte, stand am Westrand und an einer verkehrsreichen Straße. Das Gebäude war schon älter und ein bisschen schmuddelig, und sein Apartment erreichte man über eine Treppe im ersten Stock. Ich klopfte, aber niemand antwortete. Die Vorhänge waren geschlossen. Wir fragten die Nachbarn.

Niemand hatte ihn gesehen.

15

Es ist nicht so, dass er nichts sehen könnte. Er kann sehen, wenn auch nur sehr wenig. Unbestimmte, konturlose Formen, durchscheinende Nebelschleier aus Farben, wandernde Schatten von Bewegung mit wehenden Kometenschweifen: Das ist die Welt, in der er sein Leben lebt, ein Leben der immer gleichen Details. Baden und ankleiden, pissen und scheißen, essen und schlafen und aufstehen, um wieder von vorn zu beginnen.

Es gab eine Zeit, da funktionierten seine Augen wie bei jedem anderen. Dann, in einer Gasse, war es damit zu Ende. Er war ein junger Mann, hitzköpfig und wild, aber er wusste nicht, womit er den Zorn des Wachmanns erregt hatte. Es hatte etwas damit zu tun, zur falschen Zeit mit den falschen Leuten am falschen Ort zu sein, eine Geschichte, die man sich oft erzählte. *Fuck you!* Er gab ihnen nichts; er hatte ihnen nichts zu geben. Sie schienen auch nichts zu wollen. *Fuck you*, ihr Scheißbande! Ihre Schlagstöcke, ihre Fäuste, ihre Stiefelspitzen, sie regneten auf ihn herab, und als es vorbei war, hatte die Welt sich verändert. Sie war ein Ort von kleinen tanzenden Funken geworden, umgeben von dunklen Mauern wie die Seiten eines Tunnels. Er dachte, es werde vorbeigehen, aber das tat es nicht. Die Wände drängten herein, die tanzenden Funken erblühten zu mächtigen, gasförmigen Flammen. Eines Morgens wachte er auf und konnte nicht erkennen, ob es Nacht oder Tag war, ob er wach war oder noch schlief.

Aber blind zu sein bedeutete nicht, nichts zu sehen. Das war etwas, das er lernte. Sein Sehvermögen wechselte nur die Richtung: nicht mehr auswärts in die physische Realität, sondern einwärts in den Geist. Neue Gedanken entstanden in ihm, und mit diesen Gedanken kam eine neue Art des Daseins. Die Welt war etwas, das er *fühlte*, unbelastet von der Tyrannei des Sehens.

Der Drang zu malen kam als Nächstes. Wie sonst sollte er dieses neue Bewusstsein einfangen, um nicht damit allein zu sein? Er hatte keine Ahnung, was er da tat. Damals, als er noch zwei gesunde Augen im Kopf gehabt hatte, hatte er nie einen Pinsel angerührt. Er war nicht mal auf die Idee gekommen. Aber in seinem neuen Zustand der visuellen Stille empfand er eine umfassende Zärtlichkeit gegenüber allem, was existierte. Als verziehe er der Welt, was sie war.

Daher die Gesichter.

Als er sie das erste Mal malte, war ihm nicht einmal bewusst, was er tat. Das war … wann gewesen? Vor Jahren. Er hatte den Morgen auf die gewohnte Art und Weise begonnen: Er hatte mit den Händen über die leere Leinwand gestrichen und Maß genommen. Mit dem Gesicht dicht vor der Leinwand – er malt, wie ein Ochse pflügt, ganz und gar auf den kleinen, vorbeiziehenden Flecken Erde konzentriert – fing er an. Er malte, wie der Tag sich anfühlte: nostalgisch mit einem Hauch von rastloser Langeweile. Blau war dabei, auch Grün, Kreise, aber auch Vierecke, Formen wie Gebäude, aber mit einer ungeordneten Schrägneigung, als wirkte die Schwerkraft auf jedes einzelne ein bisschen anders. Er hatte fast so etwas wie Trance erreicht, als der Bann plötzlich gebrochen wurde. Jemand stand hinter ihm.

»Wer *sind* diese Leute?«

Claire. Sie war gekommen, um ihm seinen Lunch zu bringen, und stellte das Tablett auf die Werkbank, wo Pappi seine Sachen aufbewahrte, Gläser mit Pinseln, Töpfe mit Farbe, Verdünner und Öl, alles in geordneten Reihen, in denen seine Hände navigieren konnten, ohne nachzudenken.

»Wen meinst du?« Er klang schroff, verärgert über die Störung. Es fühlte sich an, als hätte man ihm etwas gestohlen.

»Mach keine Witze.«

»Ich weiß ehrlich nicht, wovon du redest.«

Ein grauer Streifen glitt über sein Gesichtsfeld. Claire deutete auf die Leinwand.

»Die Leute auf dem Bild. Es ist unheimlich.«

»Was siehst du denn?«

»Willst du mir ernsthaft sagen, du weißt es nicht?« Er hörte das Unbehagen in ihrem Tonfall. Das Gemälde beunruhigte sie. »Sie sind überall.«

»Es gefällt dir nicht.«

»Danach fragst du mich nie.«

»Jetzt frage ich.«

Sie schwieg und sagte dann: »Eigentlich nicht, nein.«

Sie ging weg. Pappi begriff, was geschah. Er war ein Kanal. Die Welt sprach durch ihn – nein, nicht die Welt. Etwas Unsichtbares, eine verborgene Ebene. Machte ihn das zu einem Verrückten? Es kümmerte ihn nicht, und er wusste auch, dass dieses Bild nur ein erster flüchtiger Blick war, wie ein Räuspern, bevor die eigentlichen Worte hervorkamen.

Was waren die Gesichter? Waren sie die Geister der Toten? Schatten derer, die erst sein würden? Wer waren diese Leute, die aus den Gebäuden und den Bäumen und dem Meer und den Sternen hervorspähten?

Nach dem, was mit Claire passiert war, beschloss Pappi, die Gesichter für sich zu behalten. Er hätte sich die Mühe sparen können; niemanden interessierte es. Er wurde zu einem Einrichtungsgegenstand, weiter nichts, der alte, blinde Kauz, der seine Leinwände mit dem Unfug aus seinem Kopf bedeckte. Es war ein Arrangement, das ihm passte, auch wenn er oft spürte, dass ihm jemand fehlte, der verstand, was er tat.

Aber so jemanden gab es.

Er erinnert sich an den ersten Tag, an dem Thea zu ihm kam. (Vor zehn Jahren? Vor fünfzehn? Er weiß es nicht mehr.) Wie jung sie war, wie unsicher, auch wenn sie eine gewisse Rastlosigkeit besaß, einen Hunger, der ihr innewohnte. Diese Dinge waren in ihrer Stimme, aber nicht nur da. Pappi spürte sie in der Luft, die sie umgab – eine Zone vibrierender Energie wie ein summender Bienenschwarm. Sie studiere Ästhetik an der Universität, erklärte sie, und sie plane, eines Tages eine Galerie zu eröffnen. Sie hatte von ihm durch den Freund eines Freundes eines Freundes gehört; der Weg, auf dem sein Name zu ihr reiste, war obskur. Als hätte sie ihn durch ihren Instinkt gefunden, durch irgendeine Macht des Schicksals. Er traute ihr nicht, noch nicht. Er empfand keinen inneren Groll gegen Prosperaner – dieser Beweggrund hatte sich aufgelöst –, aber deshalb war er noch lange kein Trottel. Na, fragte er, was suchst du denn? Er saß draußen auf der Gasse und fühlte die Sonne auf dem Gesicht, und so hatte das Mädchen ihn gefunden. Sie wisse es nicht genau, hatte sie gesagt und mit der Fußspitze auf dem Boden gescharrt. Sie würde es wissen, wenn sie es fände.

Er hatte sie weggeschickt. Er hatte keine Zeit für solche Mätzchen. Außerdem konnte er sich nicht vorstellen, dass ein Mädchen wie sie, geschult in allen korrekten Dingen und korrekten Methoden, eine echte Blüte der prosperanischen Gesellschaft – dass sie den Wert in seiner Arbeit sehen konnte und dass sie überhaupt etwas darin sah. Er malte für niemanden außer sich selbst. Die Welt konnte denken, was sie wollte, ihm war es gleichgültig. Irgendein reiches Mädchen. Was um alles in der Welt konnte sie schon wissen?

Eine Woche später war Thea wiedergekommen, und wieder hatte er sie weggeschickt. Das passierte noch zweimal, aber beim vierten Mal gab er nach. Sie hatte offensichtlich nicht vor, ihn in Ruhe zu lassen; also brachte er es am besten hinter sich. (Obwohl er zugeben musste, dass er angefangen hatte, sich auf ihre Besuche zu freuen, genau wie Claire, die manchmal mit ihnen im Garten saß.) Er führte sie in sein Atelier. Die Wände waren kahl; er hatte alles weggeräumt. Er setzte sich an seine Staffelei.

»Und, wie findest du es?«, fragte er sie.

»Was?«

»Das Bild natürlich.«

»Aber da ist nichts.«

Sie hatte recht. Die Leinwand war leer.

»Oh, da ist schon etwas.« Er deutete zum anderen Ende des Raums. »Da drüben ist ein Stuhl, oder?«

»Woher wussten Sie das?«

»Weil da immer ein Stuhl ist. Bring ihn her.«

Sie platzierte den Stuhl direkt hinter der Staffelei.

»Und jetzt«, sagte er, »setz dich hin.«

Sie schien seine Absicht zu ahnen. Sein Gefühl für sie schärfte sich. Ihre Neugier, ihre Skepsis, ihr schneller Verstand. In ihr waren Kästen in Kästen in Kästen.

»Muss ich stillhalten?«

»Nicht unbedingt, aber bleiben, wo du bist. Und nicht linsen.«

»Wie lange?«

»Fragen über Fragen.«

Den Rest des Nachmittags verbrachten sie so und die beiden nächsten auch. Die Stunden spulten sich ab in einer Stille, die weder unbehaglich noch gezwungen war, sondern aus dem freundschaftlichen Handel erwuchs, den sie miteinander geschlossen hatten. *Du sitzt still, ich male, wir werden sehen, was am Ende dabei herauskommt.* Die absurde Tatsache, dass sie für einen blinden Mann posierte, kommentierte Thea nicht, und sie fragte auch nicht, ob sie das Bild sehen dürfe. Sie schwieg, wenn Pappi über längere Perioden hinweg überhaupt keine Farbe auf die Leinwand brachte. Wenn er dann weitermalte, oft mit breiten, scheinbar achtlos hingeworfenen Pinselstrichen, wie man eine Wand anstreicht – auch dieser Umstand blieb unkommentiert.

»Was geht da drin vor?«, fragte Claire eines Abends beim Essen.

Andere saßen mit am Tisch, darunter ein neues Mädchen, das sich ihnen angeschlossen hatte und Jess genannt wurde.

»Nur Arbeit«, sagte Pappi und löffelte die Suppe. »Ich probiere etwas Neues aus.«

»*Mich* hast du noch nie gebeten, für dich zu sitzen«, sagte Claire.

Pappi lächelte in die Runde. »Weil das nie nötig war. Dich verstehe ich ausgezeichnet.«

Claire schnaubte. »Da wäre ich nicht so sicher.«

Am folgenden Tag arbeitete er bis spät in die Nacht hinein. Er stellte den Pinsel in ein Glas und legte die Palette beiseite. Eine schwindelerregende geistige Erschöpfung durchflutete ihn. Er fühlte sich, als hätte er drei Tage lang im Zentrum eines wütenden Sturms gestanden. Er ließ einen Moment verstreichen und sagte dann zu Thea: »Willst du es sehen?«

Er hörte das Scharren des Stuhls, als Thea aufstand und sich neben ihn stellte.

»Das bin ich?« Ihre Stimme klang zögernd.

»Ich glaube, ja.«

Schichten von Farbe, dunkel und hell. Lebendige Pigmentpunkte, miteinander verbunden durch dünne, neuronenartige Fäden. Wilde, emotionale Farbschneisen, die um- und ineinanderwirbelten wie die Strömungen eines Tornados. Und unter alldem ein großes, geduldiges Reservoir von ozeanischem Blau, unfassbar tief und durchzogen von dunkleren, beinahe schwarzen Fasern wie von einem Netz aus Eisen. Das Schwarz des Schmerzes, doch das war kein Schmerz, der nicht zu ertragen wäre. Es war die Tiefenstruktur des Gemäldes, der Born seiner Kraft.

»Das bist du«, sagte er. »Alles, was du bist, und alles, was dir je passiert ist, und alles, was noch kommen wird.«

Thea schwieg. Pappi wartete. Ihre Gegenwart war absolut still, aber sie strahlte Wellen von Energie aus. Weitere Sekunden verstrichen, dann hörte er ein Luftschnappen und ein würgendes Geräusch.

»Ich bin es«, sagte sie. »Ich bin es, ich bin es …«
Sie fiel ihm in die Arme. Und sie weinte.

Sie wurde sein. Nicht im Vater-Tochter-Sinne, auch wenn dieses Element im Spiel war. Ein Onkel und seine Lieblingsnichte? Hätte jemand gefragt, hätte Pappi wohl gesagt, nur sie beide verständen einander, und dieses Verstehen sei angeboren und erfordere keinerlei Analyse. Sie seien einfach zwei gleich gesinnte Seelen, die in der Welt zusammengestoßen seien.

Sie sah ihm beim Malen zu. Alle anderen durften nicht dabei sein; nur Thea hatte die Erlaubnis. Wunderlich fand er, dass sie selbst nicht malen wollte und dass sie alle seine Angebote, es ihr beizubringen, ablehnte. Aber von Zeit zu Zeit und immer öfter, je mehr sie in diese Rolle hineinwuchs, äußerte sie Bemerkungen über seine Arbeit und Kritik. »Dieses Rot ist zu wütend«, sagte sie dann etwa, oder: »Ich verstehe nicht, was du in dieser Ecke gemacht hast«, oder: »Du bist heute nicht in Form. Vielleicht solltest du eine Pause einlegen.« Sie war nicht herrisch; sie konstatierte nur die Fakten, wie sie sie sah. In den meisten Fällen hatte sie recht, und wenn nicht, zwang sie ihn zumindest, eingehender über seine Arbeit nachzudenken und sie sozusagen mit den Augen eines anderen zu sehen.

Und natürlich schwebte Mutter immer im Hintergrund. Theas Beobachtungsgabe, ihre wache Intelligenz, ihr Bedürfnis, immer noch mehr zu erfahren und unter die Oberfläche des Lebens zu gelangen – das Mädchen war ein Naturtalent. Und eine Gefahr für sie alle. Fremde, die zu allen Zeiten kamen und gingen, das Getuschel in der Küche, das Schweigen, das einsetzte, wenn sie hereinkam – das Mädchen war nicht dumm.

Es kam der Tag, da das Thema sich nicht länger vermeiden ließ. Man musste es ihr einfach sagen. Eines Nachmittags versammelten sie sich in der Küche. Außer Pappi war Quinn da, Mutter natürlich und Jess, die im Alltag immer mehr Verantwortung übernahm. Die Wahl, vor die Mutter das Mädchen stellte, war einfach: Geh und komm nie mehr zurück, oder setz dich hin, hör zu und sei eine von uns.

Schweigen folgte. Unter dem Tisch, das wusste Pappi, schloss sich eine Hand um ein Messer.

»Danke, dass ihr es mir sagt«, erklärte Thea schließlich. Ihre Stimme war zwar leise, aber fest, und sie sprach sie als Gruppe an: »Aber ich glaube, ich habe es schon immer gewusst.«

Und so kam der Augenblick.

»Was soll ich tun?«

Pappi vermisste sie, als sie wegging. Für die nächsten zwei Jahre war es ihr verboten, den Annex zu betreten. Das war die Regel, die Mutter aufgestellt hatte. Thea würde sich immer tiefer in ihr Leben in Prospera vergraben, bis sie in der Lage war, nützlich zu sein. Aber zwei Jahre vergingen, und Thea erschien nicht. Über ihr Leben erzählte Mutter ihm nichts. Sie erledigten ihren Job; das war alles, was Pappi wissen musste.

Eines Nachmittags im vierten Jahr arbeitete Pappi im Atelier, als er ihre Anwesenheit spürte, so überwältigend, als sei er durch die Zeit zurückgereist. Wortlos umarmten sie einander. Viel Zeit hätten sie nicht, sagte sie; ihren Besuch müsse sie kurzhalten. Ein paar Worte mit Mutter und sie würde nach Prospera zurückkehren. Aber in dieser kurzen Zeit erzählte sie ihm, so viel sie konnte – vom Leben in der Stadt, von den Leuten, die sie kannte, und den Orten, die sie besuchte, und von ihrem Apartment über der Galerie, die allmählich in Gang kam. *So viel Arbeit, es ist einfach furchtbar*, sagte sie und lachte hell. *Ein schlechter Witz. Es läuft wie von selbst.*

Wie wunderbar, wieder in ihrer Nähe zu sein. Das Eis war gebrochen; danach kam sie von Zeit zu Zeit wieder, immer ohne Anmeldung – zumindest nicht, dass Pappi davon gewusst hätte. Ein kurzes Gespräch, kostbar für ihn, und sie verschwand. Er versuchte, sich keine Sorgen zu machen, aber natürlich machte er sich doch welche. Nicht weil man sie entdecken könnte – das war ein Gedanke, den er einfach nicht zulassen konnte. Es war ihr wahres Ich, das ihn mit Sorge erfüllte, ihre Thea-heit. Wie lange konnte sie das eine sein und so tun, als wäre sie das andere, ohne dieses andere zu werden? Oder schließlich niemand zu sein?

Das ist es, was ihm durch den Kopf geht, als er an seiner Staffelei sitzt – für ihn hat der Morgen eben angefangen – und jemanden hinter sich hereinkommen hört.

»Hallo, Mutter.«

Sie hat ihre eigene Art, sich durch den Raum zu bewegen, wie jeder andere auch. Sie ist teilweise präsent, beinahe wie ein Geist. Sie ist da und zugleich nicht da; sie ist nie da, wo man hinschaut, aber sie ist eben erst von dort verschwunden.

»Woher wusstest du es?«, fragt sie.

»Ich bitte dich.«

Sie tritt hinter ihn, um einen Blick auf die Leinwand zu werfen. »Das ist ja interessant«, sagte sie dann.

»Mit ›interessant‹ kann ich leben.«

Er arbeitet weiter. *Ach, du bist hier? Na, das ist doch schön.* Er tupft den Pinsel auf die Palette, um mehr Farbe aufzunehmen – ein reines, fast schockierendes Weiß –, und schiebt seine Nase dicht an die Leinwand. Er stellt den Pinsel schräg auf seine schmale Kante, um einen Bogen zu ziehen, dünn wie eine Wimper. Er hat keine Ahnung, was er da tut, aber es fühlt sich richtig an.

»Störe ich dich, Pappi?«

Er formt noch eine Linie. »Ist das wirklich eine Frage?«

»Pappi, um Himmels willen, hör mit der verdammten Malerei auf.«

Er legt den Pinsel aus der Hand und dreht sich auf dem Hocker zu ihr um. Ihm ist es gleichgültig, aber die Leute haben es gern, wenn man sie ansieht, selbst wenn man ein blinder Mann ist.

»Ich weiß nicht, wer sonst noch da ist«, sagt er.

»Vergiss die anderen. Ich bin deinetwegen hier.«

»Ist das wahr?«

»Ich habe eine Frage an dich.«

»Das ist ja mal was Neues.«

Ihr Schatten verschwimmt im allgemeinen Grau der Dinge. Ihre Schritte führen in keine bestimmte Richtung; sie geht nur, um ihre Gedanken zu ordnen.

»Woher, glaubst du, kommen sie? Die Echos? Die schlechten Gedanken?«

»Ist das nicht eher Quinns Abteilung?«

»Ich frage dich.«

»Also schön.« Pappi schweigt kurz. »Von woanders, wäre meine Antwort.«

»Das ist nicht sehr hilfreich.«

»Weil es nicht die richtige Frage war.« Er hebt den Pinsel wie ein Dirigent seinen Taktstock. »Nicht, woher die Echos kommen«, sagt er. »Von *wem* sie kommen.«

Sie seufzt.

»Dir gefällt meine Antwort nicht. Tja, das ist schade. Aber wenn du meine Meinung hören willst, dann hat jemand versucht, Bennett etwas mitzuteilen.«

»Zum Beispiel?«

»Ich habe nicht die leiseste Ahnung. Aber du musst zugeben, es ist eine interessante Frage.«

Er spürt die Frustration, die sie ausstrahlt. Es ist, als hätte jemand eine Tür offen gelassen.

»Dann will ich *dir* eine Frage stellen«, sagt Pappi. »Vielleicht weiß Proctor etwas, vielleicht auch nicht. Ich behaupte nicht, ich wäre nicht neugierig. Aber selbst wenn, was würdest du mit der Information anfangen?«

»Sie bedeutet etwas. Etwas, das uns helfen könnte.«

»Wobei genau? Die Faxe zu hacken, vielleicht? Und was tust du dann?«

»Wir leben. Wie Menschen.«

»Wir leben jetzt auch wie Menschen«, sagt Pappi. »Wenn du mich fragst, sind es die Prosperaner, die es nicht tun.«

»Sie glauben, dass sie wie Menschen leben.«

»Sie *glauben* es. Aber das bedeutet nicht, dass sie es auch tun. Also sag's mir. Würdest du sie einfach auslöschen?«

»Viele Leute würden es tun. Jess zum Beispiel.«

Pappi winkt ab. »Jess ist zornig, und sie ist jung. Außerdem hat sie nichts zu sagen.«

»Die Wachleute haben dich blind geprügelt, Pappi. Wie kann es sein, dass du sie nicht weghaben willst?«

»Verzeih mir, aber du bemühst dich viel zu sehr. Das steckt nicht in dir, nicht mehr. Das wissen wir beide.«

Schweigen. Und sie entfernt sich.

»Es ist okay, traurig zu sein, weißt du?«, sagt er.

Sie lacht kurz und bitter. »Wirklich?«

»Hör dir nur selbst zu. Natürlich ist es das.« Er lässt ihr einen Moment Zeit und sagt dann: »Du und ich, wir unterscheiden uns nicht allzu sehr, weißt du?«

»Nicht? Wie meinst du das?«

Pappi zuckt die Achseln. »Keiner von uns beiden hasst sie. Ja, vielleicht haben wir es mal getan, in der Vergangenheit. Ich hatte solche Momente. Aber hauptsächlich wollen wir wissen, warum. Warum dieser Ort, warum Prospera? Mag sein, dass es für uns keinen Sinn ergibt, aber für irgendjemanden eben doch. Und jetzt«, sagt er und nimmt den Pinsel in die Hand, »würde ich, wenn es dir recht ist, gern weiterarbeiten.«

»Vielleicht meinte ich nicht ›interessant‹. Vielleicht meinte ich ›geistesgestört‹.«

Er nimmt bereits Farbe auf den Pinsel. »Da wärst du nicht die Erste, die es so sieht. Claire würde dir wahrscheinlich zustimmen. Sie ist nur zu nett, um es laut zu sagen. Sind wir fertig?«

Er erwartet noch etwas, aber da kommt nichts mehr von ihr. Ein paar Sekunden vergehen, dann bewegt sie sich auf die Tür zu. Alte Angeln quietschen, und Pappi hört das akustische Rauschen der Außenwelt. Der Ozean wirft sich gegen das Land, die Menschheit geht summend ihrem Tagesgeschäft nach, der Wind pfeift an den Kanten der Gebäude entlang, und irgendwo in weiter Ferne bellt immer wieder ein verlassener Hund.

»Ich weiß, du machst dir Sorgen um Thea«, sagt Mutter von der Tür her.

Pappi antwortet nicht.

»Sie kommt zurecht, Pappi. Sie schafft das.«

Er tut nur so, als malte er. »Du weißt, wo du mich findest.«

16

Und so kam die Stunde, da ich den Dingen ins Auge sehen musste.

Ich winkte mir auf der Plaza ein Taxi heran. Es war nach fünf, als ich zu Hause ankam. Elise saß im Wohnzimmer. Ein Glas Wein stand unberührt auf dem Couchtisch vor ihr. Sie sah nicht auf, als ich eintrat. Alles an ihr verriet unbeherrschbare Wut. Ich setzte mich ihr gegenüber.

»Tja, ich nehme an, deine Mutter hat es dir erzählt.«

»Ich warte hier seit Stunden, Proctor.«

»Es ist eine lange Geschichte.«

»Oh, da bin ich sicher.«

Sie erhob sich in einem Schub wütender Energie und ging zur Terrassentür, wo sie stehen blieb und mir den Rücken zuwandte.

»Da steckt mehr dahinter, Elise. Dem Wachmann ging es gut, als ich wegging. Ich habe ihn kaum angerührt.«

»Es gibt Aufnahmen, Proctor. Du hast den Mann *angegriffen.*«

»So war es nicht. Ich sage dir, da passt nicht alles zusammen.«

Sie hob das Gesicht zur Decke. »Gott, warum habe ich das nicht kommen sehen? Wie konnte ich nur so dumm sein?«

»Wovon redest du?«

»Ich bitte dich. Das Träumen, das Schlafwandeln. Du bist nicht *gesund*, Proctor.«

»Da war ich ein Kind, Elise. Du machst eine zu große Sache daraus.«

Sie drehte sich auf dem Absatz um und stieß mit dem Finger nach mir. Ihre Augen verschwammen hinter Tränen der Wut. »Glaubst du, ich weiß das nicht? Nacht für Nacht wirfst du dich herum und stürmst durch das Haus. Es geht hier zu wie im Zirkus.«

Mein Magen krampfte sich zusammen.

»Was denn? Kannst du nicht für dich sprechen?«

Ich atmete tief durch, um mich zu beruhigen. Nichts lief so, wie ich es geplant hatte. »Elise, du musst mir zuhören. Das alles hat etwas mit den Echos meines Vaters zu tun.«

»Toll.« Sie machte eine wegwerfende Handbewegung. »Zwei Irre, alle beide.«

»Ich weiß, das alles klingt ein bisschen paranoid …«

»Ein bisschen? Proctor, du brauchst *Hilfe*!«

»Du erinnerst dich an Jason, meinen Trainee? Amos sagt, er hat gekündigt, aber ich glaube, so war es nicht. Ich war bei seiner Wohnung, und niemand hat ihn gesehen.«

»Vielleicht wollte er *dich* nicht sehen. Hast du daran schon mal gedacht?«

»Gut, aber er ist nicht der Einzige. Da ist auch noch ein Mädchen. Ich glaube, sie ist auch ein Teil davon.«

Elise sah mich vielsagend an. »Ein Mädchen? Was für ein Mädchen?« Ihre Stimme klang vorwurfsvoll. »Proctor, hast du eine *Affäre*?«

»Gott, nein! Sag so etwas nicht. Sie ist nur ein Kind.«

»Oh, wunderbar!« Sie verdrehte die Augen und malte Anführungszeichen in die Luft. »Nur ein Kind.«

Es war, als schaufelte ich mir mit jedem Wort mein eigenes Grab. »Du verstehst das alles falsch. Ich habe sie letzte Woche am Strand kennengelernt.«

»Wovon sprichst du? Was hat ein Mädchen am Strand mit alldem zu tun?«

»Es hängt alles zusammen. Ich weiß nicht, wie, aber es ist so. Die Sache ist die: Sie ist auch verschwunden. Ich war sogar in der Akademie, um sie ausfindig zu machen.«

»Du hast ein Mädchen in die *Schule* verfolgt?«

Ich atmete noch einmal tief durch. »Elise, du hörst mir nicht zu. Ich habe sie dort gesucht, das ist alles. Das Dumme ist, niemand hat sie gesehen. Es ist, als hätten sie nie von ihr gehört.«

»Weißt du, wie du klingst? Du klingst wie ein Wahnsinniger.«

»Okay, es klingt ein bisschen verrückt. Das gebe ich zu. Aber wahrscheinlich kennst du sie. Sie ist das Mädchen mit der Narbe.«

Elise' Blick huschte im Zimmer umher, bevor sie mich wieder ansah. »Mit was für einer Narbe? Warum sollte ich ein Mädchen mit einer Narbe kennen?«

»Weil sie hier in der Gegend wohnt. Du musst schon von ihr gehört haben. Sie heißt Caeli.«

Etwas Sonderbares passierte. Die Muskeln im Gesicht meiner Frau erschlafften, und ihre Augenlider wurden schwer, als wäre sie kurz davor, einzuschlafen. Ich hatte das seltsame Gefühl, ihr Geist hätte das Zimmer verlassen und nur den Körper zurückgelassen. Das dauerte ein paar Sekunden an, bevor sie ruckartig die Arme um sich schlang und heftig zitterte.

»Herrgott«, rief sie, »warum muss es hier immer so verdammt kalt sein?«

Es war allenfalls zu warm im Zimmer. »Für mich fühlt es sich völlig okay an.«

»Es ist aber nicht okay! Es ist kein bisschen okay!«

Abrupt wandte sie sich ab und marschierte in die Küche. Was blieb mir übrig? Ich folgte ihr. Ich wünschte mir verzweifelt, verstanden zu werden und zu retten, was zu retten war angesichts dieser Katastrophe.

»Elise, hör auf …«

»Ich wollte nur, dass alles schön ist. Ist das zu viel verlangt? Dass die Dinge schön sind? Ich kann das nicht ertragen, wo doch morgen meine Show ansteht. Ich kann es nicht!«

Jetzt war ich derjenige, der wütend wurde. »Wie kannst du in so einer Situation an deine Show denken? Ich könnte in ernsten Schwierigkeiten stecken.«

Sie fuhr herum und starrte mich an. »*Du* steckst in Schwierigkeiten? Das ist ja fabelhaft. Meine neue Kollektion kommt in zwei Wochen heraus, und mein Mann ist ein berühmter Mörder.«

»Um des lieben Himmels willen, du kennst mich doch. Sehe ich aus wie ein Mörder?«

Ich wollte ihre Hand nehmen, aber sie zog sie weg. »Rühr mich nicht an.«

Jetzt fiel es mir wie Schuppen von den Augen. Meine Frau hatte Angst vor mir.

»Im Ernst, Proctor.« Sie wich einen Schritt zurück und drückte sich an den Schrank. »Lass mich einfach.«

Und natürlich war das der Augenblick, in dem Doria hereinkam.

»Mrs Bennett? Ist alles in Ordnung?«

Mir war nur allzu bewusst, wie die Situation wirkte: laute Stimmen in der Küche, der erregte Ehemann, der seine weinende Frau in die Ecke drängte.

»Alles in Ordnung, Doria«, sagte ich – ein bisschen zu streng. »Danke.«

Die Frau gab sich nicht zufrieden. Sie kam einen Schritt näher. »Mrs Bennett?«

Elise schniefte und wischte sich mit dem Handrücken über die Augen. Anscheinend wollte sie etwas sagen, aber dann tat sie es doch nicht.

»Ihr fehlt nichts«, sagte ich. »Sie ist ein bisschen aufgeregt. Brauchen Sie etwas?«

»Ich habe meine Handtasche vergessen.«

Da stand sie, an ihrem gewohnten Platz auf der Theke. Doria raffte sie an sich und klemmte sie unter den Arm. »Ich bleibe gern noch hier, wenn Sie mich brauchen, Mrs Bennett.«

Elise schaute zu Boden und schüttelte kläglich den Kopf. »Schon gut. Sie können gehen.«

Doria sah mich mit unverhohlenem Misstrauen an und wandte sich dann wieder Elise zu. »Okay«, sagte sie schließlich, »wenn Sie sich sicher sind, dass alles in Ordnung ist …«

»Danke, Doria. Gute Nacht.«

»Gute Nacht, Mrs Bennett.«

Wir warteten schweigend, bis die Haustür ins Schloss fiel.

»Elise, es tut mir leid …«

Aber weiter kam ich nicht. Meine Frau stürmte an mir vorbei und durch den Korridor. Was jetzt kommen würde, lag auf der Hand. Ich zog mich ins Wohnzimmer zurück und tat das Einzige, was mir einfiel: Ich schenkte mir einen Whiskey ein und kippte ihn hinunter. Eine plötzliche Müdigkeit durchströmte mich. Mir war, als hätte ich ewig nicht geschlafen, als hätte ich alle Gedanken gedacht, die mein Gehirn aufnehmen konnte. Ich schenkte mir noch ein Glas ein und ging damit zur Couch, wo ich mich hinlegte und die Augen schloss. Das Whiskeyglas balancierte auf meinem Brustbein. Die Geräusche, mit denen Elise sich im Haus bewegte, erreichten mich wie eine Serie von fernen Funksignalen. Ich dachte: *Jetzt ist sie im Schlafzimmer und öffnet und schließt Schubladen und wirft Kleider in einen Koffer. Jetzt läuft der Wasserhahn im Bad, und sie wäscht sich das Gesicht, frischt ihr Make-up auf und bringt ihr Haar in Ordnung. Jetzt sucht sie ihre Handtasche, ihr Portemonnaie, ihre Schlüssel.*

»Proctor, ich gehe.«

Ich öffnete die Augen. Elise stand vor mir in einem hellbraunen Regenmantel, neben sich auf dem Boden eine lederne Reisetasche, die ich ihr ein Jahr zuvor zum Hochzeitstag geschenkt hatte.

»Das ist okay«, sagte ich und richtete mich auf. »Das verstehe ich.«

Ihr Blick war fest. »Wirklich? Ich glaube, nicht. Ich wollte nur ein normales Leben haben, Proctor. Nicht dieses … Irrenhaus.«

»Es ist auch nicht gerade das, was ich wollte.«

Scharfe Worte, letzte Worte. Erstaunlich, dachte ich, wie schnell das Leben sich ändern konnte, und wenn es sich einmal geändert hatte, ließ es sich nicht mehr rückgängig machen.

»Tja«, sagte Elise, »ich schätze, das war's.«

»Das schätze ich auch.«

Die Tür fiel ins Schloss, der Kies knirschte in der Einfahrt, und Elise, meine Frau, war weg.

Ich saß auf der Terrasse, als die Sonne aufging. Mein Leben, wie ich es kannte, schien vorbei zu sein. Ich dachte daran, Thea anzurufen, aber dann ließ ich es bleiben; es konnte die Situation nur noch schlimmer machen. Stattdessen beschloss ich, einen Freund anzurufen, den ich aus alten Zeiten kannte. Wir könnten uns beispielsweise zum Lunch treffen, und im richtigen Augenblick könnte ich ihm die Geschichte der letzten Woche erzählen und ihn nach seiner Meinung fragen. Aber als ich an die Leute dachte, die ich kannte, wurde mir klar, dass ich eigentlich überhaupt keine Freunde hatte.

Der Tag verging. Von Elise hörte ich nichts, aber damit hatte ich auch kaum gerechnet. Ich war zunehmend überzeugt, dass ich mir irgendetwas eingefangen hatte. Ich fror und zitterte, und ich hatte keinen Appetit. Meine Kopfschmerzen hatten sich in ein körperliches weißes Rauschen verwandelt, ein Hintergrundsummen des Schmerzes. Am späten Nachmittag ging ich die Treppe zum Strand hinunter, weil ich dachte, es könnte meine Stimmung aufhellen, ein wenig zu schwimmen, aber als ich in die Wellen hinaustrat, erschreckte die Kälte mich so, dass ich zurückwich. Das Wasser, bisher immer ein verlässlicher Balsam, fühlte sich an wie eine Bedrohung. Ich ging an der Strandlinie entlang und hoffte halb, Caeli würde auftauchen. Aber die Stunden vergingen, und ich sah sie nicht. Allmählich fragte ich mich, ob ich sie überhaupt je gesehen hatte.

Bei meiner Rückkehr hörte ich menschliche Laute im Haus. War meine Frau nach Hause gekommen? Einen Moment lang wagte ich zu hoffen, dass sie nach einer Nacht und einem Tag wieder milder gestimmt sein möge. Aber es war nicht Elise. Es war Doria.

Wir wechselten einen knappen Gruß. Ich ging zurück ins Schlafzimmer, um zu duschen und mich umzuziehen, und als ich wieder herauskam, war die Frau dabei, ihre Arbeit zu beenden und das Haus zu verlassen. Meine Verlegenheit war schmerzhaft. Ich musste irgendetwas sagen.

»Hören Sie, Doria, ich bedaure, dass Sie diese schreckliche Szene gestern miterleben mussten.«

Die Frau musterte mich kühl.

»Das war nicht schön, okay. Keiner von uns beiden war in Bestform. Aber Sie brauchen sich keine Sorgen zu machen.«

Einen Moment lang standen wir einander stumm gegenüber. Mir war völlig klar, dass sie mir kein Wort glaubte. Ich hätte mir ja auch nicht geglaubt.

»Brauchen Sie noch etwas, bevor ich gehe?«, fragte sie dann.

Eine Absolution wäre nett gewesen, aber das war kaum etwas, worum man seine Haushälterin bitten konnte. Sie nahm ihre Handtasche an sich, und ich ging mit ihr zur Tür.

»Schönen Abend, Mr Bennett.«

»Sagen Sie, Doria, wie geht es Ihrer Familie?«

Sie blieb in der Tür stehen. »Meiner Familie?«

»Ja. Wie kommen Sie zurecht? Gut, hoffe ich.«

»Allen geht es gut, Sir.«

Ich hatte keine Ahnung, warum ich so daherredete. »Na, das ist gut«, sagte ich, als mir nichts Konkreteres einfiel. »Ich bin sehr froh, das zu hören. Richten Sie allen meine besten Grüße aus, ja?«

»Es gibt nur mich und meinen Jungen, Mr Bennett.«

Ich nickte. »Ja, natürlich.«

»Er ist acht.«

Wusste ich das? Wusste ich, dass sie überhaupt einen Sohn hatte? Sie versuchte, meinem Gedächtnis auf die Sprünge zu helfen, um mir weitere Peinlichkeiten zu ersparen, und sofort fühlte ich mich noch schlechter.

»Das ist ein schönes Alter«, behauptete ich, obwohl ich nichts über die Kindheit wusste. »Ich wette, er macht eine Menge Unsinn.«

»Manchmal.« Sie zuckte die Schultern. »Aber er ist ein guter Junge.« Sie sah mich traurig und mitleidig an, wie ich es verdiente. »Sie haben ihn letztes Jahr bei der Feiertagsparty kennengelernt, wissen Sie noch? Da war er hier, um mir zu helfen.«

Und plötzlich erinnerte ich mich tatsächlich. Ein Raum voller Erwachsener und ein kleiner Junge, eine halbe Portion, gekleidet wie ein Kellner, der herumlief und nach schmutzigen Tellern und vergessenen Gläsern fahndete. Spät am Abend war ich auf die Terrasse hinausgegangen, um frische Luft zu schnappen, und da hatte er auf einem Gartenstuhl gesessen und in einem Buch geblättert, das er sich aus dem Regal im Wohnzimmer gefischt hatte, einer illustrierten Geschichte von Schiffsplänen. Es war ein Geschenk von meinem Vater zum Adoptionstag gewesen – ein Buch, wie man es als Erinnerungsstück behält, nicht unbedingt, um es zu lesen, und ich war nicht sicher, dass ich es jemals aufgeschlagen hatte. Der Junge und ich hatten eine Weile über Boote geplaudert – er wusste fast nichts darüber, denn er war noch nie auf einem

Boot gewesen –, und ich hatte ihm das vage, nie eingehaltene Versprechen gegeben, ihm das Segeln beizubringen.

»Natürlich, George, oder?«

»Ganz recht.«

»Ich muss immer noch mit ihm segeln gehen.«

»Das ist schon okay, Mr Bennett. Es war schon nett, dass Sie es ihm angeboten haben.«

War ich wirklich ein Mann, der einem Kind etwas versprach und sein Versprechen dann nicht nur nicht einhielt, sondern komplett vergaß? Anscheinend ja. »Nein, nein, das ist meine Schuld. Ich habe nicht mehr daran gedacht. Lassen Sie uns einen Zeitpunkt finden, an dem es geht, ja?«

»Das ist nett von Ihnen. Ich bin sicher, es würde ihn freuen.«

Eine verlegene Pause folgte. Das Gespräch erschien unvollständig.

»Einen guten Abend, Sir.«

»Was zahlen wir Ihnen, Doria?«

Sie blieb vor der Haustür stehen. Aus irgendeinem Grund hatte ich das beinahe panische Bedürfnis, sie am Gehen zu hindern.

»Wie viel, meine ich. Sagen wir, pro Stunde.«

»Acht Dollar, Mr Bennett.«

Diese Knauserigkeit war ein Schock. »Das ist *alles*?«

»Das ist der staatliche Satz, Sir. Mrs Bennett legt mir das Geld jeden Freitag auf die Theke.«

Ich hatte die Scheine schon gesehen, aber nie gezählt. »Das scheint mir aber nicht genug zu sein. Nicht für alles, was Sie für uns tun.« Ich griff eine Summe aus der Luft. »Wie klingen zwölf?«

»Sir?«

»Nein, sechzehn. Das hört sich doch besser an. Oder zwanzig.« Plötzlich wollte ich die Frau mit Geld überschütten. »Sagen wir zwanzig. Würde das helfen?«

Sie nickte, aber sie war eher verdattert als glücklich.

»Gut, dann wäre das geklärt. Ich sage Elise Bescheid.«

»Danke, Mr Bennett.«

»Aber gern. Einen schönen Abend, Doria. Vergessen Sie nicht, Ihren Sohn von mir zu grüßen. Sagen Sie ihm, ich habe es nicht vergessen.«

Sie ging den Weg hinunter ins schwindende Licht. Als sie sich an der Straße nach links wandte und Kurs auf die Shuttle-Haltestelle nahm, winkte ich ihr zu – völlig sinnlos, denn die Frau schaute nicht in meine Richtung.

Es wurde dunkel. Ich holte mir eine Decke und ein Kopfkissen auf die Couch und richtete mich dort ein. Draußen strahlte ein Blitz auf, gefolgt von rollendem Donner. Regen prasselte auf die Terrasse, und dann öffneten sich die Schleusen. Mächtige Wassermassen hämmerten auf das Dach und strömten in breiten Bahnen an den Fenstern herunter. Der Himmel dröhnte und zitterte. Ein Gewitter, aber was für ein Gewitter! Das Chaos beruhigte mich, und ich überließ mich seinem machtvollen Fluss. So viel Wasser überall, dachte ich, und bald schlief ich ein.

Jemand ist in Theas Apartment.

Sie weiß es, sowie sie hereinkommt. Die Luft ist anders. Aufgewühlt. Sie bleibt in der Tür stehen. Die Sonne ist untergegangen, das Zimmer liegt im Dämmerlicht. Behutsam stellt sie ihre Handtasche auf den Tisch neben der Tür und geht seitwärts in die Küche. Die Messer stecken in einem Holzblock neben dem Herd. Vorsichtig, um nicht das leiseste Geräusch zu machen, zieht sie das längste heraus, ein Kochmesser, dessen Klinge vom Griff bis zur Spitze achtzehn Zentimeter lang ist. Ein leises Rascheln kommt aus dem Essbereich. Ist es nur eine Person, oder sind da mehr? Jahrelang hat sie auf diesen Tag gewartet. Jetzt ist er da.

Sie hält das Messer vor sich und stürmt um die Ecke.

»Ich grüße dich.«

Sie lässt das Messer sinken. »Quinn, was zum *Teufel* …«

Der Mann sitzt absurd gelassen da, hat die gekreuzten Beine auf den Esstisch gelegt und blättert in einer Zeitschrift. Eine Aktentasche steht neben seinem Stuhl auf dem Boden.

»Jetzt sagst du gleich, du hättest mich erstechen können. Ich nehme deine Entschuldigung an.« Er hält die Zeitung hoch: *Society Times*. »Aufregendes Zeug. Am besten gefallen mir die Party-Fotos. Ich bin ja selbst nie in diesen Kreisen unterwegs gewesen.«

Thea legt das Messer auf den Tisch. »Ich nehme an, du hast meine Nachricht wegen des Mädchens erhalten.«

Seine Augenbrauen heben sich. »Da war eine Nachricht wegen eines Mädchens? Das wusste ich nicht.«

Die verdammte Sandra, denkt Thea. *Die Frau war anscheinend zu sehr damit beschäftigt, ihren Yogalehrer zu vögeln.*

»Na, was immer es war«, sagt Quinn, »es wird warten müssen. Die Situation im Annex kommt ein bisschen schneller in Bewegung als erwartet.«

»Wieso?«

Quinn berichtet ihr von Hanson. Thea muss sich hinsetzen.

»Du lieber Gott«, sagt sie.

»Wir wissen nicht mit Sicherheit, wer dafür verantwortlich

ist, aber so oder so wird der Vorstand es nicht auf sich beruhen lassen. Es wird unangenehm werden da drüben. Es ist so schon ein Pulverfass.«

»Was hat Mutter geplant?«

»Sie ist in diesem Moment bei der Planung.«

»Das heißt, sie hat keinen Plan.«

»Das heißt, wir müssen davon ausgehen, dass jeder im Netzwerk kompromittiert sein kann. Wie weit bist du mit Bennett?«

»Ich brauche mehr Zeit.«

»Die ist, das muss ich sagen, nicht im Angebot.«

»Quinn, da ist etwas. Ich kann es fühlen.«

Quinn sieht sie skeptisch an. »Etwas?«

Sie erzählt ihm von dem Wachmann auf dem Pier.

»Ich weiß nicht«, sagt Quinn und runzelt zweifelnd die Stirn. »Okay, es ist eine interessante Entwicklung, aber vielleicht hat er den Kerl wirklich umgebracht. Hast du daran schon mal gedacht?«

»Das glaube ich nicht. Wenn du ihn gesehen hättest, würdest du es auch nicht glauben.«

»Er würde keiner Fliege etwas zuleide tun? So was? Aber ich muss ehrlich sagen, das ist nicht das, was ich in dem Drohnenvideo gesehen habe.«

»Du wirst mir einfach vertrauen müssen.«

»Und warum sollten sie ihm einen Mord in die Schuhe schieben, nur um ihn zu feuern? Was soll das einbringen?«

»Genau«, sagt Thea. »Das ist das ›Etwas‹.«

Quinn denkt einen Moment lang nach. »Was ist mit diesem Mädchen, von dem du gesprochen hast?«

»Du musst sie für mich aufspüren. Sie heißt mit Vornamen

Caeli, aber das ist alles, was ich weiß. Seit zwei, vielleicht drei Jahren von der Fähre.«

Quinn mustert sie zweifelnd. »Wie passt irgendein Mädchen da hinein?«

»Das ist zu verrückt, um es zu erklären, aber ich glaube, es ist wichtig. Tu es einfach, und ich gehe.«

Quinn steht auf und angelt seine Tasche vom Boden. »Ich tue das nur, weil wir irgendwie Freunde sind.«

»Hast du Zugang zu einem CIS-Terminal?«

»Zerbrich dir darüber nicht den Kopf. Ich kenne jemanden.«

Natürlich kennt Quinn jemanden. Thea bringt ihn zur Tür.

»Wir sind im Morgengrauen hier raus«, sagt er. »Ganz im Ernst.«

Thea schließt die Tür hinter ihm und tritt zum Fenster. Eine Minute vergeht, und Quinn kommt unten aus dem Haus und läuft mit gesenktem Kopf zielstrebig die Straße hinunter. In der Nachbarschaft ist es ruhig. Niemand ist unterwegs – was für diese Zeit merkwürdig ist, denn jetzt sollten die Leute eigentlich in ihren Abend aufbrechen, sie sollten sich mit Freunden treffen und die Restaurants und Bars besuchen. Thea schaut genauer hin und sieht die Zeichen. Nicht abgeholter Müll am Straßenrand. Ein beliebtes Café, das nur matt beleuchtet ist; Gehwegtische und -stühle für die Nacht gestapelt. Ein Helfer-Fax trödelt an der Ecke herum und hat niemanden, dem es auf die Nerven gehen kann. Die Stille fühlt sich an, als hielte die Stadt den Atem an und machte sich auf irgendein Unglück gefasst.

Man kann nicht wissen, wie lange Quinn brauchen wird. Thea kann nur abwarten. Sie legt sich auf das Sofa. Die Zeit vergeht, ihre Gedanken verschwimmen, und sie schläft ein. In ihrem Traum – denn auch sie hat ihr ganzes Leben lang geträumt, freilich ohne es zu wissen – schwimmt sie im Meer. Sie bewegt sich vorwärts, den Kopf aufrecht über der Wasseroberfläche, und sie spürt, dass sie nicht allein ist. Andere sind mit ihr im Meer, obwohl sie sie nicht sehen kann. Sie weiß nur, dass sie da sind. Dutzende, dann Hunderte, dann Tausende, und alle schwimmen in dieselbe Richtung.

Es fängt an zu regnen, und die Tropfen fallen wie Nadeln auf die Wasseroberfläche. Die Wirkung ist beruhigend, aber dann nimmt der Regen zu. Ein Blitz zuckt über den Himmel, Donner grollt über sie hinweg. Der Wind frischt auf, und mit ihm wachsen die Wellen. Sie nehmen atemberaubende Ausmaße an. Sie wird geschüttelt, umhergeworfen. Die See hat sie in ihrem unendlichen Griff.

Ich habe einen Albtraum, denkt sie. *Das ist nicht real. Wach auf, Thea. Wach auf.*

Als sie aufwacht, klingelt das Telefon.

17

Und wieder war ich woanders.

Als ich zu mir kam, stand ich im Regen vor dem Haus meines Vaters. Ich empfand keinen Schrecken – nur ein Gefühl der Dringlichkeit. Der Regen prasselte, der Wind peitschte. Blitze spalteten den Himmel. Das Haus meines Vaters war nur ein klarer Umriss vor dem dunkleren Schwarz.

Hier war etwas für mich. Etwas, das ich finden sollte.

Ich fischte den Schlüssel heraus und trat ins Foyer. Ich war durchnässt und zitterte; das Wasser schwappte in meinen Schuhen. Ich wollte das Licht einschalten, aber der Strom war ausgefallen. Ich nahm eine Taschenlampe vom Sekretär im Eingangsflur und folgte dem gespenstischen Lichtkegel ins Wohnzimmer und die Treppe hinauf. Ein Gefühl der Schicksalhaftigkeit begleitete jeden meiner Schritte durch den Korridor zu meinem Schlafzimmer. Ich öffnete die Tür.

Es war, als beträte ich einen wahnsinnig gewordenen Kopf.

Die Farbe war weg, ersetzt durch Schriftzüge, ein dichtes schwarzes Gekrakel, das buchstäblich jeden Zollbreit der Wand von der Fußleiste bis zur Decke überzog. Irgendwie, begriff ich, sah ich das Zimmer in seinem ursprünglichen Zustand, bevor es übergestrichen worden war. Ich nahm mir eine beliebige Wand vor und trat näher heran. Sie war voll von mathematischen Berechnungen, langen Ketten von Ziffern und Symbolen, durchsetzt von vielen *x* und *y* und anderen kryptischen Zeichen, an die ich mich nur noch entfernt aus meiner Zeit an der Akademie erinnern konnte. Dazwischen sah ich geometrische Formen – Dreiecke, Trapezoide, Kreise, kartesische Koordinatensysteme in drei Dimensionen, Schnittlinien und markierte Punkte.

Es war ersichtlich, dass der Verstand meines Vaters schon eine ganze Weile verfallen war. Nichts von alldem hier war schnell vonstattengegangen. Von traurigem Grauen erfüllt, dachte ich an die Wochen, vielleicht Monate, die der Mann hier verbracht hatte, gepackt von irgendeiner unergründlichen Obsession.

Aber das war nicht alles. Das Teleskop war auch wieder da. Der einzige Gegenstand im Zimmer – sicher war er verbunden mit den rätselhaften Schriftzügen meines Vaters, obwohl ich nicht erkennen konnte, wie. Draußen hatte der Sturm an Intensität zugenommen. Der Wind heulte nicht mehr, er kreischte. Ich trat ans Teleskop und beugte mich über das Okular.

Finsternis. Wellen von titanischer Höhe und Breite. Das mächtige Gewitter stürmte über das Meer. Ein Blitz – und eine Sekunde lang sah ich eine winzige Silhouette. Ein Segelboot? Welcher Wahnsinnige würde in einer solchen Nacht draußen sein? Noch ein Blitz und noch einer und noch einer, und jedes Mal verhärtete sich das Bild in meinem Auge. Ein großes Segelschiff, das durch den Sturm fuhr. Der Bug war hart in den Wind gerichtet, und die Wellen krachten über das Deck, als es aufs Meer hinauspflügte. Am Steuer stand eine winzige Männergestalt, und das heroische Segeltuch wölbte sich darüber, um den Wind zu fangen und zu formen, der ihn vorantrieb. Was für ein Wahnsinn! Welche Katastrophe erwartete diesen Dummkopf? Der Bug tauchte scharf hinunter in einen Trog zwischen den Wellen, und das Heck erhob sich in die Luft.

Ich sah den Namen des Bootes.

Ich taumelte zurück. Alles fühlte sich plötzlich zutiefst falsch an, als ob die Welt sich gleichzeitig ausdehnte und zusammenzog und jedes Atom sich von jedem anderen trennte und zu einer völlig neuen Ordnung fügte. Und diese Kälte! Kalt, jenseits alles Kalten, die tiefste Kälte, die es je gegeben hatte, kalt, wie das Universum kalt sein würde, wenn es stehen bliebe.

Eine neue Szenerie entwickelte sich um mich herum.

Ich war in einem Haus. Einem einzigen großen Raum mit einem Küchen- und einem Wohnbereich mit Sofas, Sesseln und einem Esstisch. Hinter mir führte eine Treppe hinauf zu einer Galerie, die sich über die ganze Länge des Raums erstreckte. Die Morgensonne strömte durch die hohen Fenster und die offene Schiebetür zur Terrasse.

»Hallo?«, rief ich. »Ist jemand hier?«

Niemand antwortete. Ich bewegte mich durch den Raum mit seiner anheimelnden Unordnung. Die Sitzmöbel wirkten drall und bequem, Regale und Tische waren voll mit Büchern und Nippes. Neben der Tür stand ein Korb mit Schlüsseln, und in der Spüle stand ein Stapel schmutziger Teller. Auf der Küchentheke hatte jemand eine offene Schachtel Frühstücksflocken und einen Karton Milch stehen lassen.

Wer wohnte hier? Wo waren sie hin? Ich hörte fließendes Wasser draußen und trat durch die Schiebetür hinaus. Da war er, der Pool, und daher kam das Geräusch. Ein großer, nierenförmiger Pool mit gezackten Steinrändern und eine gekachelte Wand mit einem Wasserhahn, aus dem träge das Wasser floss.

Ich hatte das merkwürdige Gefühl, dass seit meiner Ankunft eine Menge Zeit vergangen war, obwohl es nicht mehr als zwei Minuten gewesen sein konnten. Ich ging zurück ins Wohnzimmer. Das Licht, das durch die Fenster hereinfiel, hatte sich verändert, und daher kam dieser Eindruck. Der Morgen war zum Spätnachmittag geworden.

Schritte?

Ich blieb stehen. Und hörte das Geräusch noch einmal – leise, schnell, von oben. Ich ging die Treppe hinauf auf die Galerie. Oben zweigten zwei Korridore ab, nach links und nach rechts. Ich hielt inne und zwang mich, absolut still zu sein, um die Herkunft des Geräuschs zu ermitteln.

Von links.

Da waren zwei Türen. Ich öffnete die erste. Dahinter schien ein Büro zu liegen. Mitten im Raum stand ein Glastisch mit einem CIS-Terminal, aber es war anders als jedes CIS-Terminal, das ich je gesehen hatte, schnittiger und kompakter. Formen in wechselnden Farben bewegten sich über das Display wie die Kristalle in einem Kaleidoskop. Ich setzte mich an den Schreibtisch. Von einem der vielen Papierstapel nahm ich das oberste Blatt herunter und fing an zu lesen, und daraufhin passierte etwas Beunruhigendes. Ich konnte die Wörter lesen, aber ihre kumulierte Bedeutung erschloss sich mir nicht. Es war, als löschte jedes Wort die Bedeutung des vorhergegangenen aus. Ich versuchte es mit einem zweiten Blatt und mit einem dritten. Das Ergebnis war immer das gleiche.

Entnervt blickte ich auf. Dem Schreibtisch gegenüber an der Wand hing eine große Zeichnung auf einer Korktafel: ein Bauplan für irgendein Schiff mit großen, viereckigen Segeln. Ich stand auf, um es mir genauer anzusehen, aber ich stellte fest, dass das Bild immer mehr verschwamm, je geringer der Abstand wurde. Als ich direkt davorstand, sah ich überhaupt nichts mehr.

Eine Gestalt huschte an der Tür vorbei.

Ich lief in den Gang, als die zweite Tür zugeschlagen wurde. »Hallo, wer ist da?« Ich rüttelte am Türknauf, aber die Tür war verschlossen. Ich hob die Hand, um zu klopfen, und auf der anderen Seite brach Lärm los, eine akustische Detonation aus Gelächter und Explosionen und etwas, das klang wie eine Autohupe, übertönt von einer manischen Kakofonie aus Hörnern und Becken und sogar einem Xylophon. Es war ein quälendes Getöse, und es weckte in mir eine plötzliche, beinahe überwältigende Wut. Ich hämmerte mit den Fäusten an die Tür. »Gottverdammt, lass mich rein!« Mein Kopf platzte fast vor Zorn, stark wie eine Besessenheit. »Mach sofort diese verdammte Tür auf!«

Der Lärm hörte auf.

Mein Herz pochte, mein Puls raste. Ich rüttelte wieder am Türknauf, und die Tür öffnete sich ohne Widerstand.

Das Zimmer war leer.

Die Luft war schal, als wäre hier seit Monaten nicht gelüftet worden – ja, sogar seit Jahren. Sonnenstrahlen fielen schräg auf den Teppich, der deutliche Abdrücke aufwies, wo einmal Möbel gestanden hatten – das Bett hier, die Kommode dort. Ich ging zum Fenster und schaute hinaus. Der Tag war fast vorbei. Dichte Wolken zogen auf. Regentropfen schlugen an die Scheibe, und ich schaute hinunter auf den Pool. Irgendwie war in den wenigen Minuten das Wasser abgelassen worden, und auf dem Grund war nur eine schwarze Pfütze aus Schmutz und Laub geblieben.

Ich wandte mich ab, ließ den Blick noch einmal durch den Raum wandern und bemerkte einen Wandschrank. Auf den ersten Blick schien er leer zu sein, aber dann entdeckte ich auf dem obersten Bord eine Pappschachtel. Auf Zehenspitzen zog ich sie nach vorn und nahm sie herunter.

Die Schachtel war voller Spielzeug.

Nicht das Ersatzspielzeug, das neue Iteranten bekommen und das nur dazu gedacht ist, sie im weitesten Sinne mit dem bescheidenen Wirken der Welt vertraut zu machen, sondern wirkliches Spielzeug. Bunte Klötze, in deren Flächen Buchstaben und Zahlen gefräst waren. Eine Ente aus Holz mit Rädern an einer Schnur. Ein ausgestopfter Otter, so abgegriffen, dass er zerkaut aussah. Ich wühlte mich durch den Inhalt der Schachtel, bis ich zum letzten Stück kam. Es war ein Kleid, klein und ärmellos, ausgestellt und mit breiten Trägern mit Knöpfen. Ich drückte den Stoff an mein Gesicht. Er roch nach Staub, aber noch nach etwas anderem, beinahe wie Milch. Das Gefühl an meinen Wangen war köstlich und unerträglich weich. Ich hatte angefangen zu weinen, ohne zu wissen, warum. Draußen wütete der Himmel, der Wind tobte, der Regen prasselte in Sturzbächen an die Mauern. Das Holzgerüst des Gebäudes bebte, der Fußboden unter mir hob und senkte sich wie ein Bootsdeck auf hoher See. Ich drückte mir das Kleid ans Gesicht und weinte und weinte und weinte, und mein ganzer Körper wogte vor Trauer, während gleichzeitig ein ganz anderer Teil meiner selbst diesen Umstand aus der

Ferne beobachtete. *Da ist Proctor Bennett, der Fährmann,* sagte es in meinem Kopf. *Da ist er und weint in das Kleid. Könnte er doch nur vergessen.*

Vergessen.

Vergessen.

Ein Gesicht schwebte über mir. Das Gesicht vermittelte etwas Dringendes. Das war seltsam, genau wie das Licht, das einen grünlichen Ton hatte, und das Geräusch, das ich hörte – eine große, dröhnende Maschine wie von einem anrollenden Lastwagen.

»Proctor, wir müssen hier raus!«

Jemand wuchtete mich schmerzhaft auf seine Schulter. Konnte dieser Mensch, wer immer es war, nicht sehen, dass ich mich erst sammeln musste? Ich wollte etwas sagen, aber meine Zunge lag in meinem Mund wie eine zusammengerollte Socke. Das Dröhnen nahm zu wie andere Geräusche, knackende, brechende, krachende Geräusche.

»Weiter, weiter.«

Das war eine Männerstimme. Zur Haustür hinaus und die Verandatreppe hinunter trug er mich, und plötzlich waren wir mitten in einem Wirbelsturm. Kleine, scharfkantige Splitter trafen mich, während mein Befreier mich über den Rasen bugsierte.

Ich wurde fallen gelassen. Nicht fallen gelassen – entfaltet. Ich begriff, wo ich jetzt war: auf dem Rücksitz eines Autos. Ich schaute aus dem Fenster. Was sah ich da? Die Luft war voll von Gegenständen, und alle diese Gegenstände stiegen in die Höhe – sie stiegen und wirbelten und kreisten wie Wasser in einem Abfluss, aber der Abfluss führte von unten nach oben. Der Wagen setzte sich in Bewegung und fuhr schnell rückwärts. In der Luft über dem Haus meines Vaters hatten die Wolken sich zu einem mächtigen schwarzen Zyklon gesammelt, fast wie ein Lebewesen, ein riesiges fliegendes Ungeheuer. Es wand sich und pulsierte und drehte sich um sich selbst. Aus seiner Mitte tropfte ein strudelndes Tentakel herunter.

»Fahr schneller, verdammt!«

Wir schleuderten um hundertachtzig Grad herum, und ich flog auf den Boden des Wagens.

»Achtung!«

Blech krachte, der Wagen erschauerte und rutschte erst hierhin und dann dahin. Am Ende der Zufahrt trat der Fahrer die Bremse bis zum Bodenblech, bog nach links und gab wieder Gas. Der Motor heulte auf, als wir beschleunigten.

In meinen Gedanken kehrte langsam wieder Ordnung ein. Ich schaute vom Boden hoch und sah ein vertrautes Gesicht. Thea saß am Steuer.

»Hallo«, sagte ich absurderweise und mit ungeheurer Mühe.

Sie warf mir im Rückspiegel einen kurzen Blick zu. »Versuche nicht, zu sprechen.«

Vom Beifahrersitz kam eine Männerstimme. »Ist das Scheißding hinter uns *her*?«

Wer war dieser Mann? Auf ein mächtiges Rauschen folgte ein Krachen. Der Wagen schleuderte wieder nach links, und plötzlich rasten wir durch Unterholz, Zweige und Laub, das die Seiten des Wagens peitschte. Mit einem Ruck hob sich das Fahrgestell in die Luft und landete hart auf der Straße. Die Reifen quietschten, und wir wurden wieder schneller.

»Die haben uns sicher gesehen«, sagte der Mann.

»Scheiße!«, sagte Thea und schlug mit der Faust auf das Lenkrad. »Scheiße, Scheiße, Scheiße!«

»Wir können nicht zurück zu dir.«

»Glaubst du, das weiß ich nicht?«, antwortete Thea. »Wie geht's ihm?«

Ein Männergesicht spähte um den Beifahrersitz herum. »Du hast die Lady gehört. Wie sieht's aus dahinten?«

Ich wollte antworten, aber die Anstrengung war zu groß.

»Er ist noch ziemlich hinüber«, sagte der Mann und drehte sich wieder nach vorn. »Wir müssen von dieser Straße runter. Fahr da vorn rechts rein.«

Der Wagen wurde langsamer. Wir krochen auf einem Feldweg entlang. Ich hörte, wie Kies von den Reifen hochgeschleudert wurde. Der Wahnwitz der letzten Minuten war einer unwirklichen Stille gewichen, und der tosende Wind hatte sich plötzlich gelegt. Vielleicht war ich tatsächlich eingeschlafen, denn das Nächste, was mir zu Bewusstsein kam, war, dass man mich aus dem Auto zerrte. Der Mann stützte mich auf der einen Seite, Thea auf der anderen. Meine Schuhspitzen schleiften über den Boden, und ein langer Speichelfaden baumelte aus meinem Mund. Ich spürte dichtes Laub um mich herum und dann etwas wie ein Gebäude.

Es war ein Haus oder eher ein Cottage oder eine Hütte. Es war eng und primitiv, es hatte einen Bretterboden, und der Ammoniakgeruch von Schimmel erfüllte den Raum. Thea und ihr Komplize schleppten mich weiter ins nächste Zimmer und legten mich dort auf ein Bett. Jemand zog eine Decke über mich.

»Was zum Teufel fangen wir mit ihm an?«

Stimmen aus dem vorderen Zimmer. Thea und der Mann diskutierten – nein, sie stritten.

»Wir können ihn nicht einfach hierlassen.«

»O doch, das können wir. Du bist zu lange dabei – das habe ich schon öfter gesehen.«

»Was soll das denn heißen?«

Sosehr ich mich auch bemühte, es fiel mir schwer, dem irgendeinen Sinn zu verleihen, was ich hörte. Ihre Worte existierten ohne jeden vernünftigen Bezug, selbst zueinander.

»Ich gehe nirgendwohin.«

»Thea, wir sind *aufgeflogen*. Wir müssen weg von hier. Was muss ich tun, damit du das verstehst?«

Da kam noch mehr, aber ich konnte nichts Sinnvolles herausdestillieren. Ihre Stimmen schwanden, als vergrößerte sich der Abstand zwischen uns. Da war noch ein Murmeln, dann ein Flüstern und dann gar nichts mehr. Eine Tür öffnete und schloss sich dann wieder. Stille schlich sich ins Zimmer. Meine Augen hatten sich geschlossen. Wieder fühlte ich es, ich fühlte alles. Den tosenden Wind, den peitschenden Regen. Das Schiff weit draußen auf hoher See, die winzige Gestalt am Steuer. Die Gischt, die über mich fegte, das weiße Segel darüber, meine Hände, die das Rad umklammerten. Die ganze Begeisterung, das wilde Entsetzen, dass mein Schiff, die *Oranios*, geradewegs ins schwarze Herz des Unwetters trieb.

18

Ich wachte im Licht des Morgens auf und spürte, dass ich nicht allein war. Ich drehte meinen Kopf auf dem Kissen. Thea saß am Bett und las ein Buch.

»Ist es gut?«

Sie hob den Blick von der Seite.

»Das Buch, meine ich.«

Sie klappte das Buch zu und legte es beiseite. »Ein bisschen kitschig. Boy-meets-Girl-Zeug. Ich stehe mehr auf Krimis. Wie fühlst du dich?«

»Ging schon mal besser.« Ich sah mich um. »Wo sind wir?«

»Das Haus gehört Freunden von mir.«

»Ist einer von denen der Mann, der dir letzte Nacht geholfen hat?«

»Das weißt du noch? Ich war nicht sicher, dass du dich erinnern würdest.«

»Es ist ein bisschen nebelhaft.« Ich versuchte, mich aufzurichten, aber mein Kopf fühlte sich an, als wäre er hundert Pfund schwer.

»Ich hole dir ein Glas Wasser.«

Sie ließ mich allein. Unbenutzte Rohre lärmten, und dann kam sie mit einem Glas zurück, das aussah, als sei es halb voll Rost. Ich machte mich mit gierigen Schlucken darüber her.

»Langsam.«

Das Glas war leer, und ich reichte es zurück. »Ja«, sagte ich, »ich glaube mich an einen Sturm zu erinnern.«

Sie stellte das leere Glas auf den Tisch. »Das ist ein Anfang.«

»An einen Tornado, genauer gesagt.«

Thea nickte.

»Das Haus meines Vaters?«

»Weg.« Sie zuckte die Schultern. »Vieles ist weg. Im Radio hieß es, die halbe Insel ist ohne Strom.«

»Hat es Verletzte gegeben?«

»Das weiß ich nicht. Ich nehme es aber an.«

»Und wie hast du mich gefunden?«

Sie wich zurück. »Wovon redest du? Du hast mich angerufen.«

»Was habe ich gesagt?«

»Du hast mir nur gesagt, wo du hinwolltest, und ich sollte mich dort mit dir treffen.« Sie beäugte mich skeptisch. »Soll das heißen, das warst du nicht?«

»O doch, ich bin ziemlich sicher, dass ich es war.«

»Aber du erinnerst dich nicht daran.«

Ich schüttelte den Kopf. »Wie habe ich mich angehört?«

»Das war keine Plauderei. Du warst ziemlich entschieden.« Sie schwieg und sah mir forschend ins Gesicht. »Proctor, was ist gestern Abend wirklich passiert?«

»Wenn ich es wüsste, würde ich es dir sagen.«

»Das reicht mir nicht.«

Sie hatte ein Recht, es zu erfahren. »Ich glaube, ich bin vielleicht geschlafwandelt.«

Sie zog die Brauen hoch.

»Das habe ich als Kind oft getan.«

»Du hast geschlafen, als du mich angerufen hast. Das soll deine Erklärung sein.«

»Ich habe geschlafen, ich war wach – ich weiß nicht genau, ob ich den Unterschied noch kenne.«

Thea stand auf und ging einmal im Zimmer herum, bevor sie mich ansah.

»Ich muss fragen. Wie hat Elise es aufgenommen?«

»Man kann wohl sagen, dieser Teil meines Lebens ist vorüber.«

»Das tut mir leid.«

Ich zuckte auf dem Kopfkissen die Achseln. »Nach den letzten paar Tagen ist die Frau ohne mich wohl besser dran.«

»Sei nicht so streng mit dir selbst, Proctor.«

»Ich versichere dir, das bin ich nicht.« Ich schwieg einen Moment und ordnete meine Gedanken und meine Erinnerungen an die Nacht. »Als du mich gefunden hast, war da noch etwas im Zimmer?«

Thea zog die Stirn kraus. »Ich glaube, nicht. Sollte da etwas gewesen sein?«

»Was ist mit den Wänden? Stand da etwas geschrieben?«

»Das Haus flog auseinander. Ich konnte kaum alles genau unter die Lupe nehmen.« Sie starrte mir ins Gesicht. »Proctor, was hast du gesehen?«

Und auf einmal ging mir ein Licht auf. Das Teleskop, die Gleichungen, der Bauplan im Arbeitszimmer. Es gab nur eine Erklärung für das alles.

»Ich glaube, ich weiß, was mein Vater vorhatte.«

»*Oranios* ist ein Boot?«

»Eher ein Schiff, genau gesagt.«

»Das du durch dieses … Teleskop gesehen hast. Das vielleicht existiert hat, vielleicht auch nicht.«

»Du lässt es schlimmer klingen, als es ist, aber … ja.«

»Und die Schrift an der Wand …«

»Navigationsberechnungen mithilfe der Sterne. Mein Vater hat mir gezeigt, wie das geht, als ich noch jung war.«

Wir saßen am Tisch in der winzigen Küche des Cottage und tranken Tee.

»Glaubst du, es ist real?«, fragte Thea.

»Er hat es entworfen, so viel weiß ich. Aber das Ding ist riesig. Wenn er es wirklich gebaut hat, muss er eine Menge Hilfe gehabt haben.«

Thea überlegte kurz. »Wollte er vielleicht fort? Von hier wegsegeln?«

»Bei einem Boot von dieser Größe wäre das der Sinn, scheint mir.«

»Und warum sollte er weggewollt haben?«

»Das ist der Teil, der mir nicht einleuchtet. Es passt einfach nicht zu ihm.«

»Dein Vater war nicht irgendjemand. Er war der Leitende Justiziar. Vielleicht wusste er etwas.«

»Komisch, meine Schwiegermutter hat genau das Gleiche gesagt.«

Theas Gesicht verriet wachsendes Interesse. »Wann war das?«

»Am Abend des Konzerts. Sie war ziemlich interessiert, zu erfahren, was mein Vater gesagt hatte.«

Thea blickte gedankenverloren weg. Schließlich sah sie mich wieder an. »Hypothetisch gefragt, wenn du ein Boot von dieser Größe bauen wolltest, wo würdest du es verstecken?«

»Nicht auf dem Wasser. Die Drohnen würden es entdecken. Man würde ein großes Gebäude brauchen, und es müsste unmittelbar am Wasser liegen.«

»Kennst du so etwas?«

»Eigentlich nicht. Und wie gesagt, er hätte es nicht allein tun können. Wenn du mich fragst, es war nur ein Hirngespinst.«

»Aber er hat den Bauplan da hinterlassen, wo du ihn finden würdest. Er wollte, dass du es weißt.« Sie trommelte mit den Fingern auf dem Tisch und blickte dann auf. »Könnte es ein Echo gewesen sein? Etwas aus seiner Vergangenheit?«

»Du meinst, er wusste nicht, dass er es tat?«

»Oder er wusste es, aber er wusste nicht, warum. Er hat dir die Zeichnung hinterlassen, damit du es herausfindest, weil er es nicht konnte.«

»Es wäre nett gewesen, wenn er mir auch noch eine Bedienungsanleitung dazugelegt hätte.«

»Na ja, wenn du recht hast und der S3 die Wände übergestrichen hat, dann gibt es jemanden, der damit etwas anfangen kann. Deine Schwiegermutter zum Beispiel.«

»Ich weiß nicht, Thea. Callista hat *verhindert*, dass ich ins Gefängnis komme.«

»Vorläufig vielleicht. Für mich klingt es, als hätte sich eure Beziehung in den letzten achtundvierzig Stunden verändert.«

Da konnte ich nicht widersprechen.

»Was die Drohnen erklären würde.«

Drohnen?

»Als ich zum Haus deines Vaters kam, waren sie überall. Ich habe sieben Stück gezählt, bevor der Sturm richtig losbrach.«

»Warum sollten da Drohnen sein?«

»Vielleicht hatten sie dich schon die ganze Zeit beschattet.«

Ich dachte an die vergangenen Tage zurück. »Ich kann mich nicht erinnern, welche gesehen zu haben – außer denen drüben bei der Nursery.«

»Das heißt aber nicht, dass keine da waren. So oder so, ich würde sagen, in diesem Augenblick stehen wir beide auf irgendeiner Liste.«

Ein finsterer Gedanke. Und auch der richtige.

»Es tut mir wirklich leid«, sagte ich. »Ich hätte dich da nicht hineinziehen dürfen.«

»Ich habe nichts getan, was ich nicht tun wollte.« Sie lächelte. »Vielleicht mag ich dich einfach. Hast du daran schon mal gedacht?«

»Ich bin geschmeichelt, aber du scheinst dabei nicht so gut wegzukommen.«

»Nimm es als Kompliment. Und wer weiß? Vielleicht tust du mir einen Gefallen. Schluss mit Obst- und Blumenbildern. Um die Wahrheit zu sagen, ich hatte das Ganze ziemlich satt.«

»Ich verstehe nicht, wie du darüber Witze machen kannst.«

»Habe ich gesagt, ich mache Witze? Ich habe Leute im Annex. Es ist leicht, da drüben in der Menge zu verschwinden. Wenn genug Zeit ins Land geht, verliert der S3 vielleicht das Interesse.«

Ich war verblüfft. »Das würdest du tatsächlich tun«, sagte ich. »Einfach … davonspazieren.«

»Du kannst mitkommen, wenn du willst. Es klingt ja nicht so, als würde dich hier noch viel halten.«

Ich dachte an den Mann im Shuttle, an den lodernden Hass in seinen Augen.

»Das sind nur Menschen, Proctor.«

»Ich bin sicher, sie sind in Ordnung. Aber ich glaube, es ist nichts für mich. Tut mir leid.«

»Wenn das Schiff deines Vaters real ist, sperren sie dich ein. Oder sie schalten dich aus.«

»Wahrscheinlich.«

»Na, dir ist das vielleicht egal, aber mir nicht.«

Wir schwiegen eine Weile. Wann würden die Drohnen aufkreuzen?

»Da ist noch etwas, das ich dir sagen sollte«, gestand ich. »Caeli war gestern Abend da.«

Sie zog die Brauen hoch. »Beim Haus deines Vaters, meinst du?«

Die Erinnerung war nebelhaft, und sie lauerte am Rand meiner Gedanken. Das Haus, der Pool, die Schritte auf der Treppe. Irgendwie lief alles darauf hinaus, dass ich sie spürte. »Nicht ganz. Ich würde ja versuchen, es zu erklären, aber es würde wenig Sinn ergeben. Ich weiß nur, sie war da.«

Thea stand auf und ging ein Stück weg.

»Ich muss sie finden, Thea.«

Sie drehte sich zu mir um. »Warum musst du sie finden? Sag mir das. Was ist so wichtig an diesem Mädchen?«

»Ich weiß es nicht. Ich glaube einfach, ich soll sie finden.«

Thea wartete ab.

»Ich glaube, das war es, was die Echos mir sagen sollten. Dass sie in Schwierigkeiten ist und dass ich es bin, der ihr helfen soll.«

Thea setzte sich wieder. »Tja, da gibt es einen kleinen Haken. Mein Freund, der mir gestern Abend geholfen hat …«

»Nach dem wollte ich dich fragen.«

»Quinn ist der Mann, von dem ich dir erzählt habe. Wir waren zusammen, als du angerufen hast. Er war Datenanalyst bei der Öffentlichen Sicherheit, und er hat immer noch Freunde, die ihm Zugriff auf die Personaldaten beim CIS verschaffen können. Er hat eine umfassende Background-Recherche über das Mädchen angestellt.«

Gute Neuigkeiten, endlich. »Und?«

»Und nichts.«

»Was heißt ›und nichts‹?«

»Ich meine, es gibt keine Spur von ihr. Keine Adoptionsunterlagen, keine Transkripte, nichts im Ministerium für Wohlergehen. Er hat eine vollständige historische Studie durchgeführt. Soweit er feststellen konnte, wurde der Name Caeli noch nie benutzt.«

Ich war völlig verdattert. »Da muss er etwas übersehen haben.«

»Das glaube ich nicht. Wenn es da wäre, hätte er es gefunden. Soweit es das CIS betrifft, gibt es Caeli nicht.«

»Was soll das heißen?«

»Ich weiß es nicht, Proctor. Sag du es mir.«

»Sie ist so etwas wie ein Geist. Ein Produkt meiner Fantasie.«

»Nein, das will ich damit nicht behaupten. Wenn du sagst, du kennst sie, dann kennst du sie. Das Problem ist, du bist anscheinend der Einzige, der sie kennt.«

»Ich sage dir, sie ist *real*, verdammt! Ich habe ihr Schwimmen beigebracht.«

»Weißt du denn einen Grund, weshalb man sie aus dem System gelöscht haben könnte?«

Und plötzlich wusste ich einen Grund.

Das war der schlimmste Teil meiner Arbeit.

Dreimal in meiner Laufbahn hatte ich den Auftrag erhalten, einen neuen Iteranten in die Nursery zurückzubringen. In den ersten zwei Jahren nach der Reiteration konnte jedes Mündel zurückgeschickt werden, ohne dass eine Begründung verlangt wurde, aber diese Praxis wurde weitgehend missbilligt, und die gesellschaftlichen Kosten waren hoch. Wo doch ein Paar unter Umständen jahrelang auf die Gelegenheit zu einer Adoption wartete, wie sah es dann aus, wenn jemand die lebensbereichernde Erfahrung, ein Kind aufzuziehen, einfach wegwarf? Nicht gut. Mit anderen Worten, es kam vor, aber selten, und wenn, dann hatte es immer einen tragischen Beigeschmack.

Von den drei Rückführungen, bei denen ich als Fährmann fungiert hatte, waren die beiden ersten zwar auch zutiefst unerfreulich, aber sie besaßen doch wenigstens einen Hauch von Rationalität. Im ersten Fall war das Mündel, ein strammer, athletischer Junge, von einem Shuttle angefahren und gelähmt worden. Die Situation war in jeder Hinsicht katastrophal, und der Junge zögerte nicht. Im Gegenteil, die Chance zu einem neuen Anfang war ihm willkommen. Im zweiten Fall war das Mädchen absolut unbeherrschbar geworden. Sie hatte gestohlen, sich geprügelt und war sexuell über die Stränge geschlagen. Auch das war kein Spaß, und ich trug den Vormündern alle Gegenargumente vor – sie ist noch jung, sie wird darüber hinauswachsen, später werden alle darüber lachen –, doch daran hatten sie natürlich auch schon gedacht.

Aber der dritte Fall verstörte mich zutiefst. Anscheinend hatten die Vormünder einfach keine Lust mehr, Eltern zu sein. »Es hat sich gezeigt, dass es eigentlich nicht unser Ding ist«, erklärte der Vater mir, als täte er nichts weiter, als ein schlecht gebratenes Steak in die Küche zurückzuschicken. Die ganze Sache war von vorn bis hinten eine Horrorshow. Als ich den Jungen schließlich im Wagen hatte, war er gelähmt vor Entsetzen und dem Gefühl, absolut wertlos zu sein. Er hatte nur eine Aufgabe gehabt, nämlich jemandes Sohn zu ein, und er hatte versagt. Auf der Fahrt zur Fähre sprach er kein Wort mit mir und ich nicht mit ihm – ein feiges Verhalten, das ich bis zum heutigen Tag bereue –, und am Ende musste er auf die Fähre getragen werden wie die Last, als die er sich sah.

Diese drei Fälle, so unterschiedlich sie waren, hatten eins gemeinsam. Alle drei Mündel waren im Central Information System gelöscht worden, und sämtliche Dokumente, in denen ihr Name enthalten war, waren umstandslos in den Schredder gewandert. Man hatte sie verschwinden lassen, nicht nur als Personen, sondern auch im öffentlichen Gedächtnis, als hätten sie nie existiert.

»Gibt es hier ein Telefon?«, fragte ich Thea.

Sie führte mich in ein zweites Schlafzimmer im hinteren Teil des Hauses. Ich hatte Glück: Das Telefon war ein altmodischer Wählscheibenapparat, der keinen Strom benötigte. Ich nahm den Hörer ab und hörte einen Wählton. Auf dem Nachttisch stand eine Uhr: Es war kurz nach acht. Oona würde an ihrem Schreibtisch sitzen.

»Direktor Brandts Büro.«

Warum war ich überrascht? »Oona, hier ist Proctor.«

Es war still in der Leitung.

»Oona, bist du da?«

»Ja, natürlich«, sagte sie steif. »Wie kann ich Ihnen helfen, Mr Smith?«

Ich saß noch tiefer in der Tinte, als ich gedacht hatte. »Sie müssen mir einen Gefallen tun. Können Sie mir sagen, ob sich zurzeit jemand im Rückführungsgewahrsam befindet?«

»Ich glaube, da kann ich Ihnen helfen. Bleiben Sie bitte am Apparat.«

Die Leitung wurde still. »Was ist Rückführungsgewahrsam?«, fragte Thea.

»Dort bringen wir die Zwangsrückführungen unter, bis die Fähre sie abholt. Eine Unterkunft im Keller des Ministeriums für Human Resources.«

»Eine Unterkunft. So etwas wie ein ... Gefängnis?«

Ich war plötzlich beschämt, so darüber zu denken. In zwei Jahrzehnten hatte ich es nie in solchen Kategorien gesehen.

»Ja, wie ein Gefängnis.«

Oona war wieder am Telefon. »Mr Smith?«

»Ja, ich bin noch da.«

»Sie können eine weitere Person bei dem Meeting erwarten.«

Mein Magen krampfte sich zusammen. Hoffentlich irrte ich mich. »Männlich oder weiblich?«

»Die Informationen sind leider unvollständig. Eine junge Person, wenn ich recht verstanden habe.«

Eine Person. Jung. Caeli.

»Danke, Oona. Und nur, damit Sie es wissen: Was man über mich sagt, ist nicht wahr.«

»Daran habe ich nie gezweifelt, Sir. Aber es tut mir leid, zu hören, dass es Ihnen nicht gut geht. Bevor Sie zum Meeting kommen, sollten Sie vielleicht noch mal einen Blick auf Ihren Monitor werfen.«

Auf meinen Monitor?

»Auf Wiederhören, Mr Smith. Gute Besserung.«

Sie legte auf, und ich sah Thea an. »Ist hier ein Lesegerät im Haus?«

»Ich dachte, du kannst diese Dinger nicht ausstehen.«

»Kann ich auch nicht. Gibt es eins?«

Sie fand eins unter dem Waschbecken im Badezimmer, ein älteres Modell, aber immer noch brauchbar, und die Batterie war nicht leer. Thea sah zu, wie ich mich auf das Bett setzte und das Gerät einstöpselte. Es erwachte blinkend zum Leben, und der Datenstrom setzte ein. Dreißig Sekunden später wurde das Display schwarz, und das Gerät erledigte seine letzten Berechnungen.

Mein Wert erschien.

Eine Zeit lang starrte ich sie nur an. *Natürlich*, dachte ich. Es war das Einzige, was Sinn ergab.

»Proctor, was steht da?«

Ich hielt es hoch, um es ihr zu zeigen: neun Prozent.

Ich verlor nicht nur den Verstand. Ich starb.

19

Wenn jemandes Wert unter zehn Prozent sank, war das keine Privatangelegenheit mehr. Ein Signal wurde vom Träger zum Central Information System gesendet, das es an die zuständige Human-Resources-Behörde weiterleitete. Dies kannte man als »warnendes Ping«. Drohnen wurden ausgeschickt, die das Signal triangulieren mussten. Ein Beschluss zum Zwangsausstieg wurde erlassen, ein Team von Wachleuten entsandt. Wenn planmäßig keine Fähre fuhr, wurde eine eingesetzt. So dauerte es einen, höchstens zwei Tage, und der Ausstiegskandidat war unterwegs zur Nursery.

Warum also hämmerten die Wachleute noch nicht an die Tür?

Die Antwort war: der Sturm. Da flogen keine Drohnen. Das Ping musste irgendwann in der Nacht abgegangen sein. Die Drohnen hatten mich zum Haus meines Vaters verfolgt. Aber dann war das Unwetter losgebrochen und hatte die Stromversorgung unterbrochen. Die Wachleute hatten keine Möglichkeit, mich zu finden, solange die Störung nicht behoben war.

Was jetzt jeden Augenblick der Fall sein konnte. Und wenn sie mich fänden, hätte Caeli keine Chance mehr.

In der Besteckschublade fand ich ein Kochmesser, halbwegs

scharf, in einem Werkzeugkasten unter der Küchenspüle eine Drahtschere, in einem der Schlafzimmer ein Nähetui, Handtücher, eine Schachtel Streichhölzer und ein sauberes weißes T-Shirt, das ich in Streifen riss. Dazu kam eine Flasche Wodka aus der Kühltruhe. Das Badezimmer schien mir der beste Ort für mein Vorhaben zu sein; es würde eine Sauerei werden. Ich goss den Wodka über das Messer und die Drahtschere und reihte meine Sachen auf dem Wannenrand auf.

Ich setzte mich auf den Toilettendeckel, goss mir drei Fingerbreit Wodka in ein Glas und kippte ihn herunter. Kein besonderes Anästhetikum, aber etwas Besseres hatte ich nicht zur Hand. Thea beobachtete mich von der Tür aus mit fassungslosem Entsetzen im Blick.

»Alles in allem betrachtet«, sagte ich, »schaust du vielleicht lieber woandershin.«

Sie machte keine Anstalten, zu gehen, und insgeheim war ich froh darüber. Eins hatte ich in meiner Zeit als Schwimmsportler gelernt: Ein Publikum machte einem Mut. Hinter meinen Augäpfeln meldete der Wodka seine Ankunft mit einem sanften Schubsen. Ich nahm das Messer und hielt die Spitze schräg an die Haut am Rand des Monitors.

»Los geht's.«

Sterne funkelten in meinen Augen. Ganze Galaxien kreisten in einem Kosmos von Schmerz. Unter der Klinge quoll es plötzlich leuchtend rot. In meinem Körper war ein Damm gebrochen. Weiterzumachen erschien mir unmöglich, aber ich wusste, wenn ich auch nur eine Sekunde zögerte, würde meine Willenskraft zusammenbrechen. Wie ein Koch, der das Fett von einem Braten schneidet, schnitt ich am Rand des Monitors entlang und schob dann die Klinge unter das Gerät, um es herauszuhebeln. Ich drückte immer fester, bis es sich mit einem leisen Schmatzen herauslöste.

Mit der Spitze der Messerklinge hebelte ich immer weiter, und ein kleines Rechteck von rosa streifigem Fleisch trat zutage und verschwand sofort unter einem frischen Schwall Blut. Ich ließ das Messer fallen und griff nach der Drahtschere. Ich brauchte jetzt nur noch die Drähte zu durchtrennen, aber ich schaffte es nicht. Mir schwirrte der Kopf, und meine Hände hatten keine Kraft mehr. Ich hielt Thea die Schere entgegen.

»Bitte«, stöhnte ich, »hilf mir dabei.«

Und so gingen die schlimmsten sechzig Sekunden meines Lebens zu Ende. Thea stand vor mir, den Monitor in der einen Hand, die Schere in der anderen. Sie warf beides ins Waschbecken und drückte ein Handtuch auf die Wunde. Das Handtuch war mit Wodka getränkt. Reines Feuer.

»Verzeihung«, sagte sie und zog den Kopf ein.

Ich rang nach Atem. Sie führte meine Hand zum Handtuch und hielt sie dort fest.

»Du musst darauf drücken.«

Sie nahm eine Nadel aus dem Nähetui und sterilisierte sie mit einem brennenden Streichholz. Der Rest setzte dem Ganzen die Krone auf. Als sie mit dem Nähen fertig war, konnte ich nur noch mit Mühe zwei Gedanken zusammenfügen. Außerdem war ich gründlich betrunken vom Wodka. Ich stürzte ein Glas Wasser hinunter, während Thea mir den Arm mit Streifen von dem T-Shirt verband.

»Glaubst du, du kannst stehen?«, fragte sie.

Ich schaffte es. Mein Hemd, meine Hose, meine Schuhe – alles war mit Blut bespritzt. Der Monitor lag immer noch im

Waschbecken, wo Thea ihn hingeworfen hatte. Eine kleine Zeremonie schien mir angebracht zu sein. Ich klappte den Toilettendeckel hoch, warf das Ding in die Kloschüssel und spülte es ins Nirvana.

»Ich brauche was zum Anziehen«, sagte ich.

Aus dem Schlafzimmer holte Thea ein langärmeliges Hemd, eine Baumwollhose und ein Paar Segeltuch-Slipper. Die Hose war mir zu kurz, die Schuhe waren zu groß, aber ich würde damit so weit kommen, wie ich musste. Ich kehrte ins Bad zurück, um mir das Gesicht zu waschen. Mit Entsetzen sah ich mich im Spiegel. Ich war grau wie ein Ertrunkener.

»Dein Freund von gestern Abend«, sagte ich zu Thea. »Mir ist gerade eingefallen, wo ich ihn schon mal gesehen habe.«

»Ach ja?«

»Er ist der Mann, von dem ich dir erzählt habe. Der mit dem Buch.«

Thea sah mich an, sagte aber nichts.

»Du musst mir irgendwann mehr darüber erzählen«, sagte ich.

Der Plan, wenn man es so nennen konnte, bestand darin, Caeli irgendwie aus dem Gewahrsam zu holen und ins Haus zu bringen. Wenn genug Zeit vergangen und die Spur abgekühlt wäre, würde Thea sie auf den Annex schmuggeln. Draußen hatte das Unwetter überall seine Spuren hinterlassen. Abgerissene Äste und Blätter lagen auf dem Boden verstreut, ganze Bäume waren mit den Wurzeln ausgerissen. Aber der Himmel war klar, und die Sonne stand prall und heiß in der stickigen Luft. Als wir beim Wagen waren, streckte ich die Hand nach dem Schlüssel aus.

»Kommt nicht infrage«, sagte Thea. »Ich komme mit.«

»Ich weiß die Geste zu schätzen, aber das ist keine gute Idee.«

»Proctor, sieh dich doch an. Du bist ein totales Wrack. Wenn du sie herausholen willst, wirst du Hilfe brauchen.«

Die Frau hatte nicht unrecht, aber andererseits hatte ich für einen Tag genug auf dem Gewissen. »Thea, überleg doch. Im Moment bist du nur jemand, der gestern Abend einen Anruf beantwortet hat. Das ist alles. Ein Anruf.«

»Du hast es selbst gesagt. Sie ist ein Kind.«

»Das ist nicht dein Problem.«

»Aber ich bin die mit dem Autoschlüssel.« Sie öffnete die Fahrertür, schob sich auf den Sitz und sah zu mir auf. »Und?«

Ich stieg ein.

20

Als Erstes ein Stopp.

Zwei Wachmänner waren vor meinem Haus postiert – einer ganz unübersehbar vor der Haustür, der andere an der Rückseite. An der nächsten Querstraße hielt Thea am Straßenrand an.

»Warte hier«, sagte ich.

Ich stieg aus, schlug mich ins Gebüsch und schlich mich nach hinten. Geduckt lief ich von Baum zu Baum.

Der Wachmann an der Rückseite, er sei gesegnet, saß in einem Liegestuhl und schlief tief und fest.

Das Blockieren der Halsschlagader mit meiner Ellenbeuge ist mein einziger Trick, aber dafür ist er gut. Von hinten näherte ich mich dem Liegestuhl, in dem der Wachmann leise schnarchte, die Mütze tief über die Augen gezogen. Er wehrte sich nicht, jedenfalls nicht nennenswert. Drei oder vier Sekunden krampfartiges Strampeln und ein Schreckensschrei, der in meiner Handfläche unterging, und dann lag er still.

Ich nahm ihm den Elektroschocker ab und betrat das Haus durch die Schiebetür. Die Atmosphäre war anders und fremdartig, als gehörte es nicht mir. Ich fragte mich, warum das so war, bis mir klar wurde, dass es im eigentlichen Sinne immer schon Elise gehört hatte. Ich wohnte hier nur. Ich schlich mich zu den vorderen Fenstern und spähte durch die Gardinen. Wo war der Wachmann?

Unmittelbar hinter mir, war die Antwort.

Der Kampf, der jetzt folgte, war wütend, planlos und entschieden unsportlich, ein wildes Boxen und Zerren und Kneifen, mehr eine Schulhofprügelei als eine Kraftprobe zwischen zwei erwachsenen Männern. Gegenstände wurden zertrümmert, Möbel umgeworfen, und irgendwann, ich schwöre, fing ich an, den Mann mit Büchern zu bewerfen. Unsere Taser hatten wir beide nicht mehr in der Hand; wir hatten sie in den ersten Augenblicken unserer Balgerei verloren. Der Kampf verlegte sich aus dem Flur ins Wohnzimmer, in die Küche und wieder zurück ins Wohnzimmer. Inzwischen waren wir beide außer Atem.

Was zum Teufel, Proctor, dachte ich, *du stirbst doch sowieso.*

Ich griff an.

Mit gesenktem Kopf, die rechte Schulter voraus, rammte ich den Wachmann mit einer wuchtigen Attacke, die ihn den Boden unter den Füßen verlieren und uns beide quer durch das Wohnzimmer fliegen ließ. Wir krachten gegen die Schiebetür zur Terrasse, und die Scheibe explodierte um uns herum zu Tausenden glitzernden Splittern. Ich schlug einen Purzelbaum über ihn hinweg, bevor ich nach zwei kompletten Überschlägen mit dem Gesicht nach oben auf dem Rasen landete.

Er brauchte eine Sekunde, um auf mir zu landen.

Blut floss über sein zerschlagenes Gesicht, und in seinen Augen glühte mörderische Wut. Wahrscheinlich hatte der Mann den ausdrücklichen Befehl, mich *nicht* umzubringen. Schließlich war ich Callista Lairds Schwiegersohn. Aber in den letzten paar Minuten war das Regelheft aus dem Fenster geflogen. Er saß rittlings auf meiner Taille, packte mich mit der einen Hand bei der Kehle und ballte die andere zur Faust. Sie würde mein Gesicht zerschmettern wie ein Vorschlaghammer.

Thea sah er nicht kommen. Ich auch nicht. Plötzlich lag der Wachmann mit seinem ganzen schlaffen Gewicht auf mir. Ich schaute an seiner Schulter vorbei und sah sie mit einem Schocker in der Hand über mir.

»Ich dachte, du solltest im Wagen warten«, sagte ich.

»Ist das der Dank?«

Ich rollte den Wachmann zur Seite, und Thea half mir auf die Beine.

»Ich habe es krachen gehört«, sagte sie. »Wahrscheinlich wie die halbe Nachbarschaft. Wir sollten schleunigst verschwinden.«

Ich suchte den verlorenen Taser, hob ihn auf und ging in mein Arbeitszimmer, um die Akte zu holen, deretwegen ich gekommen war, und dann wandte ich mich dem ersten Wachmann zu, der noch im Liegestuhl lag, wie ich ihn verlassen hatte. Ich schälte ihn aus seiner Uniform, nahm ihm den Dienstgürtel ab und zog beides an. Inzwischen fingen seine Augenlider an zu flattern.

»Tut mir leid«, sagte ich, und das war die Wahrheit. Ich drückte ihm den Schocker an den Hals.

Schweigend fuhren wir weiter in die Stadt hinein. Im Kielwasser des Unwetters erschien die Stadt wie gelähmt. Die Straßen waren fast wie ausgestorben; nur eine Handvoll Fußgänger waren unterwegs. Überall hatte das Unwetter Spuren der Wut hinterlassen: zerschlagene Fenster, weggerissene Dachziegel; ein zerdrücktes Auto unter einer umgestürzten Palme. Ich suchte den Himmel ab, aber ich sah nirgends eine Drohne.

Als wir uns meinem Büro näherten, wies ich Thea an, in eine Gasse abzubiegen und anzuhalten. Ich hatte ihr den Lageplan unterwegs beschrieben, aber ich wollte es noch einmal tun.

»Die Garage ist auf der Westseite des Gebäudes. Fahr in die erste Etage und parke an der hinteren Wand, wo keine Kameras sind. Dort werden wir herauskommen. Warte zehn Minuten, und wenn ich nicht auftauche, geh davon aus, dass ich erwischt worden bin, und dann sieh zu, dass du verschwindest.«

»Und wenn jemand mich anspricht?«

»Das dürfte nicht passieren, aber wenn doch, sagst du, du wartest auf eine Freundin. Auf der ersten Etage sind die Besucherparkplätze; deshalb benutzen die Leute sie für solche Gelegenheiten.«

»Ich warte aber länger als zehn Minuten.«

»Ich rate dir dringend, das nicht zu tun. Entweder klappt es, oder es klappt nicht, aber so oder so wird es nicht lange dauern.« Ich hielt ihr den zweiten Schocker entgegen. »Nimm den für alle Fälle.«

Sie nahm den Schocker und betrachtete ihn mit ausdrucksloser Miene, bevor sie zu mir aufsah. »Proctor …«

»Es ist okay, du brauchst nichts zu sagen.«

Sie nahm meine Hand und hielt sie für einen Augenblick fest. Etwas Schöneres hatte ich seit Langem nicht gespürt. Neun Prozent – wie viel Zeit hatte ich damit noch?

»Viel Glück«, sagte sie.

Ich stieg aus und ging quer über die Plaza. Unter dem Arm trug ich eine Ledermappe mit einem Freilassungsbeschluss, den ich zu Hause aus meinem Schreibtisch geholt hatte. Jetzt trug er ein gefälschtes Amtssiegel und die fiktive Unterschrift von Regan Brandt, Leitende Direktorin. Ministerialgebäude waren allesamt mit Notfallgeneratoren ausgestattet. Die Dienstmarke, die ich dem Wachmann weggenommen hatte, würde am Empfang gescannt werden, und Kameras würden jede meiner Bewegungen verfolgen. Ich betrat das Foyer in selbstbewusster Haltung, nicht zu schnell und nicht zu langsam, mit gesenktem Kopf und griffbereiter Dienstmarke. Ein einzelner Wachmann saß am Empfang, zwei weitere waren an der Treppe postiert. Jeder von ihnen könnte mich erkennen; ich war in diesem Gebäude fast zwanzig Jahre lang ein und aus gegangen.

Ich hatte Glück. Der Wachmann hinter seinem Tisch blickte kaum auf. Ich ging durch die Schranke, ohne zu zögern.

»Hey, Wyatt, warte mal eine Sekunde.«

War das mein Name? Wyatt? Ich wagte nicht, mich umzudrehen. »Ja?«

»Ich wollte nur wissen, habt ihr mit dem Kerl Glück gehabt?«

»Mit dem Kerl.« Das war ich. »Bis jetzt noch nicht. Er ist nicht aufgetaucht.«

»Was sagst du zu dem Wetter, hm?«

Wie lange konnte ich mit ihm reden, ohne mich umzudrehen? Außerdem wurde einer der Wachleute an der Treppe jetzt aufmerksam.

»Ja, das war vielleicht ein Ding«, sagte ich.

Ich nahm meinen zielstrebigen Schritt wieder auf. *Muss weiter! Habe zu tun!* Das Atrium kam mir vor wie eine Todesfalle. Ich konnte gar nicht schnell genug durchkommen. Zehn Schritte, fünfzehn, zwanzig und jeder ein Geschenk. Ich erreichte die Aufzüge. Einer stand offen, eine willkommene Tatsache. Ich würde solo in den Keller fahren. Ich trat in die Kabine und drückte auf den Knopf für den Keller. Die Tür glitt zu.

Der Aufzug setzte sich in Bewegung. Aufwärts.

Fuck! *Fuck, fuck, fuck!*

In panischer Hast drückte ich wieder und wieder auf den Knopf, aber jemand in einer der oberen Etagen war schneller gewesen. Wir passierten die Eins. Die Drei. Der Fahrstuhl wurde langsamer.

Unser Ziel war die Fünf.

Als der Aufzug anhielt, ließ ich mich auf ein Knie sinken und tat, als müsste ich mir den Schuh zubinden. Die Tür öffnete sich, eine Person stieg ein. Rote High Heels, dunkle Hose. Die Frau langte über meinen Kopf hinweg und drückte einen Knopf an der Bedientafel. Der Fahrstuhl fuhr abwärts. Ich beschäftigte mich unterdessen mit meinem anderen Schuh. Wie lange würde ich mit diesem Theaterspiel durchkommen? Es ging weiter hinunter. Zwei, dann Eins. Wir fuhren weiter.

Die Frau wollte wie ich in den Keller.

Ich kenne diese Schuhe, dachte ich.

Thea wendet den Wagen, fährt die Rampe hinauf und in das Parkhaus. Nur wenige Autos stehen verstreut auf der Etage. Sie parkt hinten an der Wand und stellt den Motor ab. Inzwischen muss Proctor im Gebäude sein. Möglich, dass das Ganze schon vorbei ist, und Proctor wird in Handschellen seinem Schicksal zugeführt.

Im Rückspiegel behält sie die Tür im Auge. Da ist eine Kamera, wie er gesagt hat, aber sie ist nach unten gerichtet, auf die Tür.

Du bist zu lange dabei – das habe ich schon öfter gesehen. Quinn hat recht, sie hat genug von diesem Spiel. Sie hat die Einladungen zum Lunch satt, die Partys und die sinnlosen Unterhaltungen. Sie hat es satt, Angst zu haben und jemand zu sein, der sie nicht ist, auch wenn sie nicht genau weiß, wer sie stattdessen sein soll.

Aber das ist nicht der Grund, weshalb sie hier ist. Sie könnte nicht genau sagen, *was* der Grund ist – nur dass er zutiefst instinktiv und persönlich ist. Zum Teil hat es mit Proctors Sorge um das Mädchen zu tun. Es ist, als ob er sich um sie kümmert, gerade weil es sonst niemand tut. Thea fragt sich, warum das so stark auf sie wirkt, und dann weiß sie es. Sie war auch einmal so ein Mädchen. Ein Mädchen, allein auf der Welt.

Die Minuten vergehen.

Sie starrt die Tür an und weiß, sie wird nirgendwo hinfahren.

Als Regan aus dem Fahrstuhl trat, richtete ich mich auf und folgte ihr. Ich zog den Taser aus seinem Holster, als sie einen Blick über die Schulter warf und erschrak.

»Proctor, was zum Teufel …?«

»Oh, hey, Regan.«

Ich hatte zu lange gewartet, und die Frau war keine Schlafmütze. Als ich den Schocker hob, blockte sie ihn mit der Linken, riss die Rechte hoch zu meinem Handgelenk und verdrehte mir heftig den Arm. Der Schocker flog mir aus der

Hand und rutschte über den Boden. Regan versetzte mir mit der flachen Hand einen soliden Stoß in den Solarplexus, sodass die Luft aus meiner Lunge entwich und ich rückwärts gegen die Wand geschleudert wurde.

»*Fuck you*, Proctor«, sagte Regan und griff sich ins Kreuz, um ihren eigenen Schocker zu ziehen.

Der Alarm fing an zu plärren.

Plötzliches Geheul lässt Thea im Parkhaus hochschrecken. Jäh richtet sie sich auf, als drei Wachmänner die Rampe herauf- und auf die Tür zurennen.

Sie trifft eine Augenblicksentscheidung.

Sie stößt die Wagentür auf und läuft ihnen nach. Einer von ihnen zieht seine Karte durch den Schlitz am Schloss. Sie erreicht sie atemlos.

»Lady, Sie können nicht mit rein«, sagt einer.

Sie zeigt auf die offene Tür. »Mein Mann ist da drin!«

»Es ist zu Ihrer eigenen Sicherheit. Das Gebäude unterliegt dem Lockdown, bis wir wissen, was hier los ist.«

Sie packt ihn beim Arm. »Bitte!«

Die Wachmänner wechseln einen Blick. Sie haben es eilig und keine Lust auf Diskussionen.

»Okay«, sagt der Erste. »Aber wir waren es nicht.«

Sie folgt ihnen ins Gebäude. Als sie durch den Flur laufen, verlangsamt sie ihr Tempo ein wenig, um Abstand zwischen sich und die Männer zu bringen. Der Korridor ist wie alle Korridore, gesäumt von Bürotüren, hinter denen, stellt Thea sich vor, Büroangestellte Schutz gesucht haben.

Sie spürt einen Knoten im Magen, als ihr klar wird, dass sie den Taser im Auto gelassen hat.

Sie gelangt zu einer Treppe. Von oben kommt Fußgetrappel, und dann rennt eine Gruppe von Wachleuten an ihr vorbei in Richtung Keller.

Was kann sie hier schon bewerkstelligen? Gar nichts, sagt die Logik. Aber Thea funktioniert nicht logisch. Es ist, als wären zwei Stimmen in ihrem Kopf, eine völlig vernünftige und eine, die ihr sagt, sie soll hinterherlaufen.

Sie stürmt die Treppe hinunter.

Die Kameras hatten mich eingefangen, oder einer der Wachleute im Atrium hatte endlich eins und eins zusammengezählt. Schlechte Neuigkeiten, aber der Alarm schenkte mir den Augenblick der Ablenkung, den ich brauchte, und ich hatte immer noch einen Schlagstock. Als Regan mit ihrem Taser auf mich losging, ließ ich den Stock auf ihren Unterarm niederfahren, und zwar mit voller Kraft.

Etwas knackte. Sie heulte auf.

Ich drehte mich um und rannte. Mein Gehirn schwamm in meinem Schädel, Übelkeit brodelte in meinem Magen, und mein Zusammenstoß mit der Wand machte es nicht besser. Die Tür zum Gewahrsamsbereich lag vor mir am Ende des Ganges. Ich hielt die Dienstmarke an den Sensor, und die Tür öffnete sich summend. Ein einzelner Wachmann saß am Empfangstisch.

Aber nicht irgendein Wachmann.

Sondern der, den ich auf dem Pier gewürgt hatte.

»Moment mal«, sagte er, als ihm ein Licht aufging, »ich kenne Sie doch, Sie sind dieser Scheißkerl.«

Als er aufstand, schlug ich ihm den Schlagstock seitlich an den Kopf. Er sank in einer Spirale zu Boden. Ich hörte schwere Schritte draußen, Stimmen, die Befehle kläfften. Mit dem Griff des Schlagstocks zertrümmerte ich die Steuerungsanlage des Türöffners und schloss mich ein. Dann sprang ich hinter den Schreibtisch und sank auf ein Knie. Ich riss die Handschellen von meinem Gürtel, bog die Arme des Wachmanns nach hinten und ließ die Handschellen um seine Handgelenke zuschnappen. Dann hakte ich meinen Unterarm um seine Gurgel und zerrte seinen Kopf bei den Haaren hoch.

»Wo ist sie?«

»*Fuck,* was soll …? Sie haben mich geschlagen!«

»Du hast eine Person hier unten. In welcher Zelle, verdammt?«

»Woher soll ich das wissen? Ich bin gerade erst zum Dienst angetreten.«

Ich spannte meinen Arm fester um seine Luftröhre.

»Die Acht, okay? Jemand war in der Acht.«

Fäuste hämmerten an die Tür. »Schlüssel?«

»Vordere Schublade. Sie können sie nehmen, ist mir scheißegal.«

Ein dicker Schlüsselbund, aber die Schlüssel selbst waren nummeriert. »Caeli, ich komme!«, schrie ich, obwohl meine Anstrengungen inzwischen längst sinnlos waren. Die Armee rückte an, die Armee war praktisch da. Aber ich hatte mich in diese Sache verbissen, und ich würde mit fliegenden Fahnen untergehen. Es war nicht genug, aber es war alles, was ich zu bieten hatte: Ich musste dem Mädchen sagen, dass sie wichtig war, dass jemandem so viel an ihr lag, dass er es versucht hatte. »Caeli, halte durch, ich komme dich holen!«

Ich hatte den letzten Rest meiner Kraft verbraucht und

stolperte wie ein Betrunkener den Korridor hinunter. Als ich die Nummer acht erreichte, hörte ich ein lautes Krachen hinter mir. Die Tür war aufgebrochen worden. »Er ist hinten bei den Zellen!« Stiefelgetrappel näherte sich. Ich schaute nicht zurück. Ich schob den Schlüssel ins Schloss, drehte ihn um und stürzte in die Zelle.

Sie war leer.

Und genau in diesem Augenblick war die Armee da. Ein gewaltiges Gewicht rammte meinen Rücken. Das Letzte, was ich sah, war der Boden, der zu mir aufstieg, als ich ihm mit Gesicht und Körper entgegenfiel.

Thea ist plötzlich vom Chaos umgeben.

Am hinteren Ende des Flurs drängen sich die Wachmänner. Sie hört Hämmern, Schreien, ein Krachen. Dann ruft eine Stimme: »Wir haben ihn!«

Ihn. Proctor.

Die Alarmsirene verstummt. Eine Frau sitzt auf dem Boden und lehnt mit dem Rücken an der Wand, die Augen vor Schmerzen fest geschlossen. Thea lässt sich vor ihr auf die Knie sinken.

»Ist alles in Ordnung?«, fragt sie.

Die Frau hält ihren Arm umfasst.

»Kommen Sie, ich helfe Ihnen«, sagt Thea.

»Autsch! Nicht anfassen!«

»Ich glaube, der Arm ist gebrochen.«

»Ich *weiß*, dass er gebrochen ist, verdammt.«

Thea legt den Kopf schräg und späht den Korridor entlang, um herauszufinden, was vor sich geht, aber die Wachmänner versperren ihr die Sicht. »Was ist eigentlich los hier unten?«

»Ein Wahnsinniger ist los. Hat versucht, in die Gewahrsamszellen einzubringen. Er hat das hier verbockt.«

Thea bemüht sich nach Kräften, schockiert auszusehen. »Wow! Das muss ja schrecklich gewesen sein.«

»Aber anscheinend haben sie ihn erwischt, den verrückten Mistkerl.«

»Was glauben Sie, wo sie ihn hinbringen?«

Jetzt ist sie zu weit gegangen. Sie sieht ihren Fehler in den Augen der Frau.

»In welcher Abteilung arbeiten Sie?«, fragt die Frau. »Ich kenne Sie nicht.«

Thea greift auf das Nächstbeste zurück, das ihr in den Sinn kommt. »Sozialverträge.«

Der Blick der Frau wird härter. »Das stimmt nicht.«

»Ich sollte jetzt gehen.« Thea steht auf und weicht zurück.

»Hey!«, schreit die Frau durch den Korridor. »Hilfe! Hier ist noch eine! Hier vorne!«

Thea rennt, ohne sich umzuschauen. Sie nimmt die Treppe, immer zwei Stufen auf einmal, und gelangt in den Flur. Leute treten vorsichtig aus ihren Büros. *Glauben Sie, es ist sicher, wieder herauszukommen? Weiß irgendjemand, was passiert ist?* Thea stürmt an ihnen vorbei, durch die Tür nach draußen und ins Parkhaus, sie steigt in den Wagen und fährt mit aufheulendem Motor los, und erst dann, als sie die Straße hinunterrast – weg von dem Gebäude, weg von der Plaza, weg von allem, das sie als ihr Leben bezeichnet hat –, erst da spürt sie die Tränen, die ihr über die Wangen laufen.

21

»Proctor, kannst du mich hören?«

Das gläserne Meer, die verdoppelten Sterne. Der blaue Tropfen, der im Himmel hing. Mit langen Zügen schwamm ich darauf zu. Der blaue Stern hatte einen Namen wie alle Sterne. Er existierte in meinem Geist, aber vergraben in den Tiefen. Ich war allein, aber ich fühlte mich nicht allein; die Frau war irgendwo in der Nähe. Das Gefühl ihrer Gegenwart umhüllte mich mit großer Ruhe und zog mich voran.

»Proctor, bist du da?«

Vor mir ein Licht und eine dunkle Silhouette. Ich verringerte die Distanz, und die Silhouette gab sich zu erkennen. Ein Segelschiff. Die Segel waren gerefft und an ihrem Baum beigebunden. Der Rumpf ruhte bewegungslos vor Anker. Eine einzelne Lampe brannte in der Kajüte.

»Ich glaube, er kann uns nicht hören.«

Ich erreichte mein Ziel. Das Schiff wie auch der blaue Stern kam mir unausweichlich vor. Ich musste nur seine Bedeutung entschlüsseln. Vor dem beleuchteten Bullauge bewegte sich ein Schatten. Jemand war da drin. Ich glitt auf die Leiter am Heck zu. War es die Frau, die mich erwartete? Aber es konnte ja niemand sonst sein. Sie würde mich aufnehmen, mir zu essen geben, mich in ihren Armen halten und meine Knochen erwärmen. Sie würde mich hinlegen und meinen Körper zusammen mit ihrem in warme, weiche Laken hüllen. Sie würde mir alles ins Ohr flüstern, was ich wissen musste. Sie würde mir den Namen des Sterns nennen.

»Ich glaube, wir können nicht länger warten.«

Ich schwamm am Rumpf des Schiffes entlang. Die Leiter kam in Sicht. Ich war nah dran, näher, die Leiter war praktisch zum Greifen nahe …

»Epinephrin.«

Ein Ruck ging durch meinen Körper. Der Himmel explodierte in weiß glühendem Licht. Nein!

»Proctor, kannst du mich hören?«

Das Schiff war weg. Das Schiff, der Himmel, das Meer, alles weg.

»Mach jetzt die Augen auf.«

Ich strömte davon, ich fiel und floss und taumelte …

»Proctor, *mach die Augen auf.*«

Tageslicht. Ein Bett. Gesichter um mich herum, viele Gesichter.

»So ist es richtig. Weiter so, mein Alter.«

Ich blinzelte ins Licht. Warren?

»Willkommen zurück, Sportsfreund.« Er führte einen Trinkhalm an meine Lippen. »Versuch noch nicht, zu sprechen. Trink erst mal.«

Das Wasser war lauwarm und schmeckte nach nichts. Ich versuchte, den Blick auf meine Umgebung zu fokussieren, aber etwas stimmte mit meinen Augen nicht. Mein Blick war vernebelt und flach, ohne jede Tiefe. Ich sah andere Gestalten im Raum, aber Details konnte ich nicht erkennen. Ich hörte ein saugendes Geräusch: Mein Becher war leer.

»Was … ist passiert?« Meine Zunge war pelzig wie Wolle.

Warren stellte den Becher zur Seite. »Du bist im medizinischen Flügel des Ministeriums für Wohlergehen.«

Im medizinischen Flügel. War ich krank?

»Du hattest einen Anfall. Erinnerst du dich?«

Meine Gedanken wanderten umher. Kleinigkeiten, kurze, ungeordnete Flashbacks, aber das war alles. Und dann wurde mir bewusst, dass ich mich nicht rühren konnte. Ich war ans Bett geschnallt.

»Proctor, ich habe dir etwas mitzuteilen. Und du musst aufmerksam zuhören.«

»Warum bin ich festgebunden?« Breite Gurte lagen quer über meinen Beinen und meinem Oberkörper, und ich trug nur ein dünnes Krankenhaushemd. »Was ist los?«

»Als ich dich am Freitag untersucht habe …« Warren zögerte. »Tja, ich habe da etwas gefunden.«

Ich schaute an ihm vorbei zu den nebelhaften Gestalten. »Was meinst du mit ›etwas‹? Und wer sind diese Leute?«

»Versuche, ruhig zu bleiben. Ich möchte dich nicht sedieren.«

Ich hatte angefangen, mich gegen die Gurte zu sträuben. »Du hast mich zusammengeschnürt wie ein Brathuhn, Herrgott!«

»Du hast einen Hirntumor, Proctor.«

Das nahm mir den Wind aus den Segeln.

»Es tut mir leid, Alter. Als ich letzte Woche die Daten in der Praxis habe durchlaufen lassen, habe ich eine große Masse in den Okzipital- und Parietallappen gefunden. Sie wächst schon seit Jahren, wahrscheinlich seit den Anfangstagen deiner Iteration. Nichts von dem, was in den letzten paar Tagen passiert ist, war deine Schuld, Proctor. Du bist einfach nicht du selbst. Wir haben dich stabilisiert, aber ich weiß nicht, wie lange das vorhält. Wir müssen uns beeilen, dich in die Nursery zu bringen.«

Konnte das wahr sein? Ich gestehe, für einen Augenblick kaufte ich es ihm ab. Aber nur für einen Augenblick.

»Ich glaube dir nicht«, sagte ich. »Das hast du dir ausgedacht.«

»Vertrau mir, alter Freund. Ich wünschte, es wäre so.«

»Komm mir nicht mit ›alter Freund‹.« Ich sah sein selbstgerechtes Gesicht, und alles war klar. »Das war die Spritze, die du mir gegeben hast, stimmt's? Du hast etwas mit meinem Monitor angestellt.«

Er schüttelte betrübt den Kopf. »Nein, Proctor, nein. Ja, was ich über die Vitamine gesagt habe, war gelogen. Aber dieser Teil ist wahr. Was ich dir gegeben habe, war ein Angiogenesehemmer. Ich dachte, man könnte das Wachstum des Tumors verlangsamen. Aber es war offensichtlich zu spät.«

»Du lügst.«

»Proctor, du kannst nicht klar denken. Die Paranoia, die Selbstverstümmelungen, die Wutausbrüche. Das ist nicht der Mann, den ich kenne. Und Elise einen solchen Schrecken einzujagen … Der Frau, die dich mehr als alles auf der Welt liebt. Sie hat mir erzählt, was Montagabend passiert ist.«

»Nichts ist passiert. Ich bin ein bisschen wütend geworden, na und?«

»So stellt sie es aber nicht dar. Du hast ihr schreckliche Angst eingejagt, Proctor. Und das ist nicht mal alles. Man hat die Wachleute bei dir zu Hause gefunden. Wie willst du das erklären?«

»Sie haben mich angegriffen!«

»Wie der Wachmann auf dem Pier dich angegriffen hat?«

»Der lebt doch noch! Ich habe ihn im Keller gesehen!«

Warren seufzte. »Niemand ist in irgendeinem Keller. Das nützt doch nichts, Alter.«

»Es geht um das Boot meines Vaters, nicht wahr? Darum geht es die ganze Zeit!«

»Ich bitte dich, Proctor.«

»Ach, sieh mich doch nicht so unschuldig an. Tu nicht so, als wüsstest du von nichts.« Plötzlich wurde das ganze Bild offenbar. Es war, als hätte sich der Vorhang vor einer hell erleuchteten Bühne gehoben. Und sie steckten alle mit drin: Warren, Callista, Amos, Regan, wahrscheinlich die halbe Abteilung und der Vorstand außerdem. Alle.

»Du glaubst, du bist so clever«, sagte ich. »Aber ich weiß, was ihr vorhabt.«

»Bitte, hör dir doch nur selbst zu. Das bist du nicht.«

»Wo ist Caeli?«

»Wer?«

»Das Mädchen, verdammt!« Ich zerrte wieder an den Gurten. Meine Beteuerungen waren sinnlos; sie würden nichts preisgeben. Einerseits wusste ich, dass ich hier wütete wie ein Wahnsinniger, aber andererseits – es interessierte mich nicht. »Ich habe ihr Schwimmen beigebracht! Und sie sollte in der Zelle sein!«

»Dr. Singh, wenn ich bitten darf.«

Eine Gestalt löste sich aus dem Dunst. Nabil West in einem seiner lächerlich engen Anzüge.

»Mr Bennett, wie fühlen Sie sich?«

»Ich weiß es nicht. Wie sehe ich denn aus?«

Er öffnete eine Mappe. »Ich habe hier eine Verfügung zum Zwangsausstieg. Ihre Unterschrift ist zwar nicht erforderlich, aber wenn Sie möchten, dürfen Sie den Inhalt zur Kenntnis nehmen.«

»Zum Teufel mit Ihnen. Zum Teufel mit Ihnen und dieser Wurstpelle, die Sie da tragen.«

Der Mann nickte knapp und klappte seinen Ordner zu. »Wie Sie wünschen.«

Mein Blick hatte sich jetzt so weit geklärt, dass ich auch die anderen Gesichter im Raum erkennen konnte: Amos, der nervös mit dem Kleingeld in seiner Hosentasche klimperte, Regan Brand mit dem Arm in der Schlinge, bei der Tür zwei Wachleute, die mich in diesem Augenblick wahrscheinlich am liebsten mit ihren Schlagstöcken totgeschlagen hätten.

»Hört ihr mich?«, fragte ich in den Raum hinein. »Zum Teufel mit euch allen!«

Warren nahm mein Kinn in beide Hände und drehte mein Gesicht zu sich um. »Proctor, sieh mich an.«

Ich schüttelte ihn ab. »Lass mich in Ruhe.«

»Ich verstehe, dass du aufgebracht bist. Ich weiß, das alles gefällt dir nicht. Aber es ist zu deinem Besten, und wenn wir dich in die Nursery bringen wollen, haben wir keine Zeit für diesen Unsinn. Elise möchte sich von dir verabschieden.«

Mein Magen zog sich zusammen. »Elise ist hier?«

»Sie wartet draußen. Aber mir liegt zu viel an euch beiden, als dass ich wollte, dass sie dich so sieht. Du möchtest doch nicht, dass sie dich so in Erinnerung behält, oder?«

Der Gedanke ließ mich innerlich erstarren. Was immer sonst wahr oder unwahr sein mochte, meine Frau war eine unschuldige Zuschauerin. Wir waren fast zehn Jahre zusammen und auf unsere Art glücklich gewesen. Sie hatte einen würdevollen Abschied verdient.

»Kannst du dich zusammenreißen, Proctor? Ja oder nein?«

Gemaßregelt nickte ich. »Okay, ja.«

»Im Ernst. Um euer beider willen, sieh zu, dass es nicht böse endet.«

Die Tür ging auf, und Elise kam herein. Ich hatte plötzlich einen Kloß im Hals, und alle Probleme zwischen uns verschwanden aus meinen Gedanken. Sie beugte sich herunter und umschloss mich in einer traurigen Umarmung, die ich, auf dem Bett festgeschnallt, nicht erwidern konnte.

»Oh, Baby, es tut mir so leid.« Sie weinte an meinem Hals. »Hätte ich das gewusst, ich hätte dich niemals verlassen.«

»Es tut mir auch leid.«

Sie zog das Gesicht zurück und legte mir eine Hand an die Wange. »Du warst ein guter Ehemann, Proctor. Der beste, den eine Frau sich hätte wünschen können.«

Schuldgefühle durchbohrten mein Herz. Natürlich war ich das nicht gewesen, aber jetzt war es auch nicht mehr zu ändern.

»Es tut mir leid, dass wir das Haus auf dem Land, das du so gern haben wolltest, nie gekauft haben.« Etwas anderes fiel mir nicht ein.

Sie lächelte unter Tränen. »Habe ich es dir schon erzählt? Warren und ich haben an diesem Wochenende das perfekte kleine Haus gesehen. Nur ein schlichtes Cottage, aber umgeben von einem wunderschönen Obstgarten. Die Blüten haben wunderbar geduftet. Ich weiß, du wärst begeistert gewesen.«

»Das klingt wirklich fabelhaft«, sagte ich. »Du solltest es kaufen.«

Wie seltsam und traurig es war, so zu reden – als wäre ich schon weg, wie ein Geist, der aus dem Grab sprach. Wie viel Schmerz hatte ich ihr zugefügt! Wie achtlos war ich mit dem Glück umgegangen, sie in meinem Leben zu haben! Ich dachte an meine Elise und die kommenden Tage, an ihre Zeit ohne mich: wie sie in einem leeren Bett aufwachte, wie sie den Schrank öffnete und meine Anzüge dort hängen sah, wie sie sich am Herd umdrehte, um mich zu bitten, den Wein zu öffnen – und niemand war da. Mehr, als ich es ausdrücken konnte, wollte ich die letzten sieben Tage ungeschehen machen. Ich hätte das ganze Buch meines Lebens umgeschrieben, nur um mit ihr zusammenzubleiben, und getan, was ich konnte, um die Liebe zurückzubringen, die wir aus den Augen verloren hatten.

Moment mal.

»Was meinst du mit ›Warren und ich‹?«

Elise schrak kaum merklich zusammen. »Was meinst du?«

»Jetzt gerade – du hast gesagt, du und Warren, ihr hättet das perfekte Haus gefunden.«

»Ich wollte nur sagen …« Sie brach ab. »Ach, ich weiß nicht, was ich sagen wollte.« Sie nahm meine Hand. »Wichtig ist, was für dich als Nächstes kommt. Ein ganz neues Leben. Darauf sollten wir uns konzentrieren.«

»Dann war er dieses Wochenende mit dir zusammen.«

Sie sah plötzlich hilflos aus.

»Damit ich das richtig verstehe. Warren war bei dir auf dem Land.«

Warren kam ans Bett. »Proctor, Alter …«

»Oh, das ist ja einfach wundervoll.« Ich ließ den Kopf in die Kissen fallen. »Das ist wirklich die Krönung, verdammt!«

»Baby«, sagte Elise ziemlich verzweifelt, »es ist nicht so, wie du denkst. Das ist Warren, Schatz. Er ist unser Freund.«

»Es ist genau so, wie ich denke.« Ich schüttelte ihre Hand ab. »Wie konnte ich nur so dumm sein? Na, ich wünsche euch viel Glück. Ihr habt einander wirklich verdient.«

Elise drehte sich weinend zu Warren um und lehnte sich an seine Brust. Er legte die Arme schützend um sie, und sie schluchzte.

»Herrgott, Proctor«, sagte Warren, »ich habe dich gewarnt.«

Ich wandte das Gesicht ab. »Na los, macht, dass ihr rauskommt. Lasst mich in Ruhe.«

Warren führte sie hinaus, und die Tür schloss sich hinter ihnen. Amos trat sichtlich erschüttert an mein Bett. »Tja«, sagte er und räusperte sich. »Ich schätze, das war's.« Er wandte sich an Regan. »Direktorin Brand?«

Ich stöhnte. »Um des lieben Himmels willen! Jeder, nur sie nicht.«

»Der Zwangsausstieg erfordert einen Fährmann auf der Ebene eines Leitenden Direktors. Sie kennen die Regeln, Proctor.«

Und ob ich sie kannte!

An eine Transportliege geschnallt, fuhr man mich zum Ladedock auf der Rückseite des Gebäudes – ein Zwangsausstieg war kein Spektakel für die allgemeine Öffentlichkeit – und schob mich hinten in einen Van. Regan stieg hinter mir ein und setzte sich auf die Bank.

»Wie gefällt Ihnen der neue Job?«, fragte ich. »Ich wette, er macht Ihnen eine Menge Spaß.«

»Sparen Sie sich Ihre Bemerkungen.«

Meine Gehässigkeit nahm kein Ende. »Ich vermute, der Arm tut weh. Was hat man Ihnen für die kleine Theaternummer versprochen? Abgesehen von meinem Büro, meine ich.«

»Fahren Sie zur Hölle, Proctor. Ach, Moment, das tun Sie ja schon.«

Den Rest des Weges legten wir schweigend zurück. Der Van hatte hinten keine Fenster, und so konnte ich die vorüberziehende Welt nicht sehen. Ein schwacher Trost, aber immerhin ersparte es mir die Erinnerungen.

Der Van blieb stehen, die Türen wurden geöffnet, und die Geräusche und Gerüche des Hafens fluteten herein. Die Wachmänner rollten mich hinaus. Ich hörte die Schrauben der Fähre gurgeln, aber nichts sonst – keine liebevollen Rufe, nicht das weiße Rauschen der Abschiedsworte. Ich würde diese Reise allein antreten. Sie rollten mich zur Gangway.

»Bis später, Proctor«, sagte Regan mit einer gleichgültigen Geste. *»Bon Voyage.«*

»Hören Sie, es tut mir leid, das vorhin. Ich hätte Sie nicht schlagen dürfen. Aber wenn es nicht zu viel verlangt ist, würde ich das hier gern auf meinen eigenen zwei Beinen erledigen.«

Regan runzelte die Stirn, sagte aber nichts.

»Von Fährmann zu Fährfrau – tun Sie mir wenigstens diesen Gefallen.«

Sie schaute weg und schüttelte den Kopf, aber dann sah sie mich wieder an und schnaubte kurz und schnippisch. »Schön, wie Sie wollen. Hauptsache, wir bringen es schnell hinter uns.«

Einer der Wachmänner löste meine Gurte. Ich setzte mich auf, ließ die nackten Füße baumeln und raffte mit einer Hand das lose Krankenhaushemd vor meinem Hintern zusammen, um vorsichtig von der Trage zu steigen. Ich war schwach, und mir war ein bisschen schwindelig, aber ich merkte, das Schlimmste war vorbei. War die Wirkung von Warrens Spritze verflogen? Ein weiterer Grund, mich schleunigst in die Nursery zu bringen. Die Sirene der Fähre gab zwei kurze Signale von sich – noch zwei Minuten.

»Na los«, sagte Regan.

»Mr Bennett! Warten Sie!«

Zwei Gestalten kamen im Laufschritt auf uns zu. Es waren Doria und ihr Sohn George.

»Wir wollten uns nur verabschieden«, sagte Doria ein wenig atemlos.

Von all den Leuten, die hätten kommen können, um mir Auf Wiedersehen zu sagen, stand hier meine Haushälterin, eine Frau, von der ich in all den Jahren kaum Notiz genommen hatte.

»Danke, Doria. Das bedeutet mir viel.«

»Sie waren immer gut zu uns. Zu George vor allem.«

War ich das? Und wenn ich es mir recht überlegte – woher wusste Doria überhaupt, dass ich abreiste, wenn es sonst niemand wusste? Ich konnte mir nicht vorstellen, dass Elise es ihr gesagt hatte.

»George wollte Sie zum Abschied umarmen.«

Ich nickte verblüfft. »Okay.«

Ich umklammerte immer noch mein Hemd hinten mit der Faust und ging vor dem Jungen in die Hocke. Er schlang die Arme um mich. Ein wunderbares Gefühl, von einem Kind umarmt zu werden, aber warum in letzter Minute dieses Märchen, ich hätte ihm irgendetwas bedeutet?

»Tut mir leid, dass ich nie mit dir segeln gegangen bin«, sagte ich. »Ich hatte es wirklich vor.«

Er zuckte die Achseln. »Schon okay.«

Regan schnaufte ungeduldig. »Das ist alles ganz rührend, aber können wir uns jetzt bitte beeilen?«

»Auf Wiedersehen, Mr Bennett.« Doria schüttelte mir die Hand.

»Auf Wiedersehen, Doria. Danke für alles.«

Ich sah ihnen nach, als sie davongingen. »Genug jetzt«, sagte Regan. »Ab mit Ihnen.«

Ich sah sie an. »Wissen Sie, was? Irgendwie sind Sie eine abscheuliche Person.«

Ich ging die Gangway hinauf. Die Fähre war natürlich leer; sie war nur meinetwegen angefordert worden. Die Zehn-Sekunden-Warnsirene ertönte, und die Gangway wurde zurückgezogen. Ich ging zum Heck. Der Van war schon vom Parkplatz gefahren. Mit dröhnenden Maschinen setzte die Fähre sich in Bewegung. Mein Blick wanderte über den Kai. Ich hoffte immer noch darauf, ein freundliches Gesicht zu sehen, aber da war keins.

Von Augenblick zu Augenblick schrumpfte die Stadt weiter zusammen. Gebäude, Parks, Autos, die Menschen von Prospera, die ich gekannt, und die, die ich nicht gekannt hatte, das Leben, das ich geführt hatte – alles versank vor meinen Augen. Mich fröstelte in meinem Krankenhaushemd. Die Fähre fuhr aus dem Hafenbecken in lebhafteres Wasser. Die Sonne strahlte auf dem Wasser und setzte Juwelen auf die Wellenspitzen. Ich beobachtete sie lange und ließ ihren Frieden in mich hineinfließen. Als ich wieder aufblickte, sah ich, dass ich ihn verpasst hatte, den Augenblick, da die Stadt verschwand.

22

Sie kommen in Vans, Wagen um Wagen. Sie springen hinten heraus, in Kampfmontur: Helme, Brustpanzer, Polster an Ellenbogen und Knien. Sie haben Schilde. Sie haben Taser. Sie haben Teleskopschlagstöcke, ausgezogen zu ihrer vollen, verheerenden Länge.

Sie bleiben nicht unbemerkt.

Es spricht sich herum: *Am Fahrdamm ist etwas im Gange.* Leute treten aus ihren Wohnungen und Geschäften, sie stehen von den Eingangstreppen auf und schlendern von den Ecken heran, sie hören auf mit dem, was sie gerade tun, und schließen sich der wachsenden Menge an. Zwanzig Leute, dreißig, fünfzig, hundert.

Die Anwesenheit der Wachleute ist zu Anfang etwas Neuartiges, eine Variation des normalen Zustands, aber mehr nicht, und weil die Männer nur herumstehen, scheinen sie keinen Zweck zu erfüllen. Aber als die Minuten vergehen, begreift die Menge, dass etwas an diesen Wachleuten anders ist, und das gilt nicht nur für ihre Bewaffnung, sondern auch für die Art, wie sie sich aufführen. Sie stolzieren gespreizt herum. Sie rollen die Schultern. Sie schlagen mit ihren Stöcken in die Handflächen und erproben das Gewicht.

Sie warten darauf, dass etwas passiert.

Und dann passiert es. Ein fernes Grollen wird immer lauter. Alle Blicke richten sich auf den Fahrdamm. Ein Lastwagen, auf dessen Ladefläche sich eine Plane über gebogene Stangen spannt, kommt auf sie zu.

Und hält an. Am Heck entfaltet sich eine pneumatische Plattform. Auf dem Laster ertönt ein metallisches Geräusch, und dann rollen zwei Security-Faxe von der Ladefläche und werden zum Boden herabgesenkt. Das Gleiche wiederholt sich noch vier Mal. Die Oberkörper der Faxe positionieren sich mit surrenden und klickenden Getriebegeräuschen in Reihe und Glied, und zusammen rollen sie ans Ende des Fahrdamms und postieren sich hinter den Wachleuten, die ebenfalls in einer Reihe angetreten sind.

Ein einzelner Wachmann tritt vor und hebt ein Megafon. Eine heulende Rückkopplung und seine Stimme hallen schockierend laut über die Menge hinweg.

»Achtung, alle Bewohner des Annex. Auf Befehl des Aufsichtsrats ist ein Lockdown ausgerufen worden. Kehren Sie unverzüglich in Ihre Wohnungen zurück, und warten Sie auf weitere Anweisungen.«

Die Menge murrt, aber sie rührt sich nicht von der Stelle. Die Plötzlichkeit der Bekanntmachung lässt sie erstarren. Ein Lockdown?

Ein neuerliches Pfeifen, und der Wachmann dröhnt: »Sie haben den Befehl, auseinanderzugehen.«

Jess beobachtet das alles vom Ende der Menge aus. Sie empfindet keine Reue wegen Hanson – noch immer vibriert die adrenalingesteuerte Begeisterung in ihrem Kopf –, aber sie fragt sich doch: Wie viel weiß der S3? Hat sie Spuren hinterlassen? All die Fenster über der Gasse – hat jemand sie gesehen? Ihr verletzter Fuß, dick mit Verbandsmull umwickelt und in den Stiefel gestopft, pocht wie ein zweites Herz. Wenn sie ihn belastet, fühlt es sich jedes Mal an, als ginge der Nagel noch einmal hindurch. Sie hat die Wunde gesäubert, so gut sie konnte, aber sie zittert und hat leichtes Fieber, und sie befürchtet, dass der Fuß sich entzündet hat.

Antone taucht neben ihr auf und hüpft ruhelos auf und ab.

»Was zum Teufel willst du hier?«, fragt Jess ihn.

»Ich will zugucken.«

»Nein, wirklich nicht.«

»Wer hat gesagt, dass du jetzt mein Boss bist? Außerdem, das wird lustig werden hier.«

»Ich wiederhole«, fährt der Wachmann fort, »kehren Sie in Ihre Häuser zurück.«

»Antone, ich mein's ernst.«

»Scheiß auf die Typen«, ruft ein Mann in der Menge und wird dann lauter. »Hey, *fuck you*!«

Für einen Moment kommt Unsicherheit auf. Anscheinend wissen die Wachleute nicht, was sie tun sollen.

»Hört ihr nicht? Fahrt zur Hölle!«

Die Energie der Menge hat sich verändert. Man spürt Angst, Wut, aber auch noch etwas Reineres, ja, Edleres. Das Gefühl ist elektrisierend. Hundert Körper schließen sich zu einem Schaltkreis zusammen, in dem rechtschaffene Empörung fließt.

»Wenn Sie diesem Befehl nicht folgen, werden Sie gewaltsam entfernt.«

Diese Drohung wird mit Hohngeschrei beantwortet.

»Das ist die letzte Warnung.«

»Ich meine es ernst«, sagt Jess zu Antone. »Verschwinde hier, verdammt!«

Die erste Flasche fliegt aus der Mitte der Menge. Sie segelt in sauberem Bogen über ihre Köpfe hinweg – und auf dem Gipfelpunkt blitzt reflektiertes Sonnenlicht im Glas –, bevor sie mit plötzlich gesteigerter Geschwindigkeit herabsinkt und vor den Füßen der Wachmänner zersplittert.

Sofort fliegt alles Mögliche durch die Luft. Flaschen. Steine von unterschiedlicher Größe. Sie prasseln harmlos wie ein Regenschauer gegen die erhobenen Schilde der Wachleute. Alles schreit und brüllt. Buhrufe, Gejohle, Obszönitäten.

»Streik!«, schreit jemand, dann noch einer und noch einer.

»Streik! Streik! Streik!«

Dann geht alles sehr schnell.

Kanister fliegen in die Höhe und ziehen gelbe Rauchfahnen hinter sich her, als sie auf die Menge herabfallen. Gleichzeitig setzt sich die Wache mit maskierten Gesichtern, erhobenen Schutzschilden und schlagbereit gezückten Teleskopstöcken im Gleichschritt in Bewegung. Der Rauch ist giftig und vernebelt alles, als habe ätzende Säure sich wie eine Wolke über den Platz gelegt. Manche Leute sind gelähmt und übergeben sich würgend und hustend auf den Asphalt, andere laufen auseinander und bedecken ihre Gesichter. Schreie zerreißen die Luft, Stiefel stampfen, Schlagstöcke klatschen. Jess packt Antones Arm und will losrennen, aber die Giftwolke überrollt sie und füllt Augen, Kehle und Lunge.

Plötzlich ist der Junge verschwunden.

Jess kann nichts mehr sehen. Schreckensschreie bombardieren sie von allen Seiten. »Antone!«, ruft sie. »Wo bist du?« Aber ihre Rufe ersticken in dem Husten, der ihre Kehle zusammenschnürt. Sie schwenkt die Arme hin und her und stürmt blindlings durch den Nebel, aber überwältigt vom

Husten und dem stechenden Schmerz in ihrem Fuß und dem Brennen in ihren Augen, kommt sie nicht weit. Ein Dutzend Schritte, und sie fällt auf Hände und Knie, und als der Wachmann seinen Stock krachend auf ihren Schädel niederfahren lässt, sieht Jess es nicht einmal kommen.

IV

Die Nursery

23

Ich erwachte aus meinem Dämmerzustand und hörte das Rauschen der Brandung. Die Fähre näherte sich dem Riff, und dahinter ragte die Nursery eindrucksvoll aus dem Meer. Wie schnell diese Reise vonstattengegangen war! Als die Distanz nur noch ein paar Hundert Meter betrug, ging die Fähre auf Südkurs, um die Insel zu umfahren. Auf der anderen Seite führte ein schmaler Kanal durch das Riff, und durch ihn gelangten wir in eine geschützte Lagune. Mächtige Wände aus unbezwingbarem Felsgestein umgaben sie zu drei Seiten, und das Wasser erschien schwarz, weil es so tief war. Eine bogenförmige Öffnung klaffte in der gegenüberliegenden Wand. Der Tunnel.

Im Tunnel sank die Temperatur rapide, und das Dröhnen der Maschine schwoll an, als es von den feuchten Steinwänden zurückgeworfen wurde. Ein paar Minuten vergingen, und dann erschien voraus ein einzelnes Licht. Der Raum um mich herum erweiterte sich; die Fähre hatte eine Felsenhalle erreicht. Auf einem Pier am hinteren Ende wartete eine einzelne Gestalt. Die Maschine lief mit leisem Grollen rückwärts, und wir legten an. Die wartende Gestalt war eine Frau. Ich ging von Bord und auf sie zu.

»Willkommen in der Nursery, Mr Bennett.«

Ich war verblüfft. Es war Dr. Patty. Die funkelnden blauen Augen, das glänzende braune Haar, die Silberspange, die es zurückhielt: Sie sah genauso aus, wie ich sie in Erinnerung hatte, bis hin zu dem schneeweißen Laborkittel und dem Clipboard, das sie an die Brust drückte. Die Frau war nicht einen Tag gealtert, wobei ich sie bei meinem ersten Besuch, als ich selbst noch so jung war, ohnehin älter eingeschätzt hatte, als sie war.

»Kennen Sie mich noch?«, fragte ich.

Ein Lächeln erschien auf ihrem Gesicht. »Aber natürlich, Mr Bennett. Sie waren bei mir wegen Ihrer Träume, wenn ich mich nicht irre.«

»Ganz recht.« Ich war seltsam froh, sie hier zu sehen. »Meine Mutter hat mich zu Ihnen begleitet. Ich war noch ziemlich jung.«

»Es freut mich besonders, Sie wiederzusehen.«

Ihr Ton war voller Zuneigung, wenn auch farblos und von einer Art seelenloser Wärme. Aber die Wirkung war unerklärlich entspannend.

»Wir haben eine Menge zu besprechen, Mr Bennett. Wenn Sie mir zunächst einmal«, sagte sie und deutete auf eine Öffnung in der Wand, »freundlicherweise folgen würden.«

Die Öffnung führte in einen mit Teppichboden ausgelegten Gang – sauber, hell, ziemlich steril, wie in einem Bürogebäude. Er endete bei einem Aufzug. Wir stiegen ein und fuhren abwärts.

»Arbeiten Sie schon lange hier?«, fragte ich sie.

»Oh, inzwischen schon eine ganze Weile. Ich finde es sehr befriedigend, mit Aussteigern zu arbeiten. Aber das wissen Sie ja selbst.«

»Wieso?«

Sie warf mir einen Seitenblick zu. »Seien Sie nicht so bescheiden, Mr Bennett. Ich höre, es gibt nur wenige Leitende Direktoren auf Ihrer Ebene des Erfolgs. Darauf können Sie stolz sein, wenn ich das sagen darf.«

Wir fuhren jetzt schon seit einer ganzen Weile abwärts, wurde mir bewusst. Das Bedienfeld des Fahrstuhls hatte nur einen einzigen Knopf, der vermutlich zu seinem Ziel und wieder zurück führte.

»Und da sind wir«, sagte Dr. Patty.

Die Tür öffnete sich, und ich blickte in einen zweiten Flur, der genauso aussah wie der erste. Ohne Hast setzten wir unseren Weg fort.

»Wissen Sie«, begann ich vorsichtig, »ich gehöre hier eigentlich nicht hin.«

»Dieses Gefühl kommt bei Neuankömmlingen häufig vor. Ich versichere Ihnen, es geht vorbei.«

»Ich will damit sagen, das alles ist ein Riesenirrtum. Sie haben etwas getan, um meinen Wert zu senken.«

»›Sie‹, Mr Bennett?«

»Da waren viele Leute beteiligt. Ich könnte nicht mal sagen, wie viele. Aber Warren Singh war derjenige, der es getan hat. Er hat mir eine Spritze gegeben.«

»Ah, Dr. Singh.«

»Sie kennen ihn?«

»Nicht persönlich. Aber ich bin sicher, was immer er Ihnen gespritzt hat, sollte Ihnen helfen.«

»Das ist es ja. Es hat mir nicht geholfen. Es hat mich hergebracht.«

Wir waren bei einer Tür angekommen, die Dr. Patty jetzt

öffnete. Dahinter lag ein kleiner, fensterloser Raum mit einer Videoleinwand und einer Reihe Klappsessel.

»Keine Sorge«, sagte Dr. Patty. »Wenn Sie möchten, kann ich mir den Fall ansehen.«

»Das würden Sie tun?« Ich war erfreut und ein bisschen überrascht, dass die Frau sich meiner Sache so bereitwillig annahm. »Ich wäre Ihnen sehr dankbar.«

»Nicht der Rede wert, Mr Bennett.« Sie tätschelte meinen Arm. »Ich will nur, dass Sie sich wohlfühlen. Wollen Sie einstweilen nicht einfach Platz nehmen? Ich komme Sie holen, wenn der Orientierungsfilm vorbei ist.«

Sie ging hinaus und schloss die Tür hinter sich. Ich setzte mich auf einen Sessel vor der Leinwand. Das Polster war wunderbar weich und lullte mich sofort ein. Ich ließ den Blick über die Poster an den Wänden wandern. »Ein ganz neues Leben«, stand auf einem unter der Silhouette eines Paares, das Seite an Seite am Meer saß und den Sonnenuntergang betrachtete. »Zurück in die Jugend!«, verkündete ein anderes mit dem Bild eines Mannes beim Tennis-Aufschlag.

Das Licht erlosch, die Leinwand erwachte flackernd zum Leben.

»Hallo und willkommen in der Nursery. Ich bin Dr. Patty, Direktorin des Reiterationsdienstes im Ministerium für Wohlergehen.«

Sie trug den gleichen Laborkittel und das gleiche Clipboard.

»Heute ist ein Glückstag. Ich und meine Mitarbeiterinnen und Mitarbeiter sind hier, um uns um Sie zu kümmern, wenn Sie Ihre aufregende Reise in eine neue Iteration antreten.«

Die Kamera fuhr zurück und zeigte den Korridor, durch

den wir eben gekommen waren. Sie folgte Dr. Patty, die im Gehen weitersprach.

»Zweifellos haben Sie viele Fragen. Und vielleicht eine Menge Sorgen. Zuallererst möchte ich Ihnen versichern, dass Ihr Wohlbefinden für uns erste Priorität genießt und dass der Erneuerungsprozess, dem Sie sich unterziehen werden, zu einhundert Prozent schmerzlos ist. Aber was erwartet Sie auf der anderen Seite?«

Sie blieb stehen. »Stellen Sie es sich vor.«

Anstelle ihres Bildes erschien eine Serie von kurzen Szenen: ein Klassenzimmer mit jungen Iteranten, die Hände erhoben, die Gesichter glühend vor Wissbegier. Ein etwas älteres Mädchen in schwarzer Reitkleidung, über den Hals eines Pferdes gebeugt, mit dem sie mühelos über einen Zaun schwebte. Ein Brautpaar, das sich in einer Laube küsste, die mit schweren tropischen Blüten bekränzt war.

»Es ist die beste, die aufregendste Zeit des Lebens«, sagte Dr. Patty aus dem Off. »Eine Zeit des Wachsens. Des Lernens. Der Romanzen. Eine Zeit der Wunder und des Abenteuers.«

Ihr Gesicht erschien wieder. »Es wird noch ein paar Tage dauern, bis der Reiterationsprozess beginnt. Bis dahin laden wir Sie ein, unsere luxuriösen Anlagen zu genießen, allesamt geschaffen für die Bedürfnisse des aktiven Aussteigers.«

Neue Bilder erfüllten die Leinwand: silberhaarige Aussteiger beim Kartenspiel vor einem lodernden Kamin, zwei Frauen in einem Swimmingpool, ein Kellner im Smoking mit einer flambierten Crêpe in einer Kupferpfanne.

»Wie Sie sehen«, fuhr Dr. Patty fort, »haben wir hier in der Nursery für jeden etwas. Gehobene Küche. Entspannende Wellness-Behandlungen. Stimulierende Freizeit.«

Jetzt kamen zwei Personen zu Dr. Patty ins Bild, ein Mann und eine Frau in pfirsichfarbenen Kitteln. Roboterhaft lächelten sie beide in die Kamera.

»Während Ihres Aufenthalts wird man Ihnen einen persönlichen Betreuer zuweisen, um dafür zu sorgen, dass alle Ihre Bedürfnisse zeitnah erfüllt werden. In der Nursery steht Ihr Wohlbefinden an erster Stelle.«

Die Kamera zeigte ihr Gesicht in Großaufnahme. Das Lächeln hatte sich kaum merklich verändert; es war weniger aufgesetzt als vielmehr ehrlich und auch forschend. Ein Lächeln von grenzenloser Fürsorge und voller Verständnis – ja, ein liebevolles Lächeln.

»Ihre lange und fruchtbare Iteration geht zu Ende. Ein wundervolles neues Leben erwartet Sie. Wenn Sie Fragen oder Sorgen haben, zögern Sie nicht, mit Ihrem Betreuer oder mit einem anderen Mitarbeiter zu sprechen. Noch einmal heißen wir alle Sie hier in der Nursery willkommen.«

Die Leinwand wurde weiß, und das Licht ging an. Ich brauchte einen Augenblick, um meine Gedanken zu sammeln, als wachte ich aus einem überlangen Mittagsschlaf auf. Dr. Pattys hypnotischer Blick, die Verpackung einer Reiteration als Aufenthalt in einem hochklassigen Hotel, die Bilder glücklicher junge Leute im Strom des Lebens. Ich wusste, jedes einzelne Bild war der wohlkalkulierte Versuch, den Betrachter in einen Zustand beinahe animalischer Ergebenheit zu versetzen, aber trotz der schrillenden Warnglocken spürte ich den Sog. Ein ganz neues Leben: Warum nicht, zum Teufel?

»Mr Bennett?«

Dr. Patty war hinter mir erschienen. Sie zu sehen war verwirrend, als hätte sie sich von der Leinwand zurück in Fleisch und Blut teleportiert. Mit beträchtlicher Anstrengung – mein Körper war so schwerfällig wie mein Geist – stemmte ich mich vom Sessel hoch.

»Fanden Sie unseren Film informativ?«

»Ja, danke«, sagte ich dumpf. »Er war sehr hilfreich.«

Sie strahlte. »Wunderbar! Wollen Sie mir jetzt bitte folgen?«

Wir kehrten zurück in den Korridor, wo ein Mann uns erwartete – derselbe, den ich in Dr. Pattys Film gesehen hatte. Er trug den gleichen pfirsichfarbenen Kittel.

»Ich möchte Ihnen Bernardo vorstellen«, erklärte Dr. Patty. »Er wird während Ihres Aufenthalts bei uns Ihr Betreuer sein.«

»Und wie geht es Ihnen, Mr Bennett?« Er war ein stämmiger, attraktiver Mann, ziemlich muskulös, mit welligem schwarzem Haar, einem scharf konturierten Kinn und gleichmäßigen weißen Zähnen. »Wenn Sie etwas brauchen, was es auch sei, bin ich da, um Ihnen behilflich zu sein.«

»Okay«, brachte ich hervor.

Er deutete mit ausladender Gebärde durch den Gang. »Wenn Sie mir erlauben, Ihnen Ihr Zimmer zu zeigen – hier entlang, bitte.«

Er führte mich zum Ende des Ganges, wo ein zweiter Gang nach links abzweigte. Hier reihten sich nummerierte Türen aneinander. Irgendeine sinnlose Musik perlte leise aus Lautsprechern in der Decke.

»Wo sind alle?«, fragte ich.

»Um diese Zeit, nehme ich an, genießen sie die Annehmlichkeiten hier. Der Pool ist besonders beliebt.«

»Den habe ich im Video gesehen«, sagte ich und fügte albern hinzu: »Er sah sehr nett aus.«

»Wie ich höre, haben Sie während Ihrer Studienzeit als Schwimmer beachtliche Erfolge erzielt. Drei Rekorde, richtig?«

»Vier, um genau zu sein.«

»Was für angenehme Erinnerungen das für Sie sein müssen! Natürlich«, fuhr er fort, als sei es ihm gerade eingefallen, »warten viele wunderbare neue Erinnerungen auf Sie. Ein Leben voll frischer Triumphe. Das soll jetzt im Fokus stehen.«

Vor dem Zimmer Nummer sechzehn blieb er stehen und zog einen Schlüsselbund aus der Tasche. Er wählte einen Schlüssel und öffnete die Tür.

»Nach Ihnen, Mr Bennett.«

Der Raum, eher eine Suite, sah aus wie ein Hotelzimmer: ein Wohnraum, eingerichtet in einem reduzierten, modernen Stil, und hinter einem Türbogen ein Schlafraum mit einem Kingsize-Bett. Da, wo Fenster hätten sein können, zeigten Bildschirme abwechselnd verschiedene Naturszenen: Seestücke, Bergpanoramen, Wiesen mit wehenden Wildblumen. Ich wagte mich weiter hinein, nur einen Schritt vor Bernardo, der mir wie ein Hotelpage, der auf ein Trinkgeld hofft, sämtliche Einzelheiten zeigte. Auf dem voluminös aufgebauschten Oberbett – bei seinem Anblick hätte ich mich am liebsten bäuchlings in seine warme Umarmung fallen lassen – hatte jemand ein Hemd, wie Bernardo es trug, ausgebreitet, nur dass es hellblau war. Dazu gehörte eine Hose, die von einer Schnur um die Taille gehalten wurde. (Inzwischen hatte ich mich komischerweise an mein blankes Gesäß unter dem Krankenhauskittel gewöhnt, ja, tatsächlich hatte ich fast vergessen, dass ich es trug.) Ich sah außerdem ein Paar Segeltuchpantoffeln und einen Frotteebademantel.

»Die Essensglocke läutet bald«, sagte Bernardo. »Sie möchten sich bestimmt noch frisch machen. Kann ich noch etwas für Sie tun, bevor ich gehe?«

Mir fiel nichts ein. Eigentlich wollte ich nur schlafen. Angesichts der tumulthaften Ereignisse der letzten vierundzwanzig Stunden war das kaum überraschend, auch wenn mir das alles allmählich weit entfernt und irgendwie abstrakt erschien.

»Sehr wohl, Mr Bennett«, sagte er mit einer flotten kleinen Verneigung. »Entspannen Sie sich und lassen Sie es sich gut gehen. Ich hole Sie dann zum Essen ab.«

Und weg war er. Ich kontrollierte die Tür und stellte fest, dass sie verschlossen war, aber eigenartigerweise beunruhigte mich das nicht weiter. Im Gegenteil, ich fühlte mich geschützt wie in einem Kokon. Ich ging ins Bad und drehte den Wasserhahn über der Wanne auf, und während ich darauf wartete, dass das Wasser hineinlief, setzte ich mich auf den Toilettendeckel und schälte den Verband an meinem Arm herunter. In der Umgebung der Wunde war meine Haut gelb von Jod. Theas amateurhafte Nähte waren entfernt worden. Stattdessen war das Loch mit irgendeinem fremdartigen, fleischfarbenen Material verschlossen, dessen Ränder mit Klebstreifen befestigt worden waren. Abgesehen von dem Jod und diesen Pflastern deutete nichts darauf hin, dass ich vor weniger als zwölf Stunden mein eigenes Fleisch mit einem Küchenmesser bearbeitet hatte.

Ich stieg in die Wanne und ließ mich tief ins warme Wasser sinken. Unter seinem Einfluss nahmen meine Sinne die gegenwärtigen Umstände allmählich milder wahr. Zumindest im Augenblick konnte ich eigentlich nichts tun. Jawohl, ich hatte großes Unrecht erlitten, aber der Gedanke an einen ganz neuen Anfang hatte durchaus etwas für sich. *Entspannen Sie sich und lassen Sie es sich gut gehen,* hatte Bernardo gesagt. Das war nicht der schlechteste Rat, den ich je bekommen hatte, und wann hatte ich so etwas zuletzt getan? Ich wusste es nicht mehr.

Zufrieden ließ ich den Ereignissen ihren Lauf. Ich döste ein und wachte einige Zeit später von einem harfenähnlichen Klingen wieder auf: die Essensglocke. Ich stieg aus dem Wasser, trocknete mich ab und zog den blauen Kittel und die Pantoffeln an. Ich hatte einen Riesenhunger, merkte ich. Ich hatte seit vierundzwanzig Stunden kaum etwas gegessen, und die Bilder der prachtvollen Speisen in Dr. Pattys Video verdrängten jeden anderen Gedanken in meinem Kopf. Als ich die Tür öffnen wollte, gelang es mir ohne Mühe, und vor mir stand Bernardo und erwartete mich, die Hände heiter gelassen vor dem Leib gefaltet.

»Mr Bennett, Sie sehen sehr gut aus.«

»Danke, Bernardo. Es geht mir auch viel besser.« Das war die Wahrheit. Ich hatte mich seit einer Ewigkeit nicht mehr so gut, so zufrieden mit dem Leben gefühlt.

Er strahlte. »Wie wunderbar, das zu hören. Wenn Sie jetzt bereit für das Abendessen sind …« Er machte wieder eine seiner ausladenden Gebärden. »Hier entlang, bitte.«

Er führte mich durch den Korridor mit den nummerierten Zimmertüren. Nach ein paar Kreuzungen standen wir vor einer doppelten Schwingtür.

»Nach Ihnen, Sir.«

Endlich sah ich hier auch ein paar andere Menschenseelen. Der Raum war in einem eleganten, minimalistischen Stil ausgestattet und mit einem Dutzend Tischen eingerichtet, allesamt mehrfach besetzt mit Essensgästen in blauen Kitteln und Pantoffeln. Lebhafte Gespräche waren überall im Gange.

»Ich lasse Sie in Danielles Obhut«, sagte Bernardo. *»Bon Appétit.«*

Vor mir stand die Frau, die ich in Dr. Pattys Video gesehen hatte, aber es dauerte ein paar Sekunden, bis ich sie erkannte. Ihren figurneutralen Unisex-Kittel hatte sie gegen ein schwarzes, kurvenbetonendes Kleid ausgewechselt, geschmeidig wie eine Robbenhaut und tief ausgeschnitten. Ihr Haar, das im Video ziemlich struppig ausgesehen hatte, war von diskreten blonden Strähnen durchzogen, und die modische Frisur umrahmte ihr Gesicht. Ein Parfüm – floral, mit würzigen Kopfnoten – umgab sie wie eine Aura. Die Gesamtwirkung war geradezu sublim sexuell.

»Mr Bennett, guten Abend. Möchten Sie heute allein oder lieber in Gesellschaft einiger anderer Gäste speisen?«

Mir wurde bewusst, dass ich die Frau anstarrte – genauer gesagt, anglotzte. Verlegen riss ich meinen Blick von ihr los und ließ ihn durch den Raum wandern, ohne viel zu erwarten, bis ich eine bestimmte Person entdeckte, die mit mürrischer Miene allein an ihrem Tisch saß. *Mich trifft der Schlag*, dachte ich.

Ich zeigte hinüber. »Wie wär's mit dem Mann da?«

Danielles Blick folgte meinem Finger und kehrte dann zu mir zurück. Ihre Augen glänzten feucht und erstaunlich blau, und sie waren von einer seelenvollen Tiefe, in die man mit Freuden eintauchen würde. »Selbstverständlich«, sagte sie und schenkte mir ein strahlendes Lächeln. »Ein Neuankömmling wie Sie. Ich bin sicher, Sie haben viel zu besprechen. Kommen Sie bitte hier entlang.«

Ich folgte ihr, als sie davonglitt, mit langen Beinen und einem eleganten Hüftschwung. Die gesamte hypnotisierende Erscheinung schwebte auf den Bleistiftabsätzen ihrer Lacklederpumps durch das Restaurant. Wir waren nur noch ein paar Schritte von seinem Tisch entfernt, als Jason uns endlich bemerkte. Der Junge erschrak wie ein Rehkitz auf einer Wiese. Bevor er etwas sagen konnte, streckte ich die Hand aus.

»Gestatten Sie?«, sagte ich und starrte ihn durchdringend an: *Halt den Mund, sag nichts, wir kennen uns nicht, spiel einfach mit.* »Ich bin Proctor Bennett.«

Er zögerte eine Sekunde lang, dann schüttelte er mir die Hand und schluckte angestrengt. »Jason Kim.«

»Ich lasse Sie allein, damit Sie sich kennenlernen können«, erklärte Danielle. »Ihr Kellner wird gleich bei Ihnen sein.« An uns beide gewandt, senkte sie ihre Stimme auf eine verschwörerische Tonlage. »Ich wollte nur erwähnen, dass der Hummer Thermidor heute Abend besonders gut ist.«

Ich nahm Platz. »So«, sagte ich, als Danielle außer Hörweite war, »und wie geht's?«

»Direktor Bennett, was machen Sie hier?«

»Das Gleiche wie Sie. Reiteration. Und sprich leise.« Der Anblick des Jungen hatte mich aus meinem dumpfen Geisteszustand gerissen. »Lass mich raten. Du hast einen Hirntumor.«

Er starrte mich schockiert an.

»Eilmeldung: Du hast keinen Hirntumor, Jason.«

»Ich verstehe nicht, was Sie mir sagen wollen.«

»Ich will sagen, dass dir nichts fehlt. Du bist kerngesund. Das sind wir beide.«

»Aber der Arzt …«

»Hieß er zufällig Warren?«

Er wich zurück. »Sie kennen Dr. Singh?«

»Ja. Das dachte ich zumindest. Die Spritze, die er dir gegeben hat …«

»Woher wissen Sie davon?«

»Er hat mir die gleiche gegeben. Sie hat unseren Wert irgendwie gesenkt.«

Der Junge sah mich hilflos an. »Ich bin völlig durcheinander.«

»Glaub mir einfach. Du hast keinen Hirntumor oder so etwas.«

Eine neue Figur trat auf. Der Kellner trug einen Smoking und war ein korpulenter älterer Mann mit aufwärtsstrebenden Augenbrauen und einem schneeweißen Van-Dyke-Bart.

»Willkommen, meine Herren«, verkündete er und schenkte uns Wasser aus einer beschlagenen Metallkaraffe ein. »Ich bin Itzhak, Ihr Kellner für heute Abend.« Er reichte uns die Speisekarten. »Möchte einer von Ihnen vielleicht einen Cocktail vor dem Essen? Oder vielleicht ein Glas Wein?«

»Wasser genügt«, sagte ich.

»Und Sie, Sir?« Er sah Jason an.

Der Junge schluckte, und sein Adamsapfel hüpfte auf und ab. »Wasser, nehme ich an?«

Der Kellner verneigte sich knapp. »Sehr wohl. Ich bin gleich wieder da, um Ihre Bestellungen aufzunehmen.«

Als er weg war, beugte Jason sich über den Tisch und fragte leise und unsicher: »Ich sterbe also in Wirklichkeit nicht?«

»Jedenfalls nicht heute.«

»Und warum behauptet es Dr. Singh dann?«

»Sie wollen uns beseitigen, weil wir auf dem Pier waren.«

Jason brauchte einen Augenblick, um diese Information zu verarbeiten. »Nur weil ich etwas *gehört* habe, soll ich in die Reiteration?«

»Das trifft es ungefähr, ja.« Als ich den bestürzten Gesichtsausdruck des Jungen sah, hatte ich plötzlich einen Knoten in der Brust. »Es tut mir wirklich leid, Jason. Das ist alles meine Schuld. Ich hätte dich niemals in all das hineinziehen dürfen.«

An einem Nachbartisch kam fröhliches Gelächter auf.

»Eine Frage«, sagte ich und beugte mich vor. »Wie lange bist du schon hier?«

»Ich bin gestern Abend angekommen. Sie haben eine spezielle Fähre für mich gerufen. Dr. Singh meinte, mein Wert sei so niedrig, dass man nicht mehr warten dürfe.«

»Und du warst allein.«

Er nickte.

»Kennst du jemanden hier?«

Er sah sich im Raum um und wandte sich wieder mir zu. »Nein. Sollte ich?«

»Vielleicht nicht, aber *ich* sollte. Ich prüfe jeden Ausstieg im Bezirk.«

»Könnten sie nicht aus anderen Bezirken sein?«

»Könnten sie, aber warum so viele? Die letzte Fähre hat am Montag abgelegt. Fünfzehn Leute waren angemeldet, darunter vier aus dem Bezirk sechs. Hier sind« – ich zählte kurz durch – »siebenunddreißig Personen im Raum, uns nicht mitgezählt.«

»Was ist mit den Aussteigern vom letzten Mittwoch? Könnten die nicht noch hier sein?«

»Das gleiche Problem. Ich sehe hier keine einzige Person, die ich kenne. Meinen Vater eingeschlossen, wie ich anmerken möchte. Nein, diese Leute sind nicht vom letzten Mittwoch.«

Jason sah sich um. »Sie haben recht.« Er blickte mich mit schmalen Augen an. »Und wer sind sie?«

Unser Gespräch wurde unterbrochen, als der Kellner zurückkam. »Ah, Sie lernen sich schon kennen, wie ich sehe.« Er zog Block und Bleistift aus der Tasche. »Was kann ich den Herren heute Abend bringen? Darf ich anmerken, dass der Hummer Thermidor außergewöhnlich gut ist? Wir haben nur noch wenige Portionen übrig.«

»Jason? Wie hört sich das an?«

Der Junge zuckte die Achseln.

»Zwei Mal«, sagte ich zu dem Kellner.

»Sehr gern.« Er nahm unsere Speisekarten an sich und ging davon.

»Als du hier angekommen bist«, sagte ich, »hat Dr. Patty dir einen Film gezeigt, stimmt's?«

Jason nickte.

»Wie hast du dich dabei gefühlt?«

Er überlegte kurz. »Schläfrig?«

»Als wäre dir alles egal?«

»So ziemlich, ja.«

»Und jetzt?«

Er dachte nach. »Anders, glaube ich. Jetzt, da ich Sie treffe und so.«

Ich senkte meine Stimme noch ein bisschen weiter. »Sieh dich noch einmal um, aber diskret. Wie kommen diese Leute dir vor?«

Er tat, was ich sagte. »Ziemlich glücklich.«

»Ich habe diese Arbeit jahrelang verrichtet, Jason, und ich weiß eins: Die meisten Aussteiger haben eine Scheißangst. Sie wollen es vielleicht nicht zeigen, aber es ist so. Sie steigen also von der Fähre, sehen sich einen Film an, und auf einmal zeigen sie lauter lächelnde Gesichter? Das glaube ich nicht.«

»Und hier ... *wären* wir.«

Allzu schnell war Itzhak wieder da. Mit großem Getue präsentierte er unsere Teller. Auf jedem lag ein halber Hummerpanzer, gefüllt mit weißen Fleischstücken, begraben unter einer dicken weißen Sauce und überzogen mit geschmolzenem Käse und Croûtons.

»Guten Appetit, meine Freunde«, sagte er. Sein bärtiges Kinn senkte sich kurz, und er ließ uns wieder allein.

»Wow«, sagte Jason und beäugte hungrig seinen Teller, »das sieht köstlich aus.«

»Schade, denn du wirst es nicht essen.«

Der Junge hob verblüfft den Kopf. »Nicht?«

»Nein.«

Er machte große Augen. »Wollen Sie sagen, es ist ... vergiftet?«

»Oh, das bezweifle ich ernsthaft.«

»Was stimmt dann nicht mit dem Essen?«

»Dass du keinen Hummer magst. Das hast du selbst neulich gesagt.«

Er stutzte. »Sie haben recht. Ich mag keinen Hummer.«

»Und doch ist es ganz plötzlich genau das, was du willst.« Ich beugte mich wieder vor. Jetzt wurden mir weitere Details klar. »Hörst du etwas?«

»Außer den anderen Leuten hier?«

»Ja. So was wie Musik, sehr leise.«

Er lauschte konzentriert und machte schmale Augen. »Tatsächlich, ja.«

»Ich höre es, seit ich hier bin. Ich glaube, es macht etwas mit unserem Gehirn.«

Er lauschte immer noch aufmerksam. Ein paar Sekunden vergingen, dann blickte er auf. »Keine Musik«, sagte er. »Stimmen.«

Der Junge hatte recht. Die leisesten Stimmen, die ich je gehört hatte, murmelten am rasiermesserscharfen Rand des Hörbaren. Das Gefühl, das sie hervorbrachten, war weniger akustisch als vielmehr taktil, als würde mein Gehirn gestreichelt. Als ich mich auf den Klang konzentrierte, durchflutete mich eine Woge des Wohlbehagens. Ich spürte, wie ich tiefer atmete und mein Herz langsamer schlug.

Denk an dein neues Leben, sagten die Stimmen. *All die neuen Erinnerungen, die du sammeln wirst. Darauf sollten wir uns konzentrieren.*

»Wow«, sagte Jason.

Ins Bewusstsein zurückgerissen, blickte ich auf. Jason hatte es ebenfalls gespürt.

»Das ist abgefuckt«, sagte er.

Ein plötzlicher Aufschrei unterbrach uns. *»Nein!«*

Alle Anwesenden drehten sich um. Eine Frau war schwankend aufgesprungen und hatte ihren Stuhl umgeworfen. Sie war zierlich, aber nicht gebrechlich. Dass sie einen Bergpfad hinaufstürmte oder einen Golfball über den Fairway schmetterte, konnte man sich ebenso gut vorstellen, wie sie hier in diesem hochkarätigen Mausoleum sitzen und ihren letzten Hummer essen zu sehen.

»Das ist ein *Irrtum*«, sagte sie. »Das ergibt keinen *Sinn.*«

Itzhak war an ihrer Seite erschienen. »Madam, wenn Sie gestatten – Sie erschrecken die anderen Gäste.«

Panisch starrte sie in die Runde, und ihr Kopf ruckte hin und her wie der eines Vogels. »Wer sind diese Leute? Was habe ich hier zu suchen?«

Er nahm sie beim Ellenbogen. »Wenn Sie bitte mitkommen wollen …«

Sie schüttelte ihn ab und wich zurück. Vom anderen Ende des Speiseraums kamen Danielle und Bernardo auf sie zu.

»Ich weiß nicht, was Sie alle wollen«, rief die Frau und hob die Stimme, sodass sie durch den ganzen Raum hallte. »Um Gottes willen, warum sitzen alle bloß da? Sehen Sie denn nicht, was hier passiert?«

Ohne den Beschluss gefasst zu haben, einzugreifen, befand ich mich plötzlich mittendrin. Mit schnellen Schritten schlängelte ich mich durch das Labyrinth der Tische. Meine Absicht, zugegebenermaßen nicht eben wohlerwogen, war es, mich zwischen die Frau und die drei Individuen zu bringen, in denen ich jetzt nicht weniger als ihre Angreifer sah.

Aber als ich mich ihnen näherte, brachte mich etwas aus dem Tritt. Der Blick der Frau, der den Raum absuchte, landete auf mir, und in diesem Moment veränderte sich etwas – nein, alles veränderte sich. Sie entspannte sich, ihr Blick wurde sanfter, und alle Angst schien im Handumdrehen zu vergehen. Es war, als sähe ich ein Licht aufleuchten – das war der Ausdruck im Gesicht der Frau.

»Direktor Bennett«, sagte sie, »sind Sie es wirklich?«

Aber dann war es zu Ende. Bernardo packte sie von hinten, schlang ihr die Arme um die Taille und hob sie hoch. Sie fing an, zu treten und zu schreien – die sprachlosen Schreie eines gefangenen Tieres. Unterdessen hatte Itzhak sich zwischen mich und das Grauen geschoben, das sich da entfaltete.

»Mr Bennett, Sie brauchen sich nicht zu beunruhigen.«

»Es ist nicht richtig!«, kreischte die Frau. Bernardo schleppte sie durch den Raum zum Ausgang. »Hören Sie mich nicht? Es ist ganz falsch!«

Ihre letzten Schreie verklangen, als die Tür geschlossen wurde. Eine gespenstische Stille legte sich über den Raum, doch dann, ein paar Sekunden später, geschah etwas Seltsames – seltsam und unheimlich. Wie auf ein Stichwort aßen alle anderen Gäste gleichzeitig weiter, die Atmosphäre füllte sich mit dem Klang von Porzellan und Silber und plaudernden Stimmen. Es war, als wäre überhaupt nichts vorgefallen.

»Wenn ich bitten dürfte, Sir«, sagte Itzhak, »wollen Sie nicht an Ihren Tisch zurückkehren? Sie wollen doch nicht, dass Ihr Hummer kalt wird.«

»Wo bringt ihr sie hin?«

»Madam ist aufgeregt.«

»Ja, das habe ich mitbekommen. Es war ziemlich offensichtlich.«

»Ich bin sicher, ihr wird es bald besser gehen. Es gibt keinen Grund zur Besorgnis.«

»Mr Bennett«, sagte eine zweite Stimme hinter mir, »wie kann ich Ihnen behilflich sein?«

Bernardo war plötzlich erschienen. Das ging schnell, dachte ich. Wo zum Teufel kam er her?

»Eine klare Antwort wäre schön.«

»Madam bittet mich, Ihnen ihren Dank auszurichten. Sie weiß Ihre Fürsorge zu schätzen und bedauert sehr, was geschehen ist. Sie hat sich in ihr Zimmer zurückgezogen, um auszuruhen.«

Ein nervöses Schweigen folgte auf seine Worte, und die beiden Männer musterten mich mit einem ganz anderen Lächeln – nicht mit der roboterhaften Fürsorglichkeit dienstbeflissener Hotelmitarbeiter, sondern eher mit der Miene eines Nachtklub-Türstehers, der eine letzte Warnung ausspricht: *Leg dich nicht mit uns an.*

»Ich bin sicher, heute war ein schwerer Tag für Sie«, sagte Bernardo. Seine Hand war zur Hüfte gesunken, und erst jetzt sah ich den Elektroschocker, der unter seinem Kittel hervorschaute. »Vielleicht möchten Sie sich auf Ihrem Zimmer ein wenig hinlegen.«

»Wissen Sie, jetzt, da Sie es erwähnen – ich bin ein bisschen erschöpft.«

»Eine gute Idee, Mr Bennett«, sagte Itzhak. »Es ist wichtig, dass man auf sich achtgibt. Ein bisschen Ruhe, und Sie sind wieder mehr Sie selbst.«

»Das ist wirklich nett von Ihnen.« Ich musterte die beiden einen nach dem anderen. »Alle waren so freundlich.«

»Soll ich Ihr Essen für Sie einpacken? Wir können es dann auf Ihr Zimmer bringen lassen.«

»Natürlich.« Ich nickte. »Das wäre toll.«

Bernardo legte mir eine Hand auf die Schulter und fasste mich mit der anderen beim Ellenbogen, und so steuerte er mich zum Pult der Hostess.

»Gute Nacht, Mr Bennett«, sagte Danielle. »Schlafen Sie gut.«

Wir waren fast draußen, als ich noch einmal stehen blieb. »Moment mal«, sagte ich zu Bernardo.

Sein Griff an meinem Ellenbogen wurde fester.

»Ich habe vergessen, meinem Tischgenossen Gute Nacht zu sagen. Ich möchte nicht unhöflich sein.« Ich wand mich los. »Es dauert nur eine Sekunde.«

Aber als ich mich umdrehte, sah ich, dass der Tisch leer war.

Der Name der Frau war Aurelia Voss.

Sie war mit der Montagsfähre gekommen. Das wusste ich, weil ihr Ausstieg schon lange geplant war und ich ihre Akte bereits ein paar Wochen zuvor auf dem Schreibtisch gehabt hatte. Mit hunderteinunddreißig Jahren lag ihr Wert auf dem Monitor bei knapp zwanzig. Sie hatte eine lange Karriere als Erste Oboistin bei den Städtischen Symphonikern hinter sich, und ihr vierter Mann, ein Verlagslektor, hatte sich drei Jahre zuvor in die Nursery zurückgezogen. Ihr allgemeiner Gesundheitszustand war bemerkenswert, aber es gab Anzeichen geistiger Beschwerden – Konzentrationsmangel, Vergesslichkeit, leichte Depressionen. Sie vermisste ihren Mann, sie konnte ihr geliebtes Instrument nicht mehr spielen, und so hatte sie entschieden, es sei Zeit. Mit anderen Worten: ein beispielhafter Ausstieg, nicht ganz auf dem Höhepunkt ihrer Laufbahn, aber doch zu einem guten Zeitpunkt. Ein Ausstieg, bei dem die Leute sagten: So viel Glück hätte ich auch gern.

Aber jetzt kam's. Bei der Durchsicht ihrer Akte hatte ich nur ein Foto der Frau gesehen. Wir waren uns nie leibhaftig begegnet.

Trotzdem hatte sie mich mit meinem Namen angeredet. Hatten unsere Wege sich irgendwann gekreuzt, und ich hatte es vergessen? Möglich, aber das glaubte ich nicht. Und etwas an der Art, *wie* sie es gesagt hatte – »Direktor Bennett«, hatte sie gesagt, »sind Sie es wirklich?« –, reichte tiefer als ein beiläufiges Wiedererkennen. Sie wusste nicht nur, *wer* ich war, sondern es *bedeutete* ihr auch etwas. Als wäre ich ein lange vermisster Verwandter oder ein alter Freund, den sie seit Jahren nicht gesehen hatte.

Als ich allein in meiner Suite war, nahm ich mir meinen Geisteszustand vor. Inzwischen war die dämpfende Wirkung, die Dr. Pattys Video auf mich gehabt hatte, verflogen. Die Stimmen waren noch da, aber dass sie mir bewusst waren, schien ihre Wirksamkeit zu beeinträchtigen. Wie lange konnte ich durchhalten? Es gab nichts in meinem Zimmer, womit ich mich hätte beschäftigen können – keine Bücher, kein Fernseher, nichts Interessantes, das ich mir hätte ansehen können. Ich wusste, die Bildschirme mit ihren Szenen von natürlicher Pracht waren nichts als ein weiterer Trick, um mich gefügig zu machen. *Sieh doch, der hübsche Sonnenuntergang. Sieh, die tanzenden Mohnblumen. Schau, der Morgentau auf dem Gras, und wenn ich es mir recht überlege, werde ich mich vielleicht hinlegen und nie mehr aufstehen.*

Ich ging in meiner Suite auf und ab, um wachsam zu bleiben. Die Reste meines Hummers – Itzhak hatte sie mir auf einem Tablett vorbeigebracht – waren geradewegs in die Toilette gewandert. Ich war völlig ausgehungert; kaum ein Bissen war seit fast vierundzwanzig Stunden über meine Lippen gekommen. Aber auch nur dieser alltäglichen Versuchung nachzugeben kam mir vor wie eine Niederlage, ein erster Schritt auf dem Weg zur psychologischen Kapitulation.

Und mit welchem Ziel? Seltsamerweise hatte ich nie konkret darüber nachgedacht, was in der Nursery tatsächlich *passierte*. Der Aussteiger kam in einem Zustand an und reiste in einem anderen wieder ab; das war alles, was ich wusste, und ich hatte es ungeprüft akzeptiert und nie weiter nachgeforscht. Zweifellos fand etwas Medizinisches statt, aber von Dr. Patty abgesehen hatte ich weder medizinisches Personal noch irgendeinen Hinweis darauf gesehen, dass dies etwas anderes als ein Luxushotel war, wo die Gäste übermäßig üppige Mahlzeiten zu sich nahmen und sich in Schlammbädern suhlten.

Ich ging weiter rastlos auf und ab und bemühte mich, meinen Kopf zu beschäftigen und die Stimmen in Schach zu halten. Um wach zu bleiben, ließ ich meine Gedanken in die Vergangenheit wandern – nicht zu Augenblicken des Glücks, sondern zu den diversen Enttäuschungen und Peinlichkeiten, von denen jedes Menschenleben durchsetzt ist und die es vermögen, jemanden mitten in der Nacht zu wecken, erfüllt von sengendem Bedauern. Ein Dozent, der mich vor der ganzen Klasse gedemütigt hatte. Ein sexuelles Versagen von spektakulärer Tollpatschigkeit. Ein College-Kollege, der unsere Freundschaft wegen einer nichtigen Konkurrenzsituation aufgekündigt hatte. Der Selbstmord meiner Mutter und die Kälte meines Vaters in den Tagen danach und die schreckliche Szene auf dem Pier.

Der Pier.

Doria und ihr Sohn George, die gekommen waren, um sich von mir zu verabschieden, und die unverhoffte, kraftvolle Umarmung des Jungen, obwohl wir buchstäblich Fremde waren. Wieder fragte ich mich: *Was um alles auf der Welt hatte das zu bedeuten?* Das Ganze ergab keinen Sinn, im Gegenteil, diese Begegnung hatte dem Jungen sichtbares Unbehagen bereitet. Was nur eines bedeuten konnte: George handelte auf Geheiß seiner Mutter. Aber warum befahl Doria ihrem Sohn, einen Mann zu umarmen, den er kaum kannte?

Vielleicht war die Umarmung keine wirkliche Umarmung gewesen, dachte ich. Vielleicht war es etwas anderes.

Mein Krankenhaushemd lag im Bad auf dem Boden. Meine Erinnerung täuschte mich nicht: Das Hemd hatte eine Tasche. Ich zog das zusammengefaltete Blatt Papier heraus, das der Junge dort versteckt hatte, und faltete es auseinander.

Es sah aus wie eine technische Zeichnung im Miniaturformat. Ein paar der Linien, sah ich, waren mit winzigen Buchstaben beschriftet.

»Speiseraum«. »Pool«. »Gästezimmer«. »Wellness«.

Georges Zeichnung war ein Gebäudeplan.

24

So verging die Nacht.

Ich blieb wach, die meiste Zeit jedenfalls. Vielleicht dämmerte ich hin und wieder für ein Weilchen ein, aber jedes Mal gelang es mir, mich wieder aufzuraffen, und dann ließ ich mich auf den Boden fallen und machte Liegestütze, um einen klaren Kopf zu bekommen, und die ganze Zeit ließ ich mir jeden schrecklichen Gedanken durch den Kopf gehen, der mir einfallen wollte. (Ich war überrascht, wie viele es waren.) Ich hatte keine Ahnung, wie spät es war – in der Suite gab es keine Uhr –, als die Tür sich öffnete und Bernardo vor mir stand, frisch wie der junge Morgen und mit einem Tablett unter einem verchromten Deckel.

»Guten Morgen. Mr Bennett«, sagte er sonnig. »Ich hoffe, Sie haben gut geschlafen.«

Offensichtlich nicht; zweifellos sah ich so mies aus, wie ich mich fühlte. Bernardo stellte das Tablett auf den Couchtisch und nahm den Deckel herunter. Ich sah einen Stapel Pfannkuchen, getränkt mit Butter und Sirup und gekrönt mit zwei gekreuzten dicken Scheiben Speck. Mein Magen implodierte praktisch vor Hunger.

»Dr. Patty meinte, es ist Ihnen vielleicht angenehmer, auf Ihrem Zimmer zu essen.«

Keine gute Nachricht. Ich musste hinaus und mir die ganze Anlage ansehen.

»Danke«, sagte ich. »Das ist fabelhaft.«

Bernardo blieb stehen und starrte mich mit leerem Grinsen an. Die Botschaft war klar: Ich würde mein Frühstück vor seinen Augen verzehren müssen. Mit einem unheilvollen Gefühl im Herzen nahm ich Messer und Gabel, schnitt einen Bissen Pfannkuchen ab und steckte ihn in den Mund. Schon das bloße Gefühl an meinem Gaumen, die kissenartig weiche Masse, ließ die Genusssensoren in meinem Gehirn zünden, dass mir schwindelig wurde. Gott, war das köstlich! Wussten die Leute eigentlich, wie köstlich Pfannkuchen waren? Und Speck! Wie er zwischen den Zähnen knisterte und wie er fettige Glückseligkeit über die Zunge fließen ließ ... Wunderbar!

»Anscheinend schmeckt Ihnen das Frühstück sehr gut, Mr Bennett.«

Bernardos Stimme weckte etwas in mir – ein Flackern des Widerstandes. Was zum Teufel tat ich hier? Pfannkuchen – das war ein Kinderessen. Aber mein Teller war praktisch leer, und alles bis auf zwei Bissen rekelte sich schwer in meinem Magen. Aber die wollte ich auch noch. Verzweifelt sehnte ich mich danach, den Teller abzulecken wie ein Hund. Es erforderte meine ganze Entschlossenheit, das Besteck aus der Hand zu legen und aufzublicken.

»Wow!« Ich betupfte mir den Mund mit meiner Serviette. »Das hat wirklich gutgetan.«

»Wollen Sie nicht aufessen, Mr Bennett?«

»Ehrlich gesagt, Bernardo, ich glaube, ich bin satt. Aber vielen Dank. Das war wirklich gut. Mein Kompliment an den Küchenchef.«

Ein Augenblick verging, bevor er nickte. »Sehr wohl.« Er nahm das Tablett vom Tisch und ging zur Tür.

»Hey, Bernardo?«

Der Mann drehte sich um.

»Ich habe mir gedacht, ich könnte mir eine Runde im Pool gönnen. Wir haben doch davon gesprochen. Sie wissen schon, ein paar von diesen Pfannkuchen wieder abtrainieren.«

Bernardo überlegte kurz. »Selbstverständlich, Sir. Ich frage Dr. Patty.«

»Ja, was das angeht … Die Sache ist, ich bin ein bisschen aufgedreht. Wissen Sie, die bevorstehende Reiteration und so weiter. Das macht mich alles nervös.«

»Das verstehe ich, Sir. Ich werde das alles weitergeben.«

»Ich hätte deshalb nichts dagegen, sofort zu gehen. Wenn das okay wäre.«

Die Frage hing zwischen uns in der Luft.

»Ich werde fragen, Sir.« Er ging hinaus.

Minuten vergingen. Ich hatte die Hoffnung schon aufgegeben, als die Tür sich wieder öffnete. Bernardo hielt ein kleines Bündel in der Hand. Eine Badehose, in ein Handtuch gewickelt.

»Ich warte, während Sie sich fertig machen, Sir.«

Ich ging ins Schlafzimmer, zog die Badehose an und warf mir den Bademantel über. »Danke für Ihre Hilfe«, sagte ich im Korridor zu Bernardo. »Ich bin sicher, das bringt mich in die richtige Stimmung.«

»Gern geschehen, Mr Bennett.«

Soweit ich es nach Georges Lageplan erkennen konnte, waren wir an der Ostseite des Komplexes, der aus zwei Ebenen bestand, an beiden Enden durch Treppen verbunden. Gästezimmer und Speiseraum lagen auf Ebene zwei, Pool und Wellnessbereich auf Ebene eins. Der Komplex hatte außerdem einen zentralen vertikalen Kern, der vermutlich technischen Zwecken diente und anscheinend bis zum Gipfel der Insel hinaufreichte.

»Wissen Sie«, sagte ich, »ich habe mich schon gefragt, wo meine Reiteration eigentlich stattfinden wird.«

»Oh, darüber müssen Sie sich nicht den Kopf zerbrechen, Mr Bennett.« In entspanntem Tempo gingen wir durch den Korridor auf die östliche Treppe zu. »Darüber würde ich nicht einen Moment lang nachdenken. Vorläufig, würde ich sagen, sollten Sie sich ausruhen und die Anlage genießen. Das würde ich tun.«

Es war, als hörte ich mir selbst zu, wie ich den Blödsinn schwätzte, den ich meinen Aussteigern zwanzig Jahre lang erzählt hatte. Es war kein besonders behagliches Gefühl. »Man sagt, es ist wie Einschlafen«, warf ich ein.

»Richtig, das sagt man, Mr Bennett. Genau das sagt man.«

»Ich hatte gehofft, Sie könnten mir mehr erzählen.«

»Oh, das kann ich eigentlich nicht. Es ist nicht mein Fach.«

»Was genau ist denn Ihr Fach?«

Er warf mir einen Seitenblick zu. »Na, ich habe Ihnen natürlich den Aufenthalt hier so angenehm wie möglich zu gestalten! Ihr Wohlbefinden ist meine einzige Sorge, Mr Bennett.«

Wir kamen zur Treppe und stiegen ein Stockwerk hinunter. Die Luft hier war kühler und feuchter und roch ein wenig nach Chlor. Ihr spürte ein leichtes mechanisches Vibrieren unter den Fußsohlen, das ich auf der Grundlage von Georges Zeichnung für eine Pumpe oder eine Lüftung hielt.

»Und da wären wir.«

Rechts erschien eine Öffnung, und dahinter erweiterte sich der Raum mit Pool. Er hatte Wettkampfgröße, einen mit glänzenden Fliesen gestalteten Rand und einen dunkelblauen Grund, der dem Wasser eine tintenartige Dichte verlieh. Ich zählte acht Badegäste, Männer und Frauen, die aber weniger schwammen als vielmehr auf dem Wasser dümpelten wie Poolspielzeug in Menschengestalt. Am hinteren Ende sprudelte ein Jacuzzi, wo zwei Frauen mit Badekappen ausgestreckt in einer Dampfwolke lagen.

»Danke, Bernardo. Von hier aus finde ich mich allein zurecht.«

»Ich werde mit Vergnügen auf Sie achtgeben, Mr Bennett.«

»Das ist nett von Ihnen, aber wissen Sie, was? Vier Schwimmrekorde et cetera. Ich glaube, ich schaffe das.«

Der Mann starrte mich mit Pokermiene an.

»Okay, schön«, sagte ich, »Sie haben mich ertappt. Es ist mir ein bisschen peinlich, aber es würde mir eine Menge bedeuten, wissen Sie, wenn ich diese Tage noch ein letztes Mal durchleben könnte. Allein, meine ich. Wenn das in Ordnung ist. Wenn es Ihnen recht ist.«

Seine Miene hellte sich auf. »Ah«, sagte er, »das verstehe ich vollkommen, Mr Bennett.« Er lehnte sich zu mir herüber und sprach in einem vertraulicheren Tonfall weiter. »Und wenn ich das sagen darf – ich weiß es zu schätzen, dass Sie in einer so persönlichen Angelegenheit ehrlich zu mir sind. Sie sollen das Gefühl haben, dass Sie offen mit mir sprechen können. Bei jedem Thema. Bei absolut jedem Thema.«

»Das habe ich. Absolut.«

Er verneigte sich auf seine kellnerhafte Weise. »Dann wünsche ich Ihnen viel Vergnügen beim Schwimmen. Ich bin draußen, wenn Sie fertig sind.«

Er ging davon. Ich schlenderte zu einer Bank am hinteren Ende des Pools und zog den Bademantel aus. Keiner der anderen schien Notiz von mir zu nehmen, und sie beachteten auch einander nicht. Niemand sprach. Ich suchte nach vertrauten Gesichtern, und mir war, als hätte ich einen oder zwei im Speiseraum gesehen, aber ich war nicht sicher, und Aurelia war nicht dabei.

Georges Zeichnung zufolge befand sich der Hauptkern des Gebäudes hinter der gegenüberliegenden Wand. Auf den ersten Blick erschien die Wand enttäuschend massiv, aber bei genauerem Hinsehen entdeckte ich knapp anderthalb Meter über dem Boden eine Platte, die von Schrauben in jeder Ecke gehalten wurde. Ich tat, als wollte ich meine Waden dehnen, und legte eine Hand an das Metall. Es pulsierte wie eine Arterie.

»Hilfe!«

Ich fuhr herum und sah gerade noch, wie eine Gestalt sich teilweise aus dem Wasser erhob. Nein, sie erhob sich nicht – sie schlug um sich. Ich sah nur die Schädeldecke und eine einzelne, hochgereckte Hand. Das Wasser ringsum brodelte von dem panischen Herumrudern. Für einen Sekundenbruchteil gelang es der Person, das Gesicht zur Decke und den Mund über das Wasser zu erheben.

»Helft mir!«

Bei Ertrinkenden weiß man, dass es höchst riskant ist, sie auch nur anzufassen. In ihrer Panik kann es ihnen gelingen, ihren Möchtegernretter mit sich in die Tiefe zu ziehen. Das sage ich nicht, weil mir dieser warnende Gedanke durch den Kopf gegangen wäre, sondern weil genau das als Nächstes geschah. Fünf lange Schritte, und ich warf mich ins Wasser. Inzwischen hatte das Opfer jede Verbindung zur Oberfläche verloren und ging schnell unter. Ich tauchte, und meine Ohren knackten. Die Person war anscheinend eine Frau, ziemlich klein und mit einem der blauen Pyjamas bekleidet. Als ich nach ihrer Hand greifen wollte, wirbelte sie herum und schlang mir ihre Arme wie ein Lasso von hinten um den Hals. Darauf war ich nicht vorbereitet. Ein Ellenbogen traf mich ins Auge, und dann ein Fuß, wie mir schien. Mit jedem gescheiterten Versuch, mich zu befreien, nahm meine eigene Panik zu. Es fühlte sich an, als hätte ich ewig nicht mehr geatmet. Ich versuchte, ihre Arme wegzubiegen, aber die Frau wollte davon nichts wissen. Jeder Versuch, den ich unternahm, veranlasste sie, ihren Klammergriff weiter zu verstärken. *Begreifst du nicht, dass ich dich retten will?*, dachte ich. *Lass mich los, verdammt!*

Plötzlich war ich frei.

Der Drang zu atmen hatte alle meine anderen Funktionen außer Kraft gesetzt. Ich stieß mich vom Beckengrund ab, schoss an die Oberfläche und füllte meine Lunge mit einem so lauten Japsen, dass man es noch eine Meile weit hätte hören können. Ich hatte eine Gruppe von Zuschauern erwartet – vielleicht sogar die eine oder andere ausgestreckte Hand –, aber da war nichts dergleichen. Ebenso gut hätte ich allein in der Halle sein können, so offenkundig war die Abwesenheit jeglicher Besorgnis bei den anderen Badegästen. Ich holte zweimal tief Luft und tauchte dann wieder. Die Frau lag nun mit dem Gesicht nach unten auf dem Grund. Wehren würde sie sich nicht mehr. Meine einzige Hoffnung war es, dass ich sie so schnell wie möglich nach oben bringen und ihr das Wasser aus der Lunge pumpen könnte. Ich schlang einen Arm um sie und schleppte sie zu der Treppe am flachen Ende des Pools.

Endlich konnte ich sie aus dem Wasser ziehen und auf den Boden legen. Niemand hatte mir Hilfe angeboten, und keiner der anderen schaute auch nur in unsere Richtung. Ich rollte die Frau auf die Seite und versetzte ihr einen Schlag zwischen die Schulterblätter. Sie rührte sich immer noch nicht. Ich rollte sie wieder auf den Rücken und sah ihr ins Gesicht.

Es war Caeli.

Alles um mich herum verschwamm. Meine Sinne konzentrierten sich auf die Aufgabe, die Lunge des Mädchens mit Luft zu füllen, als wäre nicht nur ihr Leben in Gefahr, sondern auch meines. Ich legte ihr eine Hand in den Nacken, hielt ihr die Nase zu und blies ihr in den Mund. Das tat ich noch zweimal, und dann setzte ich mich rittlings auf ihre Hüften und presste zweimal schnell und im Abstand von jeweils einer Sekunde ihre Brust zusammen. Ein paar andere Badende hatten inzwischen bemerkt, was vor sich ging, aber keiner half, und ich erlebte ihre Anwesenheit nur abstrakt, wie ein Schauspieler, dessen Augen von den Scheinwerfern geblendet sind, sich seines Publikums bewusst ist, ohne es zu sehen. Ich rief. Ich schrie ihren Namen. Ich befahl ihr unmissverständlich, die Lunge zu öffnen und zu atmen. Ich fuhr fort mit der Herzdruckmassage, als es wie ein Wunder passierte: ein heftiger Krampf, gefolgt von einem würgenden Husten. Ich rollte sie auf die Seite, und sie spuckte Unmengen von Wasser und Erbrochenem auf die Bodenfliesen.

Ich ließ mich in die Hocke zurückfallen. Mein Puls hämmerte, mein Herz lag wie ein dickes geschwollenes Objekt in meiner Brust, ein Ballon, bis zum Platzen gefüllt. Caeli hustete und hustete und hustete neben mir, und als sie damit fertig war, beugte ich mich hinunter und sah ihr ins Gesicht.

»Caeli, kannst du mich hören?«

Ihr Blick ging unfokussiert ins Weite.

»Weißt du, wo du bist?«

Sie blinzelte und fragte dann leise: »Am Pool?«

»Genau. Du hattest Probleme im Wasser, und ich habe dich herausgezogen.«

Darüber musste sie nachdenken.

»Jetzt bist du in Sicherheit«, sagte ich.

»Ich bin in Sicherheit«, sagte sie verträumt. »Sie haben mich herausgezogen.«

»So ist es.«

»Es tut mir leid.«

»Es muss dir nicht leidtun, Caeli. Es war nur ein Missgeschick, weiter nichts.«

Ich schob ihr eine Hand in den Nacken und richtete sie auf. Jetzt erweiterte sich mein Bewusstsein und erfasste auch die anderen Badegäste, die um uns herumstanden. Ihr Anblick machte mich wütend.

»Was zum Teufel stimmt eigentlich nicht mit Ihnen?«, schrie ich sie an.

Sie wechselten Blicke, aber keiner sagte etwas.

»Wieso hat niemand uns geholfen? Sie haben alle nur herumgestanden!«

»Hallo, Mr Bennett.« Da war eine weitere Stimme.

Bernardo kam von Eingang auf uns zu und brachte meinen Bademantel.

»Ich entschuldige mich für die Störung, aber ich war allmählich beunruhigt.« Er blieb vor mir stehen, breitete den Bademantel aus und hielt ihn wie ein Kammerdiener bereit. »Wie war das Schwimmen, Sir? Erfrischend, hoffe ich.«

Ich sprang auf und starrte ihm ins Gesicht. »Was ist eigentlich los in diesem Laden?«

Er runzelte die Stirn und ließ den Bademantel sinken. »Mr Bennett? Gibt es ein Problem?«

»Sie hätte ertrinken können, Herrgott noch mal! Es war ein Glück, dass ich hier war.«

Er schob die Lippen vor, folgte meinem ausgestreckten Zeigefinger, schaute Caeli einen Moment lang an und hob dann den Kopf wieder. »Ah«, sagte er, »Sie haben eine Freundin gefunden.«

»Was tut sie hier?«

»Das kann ich Ihnen nicht genau sagen, Mr Bennett. Aber ich könnte mir vorstellen, dass sie hier ist, weil *Sie* hier sind. So funktioniert das normalerweise.«

Ich hatte die Nase voll von den nebelhaften Auskünften dieses Mannes. »Kommen Sie mir nicht mit Ihrem Bullshit, Bernardo.«

»Sagen Sie mir, wie ich Ihnen helfen kann.«

»Ich muss Dr. Patty sprechen. Ich muss sie auf der Stelle sprechen.«

»Selbstverständlich, Mr Bennett! Sie brauchen doch nur zu fragen.«

Seine plötzliche Bereitwilligkeit überraschte mich. »Sie bringen mich zu ihr?«

Der Mann wehrte ab. »Nicht direkt, nein. Dr. Patty ist eine sehr beschäftigte Frau. Aber ich treffe gern die nötigen Vorkehrungen. Wollen Sie nicht in Ihrem Zimmer warten?«

»Ich nehme das Mädchen mit.«

»Selbstverständlich! Ihre Freundin kann gern mit Ihnen zusammen warten.«

Bernardo gab seine Zustimmung zu schnell für mein Gefühl, aber ich war kaum in der Position, die Großzügigkeit des Mannes zu hinterfragen. Ich zog meinen Bademantel an und half Caeli auf die Beine. In ihren nassen Sachen sah sie zerbrechlich und klein wie ein Vogel aus.

»Haben Sie noch einen Mantel?«, fragte ich Bernardo.

Der Mann machte ein betrübtes Gesicht. »Oh. Leider nicht.«

Ich zog meinen Bademantel wieder aus und hielt ihn Caeli entgegen. Aber das Mädchen schüttelte den Kopf. »Den will ich nicht«, sagte sie.

»Nimm ihn. Du musst doch frieren.«

»Ich habe gesagt, ich will ihn nicht.«

Wie sollte ich mir die Leidenschaft dieser verrückten Ablehnung erklären? »Okay, okay. Ganz, wie du willst.«

Bernardo schaltete sich ein. »Dann wäre die Angelegenheit geklärt? Gut.« Er deutete zum Ausgang. »Nach Ihnen, Mr Bennett.«

Caeli hielt sich dicht an meiner Seite, und wir gingen schweigend zurück zu meiner Suite.

»Wir brauchen trockene Sachen für sie«, sagte ich zu Bernardo.

»Absolut, Mr Bennett. Machen Sie und Ihre Freundin es sich nur bequem.«

»Sie heißt Caeli«, sagte ich.

»Selbstverständlich. Ein reizender Name. Und welche Konfektionsgröße, wenn ich fragen darf, hat Caeli?«

Warum war der Kerl nur so schwer von Begriff? »Wie sieht sie denn aus? Small natürlich.«

Er nickte mit einer knappen Bewegung des Kinns. »Wenn Sie beide mich entschuldigen wollen.«

Während wir warteten, ließ ich ihr ein heißes Bad ein, damit sie sich aufwärmen konnte. Bernardo kehrte mit einem blauen Hemd und der passenden Hose zurück und versprach mir noch einmal, mit Dr. Patty zu reden, die derzeit beschäftigt sei, aber demnächst erreichbar sein werde. Ich legte die Sachen zusammengefaltet auf den Frisiertisch neben den Handtuchstapel und die Minifläschchen Duschgel und Shampoo.

»Lass dir so viel Zeit, wie du brauchst«, sagte ich zu Caeli. »Ich bin nebenan.«

Sie nickte, aber das war alles. Sie hatte kein Wort gesprochen, seit wir in der Suite waren. Es war offenkundig, dass ihre Vormünder sie geschickt hatten; ich hatte mich in vielem geirrt, aber nicht in diesem Punkt. Ich sah ihr an, dass das Erlebnis sie stark traumatisiert hatte. Aber wenn sie Zeit gehabt hätte, sich zu fangen, würde sie mir vielleicht alles erzählen können. Ich wollte sie nicht bedrängen. Was sie vorläufig brauchte, war ein Freund.

Ich zog Hemd und Hose wieder an und setzte mich auf das Bett, um zu warten. Ich hörte, wie sie den Hahn noch einmal aufdrehte, um die Wassertemperatur in der Wanne zu erhöhen, aber davon abgesehen kam kein Laut aus dem Badezimmer. Ohne Uhr konnte ich nicht übersehen, wie lange sie schon da war. In dieser fensterlosen Suite war die Zeit etwas völlig Abstraktes geworden.

Und wie lange war *ich* jetzt hier? In dem Video hatte Dr. Patty gesagt, bis zu meiner Reiteration würden »ein paar

Tage« vergehen. Georges Plan war bislang korrekt gewesen, aber Caelis Anwesenheit war ein Problem. Nach Prospera zurückzuschwimmen kam nicht infrage. Caeli würde es niemals schaffen. Und selbst wenn *ich* es könnte, was würde ich tun, wenn ich drüben wäre? Sollte ich versuchen, Theas Leute im Annex zu finden? Warren und Elise zur Rede stellen? Vielleicht könnte ich auch geradewegs in Callistas Büro marschieren. Das würde eine interessante Szene abgeben.

Schließlich stand ich auf und klopfte mit den Knöcheln an die Badezimmertür. »Caeli? Ist alles in Ordnung?«

Die Tür öffnete sich. Caeli stand in ihrem Kittel vor mir. Sie hatte ein Handtuch um ihr Haar gebunden. Ich hatte das Gefühl, dass sie schon eine Zeit lang auf mich gewartet hatte.

»Ich habe mir Sorgen gemacht«, sagte ich.

Sie starrte mich einen Moment lang an. »Ich habe gebadet«, erklärte sie dann.

»Ich weiß. Ich habe das Wasser eingelassen, erinnerst du dich?«

Ein Schlüssel drehte sich im Schloss der Eingangstür.

»Da bin ich wieder, Sir«, erklärte Bernardo. »Ich habe gute Neuigkeiten! Dr. Patty schien sehr daran interessiert zu sein, mit Ihnen zu sprechen. Sie hat mich gebeten, Sie unverzüglich zu ihrem Büro zu begleiten.«

Es war kaum der richtige Augenblick, zu gehen, aber solange Bernardo dort stand, musste mein Gespräch mit Caeli ohnedies warten. »Ich muss für ein paar Minuten weg«, sagte ich zu ihr. »Kommst du hier allein zurecht?«

Sie nickte matt. »Das ist okay.«

»Ich bringe dich hier raus, das verspreche ich dir«, flüsterte ich.

Bernardo führte mich durch den Gang mit den nummerierten Türen. Wieder fiel mir auf, dass kein Mensch zu sehen war. Alles wirkte völlig unbewohnt.

»Wissen Sie«, sagte ich, »ich habe mich gefragt, ob ich meinen Freund von gestern Abend noch einmal wiedersehen könnte.«

»Noch einen Freund, Sir?«

»Ja. Den jungen Mann, mit dem ich am Tisch gesessen habe.«

»Ah, Sie meinen Mr Kim. Ich glaube, er ist in der Wellness-Abteilung.«

Jason im Schlammbad – das konnte ich mir nicht vorstellen. »Sind Sie nicht sein Betreuer? Sollten Sie es dann nicht genau wissen?«

»Ich verstehe Ihre Verwirrung, Mr Bennett, und ich muss mich dafür entschuldigen. Ich habe Mr Kim unmittelbar nach seiner Ankunft assistiert, aber jetzt betreut ihn Danielle.«

Welche der beiden Danielles mochte den Jungen jetzt wohl betreuen, die mausgraue Schwester aus dem Video oder die Sirene aus dem Restaurant?

»Gibt es hier noch andere Betreuer oder nur Sie beide?«, fragte ich.

»Oh, wir sind etliche. Itzhak haben Sie gestern Abend kennengelernt.«

»Ich dachte, das war ein Kellner.«

»Das stimmt. Jeder von uns beherrscht mehrere Aufgaben. Wir haben festgestellt, dass es uns hilft, die Gäste auf einer persönlichen Ebene kennenzulernen.«

»Wie viele Gäste haben Sie im Moment?«

Er hob gutmütig die Schultern. »Oh, das ändert sich von Tag zu Tag.«

»Gestern Abend im Restaurant habe ich siebenunddreißig gezählt.«

»Dann sind es vielleicht so viele.«

Ein Gespräch mit Bernardo war wie der Versuch, eine Fliege aus der Luft zu fangen.

Er fuhr fort: »Vielleicht stellen Sie diese Frage am besten Dr. Patty.«

»Im Video hieß es, ich solle alle meine Fragen an meinen Betreuer richten. Also frage ich *Sie*.«

»Und ich wünschte, ich könnte hilfreicher sein. Aber wenn Sie wollen, kann ich nachforschen.«

»Wann?«

»Wann was, Mr Bennett?«

»Wann können Sie nachforschen?«

»Sobald sich die Gelegenheit bietet.«

Er mauerte nicht, wurde mir klar. Der Mann wusste einfach nicht Bescheid. Wir kamen am Speiseraum vorbei, der dunkel und leer war, und gingen durch einen weiteren Korridor bis zu einer Tür mit einem Schild, auf dem »KLINIK« stand.

»Ich warte hier auf Sie, Sir«, sagte Bernardo.

Als ich durch die Tür ging, schlug mir sofort eine Woge von Déjà-vus entgegen. Der Untersuchungstisch mit seiner zerknitterten Papierdecke, der Schrank mit den blanken Instrumenten, der in der Ecke geparkte Holzstuhl, die flache, eindimensionale Beleuchtung: Das hier war ein exaktes Duplikat des Raums, in dem ich vor all den Jahren mit meiner Mutter gewesen war und in dem vor kurzer Zeit Warren mich untersucht hatte.

»Treten Sie doch ein, Mr Bennett.« Dr. Patty schloss die

Tür des Instrumentenschranks. Sie schob die Hände in die Taschen ihres Laborkittels, drehte sich um und sah mich mit sonnigem Lächeln an. »Ich hoffe, der Aufenthalt bei uns hat Ihnen bisher gefallen.«

Etwas an der Frau war verändert, stellte ich fest. Verändert, aber auch fesselnd. Ihre Wangen waren gerötet, und ihre leicht getönten Lippen wirkten etwas geschwollen. Ihr Haar war zu einem eleganten Nackenknoten gebunden, und schwarze Spitze schaute aus dem Halsausschnitt unter dem Laborkittel hervor.

»Ich höre, Sie haben eine Freundin gefunden. Caeli, richtig?«

»Ja, und sie ist der Grund, weshalb ich mit Ihnen sprechen muss. Sie ist noch ein Kind, sie gehört nicht hierher. Es ist nicht richtig.«

»Ich verstehe.«

»Und ich auch nicht. Ich habe schon einmal versucht, es Ihnen zu erklären.«

»Sie wirken angespannt, Mr Bennett.«

»Ja, ich bin auch angespannt. Ich werde manipuliert. Wir beide, genau gesagt.«

Sie tat einen langsamen Schritt auf mich zu, löste ihren Haarknoten und schüttelte das Haar mit einer koketten Kopfbewegung.

»Dr. Patty, was haben Sie vor?«

Sie nagte an der Unterlippe und kam noch einen Schritt näher. »Was kann ich tun, damit Sie sich entspannen?«

Du lieber Gott! Das klang wie in einem schlechten Pornofilm.

»Sagen Sie es mir, Mr Bennett. Was Sie wollen.«

Ich bestreite es nicht. Als sie ihre Hände an meiner Brust heraufschob, die Hüften an meine schmiegte und mich küsste, reagierte mein Körper. Und nicht nur mein Körper. Mein Kopf füllte sich – ja, füllte sich buchstäblich – mit einem alles überlagernden sexuellen Nebel. Ihr Atem drang in meinen Mund ein, dann ihre Zunge, ein sanftes Suchen von himmlischer Zartheit, und es war, als trete die gesamte erotische Geschichte meines Lebens, jedes Erlebnis, real oder fantasiert, über die Deiche meines Gehirns, ein rauschender Wasserfall des Sex.

»Fühlt sich das gut an?«, murmelte Dr. Patty. »Ist das nicht das schönste Gefühl der Welt?«

Alle Willenskraft hatte mich verlassen, meine Augen waren geschlossen. Dinge geschahen – überraschende, wunderbare Dinge –, ohne dass ich genau sagen konnte, wie sie zustande kamen. Irgendwie war ich auf den Untersuchungstisch geraten und hatte Dr. Patty über mir – die Bewegung war wie Wasser, wellenartig –, aber ihre Rolle bei diesem Geschehen war von abstrakter, ja, geisterhafter Qualität. Sie konnte jede Frau sein und keine.

Um das, was dann geschah, vollständig zu beschreiben, fehlen mir die Worte. Am nächsten komme ich ihm, wenn ich sage, dass ich das Gefühl hatte, zerlegt zu werden – als werde meine Personalität, das heißt mein subjektiver Sinn für Realität, zu einem großen, allgemeinen Nichtsein atomisiert. Ich lag nicht länger auf dem Untersuchungstisch und wurde von meiner Kindheitsärztin grandios gefickt, ich empfand weder Lust noch Schmerz. In althergebrachten Kategorien könnte man sagen, ich empfand überhaupt nichts, und was von dem als Proctor Bennett bekannten Wesen noch übrig war – nicht viel –, begriff, dass dies gemeint war, wenn man vom Sterben sprach.

Woraufhin sich etwas Kurioses ereignete. Unversehens stand ich in einem Raum. Ich sage »Raum«, aber das Wort ist irreführend. Was ich meine, ist: Es fühlte sich an wie ein umgrenzter Bereich, obwohl die Grenzen unbekannt waren – ein Raum ohne Wände –, und das vorhandene Licht wurde nicht von einer einzelnen Quelle ausgestrahlt, sondern von einem mich umgebenden Kosmos aus winzigen, endlos sich teilenden Punkten.

Ein Raum voller Sterne.

Ich war nicht allein. Neben mir stand eine Frau. Sie war nackt – genau wie ich, wie ich bemerkte.

»Direktor Bennett«, sagte sie, »sind Sie das?«

Es sah so aus.

»Und ich bin ... Aurelia?«

Ich hatte keinen Zweifel, dass sie es war.

»Werden wir bald ankommen?«

»Ankommen«, wiederholte ich. Das Wort fühlte sich in meinem Mund seltsam an. »Wo ankommen?«

Sie tat einen langen, trostlosen Seufzer wie jemand kurz vorm Einschlafen. »Weil es so lange gedauert hat.«

Rechts von mir war noch jemand erschienen: ein Mann. Auch er war nackt.

»Hallo«, sagte ich und fügte jovial hinzu: »Ich freue mich sehr, dich zu sehen« – was ich auch wirklich tat.

Übertrieben langsam drehte er den Kopf zu mir herum. Was für ein gütiges, ernsthaftes Gesicht er hatte! Es gibt Menschen mit solchen Gesichtern – man fühlt sich unwillkürlich zu ihnen hingezogen und möchte ihnen absolutes Vertrauen schenken.

»Direktor Bennett«, sagte der Mann. »Sind wir da?«

Die Dinge veränderten sich. Form überwand Formlosigkeit. Neue Empfindungen zogen über mich hinweg. Das Kitzeln des Windes in meinem Haar. Der Salzduft des Meeres. Der Klang einer Fähre – dunkel, kehlig, rhythmisch – und die harten Stahlplatten unter meinen Fußsohlen. Ein Schwall von jugendlicher Vitalität durchströmte mich.

»Es passiert«, stellte der Mann fest.

»Das glaube ich auch«, stimmte die Frau zu.

Aber irgendetwas war nicht richtig. So verlockend es war, mich den neuen Umständen hinzugeben, tief in meinem Innern spürte ich Widerstand. Es gab etwas, das ich tun musste – vielleicht etwas, wovon mein Leben abhing –, und solange ich hier war, konnte ich es nicht tun.

»Ich muss weg«, sagte ich zu ihnen. »Es tut mir leid. Ich muss zurück.«

Aber die beiden schienen mich nicht zu hören. Ihre Gesichter waren schlaff, und ihr Blick war starr in die Ferne gerichtet.

»Hallo«, sagte der Mann zu niemandem. »Ich bin Jason, Ihr Mündel.«

»Hallo«, wiederholte die Frau. »Ich heiße Aurelia. Es ist sehr schön, dich kennenzulernen.«

Ich geriet in wachsende Aufregung. Um uns herum nahm die Szenerie Gestalt an. Details kristallisierten, wie Wasser zu Eis gerinnt. Der weiß gesprenkelte Ozean. Der gleißende, sonnenhelle Himmel. Der schäumende Strudel der Schiffsschrauben unter dem Heck. Ich wusste, wenn ich kapitulierte – wenn ich mich dieser neu gestalteten Wirklichkeit ergäbe –, wäre ich für immer verloren.

»Hört ihr mir zu? Wir können nicht bleiben.«

»Ich heiße Aurelia«, leierte die Frau. »Es ist schön, dich endlich kennenzulernen.«

»Ich bin Jason«, wiederholte der Mann. »Freut mich.«

Ich packte ihn bei den Schultern. »Begreifst du nicht, was hier vorgeht?«

»Es ist mir ein Vergnügen, Ihre Bekanntschaft zu machen.«

»Komm zu dir!«

»Und Sie müssen mein Vater sein.«

Ich holte aus und schlug ihm ins Gesicht. Er taumelte gegen die Reling und richtete sich mit dem Rücken zum Meer auf. »Danke für die herzliche Begrüßung.«

»Verdammt, wir haben keine Zeit! Wir müssen springen! Wenn wir hierbleiben, werden wir sterben!«

»Ich freue mich sehr auf unsere gemeinsame Zeit.«

Ich stürzte mich auf ihn, aber zu spät. Das wusste ich in dem Augenblick, als wir zusammenprallten – oder besser gesagt einander verfehlten. Jason war fort, meine Arme griffen in die Luft.

Und dann fiel ich.

Fiel und fiel und fiel.

Tiefer und tiefer und tiefer.

25

Dr. Patty ragte über mir auf. Ihre Haut glänzte von Schweiß, ihr Haar schwang vor und zurück mit ihren Bewegungen und dem schnellen Rhythmus ihres Atems.

»Stopp!«

Sie bog den Hals zurück wie eine Katze und beschleunigte das Tempo, mit dem ihr Becken wogte. Das Gefühl war abstoßend mechanisch.

»Stopp, habe ich gesagt!«

Ich schob sie von mir herunter. Die Trennung wirkte wie ein elektrischer Schalter. Im Handumdrehen war ich hellwach und entsetzt. O Gott, was tat ich hier?

»Mr Bennett!«, rief Dr. Patty. »Was ist denn?«

Die Frau stand vor mir im Zustand unverhohlener postsexueller Unordnung. Ich riss meine Hose hoch und rollte mich vom Tisch.

Die Tür ging auf: Bernardo. Er legte den Kopf schräg und sah mich bestürzt an. »Verzeihen Sie die Störung«, sagte er und wandte sich Dr. Patty zu. »Ich dachte, ich hätte etwas gehört.«

Genug davon. Ich packte Bernardos Handgelenk, sprang hinter ihn und drehte ihm den Arm auf den Rücken. Gleichzeitig riss ich den Taser aus seinem Hosenbund und drückte ihn unter sein Kinn.

»Mr Bennett, das ist absolut unnötig.«

»Bernardo, ich möchte, dass Sie langsam in Ihre Tasche greifen und Ihre Schlüssel herausholen.«

»Das ist doch alles unnötig. Sie sollten sich nicht aufregen.«

Ich drückte den Elektroschocker tiefer ins Fleisch an seinem Hals.

»Also gut.« Seufzend ließ er den Schlüsselbund fallen.

»Jason Kim«, sagte ich. »Wo ist er?«

»Ich glaube, Danielle hat Mr Kim in seine Suite zurückgebracht.«

»Welche Nummer?«

»Sechsundzwanzig.«

Der Junge war die ganze Zeit unten am Gang gewesen. Ich entsicherte den Taser.

»Mr Bennett, wenn Sie gestatten. Sie sollten das Gerät wirklich nicht benutzen.«

»Da bin ich anderer Meinung.«

»Mir geht es nur um Ihre eigene Sicherheit. Meine Person einem starken elektrischen Strom auszusetzen wäre höchst zerstörerisch. *Höchst* zerstörerisch. Ich kann für das Ergebnis nicht garantieren.«

Für einen Augenblick ließ die Warnung des Mannes mich zögern. Aber nur für einen Augenblick.

Peng!

Als ich zu mir kam, saß ich mit dem Rücken an die Tür gelehnt. Mir klingelten die Ohren, und mein Körper kribbelte wie nach einem elektrischen Schlag.

Bernardo und Dr. Patty waren fort.

Der Schlüsselbund lag da, wo Bernardo ihn hatte fallen lassen, aber der Schocker war nirgends zu sehen. Ich suchte den Raum nach etwas ab, das ich als Waffe benutzen könnte. Diverse medizinische Instrumente lagen verstreut auf dem Boden.

Ein Skalpell.

Ich nahm es in die Faust und öffnete behutsam die Tür. Der Korridor war leer. Bernardos Schlüssel waren nummeriert. Ich würde erst Caeli, dann Jason holen. Wie es dann weitergehen sollte, wusste ich nicht.

Caeli saß auf dem Sofa, wie ich sie zurückgelassen hatte. »Schätzchen, wir müssen gehen.«

Sie sah zu mir auf. Sie weinte. Dicke Tränen flossen ihr aus den Augen. »Tut mir leid wegen dem Pool«, sagte sie.

Ich ging vor ihr in die Hocke und nahm ihre Hand. »Ich weiß, mein Herz. Es war nur ein Missgeschick. Aber wir müssen wirklich von hier verschwinden.«

Sie brach in ein schmerzliches Schluchzen aus, warf sich mir an den Hals und umschlang mich in einer wilden Umarmung. »Ich wollte das nicht tun!«, heulte sie. »Ich nehme es zurück! Ich will es zurücknehmen!«

»Aah, *hier* sind Sie, Mr Bennett.«

Bernardo war hinter mir hereingekommen. Anscheinend war ihm kein Haar gekrümmt worden.

»Freut mich, dass ich Sie gefunden habe. Dr. Patty entschuldigt sich für die Störung und möchte Ihre Untersuchung gern zu Ende bringen.«

Das Komische ist – und ich sage es rückblickend –, dass ich eine gewisse Zuneigung zu dem Mann gefasst hatte. Er trieb mich zur Raserei, ja, aber seine liebenswürdigen Manieren machten es mir unmöglich, Abneigung gegen ihn zu empfinden. Man trifft selten einen Menschen von solcher Freundlichkeit, und ich wünschte ihm aufrichtig keine weiteren Unannehmlichkeiten.

Trotzdem stach ich ihn mit dem Skalpell.

Er taumelte rückwärts, und ich nahm Caeli bei der Hand und zog sie aus dem Zimmer. Ich hämmerte an Jasons Tür, die sofort aufgerissen wurde. Vor mir stand Danielle, die Verführerin des Speiseraums.

»Mr Bennett, ich fürchte, Sie haben ihn verpasst.« Sie berührte ihr Haar und lächelte. »Aber es freut mich, *Sie* zu sehen.«

»Mr Bennett! Mr Bennett!«

Bernardo kam im Laufschritt durch den Korridor auf mich zu. Aber etwas war merkwürdig. Er kam nicht aus meinem Zimmer.

Er kam vom anderen Ende des Korridors.

Ich fuhr herum. Der erste Bernardo, dem das Skalpell noch zwischen den Rippen steckte, war eben aus meinem Zimmer getreten. Ein dritter Bernardo, zwei weitere Danielles, ein Paar Itzhaks und mehrere Dr. Pattys näherten sich mit schnellen Schritten vom Speiseraum her.

Ein Irrenhaus, das war es hier. Ein Trip in den absoluten Wahnsinn. Ich zog Caeli an der Hand hinter mir her und rannte zur Treppe. Schritte dröhnten über mir. Ich schaute hoch.

Ein Trupp Bernardos stürmte die Stufen herunter.

Wir erreichten das Erdgeschoss und rannten den Flur hinunter. Der Chlorgeruch sagte mir, dass es nicht mehr weit war. Wir bogen in den Poolbereich und liefen auf die hintere Wand zu. Ich glaubte nicht, dass ich die Platte herausnehmen könnte, denn ich hatte kein Werkzeug, aber es war meine einzige Hoffnung. Ich betastete die Ränder und suchte nach einem Spalt. Da war einer, ein dünner Riss. Ich schob einen Fingernagel hinein, und er erweiterte sich, ich schob die Finger hinein und zog.

Die Schrauben lösten sich, die Tafel fiel heraus. Dahinter war ein schwarzes Loch. Ich half Caeli beim Hineinklettern, und dann zog ich mich selbst hoch und hinein. Der Kern war kreisrund und hatte einen Durchmesser von vielleicht sechs Metern, und er war vollgepackt mit dröhnenden Maschinen. Eine Leiter an der Wand verschwand nach oben in die Dunkelheit.

»Du zuerst«, sagte ich zu Caeli. »Schau nicht nach unten. Ich bin gleich hinter dir.«

Wir fingen an zu klettern. Ich hörte metallisches Klingen auf den Sprossen unter uns. Der erste der Bernardos kam hinter uns heraufgestürmt.

»Schneller, Caeli!«

Wir hatten die ungewisse Region unseres Aufstiegs erreicht, wo weder das obere noch das untere Ende des Kerns zu sehen war. Wie hoch würden wir klettern müssen? Den ganzen Weg bis hinauf zum Gipfel der Insel? Und was würde uns das nützen? Wir säßen oben auf einem Felsen in der Falle.

Über uns erschienen die Umrisse eines Laufgangs, der zu einer Tür in der Wand führte.

»Da!«, rief ich Caeli zu und zeigte nach oben. »Beeil dich!«

Sie zog sich auf die Plattform hinauf. Da packte eine Hand meinen Fußknöchel. Der erste Bernardo hatte mich erreicht. Ich versuchte, ihn abzuschütteln, aber sein Griff war unerbittlich.

»Verdammt, lass mich los!«

Ich hakte den Fuß, den er festhielt, seitlich um die Leiter und trat mit dem anderen nach unten. Ich zielte auf seinen Kopf, aber zweimal konnte er mir ausweichen. Beim dritten Mal jedoch traf ich. Er kippte rückwärts in die Dunkelheit.

Ich zog mich auf den Laufgang hinauf. Wo war Caeli? Die Tür stand offen. Offenbar war sie schon hinausgegangen. Ich lief hindurch und befand mich in einem großen, niedrigen Raum. Mit Drahtkörben geschützte Glühlampen hingen an der Decke, und das Brummen der Maschinen kam zu beiden Seiten aus der Finsternis.

»Caeli«, rief ich, »wo bist du?«

»Mr Bennett! Mr Bennett!«, tönte eine Meute Bernardos in einem grotesken Chor, als sie sich durch die Tür drängte.

»Mr Bennett, gestatten Sie mir freundlicherweise, Ihnen behilflich zu sein?«

»Mr Bennett, kommen Sie bitte mit mir!«

Ich rannte durch die Dunkelheit und rief nach Caeli. Der Raum endete an einer anderen Tür – an einer imposanten Stahlplatte mit einem Rad in der Mitte wie bei einer Tresortür. Die Bernardos näherten sich rasch. Wo würde ich rauskommen?

Ich trat hinaus unter einen Sternenhimmel und hörte das Krachen der Brandung unten auf den Klippen. Ich hatte den Gipfel der Insel erreicht.

»Caeli!«

Meine Stimme flog durch die Dunkelheit. Wieso war es Nacht? War es die erste Nacht oder die zweite? Ich keuchte atemlos, und mein Gesicht war schweißüberströmt. Ich stolperte blindlings vorwärts. Ein tiefer Abgrund gähnte vor mir: die Kante der Steilküste.

»Caeli! Antworte!«

Aber das Mädchen war nicht da. Caeli war verschwunden.

»Hallo, Mr Bennett.«

Ich drehte mich um und sah einen einzelnen Bernardo, der auf mich zugetrabt kam und ganz munter winkte. Drei Meter vor mir blieb er stehen, beugte sich vor und stützte sich mit beiden Händen auf die Knie, um ein paarmal tief durchzuatmen. »Ich bin erleichtert, Sie hier zu finden, Sir. Sie haben mir einen ordentlichen Schrecken eingejagt, als Sie einfach so weggerannt sind.«

»Wo ist der Rest von Ihnen?«

»Der Rest von mir, Mr Bennett?«

»Die anderen Bernardos!«

Er drehte den Kopf hin und her und sah sich dann um. »Ich bin leider der Einzige. Und ich muss sagen, Sie haben mich ganz schön gefordert!«

»Hören Sie auf mit dem Quatsch, Bernardo. Da waren mindestens zwanzig von Ihnen!«

»Ich sage nicht, sie waren da, und ich sage nicht, sie waren nicht da. Diese Entscheidung liegt bei Ihnen. Wie dem auch sei, Ihre Sicherheit steht für mich an erster Stelle. Im Moment ist das meine einzige Sorge.«

Hinter mir spürte ich den Sog der Tiefe wie ein riesiges Gravitationsfeld.

»Wenn Sie also freundlicherweise dort weggehen …«

»Hey, wissen Sie, was?«

Sein Blick verriet zurückhaltende Freude. »Was denn, Mr Bennett?«

»Ich muss mich bei Ihnen entschuldigen.«

»Ach ja? Das wusste ich nicht. Wofür?«

»Zunächst mal dafür, dass ich Sie erstochen habe. Und von der Leiter getreten habe. Und auch für die Sache mit dem Taser. Sie haben versucht, mich zu warnen. Ich hätte Ihnen wirklich zuhören sollen.«

Er lächelte gutmütig. »Machen Sie sich keine Vorwürfe. Wie Sie sehen, ist mir ja nichts passiert.«

Ein paar Sekunden lang – fünf, zehn, zwanzig? – standen Bernardo und ich einander in einem stummen Unentschieden gegenüber. Jeder wartete darauf, dass der andere den ersten Schritt tat.

»Ich muss Sie etwas fragen«, sagte ich schließlich.

»Selbstverständlich, Sir.«

»Es gibt keine Caeli, stimmt's? Seien Sie ehrlich.«

»Nein, Mr Bennett. Es tut mir leid. Vielleicht gab es sie, an irgendeinem Punkt in der Vergangenheit. Aber jetzt nicht.«

»Denn während ich hier stehe, wird mir klar, dass die ganze Geschichte verdammt wenig Sinn ergibt. Das hätte ich schon früher erkennen müssen.«

»Sie dürfen sich deswegen keinen Vorwurf machen, Mr Bennett. Wie Sie ja selbst wissen, kann der Prozess der Reiteration eine ziemlich hohe Stressbelastung mit sich bringen. Ihre Freundin war ganz einfach hier, weil Sie sie gebraucht haben.«

»Glauben Sie, sie war früher mein Mündel?«

Er zuckte obenhin die Schultern. »Ein Mündel oder vielleicht auch nur eine sehr gute Freundin. Ein wichtiger Mensch in Ihrem Leben.«

»Denn so hat es sich angefühlt. Ich hatte noch nie ein Mündel, aber ich glaube, so fühlt es sich an.«

»In der Tat, Sir.«

»Die Sache ist die, dieses Mädchen konnte ziemlich schwierig sein. Es war manchmal nicht leicht, mit ihr zurechtzukommen.«

»Das sagt man oft über junge Leute.«

»Aber wissen Sie, was? Es hat mich tatsächlich gar nicht so sehr gestört. Irgendwie hat es mir gefallen.«

»Umso mehr ein Grund, wenn ich das so sagen darf, den Blick fest in die Zukunft zu richten, Mr Bennett.«

»Ja, ach, übrigens«, sagte ich. »Das sehe ich nicht so.«

Er zog die Brauen hoch. »Sir?«

»Genug ist genug. Mir reicht's.«

Er spannte sich an. »Mr Bennett, was wollen Sie …«

»Wir sehen uns, Bernardo.« Ich wandte ihm den Rücken zu, verschränkte die Arme kreuzweise vor der Brust wie ein Pharao in seiner Gruft und tat einen Schritt ins Leere.

Im Griff der Schwerkraft hört man auf, die Schwerkraft zu erleben. Man schwebt, losgelöst von den Fesseln der Welt, und ist so frei, wie man es im Leben nur sein kann.

Ich hatte gut gezielt. Die Füße gestreckt, die Arme verschränkt, in aufrechter Haltung, so schoss ich durch die Oberfläche wie ein Pfeil. Wie tief das Wasser war, wusste ich nicht. Möglicherweise würde ich auf dem Grund in tausend Stücke zerschmettert werden. Aber so kam es nicht. Ich tauchte auf und wurde sofort zum Ufer zurückgeschwemmt. Welle um Welle rannte gegen mich an und drohte mich auf die Klippen zu werfen. Außerdem konnte ich einen Scheißdreck sehen. Ich sog die Lunge voll Luft und tauchte, kämpfte mich unter den Wellen voran und brach wieder durch die Oberfläche. Ich war nicht weit gekommen, aber das Prinzip war klar: Der Trick bestand darin, mein Eintauchen so abzupassen, dass ich unter den Wellenkronen durchkam. Wieder und wieder tauchte ich, und jedes Mal kämpfte ich mich ein bisschen von den Felsen weg, aber nie genug. Außerdem war ich zusehends erschöpft. Die Wellen überwältigten mich, und mit jedem Tauchen merkte ich, wie meine Kräfte versiegten.

Ich sah ein Licht, das in der Ferne dümpelte.

Nicht nur dümpelte. Blitzte.

Ein Signal?

Ich verdoppelte meine Bemühungen. Das Licht kam auf mich zu. Freund oder Feind? Ich wusste nur, wenn ich es nicht schaffte, würde ich auf jeden Fall ertrinken. Das Boot nahm Konturen an. Es war ein Fischkutter. An den Seiten hingen Netze wie Flügel von den Auslegern. Der Lichtstrahl eines Suchscheinwerfers strich über mich hinweg.

Es kam geradewegs auf mich zu.

Es würde mich überfahren.

Ich zog den Kopf ein und tauchte. Das Brüllen der Schrauben wurde lauter. Ich bereitete mich darauf vor, geschreddert zu werden, als etwas mich aufnahm wie eine Hand. Ich war in eins der Netze geraten. Ich brach durch die Oberfläche, in die Maschen verheddert wie eine Fliege im Spinnennetz.

»Okay, wir haben ihn!« Das war eine Männerstimme. »Jetzt bring uns hier weg, verdammt!«

Der Steuermann zog das Boot mit hoher Geschwindigkeit herum. Das Netz baumelte wie wild über dem Wasser. Ich war hilflos und konnte nicht mal schreien. Der Ausleger schwang in die andere Richtung, und ich wurde auf das Deck geworfen. Dunkle Gestalten ragten über mir auf.

»Es ist alles gut, Proctor. Du bist in Sicherheit.«

Thea?

Jemand zog mir einen Sack über den Kopf, und jemand anders rollte mich auf den Bauch und fesselte mir schnell und fachmännisch Hände und Füße. Ich wurde wieder herumgedreht, an Schultern und Füßen hochgehoben – und ehe ich michs versah, wurde ich über das Deck und eine Eisentreppe hinunterbugsiert.

»Okay, Prossie, rein mit dir.«

Sie ließen mich auf den Boden fallen.

»Jetzt sei still, wenn du nicht willst, dass wir dich wieder ins Wasser werfen.«

Eine Tür wurde zugeschlagen, ein Bolzen verriegelte sie.

V

Der Annex

26

Ich erwachte vom Geräusch der Tür. Jemand löste meine Fußfesseln, holte mich aus der Kajüte und schob mich die Treppe hinauf, über das Deck und auf einen Pier. Ich fühlte warmes Tageslicht auf meiner Haut. Wir waren die Nacht hindurch unterwegs gewesen.

»Gehen wir«, knurrte eine Männerstimme.

Durch den Sack konnte ich nicht klar sehen, nur verschwommene Umrisse. Hemd und Hose, noch nass von dem Zwischenspiel im Wasser, klebten unangenehm am Körper. Meine Schuhe hatte ich längst verloren.

»Wo bringen Sie mich hin? Wo ist Thea?«

Statt zu antworten, verpasste der Mann mir einen kurzen Haken in die linke Niere, dass mir die Knie einknickten. Dann schlang er den Arm mit geballter Faust um den Kragen, riss mich hoch und schob mich voran.

»Geh.«

Ich gehorchte. Eine Tür öffnete sich, und wir gelangten in einen kühlen, feuchten Raum, in dem es nach Fisch stank. Inzwischen war ich völlig desorientiert. Der Boden knarrte, und dann hörte ich einen lauten Schlag. Jemand – wahrscheinlich immer noch derselbe Mann – nahm mir die Handfesseln ab.

»Auf die Knie – und rückwärts kriechen«, befahl er. »Du

kommst zu einer Leiter. Es sind zwölf Sprossen bis nach unten.«

»Was heißt unten?«

Der Mann schnaubte. »Zum unteren Ende der Leiter, Prossie.«

Ich fand die Leiter mit den Füßen und tastete mich hinunter. Die Akustik veränderte sich; wir waren jetzt in einem Gang oder einem Tunnel. Der Mann drehte mich herum und stieß mich voran, noch einmal sechzehn Schritte.

»Stopp.«

Ich hörte, wie eine ganze Reihe von Riegeln zurückgeschoben wurde. Eine neue Stimme, ebenfalls männlich, sagte: »Das wurde aber auch Zeit. Ich hoffe, er ist die Umstände wert.«

Der Sack dämpfte die Stimme, aber sie klang vertraut.

»Gute Arbeit, das mit den Drohnen«, sagte der erste Mann.

»Ja, komisch, wie sie alle im selben Augenblick abgeschmiert sind. Darum sollte sich mal jemand kümmern.«

»Ist sie schon hier?«

Die Tür öffnete sich weiter. »Bring ihn in den Schlafraum.«

Ich wurde weiter durch diese Unterwelt mit ihren Gängen und Türen geführt, bis wir wieder in einen größeren Raum kamen. Der Mann hielt mich beim Ellenbogen fest und zog mir den Sack vom Kopf.

Blinzelnd schaute ich ins Licht. Ich war in einer kleinen, fensterlosen Kammer mit zwei Etagenbetten, einem Waschbecken, einem Spiegel und einer Toilette hinter einem Vorhang. In der Ecke stand ein Tisch, an dem eine einzelne Gestalt saß.

»Hallo, Proctor.«

Das erschien mir unmöglich. Nein, es *war* unmöglich. Die

Zeit war vergangen, und sie war nicht gut zu ihr gewesen. Aber sie war es, eindeutig.

Vor mir saß meine Mutter.

»Stefano, lässt du uns bitte allein?«

Grunzend ließ der Mann mich stehen und schloss die Tür hinter sich.

»Es tut gut, dich zu sehen, Proctor.«

Ich stand wie angefroren da. Das Hirn kreiste in meinem Schädel.

»Ich weiß, das ist ein Schock.«

»Was zum Teufel ...?«

»Ich bin sicher, das ist verwirrend für dich.«

»Du bist *tot*. Du bist *gestorben*.«

»Ich werde dir alles erklären, wenn du mir die Chance gibst.« Sie zeigte auf den Stuhl, der ihr gegenüberstand. »Bitte, setz dich.«

Was konnte ich schon tun? Man streitet nicht mit einem Geist, erst recht nicht mit dem Geist der eigenen Mutter. Ich setzte mich.

»Als Erstes muss ich dir sagen, dass du nicht in Gefahr bist. Du bist hier unter Freunden.«

»Unter was für Freunden? Wo bin ich denn? Was ist das alles hier?«

»Du bist im Annex. Dieser Komplex ist einer von mehreren, die auf der ganzen Insel verteilt sind. Wir sind eine Geheimorganisation, die in Verbindung zu der Bewegung steht, die du als Ankunftismus kennst.«

Ihre Worte waren sinnloses Geplapper für mich. Ich konnte nichts damit anfangen.

»Ich weiß, das ist viel auf einmal.«

»Das ist Wahnsinn. Du warst meine Mutter, verdammt noch mal!«

Sie nickte. »Ja, das war ich. Und ich bin es immer noch, Proctor. Aber du musst wissen, dass ich keine Prosperanerin bin. Das war ich nie. Ich bin hier geboren und aufgewachsen. Im Annex.«

Dazu fiel mir nichts ein.

»Meine Eltern waren Anführer der Ankunftistenbewegung. Äußerlich passte ich zu der Rolle, und deshalb wurde ich mit achtzehn als Universitätsstudentin in der Stadt platziert, weil dann der Übergang am leichtesten zu kaschieren ist. Ich bekam einen neuen Namen, eine komplette Akte, einen gefälschten Monitor und eine Vergangenheit, die nicht oder nur sehr schwer zurückzuverfolgen war.«

»Jetzt wirst du mir gleich sagen, du bist so was wie eine Spionin.«

»Ich schrieb mich als Studentin der Gesellschaftlichen Strukturen ein, und zwar mit dem Auftrag, so nah wie möglich an den Aufsichtsrat heranzukommen. Wie es sich ergab, war das Büro des Leitenden Justiziars der geeignete Ort.«

Allmählich ging mir ein Licht auf, aber es war ein trübes Licht. »Mein Vater«, sagte ich.

Sie nickte. »Ja, Proctor. Dein Vater.«

Ich konnte nicht mehr sitzen bleiben. Ich stand auf und ging hin und her. Ein Ziel hatte ich nicht, ich musste mich nur körperlich betätigen. Es war, als spähte ich mit einem umgekehrten Teleskop durch den Korridor meines Lebens. Alles war gelogen!

»Proctor …«

Ich wandte mich ab und hob die Hand. »Warte einen Augenblick, ja?«

»Ich weiß, es fällt schwer, das zu hören.«

Ich drehte mich um, und zum ersten Mal betrachtete ich sie eingehend. Tiefe Falten gingen fächerförmig von ihren Augen- und Mundwinkeln aus. Ihr Haar, für das sie einst berühmt gewesen war und bewundert wurde, war jetzt überwiegend grau. Aber die Augen, die mich anschauten, waren unverwechselbar dieselben – ein durchdringendes Grün, die Iris golden gesprenkelt, was ihr einen Ausdruck von scharfer Intelligenz verlieh, als wäre sie in sämtliche Geheimnisse des Lebens eingeweiht. Die eine Hälfte von mir wollte ihr um den Hals fallen, aber die andere Hälfte wollte hinausmarschieren und so tun, als hätte ich sie nie wiedergesehen.

»Wieso bist du nicht tot?«

»Mein Selbstmord war inszeniert. Ich hatte mich als Prosperanerin ausgegeben, solange ich konnte, aber ich alterte zu schnell, und die Leute fingen an, es zu bemerken. Das Ankertau war mit einem simplen Schiebeknoten befestigt, und unter dem Boot war ein Stück Schlauch angebracht, durch das ich atmen konnte, bis die Drohne weg war. Ein Kutter fischte mich auf und brachte mich hierher zurück.«

»Und warum hast du deinen Monitor herausgeschnitten?«

»Sie sollten glauben, ich sei verrückt geworden, Proctor. Ich wusste, die Drohnen würden mich beobachten.«

»Du hattest jedenfalls Erfolg.«

Sie musterte mich einen Moment lang. »Ich weiß, ich habe dir wehgetan.«

»Ist dir klar, was es mit mir gemacht hat? Was es mit *ihm* gemacht hat?«

»Ich verstehe, dass du zornig bist, und du hast jedes Recht dazu. Aber die Situation mit deinem Vater war nicht ganz so, wie du annimmst. Er wusste, wer ich war, Proctor. Er wusste, *was* ich war.«

Ich war sprachlos.

»Nicht von Anfang an. Ich gebe zu, ich habe ihn getäuscht. Er war ein guter Mann, und er hat es nicht verdient. Aber irgendwann hatte ich das Lügen satt, und eines Tages habe ich es ihm einfach erzählt.« Sie schwieg einen Moment. »Du warst übrigens beteiligt. Es war an dem Tag, als du deinen ersten großen Wettkampf gewonnen hattest. Erinnerst du dich?«

Auf diesen Schwenk in die Vergangenheit war ich nicht gefasst. »Was hat das damit zu tun?«

»Du solltest nicht wissen, dass ich da war, aber ich war im Publikum. Ich war einfach so … glücklich, um deinethalben. Aber auch ein bisschen traurig. Ich wusste, meine Aufgabe als deine Mutter war beendet. So soll es sein, aber geschmerzt hat es trotzdem. In Anbetracht dessen, was du jetzt über mich weißt, mag das seltsam klingen, aber es ist wahr. Ich war überrascht, wie groß der Schmerz war.« Sie schwieg wehmütig und sagte dann: »In dieser Nacht sagte ich deinem Vater die Wahrheit. Ich war sicher, er würde die Staatssicherheit rufen. Willst du wissen, was er gesagt hat?«

»Kann ich verhindern, dass du es mir erzählst?«

»Er sagte, das habe er gewusst. Er habe es die ganze Zeit gewusst. Bevor wir unseren Vertrag unterschrieben, hatte er einen umfassenden Background-Check vornehmen lassen. Wir sind ziemlich gründlich, aber deinen Vater zu überlisten war sehr schwer. Er hat mein aktenkundiges Adoptionsdatum mit der Passagierliste der Fähre verglichen. Sechzehn Adoptierte waren an Bord gegangen, aber siebzehn waren ausgestiegen. Danach konnte er sich an den Fingern einer Hand abzählen, dass mein ganzes Dossier eine Fälschung war.«

»Warum um alles in der Welt wollte er dich dann noch heiraten?«

»Warum will irgendjemand heiraten? Er war einsam, und er war eine ganze Weile allein gewesen.«

»Mit anderen Worten, er hatte nie eine Chance.«

»So kann man es betrachten. Aber nicht nur so.« Sie sah mir ins Gesicht. »Unsere Beziehung war ... komplex. Zu Anfang war er ... ein Job – ich will nicht lügen. Aber wir waren zwanzig Jahre zusammen, und in dieser Zeit kann viel passieren. Und als ich ihm gesagt hatte, wer ich war, wollte er uns helfen.«

Mein Verstand wies diese Vorstellung glatt zurück. »Das ist unmöglich. Nicht er.«

»Du kanntest deinen Vater nicht, wie ich ihn kannte. Er hat jahrelang im Stillen daran gearbeitet, Dinge zu verändern. Wusstest du, dass er versucht hat, den Vorstand dazu zu bringen, den S3 abzuschaffen? Der Mann war ein Stachel in jedermanns Fleisch, aber vor allem in dem des Sicherheitsdienstes. Er hat diese Leute verabscheut, wirklich *verabscheut*. Der Wechsel auf unsere Seite war nur ein weiterer Schritt auf einer langen Reise. Vielleicht habe ich ihn deswegen so sehr gemocht, schon von Anfang an. Ich habe ihn nicht eingeladen, sich uns anzuschließen. Er hat es angeboten.«

Was waren die genauen Worte meines Vaters? *Es ist alles nur meine Schuld. Es gab Dinge, mein Sohn – Dinge, die du nicht von ihr wusstest.*

»Und ich?«, fragte ich. »War ich auch nur ein Job?«

»Du warst mein Sohn.«

»Sei nicht so herablassend. Du hast mich glauben lassen, du hättest Selbstmord begangen. Hast du dich in all den Jahren eine Sekunde lang gefragt, wie das für mich war?«

»Natürlich. Aber es gab keine andere Möglichkeit, dich zu beschützen. Dein Vater und ich, wir waren uns einig. Der S3 würde kommen und herumschnüffeln, und was hättest du dann gesagt? Du warst immer noch ein junger Mann – du hattest dein ganzes Leben noch vor dir.«

»Ein Leben, das auf einer Lüge basierte.«

Sie dachte darüber nach. »Wirklich? Ich war nicht die, für die du mich gehalten hast, aber welche Eltern sind das schon? Ich will dir noch etwas verraten«, fuhr meine Mutter fort, »und du kannst damit machen, was du willst. Du warst das Allerwichtigste im Leben dieses Mannes. Der Malcolm Bennett, den ich kennengelernt hatte, bestand nur aus Regeln und Vorschriften und Protokollen. ›Steif‹ wäre das passende Wort. Aber mit dem Tag, an dem du von der Fähre kamst, änderte sich etwas. Ich weiß, er war nicht immer gut darin, seine Gefühle zu zeigen, aber es ist wahr: Er hätte alles getan, um dich zu beschützen.«

Da wurde mir etwas klar. Die Distanz, die mein Vater nach ihrem Tod zwischen uns geschaffen hatte – die hatte er um meinethalben geschaffen.

»Hast du je Kontakt mit ihm aufgenommen?«, fragte ich.

Sie schüttelte den Kopf. »Als ich einmal weg war, war ich weg. Das war unsere Abmachung, im Sinne aller Beteiligten.«

»Und ist Cynthia überhaupt dein richtiger Name?«

»Der Teil ist wahr. Obwohl, in der Gegend hier kennt man mich als ›Mutter‹.«

»Du machst Witze.«

»Es ist mehr eine Jobbezeichnung als ein Name. Jede Zelle im Widerstand hat eine Mutter. In dieser hier bin ich es.«

Die Ironie dabei war einfach überwältigend. »Er hat ein Boot nach dir getauft, weißt du?«

Sie nickte. »Das ist mir bekannt.«

»Als ich ihn schließlich auf der Fähre hatte, weißt du, was da seine letzten Worte waren?«

Sie musterte mich stoisch. »Nein, Proctor, das weiß ich nicht.«

»Er sagte: ›Ich wollte sie nicht vergessen.‹ Jetzt denke ich, vielleicht war es besser, dass er es doch getan hat.«

Es war gehässig, so etwas zu sagen. Ich wollte sie verletzen. Aber als ich in ihrem Gesicht nach einer Reaktion suchte, fand ich keine.

»Du kannst so wütend auf mich sein, wie du willst, Proctor. Wie gesagt, ich habe es verdient. Aber ich hatte nicht vor, dich dem S3 zu überlassen.«

»Und Thea? Spielt sie bei dieser kleinen Komödie ebenfalls mit?«

»Es war zu deinem Schutz, Proctor. Wir brauchten jemanden, der dir nahestand.«

»*›Nahestand‹?*« Ich lachte bösartig auf. »Tja, die Frau hat auf jeden Fall gute Arbeit geleistet. Ihr solltet ihr eine Gehaltserhöhung geben. Gehört sie auch zum Hilfspersonal? Nur damit ich begreife, wie dumm ich wirklich bin.«

Meine Mutter schüttelte den Kopf. »Nein. Thea ist vor Jahren zu uns gekommen.«

»Puh! Was für eine Erleichterung! Weißt du, einen Moment lang dachte ich, ich hätte mit der Dienerschaft geschlafen.«

Meine Mutter sah mich säuerlich an. »Das kannst du besser, Proctor.«

»Nein, im Moment nicht.«

Die Tür ging auf, und ein schlaksiger, bärtiger Mann trat ein.

»Sie sind das«, stellte ich erstaunt fest.

Er grinste. »Wie geht's Ihnen, mein Freund?«

»Als wäre ich Ihr Scheißfreund ...«

Er hob das Kinn und sah meine Mutter an. »Ich wollte nur sichergehen, dass alles okay ist.«

»Alles in Ordnung. Danke, Quinn. Wir kommen gleich.«

Er ging hinaus und zog die Tür hinter sich zu. Ich sah meine Mutter an. »Er auch?«

»Wir sind sehr gründlich, Proctor.«

»Sonst noch jemand, von dem ich wissen sollte? Gib mir doch gleich die komplette Liste.«

»Ich vermute, über eure Haushälterin bist du informiert. Und über deine Assistentin Oona.«

Ebenso gut hätte sie mir eine Ohrfeige geben können, so verblüfft war ich. »Oona? *Meine* Oona?«

»Sie war eine unserer produktivsten Agentinnen. Von ihr stammte der Gebäudeplan.« Meine Mutter sah mich eindringlich an. »Wir sind viele, Proctor. Das ist es, was ich dir sagen will. Hauptsächlich Hilfspersonal, aber auch ein paar Prosperaner. Leute wie dein Vater, die genug haben, die die Wahrheit sehen und sich für eine Veränderung einsetzen. Der Mann vorhin – Quinn? Er war Datenanalyst und hat für die Staatssicherheit gearbeitet. Er hat das Drohnenvideo von meinem Selbstmord geprüft, und wie sich herausstellte, war ich nicht so clever, wie ich dachte. Er hat mich zum Annex verfolgt und dann an meine Tür geklopft. In seinem Beruf hatte er eine Menge Dinge gesehen, die ihm nicht gefielen, und er bot uns seine Hilfe an. Seitdem ist er bei uns.«

Das alles war zu viel. Ich fühlte mich wie eine Schachfigur, die auf dem Brett umhergeschoben wurde, oder wie die Zielscheibe eines großen kosmischen Witzes, in den alle eingeweiht waren außer mir.

»Und woher«, fragte ich, »wusstest du, dass ich gar nicht wirklich sterben würde?«

»Das wusste ich nicht. Jedenfalls nicht mit Sicherheit. Aber diese Spritze, die Singh dir gegeben hat – das ist eins der Dinge, die sie tun.«

»Mit ›sie‹ meinst du den S3.«

Meine Mutter nickte. »Ich weiß, da ist eine Menge zu verarbeiten. Du wirst einige Zeit brauchen. Aber Zeit ist leider ein Luxus, den wir nicht haben. Die Lage im Annex verschlechtert sich. Vor fünf Nächten wurde ein Agent des S3 in einer Gasse totgeschlagen.«

»Hm. Das hört sich an, als wäre es nach deinem Geschmack.«

»Ich werde keine Träne wegen dieses Mannes vergießen, aber der Täter war niemand von uns, soviel wir wissen. So etwas tun wir nicht. Es war außerdem eine sinnlose Provokation in einer ohnedies angespannten Situation. Der Vorstand hat mit einem Lockdown reagiert, und draußen am Fahrdamm ist es zu Unruhen gekommen. Es gab fünfzehn Tote und noch mehr Vermisste, darunter zwei von uns. Wir hoffen, sie haben sich versteckt, aber vielleicht sind sie auch in Haft. Wenn das der Fall ist, ist es nur eine Frage der Zeit, wann der S3 zu Besuch kommt.«

»Und was genau habe ich damit zu tun?«

»Du bist jetzt einer von uns, ob es dir gefällt oder nicht.«

»Ha!«

»Ich würde es nicht auf die leichte Schulter nehmen. Inzwischen wissen sie, wer dich aus der Nursery geholt hat, und sie werden nach dir fahnden.«

Ich musste zugeben, dass die Frau nicht unrecht hatte. Aber ich war noch nicht bereit, es mir anzuhören.

»Wenn du mich schon für deine Sache rekrutierst«, antwortete ich, »dann sag mir wenigstens, wofür ihr eigentlich kämpft.«

»Das ist einfach. Für Veränderung. Gerechtigkeit.«

»Ich glaube, das Wort, das du suchst, lautet ›Krieg‹.«

»Nicht, wenn es sich vermeiden lässt. Echte Veränderung muss von innen kommen, von Leuten wie deinem Vater. Aber ich will nicht lügen, Proctor. Es gibt viele, die Gewalt wollen.«

Ich hatte genug gehört. »Na, dann viel Glück. Ich wünsche euch viel Erfolg. Kann ich jetzt gehen?«

»Das würde ich nicht empfehlen.«

»Das ist meine Sache. Außerdem hast du das Recht, mir Ratschläge zu meinen Lebensentscheidungen zu erteilen, praktisch verwirkt, meinst du nicht auch?«

»Denk doch mal nach, Proctor. Wo würdest du hingehen?«

»Für den Anfang habe ich noch eine Rechnung mit einem alten Freund zu begleichen.«

»Wir brauchen dich, Proctor.«

»Ah, jetzt kommen wir zur Sache. Warum hast du mich eigentlich gerettet?«

»Ich habe dich gerettet, Proctor, weil mir etwas an dir liegt.«

»Das wäre jetzt der Teil unseres Gesprächs, in dem du mir sagst, was du willst.«

Sie lehnte sich auf ihrem Stuhl zurück. »Ja, du hast recht. Ich will etwas. Ich will Informationen.«

»Ich habe Thea schon alles gesagt, was ich weiß. Warum sprichst du nicht mit ihr darüber?«

»Du hast nicht alles gesagt. Du warst in der Nursery. Du hast gesehen, was dort geschieht.«

»Seid ihr nicht die Leute mit dem Gebäudeplan? Solltet ihr nicht die Experten sein?«

»Ja, aber leider haben wir nur den Plan, mehr nicht. Wir haben versucht, Leute hineinzuschmuggeln. Aber niemand ist je zurückgekommen.«

Ich zuckte die Schultern. »Okay. Schön. Wo soll ich anfangen? Das Personal ist sehr aufmerksam. Aber das Essen ist ein bisschen üppig. Ich würde drei Sterne geben.«

»Proctor, ich scherze nicht.«

»Ich auch nicht.« Ich starrte sie mit kalten Augen an. *Mehr bekommst du nicht. Frag nicht weiter.* »Und, sind wir fertig?«

Meine Mutter überlegte und nickte dann. »Wie du willst. Es steht dir natürlich frei, zu gehen.«

»Ich höre ein ›aber‹.«

»Aber«, sagte sie, »ich würde dir gern einen Tausch anbieten.«

»Kein Interesse, vielen Dank.«

»Ich glaube, das wird sich ändern, wenn du hörst, was es ist.« Sie schwieg kurz. »Weißt du noch, wie ich wegen deiner Träume mit dir zur Ärztin gegangen bin? Das ist lange her; vielleicht erinnerst du dich nicht.«

»Natürlich erinnere ich mich. Was hat das jetzt wieder damit zu tun?«

»Diese Ärztin – wie hieß sie gleich? Dr. Patty, glaube ich. Du solltest wissen, dass ich ihr nicht die ganze Geschichte erzählt habe. Dein Schlafwandeln war nicht nur ein gelegentliches Phänomen. Es kam buchstäblich jede Nacht vor. Ich fing sogar an, unten im Wohnzimmer zu schlafen, um auf dich aufzupassen. Und es gab nicht nur das lächerliche Zeug, von dem ich der Ärztin erzählte, das Sandwich und die zerbrochene Lampe und der ganze Rest. Meistens passierte immer wieder das Gleiche.«

Das war mir neu. »Was genau habe ich denn getan?«

»Du bist einfach hinausgegangen und hast dagestanden und zum Himmel geschaut. Immer auf derselben Stelle auf dem Rasen, zum Wasser hin. Ich wollte dich nicht wecken, weil ich dachte, es könnte dich erschrecken. Also wartete ich bei dir. Es konnte zwei Minuten dauern oder zehn oder länger. Einmal sogar eine ganze Stunde. Du hast die Sterne betrachtet, und dann hast du dich zur mir umgedreht, als hättest du die ganze Zeit gewusst, dass ich da war. Manchmal hast du den Kopf geschüttelt, ganz leicht, als habe der Himmel dich enttäuscht. Dann bist du an mir vorbeimarschiert, ins Haus, die Treppe hinauf und wieder ins Bett.«

»Habe ich nie etwas gesagt?«

»Kein Wort, obwohl ich immer das Gefühl hatte, du würdest gleich anfangen zu reden.«

Ich konnte mich an nichts davon erinnern, und doch hatte ich das Gefühl, es könnte stimmen. »Warum erzählst du mir das jetzt?«

»Weil du anders bist, Proctor. Du bist nicht wie andere

Leute, die damit zufrieden sind, einfach ... alles mitzumachen. Ich glaube, das wusste ich in dem Moment, als du von der Fähre kamst.« Sie schwieg. »Und weil das Träumen nie aufgehört hat, stimmt's?«, sagte sie dann.

»Hat Thea dir das erzählt?«

»Ja, aber es hat mich nicht überrascht. So etwas geht nicht einfach von allein weg. Es ist ein Teil dessen, was du bist. Du hast Fragen, Proctor. Ich kenne nicht alle Antworten, aber ich weiß mehr als du.«

»Zum Beispiel?«

»Das ist der Tausch. Die Nursery für das, was ich dir zeigen kann. Danach kannst du selbst entscheiden, auf wessen Seite du stehst.«

Die Frau war eine gute Verkäuferin, das musste ich ihr lassen. Andererseits, wie konnte sie mich jetzt auch gehen lassen? Was sie mir anbot, bedeutete, dass sie uns beiden das Problem ersparte, dass ich zur Tür hinaus- und geradewegs in die Hände des S3 spazierte.

»Bevor ich zustimme«, sagte ich, »habe ich noch eine Frage.«

Sie nickte. »Das ist nur fair.«

»An dem Tag bei der Ärztin hast du mir erzählt, dass du auch träumst. War das die Wahrheit?«

Sie schüttelte den Kopf. »Nein. Ich wünschte, es wäre die Wahrheit gewesen, aber – nein.«

»Warum hast du es mir dann erzählt?«

»Ehrlich gesagt, das ist so lange her, dass ich mich nicht mehr erinnern kann. Ich könnte mir denken, ich wollte nur, dass du dich damit nicht so allein fühlst.« Nach einer kurzen Pause fuhr sie fort: »Thea hat mir von deinem Monitor erzählt.«

Ich streckte den Arm mit dem fleischfarbenen Wundpflaster aus. »Ach, das hier? Ich nehme an, man könnte sagen, sich mit einem Küchenmesser aufzuschneiden liegt bei uns in der Familie.«

»So etwas ist keine Kleinigkeit, Proctor. Ich weiß das nur allzu gut. Es erfordert eine Menge Mut. Wie hast du dich dabei gefühlt?«

»Als ob ich gern mehr Wodka getrunken hätte.«

»Danach, meine ich. Als du wusstest, dass es weg ist.«

»Wie fühlt sich ein Hund, wenn man ihn von der Leine lässt?«

Sie lächelte zum ersten Mal. Es war seltsam, sie lächeln zu sehen. »Ein erster Schritt also. Und – haben wir eine Abmachung?«

Man ließ mich warten. Mehrere Stunden vergingen – wie viele, wusste ich nicht, denn es gab keine Möglichkeit, die Zeit zu messen. Die Tür war nicht verschlossen, aber meine Mutter hatte mich gebeten, zu bleiben, wo ich war, und nach meiner Begegnung mit dem Mann, der mich vom Boot geholt hatte, hatte ich es nicht eilig damit, noch mehr von ihren Genossen kennenzulernen. Was eine Flucht anging – ich wusste nur, dass ich unter der Erde war, mit vielen Türen zwischen mir und der Außenwelt. Ich bezweifelte, dass ich sehr weit kommen würde, und ohnedies hatte meine Mutter recht: Wo sollte ich schon hingehen?

Ich döste auf einem der unteren Betten, als die Tür aufging. Thea.

Vorsichtig kam sie herein. Sie brachte einen Stapel frische Sachen für mich und legte ihn auf den Tisch.

»Ich habe dir etwas zum Anziehen gebracht«, sagte sie.

»Aha.«

»Würde es helfen, wenn ich sage, es tut mir leid?«

Am liebsten hätte ich gelacht. »Wem helfen? Dir oder mir?«

»Uns beiden?«

»Spar dir die Mühe. Ich versuche immer noch, mich an die Tatsache zu gewöhnen, dass mein ganzes Leben ein Haufen Bullshit war.«

»Ich weiß, dass du wütend bist, Proctor. Zu Recht.«

»Ja, das höre ich dauernd.«

Sie deutete auf meine Pritsche. »Darf ich mich setzen?«

Ich rutschte zurück bis zur Wand, und sie setzte sich auf die Kante der Matratze. Verschwunden waren die schicke Kleidung, das dezente Make-up, die Kostümierung ihrer Klasse. Ihr Outfit war praktisch formlos: eine weite Hose und ein schlichtes schwarzes Shirt.

»Sag mir nur eins, und bitte lüg nicht«, forderte ich sie auf.

»Okay.«

»Die ganze Sache mit dir und mir. Das war nur Theater, nicht wahr? Ich kenne die Antwort, ich muss sie nur von dir hören.«

Sie holte tief Luft. »Na ja, du hast recht, es hat so angefangen. Aber ich habe auch ernst gemeint, was ich dir an dem Tag im Auto gesagt habe. Du *bist* ein wunderbarer Mann. Ich glaube nicht, dass ich jemals einen wie dich kennengelernt habe. Könnten wir es vielleicht dabei belassen?«

»Irgendwie hast du mir ein bisschen das Herz gebrochen.«

»Und dafür kann ich mich nicht genug entschuldigen. Du darfst mich in Ewigkeit hassen, wenn das hilft.«

»Das werde ich nicht tun, aber danke.«

Es wurde still.

»Und was ist mit dem Rest?«, fragte ich schließlich.

»Du meinst, wieso ich hier bin? Da gibt es keine einfache Antwort. Aber was ich dir im Restaurant erzählt habe, war die Wahrheit – meine Eltern, die Oper und so. Ich habe das alles nicht so empfunden wie andere. Alles erschien mir so ... langweilig. Leblos, genau gesagt, wie das schreckliche Klavierspiel dieser Frau. Lauter Oberfläche und nichts darunter. Ich habe mein Bestes getan, um glücklich zu sein und mitzumachen, aber ich habe es einfach nicht geschafft. Irgendwann habe ich dann angefangen, an den Tagen, an denen die Fähre fuhr, zum Pier zu gehen. Da stand ich dann, selbst kaum von der Fähre gekommen, und dachte mir, wenn ich wieder an Bord gehen und noch einmal von vorn anfangen könnte, wäre ich vielleicht anders. Normal. Ich kann dir nicht sagen, wie oft ich mir das gewünscht habe.«

»Aber getan hast du es nie.«

»Nein. Irgendwie erschien es mir schwächlich. Vielleicht hatte ich auch einfach nicht den Mut. Jedenfalls änderte sich alles, als ich Pappi kennenlernte.«

»Deinen blinden Maler.«

»Ja, aber das war nur der Anfang. Diese Leute, sie sind nicht wie wir, Proctor. Das liegt nicht nur an der Art, wie sie leben, sondern an dem, was sie *sind*. Es ist nicht alles nur lieblich und hell. Ich habe ein oder zwei Dinge gesehen ... Aber es ist das Leben, das *wahre* Leben, und das hat mich daran gehindert, die Fähre zu besteigen.«

»Du bist also eine Gläubige. Eine Ankunftistin.«

Sie zuckte die Schultern. »Ich weiß nicht genau, was ich bin. Vielleicht gibt es ein gelobtes Land, vielleicht auch nicht.

Aber vorläufig genügt mir, was diese Leute mir geben. Der Rest geht bei der Wäsche raus.« Sie sah mich einen Moment lang an. »Deiner Mutter liegt wirklich etwas an dir, weißt du?«

»Aha.«

»Nichts ›aha‹, Proctor. Es ist total offensichtlich.«

»Wo ist sie?«

»Verschwunden. Die Frau ist ziemlich geheimnisvoll. Du weißt nie, wann sie auftaucht. Aber sie wird wiederkommen.«

»Ich darf darauf hinweisen, dass ihre Erfolgsbilanz in dieser Abteilung nicht besonders ist.«

»Jetzt schmollst du nur. Glaubst du, es war leicht, dich da herauszuholen? Glaubst du, sie würde es für irgendjemanden anders tun? Die Frau musste eine Menge Gefälligkeitsschulden einfordern.«

»Und nicht jeder im Team war dafür? Ich frage nur, weil der Erste von denen den Eindruck machte, als wollte er mich umbringen.«

»Ach, Stefano? Nimm das nicht persönlich. Der will jeden umbringen.«

»Jetzt bin ich erleichtert.«

Ein Augenblick der Unsicherheit verging. Sie stand auf.

»Es wird Zeit, dass du ein paar Leute kennenlernst. Lust auf einen Spaziergang?«

»Das geht so einfach?«

»Warum nicht? Solange du versprichst, dich zu benehmen und keine Dummheiten zu machen – zum Beispiel, wegzulaufen …«

»Bevor wir das tun«, sagte ich, »sollte ich noch etwas erwähnen.«

»Ach ja?«

»Du hattest recht mit Caeli. Sie war nur etwas, das mein Gehirn zusammengebraut hat, eine Art Echo. Ich habe mir alles nur eingebildet.«

Thea sah mich merkwürdig an. »Du hast dir nichts *eingebildet*, Proctor.«

»Es ist nett, dass du das sagst, aber ich bin längst darüber hinweg. Es wird Zeit, dass ich der Wahrheit ins Gesicht sehe.«

»Ich *sage* dir die Wahrheit.«

Was mochte sie damit meinen? »Tut mir leid, ich kann dir nicht folgen.«

»Du weißt es wirklich nicht, was?« Sie sah mir forschend ins Gesicht. »Caeli ist hier, Proctor. Sie haben sie aus dem Wasser gefischt, genau wie dich.«

27

Der Anruf kommt um zwei Uhr mittags. Um halb drei ist Otto Winspear im Keller des Ministeriums für Wohlergehen und wird vom Leitenden Pathologen begrüßt, einem ziemlich ausgedörrten älteren Mann mit einer kleinen Drahtgestellbrille. Er hält eine Maske hoch, aber Winspear winkt ab.

»Zeigen Sie es mir einfach«, sagt er.

Sie gehen durch die Schwingtür in einen gekachelten Raum mit Abflüssen im Boden. Auf fünfzehn Stahltischen liegen Leichen unter Laken. Die Luft riecht nach Urin, Fäkalien und ungewaschener Haut, und Winspear weiß, der Gestank wird noch stundenlang an ihm kleben. Er wird sich einen frisch gereinigten Anzug ins Büro bringen lassen müssen.

»Hier entlang, Herr Minister.«

Der Pathologe führt ihn zu einem Tisch in der Mitte des Raums und zieht das Laken zurück. Die Leiche ist weiblich. Sie ist nackt, ihre Haut ist fleckig von geronnenem Blut, und ihre Brüste sind flach wie Untertassen.

»Todesursache war ein Schädeltrauma.« Der Pathologe schiebt seine behandschuhten Hände unter den Kopf der Frau und hebt ihn behutsam hoch. »Wenn Sie erlauben …«

»Woran sie gestorben ist, interessiert mich nicht.«

Der Pathologe wirft Winspear einen ausdruckslosen Blick

zu. Er ist eine Kreatur des Protokolls und daran gewöhnt, die Dinge auf eine bestimmte Weise zu tun.

»Ihr Fuß, Doktor?«

Der Pathologe nickt, geht zum anderen Ende des Tisches und zieht das Laken zur Seite. »Es schien mir die Art Verletzung zu sein, die Sie suchen«, sagte er.

Ein Fuß, der linke, ist mit einem dicken, notdürftig angelegten Verband umwickelt. Er ist rostbraun von getrocknetem Blut.

»Machen Sie das ab«, befiehlt Winspear.

Der Pathologe wickelt den Verband ab, zieht eine Sonde aus der Tasche und geht halb in die Hocke, um die Fußsohle der Frau zu untersuchen. »Eine kleine Stichwunde, ziemlich tief. Sehen Sie das hier?« Er drückt mit der Sonde auf die Wundränder. »Nekrotisches Gewebe. Die Frau war auf dem besten Wege, ihren Fuß zu verlieren, würde ich sagen.«

»Wie alt ist diese Wunde?«

Der Pathologe schiebt die Lippen vor. »Nach der Infektion zu urteilen, würde ich sagen, fünf, vielleicht sechs Tage.«

»Kann das von einem Nagel stammen?«

»Ich würde sagen, ja.«

Winspear schaut hinunter auf das graue, leblose Gesicht der Frau und legt im Geiste das Bild der Drohnenkamera über das, was er jetzt sieht. Sie ist es. Er ist sicher.

»Danke, Doktor.«

Campbell wartet draußen auf ihn. Winspear fragt ihn: »Was wissen wir über sie?«

Der Mann holt einen kleinen Block aus seiner Jackentasche und blättert die ersten Seiten um. »Jessica Ordway, vierunddreißig Jahre. Ihre Arbeitserlaubnis besagt, sie arbeitet als

Fahrerin für ein privates Unternehmen. Aber da ist sie seit Freitag nicht mehr aufgetaucht.«

»Adresse?«

»Haben wir uns angesehen. Ein leer stehendes Gebäude.«

»Haben wir Überwachungsaufnahmen von ihr?«

»Die Datenanalysten gehen zurzeit die Dateien durch.«

Winspear fährt mit dem Wagen zurück ins Büro. Die Atmosphäre in den stillen Straßen ist beklommen. *Erst der Sturm, und jetzt das.* Nach offizieller Lesart ist der Annex wegen des Ausbruchs einer vom Wasser übertragenen Krankheit unter Quarantäne gestellt worden – was glaubhaft genug ist –, aber es wird nicht lange dauern, bis die Leute misstrauisch werden und vermuten, dass mehr dahintersteckt. Vor den Stufen des Ministeriums zählt Winspear sechzehn Wachleute, die in den Straßen rund um die Plaza patrouillieren. Security-Faxe parken in Dreiergruppen vor den Ministerialgebäuden, und Drohnen schwirren durch den Himmel. Er fährt mit dem Aufzug nach oben und findet Callista vor, die auf dem Sofa in seinem Büro sitzt.

»Und?«, fragt die Frau. »War sie es?«

Winspear nimmt an seinem Schreibtisch Platz. »Ich glaube, ja.«

»Anscheinend sind Sie nicht glücklich darüber.«

»Warum sollte ich?«

»Sie hat ihre gerechte Strafe erhalten, oder nicht?«

Winspear winkt ab. »Es gibt Gerechtigkeit und Gerechtigkeit. Mag sein, dass die Frau allein gearbeitet hat, aber es gibt noch viele wie sie.«

»Wir müssen es herunterspielen, Otto. Sonst gerät es außer Kontrolle.«

»Was am Fahrdamm passiert ist, war unglückselig. Aber was Bennett gesehen oder zu sehen geglaubt hat, schafft ein ganz neues Problem. Die Leute, mit denen wir es zu tun haben, verfügen über mehr Ressourcen, als ich dachte.«

»Und Sie sind sicher, dass sie ihn haben?«

Winspear zuckt die Achseln. *Wer sonst sollte ihn haben?*

»Wir müssen ihn von Elise fernhalten.«

»Dafür hat unser Freund gesorgt. Proctor käme nicht auf eine Meile an sie heran.«

Callista steht auf. »Stellen Sie alles auf den Kopf, wenn es sein muss. Wir müssen die Lage wieder normalisieren.«

Winspear lächelt schmal. »Ich liebe mein Leben ebenfalls, Frau Vorsitzende.«

Sie geht zur Tür, dreht sich auf dem Absatz zu ihm um und rümpft die Nase. »Und um Himmels willen, Otto, es stinkt hier drin. Machen Sie ein Fenster auf.«

Sie schließt die Tür ein bisschen zu laut. Mit jedem Tag werden seine Zweifel an ihr größer. Die Frau ist einfach zu nah dran, sie sieht das größere Ganze nicht. Der bestellte Anzug kommt, Otto zieht sich um und fährt mit dem Aufzug in den Keller, wo die Abteilung Datenanalyse untergebracht ist. In einem dunklen Raum mit einer Wand von Monitoren, von denen jeder einzelne mit einem Monitorfeed verbunden ist, begrüßt ihn der Leitende Datenanalyst des S3, Hugo Abshire. Er ist ein junger Mann, überraschend jung angesichts seiner Position, hat ein lebhaftes Gesicht und streng gescheiteltes blondes Haar.

»Hat die Suche nach Ordway etwas ergeben?«, fragt Winspear.

»Bis jetzt leider nicht.«

»Was ist mit der Frau im Boot?«

Abshire lächelt. »Da gibt es bessere Neuigkeiten.«

Er setzt sich an seinen Arbeitsplatz und ruft auf dem ersten Monitor ein Bild auf: Proctor und die Frau im Cockpit der *Cynthia*. Ihre Gesichter sind der Drohnenkamera zugewandt. Otto sieht es zum ersten Mal.

»Sie heißt Thea Dimopoulos, und sie ist Kunsthändlerin. Nichts Bemerkenswertes in der Personalakte, aber wir graben noch.«

Otto weiß ungefähr, wer sie ist. »Findet sich das Gesicht noch öfter in der Datenbank?«

»Ja, allerdings. Allein innerhalb der letzten paar Tage haben wir sie zweimal gefunden.«

Ein neues Bild erscheint: zwei Gesichter hinter der Windschutzscheibe eines Autos. Abshire hält das Video an. »Diese Aufnahme stammt vom Abend des Unwetters, als Bennett im Haus seines Vaters war. Und sehen Sie hier.« Er zoomt die zweite Person heran. »Das ist Quinn Dawes. Und jetzt kommt der Knüller. Er hat mal hier gearbeitet.«

Otto braucht einen Augenblick. »Was heißt ›hier‹?«

»Der Typ war beim S3. Kein Außenagent, hauptsächlich Datenanalyse und Überwachung. Aber anscheinend war er sehr begabt.«

Erst Jason Kim, dann Thea und jetzt das. Quinn Dawes, unmittelbar vor seiner Nase! Wie hatte ihm das entgehen können?

»Was ist aus ihm geworden?«, fragt Otto.

»Ist vor zwölf Jahren verschwunden. Eigentlich schade. Sie sollten seine Evaluationen sehen.«

»Wissen wir, wo er jetzt ist?«

Abshire wendet sich einem zweiten Bildschirm zu und scrollt herunter. »Das ist Dawes' Personalakte. Seit er die Abteilung verlassen hat, war er *viel* unterwegs. Verschiedene Jobs, verschiedene Adressen und alle zwei Monate eine Veränderung.«

Winspear runzelt die Stirn. »Und das bedeutet ...?«

»Das bedeutet, entweder hat der Typ Ameisen im Hintern, oder jemand hat die Akte manipuliert. Ich würde sagen, Letzteres. Geben Sie ihm ein CIS-Terminal, und er kann damit tun, was er will.«

Natürlich kann er das. »Sie sagten, sie hatten einen zweiten Treffer für die Frau.«

Abshire kehrt zum ersten Monitor zurück, drückt ein paar Tasten und ruft ein neues Video auf: die Shuttle-Station am Ende des Fahrdamms. Der Zeitstempel ist eine Woche alt.

»Letzten Mittwochnachmittag, gleich nach Bennetts Kernschmelze, wurde Thea Dimopoulos' Ausweis auf der Fahrt zum Annex gescannt. Hier sehen Sie, wie sie aus dem Shuttle steigt. Anscheinend ist sie allein, nicht wahr? Passen Sie auf.«

Die Frau entfernt sich aus der Umgebung der Haltestelle und geht die Straße hinauf. Hinter ihr erscheint eine zweite Person: ein Mann in einer blauen Windjacke und mit einer übergroßen dunklen Brille. Es ist Hanson. Mit gespielter Nonchalance – auffälliger könnte er sich nicht benehmen – fängt er an, sie zu verfolgen.

Als die Frau die Hälfte des Häuserblocks hinter sich hat, springt ein Junge mit zotteligem Haar ihr in den Weg und hüpft rückwärts vor ihr her. Irgendein Straßenkind in der Hoffnung auf ein Almosen, vermutet Winspear. Und tatsächlich entwickelt sich die Situation genau so. Sie wechseln ein paar Worte, und die Frau zieht einen Geldschein aus der Handtasche. Der Junge reißt ihr den Schein aus der Hand – er ist blitzschnell –, und im nächsten Augenblick sieht Winspear mindestens ein Dutzend Kids aus den Ecken und Winkeln der Straße hervorkommen. Sie stürzen sich wie eine Wolke Mücken auf Hanson. Als er sie verscheucht hat, ist die Frau weg.

»Der Junge hat eindeutig mit ihr zusammengearbeitet«, sagt Abshire.

»Wer ist er?«

»Noch habe ich keinen Treffer, aber bei diesen Kids ist es schwer, sie im Auge zu behalten. Viele Geburten werden nicht mal ordnungsgemäß registriert.«

Der Junge, denkt Winspear – der Junge ist der Schlüssel. Finde ihn, und du findest den Rest. »Bekommen Sie ein klares Bild von seinem Gesicht?«

»Das sollte ich hinkriegen.«

Winspear nickt. »Machen Sie es so sauber wie möglich und schicken Sie es durchs System. Der Junge ist irgendwo da draußen. Jemand weiß, wer er ist.«

Winspear ruft einen Wagen, der auf ihn wartet, als er aus dem Gebäude tritt. Die Heimfahrt dauert vierzig Minuten, und die Hälfte davon führt über Serpentinen zu dem Höhenkamm hinauf, der im Westen an die Stadt grenzt. Bei jeder Kurve weitet sich der Blick. Die Abendschatten liegen lang und tief über dem Land. Die Lichter der Stadt leuchten auf, als Winspears Auto in die Einfahrt biegt, wo eine schwarze Limousine parkt. Der Agent auf dem Fahrersitz liest eine Zeitung und begrüßt Winspear mit einer kurzen Kopfbewegung, als er aussteigt. Dann liest er weiter.

Ramona, seine junge Braut, ist nirgends zu finden. Vielleicht ist sie shoppen, oder sie treibt sich mit ihren Freundinnen in der Stadt herum. Winzer ist wegen ihrer Abwesenheit nicht beunruhigt. Sie führen eine lockere Beziehung, und ihr Vertrag ist kurzfristig, nur fünf Jahre. Seine Aufmerksamkeitsspanne bei diesen Dingen ist kurz. Er hält die Augen offen; er macht sich keine Illusionen über diesen Aspekt seiner selbst, und sie tut es auch nicht.

Er macht sich in der Küche etwas zu trinken und zieht sich in sein Arbeitszimmer zurück. Es ist kurz nach acht, als das Telefon klingelt.

»Campbell hier, Sir.« Die Stimme klingt aufgeregt. »Das wird einfacher, als wir dachten.«

28

»Hey.«

Wortlos blickte Caeli vom Küchentisch auf, wo sie Bohnen in eine Schüssel schnitt. Unsere Blicke trafen sich kurz, und sie senkte den Kopf wieder.

»Proctor«, sagte Thea. »Das ist Claire.«

Wir wechselten ein Hallo. Eine Frau jenseits der Fünfzig mit fülliger Taille und grauem, zurückgebundenem Haar. Ihr Gesicht glänzte von der Hitze am Herd. Als sie mich begrüßte, blieb sie in ständiger Bewegung und ging in der Küche auf und ab.

»Thea sagt, Sie bleiben zum Essen.«

»Ja, danke. Wenn es keine Mühe macht.«

»Dann bitte …« Sie reichte mir eine Schüssel Kartoffeln auf einem Schneidebrett. »Machen Sie sich nützlich. Die Familie wird bald hier sein.«

Ich setzte mich zu Caeli an den Tisch, schälte und würfelte die Kartoffeln. Sie hatte mich noch keines Blickes gewürdigt.

»Wie geht's dir?« Ich hoffte, ich könnte sie zum Reden bringen.

»Okay.«

»Ich habe mir wirklich Sorgen um dich gemacht«, sagte ich. »Freut mich, dass dir nichts passiert ist.«

Thea trat näher. »Proctor, ich muss für ein paar Minuten weg. Kommt ihr hier zurecht?«

»Ist es dir recht, Caeli?«

Sie antwortete mit einem Achselzucken. Ich wechselte einen Blick mit Thea. *Wer weiß, was da los ist?*

»Wir bleiben hier«, sagte ich.

Schweigend arbeiteten wir weiter. Hinter uns war Claire dabei, zu rühren und zu kosten, sie zog einen Braten aus dem Ofen, um ihn zu kontrollieren, und schob ihn wieder zurück.

»Bist du aus irgendeinem Grund wütend auf mich?«, fragte ich Caeli.

Schnipp, schnipp, machten die Bohnen. »Warum sollte ich wütend sein?«

»Ich weiß es nicht. Du siehst so aus.«

»Ich bin nicht wütend.«

»Du hast einiges durchgemacht. Da würde jeder aufgebracht sein. Können wir reden über das, was in der Nursery passiert ist?«

Wieder zuckte sie die Schultern.

»Lass uns vorn anfangen. Kannst du dich erinnern, wie du dort hingekommen bist?«

»Nein.«

»Bist du sicher? Du erinnerst dich an gar nichts?«

Caeli antwortete nicht. Sie starrte auf die Tischplatte.

»Was ist mit dem Pool? Kannst du dich daran erinnern?«

»Da war ein Pool?«

»Ja, da war ein Pool. Du wärst beinahe ertrunken.«

»Ups. Sorry. Hab Mist gebaut.«

»Caeli, versuch es wenigstens.«

»Wer sagt, ich versuche es nicht? Vielleicht erinnere ich

mich nur nicht an die Sachen, nach denen Sie mich fragen. Wer war der Typ? Der Große?«

»Du meinst Bernardo?«

»Da waren wirklich viele von ihm. Er muss mal über sich hinwegkommen.«

»Du erinnerst dich also an ihn?«

»Ist Thea Ihre Freundin?«

Ich wich verblüfft zurück. »Was? Nein!«

»Weil es so aussieht.«

»Thea ist *eine* Freundin. Sie hilft uns. Geht es dir darum?«

Sie wandte sich wieder ihren Bohnen zu.

»Caeli, bitte. Sieh mich an.«

Sie zögerte kurz und hob dann endlich den Kopf. Was ich sah, war keine Wut, sondern etwas anderes. Das Mädchen war den Tränen nahe.

»Was ist denn? Was hast du?«

Sie biss die Zähne zusammen. »Ich habe gar nichts, okay? Mir geht es gut.«

»Du siehst aber nicht so aus.« Mir kam ein schrecklicher Gedanke. »Caeli«, sagte ich leise, »hat dir jemand etwas getan?«

»Nein, mir hat niemand etwas getan, Mr Fährmann. Warum sollte mir jemand etwas tun?«

»Warum weinst du dann?«

Sie schaute weg.

»Sprich mit mir, Schatz. Bitte.«

»Ich muss nur eins wissen«, sagte sie und sah mich wieder an. »Sind Sie derjenige, der von jetzt an für mich sorgt? Wenn nicht – okay, aber ich muss es wirklich wissen.«

Mein Herz bekam einen Knacks. Natürlich wollte sie das

wissen. Wer wird für mich sorgen – jetzt, da ich niemanden mehr habe?

»Willst du das denn?«

Sie nickte unter Tränen. »Ich meine, wenn das okay ist.«

»Natürlich ist es okay. Es ist besser als okay. Du brauchst dir keine Sorgen zu machen. Nicht eine Sekunde lang.«

»Versprochen? Irgendwie müssen Sie mir das schon versprechen.«

Ich hob die Schwurhand. »Ich gehe nirgendwo hin, das verspreche ich dir.«

Danach arbeiteten wir wieder schweigend. Als die Essenszeit kam, scheuchte Claire uns ins Esszimmer, damit wir den Tisch deckten. Es waren sechzehn Plätze; wer kam denn sonst noch? Der Tisch war, wie Claire selbst, eine Art Mittelpunkt. Er war lang, aber schmal, um Gespräche zu ermöglichen, und die Tischplatte war aus narbigem, abgenutztem Holz. Auf der einen Seite stand eine lange Bank, auf der anderen eine Reihe Stühle, und zwei an jedem Ende. Caeli und ich stellten die Teller hin, als die Leute nacheinander hereinkamen. Nicht Leute – Kids. Die kleinsten waren acht oder neun, die größten waren ältere Teenager. Ich rechnete damit, dass ihre Eltern nach ihnen eintreten würden, aber da kam niemand mehr. Waren sie wirklich eine Familie, wie Claire gesagt hatte, oder etwas anderes? Ihre Überraschung bei unserem Anblick hielt sich in Grenzen; sie waren es gewohnt, neue Leute in ihrer Mitte zu sehen, aber ein Element der Wachsamkeit war auch zu spüren. *Was suchten die Prossies hier?*

Claire kam herein und klatschte in die Hände. »Alles herhören, wir haben Gäste.« Sie deutete auf uns. »Das sind Mr Bennett und seine Tochter Caeli. Ich erwarte, dass ihr höflich seid.« Ihr flinker Blick wanderte im Raum herum. »Und würde *bitte* jemand Pappi holen? Das Essen wird kalt.«

Seine Tochter Caeli. Claire war offensichtlich nicht vollständig informiert worden und vermutete einfach, dass es sich so verhielt. Aber dies war nicht der richtige Moment, um ihren Irrtum zu korrigieren, und hatte ich Caeli nicht eben versprochen, für sie zu sorgen? Während alle Platz nahmen, folgten drei der Kids Claire in die Küche und trugen Platten und Schüsseln mit Essen herein, die sie mitten auf dem Tisch in einer Reihe aufstellten. Alle plauderten angeregt miteinander, und ich wusste nicht genau, wie ich mich benehmen oder auch nur, wohin ich blicken sollte. Thea kam und setzte sich auf den freien Platz neben mir. Sie warf mir einen wachsamen Blick zu.

»Alles okay mit euch beiden?«

Bevor ich antworten konnte, kam noch jemand herein. Einer der Teenager führte ihn am Ellenbogen. Er sah aus wie ein Obdachloser von der Straße oder wie ein weiser Mann aus einem Kindermärchen. Er bewegte sich steifbeinig und drehte den Kopf hin und her. Seine Augen waren tot und grau wie Steine. Kurz vor dem Tisch blieb er abrupt stehen, hob das Kinn und richtete das Gesicht auf mich.

»Proctor.« Ein Lächeln erstrahlte auf seinen unrasierten Wangen. »Da bist du ja. Gut.«

Alle am Tisch waren verstummt.

»Ich bin Pappi, der Hausirre. Das sagt man mir wenigstens.« Er zeigte zum Kopfende des Tisches. »Komm, setz dich zu mir, ja?«

Alle Blicke richteten sich jetzt auf mich, den Eindringling. Ich stand auf und tauschte den Platz mit einem Jungen am Ende der Bank, rechts neben Pappi.

»Und deine junge Freundin«, befahl Pappi. »Sie auch.«

Wieder wurden Plätze gewechselt, und Caeli kam an meine Seite.

»Willkommen«, sagte Pappi.

Caeli war verwirrt. »Hi … nehme ich an?«

Der Mann wandte sich an die ganze Gesellschaft. »Wenn ich bitten darf.«

Ich brauchte eine Sekunde, um zu begreifen, dass von uns allen erwartet wurde, einander die Hände zu reichen. Ich hatte so etwas noch nie getan, weder vor einem Essen noch bei anderer Gelegenheit. Aber in der automatischen Reaktion, mit der jeder am Tisch diese Menschenkette bildete, spürte ich die Kraft des Rituals. Ich hielt Caeli die offene Handfläche entgegen. »Das ist schräg«, sagte ihr Blick, aber sie nahm die Hand trotzdem, und ich nahm Pappis, die rau und stark und farbfleckig war.

Pappi räusperte sich und fing an zu sprechen. »Du große Seele der ganzen Schöpfung, die du die Welt geschaffen hast, die wir sehen, und die Welt, die wir nicht sehen, wir danken dir für deine zahlreichen Segnungen und die Gelegenheit, heute zusammen zu sein. Und wir danken dir auch für die Anwesenheit unserer Gäste, Proctor und …?« Er richtete das Gesicht auf das Mädchen.

Ihr Blick huschte hin und her. »Äh, Caeli?«

»Caeli«, fuhr Pappi fort, »die wir willkommen heißen an unserem Tisch und in unserer Gesellschaft. Halte uns sicher in deinen Händen, damit wir die Fülle deines Großen Plans erfahren bis zum Tage der Ankunft, wie verheißen in deiner Heiligen Schrift. Bis zur Ankunft.«

Einstimmig wiederholte der ganze Tisch: »Bis zur Ankunft.«

Die Kette der Hände löste sich auf, und ein Stimmengewirr brandete auf. Schüsseln und Teller wanderten um den Tisch herum. Ich war von alldem überwältigt, von der Wärme und der Tiefe des Gefühls. Ob diese wunderliche Versammlung nun verwandt war oder nicht, sie waren eine Familie, und ich war eingeladen, mich ihnen anzuschließen – ich, ein Fremder und formal gesehen ihr Feind.

Ich drehte mich zu Pappi um. »Was Sie da gesagt haben, war sehr nett.«

Er zuckte die Schultern. »Ein bisschen kitschig, aber die Leute mögen es.«

»Sie haben von einem ›Großen Plan‹ gesprochen. Was mag das sein?«

»Ah.« Er rieb sich die Hände. »Da wären wir also schon.«

Meine Frage musste offensichtlich warten, denn jetzt wurde gegessen. Bratkartoffeln, geschmortes Gemüse, Fleisch in dicken roten Scheiben, an den Rändern verkohlt und saftttriefend. Ich belud mir den Teller, und weil im Tischgespräch anscheinend eine Pause eingetreten war, fing ich an zu essen, aber die ganze Zeit hatte ich ein Auge auf Pappi. Ich hatte noch nie einen blinden Menschen gesehen. Jeder Prosperaner mit diesem Schicksal würde zur Fähre laufen, nein, rennen, und mir fiel auf, dass er trotz seiner Behinderung die Umgebung restlos beherrschte. Er aß auf verblüffende Weise; seine Bewegungen waren langsam und exakt wie die eines Juweliers. Er schnitt, ohne es zu sehen, ein Stück Fleisch ab oder spießte eine für ihn unsichtbare Möhre auf und hob diese Bissen mit tiefer Feierlichkeit zum Mund, und dann bewegte er seinen Kiefer wie eine wiederkäuende Kuh, und die ganze Zeit gab er ein feines, nasales Gurren des Behagens von sich.

»Ich hoffe, das Essen schmeckt dir«, sagte er zu mir.

»Ja, danke.« Das war die Wahrheit; das Essen war köstlich.

»Caeli? Wie steht es mit dir?«

Sie hatte ihren Teller fast nicht angerührt. »Es ist gut, glaube ich«, sagte sie.

»Soll ich dir was sagen?«, fragte Pappi.

Ihr Blick huschte nervös hin und her. »O … kay?«

»Ich glaube, wir sind uns schon begegnet. Was sagst du dazu?«

Caeli schrak kaum merklich zusammen, genau wie ich.

»Oh, nicht so, wie du jetzt denkst. Nicht *persönlich.*« Pappi hob den Zeigefinger und tippte sich an die Schläfe. »Hier drin.«

»Verstehe ich nicht«, sagte Caeli.

»Da sind wir schon zwei. Trotzdem sagt Thea, ich habe dich gemalt.«

»Wie können Sie mich malen, wenn Sie mich nicht kennen?«

»*Das* ist eine ausgezeichnete Frage.« Er deutete mit einem wackelnden Finger auf Caelis Teller. »Du solltest etwas essen. Du willst doch Claire nicht kränken. Die Versorgung der Leute nimmt die Frau *sehr* ernst.«

Wir aßen schweigend zu Ende, sogar Caeli, deren Teller schließlich doch fast leer war. Während die anderen ihre leeren Teller in die Küche trugen, legte Pappi mir eine Hand auf den Arm.

»Komm mit.«

Ich ließ Caeli bei Thea und nahm Pappis Ellenbogen, als er mich weiter in das Gebäude hineinführte, das anscheinend als eine Art Klubhaus oder Unterkunft diente – Schlafmatten auf dem Boden, Habseligkeiten, verstreut oder aufgehäuft, nicht zusammenpassende Sofas, auf denen offensichtlich Leute geschlafen hatten.

»Entschuldige das Durcheinander«, sagte Pappi, »obwohl ich nicht behaupten kann, dass es mich besonders stört. Einer der Vorteile, wenn man blind ist: Solche Kleinigkeiten interessieren einen einen Scheißdreck.«

Allmählich dämmerte mir, dass Pappi und Claire hier anscheinend ein improvisiertes Waisenhaus leiteten. »Wie viele Leute leben hier?«

»Woher soll ich das wissen? Da wirst du Claire fragen müssen. Die Frau kann einfach nicht Nein sagen.«

Plötzlich roch es stark nach Terpentin. Wir kamen in einen großen, hohen Raum, der früher einmal vermutlich als Geschäft oder Werkstatt genutzt worden war. Ich ließ Pappi los, ging weiter in den Raum hinein und blieb in der Mitte stehen. Die Leinwandvierecke an den Wänden waren so hell und ausdrucksvoll, dass ich das Gefühl hatte, in einem Kaleidoskop zu stehen. Es war, als hätte jemand den Ausbruch reiner Gefühle eingefangen, reiner Erlebnisse, so lebendig, dass sie zu pulsieren schienen. Ich fühlte mich an das erinnert, was Thea über Picasso gesagt hatte – wie man bei seinen Gemälden tatsächlich aus verschiedenen Perspektiven gleichzeitig sehen konnte. Inmitten der freischwebenden Formen und Wirbel kräftiger Farben entdeckte ich vertraute Objekte und Szenen, aber sie waren wie Schatten, gespenstische Reflexionen eines tieferen, übernatürlichen Reiches jenseits der stumpfen Realität.

Eine plötzliche Welle von Geräuschen riss mich aus meinen Gedanken. Meine Mutter kam durch einen zweiten Eingang, den ich noch nicht bemerkt hatte. Sie marschierte auf einen Tisch am hinteren Ende des Raums zu, zog ein kleines Bündel unter ihrer Jacke hervor und legte es auf den Tisch. Eine weiche Stofftasche, mit einer Schnur zusammengebunden.

»Was ist das?«

»Mein Teil der Abmachung.« Meine Mutter deutete auf die Tasche. »Los, mach auf.«

Ich knotete die Schnur auf, klappte die Lasche der Tasche zurück und ließ den Inhalt herausrutschen. Wie es aussah, war es ein einzelnes Blatt Papier, alt und vergilbt.

ORANIOS

Leitfaden für die Ankunft

Dieses Dokument wurde dir zugeführt, um dir in den kommenden Tagen behilflich zu sein. Vielleicht wirst du bald anfangen, Veränderungen an dir selbst und an der Welt um dich herum zu bemerken. Dazu gehören möglicherweise:

- Meteorologische Störungen wie plötzliche Unwetter
- Desorientierung oder Panik
- Schlafstörungen
- Erinnerungen, die nicht real erscheinen
- Déjà-vus

- Gehäufte Zufälle
- Halluzinationen
- Intensives Kälteempfinden, das schnell vergeht
- Veränderungen am Nachthimmel, zum Beispiel das Erscheinen unbekannter Himmelskörper

HAB KEINE ANGST.

SUCHE KEINE ÄRZTLICHE HILFE.

WEITERE RICHTLINIEN WERDEN ZU EINEM SPÄTEREN ZEITPUNKT ERLASSEN.

»Wir nennen es das Artefakt«, erklärte meine Mutter. »Es heißt, es gab einmal Hunderte davon, wenn nicht Tausende. Das hier ist das letzte, das noch existiert. Wir tragen es von Haus zu Haus, damit der S3 es nicht findet.«

»Wo kommt es her?«, fragte ich.

»Das weiß niemand. Wir wissen nur, es ist alt.«

Das also war das geheiligte Dokument, die sogenannte Heilige Schrift, die Pappi beim Abendessen angerufen hatte. Es sah überhaupt nicht heilig aus, eher wie die Bekanntmachung einer Behörde.

»Und ihr habt wirklich eine ganze Religion darauf gegründet.«

»Die Menschen brauchen Hoffnung, Proctor. Sie brauchen etwas, woran sie glauben können.«

»Das soll heißen, du brauchst es nicht.« Ich sah sie an. »Das ist absolut zynisch.«

»Proctor, wenn du gestattest«, warf Pappi ein. »Ich gebe zu, deine Mutter und ich haben unsere Meinungsverschiedenheiten in dieser Frage gehabt. Aber was immer sonst der

Fall sein mag, die *Oranios* ist real. Die Ankunft ist real. Das Artefakt ist der Beweis.«

»Ich glaube nicht, dass es irgendetwas beweist. Verdammt, vielleicht hat sich jemand einen Scherz erlaubt.«

»Erzähl mir von Caeli, Proctor«, sagte meine Mutter.

»Was hat sie mit alldem zu tun?«

»Das frage ich *dich*. Zunächst mal, ist dir je aufgefallen, dass sie keinen Monitor hat?«

»Was redest du da? Natürlich hat sie einen Monitor.«

Meine Mutter schüttelte den Kopf. »Nein, Proctor. Sie hat keinen.«

Draußen kam Unruhe auf, und Thea erschien in der Tür.

»Es ist Antone«, sagte sie. »Er ist wieder da.«

Der Junge saß am Esstisch und schaufelte sich Reste in den Mund. Die Familie drängte sich um ihn herum. Meine Mutter scheuchte sie alle zur Seite und setzte sich ihm gegenüber.

»Wo bist du gewesen?«

»Hab ich Thea schon gesagt«, nuschelte er mit vollem Mund und trank dann Wasser in tiefen Zügen. »Bin verhaftet worden.«

»Am Fahrdamm, meinst du.«

Der Junge nickte und stopfte sich mit der Gabel noch einen Bissen Braten in den Mund.

»Antone, hör einen Augenblick auf zu essen.«

»Ich habe Hunger! Die Suits haben uns kaum etwas zu essen gegeben!«

»Dazu ist später noch Zeit.«

Mit einem gewaltigen Seufzer legte der Junge die Gabel aus der Hand.

»Fang ganz von vorn an«, sagte meine Mutter.

Sein Gesicht war schmutzig, sein Haar fettig verfilzt. Seine Kleidung hing an den Knochen wie ein altes Kleid an einem Bügel. »Wie ich schon gesagt habe. Die Wache hat uns verhaftet und in den Keller gesperrt.«

»Wie viele?«

»Keine Ahnung. Viele.«

»Haben sie euch befragt? Verhört?«

Er nickte. »Ein paar von uns. Da kamen Suits und brachten sie weg. Aber mich und ein paar andere nicht.«

»Und wie ging es dann weiter?«

»Ein Ober-Suit kommt und sagt, sie sollten uns gehen lassen.«

Meine Mutter runzelte die Stirn. »Einfach gehen lassen?«

»Hat der Suit gesagt.«

»Hat er euch auch gesagt, warum?«

Der Junge hob plötzlich den Kopf und sah sich um. »Wo ist Jess? Ist sie hier?«

»Wir dachten, sie ist bei dir.«

Der Junge schüttelte den Kopf. »Seit dem Fahrdamm habe ich sie nicht mehr gesehen. Sie ist im Rauch verschwunden.«

Meine Mutter und Quinn wechselten beredte Blicke. Dann sah meine Mutter wieder Antone an.

»Der Suit. Wie sah er aus?«

»Graue Haare, Bart. Wirkte irgendwie pingelig.«

»Graue Haare? Nicht weiße? Oder vielleicht silbrige?«

»Silbrige, würde ich sagen.«

»Der hat euch gehen lassen. Und was dann?«

Er zuckte die Achseln. »Der Suit hat gesagt, wir sollen nach Hause gehen.«

Der Blick meiner Mutter verfinsterte sich. »Aber du bist nicht geradewegs hergekommen, oder?«

»Was denn? Glauben Sie, ich bin blöd?«

»Nein, im Gegenteil, ich glaube, du bist vielleicht der cleverste Mensch hier. Aber ist es möglich, dass du trotzdem verfolgt worden bist?«

»Ich habe niemanden gesehen. Auch keine Drohnen. Und ich habe einen Umweg genommen.«

Meine Mutter stand auf. »Thea, Quinn, kann ich euch allein sprechen? Dich auch, Proctor.«

Wir zogen uns in die Küche zurück, und Claire und Pappi kamen auch dazu.

»Was meinst du, hörte sich das nach Winspear an?«, fragte meine Mutter mich.

»Könnte sein.«

»Quinn, sieh nach, ob auf der Straße alles in Ordnung ist.«

Der Mann ging hinaus.

»Was ist mit Jess?«, fragte Thea.

»Sie könnte immer noch in Haft sein«, sagte meine Mutter. »Vielleicht wurden sie nicht zusammen inhaftiert.«

Quinn kam zurück. »Zu sehen ist niemand.«

»Das heißt aber nicht«, sagte meine Mutter, »dass sie nicht da sind.«

»Aber wenn Antone verfolgt wurde«, überlegte Thea, »warum treten die Wachleute dann nicht in diesem Augenblick die Tür ein?«

»Vielleicht versuchen sie noch, herauszufinden, wer hier ist und wer nicht.«

»Sprichst du von dir?«, fragte Thea.

»Nein. Ich spreche von Proctor.«

Alle schauten mich an.

»Dann werde ich mich stellen«, sagte ich.

»Du bist hier gewesen, Proctor. Du hast uns gesehen. Du weißt, wer wir sind.«

»Du glaubst, ich würde ihnen etwas erzählen?«

»So läuft das nicht. Außerdem können wir nicht mit Sicherheit wissen, dass die Wache kommt. Möglicherweise ist Antone irgendwie durch die Maschen geschlüpft. Das ist schon vorgekommen.«

»Was soll ich mit der Familie machen?«, fragte Claire.

Meine Mutter dachte über die Frage nach. »Wir sollten auf Nummer sicher gehen und alle für die Nacht unter Tage bringen. Morgen werden wir sehen, wie es steht.«

Claire verschwand, um die Familie auf Trab zu bringen, und wenig später hatten sich alle an der Hintertür versammelt. Quinn ging hinaus, um die Lage zu checken, und gab mit einem Pfiff das Zeichen, die Luft sei rein. Wir gingen im Gänsemarsch hinaus und mit schnellem Schritt die Gasse hinunter. Thea führte Pappi beim Ellenbogen und bildete die Nachhut. Im Lagerhaus angekommen, versammelten sich alle bei der Luke und kletterten nacheinander hinunter. Unten wartete Stefano. Meine Mutter kam als Letzte und schob die Riegel vor.

»Alle sollen es sich für die Nacht bequem machen.«

Im Schlafraum legten wir zusätzliche Matten auf den Boden. Unterdessen war Quinn in den Bau zurückgekehrt, um die Drohnenfeeds anzuzapfen. Inzwischen ging es auf Mitternacht zu. Caeli hatte bereits eine der unteren Kojen in Beschlag genommen. Ich ging hin und setzte mich auf die Kante. Ihr linker Arm lag auf der Decke, und die blasse Haut der Unterseite war entblößt.

»Was starren Sie so auf meinen Arm?«

Ich hob den Blick und fühlte mich ertappt. »Nur so.«

»Das ist nicht wahr.«

»Es ist nur, weil ... du hast keinen Monitor, Caeli.«

Sie rümpfte die Nase. »In meinem *Arm*? Eklig!«

War das möglich? Hatte ich einfach angenommen, sie hätte einen, und sie so zu der Person gemacht, die ich wollte oder brauchte? Aber ich war so sicher, dass sie einen gehabt hatte. Und was suchte sie in der Nursery ohne Monitor? Das alles ergab keinen Sinn.

»Schon gut«, sagte ich. »Das ist im Moment nicht wichtig. Versuche ein bisschen zu schlafen.«

»Warum haben alle solche Angst?«, fragte sie.

»Angst haben sie nicht. Sie sind vielleicht nervös. Aber uns passiert nichts.«

»Bleiben wir lange hier?«

»Hier im Keller?«

»Nein«, sagte sie, »hier bei der Familie.«

»Möchtest du das?«

»Irgendwie schon.« Mit der Andeutung eines Lächelns fügte sie hinzu: »Thea kann ja Ihre Freundin sein, wenn Sie wollen.«

»Oh, dann habe ich jetzt deinen Segen?«

»Für den Fall, dass Sie, Sie wissen schon, eine zweite Meinung hören wollten.« Sie musterte mich einen Moment lang. »Ist Mutter ihre *richtige* Mutter?«

»Das hast du also auch schon gehört, was?«

»Ist sie?«

»Es ist ein bisschen komplizierter.«

»Hört sich für mich nicht so an. Und falls sie Ihre Mutter ist, sollten Sie vielleicht ein bisschen netter zu ihr sein.«

»Du hast jede Menge Beziehungsratschläge, ja?«

»Ich versuche hier nur, meinen Beitrag zu leisten. Außerdem brauchen Sie anscheinend Hilfe in Ihrem Privatleben.«

»Na ja, da hast du nicht unrecht.« Ich stand von der Matratze auf. »Wird Zeit, dass du ein bisschen schläfst, Kleines.«

»Könnte ich dich um einen Gefallen bitten?«

Ich sah auf sie hinunter. »Natürlich. Sag's nur.«

Sie zögerte, als ob sie sich genierte, und fragte dann: »Könntest du mir vielleicht ein bisschen den Rücken massieren? Damit ich besser einschlafen kann.« Sie zog den Kopf ein. »Sorry. Das war eine schräge Idee von mir, was?«

»Überhaupt nicht.« Ich lächelte. »Rutsch rüber.«

Sie zog die Knie an die Brust und drehte sich zur Wand. Ich setzte mich wieder auf den Rand der Matratze und bewegte die flache Hand in langsamen Kreisen über ihren Rücken. So etwas hatte ich noch nie getan; es kam mir seltsam vor und ein bisschen traurig, dass mir diese einfache Aufgabe, ein Kind zum Schlafen zu bringen, bisher nie gestellt worden war. Es war still im Raum; alle anderen hatten sich hingelegt. Ein paar Minuten vergingen. Als ich die Hand wegnahm, rührte Caeli sich nicht. Ich stand auf und schlich mich hinaus. Thea wartete auf dem Gang.

»Ihr zwei passt gut zusammen«, stellte sie fest. »Ich verstehe, warum du sie so gernhast.«

Wie viel mochte sie gehört haben? »Glaubst du wirklich, wir sind hier sicher?«

»Ich würde sagen, für die Nacht wird es gehen. Den Tunnel hier gib es schon lange. Bis jetzt haben die Wachleute ihn nicht gefunden.«

»Wie lange genau?«

»Manche sagen, von Anfang an. Er führt unter der Bucht hindurch bis zur Stadt und mündet dort in die Kanalisation, und von da kommt man überallhin. So zapft Quinn das CIS an.« Sie erschauerte. »Um die Wahrheit zu sagen, es ist ein bisschen beklemmend, all das Wasser über sich zu wissen.«

»Du warst also auch schon dort unten.«

Sie nickte. »So bin ich hierher zurückgekommen, nachdem sie den Fahrdamm geschlossen hatten.« Sie schwieg kurz. »Ich war da, weißt du, als du die Fähre bestiegen hast. Ich glaube nicht, dass du mich gesehen hast.«

»Ich wünschte, ich hätte dich gesehen.«

»Ist es falsch, wenn ich sage, ich war stolz auf dich?«

»Weshalb?«

»Einfach ...« Sie suchte nach Worten. »Wegen deiner Haltung. Kopf hoch, Schultern zurück und so weiter. Ich fand dich sehr würdevoll.«

»Dann habe ich mich gut verstellt. In Wirklichkeit hatte ich eine Scheißangst.«

Wir wechselten das Thema.

»Wir haben Matten in der Küche«, sagte Thea. »Du solltest dich auch ein bisschen ausruhen.«

Ich warf einen Blick zurück. Caeli schlief wie ein Stein. So zusammengerollt, sah sie aus wie eine Sechsjährige. Es hätte mich nicht gewundert, wenn sie den Daumen in den Mund geschoben hätte.

»Ich dachte, ich gehe und helfe Quinn, die Dinge im Auge zu behalten«, sagte ich.

»Damit du deiner Mutter aus dem Weg gehen kannst?«, sagte sie.

»Du merkst auch alles.«

Sie legte den Kopf schräg und spähte durch den Gang. »Verschwinde schon. Es wird eine lange Nacht werden. An Quinn muss man sich gewöhnen, aber ich bin sicher, er wird nichts gegen ein bisschen Gesellschaft haben.«

Durch die offene Tür sah ich Quinn über seinem Terminal sitzen. Ich klopfte an den Türrahmen, um ihn auf mich aufmerksam zu machen. »Okay, wenn ich mich zu Ihnen setze?«

Er deutete mit einer wedelnden Handbewegung auf einen Stuhl. »Nehmen Sie Platz, Freund.«

Ich setzte mich. Auf seinem Monitor sah ich ein Dutzend grau-weiße Vierecke, und jedes enthielt ein anderes Luftbild. Die Plaza. Die Wachbaracke am Fahrdamm. Ein Abschnitt der felsigen Küste, von Mondlicht überglänzt.

»Was suchen Sie?«, fragte ich.

»Ich weiß es nicht. Was man nicht sieht, kann einem genauso viel verraten wie das, was man sieht. Jetzt zum Beispiel kriege ich vom gesamten Nordende des Annex rein gar nichts.«

»Und?«

»Und das heißt, entweder wissen sie nicht, dass wir hier sind, was gut ist, oder sie wissen es doch und wollen uns nicht in Alarmbereitschaft versetzen. Was dann, sagen wir mal, nicht so gut wäre.«

»Meine Mutter sagt, Sie haben beim S3 gearbeitet.«

Ohne den Blick von seinem Monitor zu wenden, zog er eine Grimasse. »Ja. Nicht meine beste Zeit.«

»Was hat Sie veranlasst auszusteigen?«

»Das ist einfach. Die Arbeit beim S3.«

Ein paar Minuten vergingen, während wir schwiegen und die Bilder verfolgten, die sich auf dem Display abwechselten.

»Darf ich Sie was fragen?«

Seine Gedanken waren mit den Drohnenkamerabildern beschäftigt, und er nickte geistesabwesend. »Mhm.«

»Meine Mutter sagt, Sie waren der, der sie in der Nacht im Boot gesehen hat.«

»Ganz recht, das war ich.«

»Woher wussten Sie, dass sie nur so tat?«

»Wusste ich nicht. Nicht sofort.«

»Aber etwas muss Sie darauf gebracht haben.«

Er drehte sich mit seinem Stuhl herum, sodass wir einander gegenübersaßen. »Wollen Sie wirklich darüber reden?«

»Wenn Sie nichts dagegen haben.«

»Was hat sie Ihnen erzählt?«

»Nur, dass sie es inszeniert hat.«

»Inszeniert, ja. Gefakt eher nicht.«

Ich starrte ihn an. »Verstehe ich nicht.«

»Ich will es mal so sagen. Die Frau, die ich in dieser Nacht auf meinem Monitor gesehen habe, war in jeder Hinsicht dabei, *jemanden* umzubringen. Das habe ich gesehen, als sie zur Drohne hinaufblickte. Die Augen lügen nicht, und glauben Sie mir, niemand ist ein so guter Schauspieler. Was mir geholfen hat, noch etwas zu erkennen.«

»Nämlich?«

»Sie konnte keine Prosperanerin sein. Der Schiebeknoten, der Schlauch – das war der einfache Teil, nachdem ich einmal angefangen hatte nachzuforschen. Ich trennte eine Drohne vom System und verfolgte damit das Boot, das sie zum Annex brachte.«

»Und warum haben Sie sie nicht gemeldet?«

»Warum sollte ich das tun?«

»War das nicht Ihre Aufgabe?«

»Ach, ich war nie sehr gut darin, mich an die Regeln zu halten. Ihre Mutter zu beobachten, hat meinen Entschluss einfach besiegelt. Um zu tun, was sie tat – na ja, da musste man schon einen besonders guten Grund haben. Ich wollte wissen, was für ein Grund das war.«

»Und jetzt wissen Sie es?«

Er nickte. »Stimmt. Jetzt weiß ich es.«

»Meine Mutter hat mir das Artefakt gezeigt.«

»Ja?« Er grinste. »Und was haben Sie da gedacht?«

»Ich begreife wirklich nicht, wie jemand das für einen heiligen Text halten kann.«

»Und warum nicht?«

»Haben Sie das verdammte Ding gesehen? Es sieht aus wie eine Geschäftsnotiz.«

Er lehnte sich auf seinem Stuhl zurück und legte die Fingerspitzen vor der Taille aneinander. Er schwieg und betrachtete mich mit heiterer Gelassenheit. Schließlich fragte er: »Wissen Sie, was Ihr Problem ist?«

»Ich nehme an, Sie werden es mir sagen.«

»Es ist eigentlich das gleiche Problem, das die meisten Leute haben. Sie wissen sehr viel. Und Sie *glauben* fast nichts.«

»Und Sie?«

»Was ich glaube, Freund, ist irrelevant. Das ist die Entscheidung jedes Einzelnen. Obwohl, wenn Sie mich fragen – es ist ziemlich offensichtlich, dass das Leben aus mehr als nur den schmutzigen Details besteht.«

»Wieso ist das offensichtlich?«

Er lächelte. »Weil es so sein *muss*. Was hätte es sonst für einen Sinn?«

»Sie argumentieren ein wenig im Kreis.«

»Kann sein, aber das hilft mir, den Tag zu überstehen. Glauben Sie mir, das ist eine ziemlich schwierige Aufgabe, wenn Sie für den S3 gearbeitet haben.«

»Und warum *haben* Sie für ihn gearbeitet?«

»Ganz einfach«, sagte Quinn. »Weil ich gut darin war. Zumindest, bis ich es nicht mehr war. Warum sind Sie Fährmann geworden?«

»Aus ähnlichen Gründen.«

»Und jetzt sind Sie hier, genau wie ich.«

»Ich hatte nichts damit zu tun.«

»Da wäre ich nicht so sicher. All das, was Ihnen passiert ist. Träume. Visionen. Für mich hört sich das an, als würde das Universum gern ein Wort mit Ihnen reden, Freund.«

»Vielleicht bin ich auch wahnsinnig. Haben Sie daran schon mal gedacht?«

Er wischte den Gedanken beiseite. »Oh, Sie kommen mir nicht vor wie ein Wahnsinniger. Nur wie ein Mann, der seinen Geist für andere Möglichkeiten noch nicht geöffnet hat. Früher oder später werden Sie die Kurve kriegen.«

»An dem Tag, als wir uns im Shuttle begegnet sind ...«

»Ah.«

»Da haben Sie versucht, mir ein Buch zu geben. *Grundlagen des Ankunftismus*.«

»Ein nicht ganz treffender Titel, meiner Meinung nach. Es gibt eigentlich nur eine.«

»Ach? Und was für eine Grundlage ist das?«

Statt zu antworten, drehte er sich auf seinem Stuhl herum,

zog eine Schublade unter seinem Terminal auf und nahm ein Exemplar heraus, das er mir gab.

»Warum urteilen Sie nicht selbst?«

Ich schlug das Buch auf. Die erste Seite war leer. Ich blätterte das ganze Ding von vorn nach hinten durch. Alle Seiten waren gleich, weiß und leer.

Ich blickte auf. »Ist das ein Witz?«

»Nicht im Geringsten. Im Gegenteil eigentlich.«

»Aber da steht doch nichts.«

»Genau das meine ich. Worte stehen einem nur im Weg, so wie die Welt einem im Weg steht. Man muss hindurchschauen, um herauszufinden, was wirklich darunter ist. Der Große Plan. Das ist die Grundlage.«

Mein Blick fiel auf den Bildschirm hinter ihm. »Moment mal.«

Er wandte sich wieder seinem Terminal zu. »Was haben Sie gesehen?«

Ich zeigte hin. »Obere Reihe, zweites Bild von links. Können Sie das vergrößern?«

Der Rahmen erweiterte sich. Ein kleines Haus, ein Cottage eher, aus der Vogelperspektive. Draußen standen zwei Gestalten in dem Licht, das aus den Fenstern fiel. Das Bild war statisch; die Drohne schwebte unbewegt darüber.

»Das ist schon seit einer Weile so«, sagte Quinn.

»Wo ist das?«, fragte ich.

Er tippte auf ein paar Tasten. »Ziemlich weit draußen in der Pampa.«

»Nein, wo *genau*.«

Ein Kasten erschien am rechten Bildschirmrand. Er enthielt eine Landkarte mit einem pulsierenden roten Punkt. »Oben in den Bergen bei Victoria.« Quinn sah zu mir herüber. »Was ist denn da so wichtig? Kennen Sie die beiden?«

Es waren ein Mann und eine Frau, und sie waren anscheinend in ein lebhaftes, ja, leidenschaftliches Gespräch vertieft. Die Frau wandte dem Mann abrupt den Rücken zu. Er griff nach ihrer Schulter, aber als seine Hand sie berührte, schüttelte sie sie ab, trat einen Schritt weg und schlang schützend die Arme um ihren Oberkörper. Er blieb noch ein paar Sekunden stehen, warf dann frustriert die Hände in die Höhe und stapfte ins Haus. Alles das war von oben zu sehen, sodass ihre Gesichter verdeckt waren, aber man braucht nicht immer ein Gesicht zu sehen, um jemanden zu erkennen. Die kleinen Gesten, die Haltung eines Menschen, der Platz, den er beansprucht, das alles ist unverwechselbar wie ein Fingerabdruck.

»Ja, ich kenne sie.«

Und dann ging der Alarm los.

»Verdammt!«, schrie Quinn und schlug mit der Faust auf den Tisch. *»Wie konnte mir das entgehen!«*

Er fing an, wie wild zu tippen. Ein neues Bild schwoll auf dem Monitor an wie ein Ballon.

Das Lagerhaus. Ringsum eine Kolonne von Wachleuten im Gleichschritt in Helm und Panzer und mit Security-Faxen im Hintergrund, monströs und chromglänzend.

Meine Mutter erschien in der Tür, und Thea war dicht hinter ihr. »Was ist los?«

»Wir kriegen Besuch, das ist los.« Quinn war aufgesprungen und zu einer der Schalttafeln gelaufen, wo er ein paar Knöpfe betätigte. »Alarmiert die Familie, ich mache das System bereit.«

»Wie lange noch?«

»Zwei Minuten.«

»Quinn ...«

Er wandte sich mit genervtem Blick von seiner Schalttafel ab. »Geht einfach!«

Wir liefen hinaus. Im Schlafraum verteilte meine Mutter Taschenlampen.

»Es ist dort dunkel; also bleibt zusammen, egal, was passiert. Bei der Gabelung lauft nach *links*. Wiederholen, alle! Nach *links*!«

»Nach *links*!«

»Claire und Pappi, ihr geht mit ihnen. Stefano? Ich übertrage dir die Verantwortung.«

Ein gewaltiges Dröhnen, und das ganze Gebäude erbebte. Staub wehte von der Decke herunter, und die Familie fing an zu schreien. Caeli packte meinen Arm und drängte sich an mich.

»Bleib dicht bei mir«, sagte ich.

»Das brauchst du mir nicht zu sagen.«

»Lauft jetzt los, alle«, befahl meine Mutter. »Schnell, aber ohne zu rennen.«

Sie führte uns tiefer in den Komplex hinein. Am Ende des Ganges befand sich eine weitere Luke. Sie riss sie auf und winkte allen, sie sollten hinunterklettern. Stefano ging als Erster, um Pappi zu helfen, gefolgt von Claire und der Familie. Weitere Donnerschläge dröhnten – die Wachleute hatten die innere Tür erreicht.

»Wo ist Quinn?«, fragte Thea plötzlich. Die Letzten der Familie stiegen hinunter. Sie rief in den Gang: »Quinn!«

»Ich gehe nachsehen.« Das war Antone.

»Kommt nicht infrage, junger Mann«, sagte meine Mutter. »Du kletterst sofort die Leiter hinunter.«

»Das ist meine Schuld! Ich sollte gehen!«

»Antone, tu, was sie sagt. Thea, pass du auf Caeli auf«, befahl ich.

Ich lief durch den Gang zurück. Quinn klemmte unter einer der Schalttafeln und wedelte mit einer Taschenlampe herum.

»Was immer Sie da tun«, sagte ich, »wir müssen *auf der Stelle* verschwinden.«

»Ja? Geht's um was Wichtiges?«

Wieder ertönte ein lauter Knall. Quinn streckte mir eine Hand entgegen und wackelte mit den Fingern. »Seien Sie so nett und reichen Sie mir die Drahtschere.«

»Was für eine Drahtschere? Wo?«

»Atmen Sie mal durch, Freund. Die kleine mit den blauen Griffen. Sie sollte direkt über mir auf dem Tisch liegen.«

Ich fand das Werkzeug, ging in die Hocke und drückte es ihm in die Hand. »Würden Sie sich bitte beeilen?«

»Sehen Sie, das habe ich Ihnen doch gesagt. Haben Sie ein bisschen Vertrauen, okay?« Er sortierte ein Bündel von bunten Drähten. »Wollen Sie meine Philosophie über solche Situationen hören?«

»Nicht unbedingt.«

»Sie ist aber ziemlich einfach. Etwas wird passieren, und dann wird etwas anderes passieren. Klingt blöd, bis man drüber nachdenkt.«

Ein neues Geräusch erhob sich – ein schrilles Kreischen, als würden Bleche zerrissen.

»Das dürften die Sägen sein«, vernutete Quinn.

»Ist es das, was Sie mit ›etwas anderes‹ meinen?«

»Nein.« Er wand sich unter dem Tisch hervor, sprang auf und blieb vor seinem Terminal stehen. »Aber das hier.«

Das war keine Uhr, sondern ein Timer.

Neunzig Sekunden. Neunundachtzig. Achtundachtzig.

»Was zum Teufel haben Sie da getan?«, fragte ich.

»Wollten Sie schon mal ins Weltall?«

»Eigentlich nicht.«

»Dann schlage ich vor, wir rennen.«

Unser Sprint endete bei der Luke, wo Thea und Caeli warteten.

»Sie wollte nicht ohne dich gehen«, sagte Thea.

Caeli kletterte als Erste hinunter, gefolgt von Thea und mir, und Quinn kam als Letzter. Antone wartete unten mit meiner Mutter. Wieder waren wir in einem feuchtkalten Gang. Freiliegende Balken trugen Decke und Wände, und es roch nach Müll und Moder. Ich zählte im Kopf die Sekunden herunter: dreiundsechzig, zweiundsechzig, ein …

»Schnell«, drängte meine Mutter.

In zügigem Trab liefen wir durch den Tunnel. Brackiges Wasser, das den fauligen Geruch verströmte, schwappte um unsere Schuhe. Ich fragte Thea: »Was hat sie mit ›nach links‹ gemeint?«

»Nach links geht es tiefer in den Annex hinein. Dort können wir ein Safe House erreichen.«

»Und rechts?«

»Prospera. Im Norden des Bootshafens.«

Fünfzehn. Vierzehn. Dreizehn.

»Quinn …«

»Glauben Sie, Sie sind der Einzige, der zählt?«

Die Gabelung tauchte vor uns auf.

Vier. Drei. Zwei.

Eins.

Nichts geschah.

»Vielleicht haben Sie was falsch gemacht«, sagte ich zu Quinn.

»Was glauben Sie, mit wem Sie reden?«

Im nächsten Augenblick veränderte sich etwas. Es war, als hätten alle Moleküle der Luft angefangen, in einer höheren Frequenz zu vibrieren. Ich spürte, wie ein wellenartiger Ruck von Energie durch meine Schuhsohlen fuhr. Der Boden des Tunnels wogte unter meinen Füßen wie ein Teppich, der sich kräuselte, und dann kam die Schockwelle, ein Schwall von kakofoner Wucht, die meine Trommelfelle knacken ließ und mich der Länge nach in das stinkende Wasser schleuderte.

Plötzlich war alles dunkel. Ich tastete im Wasser nach meiner Taschenlampe, als ein Lichtstrahl über meine Augen strich und mich für einen Moment blendete. Eine Silhouette kauerte vor mir: Thea.

»Alles okay?«, fragte sie.

Ich brauchte eine Sekunde, um eine Antwort zusammenzubringen. »Ja, ich glaube schon.«

Quinn suchte die Tunneldecke mit seiner Taschenlampe ab. Lange, spinnennetzartige Risse zogen sich dort und an den Wänden entlang. Die Risse verbreiterten sich, und Staub rieselte herunter wie Sand zwischen den Fingern.

»Das ist … nicht so toll«, sagte er.

»Caeli!«, rief ich. »Wo bist du?«

Das Mädchen saß drei Meter vor mir auf dem Boden im Wasser. Ich ging vor ihr in die Hocke und fasste sie bei den

Schultern, um ihr ins Gesicht zu sehen. »Schau mich an, Schatz. Bist du verletzt?«

»Gott«, sagte sie und runzelte plötzlich die Stirn. »Dieses Wasser ist *ekelhaft.*«

Hinter uns krachte es ein paarmal hintereinander. Ich drehte den Kopf und folgte dem Strahl von Quinns Lampe. Holzpfeiler knickten ein und kippten nacheinander um wie Dominosteine.

»Das ist überhaupt nicht toll«, rief Quinn.

Wieder krachte es, und ein tiefes Rumpeln war zu hören, diesmal aus der entgegengesetzten Richtung. Quinns Lichtstrahl schwenkte herum.

Der Abzweig nach links war verschwunden. An seiner Stelle lag ein Haufen Schutt.

Und dann fing die Decke an einzubrechen.

Wir rannten.

Abschnitt um Abschnitt stürzte der Tunnel hinter uns ein. Wir waren jetzt unter dem Hafen. Eisiges Seewasser sprühte aus den rissigen Wänden über Körper und Gesichter und füllte Augen und Münder mit Salz. Wie weit würden wir laufen müssen? Eine Meile? Weiter? Wie konnten wir einem Ozean entkommen?

Das Wasser stieg über unsere Knöchel und an den Schienbeinen herauf. Quinn rief etwas, aber im Tosen des Wassers verstand ich es nicht. Plötzlich zog er mit langen, spritzenden Schritten an uns vorbei und winkte uns voran. Der helle Strahl seiner Lampe wurde von der Decke und den Wänden zurückgeworfen. Quinn deutete auf ein Objekt vor uns.

Es war eine Leiter an der Tunnelwand. Quinn kletterte

hoch, schob den Deckel zur Seite und kroch hinaus. Caeli folgte ihm. Er legte sich flach auf den Bauch und streckte ihr die Hand entgegen, um sie hinaufzuziehen. Antone war der Nächste, dann Thea, und dann standen nur noch meine Mutter und ich am Fuß der Leiter.

»Los«, rief ich ihr zu.

Sie fing an zu klettern. Ich trat an die Leiter und spähte nach oben. Ich sah Quinns bärtiges Gesicht voller Anspannung und hinter ihm den Nachthimmel in seiner ganzen Pracht, der sich über allem wölbte.

Eine titanische Kraft prallte gegen meinen Rücken.

Der Tunnel war vollends eingebrochen. Meine Hände krallten sich um das Metall, meine Füße fanden den Boden nicht mehr, und die Strömung zog mich zur Seite. Mein Kopf geriet unter Wasser. Als mein Griff sich lockerte, schaltete eine zweite Kraft sich ein: Jemand umklammerte mein Handgelenk. Mit einem Ruck riss meine Mutter mich in die Luft und führte meine Hand zu einer höheren Sprosse. Teilweise aus dem Sog der Strömung befreit, konnte ich auch mit der anderen Hand nach oben greifen, und dann fand erst der eine, dann der andere Fuß seinen Halt auf der Leiter.

Ich stemmte mich hinaus auf den Asphalt, hustend und prustend. Wir waren in einer Gasse zwischen dunklen Gebäuden und riesigen Müllcontainern rausgekommen.

»Alles okay?«, fragte ich Caeli.

Ihr Kiefer zitterte, und sie umschlang sich fest mit beiden Armen. »K-k-k-kalt.«

»Ich weiß. Wir finden was Trockenes zum Anziehen für dich.«

Etwas Merkwürdiges passierte mit dem Licht. Der Himmel

leuchtete gelb und orange in wechselnden Schattierungen, die von den Wolken zurückgeworfen wurden. Nein, keine Wolken – das war Rauch. Jenseits des Wassers loderte eine Feuerwand, wo das Lagerhaus gestanden hatte. Es sah aus, als werde ein ganzer Block vom Feuer verzehrt.

»Haben die anderen es geschafft?«, fragte Thea und sah Quinn an.

»Sie waren weit vor uns. Sie dürften draußen sein.«

Wir waren alle ein bisschen betäubt und hypnotisiert vom Anblick der Zerstörung jenseits des Wassers.

Ich sah Quinn an. »Und jetzt?«

»Jetzt suchen wir uns ein Fahrzeug.« Plötzlich drehte er sich um und spähte zurück in die Gasse. »Moment mal. Wo ist Mutter?«

Wir liefen auseinander und riefen sie. Aber die Frau war nicht da. Sie war verschwunden.

Zu unseren Gunsten: keine Drohnen.

Nicht zu unseren Gunsten: alles andere.

Bevor er die Sprengladungen angebracht hatte, hatte Quinn ein Virus in das Leitsystem der Drohnen hochgeladen. Das würde uns, schätzte er, ein paar Stunden Zeit geben, vielleicht den Rest der Nacht. Aber die Kameras auf Straßenebene würden weiter funktionieren, und um diese Zeit würde jeder, der sich durch die Stadt bewegte, die Aufmerksamkeit der Wache erregen.

Es sei denn, er säße in einem Müllwagen.

Im Depot streiften wir unsere nassen Kleider vom Körper und zogen die Stadtreinigungsuniformen an, die in den Spinden der Arbeiter hingen. Die Kabine war für zwei Personen gedacht; Thea setzte sich ans Steuer und nahm Caeli mit hinein, und Quinn, Antone und ich stellten uns auf die hintere Plattform und hielten uns an den Haltegriffen fest.

Rumpelnd verließen wir das Depot und fuhren landeinwärts, am Stadtrand entlang in Richtung Norden. Unser Ziel war das Safe House, in das Thea und Quinn mich in der Nacht des Unwetters gebracht hatten. In den ersten zehn Minuten kamen wir ungehindert voran. Kein einziges Auto war zu sehen, und allmählich dachte ich, wir würden wirklich ungeschoren davonkommen. Aber dann tauchte vor uns eine Straßensperre auf.

»*Fuck*«, sagte Quinn.

Ein Wachmann trat mit erhobener Hand vor uns auf die Straße, und Thea brachte den Truck mit zischenden Luftdruckbremsen zum Stehen. Vier weitere Wachmänner standen auf ihrem Posten vor der Schranke, den Daumen hinter den Gürtel geschoben. Der Erste kam zur Fahrerkabine. Er hatte eine Taschenlampe und ein Clipboard in den Händen.

»Die Straße ist gesperrt. Ausgangssperre«, verkündete er.

»Was für eine Ausgangssperre?«

»Der Notstand wurde ausgerufen. Die Straßen sind gesperrt bis sechs Uhr früh.«

»Aber das ist meine reguläre Strecke. Niemand hat mir etwas von einer Ausgangssperre erzählt.«

Die Gefahr, erkannte ich, bestand darin, dass er seine Taschenlampe auf sie richten könnte, um sie genauer in Augenschein zu nehmen. Uniform oder nicht, Thea sah kaum aus wie eine Müllwerkerin.

»Ist nicht mein Problem. Habt ihr was Verdächtiges gesehen?«

»Was denn zum Beispiel?«

Der Wachmann zog ein Blatt von seinem Clipboard und reichte es zum Seitenfenster hinauf. »Diesen Kerl zum Beispiel.«

Ein Augenblick verging. »Tut mir leid, nein.« Thea reichte das Blatt zurück. »Ich habe überhaupt niemanden gesehen. Warum sucht ihr ihn?«

»Was weiß ich? Ihr müsst wenden.«

Der Wachmann trat zurück, Thea legte den Rückwärtsgang ein, setzte quer über die Straße zurück und fuhr in die Richtung, aus der wir gekommen waren. Als die Straßensperre außer Sicht war, hielt sie am Straßenrand, stieg aus und kam zu uns nach hinten.

»Ich wette, alle Ausfallstraßen sind gesperrt«, sagte sie. »Wir müssen irgendwo warten, bis die Ausgangssperre zu Ende ist.«

»Hast du eine Idee?«

Thea überlegte kurz. »Vielleicht kenne ich da jemanden. Sind wir nicht an einer Telefonzelle vorbeigekommen?«

Wir fuhren weiter, und da stand sie, neben einer Shuttle-Haltestelle. Thea stieg aus und kam einen Augenblick später mit einer Seite aus dem Telefonbuch zurück.

»Wir haben Glück. Es ist nicht weit.«

Quinn warf einen Blick auf die Adresse. »Ich weiß nicht – da oben wohnen viele Regierungsbeamte.«

»Ja, aber die haben auch Müll.«

Er gab ihr das Blatt zurück. »Du hast gesagt, sie hat einen Mann. Was weißt du über den?«

»Nichts, außer dass er seine schmutzigen Socken herumliegen lässt. Wir müssen improvisieren.«

Wir fuhren zurück in Richtung Stadt. Noch immer hatten wir kein Auto gesehen. Selbst für diese frühe Stunde machte die Stadt einen ausgestorbenen Eindruck. Bei der ersten beleuchteten Kreuzung bog Thea nach Norden ab und fuhr einen Steilhang hinauf in eine Gegend mit gewundenen Straßen und großen, weit zurückliegenden Häusern. Kein Licht brannte hinter den Fenstern, und hell würde es erst in drei, vielleicht vier Stunden werden. Thea fuhr langsamer und hielt Ausschau nach der Adresse. Vor einem Kolonialhaus hielt sie an. Aber wir konnten ein gestohlenes Müllfahrzeug nicht einfach auf der Straße stehen lassen. Also fuhr sie weiter und suchte nach einer Stelle, wo wir den Laster abstellen konnten. Wir kamen zu einer Baustelle mit einem halb fertigen Haus von prahlerischer Größe. Thea bog ab und versteckte den Müllwagen hinter dem Rohbau.

Zu Fuß kehrten wir zu dem Haus zurück, und wir alle versteckten uns in den Büschen, während Thea zur Haustür ging und klingelte. Nichts rührte sich. Sie klingelte noch einmal, nachdrücklicher diesmal, und jetzt ging ein Licht an. Thea trat einen Schritt zurück, damit man sie durch das kleine Seitenfenster sehen konnte. Der Vorhang wurde zur Seite gezogen.

»Sandra, ich bin es, Thea. Thea Dimopoulos.«

Die Tür öffnete sich, und man sah eine schlaftrunkene Frau im Bademantel. »Was machst du denn hier?« Sie musterte Thea von Kopf bis Fuß. »Und warum trägst du dieses Zeug?«

Thea warf einen Blick an ihr vorbei ins Haus. »Ist dein Mann hier?«

»Er schläft.«

»Wir brauchen ein Versteck, bis die Straße wieder offen ist.«

Etwas schien der Frau zu dämmern. »Wer ist ›wir‹?«

Thea deutete auf uns. Wir kamen aus dem Gebüsch und stellten uns hinter sie. »Es ist besser, wenn du keine Einzelheiten kennst.«

Eine Männerstimme rief von oben: »Sandy, wer ist da?«

Sie drehte sich um. »Nur eine Freundin! Schlaf weiter!«

»Himmel noch mal, es ist mitten in der Nacht!«

Sie winkte uns herein. »Kommt schnell.«

Sie führte uns durch das Haus in die Küche und weiter in eine große Anrichtekammer. Sie schloss die Tür hinter uns.

»Erzähl mir, was passiert ist«, sagte sie zu Thea.

»Das Lagerhaus ist weg. Der Tunnel auch. Wir sind gerade noch durchgekommen, bevor alles zusammenbrach.«

»Ist Mutter in Sicherheit?«

»Sie war bei uns, aber dann ist sie verschwunden, wir wissen nicht, wohin. Wir haben versucht, die Stadt mit einem Müllwagen zu verlassen, aber die Straßen sind gesperrt.«

»Was braucht ihr?«

»Kleidung. Einen Wagen.«

Sie nickte. »Einen Augenblick.«

Wir warteten schweigend, bis sie zurückkam.

»Mein Mann ist eher klein«, sagte sie zu mir und sah dann Thea an. »Du und das Mädchen, ihr solltet zurechtkommen.«

Hastig zogen wir uns um. Ich bekam die Hemdknöpfe kaum zu, und die Hose umspannte mich wie eine Schraubzwinge. Für Antone hatte die Frau Sportshorts mit einer Durchziehkordel und einen weiten Pullover mitgebracht.

»Ihr könnt meinen Van nehmen«, sagte sie und hielt Thea einen Autoschlüssel an einem Lederriemen entgegen. »Ihr könnt euch in der Garage verstecken, bis die Sperren aufgehoben werden. Mein Mann wird um halb sieben von seinem Bürofahrer abgeholt; also wartet, bis er weg ist.«

Thea nahm den Schlüssel. »Du solltest mitkommen. Du bist hier nicht mehr sicher.«

Die Frau wehrte ab. »Ach, ich glaube, das ist okay. Der Mann nimmt kaum noch Notiz von mir.«

»Ich weiß nicht, wie ich es dir jemals danken kann. All die Jahre, und ich wusste nicht …«

»Ja, aber das ist doch der Trick, oder? Die alberne Sandra mit ihren Farbmustern – wer hätte das gedacht?«

Thea steckte den Autoschlüssel ein. »Was ich fragen wollte – wie ist es mit deinem Yogalehrer gelaufen?«

Sandra lächelte neckisch. »Na, ich sage nur eins: *Das* ist vielleicht eine Geschichte. Ich erzähle dir alles, wenn wir uns wiedersehen.«

Sie führte uns durch die Küche hinaus zur Garage, einem blitzsauberen Raum mit einem Personenwagen auf der einen und dem versprochenen Van auf der anderen Seite. Auf der Seitentür des Vans stand in Großbuchstaben: SANDRA WEST, INNENEINRICHTUNGEN.

»Vergesst nicht, was ich euch gesagt habe«, trug sie uns auf. »Wenn er weg ist, wartet nicht länger. Heute Mittag melde ich den Van als gestohlen. Damit solltet ihr reichlich Zeit haben.«

»Falls die Straßensperren noch da sind«, sagte Quinn, »gibt es vielleicht offene Nebenstraßen zur Küste?«

Die gebe es, sagte sie. »Nehmt den Ocean Drive Richtung Norden und biegt in Highland links ab. Da seht ihr einen Feldweg auf der rechten Seite. Ihr fahrt ein paar Meilen und biegt dann noch einmal rechts ab. So kommt ihr auf der anderen

Seite der Straßensperre wieder auf den Ocean Drive.« Sie nahm Theas Hände. »Sehr euch vor, ihr alle. Die Ankunft ist nah.«

Plötzlich ratterte etwas. Das Garagentor hob sich, und dahinter stand eine einzelne Gestalt in einem seidenen Bademantel.

Der Name auf dem Van. Die enge Kleidung. Der frühe Chauffeur. Das alles ergab plötzlich Sinn, denn der Mann, der vor uns stand, war Nabil West, Leitender Justitiar des Ministeriums für Humanressourcen, mit einem Schocker in der Hand.

Nein, kein Schocker. Das war eine echte Pistole.

»Versuchen Sie nicht, zu fliehen, Bennett – die Wache wird jeden Augenblick hier sein. Und du«, fuhr er fort und wedelte mit der Pistole in Sandras Richtung, »du blöde Fotze. Ich hätte es wissen können.«

»Fick dich, Nabil.«

»Ich glaube, für Sie ist es diesmal nicht die Nursery, Bennett. Tja, wirklich schade.«

Neben mir gab Caeli einen wimmernden Laut von sich.

»Und wen haben wir hier?«, fragte Nabil.

»Bitte«, sagte sie flehentlich, »er hat mich gezwungen, mitzukommen. Er hat gesagt, sonst bringt er mich um.«

Nabil verzog angewidert das Gesicht. »Mein Gott, Bennett, eine Geiselnahme? Das ist mies, selbst für Ihre Verhältnisse.« Er winkte ihr mit der freien Hand. »Komm her, junge Dame. Jetzt bist du in Sicherheit.«

Als sie das Gesicht vorn in seinem Bademantel vergrub, legte Nabil ihr den Arm um den Rücken und schaute mich über ihre Schulter hinweg an. »Wie können Sie überhaupt noch mit sich selbst leben?«

Caeli benutzte nicht ihr Knie, wie ich es erwartet hatte. Stattdessen senkte sie die rechte Hand, ballte sie zu einer eher zierlich aussehenden Faust und riss sie sehr entschlossen hoch, genau dahin, wo es wehtat. Nabils Augen quollen aus den Höhlen, er taumelte rückwärts, ließ die Pistole fallen und klappte wie ein Taschenmesser zusammen, beide Hände in den Unterleib gekrallt.

»Du kleines Miststück!«

Ich hob die Pistole vom Boden auf. Wie auf ein Stichwort fingen in der Ferne Sirenen an zu heulen. Thea saß schon am Steuer des Van und Quinn auf dem Beifahrersitz. Wir anderen, einschließlich Sandra, kletterten hinten hinein. Die Sirenen kamen vom Süden herauf, und damit war die Strecke, die Sandra beschrieben hatte, versperrt. Thea schoss mit brüllendem Motor aus der Garage und mit einem knirschenden Satz auf die Straße, riss das Steuer nach links und raste los.

»Wie kommen wir hier raus?«, fragte sie Sandra und sah sie im Rückspiegel an.

»An der nächsten Ecke nach rechts.«

»Das führt uns zurück auf die Hauptstraße.«

»Alles andere sind Sackgassen. Aber es gibt noch einen Weg.«

Wir alle flogen gegen die Wand des Laderaums, als Thea mit kaum verringerter Geschwindigkeit um die Ecke fuhr. »Und jetzt?«

»Vier Blocks«, sagte Sandra, »und dann noch mal rechts.«

Plötzlich loderten pulsierende Lichter auf der Windschutzscheibe. Zwei Streifenwagen kamen uns entgegen und rasten vorbei. Ich schaute durch das Heckfenster und sah, wie ihre Bremslichter aufleuchteten.

»Ich glaube, sie haben uns erkannt«, sagte ich.

Die nächste in Höchstgeschwindigkeit genommene Kurve ließ wieder alle im Laderaum gegen die Seitenwand fliegen.

»Irgendwelche Vorschläge?«, rief Thea.

»Quinn«, sagte ich, »tauschen Sie den Platz mit mir.«

»Was, *jetzt*?«

Ich hielt die Pistole hoch.

»Ah, okay.«

Er kletterte über die Mittelkonsole in den Laderaum. Ich hatte schon mit einem Gewehr geschossen; der Jachtklub hatte einen Tontaubenschießplatz, und mein Vater hatte mich ein paarmal mitgenommen. Aber das war Jahre her, und eine Pistole war für mich ein Buch mit sieben Siegeln, als Waffe so fremdartig wie eine Turnierlanze. Als ich auf meinem Platz saß, öffnete ich das Fenster.

»Thea, du musst den Wagen ruhig halten.«

Ich wollte niemanden erschießen, ich wollte sie nur verscheuchen. Ich lehnte mich aus dem Fenster, streckte die Waffe hinaus, zielte in die Richtung des ersten Streifenwagens und drückte ab. Der Schuss war schmerzhaft laut, und die Pistole in meiner Hand machte einen Satz, als wäre sie besessen. Ich hatte keine Ahnung, wo die Kugel hingeflogen war. Ich packte die Waffe fester, schoss noch einmal und sah ein zufriedenstellendes Funkensprühen am Kühlergrill des vorderen Streifenwagens.

»Festhalten!«, schrie Thea.

Sie riss das Lenkrad hart nach rechts, sodass ich gegen die Wagentür prallte. Die Leute im Laderaum flogen durcheinander. Irgendwie gelang es mir, die Pistole nicht zu verlieren. Reifen kreischten, und wir beschleunigten erneut, und dann waren wir wieder auf dem Ocean Drive. Ich zielte von Neuem, und ein Wachmann erschien im Seitenfenster des ersten Streifenwagens. Es knallte dreimal laut, und etwas schwirrte an meinem Kopf vorbei. Ich zog mich in den Van zurück.

»Was zum Teufel?«, schrie Quinn. »Seit wann haben Wachleute Pistolen?«

»Alles auf den Boden! Thea, du musst mehr Gas geben!«

Das Heckfenster explodierte.

Kugeln trafen den Van, Schuss um Schuss. Mit aufbrüllendem Motor kam ein Streifenwagen längsseits. Thea trat das Gaspedal bis auf das Bodenblech, lenkte nach links und streifte den Kühler des Streifenwagens, bevor sie an ihm vorbeizog. Mindestens zwei weitere Wagen hatten sich der Jagd angeschlossen. Wir waren jetzt auf offener Straße – dichtes Laubwerk zur linken Seite, rechts ein Steilhang zum Meer, und alles flog in unglaublichem Tempo an uns vorbei. Wie viele Patronen hatte ich noch? Ich beugte mich wieder hinaus, streckte die Pistole aus dem Fenster und schoss.

Und schoss.

Und schoss.

Die letzte Kugel traf – ein Glückstreffer, nein, ein Wundertreffer, der den rechten Vorderreifen des ersten Verfolgers durchbohrte, wie ein Pfeil ins Schwarze trifft. Der Wagen schleuderte hin und her, und jedes Mal wurde die Amplitude der Schleuderbewegung weiter. Durch die Windschutzscheibe sah ich das entsetzte Gesicht des Fahrers, der sein Lenkrad hin und her riss und um die Kontrolle über sein Fahrzeug kämpfte, aber jetzt war klar, wie es ausgehen würde. Der Wagen prallte gegen die Leitplanke und drehte sich um hundertachtzig Grad. Er kippte auf die Seite, rutschte noch fünfzig Meter weiter, und dann hob er sich wie ein auftauchender Wal von der Straße und landete mitten auf der Fahrbahn mit laut kreischendem, reißendem Blech und einer Fontäne von splitterndem Glas auf dem Dach. Der zweite Wagen – und nach ihm auch der dritte und vierte – konnte nicht mehr bremsen.

Ein greller Blitz. Ein Knall, so laut wie ein Donnerschlag, und der zweite Feuerball in dieser Nacht stieg zum Himmel.

»Heilige Scheiße!« Das war Antone. »Habt ihr das gesehen? Verdammte heilige Scheiße!«

Ich spürte, dass mein Gesicht nass war – warum war es nass? Ich berührte meine Wange.

Blut.

Sandra lehnte schlaff an der Seitenwand. Quinn drückte ihr eine Hand an den Hals. Blut pulste zwischen seinen Fingern hervor. Mehr Blut tropfte an den Wänden des Wagens herunter.

»Halt an!«, schrie Quinn.

»Soll das ein Witz sein?« Thea warf einen Blick in den Rückspiegel, und ihre Augen weiteten sich jäh. »O Gott!«

Ein würgendes Geräusch kam tief aus Sandras Kehle. Blut tröpfelte aus ihrem Mund. Caeli und Antone stemmten sich an die Wand gegenüber und rissen stumm vor Entsetzen die Augen auf.

»Vor uns links ist eine Abbiegung«, rief Quinn nach vorn.

»Wo?« Wir flogen immer noch mit mindestens hundertzwanzig Kilometern pro Stunde voran.

»Noch zweihundert Meter. Das ist ein Schleichweg zum Safe House.«

Sie nahm den Fuß vom Gas und bog ab. Eine Staubwolke

erhob sich hinter uns, und Kies prasselte in den Radkästen. Thea fuhr auf eine kleine, von dichter Vegetation umgebene Lichtung. Ich sprang aus dem Van und lief zum Heck, um Quinn zu helfen. Mit vereinten Kräften hoben wir Sandra aus dem Van und legten sie im Licht des offenen Laderaums auf dem Boden.

»Was sollen wir tun?«, fragte Thea. Sie kniete neben Sandra auf dem Boden. Ihre Stimme klang erstickt von Tränen des Zorns. »Wir müssen doch etwas *tun.*«

Quinn schüttelte den Kopf. »Ich glaube, es hat keinen Sinn.«

Die Kugel war ihr von hinten durch den Hals gefahren. Sie atmete stoßweise, ein dünnes Gurgeln, das mit jedem Atemzug flacher wurde. Ihre Augen waren offen, aber ohne Fokus. Der letzte Atemzug blieb in ihrer Brust stecken, und dann war sie still.

Caeli starrte verwirrt auf den Leichnam. »Ist sie tot?«

»Ja«, sagte ich, »ich glaube schon.«

»Verstehe ich nicht. Ich meine, sie war doch vor einer Sekunde noch da.«

Thea schloss Sandra die Augen mit ihren Fingerspitzen. Die Nacht kam mir plötzlich gewaltiger vor, gleichgültig und unerbittlich.

»Wir müssen gehen«, sagte ich zu Thea.

Thea sah zu mir auf. »*Gehen*? Wo sollten wir hingehen, Proctor? Wir können nirgends *hingehen.*«

Der Satz war mir ohne Nachdenken über die Lippen gekommen. Trotzdem klang er nicht nur richtig, sondern unvermeidlich. Als ob ich – als ob wir alle – von Anfang an zu dieser Schlussfolgerung hätten gelangen müssen. »Ich meine, wir müssen weg, Thea. *Wirklich* weg. Und zwar jetzt, bevor die Drohnen wieder online sind.«

Sie sah mir forschend ins Gesicht. »Willst du damit sagen ... was ich vermute?«

»Nenn mir die Alternativen.«

»Wir wissen doch nicht, was da draußen ist.«

»Stimmt, das wissen wir nicht.«

»Könnte sein, dass da nichts ist. Nur ... das Meer.«

»Ich widerspreche dir nicht. Aber sie haben Pistolen, Thea, und wir können uns nirgends verstecken.«

Sie sah zu Quinn hinüber. Er stand am Rand der Lichtung, mit dem Rücken zu uns, und hatte das Gesicht zum Himmel gehoben wie ein Mann in einem stummen Streit mit dem Kosmos.

»Quinn?«

Seine Stimme war leise. »Ja, ich habe ihn gehört.«

»Und ...?«

Ein Augenblick verging. Seine Schultern hoben sich in einem langen, müden Atemzug. Dann drehte er sich um.

»Wo ist denn Ihr Boot?«, fragte er.

Auf Schleichwegen fuhren wir über das Land. Quinn saß am Steuer. Nach der Uhr am Armaturenbrett blieben uns noch neunzig Minuten Dunkelheit. Wir hatten eine Schutzdecke für Möbel benutzt, um Sandras Leiche zu bedecken – eine kärgliche Geste. Caeli war eingeschlafen, sobald wir wieder eingestiegen waren. Sie lag neben mir mit dem Kopf an meiner Seite; sie war entspannt und atmete tief und gleichmäßig.

»Du bist echt okay, Prossie«, sagte Antone leise. Der Junge saß mir gegenüber im Laderaum.

»Danke.«

»War ja nicht deine Schuld, was mit der Lady passiert ist.«

Caeli richtete sich auf, als wir vor der Hütte hielten. Während Thea, Antone und Caeli Vorräte und Ausrüstung zusammentrugen, holten Quinn und ich Sandras Leichnam aus dem Wagen. Wir hatten keine Zeit, sie zu begraben; also legten wir sie auf das Bett, in dem ich in der Nacht des Unwetters geschlafen hatte, und hüllten sie in eine Steppdecke. Hier würde sie bleiben, bis jemand sie fände.

Wir luden unsere Sachen in den Wagen – alle Lebensmittel, die wir finden konnten, große Wasserkanister, einen Berg Wolldecken und Pullover, ein paar einfache Werkzeuge, zwei Taschenlampen und einen Erste-Hilfe-Kasten. Ich hätte gern Angelzeug mitgenommen, aber wir fanden keins; also nahm ich eine Rolle Garn und ein paar Sicherheitsnadeln aus dem Nähkorb, den Thea benutzt hatte, um meinen Arm zu versorgen – ein Ereignis, das Jahre her zu sein schien. Wir hatten uns zwanzig Minuten gegeben, um alles zu erledigen, und wir fuhren weniger als fünfzehn Minuten später aus der Einfahrt. Es war jetzt ein Wettlauf mit der Morgendämmerung und den Drohnen.

Meine Erinnerung an den Tornado und die Zerstörung des Hauses meines Vaters war bestenfalls nebelhaft. Aber alles löste sich aus dem Nebel, als wir dort ankamen. Als das Scheinwerferlicht auf die Trümmer fiel, sah ich, dass das Haus zu Kleinholz zerfetzt worden war. Nur die zwei Kamine standen noch, und die ganze Inneneinrichtung war verstreut, als wäre das Gebäude von innen explodiert. Aber zu meiner Erleichterung stand das Bootshaus noch, und die *Cynthia* dümpelte am Anleger und sah nur ein bisschen zerzaust aus.

Während ich sie startklar machte, schleppten die anderen die Ausrüstung aus dem Van und brachten sie an Bord. Mein Ziel war es, noch vor Sonnenaufgang ein gutes Stück weit an der Nursery vorbei zu sein. Das war keine offizielle Demarkationslinie, aber es existierte in meinem Kopf als Grenze zwischen unserer Welt und dem, was hinter dem Schleier lag, was immer es sein mochte.

Wir legten ab. So nah am Ufer war der Wind beunruhigend schwach, aber weiter draußen erreichte er bald gleichmäßige zehn Knoten. Mit dem Gewicht von fünf Menschen und unserer ganzen Ausrüstung an Bord bewegte sich das Boot trotzdem schwerfällig, und der breite Rumpf rollte in der Dünung. Ich hörte, wie Quinn auf der anderen Seite des Cockpits seine Brust mit Luft füllte, die er dann mit einem leisen Seufzen wieder hinausließ.

»Wenn Sie seekrank werden, schauen Sie auf ein Licht an Land«, riet ich ihm. »Das hilft. Und wenn Sie kotzen müssen, kotzen Sie mit dem Wind, damit nicht alles zurück ins Cockpit weht.«

»Ist notiert.«

An Steuerbord voraus kam die Nursery in Sicht. Wir hatten jetzt eine steife Brise und kamen gut voran.

»Wenn die Drohnen wieder fliegen …«, sagte Thea.

… dann würden sie von der Nursery her kommen, wollte sie sagen. »Ich weiß.«

Mit der Pinne in der Hand beobachtete ich den Himmel. Die Minuten vergingen, während wir uns durch die dunkle See pflügten. Niemand sprach; es gab nichts zu sagen. Über unser Schicksal wurde anderswo entschieden, und wir konnten ihm nur entgegentreten.

Quälend langsam passierten wir die Nursery. Noch immer war von Drohnen nichts zu sehen. Die schwarze Silhouette der Insel versank hinter uns. War es das gewesen? Hatten wir es nach alldem geschafft, unversehrt zu entkommen?

»Oh-oh«, sagte Quinn. »Da sind sie.«

Sechs Drohnen schwebten von achtern auf uns zu. Sie bewegten sich irgendwie merkwürdig, sie erschienen größer und weniger wendig, als hätten sie eine zusätzliche Ladung zu tragen.

»Ich glaube, das sind keine Überwachungsdrohnen«, sagte Quinn.

Ein leuchtender Punkt löste sich von der vorderen Drohne und fiel zum Wasser hinunter, und mit einem grellen Blitz kam er im nächsten Moment mit unglaublicher Geschwindigkeit auf uns zu. Ich packte Caeli und drückte sie auf den Boden des Cockpits, als der Lichtpunkt zischend von Feuer und Gas über uns hinwegflog und vor unserem Bug mit einem ohrenbetäubenden Krachen ins Wasser stürzte, das in einer Kaskade über uns hinwegrauschte.

»Was war das?«

»Ich habe keine Ahnung«, rief Quinn. Auch er presste sich auf den Boden des Cockpits und hielt schützend die Hände über dem Kopf. »Eine Art Raketendrohne.«

»Eine *was*?«

Die zweite Detonation erfolgte näher bei uns. Das Boot krängte in einem Fünfundvierzig-Grad-Winkel, hob sich mit der Druckwelle und rollte in der anderen Richtung wieder hinab. Wir alle hatten Mühe, uns festzuhalten.

»Bitte!«, schrie Caeli. Sie hatte sich zu einer Kugel zusammengerollt und presste die Hände auf die Ohren. »Hört auf zu schießen!«

Die nächste Explosion dröhnte hinter uns. Die Welle hob das Heck steil in die Höhe und drückte den Bug hinunter, und der Rumpf glitt seitwärts ins Wellental, sodass das Boot vollzuschlagen drohte. Seewasser flutete über die Bordwand ins Cockpit und in die Kajüte.

»Quinn, ich brauche eine Idee! Sagen Sie, dass Ihnen etwas einfällt!«

»Ich wünschte, es wäre so«, sagte Quinn. »Ich habe keine Ahnung, warum sie uns nicht schon leckgeschossen haben.«

Wir lagen mittlerweile tief im Wasser. Um uns herum ging eine Explosion nach der anderen hoch, und wir wurden bald hierhin, bald dorthin geworfen. Es war, als machten die Drohnen sich einen Spaß daraus und überließen dem Meer die ganze Arbeit. Ich zog Caeli an mich. Das Schluchzen des Mädchens rasselte an meiner Brust und grub sich in meine Knochen. *Caeli, es tut mir so leid, und ich wünschte, du wärst mir nie begegnet.* Und mit diesem Gedanken wartete ich auf das Ende.

Das nicht kam.

Wie lange dauerte es, bis mein Gehirn die Stille zur Kenntnis nahm? Die plötzliche Ruhe der See? Ich ließ das Mädchen los und stand langsam auf. Wo war der Himmel hin? Denn ich sah überhaupt nichts: keine Drohnen, keine Lichter in der Nursery, nicht einmal die Sterne. Das Meer war flach, die Luft schien wie atemlos an meiner Haut zu haften.

Der Schleier?

Quinn stand neben mir. »Hören Sie was?«

Ja: rauschendes Wasser. Und im selben Moment geriet das Boot in Bewegung. Eine unsichtbare Kraft zog uns voran.

»Was *ist* das?«, fragte Thea.

Ich wandte mich zum Bug. Etwas wie eine Wand war vor uns erschienen und versperrte den Horizont in seiner ganzen Breite. Gekräuselte Linien bewegten sich aufwärts an der Oberfläche, die von hinten durch zahllose leuchtende Punkte illuminiert war.

Es war ein Wasserfall.

Der aufwärts floss.

Und er war voller Sterne.

Ich zog das Notfallpaddel unter der Bordwand heraus und versuchte, rückwärts zu paddeln, aber das ging nicht. Die Strömung war zu stark, und das Boot, halb gesunken, war schwer wie ein Panzer. Das Rauschen war zu einem allumfassenden Tosen angeschwollen. Ich pullte verzweifelt, aber schließlich wurde mir das Paddel aus der Hand gerissen. Der Wasserfall ragte über uns auf und kam immer näher, eine Vision des Wahnsinns, die den Himmel verdeckte. Sein höchster Punkt, wenn es den gab, war weit außerhalb unseres Sichtfelds. Er würde uns in den Himmel hinaufsaugen. Ich zog Caeli an meine Seite und nahm sie in den Arm.

»Halt dich an mir fest. Was immer du tust, lass nicht los.«

Sie drückte das Gesicht an meine Brust. »Ich hab Angst«, sagte sie.

Der Abstand verringerte sich. Fünfzig Meter, zwanzig, zehn.

»Haltet euch irgendwie fest!«, rief ich.

Und schloss die Augen.

VI

Das Vestibül

29

Ich brach an die Oberfläche – prustend, um mich schlagend, verzweifelt nach Luft schnappend. Mein Herz hämmerte gegen meine Rippen, und ich kreiste wie rasend im Wasser.

»Caeli!«

Meine Stimme ging ins Leere.

»Caeli! Thea! Quinn! Antone!«

Auf mein Flehen antwortete nur Schweigen. Der Wasserfall, die *Cynthia* – beides war nicht mehr da. Ich war allein in einem endlosen Meer der perfekten Ruhe. Ich hob das Gesicht zum Himmel und suchte nach einem Zeichen, irgendeinem Signal aus der Höhe.

Der blaue Stern.

Ich hielt den Kopf über Wasser und bewegte mich darauf zu. Das Meer leistete wenig Widerstand gegen meine Anstrengungen; ich musste mich kaum bemühen, an der Oberfläche zu bleiben. Immer weiter schwamm ich, bis ich ein Licht sah.

Das große Schiff, das vor Anker lag. *Oranios*.

Alles schien richtig zu sein, die Erfüllung eines großen Plans. Mit geschmeidigen, nahezu lautlosen Schwimmzügen näherte ich mich. Einzelheiten gewannen an Schärfe, während der Abstand sich verringerte. Die majestätische Länge.

Die Stattlichkeit der Masten und des Bugs. Die Exaktheit der Takelage und die eleganten, femininen Kurven ihres Rumpfes. Mit wie viel Augenmaß und Sorgfalt sie gebaut worden war! Wie anmutig sie war, wie prachtvoll! Ich verharrte im Wasser, verzaubert von ihrem Anblick. Dass Menschenhand ein solches Schiff geschaffen hatte, war nicht weniger als der Beweis für unsere Unbezähmbarkeit als Spezies, für den unbezwingbaren Geist unserer Art. Den weitesten Ozean zu überqueren, in die sternenreiche Unermesslichkeit der Natur aufzubrechen, die endlose Dunkelheit zu durchqueren: das war unsere Bestimmung, unser Schicksal.

Ich schob mich voran, am Rumpf entlang zum Heck. Ich hatte keine Bewegung an Bord entdecken können, kein Lebenszeichen in ihrem Innern. Ich umrundete den Rumpf. Auf den Heckspiegel gemalt, las ich den Namen und den Heimathafen.

ORANIOS
ANCHORAGE, AK

Ich packte die Jakobsleiter und zog mich aus dem Wasser. Eine kleine Luke im Heckspiegel bot Zugang zum Cockpit mit seinem mächtigen Chromsteuerrad und den Navigationsinstrumenten in der Mitte. Alles war sauber verstaut: Segel, verpackt an ihren Mastbäumen, Leinen in flämischen Platten auf dem Deck. Details aus glänzendem Teak und blinkendem Messing vermittelten ein Gefühl von Eleganz. Auf einer der Bänke hatte jemand mir ein Handtuch und einen Bademantel, sauber gefaltet, hinterlassen. Ich streifte meine tropfenden Kleider ab, zog den Mantel an und stieg die Leiter hinunter.

Der Salon des Schiffes war wie das Cockpit ein Fest aus Teakholz und geschmackvollem nautischem Detail. Er war ziemlich geräumig, wie es sich für ein Schiff dieser Größe gehörte, und zum Zweck der effizienten Raumausnutzung in kleinere Bereiche aufgeteilt. Da war ein Arbeitsplatz mit einem Kartentisch und verschiedenen Instrumenten, eine L-förmig angelegte Kombüse mit einem kardanisch gelagerten Herd, zwei mit Vorhängen verdeckte Kojen, eingebaut in die Schotten, und in der Mitte ein behaglicher Essbereich, rechtwinklig zum Schott und mit einander zugewandten Bänken.

Am Tisch saß eine Frau und las Zeitung.

»Dr. Patty?«

Sie hob den Kopf und musterte mich mit hellen Augen über ihre Zeitung hinweg. »Direktor Bennett, da sind Sie ja«, sagte sie mit warmherzigem Lächeln. »Es freut mich, dass Sie es endlich geschafft haben.«

Verschwunden war jeder betörende Schmuck aus ihrem Erscheinungsbild. In ihrem fleckenlosen Laborkittel und mit dem Pferdeschwanz sah sie aus wie die Werktagsvariante, die ich als junger Iterant kennengelernt hatte. Aber etwas an ihr war anders – eine Aura von tiefer Aufrichtigkeit und Fürsorge wie bei einer vertrauenswürdigen Freundin. Es war, als könnte ich endlich die wahre Natur der Frau sehen.

»Kommen Sie, setzen Sie sich, ja?« Sie faltete ihre Zeitung zusammen und legte sie zur Seite. »Wir haben viel zu besprechen.«

Ich nahm ihr gegenüber Platz.

»Wie geht es Ihnen?«, fragte sie. »Haben Sie es warm genug? Den Mantel haben Sie ja gefunden, wie ich sehe.«

»Ich begreife nicht, was passiert ist.«

Sie nickte. »Damit war zu rechnen. Darum bin ich hier – um Ihnen zu helfen, alles zu verstehen.« Sie beugte sich ein wenig vor und legte die Hände, säuberlich gefaltet, auf den Tisch. »Sagen Sie mir, Direktor Bennett, was glauben Sie, wo Sie sind?«

Mein Blick wanderte durch die Kabine. Jetzt, da ich ihr meine volle Aufmerksamkeit widmete, bemerkte ich etliche Anzeichen für menschliche Tätigkeit. Eine offene Kartenmappe auf dem Arbeitstisch des Kapitäns und einen Becher mit Bleistiften. Ein Paar lederne Deckschuhe, zurückgelassen am Fuße der Leiter. Ein kleines Netz mit Früchten – Bananen, Äpfel, eine einzelne Orange –, das über der Kombüsentheke an der Decke hing, und schließlich eine Reihe von frisch gespülten Tellern auf dem Abtropfgitter.

»*Oranios*«, sagte ich und wandte mich wieder ihr zu. »Dies ist die *Oranios*.«

Dr. Patty lächelte mit geschlossenen Lippen. »Ja und nein.«

»Aber ich habe den Namen auf dem Heck gelesen.«

Sie lehnte sich zurück. »Wissen Sie noch, wie wir über Ihre Träume gesprochen haben? Das ist lange her.«

»Als ich jung war, meinen Sie.«

»Ich habe gesagt: Betrachte deine Träume nicht als Träume, sondern als Echos. Die Quelle ist nicht mehr da, aber der Ton hallt noch im Kopf nach, bis er ebenfalls verklingt.«

»Das weiß ich noch.«

»Na, da haben Sie es. Da ist das *Ding*«, sagte sie und bewegte die Hände zur einen Seite des Tisches, »und dann« – sie schob sie zur anderen Seite – »ist da das *Echo* des Dings, der *Schatten* des Dings. Sind Sie vertraut mit dem Höhlengleichnis? Ich glaube, es wäre hilfreich.«

Irgendetwas klingelte bei mir. Der Titel schickte meine Gedanken zurück zu den Tagen an der Universität. »Plato?«, fragte ich. »Ich glaube, das war Plato.«

»Genau, Direktor Bennett. So geht die Geschichte. Eine Gruppe von Gefangenen ist angekettet in einer Höhle, mit dem Gesicht zur Wand. Hinter ihnen befindet sich eine Gruppe Puppenspieler, und hinter denen brennt ein Feuer. Die Puppenspieler bewegen ihre Puppen hin und her und lassen ihre Schatten an die Wand fallen. Die Gefangenen können sich nicht umdrehen, und alles, was sie sehen, sind die Schatten. Seht euch den Hund an, sagen sie, seht das Haus, seht die Frau, die mit ihrem Hund an dem Haus vorbeigeht. Sie können nicht wissen, dass die Schatten nicht die Dinge selbst sind, sondern nur Abbilder davon. Hilft Ihnen das irgendwie?«

Ich überlegte, was sie meinen könnte. »Also ist nichts von dem hier real. Das wollen Sie mir sagen.«

»Oh, das würde ich nicht sagen. Es ist eher die Realität einer bestimmten Art. Eine *Schattenart*, wenn Sie so wollen.«

Ich sah mich weiter in der Kabine um. Je mehr ich schaute, desto mehr erkannte ich. Ein Trio von leuchtend gelben Regenjacken, die an ihren Kapuzen an Haken am Schott hingen. Eine Schachtel Frühstücksflocken auf der Kombüsentheke und daneben ein offener Karton Milch. Ein Geruch, nicht von Lack oder Meer, sondern ein weicher, lebendiger, menschlicher Geruch – »häuslich« könnte man sagen –, ein Geruch nach getragenen Kleidern und gekochtem Essen und dem Kommen und Gehen warmer Körper in einem geschlossenen Raum. Ein Geruch von Leben, aber auch mehr. Etwas Vertrautes, den Knochen Innewohnendes.

»Ich glaube, ich kenne diesen Ort.«

»Es liegt nahe, dass Sie es so empfinden. Es leuchtet ein.«

»Als wäre ich schon mal hier gewesen.« Ich schaute wieder in ihr freundliches Gesicht. »Aber ich weiß nicht, wann.«

»Ich versichere Ihnen, es wird Ihnen einfallen.«

»Hat es einen Namen?«

»Hat was einen Namen?«

Ich machte eine ausladende Gebärde. »All das hier. Mit Ihnen hier zu sein.«

»Ja, Direktor Bennett. Sie haben es das ›Vestibül‹ genannt.«

»*Ich* habe es so genannt?«

Sie nickte. »Ja, das waren Sie. Ist Ihnen das Wort vertraut?«

»Es ist ein Raum vor einem anderen Raum. Wie ein Wartezimmer.«

»Genau. Oder, sagen wir, wie eine Garderobe. Betrachten Sie sich zum Beispiel als jemanden, der sich für den Abend ankleidet oder der am Tag ausgehen will.«

»Ich werde also nicht hierbleiben, wollen Sie mir damit sagen. Ich bin unterwegs woandershin.«

Sie nickte geduldig. »Korrekt.«

»Irgendwohin, wo ich ankommen werde, mit anderen Worten.«

»Ja, Direktor Bennett.«

»Wo werde ich ankommen?«

Sie lächelte. »Das ist immer die Frage, nicht wahr? Aber jetzt sagen Sie mir, ist der Mantel in Ordnung? Ihnen ist nicht zu kalt, oder? Ich möchte, dass Sie sich wohlfühlen.«

Dieser Themenwechsel war ein wenig irritierend. Außerdem hatte die Frau recht: Mich fröstelte plötzlich ein bisschen. »Ein wenig«, gestand ich.

»Na«, sagte sie mit einem reizenden Naserümpfen, »vielleicht wäre es gut, etwas Warmes zu trinken.« Sie löste sich vom Tisch. »Wollen Sie es sich nicht bequem machen, während ich das Wasser aufsetze? Es dauert nur einen Moment.«

Sie ging in die Kombüse und machte sich daran, Tee aufzubrühen.

Ich blickte vom Tisch auf. »Ist Patty Ihr Vor- oder Ihr Nachname?«

Sie stellte den Kessel auf den Gasbrenner. »Weder noch, genau genommen.« Sie nahm zwei Becher aus dem Hängeschrank, blies hinein, um den Staub zu entfernen, und stellte sie auf die Theke. »Sie haben mich einfach so genannt. Sie dachten, den Leuten würde es so leichter fallen.«

Wieder eine Verantwortung, die mir zugeschoben wurde, an die ich mich aber nicht erinnern konnte. »Leichter als was?«

Auf Zehenspitzen langte sie ins oberste Fach des Schranks und nahm eine kleine Blechdose herunter. »Tja, die ganze Sache ist schon ein ziemlich großer Bissen, finden Sie nicht?« Sie hielt die Dose hoch, um sie mir zu zeigen. »Irish Breakfast ist hoffentlich okay. Irgendwo hier war auch noch Pfefferminz, aber den kann ich gerade nicht finden. Werfen Sie doch einen Blick in die Zeitung, während Sie warten. Das Wasser dürfte gleich kochen.«

Ich begriff, dass sie die Zeitung meinte, die sie gelesen hatte, als ich eingetroffen war. Ich fand sie auf der Bank gegenüber und griff über den Tisch danach. Das Kältegefühl war stärker geworden; ich war nackt unter dem Bademantel und fühlte mich unbehaglich entblößt. Ich freute mich auf den Tee. Was ich erwartet hatte, war ein Exemplar der *Prospera Times*, aber als ich die Zeitung auseinanderfaltete, sah ich den Titel *USA Today*. Eine fette Schlagzeile lautete:

KRISE TRITT IN NEUE PHASE EIN

- **Es kommt zunehmend zu Störungen, während Superstürme und Waldbrände auf allen Kontinenten wüten.**
- **Lebensmittelknappheit breitet sich aus und treibt Millionen in die Migration.**
- **In den großstädtischen Zentren im ganzen Land kommt es zu Unruhen.**
- **Die Behörden warnen vor einem katastrophischen »Kipppunkt«, da der Klimawandel sich abrupt beschleunigt.**

»Gibt's was Interessantes?«, fragte eine Stimme – fragte Dr. Patty –, aber ich hörte sie kaum. Ich hörte überhaupt nichts, so beunruhigend war das, was da auf der Seite stand. Ein Schauder beutelte mich, und meine Finger waren plötzlich taub, wie Holz. Ich wollte nicht weiterlesen und wollte es doch; die katastrophalen Schlagzeilen waren ebenso fesselnd wie abstoßend, aber es erwies sich als bedeutungslos, denn ich konnte den Blick zwar über die Seite wandern lassen, aber jeder Satz verdunstete aus meinem Kopf, sobald ich den nächsten zu lesen begann, und ließ nur isolierte Wörter und Halbsätze zurück. »Dezivilisierung«, »Massenhafte Hungersnot«, »Ökologischer Kollaps«. Und am bedrohlichsten: »Ereignisse auf der Ausrottungsebene«.

»Ich kann das nicht lesen«, sagte ich, erst zu mir selbst und dann, als ich den Blick von der Zeitung hob, zu Dr. Patty. »Warum kann ich das nicht lesen?«

Aber Dr. Patty war nirgends zu sehen.

Der Kessel pfiff. Ich stand vom Tisch auf, ging zum Herd und drehte das Gas ab. Die abrupte Stille schien die merkwürdige Abwesenheit der Frau noch zu verstärken. Wo war sie? Warum ließ sie den Kessel kochend auf dem Herd stehen?

»Dr. Patty?«, rief ich. »Wo sind Sie?«

Ich hörte Schritte über mir. Anscheinend war sie an Deck. Ich ließ die Luft aus der Lunge entweichen – ich hatte nicht gemerkt, dass ich sie angehalten hatte. Ich hatte kein Verlangen danach, allein zu sein. Verärgert, aber auch erleichtert stieg ich die Leiter hinauf und fand sie. Sie saß im Heck und ließ die Beine über die Kante baumeln. Anscheinend hatte sie den Kessel auf dem Herd stehen lassen, um schwimmen zu gehen; sie trug jetzt einen weißen Bademantel wie ich und drückte sich das Wasser aus dem Haar.

»Dr. Patty, was haben Sie …«

Aber mehr sagte ich nicht, denn alles Weitere blieb mir im Halse stecken.

Das war nicht Dr. Patty. Ganz und gar nicht.

Es war Elise.

»Ups«, sagte sie und lachte verlegen. »Ich glaube, du hast mich erwischt.«

Ich starrte sie an und war geistig völlig betäubt.

»Ich weiß, ich weiß«, sagte sie. »Niemals bei Nacht allein schwimmen gehen. *Vor allem nicht* bei Nacht.«

»Elise, was machst du hier?«

»Das habe ich doch gerade gesagt, Dummerchen. Ich war schwimmen.«

Ich hatte Mühe, meine Gedanken zu ordnen. »Aber du gehst nie schwimmen. Du hasst das Wasser.«

»Nicht immer. Manchmal mag ich es gern.« Sie hob das Kinn und schaute zum Himmel. »Es war einfach so schön. Als würde ich in einem Meer von Sternen treiben.« Sie sah mich wieder an. »Bitte sei nicht böse. Du bist nicht böse auf mich, oder?«

»Nein«, sagte ich, »ich bin nicht böse.«

»Das ist gut«, sagte sie und nickte lächelnd. »Ich bin froh, dass du nicht böse bist.« Sie klopfte mit der flachen Hand auf das Deck. »Komm, setz dich zu mir.«

Ich ließ mich neben ihr auf das Deck sinken, und unsere Beine baumelten nebeneinander über dem tintenschwarzen Wasser. Sie legte den Kopf auf meine Schulter, schob ihre Finger zwischen meine und flocht sie ineinander.

»Erinnerst du dich ...?«, fing sie an, aber sie sprach nicht zu Ende.

»Woran?«

»Nur ...« Sie atmete tief ein und in schläfriger Zufriedenheit wieder aus. »Wie glücklich wir waren.«

Ihre Wärme, die Nähe zwischen unseren Körpern – dieses Gefühl durchrauschte mich wie ein Wind. Und ein neues Gefühl überkam mich und löschte alle anderen aus. Es war eine Art Traurigkeit. Das süße, herzzerreißende Bewusstsein, dass die Zeit verging und dass alles in der Vergangenheit versank.

»Wir *waren* glücklich, nicht wahr?«, sagte ich.

Sie drückte meine Hand. »Ja, das waren wir. So glücklich.« Und dann: »Es tut mir leid, dass ich dich verlassen habe.«

»Mich verlassen? Du hast mich nie verlassen.«

»Doch, das habe ich.«

»Wo bist du hingegangen?«

Ihre Stimme schien von einem fernen Ort zu kommen. »Ich war die ganze Zeit da, aber ich habe dich alleingelassen.«

Ein gewisses Maß an Zeit verging. Die Sterne schienen aus ihrer endlosen Anordnung auf uns herab. Die Luft, die See, die Knochen des großen Schiffes *Oranios* – alles war absolut still. Es gab kein Geräusch außer der hörbaren Stille, die alles Riesenhafte verbreitet, wenn es ruht.

»Siehst du ihn, Proctor?«

Der blaue Stern. Er führte den Vorsitz über die Nacht wie das hellste Juwel auf der Krone des Himmels.

»Ich weiß noch, wie du ihn mir das erste Mal gezeigt hast.« Sie legte einen Arm über meine Brust und zog uns näher zueinander. »Da ist er, hast du gesagt. Genau da. Der wird es sein.«

»Wann?«, fragte ich.

»Wann was, Proctor?«

Ich versuchte, nachzudenken, mich zu erinnern. »Wann habe ich ihn dir gezeigt?«

Sie atmete wieder träge ein und aus und schmiegte sich an mich. »Oh, das ist sehr lange her.«

Das schien die richtige Antwort zu sein. Lange her, wie alles andere auch. Sehr, sehr lange her. Ich ließ meinen Blick zwischen den Sternen umherwandern. Sie waren keine bloßen Lichtpunkte in einer endlosen Dunkelheit, sondern eine dicht übersäte, vibrierende Leinwand, ein pointillistisches Gemälde. Mir fiel das Wort »Firmament« ein. Ein altes Wort, ein vergessenes Wort aus dem Lateinischen: *firmamentum*, »die Feste«. Der Himmel, wie Gott ihn schuf, um die Wasser oben von den Wassern unten zu scheiden, die Himmel von der Erde.

»Wie fühlst du dich?«, fragte Elise mich. »Du musst doch frieren.«

Das stimmte. Die Kälte, die kurz weg oder vielleicht auch nur vergessen gewesen war, war zurückgekehrt. Elise stand auf, sah auf mich herunter und streckte mir die Hand entgegen.

»Komm ins Bett mit mir«, sagte sie.

Ich ließ mich von ihr unter Deck führen. Wir gelangten durch den Salon in einen schmalen Gang mit geschlossenen Türen auf beiden Seiten. Alles war in ein weiches Licht getaucht, das scheinbar nirgendwo herkam. Der Gang endete bei der Kapitänskabine des Schiffes, einem behaglichen Raum mit einem Doppelbett, das zum Ende hin schmaler wurde, wo es sich in den Bug schmiegte. Elise band den Gürtel ihres Mantels auf, ließ ihn von den Schultern gleiten – darunter war sie nackt – und auf den Boden fallen, sodass sie die geschmeidige Wölbung ihrer Schwangerschaft entblößte.

»Uff«, sagte sie und atmete heftig aus. »Sie tritt wieder.« Sie setzte sich auf die Bettkante. »Komm, du kannst sie fühlen, Proctor.«

Sie nahm meine Hand und legte sie auf ihren straffen, warmen Bauch. Er kräuselte sich unter meiner Hand, und dann kam ein plötzlicher Stoß wie von einer kleinen Ferse. Elise' Augen weiteten sich in freudiger Erwartung. »Da!«, sagte sie. »Hast du …?«

»Ja«, sagte ich staunend. Welch ein Gedanke – dieses verborgene Leben in unserer Mitte. »Ich fühle sie.«

Noch ein Stoß – *Hallo da draußen, hallo!* –, gefolgt von einem kullernden Gefühl, als ob das Baby einen Salto machte.

»Mein Gott«, sagte Elise augenrollend, »sie ist wirklich beschäftigt heute Nacht. Sie wird ziemlich anstrengend werden.« Sie sah mich an und lächelte. »Jetzt komm, mein Mann, damit ich dich wärmen kann.«

Ich streifte den Mantel ebenfalls ab. Elise schlug die Decke zur Seite und hob sie einladend wie ein Zelt. Ich glitt zu ihr. Das Bett war kühl und frisch, und das Gewicht der Decke war wie ein weicher Kokon, der uns umhüllte – uns drei. Unsere Körper vermischten sich, fügten sich ineinander. Die Mechaniken des Sex, ja, aber ohne sich mechanisch anzufühlen: die Freiheit von allen Kanten, das Fehlen physischer Grenzen, als wären wir atomisiert, als hätten sich unsere Körper ineinander aufgelöst. Als trieben wir in einem Meer von Sternen.

»Weißt du, was wir getan haben?« Elise war über mir und lächelte in der Dunkelheit. In einem anderen Zimmer, einem anderen Leben. Vor langer, langer Zeit. »Wir haben sie gerettet, Proctor. Wir haben alle gerettet.«

Jetzt ist es Morgen. Helles Tageslicht strömt durch die Fenster herein. Wie spät ist es? Ich habe einen sauren Geschmack im Mund, meine Zunge ist geschwollen, mein Kopf pocht. Was war das für eine Nacht! Eine Nacht des Feierns, der fliegenden Korken, der Ströme von gutem Champagner, der triumphierend erhobenen Gläser. Auf Elise! Auf Proctor! Auf Malcolm! Auf Thea! Auf Oona! Auf Quinn! Auf uns alle, die wir so hart gearbeitet haben, und vor allem auf *sie*: auf *Oranios*. Alle waren da, sogar ein paar Offizielle waren erschienen. Callista, natürlich (»im Namen der Investoren«), die auf einem Sturm von Geld hereinwehte und Julian hinter sich her schleifte, die schreckliche Regan Brandt und der nicht minder schreckliche Nabil aus der Rechtsabteilung – obwohl man in aller Fairness sagen muss, dass er es war, der die Musik lauter drehte. Und bevor sie sich versahen, haben alle getanzt, und die Party wuchs in Spiralen vom Wohnzimmer auf die

Terrasse und von der Terrasse zum Pool, wo erst einer, dann noch einer und noch einer sich bis auf die Unterwäsche auszog und jauchzend ins Wasser stürzte.

Es ist okay, kleine Maus, die Großen machen nur Spaß. Ich weiß, du möchtest es sehen, aber mein Gott, wie spät ist es denn, du solltest doch schon seit Stunden schlafen, komm, ich bringe dich ins Bett, möchtest du noch ein Glas Wasser? Die kleine Gestalt am Fuße der Treppe gähnt in ihre Hand, und der alte Mister Otter baumelt an ihrer Faust. *Ja, natürlich, du kannst Onkel Malcolm noch einmal ganz fest drücken und ihm Gute Nacht sagen, ja gut, und Mommy auch, und einmal darfst du noch durch Onkel Malcolms magisches Fernrohr gucken, nur ein Mal, ich liebe dich, kleines Mädchen, und jetzt ab mit dir ins Bett …*

»Elise? Bist du wach?«

Neben mir fragt eine gedämpfte Stimme aus dem Kopfkissen: »Wie spät ist es?«

Ich stemme mich auf dem Ellenbogen hoch und schaue nach. Die Anstrengung kommt mir heldenhaft vor. »Neun Uhr … ungefähr?«

»Kannst du es nicht sehen?«

Ich lasse mich wieder fallen, und mein Gehirn schwappt an die Innenseite meines Schädels. »Gib mir einen Moment Zeit. Meine Augen funktionieren noch nicht.«

»O Gooott«, stöhnt Elise, »meine Kopfschmerzen bringen mich um. Ruf die Rezeption an, jemand muss die Vorhänge zumachen.«

»Wir sind zu Hause, Elise. In unserem Schlafzimmer. Das sind unsere eigenen Vorhänge.«

»Stimmt. Das wusste ich. Ich wollte dich nur testen.« Sie

schweigt kurz. »Sag mal, hat Malcolm es mit irgendeiner Frau auf dem Sofa getrieben, oder habe ich das geträumt?«

»Nicht mit irgendeiner Frau. Das war seine Ex-Frau.«

Elise schweigt wieder, bevor sie sagt: »Entschuldige, ich glaube, ich habe gehört, wie du gesagt hast, dein Bruder hätte eine Ex-Frau.«

»Kann man so sagen, ja.«

Sie stützt sich auf den Ellenbogen. »Und du bist nie dazu gekommen, das zu erwähnen?«

»Du vergisst, dass er viel älter ist als ich. Sie haben sich scheiden lassen, bevor ich mit der Mittelschule fertig war. Um die Wahrheit zu sagen, ich hatte es völlig vergessen. Ich dachte, er auch.«

Elise starrt mich nur an. »Es fällt mir schwer, das zu verarbeiten. Dein Bruder Malcolm war *tatsächlich* verheiratet, mit einer echten, lebendigen Frau?«

»Es passt nicht zu ihm, ich weiß.«

»Ich kann es mir nicht mal vorstellen. Ich meine, nichts für ungut, aber er hat Ähnlichkeit mit dem Blechmann von Oz.«

»Sie heißt Cynthia. Und die Geschichte wird noch komplizierter. Sie ist Bauingenieurin und gehörte zur dreiundsechzigsten Gruppe.«

»Die Frau ist eine *Kolonistin*?«

»Mal hat ihren Namen auf der Liste gesehen und sie angerufen. Anscheinend ist er nie über sie weggekommen.«

»Das kann man wohl sagen. Das war eine ziemliche Show, die sie da abgezogen haben.« Elise lässt sich wieder auf das Kissen sinken und kuschelt sich an mich. »Malcolm mit einer Freundin, wer hätte das gedacht. Na, gut für ihn. Gut für sie beide.«

Wir bleiben eine Weile so liegen.

»Ich habe dich mit Thea reden sehen«, sage ich dann. »Ich bin froh, dass ihr euch vertragt.«

»Wir reden die ganze Zeit miteinander, Proctor. Ich kann sie ja nicht einfach ignorieren.« Sie seufzt. »Okay, schön, du hast mich erwischt. Die Wahrheit ist, allmählich fange ich an, sie zu mögen. Wie sich zeigt, haben wir ein paar Dinge gemeinsam – außer dir, weißt du?«

Ich weiß nicht, ob sie wütend ist oder sich amüsiert. Genauer gesagt, das *soll* ich auch nicht wissen. »Das ist doch gut«, sage ich. »Es freut mich. Und der einzige Grund, weshalb ich sie …«

»Weil sie in dem, was sie tut, die Beste ist. Das hast du schon erwähnt.«

»Ja, weil es stimmt. Ohne sie wären wir nicht da, wo wir sind.«

»Die Frau ist immer noch hoffnungslos verliebt in dich, weißt du?«

Ich schnaube wegwerfend. »Ich bitte dich!«

»Proctor, sei nicht so schwer von Begriff. Willst du mir erzählen, das hättest du *wirklich* noch nicht bemerkt?«

»Das ist Jahre her, Elise. Wir waren praktisch noch Kinder, Herrgott!«

»Und genau das«, sagt sie, »beweist, wie wenig du von Frauen verstehst. Oder von Menschen überhaupt.« Sie atmet auf meine Brust. »Ach, sieh dich doch an, du hast das gern. Zwei Frauen, die sich um dich prügeln. Wahrscheinlich kriegt dein Ego einen riesigen Ständer, wenn du nur daran denkst.«

»Ich gebe zu, es ist faszinierend.«

»Haha.«

»Komm schon, und was ist mit Warren?«

Elise stöhnt komisch.

»Ich weiß doch, dass er mit dir flirtet.«

»Der Mann flirtet mit jeder, Proctor. Es ist, als wäre man das Opfer eines Amokschützen. *Und* er ist dein Freund. Dein *bester* Freund. Gibt es keine Treffen, bei denen man über so etwas redet? Eine Art Geheimcode?«

»Das zeigt nur, wie wenig du über Männer weißt. Wir lieben die Herausforderung. Das macht den Reiz aus.«

»Ich verstehe. Na, ich wünsche ihm viel Glück.«

Ich zog sie noch näher heran. »Nur damit das klar ist: Wenn du die Frau eines anderen wärst, würde ich trotzdem einen Versuch unternehmen.«

»Das ist lieb von dir. Lieb, aber verkommen. Ich könnte mich sogar versucht fühlen.« Sie schweigt kurz. »Wenn ich es mir recht überlege, ich bin tatsächlich ein bisschen verrückt nach Warrens Auto.«

»Du bist verrückt ... nach seinem Auto?«

»Was soll ich sagen? Dieser kleine rote Roadster ist irgendwie sexy.« Sie klopft mit dem Finger auf mein Brustbein. »Schaff dir so einen an, mein Freund, und ich könnte dich bis in alle Ewigkeit lieben.«

Wir versinken in Schweigen – in das erfüllte, zufriedene Schweigen einer langen Ehe. Trotz Kater – gibt es etwas Besseres, als nach einer solchen Nacht mit meiner Frau im Bett zu liegen? Wenn ja, habe ich noch nie davon gehört.

»Sie ist wahrscheinlich schon seit Stunden auf«, sagt Elise.

»Wahrscheinlich.«

»Wir sind keine guten Eltern.«

»Sie weiß, wie man Milch über ein Müsli schüttet. Sie kann fernsehen.«

»Aber nicht den ganzen Vormittag. Wer ist an der Reihe?«

»Du?«

»Netter Versuch.« Elise rollt sich zur Seite und zieht sich in der theatralischen Variante eines Katers das Kissen über den Kopf. »Du kannst mich wecken, wenn sie fürs College packt. Oder wenn du Kaffee gemacht hast. Egal.«

Auf diese Weise ist die Sache geregelt – nicht, dass ich am Ergebnis gezweifelt hätte. Ich stehe auf, ziehe T-Shirt und Jogginghose an und gehe hinunter ins Wohnzimmer. Der Raum ist in einem verheerenden Zustand. Überall stehen halb leere Gläser und Teller mit abgestandenem Essen. Möbel bilden merkwürdige Winkel zueinander. Tote Champagnerflaschen schwimmen wie Kegelpinne in Kübeln mit Eiswasser, und ich sehe sogar einen Aschenbecher mit den ausgedrückten Überresten einer von Ottos elenden Montecristo No. 4. (Woher bekommt der Mann eigentlich ausgerechnet kubanische Zigarren? Bei allem, was gerade im Gange ist? Aber natürlich gibt es Mittel und Wege – es gibt *immer* Mittel und Wege für einen Mann wie Otto Winspear, zu bekommen, was er will. Wahrscheinlich hat er vor, einen Humidor mitzuschmuggeln.) Ich bleibe am Fuße der Treppe stehen und lasse den Blick über die Katastrophenlandschaft wandern. *Was für eine Nacht*, denke ich noch einmal. *Was für eine Nacht*! Und wenn ich es mir recht überlege: Was für ein Morgen außerdem! Nach einer Woche des strömenden Regens sind die Wolken jetzt aufgerissen. Prachtvoller Sonnenschein flutet durch die hohen Fenster des Zimmers, und draußen ist nichts als blauer Himmel. Am Pool steht Malcolms Teleskop auf seinem Stativ, wo er es am Anfang der Party aufgestellt hat, damit jeder einmal durchschauen konnte. *Da, ich sehe ihn!* Sie standen

Schlange und warteten, bis sie an der Reihe waren, das Auge an die Linse zu drücken. *Seht nur, wie blau, wie schön, wie prachtvoll er ist!* Das perfekte Party-Geschenk, dieser hoffnungsvolle Ausblick über Raum und selbst die Zeit hinweg, während so viel anderes verloren war.

Und was ist mit Caeli? Eine Fußbank ist an die Küchentheke geschoben, und oben steht ein Karton Milch neben einer offenen Schachtel mit überzuckertem Müsli. Aus dem gemütlichen Sofazimmer kommt das fröhliche Chaosgeschnatter eines Old-School-Cartoons. Wahrscheinlich klebt sie schon seit Stunden vor dem Bildschirm – aber was schadet das? Warum soll sie an einem sonnigen Samstagmorgen, an dem ihre Eltern verschlafen, nicht tun, was sie möchte? Ich setze Kaffee auf – keinen echten Kaffee natürlich, oh, wie ich den vermisse –, hole einen Müllsack unter der Spüle hervor und mache mich daran, den Saustall aufzuräumen. Mit Ottos tödlich riechender Zigarre fange ich an.

Ich fühle mich viel besser.

Ich bin beinahe glücklich.

Ich achte nicht auf den Himmel.

Ich stelle die letzten Teller auf das Abtropfgitter, als beinahe gleichzeitig zwei Dinge passieren. Das erste ist ein Krachen vor dem Haus. Ich drehe mich um und schaue hinaus. Malcolms Fernrohr ist seitwärts umgekippt, und ein Windstoß rüttelt an der Schiebetür.

Das zweite ist das Signalhorn.

Es gibt Geräusche, die einem das Herz zusammenpressen. Das Horn ist eins davon. Ich lasse den Teller fallen, den ich in der Hand halte – die Scherben werden noch tagelang auf dem Boden liegen, ohne dass jemand sie wegfegt –, und stürze ins Fernsehzimmer, wo Wile E. Coyote sich gerade eine Rakete auf den Rücken schnallt. Auf dem Boden hat Caeli sich ein Nest gebaut, einen Berg von Kissen. Der alte Mister Otter, verheddert in einem Wust von Wolldecken. Eine Müslischale – die letzten Flocken schwimmen noch in der Milch, die sie so sorgfältig eingegossen hat.

Keine Caeli.

Der Bildschirm wird schwarz, ich höre ein schrilles Rauschen, und dann verkündet eine Roboterstimme:

Wenn Sie dies hören, suchen Sie unverzüglich einen Schutzraum auf. Wenn Sie dies hören, suchen Sie unverzüglich einen Schutzraum auf …

»Proctor!«

Elise kommt in großen Sprüngen die Treppe herunter.

»Wo ist Caeli?«, rufe ich.

»Ich weiß es nicht!«

»Hast du in ihrem Zimmer nachgesehen?«

»Da ist sie nicht!«

Wir laufen durch das Haus. *Baby, wo bist du, Caeli, antworte doch!* Das Herz schlägt mir bis zum Hals. Der Wind rüttelt wild an den Wänden, und der Morgen ist plötzlich so dunkel wie die Nacht. Neue Geräusche kommen von draußen. Krachen, Poltern, Reißen. Wir beide gelangen in derselben Sekunde von verschiedenen Enden des Hauses in das große Wohnzimmer.

»Wo ist sie hin?«, schreit Elise. »Sie muss doch hier sein!«

Dann sehe ich es. Ich sehe es, und die Zeit scheint stillzustehen. In gewisser Weise tut sie das auch. Von jetzt an wird es zwei verschiedene Epochen in meinem Leben geben – die eine davor und die andere danach –, und dazwischen den Augenblick, in dem ich sehe, dass die Schiebetür zur Terrasse offen ist, und sicher weiß, dass ich sie nicht geöffnet habe. Das ist der Augenblick, in den ich jetzt eintrete, ein vollkommen fegefeuerähnlicher Augenblick, so endlos wie blitzartig, in dem ein Teil von mir für alle Zeit verharren wird.

Ich stoße die Tür weit auf und werfe mich hinaus in den Mahlstrom. Das Teleskop ist schuld: Onkel Malcolms magisches Fernrohr, das verzauberte Zentrum des Abends. Die Cartoons sind ihr langweilig geworden, und ihre Eltern waren nirgends zu finden; sie hat es an der Terrassentür versucht und festgestellt, dass sie offen war. Da ist sie hinausgegangen, um sich umzuschauen. Ja, es war Tag, die Sterne haben sich versteckt, aber bestimmt konnte so ein magisches Gerät diesen misslichen Umstand umschiffen und ihn noch einmal offenbaren, diesen wundersamen, wasserblauen Tautropfen am Himmel.

Ich heule in den Wind: »Caeli!«

Und noch einmal: »Caeli!«

Die Luft ist voller von Dreck – Zweige, Laub, Sand –, der mich im Gesicht, an Armen und Beinen trifft wie Schrot. Die Wolken über mir sind zu einer wabernden schwarzen Masse geronnen. Diese Unwetter – es sind Phänomene von unberechenbarer Gewalt. Sie fegen Wälder davon, zertrümmern Städte, leiten Flüsse um und machen ganze Dörfer dem Erdboden gleich. Sie können das Dach von der Welt reißen. Sie sind der rasende Auswuchs des menschengemachten atmosphärischen Chaos, und in dessen Schlund werfe ich mich jetzt und rufe heulend den Namen meiner Tochter.

Ich sehe etwas Dunkles im Pool.

Ich atme tief ein und stürze mich ins Wasser. Plötzliche

Stille umhüllt mich; unter Wasser ist es, als gäbe es das Unwetter nicht. Die Kälte ist ein Schock wie von einem elektrischen Schlag. Mir bleibt das Herz stehen, als wäre ich in einen arktischen Schmelzwassertümpel gesprungen. Caeli liegt auf dem Grund, zum tiefsten Teil des Beckens gezogen von der Schwerkraft und dem Gezeitensog des Abflusses. Der rosafarbene Stoff ihres Nachthemds bläht sich um sie herum wie der pulsierende Schleier einer Qualle. Der Gedanke, ich könnte zu spät gekommen sein, ist einfach unzulässig, genau wie die Tatsache, dass ich soeben eine halbe Stunde damit zugebracht habe, Geschirr zu spülen, während meine vierjährige Tochter wenige Schritte weit entfernt ertrank. Ich raffe sie an mich, stoße mich mit den Füßen ab und schieße wie eine Rakete an die Oberfläche. Elise erwartet mich am flachen Ende. Blitze zischen, der Wind heult, die Luft zerspringt im Donner. Gegenstände von überraschender Größe – ein Ast, ein Terrassenstuhl – fliegen vorbei. Als ich mich aus dem Wasser ziehe und meine Tochter auf den Arm nehme, habe ich eine Vision: Ich sehe die Nacht vor mir, in der sie geboren wurde, und wie ich im Krankenhauszimmer, wo Elise schlief, mein Hemd auszog und mich auf das Feldbett legte, das uns die Schwester dagelassen hatte, damit wir drei in der ersten Nacht, die unsere Tochter auf der Welt verbrachte, zusammen sein konnten. Ich legte sie auf meine Brust, Haut an Haut (ich hatte in einem Buch etwas darüber gelesen), damit mein Geruch, meine Geräusche, mein Gefühl sich in ihr nagelneues Gehirn einprägen konnten und sie wissen würde, dass ich ihr Vater war. (*Hier ist dein Daddy*, murmelte ich immer wieder. *Dein Daddy ist hier.*)

Ich trage sie ins Haus. Es ist so kalt, dass ich fast nichts mehr spüre. Meine Gedanken sind dickflüssig wie Suppe. Elise schreit mich an, aber ich verstehe die Worte nicht. Ich lege meine Tochter auf den Boden. Caeli hat Blut an der Wange. Warum ist Blut an ihrer Wange? Und ich sehe, dass mein kleines Mädchen sich geschnitten hat – eine lange Wunde, mehr eine Schramme, reicht von der rechten Schläfe bis zum Mundwinkel. Wie kommt sie da hin? Der Poolrand ist aus Natursteinen, unregelmäßig und an manchen Stellen scharf. Sie muss sich beim Fallen verletzt haben.

»Proctor, sie atmet nicht!« Elise' Gesicht ist vor Entsetzen verzerrt, und sie ist jenseits aller Vernunft, ja, jenseits jeden Gedankens. Sie kniet auf dem Boden, legt die Hände auf Caelis Wangen und schüttelt sie. »Caeli, Baby, wach auf!«

Kardiopulmonale Reanimation. Das ist Jahre her. Rettungsschwimmer an der Highschool, ganze Sommer, in denen ich Mädchen angemacht und das Wasser nach lebensbedrohlichen Notfällen abgesucht habe, die sich nie wirklich ereigneten. Aber die Erinnerung, die ich suche, ist immer noch greifbar. Ich lasse mich auf alle viere fallen, halte ihr die Nase zu, lege ihr die Hand in den Nacken, um ihren Kopf nach hinten kippen zu lassen, und drücke meinen großen, unbeholfenen Mund auf ihre außergewöhnlich zarten Lippen. Sie sind kalt, der Körper ist bewegungslos; da ist kein Lebenszeichen. Halb weiß ich das, halb nicht. Zwei Atemzüge, zwanzig Mal auf ihre Brust drücken, und das immer wieder, während Elise heult und fleht und der Sturm wütet. Bruchstücke prasseln gegen die Mauern des Hauses, irgendwo wird ein Fenster zerschmettert. Ich bin in einer Zone des absoluten Irrsinns angekommen. Ich fühle mich wie ein Mann auf einer Bühne mit dunklen Kulissen und ohne Publikum. Ein einziger Spot strahlt mir stechend in die Augen. Ich presse und blase und presse und blase noch ein paarmal. Da ist kein Leben, kein Atem, keine Hoffnung, aber ich kann nicht aufgeben. Caeli, komm zurück zu mir!

»Direktor Bennett?«

Caeli, geh nicht!

»Direktor Bennett, sind Sie da?«

Etwas stimmt mit meiner Kehle nicht – sie fühlt sich geschwollen an, und da ist ein bitterer chemischer Geschmack. Ich versuche, ihn herunterzuschlucken, aber er füllt meine Kehle aus wie eine Faust. Ich fange an zu würgen. Rohe, animalische Panik schüttelt mein Herz. Elise! Hilf mir!

»Sie müssen nur den Mund aufmachen und atmen.«

Ich würge, keuche, rudere mit Armen und Beinen. Harte Krämpfe schütteln meinen Körper wie ein Niesen, das den ganzen Körper erfasst. Ich huste und ächze und will mich übergeben.

»So ist es richtig, Direktor Bennett. Sie brauchen nur zu atmen.«

Wessen Stimme ist es, die da meinen Namen ausspricht? Ist es die Stimme Gottes, der mich anredet? Und dieses Licht! Es ist eine ausgesprochene Qual für meine Augen – als starrte ich in die grellste Sonne, die jemals schien.

»Allez hopp!«

Ich werde hochgehoben. Ich werde hochgehoben und wieder hingelegt, Räder rattern unter mir; ich werde auf einer Transportliege weggefahren. In meinen Gedärmen kreist die Übelkeit, und mein Gehirn dreht sich, als wäre ich betrunken. Die Kälte hat sich in einen neuen Eindruck verwandelt – als würde ich am ganzen Körper leicht berührt, als marschierte eine Armee von Ameisen über meine Haut. Ich will einen Blick ins Licht riskieren und öffne meine Lider zu schmalen Schlitzen. Über meinem Gesicht rollt eine Decke vorbei, aber welche Decke – und wohin?

»Und hier wären wir.«

Wieder werde ich hochgehoben und auf eine neue Fläche gelegt. Sie ist anders als alles, was ich kenne, und passt sich präzise den Konturen meines Oberkörpers und meiner Gliedmaßen an, sodass der Druck überall gleichmäßig verteilt ist, und sie strahlt eine nährende Wärme aus, die bis in meine Knochen zu dringen scheint. Ein feiner Stich – etwas, eine Nadel, ist in meinen Unterarm gestochen worden.

»Ruhen Sie sich aus, Direktor Bennett.« Die Stimme entfernt sich. »Das Schlimmste ist vorbei. Sie werden sich bald besser fühlen.«

Halt!, ruft mein Verstand. *Schickt mich zurück! Ich muss sie retten, ich muss Caeli retten!* Ich denke diese Worte, aber ich kann sie nicht aussprechen, und dann schließt sich eine Tür, und ich bin allein.

Caeli!

Stille. Dunkelheit. Ich weine.

30

Erst Wasser, dann Feuer.

Sie findet eine Leiter und klettert auf den Pier. Rauch und Hitze sind intensiv. Das Feuer tost und knistert, glühende Funken wirbeln himmelwärts und reiten auf den flammenden Winden. Asche weht herab, unfassbar leicht wie dicke graue Schneeflocken. Sie schlängelt sich am Wasser entlang und sucht einen Weg. Sie ist barfüßig; ihre Schuhe hat sie beiseitegeworfen, als sie Proctor und die anderen verlassen hat und ins Wasser gesprungen ist. Sie zieht ihr nasses Hemd über Nase und Mund, um die rauchige Luft zu filtern.

Sie findet einen gangbaren Weg. Leute stehen auf der Straße und starren über die Gebäude hinweg in den orangegelb pulsierenden Glanz, der den Himmel beherrscht. Andere laufen vor den Flammen davon, und viele ziehen kleine Kinder hinter sich her oder schleppen Säcke mit ihren Habseligkeiten. Sie läuft mit ihnen mit, tiefer in den Annex hinein. Sie hört keine Sirenen und sieht kein Rettungspersonal. Man hat eine Entscheidung getroffen: *Brennen lassen.* Callista. Der Vorstand. Unwichtig, wer. Niemand kommt zu Hilfe.

Die Sonne geht auf, als sie den Treffpunkt erreicht – eine alte, mit Brettern vernagelte Ladenfront mit leeren Apartments im ersten Stock darüber. An der Rückseite gelangt sie ins Haus. Ein einzelnes Zimmer, leer, die Wände freigekratzt bis auf das Holzgerüst. Sie geht in die Hocke, um den Fußboden zu untersuchen. Fußspuren, in den Staub gestampft.

Ein Schatten fällt über sie. Ihr Herz schlägt gegen die Rippen, und sie springt auf. Aber im nächsten Augenblick entspannt sie sich. Es ist Stefano.

»Haben es alle geschafft?«, fragt sie.

»Wir haben Pappi verloren«, sagt er.

»Was heißt das, *verloren*?«

»Es war dunkel. Er war da, und dann war er weg. Mehr weiß ich nicht.« Er deutet mit dem Kopf zur Treppe. »Alle anderen sind hier.«

Sie steigen in den ersten Stock hinauf. In der vorderen Wohnung liegt die Familie ausgestreckt auf dem Boden. Die meisten schlafen. Claire sitzt an der Wand. Cynthia sieht, dass sie geweint hat, auch wenn sie diesen Teil jetzt hinter sich hat. Sie erzählt Claire, was passiert ist und dass Thea und die anderen in Sicherheit sind.

Ein Scheppern draußen unterbricht ihr Gespräch. Cynthia geht zu Stefano ans Fenster. Security-Faxe bewegen sich die Straße hinunter, und hinter ihnen marschieren behelmte Wachleute in Formation und mit gezückten Schlagstöcken in den Händen.

»Sie sind überall«, sagt Claire. »Gehen von Haus zu Haus und holen wahllos Leute heraus.«

Ein Schrei zerreißt die Luft. Weiter unten in der Straße wird eine Frau am Arm aus einer Haustür gezerrt. Ein Mann, vielleicht ihr Ehemann, erscheint hinter ihr im Eingang, und sofort trifft ihn ein brutaler Schlag im Gesicht. Die Wachleute haben angefangen, die Frau zu treten. Sie hat sich Schutz suchend auf dem Gehweg zusammengekrümmt. Cynthia beobachtet die Szene und spürt, wie sie unwillkürlich die Fäuste ballt. Ihr Gesichtsfeld verengt sich, und der Puls pocht in ihren Ohren. Die beiden werden zu einem wartenden Van geschleift und hineingestoßen.

»Nicht«, sagt Stefano.

Er meint: *Ich weiß, was du denkst. Aber du wirst keine zehn Schritte weit kommen.*

Sie atmet tief ein, um sich zu beruhigen, und atmet dann langsam wieder aus. »Wir müssen Pappi finden.«

»Mutter, hör mir zu. Ich weiß, was du empfindest. Aber wir müssen warten, bis die Situation sich beruhigt hat.«

Cynthia sieht sich im Zimmer um. Sie sind hier nicht sicher, aber wo können sie sonst hin? Sie fühlt sich restlos besiegt.

»Ruh dich aus«, drängt Stefano. »Ich stehe noch ein paar Stunden durch. Ich halte Wache.«

Es ist, als hätten diese Worte eine beschwörende Wirkung; sie ist plötzlich so erschöpft, dass sie kaum noch stehen kann. Sie ist alt, denkt sie, eine alte Frau. Sie spürt ihn überall im Körper, diesen Verrat. Wie ist es bloß dazu gekommen, zum Altwerden? Sie trägt Stefano auf, sie zu wecken, wenn sich an der Lage etwas ändert, und dann setzt sie sich neben Claire mit dem Rücken an die Wand und schließt die Augen. Noch immer kann sie das Feuer riechen, die Schreie hören. Noch immer sieht sie Proctors Gesicht, als sie die Hand hinunterstreckt, um ihn aus dem wütenden Wasser zu ziehen. Das war etwas, das jeder hätte tun können, aber es war nicht jeder, es war sie.

Schon wieder denkt sie an die Nacht, in der sie sie verlassen hat. Malcolm am Tisch, das Gesicht in den Händen. Der feste, vertraute Bogen seines Körpers, als sie ihn in den Armen hält und in den Schlaf wiegt. Das weiche Morgenlicht, als sie sich vom Ufer entfernt, und die warme Kraft in ihren Muskeln beim Rudern. Die kleine Silhouette des Hauses, die in der Ferne zurückweicht und schließlich verschwindet. Der Schmerz, das Blut, das Gewicht des Ankers in ihren Armen, als sie ins Wasser fällt. Einen Moment lang, nur einen Moment, als das Wasser über ihr zusammenschlug, hat sie daran gedacht, nicht loszulassen. Wie schnell würde es gehen, wie einfach, wie endgültig. Sich vom tödlichen Gewicht des Ankers auf den Grund ziehen zu lassen, in die grenzenlose Dunkelheit, frei von allen Ängsten und Sorgen.

Aber sie hat es nicht getan, und da sitzt sie nun, nach all den Jahren. Was hat sie erhofft, was hat sie sich vom Leben gewünscht? Die Erschöpfung schleicht sich heran, und als die Morgendämmerung die Fenster erfüllt, schläft sie.

Die Zeit vergeht. Schließlich dringt ihr die Unruhe ins Bewusstsein: Rufen, Schreien, Brüllen mit zunehmender Lautstärke. Ihr Verstand steigt erst langsam, dann schneller, durch diesen Lärm hinauf. Sie öffnet die Augen, und es ist dunkel im Zimmer. Unmöglich, aber sie hat den ganzen Tag hindurch geschlafen. Die Familie drängt sich ans Fenster, Claire und Stefano auch. Sie steht auf und geht zu ihnen. Die Straße unten ist leer; nirgends brennt Licht. Der Lärm weht vom Fahrdamm herüber. Was hören sie da?

»Die Ankunft ist nah! Die Ankunft ist nah! Die Ankunft ist nah!«

Sie sieht Stefano an. Sein Blick sagt ihr, dass er das Gleiche denkt.

Es hat angefangen.

31

Woanders ist auch Thea auf ihrem langsamen Weg ins Bewusstsein. Blinzelnd – ihre Augen sind trocken und brennen, und alles ist zu hell – bleibt sie einen Moment lang liegen und versucht, sich zurechtzufinden.

Ein Schiff?, denkt sie. *War ich nicht eben noch auf einem Schiff?*

Aber diese Erinnerung will sich nicht festigen. Unter dem dünnen Laken ist sie nackt. Sie richtet sich auf und schwenkt die Füße über die Bettkante. Ihre Gelenke sind steif, ihre Glieder kraftlos und langsam, irgendetwas stimmt mit ihren Augen nicht, denn alles erscheint ihr ebenso nah wie weit entfernt. Behutsam setzt sie die bloßen Füße auf den Boden. Er ist kalt wie Stein, aber anscheinend besteht er aus einer Art Metallplatten. Sie ist in einem Krankenhaus, denkt sie. Das würde das Weiß ringsum erklären: weiße Wände, weißer Boden, Weiß überall. Sie dreht den Kopf, und richtig, am Kopfende ihres Bettes befindet sich ein verchromter Wagen mit einer Ansammlung von medizinischen Instrumenten – ein kleiner Hammer, eine Blutdruckmanschette, ein Stethoskop –, und daneben steht ein Infusionsständer. Sie erinnert sich an einen kurzen, schmerzhaften Stich und schaut zu ihrem Unterarm hinunter. Wo ihr Monitor sein sollte, sitzt ein kleiner, mit Pflaster befestigter Mullverband.

Sie hält sich an der Bettkante fest und zieht sich hoch. Ihr Kopf ist gleichzeitig leicht und schwer – wie ein großer, hohler Stein. Der Raum gewinnt allmählich an Konturen. An der Wand gegenüber ist ein Waschbecken unter einem Spiegel, und an einem Haken hängt ein Overall, der aussieht wie ein Arbeitsanzug, ebenfalls weiß. Auf dem Boden darunter steht ein Paar Stiefel von gleicher Farbe. Das Waschbecken ist nicht so wie andere Waschbecken. Es hat keinen Wasserhahn und keinen anderen Mechanismus, durch den Wasser in das Becken fließen könnte, das im Übrigen nicht an der Wand hängt, sondern aus ihr hervorquillt. Es ist eine so fremdartige Vorrichtung, dass die bloße Tatsache, dass Thea sie identifizieren kann, anscheinend aus einem Abteil ihres Gehirns kommt, das noch nicht vollständig geöffnet ist.

Der Spiegel lockt sie. Als sie sich nähert, leuchten die Ränder automatisch in einem weichen, klaren Licht. Was Thea sieht, ist nichts so Schlichtes wie ein Spiegelbild, es ist eher ein Fenster in eine dreidimensionale Reproduktion des Zimmers, in dem sie steht. Es ist, als blickte sie durch dieses Fenster in eine alternative, aber identische Realität – oder in den Zauberspiegel aus einem Kindermärchen.

Sie hält das Gesicht dicht vor die Scheibe. Ja, das ist ihr Gesicht, das da zu ihr zurückblickt, aber es ist … merkwürdig. Es ist ihr Gesicht und doch ein anderes. In ihrem Haar sieht sie graue Strähnen, und von ihren Augenwinkeln geht ein Netz von feinen Linien aus. Als sie einen Finger ausstreckt, um die Scheibe zu berühren, tut die andere Thea es auch. So überzeugend ist diese Illusion einer zweiten Thea, dass sie kurz erschrickt, als sie nicht die Fingerspitze einer anderen Person an der ihren fühlt, sondern die kühle Glasscheibe des Spiegels.

Sie hält die Hand ins Waschbecken, und ein flacher Wasserstrahl spritzt unter dem Rand hervor und füllt die gewölbte Hand. Sie trinkt, um den unangenehmen Geschmack im Mund loszuwerden, und wäscht sich dann das Gesicht. Das Wasser ist kühl und frisch und riecht nach nichts. Jemand hat ein Handtuch auf den geschwungenen Waschtisch gelegt, und darauf liegen eine Zahnbürste und eine Tube ohne Etikett, in der Zahnpasta ist, wie sie korrekt vermutet. Sie putzt sich lange die Zähne und wendet sich dann dem Overall zu.

Offensichtlich ist er für sie gedacht. Sie zieht den Reißverschluss auf und steigt in den Anzug. Das Material, weich und dehnbar mit seiner Waffelstruktur, passt sich genau den Kurven ihres Körpers an. Sie setzt sich auf das Bett, um die Stiefel anzuziehen. Aus dem gleichen elastischen Material wie der Overall, fühlen sie sich eher wie Socken denn wie richtige Stiefel an, aber als ihre Füße hineingleiten, versteift sich das Material und umhüllt sie mit einem strukturierten Griff.

Sie geht zur Tür. Da ist weder Klinke noch Knauf, aber an der Wand daneben sieht sie eine kleine, unbeschriftete Tafel. Als sie die Hand danach ausstreckt, gleitet die Tür flüsternd zur Seite und verschwindet in der Wand.

Sie streckt den Kopf hinaus. Ein Korridor in beide Richtungen. Sie tritt durch die Tür, und diese schließt sich hinter ihr. Jetzt bemerkt sie das Geräusch: ein leises, fundamentales Vibrieren, dröhnend wie ein Herzschlag. Sie dreht sich in beide Richtungen und versucht, die Herkunft dieses Geräuschs zu bestimmen, aber anscheinend kommt es von überallher. Und der Korridor hat etwas Sonderbares an sich. Er verläuft nicht waagerecht, sondern windet sich in beiden Richtungen kaum merklich aufwärts. Thea steht am tiefsten Punkt der Kurve.

Sie entscheidet sich für eine Richtung und geht los. Vor ihr führt der Gang bergauf, aber seltsamerweise hat sie nicht das Gefühl, aufzusteigen. Es ist, als bliebe sie an Ort und Stelle und als bewegte der Korridor sich um sie herum, nicht umgekehrt. Alles ist still bis auf die weichen Schritte ihrer Stiefel und das allgegenwärtige Vibrieren.

Vor ihr erscheint eine menschliche Gestalt. Thea bleibt stehen und macht dann ein paar vorsichtige Schritte vorwärts. Die Person ist ein Mann. Er hat ihr den Rücken zugewandt und trägt ebenfalls einen weißen Overall. Thea räuspert sich leise, und als der Mann nicht reagiert, ruft sie ihn.

»Hallo?«

Er reagiert wieder nicht. Er ist wohl in Gedanken woanders. Thea nähert sich. Fünf Meter hinter ihm bleibt sie stehen.

»Quinn?«

Er dreht sich um. Der Mann, der vor ihr steht, ist tatsächlich ihr alter Freund Quinn. Aber beinahe ist ihr, als sähe sie einen Fremden vor sich. Auch er sieht älter aus – in seinem Bart sind weiße Fäden –, aber auch gesünder mit seiner muskulösen Gestalt und den klaren, hellen Augen.

Er blinzelt sie an und legt den Kopf zur Seite. »Du siehst verändert aus«, stellt er fest.

»Du auch.«

Ein paar Sekunden lang starren sie einander nur an.

»Wo sind wir?«, fragt Thea dann.

»Du hast mich hergebracht.«

»Aber du hast das Gefühl, du weißt es irgendwie, stimmt's? Als läge es dir auf der Zunge.«

»Ja.« Nach einer kurzen Pause fragt Quinn: »Erinnerst du

dich an ein Boot? Ich meine nicht die *Cynthia*. Ein anderes, viel größeres.«

Der Mann hat recht: Da *war* ein Schiff. Sie erinnert sich, wie sie in einem weiten, blauschwarzen Meer schwamm und wie die Silhouette vor dem Himmel auftauchte. Sie erinnert sich, wie sie darauf zuschwamm, an die Leichtigkeit ihrer Schwimmzüge und an die Leiter am Heck, wie ihre Faust die erste Sprosse packte und sie aus dem Wasser hob und wie sie die Schrift auf dem Heck sah …

»*Oranios*«, sagt sie und ist selbst überrascht. Sie sieht Quinn an. »*Oranios?*«

»Ja.«

Noch mehr fällt ihr ein. »Und da war eine Frau an Bord. Eine Ärztin. Sie hat mir Tee gemacht.«

»Dr. Patty.«

»Hat sie dir eine Zeitung gegeben? Die Schlagzeile handelte von …«

»… von einer Krise. ›Krise tritt in eine neue Phase ein‹.«

Wieder schwiegen sie beide im Angesicht dieser unerklärlichen Fakten.

»Bist du noch anderswo gewesen?«, fragt Quinn. »Abgesehen von dem Schiff.«

»Wie meinst du das?«

Quinn antwortet nicht. Da ist etwas, das er nicht aussprechen will; sie sieht es ihm am Gesicht an. »Quinn, was ist?«

Ein Augenblick vergeht. »Es klingt sicher verrückt«, sagt er schließlich, »aber ich glaube, ich bin meiner Mutter begegnet.«

»Du meinst, deiner Vormundin.«

»Nein, Thea. Meiner richtigen *Mutter*.« Sichtlich verstört, nimmt er sich einen Augenblick Zeit, sich zu fassen. »Wir waren in einem Krankenhaus. Ich habe auf dem Bett gesessen und ihre Hand gehalten. Ich wusste, sie lag im Sterben. Sie hatte fast keine Haare mehr, und ihre Haut war wie Papier. Ich dachte, sie sei nicht wach, aber dann öffnete sie die Augen und lächelte mich an. Ich werde es nie vergessen, dieses Lächeln. ›Du bist mein Junge‹, sagte sie, ›mein guter Junge. Ich bin so stolz auf dich.‹ Ich beugte mich über sie und wollte sie umarmen, aber da war sie nicht mehr da. Sie war einfach … weg.«

Er kann nicht weitersprechen. Thea weiß nicht, was sie sagen soll. Noch nie hat sie ihn so gesehen. Sie streckt die Hand aus und will ihn trösten, aber er weicht schnell zurück, fast wie in Panik, und hebt die Hände. »Es ist schon gut«, sagt er, und noch einmal: »Es ist schon gut.«

Thea wartet ab.

»Das hier«, sagt Quinn schließlich.

Thea nickt. »Ich weiß.«

»Es ist …«

»Ja.«

Quinn schaut den Gang hinunter, erst in die eine, dann in die andere Richtung. Er fasst einen Entschluss.

»Komm«, sagt er.

»Ah, Direktor Bennett. Sie sind wach.«

Ich lag in einem Bett. Wann und wie ich zu Bewusstsein gekommen war, wusste ich nicht; vielleicht lag ich da schon stundenlang. Mein Kopf war leer und ohne jeden Gedanken, und jeder Teil meines Körpers tat weh.

»Sagen Sie mir, Direktor Bennett, wie fühlen Sie sich?«

Eine Gestalt kam in Sicht. Ich blinzelte mir den Schlaf aus den Augen. Was ich sah, war ein Gesicht, und zwar nicht irgendein Gesicht. Einen entschlossenen Faustkämpfer-Kiefer und eine breite, maskuline Stirn, zwinkernde Augen und ein einschmeichelndes, stets hilfsbereites Lächeln.

»Bernardo?«

Er war es, und er war es auch wieder nicht. Sein Gesicht sah starr und künstlich aus wie das einer Kleiderpuppe, und unterhalb der Taille war der Körper des Mannes überhaupt nicht menschlich, sondern das kardanische Rad eines Helfer-Faxes.

»Es freut mich, dass Sie sich erinnern, Direktor Bennett. Das ist ein fabelhaftes Zeichen.«

Meine Zunge lag dick und trocken in meinem Mund. »Bin ich in der Nursery?«

Aus der Tiefe seines mechanischen Körpers kam ein leises Surren. »Die Nursery ist mir nicht geläufig. Um Ihre Frage zu beantworten, Sie befinden sich derzeit im Genesungsbereich.«

Genesung wovon? Ich versuchte nachzudenken, aber ich konnte mich nur an ein Schiff erinnern.

»Sie sind desorientiert«, fuhr Bernardo fort. »Keine Sorge, das ist eine vorübergehende Wirkung.«

»Helfen Sie mir auf«, krächzte ich.

»Direktor Bennett, Sie brauchen Ruhe. Wenn Sie gestatten …«

»Sind Sie nicht mein Betreuer?«

Wieder surrte er und machte kleine, ruckartige Kopfbewegungen wie ein Vogel. »Ihr Betreuer, Sir?«

Die Richtung, die das Gespräch nahm, erschien sinnlos. »Schon gut, ich mache das selbst.«

Was sich als nicht ratsam erwies. Als ich mich auf den Ellenbogen hochstemmte, schwappte mein Hirn innen gegen den Schädel, und das Zimmer kippte übelkeiterregend hin und her.

»Direktor Bennett, möchten Sie eine Nierenschale?«

Ich schluckte. Meine Kehle war wund, und ich hatte einen ranzigen Geschmack im Mund. »Danke, es geht schon.«

Ich straffte mich und stemmte meinen Oberkörper in eine aufrechte Position, und gleichzeitig versuchte ich, die Füße über die Bettkante zu schwingen. Wenn ich das schaffte, ohne ohnmächtig zu werden, war das Weitere ein Kinderspiel. Als meine bloßen Füße Kontakt mit dem Boden fanden, rutschte mein Hirn an seinen Platz. Es war auch der Augenblick, in dem mir klar wurde, dass ich keinen Fetzen Kleidung am Leib hatte. Ich atmete ein paarmal tief durch, um mich zu fassen, und als das erledigt war, betrachtete ich meine Umgebung. Tatsächlich befand ich mich in einer medizinischen Einrichtung. Der Raum erinnerte mich mehr als alles andere an Dr. Pattys Sprechzimmer, das genauso ausgesehen hatte. Aber darüber hinaus konnte ich mir kein Bild von meiner Umgebung machen. Ich spürte, dass ich erst vor sehr kurzer Zeit ein machtvolles emotionales Trauma erfahren hatte, aber ich hätte nicht sagen können, welcher Art es gewesen war – nur dass es stattgefunden hatte.

Gleichermaßen beunruhigend war eine wunderliche … Schrägheit in allem: der Boden, die Wände, das Bett, die Luft, ja, sogar mein eigenes nacktes Ich. Es gab keinen spezifischen Grund dafür, und ich kann auch nicht präzise beschreiben, was für ein Gefühl es wirklich war, von einem milden, existenziellen Unbehagen abgesehen. Es war, als wäre alles auf einer essenziellen, ja, sogar molekularen Ebene subtil verändert.

»Direktor Bennett?«

Ich schaute in sein regungsloses Gesicht.

»Möchten Sie Ihre Pflichten wiederaufnehmen? Ich würde Ihnen mit Vergnügen dabei behilflich sein.«

»Pflichten«, wiederholte ich. »Helfen Sie mir auf die Sprünge, Bernardo.«

»Ich rede von den Pflichten eines Direktors.«

»Ich bin hier also immer noch ein Direktor. Das wollen Sie damit sagen.«

»In der Tat. Sie sind *der* Direktor. Es gibt keinen anderen.«

Bevor ich ihn in dieser Angelegenheit weiter bedrängen konnte, glitt eine Tür hinter ihm auf. Eine zweite mechanische Figur kam hereingerollt. Sie trug das Ersatzgesicht des bärtigen Kellners Itzhak.

»Direktor Bennett, Sie sehen sehr gut aus. Ich kann zu meiner Freude berichten, dass ich Gelegenheit hatte, vorläufige Diagnoseuntersuchungen durchzuführen. Anscheinend laufen alle Systeme ordnungsgemäß. Ich kann außerdem mitteilen, dass die Doktores Dimopoulos und Dawes komfortabel ruhen.«

Die Doktores? »Thea und Quinn sind hier?«

»Ganz recht, Direktor Bennett. Danielle hat eben bei ihnen vorbeigeschaut. Ich nehme an, sie werden bald auf den Beinen sein.«

»Was ist mit Dr. Patty? Ist sie auch hier irgendwo?«

Ein kurzes Stolpern in der Zeit, und dann sagte Bernardo: »Ah. Sie meinen das Personal-Ankunfts- und Transit-Interface.«

Das Personal-Ankunfts- und Transit-Interface. PATI.

»Bringen Sie mich zu meinen Freunden«, sagte ich.

»Freunde, Sir?«

»Wie haben Sie sie genannt? Doktores Dimopoulos und Dawes?«

»Selbstverständlich, Direktor Bennett. Obwohl Sie vielleicht zuerst die Kuppel besuchen möchten, um unseren Status zu überprüfen.«

Das klang vielversprechend. »Ja«, sagte ich, »das scheint mir eine gute Idee zu sein. Bringen Sie mich doch in die Kuppel.«

Itzhak drehte sich auf seinem Fahrgestell herum und schwirrte aus dem Raum, offensichtlich um anderen drängenden Pflichten nachzukommen. Unterdessen übergab Bernardo mir einen einteiligen Anzug, der mich an einen Arbeiter-Overall oder einen Kinderpyjama erinnerte. Ich stieg hinein, und kaum hatte ich den Reißverschluss hochgezogen, zog das Material sich zusammen und schmiegte sich an meinen Körper. Das Gleiche galt für ein Paar Stiefel.

»Gehen Sie voraus«, wies ich Bernardo an.

Thea und Quinn folgen dem endlos ansteigenden Korridor und kommen schließlich zu einer Tür, neben der wiederum ein kleines Bedienfeld in die Wand eingelassen ist. Darüber stehen die Worte LAGER-ABTEILUNG 1. Quinn wedelt mit der Hand vor dem Bedienfeld, und die Tür öffnet sich.

Lichter gehen an, als sie eintreten, und offenbaren einen lang gestreckten, hohen Raum, anscheinend eine Art Lagerhalle. Reihen von Regalen mit gestapelten Kisten reichen in die Ferne, und wie im Korridor ist der Boden auch hier leicht aufwärtsgekrümmt. Die Kisten sind identisch und aus dem gleichen weißen Material wie alles andere hier und mit Zahlenreihen markiert. Es sind aufsteigende Zahlen, erkennt Thea, von oben nach unten, von Reihe zu Reihe. Sie wählt eine beliebige Kiste aus und geht darauf zu. Die Kiste ist zweimal so hoch wie sie selbst und noch einmal halb so breit, und sie trägt die Nummer 2881.15. Rasch begreift sie, dass die Ziffern nach dem Punkt den Standort der Kiste bezeichnen: Lager-Abteilung 1, Reihe 5.

»Was ist da überall drin?«, fragt sie Quinn, der genau wie sie an der Wand der Kisten hinaufstarrt. Ein paar Sekunden vergehen, dann schrickt er kurz zusammen und reißt den Blick von den Kisten los.

»Lass uns weitergehen«, sagt er.

Sie entscheiden sich für einen Gang und laufen weiter. Lichter gehen an, um sie zu empfangen, während sie hinter ihnen wieder ausgehen. So entstehen Zonen der Dunkelheit vor und hinter ihnen. Schließlich kommen sie zu einem Bereich, in dem Maschinen geparkt sind: Traktoren, Gabelstapler, schwere Lastwagen. Auch kleinere Fahrzeuge sind dabei, mit schweren Gitterboxen und großen Stollenreifen. Dicke Ketten verbinden ihre Stoßfänger mit Ringbolzen im Boden.

»Hmm«, sagt Quinn, und dann sagt er nichts mehr.

Sie gehen weiter. Thea hat Durst und muss pinkeln. Sie ist zunehmend genervt.

»Dieser Laden nimmt echt kein Ende.«

Quinn geht an ihrer Seite und antwortet nicht. Thea ist nicht einmal sicher, dass der Mann sie gehört hat. Sie will noch mehr sagen – vielleicht etwas zum Thema trockene Kehle und platzende Blase –, als sie, einfach so, das Ende erreichen.

Sie stehen vor einer massiven Tür, groß wie ein Garagentor. Dahinter, nimmt sie an, liegt die Außenwelt. Sie spürt das leise Kribbeln der Angst.

»Fertig?«, fragt Quinn.

»Hier entlang, Direktor Bennett.«

Ich folgte Bernardo durch den Korridor. »Was ist das für ein Berg?«, fragte ich ihn.

»Berg, Sir?«

»Ja. Der Gang führt ständig bergauf.«

»Ich bitte um Entschuldigung, Direktor Bennett, aber ich verstehe Ihre Frage leider nicht. Der Gang führt streng genommen weder bergauf noch bergab.«

Stimmte etwas mit meinen Augen nicht? Nach allem, was ich durchgemacht hatte, war das sicher möglich.

»Diese Kuppel, von der Sie gesprochen haben«, sagte ich. »Vielleicht könnten Sie mir ein bisschen mehr darüber erzählen.«

»Die Kuppel ist Ihr Arbeitsplatz, Direktor Bennett.«

»Verstehe. Und was arbeite ich da?«

»Sie sind der Direktor, Sir.« Bernardo zögerte und sprach dann weiter. »Ich sehe, Sie haben immer noch leichte Schwierigkeiten. Vielleicht sehen Sie klarer, wenn Sie in die Kuppel kommen. Zufällig weiß ich, dass dort eine Nachricht auf Sie wartet. Die dürften Sie informativ finden.«

»Eine Nachricht? Von wem?«

»Von Ihnen, Direktor Bennett.«

Quinn wedelt mit der Hand vor der Tafel. Mit einem dröhnenden Schlag und danach einem Rattern beginnt das Tor seinen langen Aufstieg in die Decke.

Endlose, undurchdringliche Dunkelheit wartet auf der anderen Seite. Thea und Quinn treten hinaus, und ihre Schatten erstrecken sich vor ihnen auf dem Boden. Die Luft verändert sich – sie ist dünn und kalt wie in einer Krypta. Als Theas Augen sich an die Dunkelheit gewöhnen, erkennt sie kleine Lichtpunkte, die in der Finsternis funkeln wie Glühwürmchen.

»Hier drüben«, sagt Quinn.

Er hat eine Art Schreibtisch gefunden, halbrund, mit einem Drehstuhl in der Mitte. Er setzt sich. Ist das ein CIS-Terminal? Aber da ist weder eine Tastatur noch ein Bildschirm. Alles ist glatt und stromlinienförmig und ohne Kanten.

»Quinn, was ist dieses Ding?«

Sein Blick wandert über die Fläche wie der Blick eines Mannes, der ein Puzzle zu lösen hat – ein Puzzle, dessen Vollendung in Reichweite ist, wenn er nur die letzten Steinchen an ihren Platz fügen kann. Nach einer Pause legt er die flache Hand auf die Tischplatte.

Alles erwacht zum Leben. Die Schreibtischplatte verwandelt sich in eine geschäftige Fläche mit vielen unterschiedlichen Lichtern, und vor Quinn liegt eine Tastatur. Über der Tastatur erscheint ein großes, leuchtendes Rechteck und schwebt in der Luft: ein Bildschirm. Darauf steht in Blockbuchstaben:

ORANIOSSYS

WILLKOMMEN, DR. DAWES

»Und hier wären wir.«

Wir waren an einer Tür angekommen. In Augenhöhe war eine Glasscheibe in die Wand eingelassen.

»Ist das hier die Kuppel?«

»Es führt zur Kuppel, Sir. Wenn Sie freundlicherweise an die Scheibe treten und geradeaus blicken wollen.«

Ich tat, was er sagte. Eine feine rote Linie erschien am oberen Rand des Glases, wanderte nach unten und kehrte nach oben zurück. Worte erschienen:

BENNETT, P., DIREKTOR
  ZUGANG GEWÄHRT

Die Tür glitt auf, und dahinter erschien eine Aufzugkabine.

»Möchten Sie, dass ich Sie auch den Rest des Weges begleite, Direktor Bennett?«

Ich hatte das plötzliche Bedürfnis, ihn loszuwerden. »Danke, Bernardo. Von hier aus schaffe ich es allein.«

»Sehr wohl. Itzhak hat das Feld aktiviert. Sie sollten keine Probleme haben.«

»Aha.« Ich hatte keine Ahnung, wie ich das verstehen sollte. »Ich lasse ihm danken, okay? Danken für ... das Aktivieren des Feldes.«

»Ich werde es auf jeden Fall ausrichten, Direktor Bennett. Wie Sie sich vielleicht erinnern, öffnen Sie die Kuppel, indem Sie einfach sagen: ›System, öffne die Kuppel.‹«

»›Öffne die Kuppel.‹ Alles klar.« Ich betrat den Fahrstuhl. »Noch ein letzter Punkt. Sie haben gesagt, ich hätte eine Nachricht für mich hinterlassen. Wann habe ich das getan?«

»Das kann ich nicht mit Sicherheit sagen, Direktor Bennett.«

»Na, so ungefähr.«

»Ich möchte nicht spekulieren.«

»Tun Sie es trotzdem.«

»Auf der Grundlage des Inhalts würde ich annehmen, dass Sie sie unmittelbar vor Ihrer Integration verfasst haben.«

Noch ein Ratespielchen. Hörte das nie auf? »Vor meiner Integration in was?«

Aber Bernardo hatte keine Gelegenheit mehr, zu antworten. Die Tür hatte sich schon geschlossen.

»Ich erinnere mich«, murmelt Quinn. Er blickt auf und macht plötzlich große Augen vor Schreck. »Thea, ich *erinnere* mich.«

Er fängt an zu tippen, und seine Finger fliegen über die Tastatur wie die eines Pianisten, der sich im Rausch der Noten verliert. Datenkaskaden strömen so schnell über den schwebenden Bildschirm, dass Thea nicht folgen kann.

Er hält inne.

»Es geht los«, sagt er.

Eins nach dem anderen gehen die Lichter an, von vorn nach hinten, und sie offenbaren alles. Nicht draußen, denkt Thea. *Drinnen*. Und die Menschen. Tausende, Zigtausende, vielleicht mehr. Wie Waben sind die Wände durchsetzt von Menschen, doch die Wände sind die Decke, die Decke ist, was die Wände sind, und der Boden ist alles zugleich. Die ganze Welt kreist in einem Wirbel.

Thea weiß nicht, was sie sieht.

Und dann, ganz plötzlich – als strahlte in ihrem Kopf ein Licht auf – weiß sie es doch.

Die Aufzugfahrt dauerte weniger als eine halbe Minute, und in dieser Zeit war ich in Gedanken ausschließlich bei meinem Vater.

Warum das so war, kann ich nicht sagen. Vielleicht ahnte ich, dass die Reise, die an dem Tag begonnen hatte, als ich ihn zur Fähre brachte, endlich zu Ende ging. Ich dachte an die letzten Minuten mit ihm, an das Grauen und die Trauer und im letzten Moment an die aufbrandende Liebe, die mein Herz erfüllt hatte. Ich dachte an die dröhnende Sirene, an meinen Sprung vom Deck und an den Moment, als die Fähre außer Sicht und ich allein war. Damals hatte ich geglaubt, es sei mein Vater, um den ich weinte, aber jetzt, als der Aufzug seinem geheimnisvollen Ziel entgegenstieg, wurde mir klar, dass ich auch um mich selbst geweint hatte, um den Mann, der über die Oberfläche des Lebens gesprungen war, ohne je seine Tiefen ergründet zu haben, der ohne Liebe gelebt hatte und für den die Liebe endlich die Hand geöffnet hatte, als es für ihn zu spät war, sie zu ergreifen.

Die Tür verschwand in ihrem Spalt, und wieder sah ich einen Korridor, der mir erschien wie die Innenseite eines Rohres und dessen Boden aus einem schillernden Material bestand, wie das Innere einer Austernschale. Als meine Füße ihn berührten, kribbelte ein prickelndes Gefühl durch die Sohlen meiner Stiefel, und als ich sie heben wollte, fühlte ich ein sanft widerstrebendes Ziehen, als klebten sie an diesem Boden. War das das »Feld«, von dem Bernardo gesprochen hatte? Der Korridor endete an einer weiteren Tür. Ich sah kein Bedienfeld an der Wand. Wie sollte ich hineinkommen? Aber als ob die Tür meine Ankunft gespürt hätte, glitt sie auf.

Ich konnte nur verschwommene Formen erkennen – drinnen war es stockdunkel –, aber als ich über die Schwelle trat, ging das Licht an. Der Raum war kreisrund und hatte einen Durchmesser von vielleicht dreißig Metern, und die gewölbte Decke war aus dem gleichen Material wie der Boden im Korridor. Eine große weiße Konsole, u-förmig und mit einem Stuhl in der Mitte, stand im Zentrum des Raums, umgeben von sechs kleineren, die allesamt nach vorn ausgerichtet waren.

»Willkommen, Direktor Bennett.«

Erschrocken fuhr ich herum. Im selben Moment erblühten die Oberflächen der Konsolen in farbigem Licht – wie ein Garten, der zu blühen begann. Über der mittleren Konsole erschien ein schwebendes Viereck, und darauf stand:

ANKUNFT VORAUSSICHTLICH: —137.82

Ein beunruhigendes Gefühl, zutiefst seltsam, durchströmte mich. Alles, was ich seit dem Erwachen erlebt hatte, spaltete sich plötzlich in meinem Kopf, als wären diese Dinge zwei verschiedenen Proctors widerfahren: einem, der nichts davon verstand, und einem zweiten, dem das alles nicht nur bekannt, sondern zentraler Bestandteil seines Lebens war. Einen Augenblick lang existierten diese beiden Versionen meiner selbst in meinem Hirn mit dem gleichen Gewicht und der gleichen Präsenz, wie Zwillinge im Mutterleib zusammengerollt sind. Dann spürte ich, wie sie sich ineinanderfalteten, wie die beiden Proctors zu einem wurden und mich endlich zu einem einzigen Wesen werden ließen.

Dieser Ort.

Ich kannte ihn.

Ich kannte ihn, denn ich war der Direktor.

»System, öffne die Kuppel.«

Mit schnellen Schritten laufen sie durch den Gang. Die erste mobile Einheit, der sie begegnen, ist Danielle.

»Wo ist Direktor Bennett?«, fragt Thea.

»Dr. Dimopoulos, wie schön, Sie wiederzusehen.« Die Einheit rotiert und wendet sich Quinn zu. »Und Professor Dawes. Sie sehen sehr gut aus.«

Wieso bauen sie diesen Dingern eine so besessene Höflichkeit ein? War das Quinns Idee? Oder Warrens? Wahrscheinlich erschien es im ersten Augenblick charmant. »Lassen Sie es gut sein«, befiehlt Thea. »Wo ist er?«

»Ich glaube, Sie finden Direktor Bennett in der Kuppel.«

»Hallo!«, ruft eine Stimme. »Hey! Hallo!«

Vom anderen Ende des Korridors läuft ein Mann energisch auf sie zu. Ungefähr drei Meter vor ihnen kommt er zum Stehen.

»Entschuldigung, ich wollte Sie nicht erschrecken«, sagt er atemlos. »Ich laufe hier seit Stunden herum. Sie sind die Ersten, die ich sehe.«

Der Mann ist nach Theas Einschätzung Anfang dreißig, er ist groß und breitschultrig und hat ein schmales, attraktives Gesicht und welliges Haar.

»Wissen Sie, wo wir sind?«, fragt sie ihn.

Er runzelt perplex die Stirn, aber im nächsten Augenblick dämmert ihm etwas. »Hey, Moment«, sagt er. »Sind Sie nicht Thea Dimopoulos?« Er sieht Quinn an. »Und Sie sind Quinn Dawes. Wow, ich glaub es nicht! Die Führungsebene. Ich habe das Gefühl, ich sollte Sie um ein Autogramm bitten oder so was.«

Thea und Quinn wechseln einen Blick. »Vielleicht ist es nicht für jeden das Gleiche«, sagt Quinn achselzuckend.

Thea wendet sich wieder an den Mann. »Sie erinnern sich also an nichts anderes.«

Er überlegt kurz. »Da ist irgendein verkorkster Traum vom Ertrinken. Macht wahrscheinlich massenhaft die Runde.« Sein Blick wandert durch den Flur. »Wo sind denn alle? Sollten da nicht, keine Ahnung, viele von uns sein?«

»Es gibt vielleicht ein paar ... Probleme«, sagt Thea. »Wir sind jetzt auf dem Weg zur Kuppel, um herauszufinden, was los ist. Warum kommen Sie nicht mit?«

»Ich habe keine Freigabe für die Kuppel.«

»Na, dann betrachten Sie sich als freigegeben«, sagt Thea.

Zusammen gehen sie den Korridor hinunter. Am Aufzug hält Quinn das Gesicht vor den Scanner.

DAWES, Q., CHIEF TECHNOLOGY OFFICER
ZUGANG GEWÄHRT

Sie betreten den Fahrstuhl, und er setzt sich aufwärts in Bewegung. Der Mann beendet das Schweigen und sagt: »Entschuldigung, ich habe mich noch nicht vorgestellt.«

»Müssen Sie nicht«, sagt Thea und fügt dann hinzu: »Wir sind alte Freunde.«

Der Mann macht große Augen. »Echt?«

»Ja«, sagt Thea. »Du bist Antone Jones.«

Und auf diese Weise sehe ich, Proctor Bennett, Fährmann, den Himmel.

Die Undurchsichtigkeit der Kuppel schmolz dahin. Gleichzeitig wurde das Licht gedimmt wie in einem Theater, bevor der Vorhang aufgeht. Abgrundtiefe Finsternis, und dann, als meine Augen sich daran gewöhnt hatten, sah ich sie alle. Millionen von Sternen, Milliarden und mehr. Sterne ohne Zahl schmückten den Himmel mit ihrem fernen, weit verstreuten Licht. Wie es meine Gewohnheit war, suchte ich nach vertrauten Konstellationen und fand keine. Aber die Sterne irrten nicht, wie man es mir einmal gesagt hatte. Der Irrtum lag – immer schon – in den Augen, die ich benutzt hatte, um sie zu sehen.

»System, die Kuppel rotieren«, befahl ich.

»Spezifizieren«, antwortete die Stimme.

»Kuppel rotieren um hundertachtzig Grad horizontal und neunzig Grad vertikal.«

»Bestätigt, Direktor Bennett.«

Unsere biaxiale Rotation begann. Die Bewegung war so anmutig, dass man an ein Ballett denken musste; man hörte praktisch die Musik, und es war nicht weniger als Sphärenmusik. Eine Vision in Blau wölbte sich über die Kuppel. Caelus. Die große Wasserwelt, die ich einst nach dir benannt habe, obwohl du sie zu deinen Lebzeiten nicht sehen würdest. Meine Caeli! Mein Herz, meine Einzige! Für dich habe ich die Tiefen von Raum und Zeit überbrückt, um eine Heimat für die Menschheit zu finden, und doch konnte ich dich nicht retten.

Eine Tür öffnete sich hinter mir. »Proctor …«

Es war Theas Stimme. Thea und Quinn, meine Freunde, hatten mich gefunden. Sie waren die Ersten; aber andere würden hinzukommen, und sie würden dastehen und staunen. Die Kuppel setzte ihre Rotation fort und schwenkte über die fremden Meere unter uns hinweg wie das Auge Gottes selbst. Wasser, der Leben spendende Schatz des Universums! Was für fantastische Kreaturen müssen deine Tiefen bevölkern, welche Wunder lauern unter deinen sturmgepeitschten Wellen! Aber das war nicht das einzige Wunder, das meine Augen gewahrten. Ein zweites zog herauf, als die Kuppel sich über den Rumpf erhob, und eine lang gestreckte zylindrische Form kam schwungvoll in Sicht.

»Sprich mit mir, bitte, Proctor.«

Meine Augen waren geblendet, und mein Herz schwoll an wie eine Symphonie.

»Proctor, ich bin's, Quinn.« Ich spürte die Berührung seiner Hand auf meinem Arm. »Wissen Sie noch, wo Sie sind?«

Ich erinnerte mich, natürlich erinnerte ich mich. Ihre riesigen, geschmeidigen Massen, die Strahlen einer fremden Sonne, die von ihren meilenweit reichenden Metallbeschlägen zurückgeworfen wurden. Die geduldige Drehung ihres Rumpfes – einer Wiege gleich, die die Scharen der schlafenden Seelen in ihrem Innern trug. Große, spinnwebzarte Segel dehnten sich, wölbten sich und fingen den Wind des Himmels: einen Wind aus Licht.

Wieder dachte ich: *Natürlich kenne ich sie. Wie könnte ich sie nicht kennen?*

Sie war mein Schiff.

Meine *Oranios*.

VII

Der Mann, der den Himmel zerbrach

32

PROSPERA CORPORATION
PROJEKT *ORANIOS*

LEITUNGSSTAB
PROCTOR BENNETT, DIREKTOR
MALCOLM BENNETT, NAVIGATOR UND CHIEF PLANETARY SCIENTIST
QUINN DAWES, CHIEF TECHNOLOGY OFFICER
THEA DIMOPOULOS, STELLVERTRETENDE DIREKTORIN CIS
WARREN SINGH, CHIEF MEDICAL OFFICER
JASON KIM, PILOT
OONA PRIOR, STABSCHEFIN
CALLISTA LAIRD, CHIEF EXECUTIVE OFFICER UND VORSITZENDE, PROSPERA CORPORATION
OTTO WINSPEAR, CHIEF OPERATIONS OFFICER, PROJEKT *ORANIOS*

»Proctor, ich bin Proctor.«

Das Gesicht auf dem Bildschirm, der über der Konsole schwebte, war mein eigenes und die Umgebung identisch bis hinunter zu dem Stuhl, auf dem ich saß.

»Dass du diese Aufnahme siehst, bedeutet, dass die *Oranios* auf Caelus angekommen ist, dass du durch das Vestibül gekommen und aus dem Dauerschlaf erwacht bist. In den kommenden Tagen wirst du viele Entscheidungen zu treffen haben. Ich kann dir nicht sagen, was du tun sollst. Das klingt sonderbar, auch für mich. Du und ich, wir sind schließlich dieselbe Person. Aber für dich sind viele Jahre und viele Lebzeiten vergangen. Es ist außerdem wahrscheinlich, dass du nach einer so langen Zeit Mühe hast, deine Wahrnehmung des Ortes, an dem du dich befindest, und all dessen, was sich ereignet hat, wiederherzustellen. Vielleicht hat das alles sich für dich in der Zeit eines Lidschlags ereignet. Vielleicht fühlst du die Last der Zeit auf eine Weise, die ich nicht vorhersagen kann. Was wir vorhaben, wurde noch niemals versucht. Deshalb hinterlasse ich dir diese Aufnahme, um dir so behutsam, wie ich kann, zu helfen, dich mit deiner Situation wieder vertraut zu machen.«

Ein neues Bild erschien. Diesmal saß ich in einem Ohrensessel neben einem lodernden Kamin. Ich trug einen dunklen Anzug und ein offenes Hemd. Mir gegenüber, in einem Sessel gleicher Art, saß eine Frau mit übereinandergeschlagenen Beinen – um die Fünfzig, attraktiv, eine geschliffene, professionelle Erscheinung. Ein Zeitstempel in der linken unteren Bildschirmecke lautete: »7. April 2132«.

»Guten Abend, ich bin Sally Blythe«, sagte die Frau, zur Kamera gewandt. »Ich bin hier auf dem Campus der Prospera Corporation in Anchorage mit Proctor Bennett, dem Direktor des Projekts *Oranios*.« Ihre nächsten Worte waren an mich gerichtet. »Willkommen, Direktor Bennett.«

»Danke, Sally. Es ist schön, bei Ihnen zu sein.«

»Gestatten Sie mir als Erstes, Ihnen mein Beileid zu Ihrem kürzlich erlittenen Verlust auszusprechen. Es muss sehr schwer für Sie sein.«

Der Proctor auf dem Bildschirm, der zugleich ich selbst war, schluckte sichtbar. »Ja, es war eine schwere Zeit für jeden, zumal so kurz vor unserer Abreise. Wir sind alle wie eine Familie hier.«

»Sie meinen Ihre Abreise nach Caelus, einem Planeten, den Sie, wenn ich mich nicht irre, nach Ihrer verstorbenen Tochter benannt haben.«

Der Proctor auf dem Bildschirm nickte. »Genau genommen war das die Idee meines älteren Bruders Malcolm. Es war ein Geschenk zu ihrem vierten Geburtstag. Die beiden standen einander sehr nah.«

»Sie sprechen von Dr. Malcolm Bennett, dem Leitenden Planetenwissenschaftler von *Oranios*.«

»Richtig. Malcolm war der Entdecker. Caelus ist der erste Exoplanet, von dem wir mit Sicherheit sagen können, dass auf ihm menschliches Leben möglich ist, weil es auf seiner Oberfläche flüssiges Wasser und eine atembare Atmosphäre gibt. Der Name Caeli kommt vom lateinischen *caelus* und bedeutet ›vom Himmel‹. Das schien passend zu sein.«

»Das ist reizend. Aber vielleicht auch ein bisschen bittersüß?«

»Auch das.«

Sie warf einen Blick in ihre Notizen. »Vor Kurzem haben Sie in einem Interview über Ihre Tochter gesagt: ›Eigentlich tue ich das alles für sie.‹ Wie haben Sie das gemeint?«

»Ich wollte, dass sie eine Zukunft hat. Ich will, dass unsere *Spezies* eine Zukunft hat.«

»Sie sind also ein Anhänger der Kipppunkt-Theorie.«

»Allerdings. Die Daten sind eindeutig.«

»Nicht jeder würde Ihnen da zustimmen.«

»Nicht jeder würde zustimmen, dass die Erde eine Kugel ist, aber das ändert nichts an den Tatsachen. Unser Planet ist ein System, wir haben dieses System aus dem Gleichgewicht gebracht, und das System korrigiert sich selbst mit zunehmender Geschwindigkeit und Gewalt. Dabei geht es nicht um ›ob‹, sondern um ›wie bald‹. Das Problem einfach wegzuwünschen, ändert nichts; das tun wir seit fast zweihundert Jahren. Es hat Zeiten gegeben – tragisch kurze Zeiten, meiner Meinung nach –, in denen die Vorstellung, dass wir Gäste auf diesem Planeten sind, politisches Gewicht hatte. Aber die vorherrschende Neigung der menschlichen Gesellschaft war es immer, das eigene Nest zu beschmutzen. Kombinieren Sie das mit der Konsolidierung des Reichtums in den Händen einiger weniger Individuen wie multinationaler Konzerne, und Sie haben das Rezept für die Untätigkeit, die uns in den Untergang führen wird.«

»Das ist eine ziemlich düstere Vorhersage.«

»Glauben Sie mir, Sally, das ist mir bewusst. Mir wäre es anders lieber, aber Wunschdenken hat uns dahin gebracht, wo wir jetzt sind. Wenn es uns nicht gelingt, anderswo im Kosmos nachhaltiges menschliches Dasein zu etablieren, wird unsere Spezies eine Fußnote bleiben, eine kurze, unangenehme Erinnerung des Planeten. Und das wollte ich nicht, nicht für meine Tochter, für *niemandes* Tochter.«

»Erscheint es Ihnen nicht wie Ironie, ja, wie ein eklatanter Widerspruch, dass Projekt *Oranios* ein privates Unternehmen ist, finanziert durch eine reiche Investorenklasse?«

Der Proctor auf dem Bildschirm wehrte ab. »So könnte es aussehen, nehme ich an, aber da ruhen eben die Ressourcen. Fast alle extraterrestrischen Erkundungs- und Entwicklungsprojekte lagen seit dem Ende der NASA in den Händen des privaten Sektors, und Prospera ist der größte unter diesen Playern. Die Unternehmensleitung, speziell Callista Laird, hat uns vorbehaltlos unterstützt. Zwischen uns beiden bestand immer schon eine starke Bindung.«

»Aber was ist an den Gerüchten dran, dass die *Oranios* zahlende Passagiere befördert – ebendiese sogenannten Investoren? Und dass die Kolonisten im Grunde so etwas wie Hilfspersonal für sie sind?«

»Lassen Sie mich ganz klar sagen, Sally: Niemand ist hier ›Hilfspersonal‹ für jemand anderen.«

Sie konsultierte kurz ihre Notizen. »Tech-Milliardäre. Wall-Street-Titanen. Ausländische Oligarchen. Staatsoberhäupter. Sogar ein paar Hollywood-Schauspieler.« Sie blickte auf und lächelte nichtssagend. »Meinen Quellen zufolge stellen sie fast fünfzehn Prozent der Passagiere auf dem Schiff. Ich habe eine vollständige Liste hier, falls Sie sie sehen möchten.«

Der Bildschirm-Proctor antwortete mit seinem eigenen nichtssagenden Lächeln. »Das wird nicht nötig sein. Die Passagierliste ist mir bekannt.«

»Das kann ich mir denken. Und Sie wissen doch sicher …«

»Was ich weiß, Sally – entschuldigen Sie, dass ich Sie unterbreche –, ist, dass es nur ein kleiner Teil des Gesamtbilds ist, und ein irreführender außerdem. Es stimmt, dass einige Fahrgäste auf dem Schiff Individuen sind, die eine finanzielle Beteiligung haben. Wir alle haben Rechnungen zu bezahlen, und ohne sie würde *Oranios* nicht existieren. Aber die überwiegende Mehrheit sind Freiwillige, die rigorosen medizinischen Prüfungen unterzogen wurden, um sicherzustellen, dass sie den praktischen Herausforderungen bei der Besiedlung einer außerirdischen Welt gewachsen sind. Natürlich sind da Ingenieure und Agrarwissenschaftler dabei, aber für jeden Agrarwissenschaftler brauchen Sie mindestens hundert Farmer, für jeden Ingenieur hundert Handwerker. Es wird nicht leicht. Wir haben ein paar Familien mit Kindern, aber die Mehrheit sind entweder Ledige oder Paare zwischen fünfundzwanzig und vierzig. Und ich wiederhole: Niemand gehört hier zu irgendeinem Hilfspersonal. Caelus ist unsere Chance für einen reinen Tisch, einen Neuanfang und die Chance, es diesmal besser zu machen.«

In der kurzen Pause, die darauf folgte, warf die Frau schon wieder einen Blick in ihre Notizen. »Erzählen Sie mir von dem Schiff an sich, von der *Oranios*. Man hat sie mir als riesiges Segelschiff beschrieben.«

»Ja. Und weil ich seit meiner Kindheit gesegelt bin, erscheint mir der Vergleich passend. Die *Oranios* ist das größte Raumschiff, das je gebaut wurde, mehr als zwanzig Mal so groß wie die siebte Version der International Space Station. Ihr Antrieb besteht aus zwei gigantischen Partikelkollektoren, vergleichbar mit Segeln, die jeweils fast zehn Quadratkilometer Fläche haben. Um die für unsere Reise notwendige Geschwindigkeit zu erreichen, werden wir uns um die Sonne schleudern lassen und die Energie der Sonne nutzen, um unsere Kollektoren aufzuladen und bis zum Kuiper Belt ein Zwanzigstel der Lichtgeschwindigkeit zu erreichen. Von diesem Punkt an wird das Schiff treiben, bis es in Reichweite von Caelus kommt, wo der Kurs umschlägt und das Schiff den restlichen Treibstoff nutzt, um den Umkehrschub auszulösen. Alles in allem wird diese Reise zweihundertdreißig Jahre dauern. Zweihundertdreißig Jahre, einhundertneunzehn Tage und vierzehn Stunden, um genau zu sein.«

»Ein stattliches Unterfangen.«

»Das kann man wohl sagen. Aber die Technologie, die wir einsetzen, ist großenteils von der Stange; wir vergrößern nur den Maßstab. Für die Lebenserhaltungssysteme lässt sich das Gleiche allerdings nicht sagen. Wie hält man achtzigtausend Menschen auf einer Reise über zwei Jahrhunderte am Leben? Das ist etwas völlig Neues.«

»Reden Sie von Bewusstseinsintegration?«

»Richtig.«

»Inwiefern unterscheidet die sich von anderen Formen der Stasis?«

»Nun, wie Sie wissen, gibt es die Stasis, also lang andauernden Schlaf, schon seit einer Weile. Über kurze Strecken – sagen wir, bei einer Reise zu unserer Siedlung auf dem Mars oder zu den Bergwerken im Asteroidengürtel – funktioniert das ganz gut. Wir haben allerdings herausgefunden, dass es irgendwo zwischen der Fünf- und Zehn-Jahres-Marke zu Problemen kommt. Das haben wir bei einigen der längeren Missionen gesehen.«

»Sie meinen die Katastrophe mit der Neptunsonde.«

Der Bildschirm-Proctor nickte. »Es gab andere Fälle, aber das ist der dramatischste. Im Laufe der Zeit sinkt das mentale Wohlbefinden. Die Crew von NP1 erwachte kerngesund aus der Stasis, zeigte aber tiefgreifende mentale Störungen – Paranoia, Verwirrtheitszustände, Halluzinationen, Katatonie. Die Onboard-Diagnostik konnte keine physischen Veränderungen an Gehirn oder zentralem Nervensystem entdecken, aber trotzdem litten sie alle in unterschiedlichem Maße an einer Vielzahl von Symptomen einer akuten Schizophrenie. Das Crewmitglied, das den Reaktor des Schiffes in die Luft jagte, war mitten in einer paranoiden Wahnvorstellung, in der das Schiff von Schlangen wimmelte. Niemand konnte sich einen Reim darauf machen. Das heißt, bis jetzt.«

»Sie wollen sagen, Sie haben es herausgefunden.«

»Ja. Das Problem war eigentlich ganz simpel. Ihnen sind die Träume ausgegangen.«

Die Reporterin runzelte die Stirn. »Jetzt kann ich Ihnen nicht folgen.«

»Überlegen Sie doch mal, Sally. Jede Nacht, wenn Sie schlafen, träumen Sie. Manche von diesen Träumen sind sehr lebhaft, manche schnell vergessen, manche sind angenehm, andere beunruhigend. Aber in allen Fällen treffen drei Dinge zu. Erstens, der Verstand *muss* träumen. Träume sind absolut unentbehrlich für gesunde Geistesfunktionen. Sie sind wie eine Werkstatt für das Gehirn. Sie helfen uns, Erinnerungen zu sortieren und zu lagern, wichtige Zusammenhänge herzustellen und die emotionalen Daten unseres Lebens zu verarbeiten. Zweitens, solange Sie diese Träume erleben, mögen sie noch so weit hergeholt erscheinen, akzeptiert das Gehirn sie als Realität. Wenn Sie zum Beispiel träumen, Sie werden von einem wilden Tiger gejagt, haben Sie genau die gleichen Angstgefühle, die Sie auch empfinden würden, wenn sich so etwas im Wachzustand ereignen würde.

Aber der letzte Punkt ist der wichtigste. Schlicht und einfach gesagt: Woraus bestehen Träume? Die Antwort ist: Ihre Träume bestehen aus *Ihnen*. Ihre Erinnerungen, Ihre Erfahrungen, Ihre Obsessionen, alles wird zusammengemischt und in einer organisierten symbolischen Landschaft, konstruiert von Ihrem Unbewussten, inszeniert. In diesem Sinne sind sie reine Fantasieprodukte – nicht in einem abschätzigen Sinn einer minderwertigen oder untergeordneten Realität, sondern in einem erhabeneren Sinn von Werken der Fantasie, wie ein Konzert oder ein Gemälde oder ein Roman ein Werk der Fantasie ist. Sie können Ihre Träume ganz zu Recht mit Kunstwerken vergleichen. Mit anderen Worten, Ihre Träume sind ein unterbewusstes Umsortieren Ihres wachen Lebens, das dabei als Quellenmaterial dient.

Aber was ist, wenn Sie kein Quellenmaterial haben? Oder, im Fall des lang andauernden Schlafs, was ist, wenn dem Schläfer das Quellenmaterial *ausgeht*? In nur sieben Jahren hat die Crew von NP1 die geistigen Ressourcen aus gelebten Erfahrungen erschöpft. Sie haben weiter geträumt, aber im Laufe der Zeit wiederholten sich diese Träume oder wurden zu Albträumen, eine mentale Hölle, aus der sie nicht entkommen konnten, selbst als sie schließlich aus der Stasis erwachten. Der Mann, der den Schiffsreaktor zur Explosion brachte, war als Kind von einer Klapperschlange gebissen worden und wäre beinahe gestorben – ein profundes Trauma, das sein Unbewusstes in der Stasis mehrmals auf ihn losließ. Stellen Sie sich vor, die schlimmsten Ereignisse Ihres Lebens würden in Ihren Träumen wiederhergestellt und Sie wären gezwungen, sie immer und immer wieder zu durchleben, über Jahre hinweg.«

»Das klingt … entsetzlich.«

»Aber jetzt vergrößern Sie das Problem auf den Maßstab der interstellaren Raumfahrt – in unserem Fall auf eine Reise von über zweihundert Jahren Dauer. Offensichtlich würde die konventionelle Stasis da nicht funktionieren. Das wäre tatsächlich eine Form der mentalen Folter. Wir suchten nach einer Möglichkeit, die gesamte Schiffsbesatzung für achthundert Jahre mit frischem Material zu versorgen.«

Die Reporterin runzelte die Stirn. »Warum achthundert? Sie sagten, die Reise …«

»… wird zweihundertdreißig Jahre dauern. Das stimmt, aber die Traumzeit ist anders als die Realzeit. Sie ist tatsächlich deutlich schneller, in einem Verhältnis von drei Komma fünf zwei zu eins. Die meisten Menschen glauben, wie auch wir es taten, dass Traum- und Wachzustand zeitlich deckungsgleich sind, wobei der Traum vielleicht ein bisschen langsamer verläuft. Aber wie sich zeigt, ist das nicht der Fall.«

»Schön, reden Sie weiter.«

»Der Schlüssel lag in einer beständigen Auffrischung des Quellenmaterials als Stimulus. Die naheliegende Lösung bestand darin, eine computergenerierte Simulation zu bauen – einen virtuellen Raum, den die Schlafenden bewohnen konnten, während sie schliefen. Das funktionierte, aber nur vorübergehend. Nach dem Aufwachen berichteten alle Testpersonen, dass sich etwas nicht richtig anfühlte.«

»Nicht richtig? Inwiefern?«

»Nicht richtig insofern, als ihnen bewusst wurde, dass es fake war. Sie wussten nicht, *wie genau*, sie wussten es nur einfach. Die Simulation war in allen Details überzeugend, aber sie fühlte sich nicht lebendig an. Das war tatsächlich der Ausdruck, den viele von ihnen benutzten. Und als sie einmal wussten, dass es künstlich war, erwies sich diese Tatsache als zutiefst verstörend. Viele bekamen massive Depressionen. Das Leben erschien sinnlos – auch das ein Wort, das viele benutzten.«

»Gab es auch antisoziales Verhalten? Wenn alles egal ist ...«

»So etwas gab es auch, ja. Den Testpersonen war es ziemlich peinlich, als sie aus der Stasis aufwachten, aber es ist vorgekommen.«

»Und was war das Problem?«

Der Bildschirm-Proctor legte die Fingerspitzen aneinander und lehnte sich auf seinem Stuhl zurück. »Tja, wir wussten es nicht. Wir pusselten mit der Simulation herum, aber nichts schien sich großartig zu verändern. Früher oder später durchschauten es alle Testpersonen, und das Resultat war jedes Mal verstörend. Schließlich beschlossen wir, Thea an Bord zu holen.«

Wieder ein kurzer Blick in die Notizen. »Sie meinen Thea Dimopoulos, richtig?«

»Richtig. Ich kenne die Frau seit Jahren. Sie und ich waren Studienkollegen am MIT, damals, vor der Ostküstenüberschwemmung. Sie ist eine absolut brillante Computerwissenschaftlerin, die tatsächlich zur Avantgarde in der Beschäftigung mit philosophischen Fragen zur Künstlichen Intelligenz gehört, aber sie ist auch eine geniale Malerin, deren Bilder überall auf der Welt gezeigt werden.«

»Ich kenne ihre Arbeit. Ich habe ihre Ausstellung in der neuen National Gallery in Columbus gesehen.«

»Ist sie nicht wunderbar? Sie malt diese großen, herrlich expressiven Formate, ganz abstrakt und in gewisser Hinsicht auch wieder nicht, falls das Sinn ergibt.«

»Ich fand sie ... beunruhigend.«

»Das ist das passende Wort. Darum habe ich sie angerufen. Ich wollte jemanden haben, der nicht *nur* Ingenieur ist, sondern das Problem auch auf eine Weise sieht, an die wir nicht denken. Sie war schnell einverstanden, sich ins Flugzeug zu setzen und sich alles anzusehen. Ich hatte ein paar Interviews mit Testpersonen arrangiert, aber sie wollte das Konstrukt selbst erleben. Als ich sie nach zwei Wochen weckte – etwas mehr als sieben Wochen für sie –, wissen Sie, was sie da sagte? ›Eine nette Welt, die Sie da geschaffen haben, aber sie hat keine Seele.‹«

Die Reporterin runzelte die Stirn. »Was hat sie damit gemeint?«

»Die Simulation fühlte sich künstlich an, weil sie künstlich *war*. Überzeugend gerendert und durch und durch angenehm, aber mausetot. Wie Thea sagte: Es war Dekor, keine Kunst. Eins von diesen Gemälden, die man in Hotelzimmern findet. Hübsch anzusehen, und sie füllen den Platz an der Wand aus, aber das ist auch alles.«

»Und wie bringt man Seele in eine Simulation?«

»Sagen Sie mir, Sally, wer ist Ihr Lieblingsschriftsteller?«

»Wie bitte?«

»Sagen Sie's mir einfach.«

Die Frau lächelte. »Jane Austen.«

»Stellen wir uns also vor, Sie sitzen im Sessel und lesen *Stolz und Vorurteil*. Eine wunderbare Geschichte, absolut fesselnd. Sie sind völlig gefangen in dieser erfundenen Welt aus Menschen und Ereignissen. Die verschwenderische Kulisse. Die komplexen gesellschaftlichen Strukturen. Die langsam erblühende Romanze zwischen …« Der Bildschirm-Proctor machte eine Hilfe suchende Geste.

»Elizabeth Bennet und Mr Darcy.«

»Danke, es ist ein Weilchen her. Die schöne, aber starrköpfige Elizabeth Bennet – keine Verwandtschaft, möchte ich hinzufügen – und der hinreißende, aber arrogante Mr Darcy. Das Buch ist so gut, so zauberhaft, dass man beim Lesen völlig vergisst, wo man ist. Man sitzt im Wohnzimmer, hat eine kilometerlange To-do-Liste, man muss den Klempner anrufen, und der Hund muss ausgeführt werden, aber nichts davon interessiert einen im Augenblick, denn man ist in Gedanken ganz woanders. Im Kopf – das heißt, in seiner wahrgenommenen Realität – ist man auf einem Landsitz im England des zwanzigsten Jahrhunderts. Ohne Übertreibung lässt sich sagen, dass man hier tatsächlich so etwas wie einen sehr lebendigen Tagtraum erlebt. Finden Sie nicht auch?«

Ein vorsichtiges Nicken. »So weit ja.«

»Die Story nimmt ihren Lauf. Sie ist meisterhaft erzählt. Die Figuren, der Plot, der Schauplatz, die vereitelte Liebe. Gewiss müssen Elizabeth und Mr Darcy am Ende doch zusammenfinden! Tatsächlich sind Sie sehr zuversichtlich, dass es so kommen wird. Wenn nicht, wäre die Geschichte bedeutungslos, und zwar auf grausame Weise. Ihr Interesse an Austens Roman besteht nicht so sehr in der besorgten Frage, wie sich alles auflösen wird, denn ein Teil von Ihnen weiß das bereits, sondern in der subtilen Freude beim Zusehen, wie sich dieses Ende entfaltet. Wäre das zutreffend?«

»Ich denke, ja.«

»Dann möchte ich Sie fragen: Was ist der *Quell* dieser Bezauberung? Was macht diese Geschichte so fesselnd, dass die sogenannte reale Welt während des Lesens aufhört, für Sie zu existieren?«

Die Frau zuckte die Achseln. »Ich nehme an, es ist so, weil Jane Austen eine so gute Schriftstellerin ist. Ein Genie, genau genommen.«

Jetzt lächelte der Proctor auf dem Bildschirm. »Ein Genie. Ja, genau. Tatsächlich spürt man die Anwesenheit ihres Genies in jedem Satz, nicht wahr?«

»Das würde ich sagen, ja«, antwortete die Reporterin – Sally, an die ich mich jetzt allmählich genauer erinnerte (ein Sohn in der Endphase des Jurastudiums, eine Tochter auf dem College, der Mann Handchirurg, zwei Corgis; wir hatten bei einem Kaffee miteinander geplaudert).

»Um die Analogie also fortzusetzen – wäre es auch angemessen zu sagen, dass die Qualität eines Genies eigenständig ist? Das soll heißen, es gehört zu einem individuellen Geist, der den Vorsitz über die Welt der Geschichte führt?«

»Austens Geist, meinen Sie?«

»Jawohl. Es ist ihre Kunstfertigkeit, die Ihnen erlaubt, sich in die Erzählung zu versenken, die selbst eine Art gemeinsamer Traum ist. Sie ist von Austen geschaffen, aber sie spielt in Ihrem Kopf und überlagert vorübergehend die physische Existenz des Zimmers, in dem Ihr Körper weiterhin lebt.«

»Ich glaube, ich weiß, worauf Sie hinauswollen.«

»Gut. Sagen Sie es mir.«

Die Frau zögerte. »Sie wollen darauf hinaus – und ich glaube, ich verstehe Sie richtig –, dass Austen die Seele von *Stolz und Vorurteil* ist.«

Der Bildschirm-Proctor lächelte wieder. »Da haben Sie es. Das ist das Prinzip hinter der Bewusstseinsintegration. Eine Welt, hinter der keine lebende Intelligenz steht – eine Seele, anders gesagt –, ist in Wirklichkeit überhaupt keine Welt. Sie ist nur ein Ort. Das Resultat sind die Leere und Verzweiflung, die unsere Testpersonen erlebt haben. Austens Roman fühlt sich lebendig an, weil er lebendig *ist*, genau wie die Welt, in der Sie und ich zu leben behaupten, lebendig ist. Sie ist erschaffen von einem Verstand, nicht von einer Maschine, und dieser Verstand verleiht ihr das Gefühl von tiefer Ordnung und Sinn. Man sieht ihn vielleicht nicht, aber man spürt seine Anwesenheit, und das macht das Leben nicht nur erträglich, sondern lebenswert.«

Die Reporterin zog ein sorgenvolles Gesicht. »Was Sie da sagen, die Implikationen …«

»… sind ziemlich beträchtlich, ja.«

»Sie sprechen von Gott.«

»Das ist ein Wort dafür. Es gibt noch andere.«

»Wollen Sie behaupten, Sie hätten bewiesen, dass er existiert?«

Der Bildschirm-Proctor zuckte die Achseln. »Er, sie, es. Ich bin kein Theologe, Sally. Und ich behaupte keineswegs, ich hätte irgendetwas Derartiges bewiesen. Diese Dinge liegen jenseits aller Beweise, aller Wissenschaft. Was ich sagen *kann*, ist, dass dem Konstrukt ein Gott fehlte und dass es deshalb nicht funktionierte. Es brauchte eine lebende Quelle, von der es ausstrahlen konnte.«

»Eine lebende Quelle? Sie meinen, eine Person?«

»Richtig. Ein einzelnes Individuum, dessen Bewusstsein den Vorsitz über das Projekt führen konnte. So etwas wie einen … lokalen Gott, wenn Sie so wollen. Wir nennen diese Person den ›Designer‹. Der Geist der Schlafenden an Bord der *Oranios*, aller achtzigtausend, fügt sich zusammen zu dem, was im Endeffekt als kollektiver Traum bezeichnet werden kann – mit einem einzelnen Träumer, dem ›Designer‹, als organisierende Kraft. Die Insassen des Schiffes werden ganze Menschenleben in dieser Traumwelt verbringen, ohne zu ahnen, dass sie nicht echt sind. Erinnerungsunterdrückende Drogen, die ihnen vor ihrer Integration verabreicht werden, werden jede Erinnerung an ihr waches Leben eliminieren. In diesem Zustand werden die Schlafenden geboren, sie leben ihr Leben, und sie werden wiedergeboren, immer wieder, solange die Reise dauert.«

Die Reporterin braucht einen Augenblick, um das zu verdauen. »Sie sagen also, die Schlafenden sind die Lesenden eines Traums, und der Designer ist der Autor.«

»Das ist sehr gut formuliert. Der Unterschied ist nur, dass die Bewusstseinsintegration einer ganzen Bibliothek entspricht. Wenn man ein Buch ausgelesen hat, geht man einfach an ein Regal, holt sich ein neues und tritt wieder in den Traumraum ein, um ein ganz neues Leben zu leben.«

»Und das haben Sie tatsächlich geschafft?«

Der Bildschirm-Proctor nickte. »Ja.«

»Wird es sich anfühlen wie ein Traum? Werden die Menschen zum Beispiel fliegen können?«

»Leider nicht. Ich gebe zu, das würde Spaß machen, aber der ganze Sinn der Bewusstseinsintegration ist doch, die Umgebung so realistisch, so *un*-traumhaft wie möglich zu gestalten. Der Traum selbst wird, wie gesagt, vom Designer hervorgebracht, aber er wird vermittelt durch das Bewusstseinsintegrationssystem – in der Sprache der Wissenschaft das Consciousness Integration System oder kurz CIS –, eine künstliche Intelligenz, die vorherbestimmte Kontrollmechanismen auf den Traumraum anwendet – seinen Rahmen, seine fundamentalen Gesellschaftsstrukturen, seine materiellen Werte, die Welt, die er ganz allgemein *ist*. In jeder essenziellen Hinsicht wird es eine Welt wie die unsere sein, nur dass sie eben ausschließlich in den Köpfen der Schlafenden existiert. Niemand wird fliegen oder ein Examen in einem Seminar ablegen, an dem er nie teilgenommen hat, oder nackt durch eine Shopping Mall spazieren. Die Leute werden sogar ihre echten Vornamen behalten, auch wenn die Nachnamen notgedrungen durch die Generationen wandern werden.«

»Und werden die Menschen einander erkennen?«

»Das ist eine interessante Frage, und wir haben uns einige Zeit damit beschäftigt. Was wir bei unseren Testpersonen gesehen haben, ist, dass die Träumenden in unterschiedlichem Maße etwas wie Déjà-vus erleben können. Sie haben zum Beispiel die Neigung, sich selbst in vertrauten Familienverbänden und Freundeskreisen zu organisieren. Sie wissen nicht, warum sie das tun – sie fühlen sich zu bestimmten Individuen einfach stärker hingezogen. Wenn wir auf Caelus ankommen, wird CIS zwischen diesen Individuen eine engere Bindung organisieren, um sie auf den Austritt aus dem Traumraum vorzubereiten – eine Art psychologische Exit-Strategie. Ursprüngliche Nachnamen werden den Weg zu ihren Trägern finden. Das wird niemand bemerken; es wird einfach passieren.«

»Was ist mit den Kindern an Bord? Wird es sie nicht verwirren, zu träumen, dass sie Erwachsene sind?«

»Die Frage ist berechtigt. Das Thema Kinder war in der Tat ein Problem. Ursprünglich hatten wir vor, den Zugang zum Schiff aus ebendiesem Grund auf Erwachsene zu beschränken. Aber wie sich herausstellte, haben Prä-Adoleszente nur wenig Verständnis für oder Interesse an den Erlebnissen Erwachsener, und ihre Träume bleiben nur spärlich bewahrt. Sie träumen ganze Leben wie jeder andere, aber wenn sie geweckt werden, kehren sie geistig in ihren ursprünglichen kindlichen Zustand zurück. Was sie in der Stasis erlebt haben, wird ihnen, wenn sie sich überhaupt daran erinnern, wie eine alberne Maskerade vorkommen, die weder erinnerungswürdig noch interessant ist.«

»Und was passiert, wenn einer der Passagiere anfängt, vorzeitig aufzuwachen?«

»Das wird nicht passieren.«

»Aber wenn …«

»Dann würde das System ihn in den Traum zurückleiten.«

»Er müsste sterben, mit anderen Worten.«

»Im Traum, ja. Sterben und wiedergeboren werden.«

Die Reporterin überlegte. »Sie haben gesagt, CIS liefert bestimmte … Parameter, glaube ich, war das Wort.«

»Ja, die Grundzüge des Traumraums sind vorgezeichnet.«

»Von wem?«

»Von mir.«

»Dann sind Sie also der *andere* Gott.«

Der Bildschirm-Proctor lächelte betrübt. »Das sehe ich eher nicht so, aber ich spiele eine Rolle, ja.«

»Und was genau sind diese Parameter?«

»Das kann ich Ihnen nicht sagen. Erstens sind die Steuerungen, die wir etabliert haben, zwangsläufig ziemlich breit angelegt. Vieles bleibt dem Designer überlassen, dessen Absichten CIS interpretieren und verwirklichen wird. Zweitens wollen wir nicht, dass dieser oder jener Schlafende im Voraus weiß, was kommt. Wer es weiß, hat offenkundig etwas mehr Schwierigkeiten, im Traumraum zu funktionieren. Er hat zu kämpfen.«

»Zu kämpfen? Inwiefern?«

»Die Testpersonen haben es als eine Art Verdrossenheit beschrieben, eine rastlose Unzufriedenheit mit dem Leben. Nichts schrecklich Dramatisches, aber wir sehen keinen Grund, es den Leuten zuzumuten. Es soll schließlich ein guter Traum sein.«

»Achthundert Jahre gute Träume«, sagte Sally mit einem Fernsehlächeln. »Das klingt nicht so übel.«

»Nein.«

»Vielleicht sollte ich mich bewerben.«

»Ich weiß es nicht. Verstehen Sie etwas von Landwirtschaft?«

»Im Ernst? Ich kann nicht mal eine Zimmerpflanze am Leben erhalten. Obwohl, wenn ich es mir recht überlege, ich habe im Werkunterricht mal ein ziemlich gutes Vogelhäuschen gebaut.«

»Klingt vielversprechend. Schicken Sie mir Ihre Bewerbung, und wir werfen einen Blick darauf.«

Sie schwiegen beide einen Augenblick.

»Eine letzte Frage.«

Der Bildschirm-Proctor kehrte zum Geschäftlichen zurück und nickte.

»Der Designer, von dem Sie gesprochen haben, die Person, die als der lebendige Geist des Traumraums fungiert.«

»Als ihr lokaler Gott, ja.«

»Sie haben mir nicht gesagt, wer das ist.«

Und bei diesen Worten erwachte eine Erinnerung mit umfassender sensorischer Begleitung. Kerzenlicht. Der Geschmack von Wein auf meiner Zunge. Eine tröstende Hand, die über den Tisch nach meiner greift, und eine sanfte Stimme, die sagt: *Wichtig ist, dass du herausfindest, was du wirklich tun willst. Nimm mich zum Beispiel. Alles, was ich jemals sein wollte, war Designerin.*

»Das ist die wahre Schöpferin der Bewusstseinsintegration. Meine Frau, Dr. Elise Bennett.«

33

Callista Laird – im Trenchcoat, unter dem Schirm, ein Seidentuch über dem Haar – steigt die regennassen Stufen vor der Halle der Aufseher hinunter und überquert die leere Plaza. Es ist kurz nach drei, obwohl man das kaum vermuten würde; dichte Wolken, verstörend dreidimensional, sorgen für ein andauerndes, farbloses Dämmerlicht. Sie erreicht den verlassenen Hafen, freudlos im Regen, und folgt dem Fußweg neben der Schnellstraße. Endlich taucht die Kaianlage auf und mit ihr eine einsame Gestalt, die am Geländer steht und über das raue graue Wasser des Hafens hinausblickt. Dahinter liegt gut vertäut die Fähre.

Die Gestalt bemerkt nicht, dass sie sich nähert, oder sie tut, als merkte sie es nicht. Erst als Callista neben Otto steht, rührt er sich, aber er dreht sich nicht zu ihr um, sondern starrt weiter zum Horizont, dessen Linie eher theoretisch als faktisch vorhanden ist, verschwommen im trüben Wetter. Eine schwarze Limousine, wahrscheinlich seine, parkt am Bordstein.

»Callista«, sagt er mit kurzem Nicken. Auch er hält einen Schirm über sich. »Danke, dass Sie gekommen sind.«

»Warum sind wir hier, Otto?«

»Ich dachte, es wäre gut, für ein Weilchen zu verschwinden. Luft zu schnappen.« Er deutet über das Geländer. »Man sollte sich ab und zu einen Augenblick Zeit nehmen und die Aussicht genießen, finden Sie nicht auch?«

»Ich habe zu tun. Und ich stehe nicht gern im Regen.«

Otto runzelt abwesend die Stirn; er ist in Gedanken nur teilweise bei der Sache. »Also gut«, sagt er. »Wir sind hier, weil die Situation, in der wir uns befinden ... untragbar geworden ist. Der Annex gerät zusehends außer Kontrolle. Das Personal steht am Rand einer Revolte. Proctor und die anderen haben es geschafft, zu entkommen, und ich wette, sie werden beizeiten zurück sein. Der Mann wird keine Ruhe geben.«

»Ich werde mich darum kümmern, Otto.«

»Das meine ich ja. Sie *haben* sich darum gekümmert. Und sehen Sie sich an, wo wir jetzt stehen.«

»Sie wird sich beruhigen. Warren wird dafür sorgen.«

»Mit Warren habe ich keine Probleme. Sie sind es, die mir Sorgen macht. Sie vertragen so etwas nicht. Konnten Sie noch nie.«

Was sie nicht vertragen kann, ist, den Mann reden zu hören. »Ich habe Ihnen zu lange freie Hand gelassen, Otto. Das sehe ich jetzt. Ich ordne den Rückzug aus dem Annex an.«

Er zieht die Brauen hoch. »Und dann?«

»Finden Sie heraus, was sie wollen.«

»Sie wollen, was sie immer gewollt haben, Callista: Unsere Köpfe auf einem Spieß. Dafür hat Proctor gesorgt.«

»Außerdem sind Sie entlassen.«

»Ja, was das angeht.« Sein Blick wandert über ihre Schulter hinweg. »Direktor Brandt?«

Callista dreht sich um und spürt gerade noch einen stechenden Schmerz im Nacken, gefolgt von einer zähflüssigen

Kälte, als Regan Brandt den Kolben herunterdrückt. Es geht so schnell, dass Callista nicht reagieren kann. Der Schirm fällt ihr aus der Hand, und sie stolpert rückwärts gegen das Geländer.

»Was zum …«

Aber sie spricht nicht zu Ende. Ihr wird schwindelig, und ihre Zunge bewegt sich langsam im Mund. Ihre Knie werden weich, sie greift nach dem Geländer, verfehlt es aber, und dann liegt sie auf allen vieren auf dem Asphalt.

»Sie sehen nicht gut aus, Callista. Vielleicht sollten wir uns mal Ihren Wert ansehen.«

Sie kann keinen Widerstand leisten, als Regan hinter sie tritt, sie mit ihrer gesunden Hand beim Kragen packt und sie an das Geländer lehnt. Otto reißt die linke Seite ihres Trenchcoats auf und zieht den Ärmel hoch, während Regan sie einstöpselt. Das Lesegerät piepst, Regan zieht den Stecker heraus und reicht es Otto.

»Uff, sieben Prozent«, sagt er und zieht den Kopf zwischen die Schultern. »Nicht so gut.« Er reicht Regan das Gerät zurück. »Danke, Direktor Brandt. Sie können den Wagen nehmen. Ich gehe zu Fuß.«

Die Frau kehrt zum Wagen zurück und fährt los. Otto zieht das unvermeidliche Dokument aus der Jackentasche. Callista kann alldem kaum folgen.

»Ich habe hier eine Verfügung zum Zwangsausstieg. Wollen Sie einen Blick darauf werfen?«

Endlich und mit beträchtlicher Anstrengung gelingt es Callista, zu sprechen. »Lecken Sie mich … am Arsch … Otto.«

»Seien Sie ehrlich, Sie wussten, dass das eines Tages passieren würde.«

»Er hatte recht mit dem ... was er über uns gesagt hat ... oder über Sie.«

»Recht? Natürlich hatte der Mann *recht*. Warum, glauben Sie, tue ich das?«

»Sie ist meine ... Tochter.«

Otto lacht kläffend auf. »Guter Gott, das glauben Sie? Nein, das ist sie nicht. Sie haben sie wirklich nicht mehr alle, Callista.« Er sinkt vor ihr in die Hocke, fasst ihr unters Kinn und hebt ihr Gesicht, damit sie ihn ansieht. »Ich werde Ihnen ein kleines Geheimnis verraten, Frau Vorsitzende. Sie werden nicht zurückkommen. Ich habe Sie abgetrennt.«

Abgetrennt. Das Wort lässt ihr die Galle in die Kehle steigen.

»Haben Sie ehrlich geglaubt, ich hätte kein Backdoorprogramm installiert? Jemand musste es doch tun.«

»Bitte«, haucht sie. »Tun Sie das nicht.«

Otto macht eine Zwei-Finger-Geste, das Signal für »Komm her«, als riefe er einen Kellner an seinen Tisch. Zwei Wachleute erscheinen aus dem Nichts, ziehen sie hoch und schleppen sie weg. Otto sieht, wie sie sie zur Fähre und die Gangway hinaufschleifen, sie auf eine Bank setzen und zurücktreten. Die Maschinen erwachen grollend zum Leben, die Gangway wird zurückgezogen, die Sirene lässt ihren tiefen Bass ertönen, und die Fähre legt ab.

Otto kehrt in sein Büro zurück. Er hat viel zu tun, aber als Erstes muss er telefonieren. Beinahe sofort erscheint Regan in seinem Büro.

»Direktor Brandt«, sagt er, »wie würde es Ihnen gefallen, die neue Ministerin für Öffentliche Sicherheit zu werden?«

Ihr Gesicht leuchtet auf.

»Sie wären natürlich nur mir unterstellt.«

»Ich weiß nicht, was ich sagen soll. Das ist eine solche Ehre.«

»Ich nehme an, ich kann mich auf Ihre Diskretion verlassen, was den heutigen Tag angeht, Direktor Brandt. Oder sollte ich sagen, Ministerin Brandt?«

Sie erstarrt. »Absolut, Sir. Ich habe nichts gesehen.«

»Sie müssen ein paar Verhaftungen vornehmen. Ich habe hier eine Liste.«

Er nimmt die Akte von seinem Schreibtisch und reicht sie ihr. Regan balanciert sie auf dem Gipsarm, schlägt sie auf und liest.

»Das ist der gesamte Vorstand.«

»Ich muss leider sagen, dass Beweismaterial ans Licht gekommen ist, das sie als Verbündete der disruptiven Elemente im Annex identifiziert.«

»Beweismaterial?«

»Wasserdicht.«

Einen Moment lang schauen sie einander stumm an.

»Das ist unglückselig«, sagt Regan dann.

»Allerdings. Die Strafe ist unverzügliche Reiteration.«

Sie klappt die Akte zu und klemmt sie unter den Arm. »Ich werde mich darum kümmern, Sir.«

»Ich werde direkt ins Vorstandsbüro umziehen. Sie erreichen mich dort, wenn es erledigt ist.«

Als die Frau gegangen ist, lehnt Otto sich auf seinem Stuhl zurück und nimmt sich einen Moment Zeit, um seine Gefühle zu inspizieren. Das alles – es war schon lange absehbar. Es war, das begreift er jetzt, von Anfang an vorherbestimmt, seit dem Tag, als ein etwas zerknautschter Wissenschaftler namens Proctor Bennett in den Vorstandsraum der Prospera-Zentrale in Anchorage kam, seinen Platz auf dem Podium einnahm und allen mitteilte, dass sie sterben würden.

»Meine Damen und Herren, ich habe schlechte Nachrichten. Das Ende steht bevor. Für Sie, für mich, für die gesamte Menschheit. Für neun Billionen Dollar werde ich Ihnen zeigen, wie Sie sich retten können.«

Die Beleuchtung wurde heruntergedimmt. Auf der Leinwand hinter ihm erschien ein Bild – majestätisch, visionär.

»Dies«, erklärte er, »ist das Rettungsboot der Menschheit. Dies ist die *Oranios*.«

Na, das hatte allen die Sprache verschlagen. Aber neun Billionen Dollar! (Am Ende betrugen die Kosten alles in allem eher zwölf.) Mit solchen Beträgen konnte man ein ganzes Land, und zwar kein kleines, finanzieren. Aber Bennett hatte das Geld aufgetrieben. Wenn er beobachtete, wie der Mann operierte – in Sitzungsräumen und Penthäusern, auf den Rücksitzen von Limousinen und in den eleganten Salons privater Jets –, konnte Otto nur daran denken, dass Bennett seinen wahren Beruf verfehlt hatte, den Verkauf von Lebens- und Sachversicherungen. Was natürlich mehr oder weniger das war, was der Mann da tat. Vielleicht starb der Planet, vielleicht auch nicht. (Obwohl, seien wir ehrlich: Er tat es.) Man konnte sich über die Sache streiten, aber für die auserwählten wenigen, die ihre akkumulierten Anteile an den Schätzen der Welt auf Nummernkonten von den Cayman-Inseln bis Hongkong gebunkert hatten, ergab es doch Sinn, ein wenig davon für den ultimativen Plan B beiseitezulegen, oder nicht? Und sei es nur für den eigenen Seelenfrieden. Konnte man so etwas überhaupt mit Geld bezahlen? (Antwort: Ja, konnte man.

Eine Milliarde Dollar.) Und was wäre, wenn diese glücklichen Individuen in diesem Rahmen einfach weiterleben konnten wie zuvor, und das für, sagen wir, noch einmal achthundert Jahre? Das ultimative Erste-Klasse-Ticket, während die ungewaschenen Massen in der Economy reisen mussten?

Der Hammer fiel. Verkauft.

Aber wer war letzten Endes Fahrgast und wer Ladung? Otto hatte da von Anfang an einen Verdacht, aber erst als Singh ihn aus der Stasis weckte, wurde ihm klar, was Proctor tatsächlich vorhatte. Der Mann hatte den Investoren exakt das gegeben, was sie haben wollten, nämlich einen Strick, der lang genug war, um sich damit aufzuhängen.

Zeit für einen neuen Traum, denkt Otto. Dieser hier hat weitgehend ausgedient.

Der Himmel draußen vor seinen Fenstern hat sich verdunkelt, und es regnet jetzt wirklich. Er greift zum Telefon.

»Campbell.«

»Wie ist die Lage im Annex?«

»Alle unsere Agenten sind in Position.« Eine kurze Pause, dann spricht er weiter: »Was ist der Plan genau?«

»Der Plan ist, dass jeder seine Anweisungen befolgt. Fahren Sie mit den Verhaftungen und Vernehmungen fort.«

»Sie meinen, ich soll einfach … irgendjemanden verhaften?«

»Irgendjemand weiß etwas. Und diese Leute muss ich finden. Und bringen Sie den Wagen nach vorn.«

»Wo fahren wir hin?«

»Wir machen einen kleinen Ausflug aufs Land.«

Als er aufgelegt hat, loggt Otto sich im CIS ein. Er benutzt die Backdoor und ruft die Passagierliste des Schiffes auf. Der

Vorstand war erst der Anfang; es wird Zeit für einen richtigen Hausputz.

Er fängt an zu tippen.

Name für Name für Name.

Das Beste am Blindsein, denkt Pappi, ist, dass einem die Dunkelheit keine Angst macht.

Im Chaos ist irgendetwas passiert: ein kleiner Fehler, ein falscher Abzweig, dann noch einer und noch einer, und er war ganz allein. Er hörte, wie ihre Stimmen seinen Namen riefen, versuchte, ihnen zu folgen, und konnte es nicht. Die Stimmen wurden schwächer und verstummten dann. Der Gestank wurde schlimmer; er war tief in den Kloaken. Er hörte und fühlte die Anwesenheit von Ratten, ihr weiches Gewicht an seinen Knöcheln. In der pechschwarzen Dunkelheit, die ihn umgibt, findet sich keinen Anhaltspunkt; er ist Stunden um Stunden gewandert, hat mit einer Hand an der Wand entlanggestrichen und mit der anderen suchend vor sich durch die Luft getastet.

Und dann – ein Wunder! Seine Finger erfassen eine Leiter an der Wand. Langsam und vorsichtig klettert er nach oben, hakt den linken Ellenbogen in eine Sprosse und hebt die rechte Hand, bis er das Gitter ertastet. Regen fällt durch die Spalten und benetzt sein Gesicht und sein Haar. Er drückt so kräftig, wie er kann, aber das Gitter gibt nicht nach.

»Hey!«, schreit er und schlägt gegen das Gitter. »Hier drüben! Ich bin eingesperrt!«

Er wiederholt seinen Hilferuf immer wieder, und fast hat er die Hoffnung aufgegeben, als er eine Stimme hört.

»Was machst du da unten?«

Das ist eine Jungenstimme. »Das soll dich nicht kümmern. Kannst du das Gitter hochheben?«

Einen Augenblick hört man seine Anstrengungen. »Es klemmt.«

»Such dir etwas, das du als Hebel benutzen kannst.«

»Weißt du nicht, was los ist? Wir sollten nicht hier sein ...«

»Du kannst mich nicht hier hängen lassen. Bitte.«

Der Junge entfernt sich. Hat er Pappi alleingelassen? Er hängt schon zu lange an der Leiter; bald verliert er das Gleichgewicht. Er weiß nicht einmal, ob er sicher wieder hinunterklettern könnte. Aber dann hört er ein metallisches Geräusch, als der Junge eine Stange unter das Gitter schiebt. Mit leisem Ächzen lockert es sich, und der Junge schiebt es zurück. Er streckt Pappi eine Hand entgegen und hilft ihm hinaus.

»Deine Hand blutet«, sagt er.

Wahrscheinlich stimmt das.

»Mister, wir müssen hier raus.«

»Wo ist ›hier‹?«

Aber er ist allein; der Junge ist schon weg, verschwunden wie eine Rauchwolke. Es regnet in Strömen, Pappi geht in eine Richtung, fünf Schritte weit, und seine Hände stoßen auf gemauerte Ziegel. Wohin jetzt? Er bleibt still stehen und lauscht, und was er hört, ist eine Welle von akustischem Chaos – Rufe, Schreie, menschliche Bewegungen in Massen. Etwas ist im Gange, etwas Großes. Er tastet sich an der Wand entlang bis ans Ende, wo sein Raumgefühl mehr Weite spürt. Ein Mann streift ihn im Vorbeilaufen und hätte ihn beinahe umgestoßen.

»Bitte, könnt ihr mir sagen ...?«

»Komm schon, komm!«, ruft eine Frau.

»Ich versuche es ja!«, heult ein Kind.

»Wir müssen uns beeilen!«

Noch mehr Leute drängen vorbei. Pappi dreht sich um sich selbst. Er spürt, dass die Menge sich in die eine Richtung bewegt, dann in die andere und dann in beide Richtungen gleichzeitig. Er fleht um Hilfe, aber niemand hört ihn. Jemand prallt von hinten gegen ihn und stößt ihn zu Boden.

»Pass doch auf, wo du stehst!«

Der Mann läuft weiter. Wenn man alt ist, ist man vergessen; Pappi ist für niemanden mehr von Bedeutung. Die Welt rauscht vorbei, ein strömender Fluss von Menschen, aber er ist kein Teil davon. Es ist ein Club, in dem er kein Mitglied ist. Und zugleich wird ihm bewusst, dass die Situation sich verändert hat. Die Gezeiten der Menge haben sich umgekehrt. Menschen rufen, schreien, kreischen unverständliche Wörter. Jemand packt ihn beim Arm und reißt ihn hoch.

»Was ist los, alter Mann? Du musst hier weg!«

Jemand stößt ihn vorwärts. Pappi hört eine neue Art von Schritten, das synchrone Trampeln einer vorrückenden Truppe. Blindlings stolpert er vorwärts. Noch zweimal stürzt er, und jedes Mal rappelt er sich auf und kämpft sich irgendwie weiter. Vor sich hört er rhythmischen Gesang.

»Die Ankunft ist nah! Die Ankunft ist nah! Die Ankunft ist nah!«

Das Gedränge wird stärker. Er wird angerempelt und vorwärtsgeschoben.

»Pappi!«

Wer ist das?

»Pappi, bleib, wo du bist! Ich komme zu dir!«

Es ist Mutter. Pappi bemüht sich, stehen zu bleiben, aber es geht nicht, die Strömung schiebt ihn voran.

»Die Ankunft ist nah!«, skandiert die Menge. *»Die Ankunft ist nah! Die Ankunft ist nah!«*

»Nimm meine Hand!«

»Wo bist du?«

»Rechts neben dir. Nimm meine Hand.«

Aber er kann es nicht, er kann nicht einmal den Arm heben.

»Pappi!«

Ihre Stimme wird schwächer und geht im Gesang der Menge unter. Sie werden zu allen Seiten von den vorrückenden Reihen der Wache eingekesselt. Er kann kaum atmen, so machtvoll wird der Druck. Der Mob flutet plötzlich vorwärts, und Pappi verliert den Boden unter den Füßen. Er schwebt, losgelöst von der Erde, und dann geht es abwärts, und die menschliche Woge verschlingt ihn.

»Die Ankunft ist nah!«

Fäuste stoßen in die Luft.

»Die Ankunft ist nah!«

»Die Ankunft ist nah!«

34

»Ich fange mit der guten Nachricht an«, sagte Quinn.

Wir saßen zu viert im Besprechungsraum der Leitung. Sechs Stunden waren seit unserer Deintegration vergangen.

»Zunächst einmal, wir haben nicht viele Leute verloren. Auf die gesamte Schiffsbesatzung von Investoren und Kolonisten bezogen, beträgt die Ausfallrate weniger als drei Prozent, was ziemlich genau unseren Prognosen entspricht, und das ist bemerkenswert unter den Umständen, zu denen ich noch kommen werde. Abgesehen von ein paar unbedeutenden Defekten laufen alle Systeme des Schiffes normal, und die Landungsboote sind aufgeladen und betriebsbereit.«

»Okay, was noch?«, fragte ich.

Quinn zuckte die Achseln. »Das war's aus der Abteilung ›Gute Nachrichten‹, fürchte ich.«

Thea beugte sich über den Tisch. »Das ist *alles*?«

»Ich komme zum ›So lala‹, angefangen mit der Oberfläche des Planeten. Das ist eine bunte Mischung, kann man sagen. Nach dem Eintritt in den Orbit wurden erfolgreich Sonden abgesetzt. Zwei haben wir verloren, aber die anderen acht sind gelandet. Die Atmosphäre ist in Ordnung, ein bisschen sauerstofflastig, aber nichts, was problematisch wäre. Der Planet vollendet alle siebenundzwanzig Stunden eine Rotation; daran wird man sich gewöhnen müssen, aber das dürfte jedem gelingen. Die Oberflächengravitation liegt bei .86 g, um Haaresbreite unter unseren Berechnungen, was die beiden verlorenen Sonden erklärt.«

»Und was ist daran ›so lala‹?«, fragte ich. »Das klingt doch alles ziemlich vielversprechend.«

»Na ja, wie sich zeigt, ist es kalt. Das heißt, *richtig* kalt. Die globale mittlere Temperatur beträgt sechs Komma fünf Grad Celsius, etwa so viel wie in der jüngsten Eiszeit auf der Erde. Gletscherbildung reicht von den Polen beider Hemisphären bis zum zwanzigsten Breitengrad Nord und Süd.«

»Aber es sieht so blau aus«, wandte Thea ein. »Wie kann das sein?«

»Weil das Eis so kompakt ist. Das sieht man bei manchen Typen von Gletschereis. Nicht genug Luftblasen, die das Licht brechen, sodass es ungehindert durch die Oberfläche dringt, die den größten Teil des Lichts am roten Ende des Spektrums absorbiert. Weil es blau ist, sieht es aus wie flüssiges Wasser, aber das ist es nicht.«

»Gibt es *irgendeine* Stelle, wo wir landen können?«, fragte ich.

»Dazu wollte ich jetzt kommen. System, Sondenaufnahmen eins-sechs-drei bis eins-sieben-neun aufrufen.«

Ein Bildschirm erschien über dem Tisch und zeigte siebzehn Bildkacheln. Quinn ging sie schnell durch und vergrößerte und verkleinerte sie nach Bedarf mit seinen Handbewegungen.

»Caelus besteht aus 88,7 Prozent Ozean, mehr oder weniger so, wie wir es erwartet haben. Es gibt drei größere Landmassen, eine am Südpol, eine in der südlichen und eine in der nördlichen Hemisphäre. Die beiden ersten sind völlig vergletschert, aber die dritte« – er spreizte die Finger und vergrößerte das Bild – »reicht fast bis zum Äquator und endet sieben Grad nördlich davon. Das südliche Drittel ist mehr oder weniger eisfrei. Das Gelände ist hauptsächlich Gebirgswald, wie es bei dem Klima weitgehend zu erwarten ist, mit Bereichen von spärlicher Vegetation – Flechten, Moose und dergleichen. Es ist ein raues Terrain mit zahlreichen Gletschermoränen am nördlichen Rand, aber wir werden nicht erfrieren.«

»Wie kalt ist es denn?«

»Sie sollten einen Pullover mitnehmen«, sagte Quinn. »Stellen Sie sich Finnland vor.«

»Und wie sieht es mit der Vegetation aus?« Das war Antone, der Straßenbengel aus dem Annex, der in Wirklichkeit ein dreiunddreißigjähriger Bodenbiologe war. »Können wir da etwas anpflanzen?«

»Ich schicke Ihnen die Probendaten hinüber, aber die kurze Antwort lautet: Ja. Was tierisches Leben angeht, sind die Daten ein bisschen spärlicher. Wir haben ein paar Bodensäuger – zumindest säugetierähnliche, eine Art Kreuzung zwischen Ratte und Backenhörnchen, und etwas Geweihtragendes, Elch oder Reh, das in großen Herden auftritt. Natürlich gibt es mehr, aber wir haben noch nichts weiter gesehen.«

»Also kein intelligentes Leben«, stellte Thea fest.

»Die Antwort darauf ist nicht ganz so einfach.«

»Ach?«

»System, Drohnenvideo eins-acht-sieben-null aufrufen, Minute drei-vierundzwanzig.«

Die Frames auf dem Bildschirm verschwanden unter einem einzelnen, beweglichen Bild: eine felsige Küstenlinie mit mächtigen Wellen, die sich schäumend brachen, darüber Kreidefelsen, die sich zu einer weißen Wand erhoben.

»Das ist eine Aufnahme der Drohne von Sonde sieben«, erläuterte Quinn. »Sie wurde kurz nach dem Touchdown an der Südostküste des Kontinents gestartet. Passen Sie auf.«

Die Drohne, die an der weißen Wand der Klippen entlanggeschwebt war, blieb stehen und senkte sich dann vertikal bis auf ein paar Fuß über den Wellen ab.

»Warum hat sie gestoppt?«, fragte Antone.

»Weil sie darauf programmiert ist, nach bestimmten Dingen zu suchen.«

»Zum Beispiel?«

»Nach geraden Linien.«

»Warum?«

»Weil es in der Natur keine geraden Linien gibt.«

Unter Wasser war ein Gegenstand zu sehen – lang, rechteckig, aber an einem Ende zu einer Spitze gebogen. »Was ist das?«, fragte ich und beugte mich vor. »Es sieht aus wie …«

»Ja, wie ein Schiffsrumpf«, sagte Quinn. »Das dachte ich mir auch. Warten Sie ab, die eigentliche Show geht jetzt erst los.«

Die Drohne verweilte noch ein paar Sekunden, bevor sie wieder aufstieg und ihren Kurs entlang der Klippe fortsetzte. Etwas an den Uferfelsen war merkwürdig. Zwischen ihnen verstreut sah man sonderbare, verdrehte Formen wie greifende Hände. Es war totenstill im Raum; alle starrten wie gebannt auf den Bildschirm. Das Zeug am Strand wurde immer mehr und bildete schließlich eine verhedderte Barriere am Fuß der Klippe, die angefangen hatte, sich nordwärts zu krümmen und gleichzeitig an Höhe zu verlieren. Ein Stück weiter voraus sah ich die Stelle, wo die Klippe unvermittelt endete und sich eine Art Bucht auftat.

Keine Bucht.

Ein Hafen.

Die Drohne schwebte tief über dem Wasser hinein, und das Wasser war voll von rostigen Rümpfen, die sich schräg über die Oberfläche erhoben. So dicht drängten sich die Wracks, dass nicht zu erkennen war, wo das Wasser endete und das Land begann – denn auch das Ufer war erfüllt vom mächtigen Gewirr der Überreste einer einstmals großen Stadt, wie ich vermutete. Die Drohne schoss in den Himmel zurück und vergrößerte den Bildausschnitt mit den Verwüstungen: umgestürzte Türme, fremdartige Kuppelbauten, völlig zertrümmert, endlose Schuttfelder, die sich meilenweit landeinwärts erstreckten.

»Alle Drohnen haben etwas Ähnliches gefunden«, sagte Quinn. »Insgesamt sechsunddreißig Städte in ungefähr dem gleichen Zustand, etwa die Hälfte an der Küste, die andere Hälfte im Binnenland. Sie sind miteinander verbunden durch etwas, das aussieht wie Straßen, aber auch durch Gräben, die vielleicht einmal Wasserstraßen waren.«

Thea riss ihren Blick von dem Bildschirm los und wandte sich Quinn zu. »Und wer war das?«

»Caelusier, nehme ich an. Mehr werden wir erst wissen, wenn wir am Boden sind. Und auch dann … Es sieht nicht so aus, als wäre da noch viel übrig. Vielleicht finden wir Überreste der Bevölkerung, vielleicht auch nicht.«

Es brach einem das Herz. Hier gab es den unumstößlichen Beweis für anderes intelligentes Leben im Universum, aber wir waren zu spät gekommen.

Quinn sagte: »Ich habe eine Theorie – wenn ihr sie hören wollt?«

Sein Tonfall war beunruhigend. »Will ich?«, fragte ich.

»Zweierlei. Erstens«, sagte er und hob das Kinn ruckartig zum Bildschirm, »seht euch das Zentrum des Trümmergebiets genau an. Was seht ihr?«

Ich tat wie geheißen. Da waren Umrisse: eine Senke im Gelände.

»Ein Einschlagskrater?«

»Oder der Hinweis auf eine Detonation. Jede Stadt weist mindestens eine solche Mulde auf, manchmal auch etliche mehr. Das ist Punkt eins. Punkt zwei betrifft die Hintergrundstrahlung. Nicht besonders gefährlich, aber höher, als sie sein sollte, durchschnittlich ungefähr eins Komma fünf Millirem pro Stunde in den Bereichen, die wir gescannt haben, mit Hotspots wie diesem hier, wo sie bis zu drei Komma null erreicht.«

»Sie sprechen von einem nuklearen Schusswechsel.«

»Wir haben unsere eigene Nukleara̋ra überstanden. Es erstaunt mich immer noch, dass wir es geschafft haben, uns nicht selbst komplett in die Luft zu jagen. Vielleicht haben die Caelusier es nicht geschafft.«

»Und das Eis ...«

»Wäre der nukleare Winter. Der ganze Dreck in der Luft blockiert das Sonnenlicht und versetzt das Klima in eine Feedback-Schleife. Die Planetenoberfläche wird immer kälter, bis auch die Überlebenden verhungern. Wenn ich mir die Moränenmuster ansehe, würde ich sagen, dass das Eis erst jetzt anfängt, sich zurückzuziehen.«

»Und Sie sagen, die Caelusier haben sich das selbst angetan. Wie wir.«

Quinn nickte. »Mit anderen Mitteln, aber ja. Sie haben alles versaut. Genau wie wir.«

Wir schwiegen alle vier eine Zeit lang.

»Haben die Drohnen eine Siedlungsstätte isoliert?«, fragte ich schließlich.

»Bis jetzt nicht.«

»Dann lassen wir sie wieder starten.«

»Sie haben keine Energie mehr.«

»Wieso verlieren sie Energie? Müssen sie nicht einfach zu ihren Stationen zurückfliegen und sich aufladen?«

»Die Stationen sind auch tot.«

Das ergab keinen Sinn. »*Alle?* Wie kann das sein?«

»Na ja …« Der Mann klang plötzlich vorsichtig. »Dazu wollte ich noch kommen. Anscheinend sind wir nicht einfach … angekommen. Wir parken schon seit einer Weile im Orbit.«

Ich hatte plötzlich ein hohles Gefühl im Magen. »Was heißt ›eine Weile‹?«

Er atmete tief durch. »Hundertsiebenunddreißig Jahre zweihundertneunundneunzig Tage.«

Es war Warren gewesen.

Warren Singh, Chief Medical Officer, dessen Aufgabe es war, als Erster aufzuwachen, um sich von Gesundheit und Unversehrtheit des Exekutivpersonals zu überzeugen und unsere Deintegration zu beaufsichtigen. Das alles hatte er auch getan.

Und dann, neunundsiebzig Stunden später, hatte er uns zurückgelassen, wie wir waren, und sich selbst wieder in den Traum eingefügt.

Ich stelle mir den Mann in diesen dreieinhalb Tagen vor. Wie allein muss er sich gefühlt haben, wie beunruhigt und verstört, als er aus einem paradiesischen Traum in diesen nüchternen Container geschleudert wurde, der hoch über einem gefrorenen Meer schwebte. Ich kannte den Mann seit Jahren und zählte ihn zu meinen besten Freunden. In der physischen Welt hatte er große Ähnlichkeit mit dem Warren des Dreamspace – selbstbewusst und cool, mit einem fröhlichen, entspannten Auftreten und einer großen Lebenslust. War er durch die Gänge marschiert und hatte Flüche gegen sein Schicksal gemurmelt? Hatte er auf die eisige Kugel unter sich gestarrt und ihren Namen verflucht? Und wie könnte ich es ihm verdenken? Denn es gab keine Welt, die sich für Dr. Warren Singh besser geeignet hätte als die Welt von Prospera – ihre milden Tage und die sanften, tropischen Nächte, ihre entspannte Gesellschaft und die grenzenlosen Vergnügungen, die coolen Romanzen und die leidenschaftlichen Kollisionen im Dunkeln. Wie konnte ein solcher Mann angesichts des Lebens in einer eisigen Tundra nicht auf den Gedanken kommen, seine Optionen neu abzuwägen?

Aber ich bin zu nett. Der Mann war ein Feigling.

Was ich mit Sicherheit sagen kann, ist dies: Achtundzwanzig Stunden nach seiner Deintegration traf mein alter Freund Warren Singh eine Entscheidung. Er entschied, nichts zu entscheiden. Diese Last überließ er anderen, die höher in der Nahrungspyramide standen als er: Callista Laird und Otto Winspear, die Warren im Folgenden weckte. Schock und Bestürzung waren für sie ohne Zweifel so groß wie für ihn, und nicht bloß wegen der rauen Bedingungen auf diesem Planeten. Callista und Otto waren vieles, aber dumm waren sie nicht. Zwei Tage später reintegrierten die drei sich wieder, aber nicht ohne vorher einen ständig wechselnden Passcode im System zu installieren, um zu verhindern, dass wir sonst noch jemanden weckten, ob Kolonisten oder Investoren. Wir waren vollständig ausgesperrt.

»Und Leute von innen zu wecken mithilfe der Backdoor?«, fragte Thea.

Quinn schüttelte den Kopf. »Weißt du noch, wie ich nicht an der Firewall vorbeikam? Das gleiche Problem. Ich habe meine Zeit verschwendet.«

»Und wie kommt es dann, dass wir vier wach sind?«

Quinn dachte einen Moment nach. »In Proctors Fall würde ich sagen, er hat schon eine Weile versucht aufzuwachen. Daher kamen die Echos die ganze Zeit. Darum hatten Warren und die anderen es so verdammt eilig, Sie in die Nursery zurückzuschicken.«

»Das bedeutet, dass die drei *keine* Gedächtnisblocker nahmen, als sie sich reintegrierten. Sie erinnern sich an das, was sie getan haben.«

»Das ist nicht alles«, sagte Quinn. »Ohne die Blocker wären sie statische Wesenheiten im Dreamspace.«

»Das heißt?«

»Sie altern nicht. Sie sind genauso wie an dem Tag, als sie hineingegangen sind, vor hundertsiebenunddreißig Jahren Realzeit. Sie brauchen nie eine Reiteration.«

»Aber nichts davon erklärt, wie wir vier herausgekommen sind«, sagte Thea.

»Nein«, antwortete Quinn, »aber es ist ein Hinweis. Der Dreamspace ist nicht grenzenlos. Er reicht nur so weit, wie ein einzelnes Hirn es erfassen kann.«

»Du meinst Elise«, sagte Thea.

Quinn nickte. »Das alles ist ein bisschen theoretisch, weil wir es nie getestet haben. Aber ich würde sagen, wir haben die äußere Grenze des Konstrukts überquert, eine Art Grenze zwischen Dreamspace und realem Raum. Das war der Auslöser für CIS, uns ins Vestibül zu bringen.«

»Es gibt also doch eine Möglichkeit, Leute von innen zu wecken.«

»Theoretisch, klar. Aber willst du achtzigtausend Menschen überreden, einander bei den Händen zu halten und über den Rand der Welt zu segeln? Das klingt nach einem ziemlich harten Verkaufsgespräch.«

»Aber es muss etwas geben, das wir tun können«, sagte Thea.

»Glaub mir, ich bin ganz Ohr. Aber das ist nicht unser einziges Problem.« Quinn sah Antone an. »Sag mir, wie viel weißt du noch aus dem Traum?«

Ich gestehe, es fiel mir schwer, den neunmalklugen Straßenbengel, dem ich im Annex begegnet war, mit dem erwachsenen Mann in Verbindung zu bringen, der hier vor mir saß. »Nicht viel«, sagte er. »Es ist alles noch ziemlich durcheinander.«

»Aber mit der Zeit lässt das nach?«

Er nickte. »Das würde ich sagen, ja.«

»Gibst du uns eine Minute?«

»Du meinst, ich soll rausgehen?«

»Willst du nicht ins Labor hinuntergehen? Ich schicke dir die Bodendaten hin, damit du sie dir ansiehst.«

Antone blickte mich, dann Thea und schließlich wieder Quinn an. »Okay«, sagte er und stand auf. »Ich bin im Labor, wenn ihr mich braucht.«

»Danke, Antone.«

Antone ging hinaus.

»Proctor«, sagte Quinn, als die Tür sich geschlossen hatte. »Was zum Teufel …«

Ich hatte es natürlich kommen sehen. »Sagen Sie, was Sie denken.«

»Okay, das werde ich. Sie wissen, was in den nächsten paar Stunden passieren wird? Dieser nette Bodenbiologe, der keiner Fliege etwas zuleide tut, wird denken: Ich bringe sie um, diese Dreckschweine. Alle Testpersonen haben sich an den Traum erinnert, Proctor. *Alle*. Manche früher, manche später, aber das Resultat war das gleiche. Was glauben Sie, was passiert, wenn es uns tatsächlich gelingt, die Kolonisten aufzuwecken? Sie werden die Investoren in Stücke reißen.«

»Das werden wir sehen, wenn es so weit ist.«

»Klären wir es jetzt. Sie sind derjenige, der die Parameter aufgestellt hat. Achthundert Jahre gute Träume, richtig?«

»Das hat der Vorstand so gewünscht.«

»Dann erklären Sie, wie daraus ein Polizeistaat werden konnte. Die Kolonisten leben im Dreck, und wir Übrigen spielen Tennis und essen Kanapees vom Silbertablett.«

»Das kann ich nicht erklären.«

»Ich denke, doch. Sie wollen es nur nicht aussprechen.«

»Ich weiß ehrlich nicht, wovon Sie reden.«

Über den Tisch hinweg wechselten Quinn und Thea einen wachsamen Blick.

»Herrgott noch mal«, sagte ich, »ihr beide, raus mit der Sprache.«

Thea beugte sich vor, um mir in die Augen zu sehen. »Ich weiß, du willst das nicht, Proctor, aber wir müssen Elise'

Rolle in alldem berücksichtigen. Wir wissen alle noch, wie es ihr ging.«

»Sie war aufgebracht. Das waren wir beide. Wir hatten unsere *Tochter* verloren.«

»Ich weiß, es ist schmerzhaft …«

»Es ist nicht schmerzhaft, es ist irrelevant. Warren ist es, über den wir sprechen sollten.«

»Die Nursery. Die Monitore. Die Faxe und Drohnen. Wie erklärst du die?«

»CIS hat die Parameter so interpretiert.« Mir war nur allzu bewusst, dass ich klang, als würde ich mich verteidigen. »Ein bisschen frei, okay, das gebe ich zu.«

»Gar nicht mal so frei«, widersprach Thea. »Es bekommt seine Stichworte vom Designer.«

Ich sah die beiden an. »Wollt ihr damit sagen, Elise ist für all das verantwortlich?«

»Überleg doch mal, Proctor. Ein Leben ohne Schmerz, ohne Trauer, ja, sogar ohne Tod. Eine Welt, in der die Menschen alle ihre Sorgen vergessen konnten. Eine Welt ohne … Kinder.«

Ich stand vom Tisch auf. »Ich werde mir das nicht eine Minute länger anhören.«

»Proctor …«

»Lass ihn gehen«, sagte Quinn.

Und ich ging.

Ich zog mich in mein Quartier zurück. Ich hatte die Stasis-Container noch nicht aufgesucht, denn ich wusste, was mich dort erwartete. Eine Weile döste ich, aber mein Geist war außerstande, die Grenze zwischen der schlafenden und der wachenden Welt zu überwinden. Ich hatte dreihundertsechsundsechzig Jahre geschlafen; also war vielleicht das der Grund. Würde ich je wieder wirklich schlafen?

Schließlich gab ich es auf und fuhr mit dem Lift hinunter in den Hauptteil des Schiffes. Ich wanderte durch die Gänge und dachte an Prospera und an das, was dort jetzt vorgehen mochte. War unsere Flucht bemerkt worden? Und wenn ja, wie sähen die Konsequenzen für die Leute aus, die wir zurückgelassen hatten?

Und meine Gedanken richteten sich, wie ich es vorhergesehen hatte, auf Elise. Nicht auf die Elise aus dem Dreamspace, die jetzt mit Warren allein auf dem Land war, sondern auf die *wirkliche* Elise. Die Elise, die in mein Leben gerauscht war und alles verändert hatte.

Im Dreamspace hatten wir uns auf einer Party kennengelernt; im wirklichen Leben war es nicht viel anders gewesen. Nicht auf einer großen Veranstaltung in einem Ballsaal, sondern bei einem kleinen Abendessen, zu dem eine gemeinsame Freundin eingeladen hatte und bei dem Elise und ich nebeneinandergesessen hatten. Ich stand seit Kurzem in Kontakt zu Prospera Corp. und arbeitete auf ihrem Satellitencampus in Berkeley. Elise hatte soeben ihr Postdoc-Studium der Neurophysiologie in Stanford beendet. Das Thema unserer Unterhaltung waren Träume – nicht im allgemeinen Sinn dessen, was man sich im Leben erhoffte, sondern in Bezug auf die psychologischen Mechanismen, die diese Gedanken zu einer symbolischen Landschaft formten. (Ich wurde geplagt von Albträumen über diverse bevorstehende Katastrophen, von denen nur ich wusste; wenn ich versuchte, anderen davon zu erzählen, ignorierten sie mich. Elise träumte oft davon, sich auf See zu verirren, aber sie hatte dabei keine Angst.) Nach dem Essen zogen wir auf die Couch um und unterhielten uns weiter bis tief in die Nacht hinein. Wir waren so vertieft, dass wir gar nicht bemerkten, wie unsere Gastgeber zu Bett gingen – eine wunderbare Anekdote, die wir und unsere Freunde uns noch Jahre danach erzählten. Wie gescheit sie war, wie clever und komisch und gutherzig. Sie hatte ein Leuchten in sich, eine Lebenskraft, die ich bei niemandem sonst je gefunden hatte. Die Verzauberung war total; im Geiste hatte ich in diesem Augenblick angefangen, eine Zukunft mit ihr zu bauen, die niemals enden sollte.

Und ich dachte auch an die Elise nach Caelis Tod. Die Elise jener schrecklichen Monate, die zu einem schrecklichen Jahr wurden. Die trauernde Elise, stumm und untröstlich, die sich so tief in sich selbst zurückzog, dass ich sie nicht mehr erreichen konnte, sosehr ich mich auch bemühte. Die wegging und nie mehr zurückkam. Die mich allein ließ.

Nach dem Sturm hatten wir unser Haus sofort verlassen. An dem Ort zu wohnen, wo unsere Tochter gestorben war – jeden Tag ihren Geist zu sehen: Dieser Gedanke war unerträglich. Erst zogen wir ins Hotel, und als sich das für zwei zerstörte Seelen als zu klein erwies, wohnten wir in Callistas und Julians Gästehaus, das der Sturm irgendwie verschont hatte. (Die Welt stand am Rand der Katastrophe, aber für Leute wie Julian und Callista, die über die Mittel verfügten, sich zu isolieren, stand das Schlimmste immer noch bevor). Das Gästehaus war ziemlich luxuriös und geräumig genug für uns beide, sodass wir einander fast vollständig aus dem Weg gehen konnten. Vor unseren Fenstern lag ein blühender Garten, perfekt getrimmt. (Einen Pool gab es Gott sei Dank nicht.)

Stundenlang ging Elise auf den manikürten Wegen spazieren. Sie schwebte zwischen den Hecken, den preisgekrönten Rosen, den blühenden Bäumen mit den hängenden Zweigen. Vom Fenster aus gesehen, erschien ihre Gestalt beinahe stofflos, als hätte die schiere Größe ihrer Trauer ihre körperliche Gestalt zu einer Wolke von Atomen zerstieben lassen. Sie war außerstande, mich auch nur anzusehen und meine Existenz zur Kenntnis zu nehmen. Von Caeli sprach sie mit keinem Wort, sie erwähnte nicht einmal ihren Namen. Stundenlang beobachtete ich sie vom Fenster aus und dachte: *Wo bist du, wohin bist du verschwunden? Du musst es mir nur sagen, und ich werde auch dort hingehen.*

Ich war ein Wrack, aber von anderer Art. Mit absoluter Hingabe stürzte ich mich kopfüber in meine Arbeit und traf die letzten Vorbereitungen für die Abreise. Dass unsere Tochter nicht bei uns sein würde, verstärkte nur meine Besessenheit und mit ihr eine schreckliche Vorahnung, die sich als zutreffend erwies und sich mit erstaunlicher Schnelligkeit bewahrheitete. Mit einer so abrupten Endgültigkeit empfing die Menschheit ihre fristlose Kündigung, dass die großen Geister unserer Ära kaum Zeit fanden, über unseren Untergang nachzudenken. Die informationelle Superstruktur, die uns als Spezies verband – die Peoria mit Palau und Boise mit Bangkok verknüpfte –, fiel buchstäblich über Nacht aus, dicht gefolgt von Weltwirtschaft, Lebensmittel- und Energieversorgung, Verkehr, gebräuchlichen Währungen und allem, was sich im weitesten Sinne als Regierung bezeichnen ließ. Das Militär der Welt löste sich in seine schwer bewaffnete Teile auf. Während die Natur die Krallen wetzte, fielen die Menschen übereinander her wie Hunde, die sich um einen Brocken sehniges Fleisch balgen. Mit einem Wort, alles wurde dunkel, und zwar buchstäblich über Nacht.

Die *Oranios*, bereits gebaut, erwartete uns im höheren Orbit, sicher vor allen Katastrophen; sie kreiste um den Planeten und war stumme Zeugin jener schrecklichen Wochen voller Stürme und Hungersnot, Feuer und Flut, Verwirrung und Tod. Die Tage vor dem Start entfalteten sich in einem wirbelnden Chaos, als wir die Shuttles, die uns in Sicherheit bringen würden, hastig startklar machten. Wir hatten geglaubt, wir würden viel mehr Zeit dafür haben. Der Vorgang sollte mit Bedacht ablaufen und den Leuten Zeit geben, ihre Angelegenheiten zum Abschluss zu bringen und sich bereit zu machen. Die meisten Investoren waren nicht einmal anwesend, sondern mussten geholt werden – eine komplizierte, zeitraubende und gefährliche Aufgabe, denn inzwischen war die Atmosphäre, diese dünne, Leben spendende Hülle, in wütendem Aufruhr.

Und dann erschienen die Mobs.

Das Projekt *Oranios* war kein Geheimnis. Es war schon lange ein Gegenstand des öffentlichen Interesses. Wir waren gezwungen gewesen, Tausende von Bewerbern abzulehnen – Leute, die wie wir die Sirene des Katastrophenzugs gehört hatten, der da auf uns zugerast kam. Aber die mediale Berichterstattung war im Großen und Ganzen skeptisch gewesen. Unser Unternehmen wurde als kolossale Geldverschwendung einer Handvoll eitler Milliardäre und alarmistischer Spinner beschrieben.

Diese Auffassung war jetzt Vergangenheit. Von Prosperas Campus in Anchorage waren es etwa hundert Meilen bis zum nördlich gelegenen Shuttle-Startbahnhof in Talkeetna, den man nur auf dem Fluss und einer einsamen Straße erreichte. Beide Anlagen waren durch Zäune und bewaffnete Sicherheitskräfte geschützt, aber sie waren kaum Festungen zu nennen. Auf die Horden verzweifelter Menschen, die über uns herfielen, waren sie jedenfalls nicht vorbereitet. Die Leute drängten sich an die Zäune wie Rinder in einem Pferch, schreiend, brüllend und um ihr Leben flehend. Sie hielten ihre Kinder hoch, boten die intimsten Dienste an und wedelten mit Fäusten voll wertloser Geldscheine. Ascheregen fiel auf sie herab; buchstäblich der ganze Kontinent westlich des Mississippi stand lichterloh in Flammen. Eine unaufhaltsame Feuerwand bewegte sich auf den Atlantik zu und verzehrte alles auf ihrem Weg.

Die Letzten von uns wurde auf dem Luftweg evakuiert, als die Zäune eingerannt wurden und die ersten Schüsse auf beiden Seiten fielen. Mit mir im Lifter saßen Elise, Warren, Thea und Oona, meine Stabschefin. Wir kreisten tief über dem Campus, gingen auf Nordkurs und folgten dem Highway landeinwärts. Dichter Rauch hing in der Luft. Niemand sprach; starke Böen schüttelten das Flugzeug. Unter uns sah ich keinen Highway, sondern eine pulsierende Arterie aus panischen Menschen, die alle in dieselbe Richtung strömten wie wir.

Elise' emotionale Not war in den Monaten nach dem Tod unserer Tochter Gegenstand ausgedehnter Befragungen geworden. Nach allgemeiner Auffassung war ihr Geisteszustand inzwischen zu heikel geworden, als dass sie noch in der Lage wäre, die Aufgabe des Designers zu erfüllen. Unsere Suche nach einem geeigneten Ersatz (von der Elise nichts wusste) hatte uns zu dem Schluss geführt, dass ich diese Aufgabe an ihrer Stelle übernehmen sollte. Aber CIS war auf Elise eingestellt, und so würden wir zentnerweise neuen Code schreiben müssen. Sechs Monate würde das mindestens dauern, vielleicht sogar ein Jahr, Zeit, die wir plötzlich nicht mehr hatten.

Vielleicht hätte ich Elise von unserem Plan erzählen müssen. Ich weiß nicht genau, warum ich es nicht getan habe. Diese Bürde von ihren Schultern zu nehmen hätte ihr Leid vielleicht gelindert. So oder so, es war leicht, unser Tun zu verbergen. Sie sprach kaum mit mir, und wenn sie es tat, war es immer nur ein knapper Wortwechsel über irgendeine rein praktische Frage. Wir waren im Gästehaus geblieben, weil uns die Möglichkeiten fehlten, etwas Eigenes zu finden. Ich gewöhnte mir an, nachts oft auf der Couch in meinem Büro zu schlafen, und sagte mir, das sei eine pragmatische Lösung – ich arbeitete Tag und Nacht –, aber die Realität war krasser: Ich wollte mich mit dem Problem, also mit meiner Frau, nicht länger befassen. Ich war einsam, ich war traurig, meine Gedanken waren schwärzer, als man es sich vorstellen kann. Aber wenn ich sie aufsuchte – den einen Menschen, von dem ich glaubte, er könne meine Gefühle verstehen, weil wir beide den gleichen Verlust erlitten hatten –, fand ich nichts als Schweigen und einen leeren Blick.

Ich sage das nicht, um zu rechtfertigen, was geschehen ist, sondern einfach, um einen Kontext herzustellen. Was zwischen Thea und mir geschehen war, war ein Anlass für enorme Schuldgefühle, und diese Schuldgefühle hinderten uns daran, die Begegnung zu wiederholen. Aber Schuldgefühle sind nicht das Gleiche wie der Wunsch, es niemals getan zu haben. Allenfalls hat es mich gerettet.

Ein Abend im Juni, nur wenige Wochen bevor alles zusammenbrach. Thea und ich waren allein im Büro; Quinn war nach Hause gegangen. Es war nichts Neues, aber es fühlte sich anders an. In Elise' Abwesenheit war ich mehr und mehr auf Thea angewiesen, wenn ich die emotionale Unterstützung brauchte, die man normalerweise in einer Ehe findet, und natürlich gab es eine Vorgeschichte, die Geschichte einer ersten, leidenschaftlichen Liebe. Wir waren damals im Graduiertenstudium gewesen, jung und arm und lebenslustig; unsere Beziehung, die drei Jahre dauerte, verging in einem Nebel von jugendlicher Inbrunst und dem Charme des Bohemien-Lebens. Unser Apartment in einem heruntergekommenen dreigeschossigen Altbau in der Nähe des MIT-Campus war zu einem Drittel Computerlabor, zu einem Drittel Kunstgalerie (noch viele Jahre später ließ der Geruch von Ölfarben meine Gedanken in diese verzauberten Tage zurückkehren) und zu hundert Prozent Schlafzimmer. Ich konnte nicht fassen, wie viel Glück ich hatte, wie viel Glück ich erlebte.

Unsere Affäre war nicht von Dauer gewesen. So etwas dauert selten lange; das Ende ist in den Anfang eingebaut. Es gibt auch nicht einen speziellen Grund für die Trennung. Unsere separaten Ambitionen, die zeitraubende Intensität unserer Arbeit, unsere divergenten Temperamente und das erst halb geformte Gefühl für uns selbst, das alles spielte eine Rolle. Risse erschienen, dann weitere Risse, bis wir eines Tages unvermittelt auf dem Gehweg neben ihrem offenen Kofferraum standen und beide weinten.

Wir hatten uns in überlappenden beruflichen Zirkeln bewegt und waren so über die Jahre in Kontakt geblieben. Im Laufe der Zeit erschienen die Kräfte, die uns auseinandergetrieben hatten, klein im Vergleich zu der innigen Erinnerung an unsere Zeit miteinander. Dass Thea nie geheiratet hatte (sie war dicht davor gewesen, sagte sie, hatte den letzten Schritt aber nie getan), fand ich nicht so merkwürdig; ihre Arbeit, sowohl als theoretische Computerwissenschaftlerin wie auch als Malerin von wachsendem Ruhm, war immer ihre oberste Priorität gewesen. (Tatsächlich war das einer der Gründe gewesen, weshalb wir uns getrennt hatten.) Mit anderen Worten, wir waren Freunde geworden, aber Freunde von einer bestimmten Art: Unsere Interaktion enthielt immer ein Wispern der Erinnerung an die Intimität, an die Nähe, die wir in einer entscheidenden Zeit unseres Lebens geteilt hatten.

Manchmal, gegen zwei Uhr nachts, stiegen wir schielend vor Erschöpfung aufs Dach, um noch einmal frische Luft zu schnappen. In Süd-Alaska geht die Sonne im Juni nie ganz unter. Sie gleitet kokett über den Horizont und wirft ein halbdunkles Licht, das jetzt vom Rauch der großen Brände gefärbt war, die bereits angefangen hatten, den amerikanischen Westen zu verzehren. Eine Zeit lang, vielleicht fünf oder zehn Minuten, standen Thea und ich an der Brüstung und schauten zu den Wassern der Cook Inlet und den Schattenbergen im Westen hinüber. Einer von ihnen, der Mount Susitna, wird auch »Sleeping Lady« genannt, denn seine gerundete Silhouette hat unverkennbare Ähnlichkeit mit einer ruhenden Frau. Mein Blick wurde in dieser Nacht davon angezogen, und je länger ich hinschaute, desto mehr nahm mich das Pathos dieses Anblicks in Beschlag, dieses in Ewigkeit erstarrten Körpers. Das Gefühl verzehrte mich so vollständig, dass ich anfing zu weinen und zu schluchzen. Ich zitterte am ganzen Leib, geschüttelt von meinem Schmerz.

Ich hatte oft um Caeli geweint. Ich hatte um meine Frau

geweint, die jetzt so unerreichbar war, dass sie eine Fremde für mich geworden war. Das hier war anders. Die Tränen kamen von einem Ort, der so abgrundtief war, dass ich wusste, ich trauerte um etwas anderes. Ich trauerte um alles. Um die ganze dem Untergang geweihte Menschheit und um eine Welt, die uns nicht mehr lieben konnte, weil wir sie nicht geliebt hatten.

Und Thea – mir wurde bewusst, dass sie mich in die Arme genommen hatte. Auch sie weinte. Kein Wort wurde gewechselt, nur das Gefühl dieses Augenblicks: die Erinnerung an die Menschen, die wir einmal gewesen waren, so lebendig und voller Hoffnung, und an das gemeinsame Leben, das wir nicht hatten leben wollen. Da küsste sie mich, oder ich küsste sie – der Unterschied bedeutete nichts. Wir küssten uns nicht, wir fielen, fielen zurück in die Zeit.

Der Rest war unausweichlich.

Kaum zwei Wochen später fanden wir uns in einem Lifter wieder und rasten nach Norden. Zur Linken der Fluss, unter uns die Fluten der Sterblichkeit, die letzte verzweifelte Armee, die dem Highway folgte. Die Asche wurde dichter und wirbelte an den Fenstern vorbei wie schwarzer Schnee. Das Brüllen der Triebwerke machte ein Gespräch unmöglich, aber was sollten wir auch sagen? Elise lehnte sich an mich, eine welke Blume. Auf der anderen Seite des Ganges warf Thea mir einen warnenden Blick zu, und ich wusste, was wir beide dachten: Wie wird es sein, jahrhundertelang in den Träumen einer gebrochenen Frau zu leben?

Wir näherten uns dem Startzentrum, als zwei der verbliebenen Shuttles zur *Oranios* sich in die Luft erhoben. Projektilförmig und mit stahlglänzender Haut, schossen sie auf orangegelben Flammenkegeln himmelwärts. Ein Meer von Menschen umringte das Gelände, mehrere Hundert Reihen dicht. Quinn erwartete uns, als wir von Bord gingen. Die Umzäunung würde nicht mehr halten, sagte er. Wir durften keine Zeit verlieren; wir mussten sofort das letzte Shuttle besteigen.

Was eine feierliche Abreise hatte werden sollen, wurde jetzt zu einer panischen Flucht. Es war keine Zeit, zu philosophieren. Wir waren nicht die erste interstellare Reisegesellschaft der Menschheit, sondern gemeine Flüchtlinge, die um ihr Leben rannten. Wir kletterten auf einen Lastwagen und rasten zum Startplatz. Hinter uns wurde geschossen, eine Serie von Schüssen, schnell hintereinander. Die Security war überwältigt worden, die Menge rollte über sie hinweg wie eine Dampfwalze. Entweder das, oder sie hatten sich zusammengetan. Am Fuße des Startgerüsts kamen wir schleudernd zum Stehen. Die Massen rückten schnell heran. Stampfende Schritte, Rufe, Schreie, weitere Schüsse. Kugeln schwirrten über uns dahin und prallten singend von der Außenhaut des Shuttles ab. Wollten sie uns alle umbringen? Das Shuttle mit seinen vollen Tanks war eine fliegende Bombe. Ich schirmte Elise mit meinem Körper ab und wollte mit ihr zum Aufzug rennen, als sie mich plötzlich von sich stieß.

»Nein!«

»Elise, was hast du vor?«

Ihr Gesicht war von Grauen verzerrt. »Ich lasse sie nicht allein!«

Sie lief weg, aber mit drei langen Schritten hatte ich sie um die Taille gepackt und zu Boden gerissen.

»Zum Teufel mit dir!« Sie schlug um sich und kratzte und wehrte sich wie ein wildes Tier. »Lass mich los!«

Warren warf seinen Rucksack auf den Asphalt und wühlte darin herum, bis er eine Spritze und eine Ampulle gefunden hatte.

»Ich kann sie nicht alleinlassen!«, weinte Elise. »Zwing mich nicht!«

Ich hielt sie fest, während Warren ihren Hosenbund herunterzog und die Nadel in die blasse Haut darunter stieß. Schon bevor der Kolben unten angekommen war, spürte ich, wie sie erschlaffte. Die Menge war jetzt so nah, dass ich einzelne Gesichter unterscheiden konnte – verzerrt, verängstigt, verrückt. Ein riesiger, vollbärtiger Mann wie ein großes Waldwesen trug ein Gewehr über der Schulter und ein Kleinkind auf dem Arm. Eine Frau lief neben einem Hund her, den sie an der Leine führte, eine Art Jagdhund, und ihr graues Haar wehte unter einer orangegelben Mütze hervor. Zwei Teenager, ein Pärchen, kamen Hand in Hand auf uns zugerannt und schrien, wir sollten warten und sie retten.

Ich nahm Elise auf den Arm und lief mit ihr zum Aufzug. Quinn schlug das Tor zu, als die Vorhut des Mobs dort ankam. Die Menschen warfen sich gegen den Stahldraht und krallten verzweifelt die Finger in die Maschen. Wieder fielen Schüsse, und Kugeln prallten von den Streben des Gerüsts ab. Jemand – vielleicht war ich es – drückte auf den Knopf, und der Aufzug setzte sich nach oben in Bewegung. Drei Meter, fünf, zehn. Einer der beiden Teenager, der Junge, stand immer noch am Zaun und streckte die Finger durch den Maschendraht. Unsere Blicke trafen sich in einem herzzerreißenden Sekundenblitz.

»Bitte«, rief er und wurde zurückgerissen.

Wir setzten die Aufzugfahrt fort, aber nicht schnell genug: Die Verfolger hatten die Treppe gefunden. Sie hasteten am Startgerüst hinauf wie ein Heer von rasenden Ameisen. Wir würden als Erste oben sein, aber der Vorsprung würde nicht groß sein. Ein paar der Leute richteten ihre Wut gegen das Shuttle selbst; sie beharkten die glänzenden Flanken mit Kugeln, als könnte sie das irgendwie retten. Wir erreichten die Fahrgastbrücke, stiegen nacheinander durch die Luke und verschlossen sie hinter uns, Sekunden, bevor der Mob sie erreichte. Alle nahmen ihre Plätze ein, während ich Elise anschnallte. Ihre Augen waren fast geschlossen; die Lider flatterten wie winzige Schmetterlinge.

»Ich kann sie nicht verlassen«, murmelte sie. Ihr Gesicht war streifig von Tränenspuren, ihr Haar grau von Asche überstäubt. »Bitte zwing mich nicht, sie zu verlassen …«

Hastig kletterte ich die Leiter ins Cockpit hinauf, wo Jason vor den Steuerinstrumenten saß. Unter uns rotierte das Passagierabteil in Position. »Starten Sie«, sagte ich. »Sofort.«

Er sah mich entsetzt an. »Und was ist mit diesen Leuten am Gerüst? Die werden eingeäschert werden.«

»Das können wir nicht ändern. Starten Sie die Triebwerke, oder ich tu's.«

Für sie würde es schnell gehen, sagte ich mir. Ein Donnerschlag, eine Feuerwelle und dann nichts mehr. Es wäre fast eine Gnade.

Die Triebwerke zündeten. Ich wurde in meinen Sitz gepresst. Der Augenblick des Abflugs, unwiderruflich. Wir verließen unseren Planeten, unser Leben, alles, was wir gekannt hatten. Das Shuttle hatte den Tower verlassen, und wir schossen himmelwärts, weg von der großen blauen Wiege unserer Art. *Goodbye, Caeli*, dachte ich und schloss die Augen. *Goodbye, meine Tochter, mein Herz, dein Körper ist unter der Erde*. Sekunden vergingen, dann Minuten, die Zeit verschwamm, übertönt vom Tosen der Raketen. Die Beschleunigungsenergie der Triebwerke durchströmte mich wie eine Woge von geschmolzenem Blei. Höher und immer höher flogen wir. Die Kabine erbebte, der Lärm schmetterte gegen alle meine Sinne, und erst als die Triebwerke verstummten und mein Körper schwerelos in den Gurten schwebte, öffnete ich die Augen wieder, und jetzt sah ich nur Dunkelheit und Sterne.

Schließlich nahm ich all meinen Mut zusammen und machte mich auf den Weg zu den Stasis-Containern. Die Kommando-Crew hatte ihre eigene Unterkunft in einer kleinen Kammer nicht weit von der Kuppel. Die Container standen in einer Reihe nebeneinander wie Särge in einer Krypta. Die ersten drei waren leer und offen, das Innere verwaist. Das waren die, in denen Thea, Quinn und ich geschlafen hatten. Als Nächstes kam mein Bruder Malcolm (eine oder zwei Sekunden lang erinnerte ich mich an ihn nicht als Bruder, sondern als meinen Vater, und tatsächlich war er ja auch um zwölf Jahre älter als ich, und so hatte unsere Beziehung auch immer dieses Element enthalten). Dann kam Jason, der Marineflieger, der zum Luftfahrtingenieur geworden war, unermüdlich, lieb und ernsthaft von Natur. Die loyale Oona, meine treue Adjutantin mit ihrem »Das kriegen wir hin«. Warren, der Verräter an uns allen. Ich ging den Gang hinunter und blieb vor jedem stehen, obwohl ich ihre Gesichter nicht sehen konnte, weil die Sichtfenster vereist waren.

Ich kam zu Elise. Mit den Fingerspitzen wischte ich die Eisschicht weg. Die kryogene Flüssigkeit war nicht undurchsichtig, aber auch nicht kristallklar. Sie war von gelatinöser Dichte und sepiafarben wie ein altes Foto. Durch dieses eisige, gelblich braune Halbdunkel sah ich das Gesicht meiner Frau – ihr *wirkliches* Gesicht – zum ersten Mal seit beinahe vierhundert Jahren. Wie still es aussah, wie leblos! Aber das war eine Illusion, das wusste ich. Im heiligen Innern ihres Geistes hatte sich eine ganze Welt entfaltet, eine Welt mit Städten und Landschaften, mit Land und Meer, mit Arbeit und Ruhe, Trauer und Freude, Schlafen und Essen und Streiten und Ficken, mit Rosen und Teetassen, Fahrrädern und Babyschuhen, Zeit und Materie und Licht. Über dieses gewaltige Geflecht führte sie den Vorsitz und träumte ihren Traum wie eine ruhende Göttin.

Der letzte Container, zu dem ich kam, war unbewohnt. Er war für Caeli gedacht gewesen. Aber seltsamerweise war es nicht sie, an die ich dachte, sondern der Junge, der sich am Tag unserer Flucht von der Erde an den Zaun geklammert hatte. Was hätte es geschadet, nach ihm zu greifen und ihn hereinzuziehen und diese eine x-beliebige Menschenseele zu retten? Aber es war alles so schnell gegangen, und jetzt war er tot. Er war seit fast vierhundert Jahren tot. Genauso gut hätte es eine Ewigkeit sein können, und das würde es irgendwann auch sein.

Das Gefühl, dass jemand im Raum war, riss mich aus meinen Gedanken. Ich drehte mich um und sah, dass Thea mich beobachtete. Sie saß mit übereinandergeschlagenen Beinen auf dem Boden, den Rücken an das Schott gelegt.

»Entschuldigung«, sagte sie und zog betreten den Kopf

zwischen die Schultern. »Ich hätte etwas sagen sollen, als du hereingekommen bist.«

»Ich nehme an, du konntest auch nicht schlafen, hm?«

»Ja, man könnte sagen, ich bin doch ziemlich ausgeschlafen.«

Ich setzte mich neben sie auf den Boden.

»Wie sieht sie aus?«, fragte Thea nach einer Weile.

»Noch genauso, glaube ich.«

»Es ist irgendwie unheimlich, sich vorzustellen, dass wir alle in ihrem Kopf gelebt haben.«

»Ich weiß, was du meinst.«

Thea seufzte. »Weißt du, was mich wirklich stinkig macht?« Sie hielt Daumen und Zeigefinger nah aneinander. »Ich war ungefähr *so nah* dran, mit diesem Arschloch zu schlafen.«

»Sprichst du von … Warren?«

»Von wem sonst? Der Mann war wie ein rolliger Kater. Glaub mir, es war nichts Ernstes. Wir waren bei dieser Gelegenheit beide ziemlich betrunken.«

Das alles war mir neu. »Ich weiß nicht, was ich sagen soll.«

»Du könnest anfangen mit ›Herzliches Beileid‹. Irgendwie gebe ich übrigens dir die Schuld für diese ganze Sache.«

»Wieso ist es meine Schuld, dass du mit Warren geschlafen hast?«

»Fast mit ihm geschlafen hätte. Das ist ein Unterschied. Und deine Schuld ist es, weil es in der Nacht der Party in deinem Haus passiert ist. Auf einer solchen Party – ich meine, da landet jeder irgendwann mit irgendjemandem im Bett. Das ist wie ein Naturgesetz.« Sie brach ab und sah mich entsetzt an. »O Gott, Proctor, es tut mir leid.«

»Schon gut«, sagte ich. »Vergiss es.«

»Nein, das war wirklich dumm von mir. Ich hätte nicht davon anfangen sollen.«

»Ich habe gesagt, du sollst es vergessen, ja?« Ich versetzte ihr einen Rippenstoß mit dem Ellenbogen. »Und du hast recht. Es war eine ziemlich gute Party.«

Sie lachte leise. »Erinnerst du dich, wie Jason Warren in den Pool gestoßen hat?«

Bei der Erinnerung musste ich lächeln. »Er war nicht eben glücklich darüber.«

»Dieser Gesichtsausdruck! Und was um alles in der Welt hat Nabil da angehabt?«

»Ich glaube, das war eine Art Overall.«

»Ehrlich, ich habe keine Ahnung, wie der Mann auch nur atmen konnte. Er sah in dem Ding aus wie ein Schwanz im Kondom. Und Ottos Zigarren ...«

»Schlimm!«

»Und Regan, diese *Bitch*. O Gott«, stöhnte Thea. »Ich konnte die Frau nicht ausstehen. Aber tanzen konnte sie, das muss man ihr lassen.«

Jetzt kam ich nicht mehr mit. »Sprechen wir von derselben Regan?«

»Machst du Witze? Die Frau ist eine regelrechte Ginger Rogers. Sagen wir, eine abgefahrene Ginger Rogers. Ginger Rogers, wenn Ginger Rogers auf einer Stripper-Schule gewesen wäre. Sie hat eine ziemliche Show abgezogen.«

»Ich glaube, das habe ich irgendwie verpasst.«

»Da wärst du der Einzige.«

Darauf folgte ein behagliches Schweigen. Zum ersten Mal seit der Deintegration besserte meine Stimmung sich ein wenig. Unsere Situation war düster, aber für den Augenblick war es gut, mit einer Freundin dazusitzen, über gemeinsame Erinnerungen zu plaudern und in Gedanken in bessere Zeiten zurückzukehren.

»Willst du was Seltsames hören?«, fragte ich.

»Wenn du es mir erzählen willst.«

»Ich habe eben an Caeli gedacht. Nicht die wirkliche, an die im Dreamspace. Sie ist in keiner Weise geworden, wie ich es erwartet habe. Als Teenager, meine ich.«

»Nein? Inwiefern war sie anders?«

»Viel ... mutwilliger, könnte man wohl sagen. Versteh mich nicht falsch – sie konnte ziemlich eigensinnig sein. Sie hatte immer eine unabhängige Ader, und das gefiel mir an ihr. Aber sie war ein Schatz, und das hat mich immer entwaffnet. Elise und ich sind uns oft darüber in die Haare geraten. Sie fand, ich verwöhne sie nach Strich und Faden. Sie sagte immer, pass auf, mein Lieber, das Mädchen wird noch schwierig werden.«

»Vielleicht war sie eifersüchtig.«

Das war eine merkwürdige Vorstellung. »Weshalb um alles in der Welt sollte sie eifersüchtig sein?«

»Weil es für dich so einfach war.«

»Glaub mir, einfach war es nie. Es ist kein Spaziergang, Vater zu sein.«

»Das ist nur das Klischee. Ich habe gesehen, wie du mit ihr umgegangen bist, Proctor. Ich habe nie jemanden einen anderen Menschen lieben sehen, wie du sie geliebt hast, mit ganzer Seele. Es ist etwas Seltenes und Wunderbares, so geliebt zu werden. Das bekommt nicht jeder. Aber Caeli hat es bekommen. Und das wusste sie.«

»Ich hoffe, das stimmt.«

»Ich *weiß*, dass es stimmt. Willst du noch etwas wissen?

Nichts davon hat mich im Geringsten überrascht. Ich habe es von Anfang an in dir gesehen. Du warst der geborene Vater.«

»Haben wir uns deshalb getrennt?«

»Wir haben uns getrennt, Proctor, weil wir jung waren.«

»Und töricht, vielleicht?«

»Nicht damals. Wir hatten verschiedene Bestimmungen, du und ich. Verschiedene Orte, die wir aufsuchen, Dinge, die wir erledigen sollten. Das war nicht falsch, es war einfach, wie es war.«

Ich konnte nicht widersprechen. »Wahrscheinlich hast du recht.«

»Versteh mich nicht falsch – ich habe mich oft gefragt, was passiert wäre, wenn wir zusammengeblieben wären. Man kann nicht *nicht* über so etwas nachdenken.«

»Und was war das Ergebnis?«

»Es war entweder die wahre Liebe, die ein Leben lang gehalten hätte, oder wir hätten uns irgendwann in Stücke gerissen. Aber dann kam Elise, und ich brauchte mich nicht mehr zu fragen. Fall abgeschlossen.«

Nach einer kurzen Pause sagte ich: »Wir haben nie über das gesprochen, was in der Nacht auf dem Dach passiert ist.«

»Nein, das haben wir nicht. Müssen wir?«

»Nicht, wenn du nicht willst.«

»Lass es mich so formulieren. Wenn ich für mich selbst spreche, dann war es in einem Universum aus Plus und Minus ein klares Plus. Du denkst vielleicht, ich wollte dich aufmuntern. Aber das war es überhaupt nicht.«

»Nicht?«

»Ich habe mich erinnert, das war es. Mich an dich erinnert, an die Welt, wie sie war, als wir uns gerade kennengelernt hatten. Ich glaube, wir wussten, was passierte, schon damals. Wir wären nicht hier, wenn wir es nicht gewusst hätten. Aber es war sehr viel weniger wichtig, als wir jung waren, und es war weniger wichtig in der Nacht auf dem Dach. Für ein paar Stunden konnte ich es wieder so empfinden.«

Fast hätte ich es ihr gesagt. Vielleicht hätte ich es sagen sollen. Als ich da an der Brüstung stand, verloren in Gedanken über die Ewigkeit, war ich absolut bereit, zu springen – das heißt, mein Leben zu beenden, bevor es für mich beendet werden konnte.

Stattdessen sagte ich: »Ich auch.«

Sie schob die Finger zwischen meine und legte den Kopf an meine Schulter. Es war keine begehrliche Geste; sie rührte aus einer Nähe von anderer Art, aus dem Bewusstsein, dass wir uns am Anfang begegnet waren und einander ein Modell fürs Leben geliefert hatten. Wir waren ein Liebespaar gewesen, dann Freunde und dann wieder Liebende, in der Realität und dann auch in Träumen, und jetzt waren wir etwas anderes, das keinen Namen hatte, aber auch keinen brauchte.

»Jetzt darf ich eine Frage stellen«, sagte ich. »Du bist so gescheit in all diesen Dingen. Wieso hast du nie eigene Kinder gehabt?«

»Nach all der Zeit fragst du mich das?« Sie seufzte. »Es gibt keine einfache Antwort. Die Arbeit war ein Teil davon. Der Zustand der Welt. Manche Dinge stehen einfach nicht auf dem Zettel.«

»Bereust du es?«

»Manchmal habe ich es bereut. Dann habe ich mich selbst als kleine alte Lady gesehen, ganz allein auf der Welt. Aber dann dachte ich, dass ich wahrscheinlich gar keine alte Lady werden würde, wenn die Welt so weitermachte, und das Gefühl ging weg.« Sie verdrehte den Kopf, um mich anzusehen. »Können wir jetzt vielleicht aufhören, darüber zu reden?«

»Okay.«

»Dann lass uns einfach still hier sitzen«, sagte sie und schmiegte den Kopf wieder an mich.

Die Minuten vergingen. Wieder einmal überwältigte mich die ungeheure Stille dieses Ortes. Eine Armee von Seelen war in seinen Mauern zusammengedrängt. Kein Grabmal, sondern ein Geisterhaus, gefangen zwischen den Welten.

Moment mal.

»Caeli war wirklich nicht so, wie ich sie mir vorgestellt hatte.«

Thea reckte den Hals, um mich anzusehen. »Proctor? Stimmt etwas nicht?«

Meine Gedanken rasten durch einen Korridor. »Sag mir, wie, glaubst du, ist Caeli in den Traum geraten?«

»Ich habe einfach angenommen, dass du es warst, genau wie Quinn gesagt hat. Eins deiner Echos, als du versucht hast, aufzuwachen.«

»Aber ich war nicht der Einzige, der sie gesehen hat. Du hast sie auch gesehen.«

Sie richtete sich auf. »Das stimmt, ich habe sie gesehen. Wie wir *alle*.«

»Dann kann ich es nicht gewesen sein.«

Beide schauten wir hinüber zu Elise' Container.

»Wir müssen Quinn suchen«, sagte ich.

35

Elise ist ziemlich sicher, dass sie den Verstand verliert.

So wie jetzt: Sie sitzt bei Kerzenlicht am Tisch und wartet darauf, dass Warren ihr das Essen serviert, mit dem er seit Stunden herumhantiert, und sie hat das Gefühl, sie bekommt kaum noch Luft. Als müsste sie buchstäblich ersticken. Das ist der Regen, hat sie sich eingeredet, die endlosen Tage des Eingesperrtseins – das genügt doch, um jeden ein bisschen plemplem werden zu lassen. Aber sie weiß, das ist nicht der Grund, ganz und gar nicht. Warren steht am Herd und zieht einen Bräter aus dem Ofen, er kontrolliert das Fleischthermometer, bevor er ihn wieder hineinschiebt, rührt in einer Pfanne, in der etwas Duftendes schmort, hebt den Deckel von einem Topf, um eine kleine Dampfwolke entweichen zu lassen, und kostet den Inhalt mit einem Löffel. Sie ist so genervt, dass sie am liebsten schreien würde.

»Und … *bitte sehr*!«

Er stellt das Essen vor ihr auf den Tisch. Rinderfilet, sautiertes Gemüse, käseüberkrustete Polenta, garniert mit einem aufrecht stehenden Zweig Thymian. Bei dem Anblick dreht sich ihr der Magen um. Er schenkt ihr ein Glas Wein ein. Auch das ist widerwärtig.

Er lehnt sich auf seinem Stuhl zurück und hebt sein Glas.

Schweiß glänzt auf seiner Stirn, weil es am Herd so heiß war. »Und worauf wollen wir trinken?« Er lacht. »Jedenfalls nicht auf das Wetter.«

Er hat nicht unrecht. Wann hat es das letzte Mal so geregnet? In ihrer Erinnerung niemals.

»Elise?« Er schaut ihr plötzlich mit schmalen Augen ins Gesicht. Sie hat zu lange geschwiegen. »Ist alles okay?«

Nein, ganz und gar nicht. Sie greift zur Gabel und legt sie wieder hin. »Entschuldige«, sagt sie. »Ich bin einfach nicht hungrig.«

Er meint es gut, das weiß sie. Sie sollte nicht so hart zu ihm sein. Bei allem, was sie durchgemacht hat, ist es schließlich Warren, der an ihrer Seite gestanden hat. Und dabei war er immer der perfekte Gentleman. Jeden Abend hat er sich ohne Diskussion auf dem Sofa sein Bett gemacht; er hat sie kaum berührt, nicht einmal im Vorübergehen.

»Du weißt, du kannst mir alles erzählen«, drängt er. Seine Augen leuchten regelrecht vor Fürsorge. »Ich bin für dich da.«

Sie hat keine Ahnung, was sie sagen soll.

»Du wirst Zeit brauchen. Das ist alles. Nur Zeit. Du hast schreckliche Strapazen erlitten. Da ist es normal, dass du dich so fühlst.«

»Ich weiß. Es ist nur …« Sie bricht ab.

»Was denn? Sag's mir.«

Dann bricht es aus ihr heraus. »Ich habe … geträumt, Warren.«

Er nickt ausdruckslos. »Geträumt«, wiederholt er.

Sie spürt, dass ihre Augen sich füllen, und sie weiß, sie wird gleich weinen.

»Elise, du kannst mit mir reden.«

Kann sie das? Kann sie mit ihm reden? Mit irgendjemandem? Wird er erkennen, dass sie wahnsinnig wird, und wenn ja, was dann?

»Erzähl mir, was du geträumt hast.«

Sie schüttelt den Kopf. »Ich weiß es nicht mehr. Nicht mehr richtig.«

»Aber ... etwas weißt du noch«, sagt er.

Sie schließt die Augen. Unwillkürlich. Sie schließt die Augen, und was sie sieht, ist das Meer. Ein großes schwarzes Meer, und darin treibt sie – verloren, allein, ihrem Schicksal überlassen. Es gibt nur sie und das Meer, das sich in alle Richtungen erstreckt, als das Wasser sich plötzlich verändert. Sie kann sich nicht mehr oben halten. Sie schlägt mit den Armen um sich, strampelt mit den Beinen, aber es nützt nichts, sie geht unter, versinkt in der Dunkelheit.

»Elise?«

»Ich sage doch, ich weiß es nicht mehr!«

Sie springt vom Tisch auf, und ehe sie sichs versieht, schlägt sie die Schlafzimmertür hinter sich zu. Zitternd setzt sie sich auf das Bett.

Ein leises Klopfen an der Tür. »Elise?«

»Geh weg.«

Warren drückt auf die Klinke. Die Tür ist verschlossen.

»Elise, du musst die Tür aufmachen.«

Es ist falsch. Alles. Was sucht sie hier, weit draußen auf dem Land?

»Elise, bitte.« Er rüttelt an der Klinke. »Ich gebe dir etwas, das dich beruhigt.«

»Lass mich in Ruhe.«

»Ist es Proctor?«, fragt Warren durch die Tür. »Ist er das Problem?«

Ja. Es ist Proctor. Wie sehr sie ihn vermisst. Wie konnte sie ihn alleinlassen, gerade jetzt, da er sie brauchte?

»Ich weiß, es ist schwer, Elise. Aber es ist am besten so, du wirst sehen.«

Sie lässt das Gesicht in die Hände sinken, und die Tränen fließen.

»Elise, bist du da?«

Sie gibt keine Antwort.

»Gut«, sagt Warren und räuspert sich, »ich denke, dann ... gehe ich jetzt einfach. Wenn du – du weißt schon, wenn du es dir anders überlegst mit dem Essen ...«

Sie hört, wie seine Schritte verhallen, und dann dringt aus der Küche das Klappern von Töpfen in der Spüle. Das dauert eine Weile, und als sie endlich hört, wie er durch die Diele geht, um sein Bett auf der Couch zu machen, löst dieses Geräusch ihre Kiefermuskeln, und sie ist erleichtert. Sie zieht ihr Nachthemd an, kriecht unter die Bettdecke und löscht das Licht. Es ist eiskalt im Zimmer. Warum ist es in diesem Zimmer immer so verdammt kalt? Sie zieht die Decke fest um sich und schließt die Augen. Die Zeit vergeht, sie atmet leichter, und sie spürt, wie ihre Gedanken sich auflösen. Impressionen kommen ihr in den Sinn – Geräusche, Gefühle, sogar Gerüche. Ein weicher Teppich unter ihren bloßen Füßen. Ein milchiger Dunst, warm wie Atem. Eine gewisse Stille, leiser als Schweigen. All das mischt sich in ihrem Kopf mit dem Prasseln des Regens und dem rollenden Donner und dem Rattern der Fenster in ihren Rahmen, bis sie eine Stimme hört.

»Mama!«

Was um alles in der Welt ...?

»Mama! Hilfe!«

Entsetzen schnürt ihr die Kehle zu. *Mein Kind! Mama kommt!* Aber sie kann nicht aufstehen, sie kann nicht rufen. Sie ist starr und unbeweglich wie ein Leichnam in einer Krypta. Ein Blitz zischt, der Donner bricht los und rollt durch den Himmel, der Regen hämmert auf Fenster und Dach.

»Mama, ich finde dich nicht. Wo bist du?«

Wach auf, befiehlt sie sich, *wach auf ...*

»Es ist dunkel und kalt, und ich kann dich nicht finden!«

Wach auf, sie ertrinkt, dein kleines Mädchen ertrinkt, wach auf, wach auf, wach auf ...

Ein Krachen, und sie öffnet die Augen. Warren steht vor ihr in seinen Boxershorts. »Elise, was ist los? Du hast geschrien.«

»Sie ist da draußen!«

Es blitzt. Einen Sekundenbruchteil lang fällt das Licht schräg über Warrens Gesicht. Es lässt ihn unheimlich aussehen, fast wie ein Totenschädel, als wäre das Fleisch abgeschält und hätte die bloßen, kantigen Knochen zurückgelassen. Der Donner rüttelt an den Fenstern.

»Da ist niemand, Elise.«

»Geh weg von mir!«

Sie springt aus dem Bett, drängt sich an ihm vorbei, stürmt durch das Wohnzimmer und zur Tür hinaus, hinaus in das Unwetter.

Mama!

Sie fährt herum und versucht zu ergründen, wo die Stimme herkommt. Sie zittert, nass bis auf die Knochen, und das Gewitter ist eine wilde Macht, die sie umhüllt. »Wo bist du?«, ruft sie. »Ich kann dich nicht finden!«

Mama, Hilfe!

Warren kämpft mit einer Hose, als er auf der Terrasse erscheint. »Elise, um Gottes willen, geh wieder ins Haus. Es ist gefährlich hier draußen.«

»Ich muss sie finden!«

Sie wählt eine Richtung und fängt an zu rennen. Etwas passiert mit dem Himmel. Die Wolken sind zu einem schwarzen Rad geronnen, das über dem Wald und den Feldern kreist. Auf diesen wirbelnden, schwebenden Schlund läuft sie zu.

»Wo bist du?«, schreit sie, aber der Wind reißt ihr die Worte von den Lippen. »Bitte antworte mir!«

Mama, es ist dunkel und kalt, und ich kann dich nicht sehen ...

Sie stolpert und stürzt hart in den Schlamm.

Mama, Mama, Mama ...

Sie will aufstehen, aber es geht nicht, sie kann nicht weiter. Sie schluchzt in den Schlamm. Ihre Tochter! Ihr kleines Mädchen! (Welche Tochter? Welches kleine Mädchen? Sie erinnert sich nicht.) Sie rollt sich auf den Rücken. Die kreisenden Wolken über ihr haben sich geöffnet wie ein Bullauge und einen einzelnen Stern offenbart, der bläulich leuchtet. Sie weiß plötzlich, dass dort die Stimme herkommt.

Auf einmal ist jemand da. Es ist Warren. Er kniet neben ihr im Schlamm.

»Elise, es tut mir leid«, sagt er.

Seine Haltung spricht von Niederlage. Er erscheint wie ein Mann, der das Leben aufgegeben hat.

»Es ist alles meine Schuld. Ich hätte es nie dazu kommen lassen dürfen.«

Er schiebt die Hände unter sie und hebt sie hoch. Seine Berührung ist von neuer Qualität. Zärtlich, als wäre sie ein Kind, vielleicht sogar ein Baby. In der Wiege seiner Arme fühlt sie sich beinahe körperlos, als ob sie schwebte. Sie schaut auf zu seinem Gesicht, von dem der Regen tropft, und was sie sieht, ist merkwürdig. Der Mann weint. Warum sollte er weinen?

»Mir ist s-s-so k-k-kalt«, sagt sie.

Warren stapft durch den Matsch. »Ich weiß. Wir bringen dich ins Warme.«

Lichter strahlen plötzlich hinter ihnen auf. Warren bleibt abrupt stehen.

»O Scheiße«, sagt er.

Tumult umgibt sie plötzlich. Männer, Lichter, Motorengeräusch.

»Warren!«, sagt eine Stimme. »Ich habe mich schon gefragt. Ein romantischer Regenspaziergang, ja?«

»Lassen Sie sie in Ruhe«, sagt Warren.

»Sie in Ruhe lassen? Was höre ich denn da, Dr. Singh?«

»Sie hat genug durchgemacht, Otto. Das muss ein Ende nehmen.«

»Kein Widerspruch meinerseits.«

Platschende Schritte kommen auf sie zu. Warren fährt herum und weicht zurück. »*Fuck you.* Rühren Sie sie nicht an!«

Der erste Mann sagt im Tonfall genervter Langeweile: »Ist das wirklich nötig?«

»Sehen Sie sich doch um. Sie fällt auseinander. Das *alles* hier fällt auseinander.«

»Noch mehr Gründe«, sagt der erste Mann. »Ich fürchte, Dr. Singh, die Zeit für einen Wechsel im Management ist schließlich doch gekommen.«

»Und wer ist der Ersatz? *Sie* etwa?«

»Sagen wir, es ist ein Opfer, zu dem ich bereit bin.«

»Ich werde daran nicht mehr beteiligt sein.«

»Sehr nobel von Ihnen. Das Ganze war doch Ihre Idee, wenn ich mich nicht irre.«

Warren sagt nichts. Es regnet noch immer in Strömen.

»Gestatten Sie mir, ein paar frische Informationen hinzuzufügen. Bennett ist raus.«

Warren erstarrt. »Was soll das heißen, ›raus‹?«

»Das soll heißen, der Mann ist einfach über die Kante gesegelt. Ohne Zweifel ist er in diesem Moment auf dem Weg hierher zurück, voll Zorn des Selbstgerechten. Und dann wären Sie die Nummer eins auf seiner To-do-Liste, mein Freund.«

Warren schweigt.

»Also, wie steht's?«, fragt der Mann. »Sind wir alle wieder im selben Team?«

Warren zögert und sagt dann: »Lassen Sie mich mit ihr in die Nursery fahren. Zumindest kann ich dafür sorgen, dass sie ruhig bleibt. Ist es nicht das, was Sie wollen, Otto? Dass sie ruhig bleibt?«

»Das würden Sie tatsächlich tun? Eine Reiteration, nach all der Zeit? Sie überraschen mich, Dr. Singh. Ich dachte, Sie lieben Ihr Leben.«

»Ich will das alles einfach vergessen.«

»Ihre Entscheidung, nehme ich an. Wer weiß, vielleicht adoptiere ich Sie!«

»Vielen Dank, ich passe.«

»Na gut. Aber sagen Sie nicht, ich hätte es nicht angeboten. Okay, Leute, ihr habt den Mann gehört. Lasst ihn durch.«

Eine Autotür öffnet sich. Sie auf den Armen balancierend,

klettert er in eine kleine Blechkammer – den Laderaum eines Lieferwagens. Behutsam legt er sie auf die Bank.

»Gibt es hier eine Decke?«, fragt er jemanden.

Eine Decke erscheint. Warren legt sie über Elise und stopft sie an den Seiten unter ihren Körper, sodass sie eingehüllt ist wie in einen Kokon.

»Hey, was soll das?«, fragt er.

Elise spürt einen plötzlichen scharfkantigen Druck an ihrem rechten Handgelenk. Eine Handschelle? Sie zwingt sich, Warren anzusehen: Auch er ist mit einer Handschelle an ein Rohr an der Wand gefesselt.

»Nur eine Kleinigkeit, um sicherzustellen, dass Sie wirklich da ankommen, wo Sie hinwollen«, sagt der andere Mann.

Warren zerrt an der Handschelle – ein sinnloser Reflex. »*Fuck you*, Otto.«

Die Tür wird zugeschlagen. Der Van fährt los.

36

»Ja, ich könnte mir eingebildet haben, ich hätte Caeli gesehen, aber wenn das so wäre, wäre ich der Einzige gewesen, der sie gesehen hat. Ich hätte sie im Dreamspace nicht vollständig manifestieren können. Das kann nur Elise.«

Wir waren in den Konferenzraum zurückgekehrt. Quinn, der mir gegenübersaß, lehnte sich zurück und legte die Fingerspitzen beider Hände zusammen. Thea und ich warteten ab.

»Okay, das ist eine interessante Hypothese«, sagte er schließlich. »Aber wie genau hilft sie uns weiter?«

»Die beiden Male, als ich Caeli am Strand getroffen habe, war ich allein. Dann in der Nursery, dann im Annex. Elise manifestiert sie, aber nicht da, wo sie sie unmittelbar sehen kann. Ich glaube, sie möchte sich erinnern, bringt es aber nicht über sich. Dazu kommt das Wetter. Von dem Augenblick an, als Caeli aufgetaucht ist, hatten wir einen Gewittersturm nach dem anderen, und jeder war schlimmer als der vorige. Das liegt nicht an CIS, das liegt an ihr.«

»Sie glauben, sie versucht, aufzuwachen – genau wie Sie.«

»Aber sie traut sich nicht. Teils möchte sie es, teils hat sie schreckliche Angst davor. Wie auch nicht? Und da ist noch etwas. Am Abend nach meinem Rausschmiss habe ich ihr von Caeli erzählt. Sie hat vollständig zugemacht. Es war wie eine

Art Trance, und als sie da wieder herauskam, wissen Sie, was sie da gesagt hat? ›Herrgott, warum muss es hier immer so verdammt kalt sein?‹«

Quinn blickte mit hellwachem Interesse auf. »Das hat sie wirklich gesagt?«

»Ich sage Ihnen, sie wacht auf. Oder sie versucht es zumindest.«

»Und wie ging es dann weiter?«

»Sie hat ihren Koffer gepackt und ist gegangen. Um mit Warren zusammen zu sein, nehme ich an.«

Quinn überlegte kurz. »Das waren die beiden Personen, die Sie an dem Abend im Drohnenfeed im Annex gesehen haben, richtig?«

Ich nickte. »Warren hat uns beide von Anfang an beobachtet. Callista und Otto auch.«

»Und Sie glauben, wenn Elise Caeli tatsächlich *sieht*, wacht sie auf, und der Dreamspace bricht zusammen?«

»Ich glaube, anders wird es nicht gehen.«

Thea schaltete sich ein. »Aber wenn sie versucht aufzuwachen, warum schickt man sie dann nicht einfach zurück in die Nursery, zur Reiteration? Reinen Tisch machen und von vorn anfangen?«

»Das habe ich mich auch gefragt. Vielleicht können sie es aus irgendeinem Grund nicht.«

»Oder sie können es *noch* nicht«, sagte Quinn. »Vielleicht ist sie zu instabil für diesen Prozess. Vielleicht ist Warren deshalb mit ihr aufs Land gefahren.«

»Das bedeutet, wir haben nicht viel Zeit. Nach der Reiteration wird sie wieder vergessen, und wir haben unsere Chance verpasst. Ich muss ohne die Erinnerungsblocker zurückgehen und sie irgendwie dazu bringen, dass sie unsere Tochter sieht.«

»Können wir das?«, fragte Thea. »Jemanden noch einmal hineinschicken?«

»›Hinein‹ ist nicht das Problem. Wenn Proctor in die Stasis eintritt, wird das System ihn automatisch reintegrieren. Aber wenn er Elise nicht wecken kann oder wenn es nicht funktioniert, dann wird er dort festsitzen. Ich kann ihn nicht herausholen.«

»Festsitzen hier oder festsitzen da«, sagte ich. »Ich sehe keinen Unterschied.«

»Da ist was dran, denke ich.«

»Angenommen, Elise ist immer noch bei Warren – wie nah können Sie mich da heranbringen?«

»Das ist leicht. Wie wär's mit dem Wohnzimmer?«

Die Tür ging auf. Es war Antone, aber etwas war anders. Verschwunden war der sanfte Bodenbiologe. Sein vor Wut glühender Blick streifte kurz Thea und Quinn, bevor er hart auf mir landete. Ehe einer von uns reagieren konnte, war er mit drei langen Schritten am Tisch, packte mich beim Kragen, riss mich von meinem Stuhl hoch und schleuderte mich gegen die Wand.

»Sie dachten, ich finde das nicht heraus, Sie Dreckskerl? Sie haben uns zu ihren verdammten *Sklaven* gemacht!«

Er stürzte sich erneut auf mich und wollte mir an die Kehle gehen. Ich streckte die Hände aus, um ihn abzuhalten, aber lange würde mir das nicht gelingen. Thea schlang die Arme um seine Taille und versuchte, ihn wegzuziehen, und als sie das nicht schaffte, hämmerte sie mit den Fäusten auf seinen Rücken ein. Antones Blick bohrte sich in meine Augen, glühend und wild und hasserfüllt. Der Mann war im Recht, und zwar in jeder Hinsicht. Ich hatte es verdient. In diesem Augenblick kam Quinn mit einem Taser, den er Antone in den Nacken drückte. Ein paar Sekunden sah es aus, als merkte Antone es gar nicht, so rasend war seine Wut, aber dann merkte ich, wie er erschlaffte. Stöhnend sackte er zu Boden.

»Allzeit bereit, das ist mein Motto«, sagte Quinn. »Sie können mir später danken.«

Wir trugen Antone in mein Quartier und schlossen ihn ein. »Er wird nicht der Einzige bleiben, wissen Sie«, sagte Quinn.

»Glauben Sie mir, das weiß ich.«

In der Stasiskammer zog ich mich aus und legte mich in meinen Container. Thea zog mir die eng anliegende Kappe über den Kopf und wechselte dann ein Nicken mit Quinn, der am Steuerpult saß. Ich spürte einen leichten Druck und dann eine Woge von Schwindel, als meine Verbindung mit CIS initialisiert wurde.

»Ohne die Gedächtnisblocker«, sagte Quinn, »kann es ein paar Minuten dauern, bis Sie einen klaren Kopf bekommen, wenn Sie drin sind. Aber danach sollte alles okay sein.«

Ich sah zu Thea auf. »Wenn ich Elise nicht aufwecken kann, solltet ihr drei die Blocker nehmen und wieder in den Traum zurückkehren. Geht durch die Nursery. Ihr könnt wenigstens so etwas wie ein Leben leben.«

»Bis wir sterben und in unseren Containern vermodern. Nein danke.«

Von seinem Pult aus sagte Quinn: »Hier ist alles so weit klar. Sagen Sie Bescheid.«

Thea lächelte matt. »Weißt du, eben ist mir ein Gedanke

gekommen. Was ist, wenn *das* hier der Traum ist? Vielleicht liege ich jetzt in meinem Apartment auf dem Sofa und schlafe. Oder wir haben die Erde überhaupt nie verlassen.«

Ich konnte nicht erkennen, ob sie es ernst meinte. »Ein interessanter Gedanke.«

Sie nahm meine Hand und drückte sie. »Fertig?«

Ich hatte keine Erinnerung daran, wie ich das erste Mal in die Stasis eingetreten war. Das soll man auch nicht. Angeblich ging es schnell, aber nicht schnell genug.

»Ja. Ich bin so weit.«

Sie trat zurück, und der Deckel meines Containers schob sich an seinen Platz. Durch das kleine Fenster konnte ich Thea sehen, die mich von oben beobachtete. Ich hörte ein gurgelndes Geräusch; die Stasisflüssigkeit – viskos, eiskalt – sammelte sich um meinen Körper wie eine schnell steigende Flut. Meine Muskeln wurden steif, und plötzlich konnte ich mich nicht mehr bewegen. Als die Flüssigkeit mein Kinn erreichte, erlebte ich einen Augenblick reinster physischer Panik. Ich wollte schreien, aber ich konnte es nicht. *Atme nicht!*, dachte ich, aber das war das Ende, mein Gesicht ging unter, die Flüssigkeit rauschte in meine Lunge, und das Herz in meiner Brust hörte auf zu schlagen.

Ich fiel.

37

Dunkelheit.

Wind.

Ein Nachthimmel mit Wolken und ohne Sterne und das Gefühl und das Geräusch von Regen.

Ich lag mit dem Gesicht nach oben auf dem Boden. Die Erde war feucht und roch lehmig, die Äste der Bäume über mir schüttelten sich wild und raschelten dabei. Wie kam es, dass ich hier auf dem Waldboden im Regen lag?

Ich stand vorsichtig auf und schaute an mir hinunter. Ich trug einen dunklen Anzug, und ich hatte eine schwelende Erinnerung an intensive Kälte im Kopf und einen schlechten Geschmack im Mund. Ich war völlig desorientiert, aber unter der Verwirrung empfand ich auch ein Gefühl der Zielstrebigkeit. Es gab einen Grund, weshalb ich hier war, und es war meine Aufgabe, mich an diesen Grund zu erinnern.

Ich machte eine Bestandsaufnahme meiner Umgebung. Die Bäume waren von einer Art, wie man sie in größeren Höhen fand. Ich war nicht in der Nähe einer Küste, sondern im Landesinnern, hoch in den Hügeln. Weitere Fakten wurden mir klar. Mein Name war Proctor Bennett, und die Insel hieß Prospera. Ich war – wenigstens bis vor Kurzem – eine Person von einiger Bedeutung. Dass ich diese grundlegenden biografischen Details zusammentragen konnte, war beruhigend, und als ich so im strömenden Regen stand, lief ein paar Minuten lang eine chronologische Darstellung meines Lebens wie ein Film in meinem Kopf ab. Mein Vater war Malcolm, meine Mutter Cynthia. Das Haus, in dem ich in meiner Jugend gewohnt hatte, war ein großes Haus am Meer, mit Garten, was meine Liebe für die See erklärte. An der Universität hatte ich Menschliche Übergangsdynamik studiert, was meine Karriere als Human-Resources-Vollstreckungsbeamter ermöglichte. All das offenbarte sich mit einer auffälligen Ausnahme, die ein Loch in meinen Gedanken bildete: War ich nicht verheiratet? War da nicht eine Person in meinem Leben, die ihm durch ihre bloße Existenz Gewicht und Sinn verlieh? Ich war sicher, dass es sie gab, diese namenlose Person, diese eindeutige, wenngleich negative Präsenz in meinem Geist: eine Präsenz der Abwesenheit. Ich stürzte mich darauf.

Elise.

Meine Frau hieß Elise.

Unsere Tochter hieß Caeli.

Ich war ein schlafender Körper an Bord der *Oranios*.

Nichts von alldem war real.

Ich entschied mich für eine Richtung und ging los. Das Wohnzimmer, das Quinn versprochen hatte, war offensichtlich eine Übertreibung gewesen, aber ich nahm an, dass das Haus irgendwo in der Nähe war. Stolpernd irrte ich durch den dunklen Wald. Schatten schwankten um mich herum; der Regen hatte an Stärke zugenommen und brannte in meinem Gesicht und in den Augen. *Elise*, dachte ich, *bist du das? Sind diese Regentropfen die Tränen, die du nicht vergießen kannst, ist dieser Wind der Sturm der angestauten Trauer in dir?* Es war mir nicht gelungen, diese Welt als das zu sehen, was sie war: ein Spiegel des Leidens einer Mutter.

Ich gelangte auf eine Lichtung. Anscheinend war hier eine Art Obstgarten. Blühende Bäume standen in Reihen, angetreten wie ein Bataillon Soldaten. Hundert Meter weit entfernt stand ein Cottage. Ein Blitz überstrahlte ein Auto, das davor parkte: Warrens Roadster.

Der Sturm würde die Drohnen fernhalten, aber zweifellos wurde das Haus bewacht. Ich huschte von Baum zu Baum, lief im Zickzack über die Wiese, schlich mich zur Rückseite des Hauses und spähte durch ein Fenster, obwohl es zu dunkel war, um etwas zu sehen: Der Strom war ausgefallen. Ich wartete auf einen Hinweis darauf, dass meine Anwesenheit bemerkt worden war, aber als sich nichts rührte, schob ich das Fenster hoch und kletterte hinein.

Ich war in einer rustikalen Küche: ein großer, klauenfüßiger Herd, ein Spülbecken mit einer Wasserpumpe, Schränke aus knorrigem Kiefernholz. In der Ecke stand ein kleiner Esstisch, und ein Stuhl war nach hinten gekippt, als wäre er in Ohnmacht gefallen. Ich stand reglos da und lauschte, und ich hörte ein leises, raschelndes Geräusch wie vom Blättern in einem Buch, das vom anderen Ende des Hauses kam. Ich sah mich in der Küche um und suchte nach etwas, das als Waffe dienen konnte. Auf der Theke neben dem Herd stand ein Messerblock. Ich zog das größte Messer heraus und trat in die Diele. Zu beiden Seiten sah ich geschlossene Türen, und rechts führte eine schmale Treppe nach oben. Aus dem vorderen Zimmer fiel Licht, bleich und flackernd. Der zarte Duft von brennendem Petroleum drang mir in die Nase. Am Ende der Diele drückte ich mich flach an die Wand und verrenkte den Hals, damit ich um die Ecke spähen konnte. Eine einzelne Gestalt saß mit übereinandergeschlagenen Beinen in einem Sessel vor dem Kamin und las im Schein einer Laterne ein Buch.

Otto Winspear.

Er blickte abrupt auf und lächelte. »Proctor! Nett von Ihnen, dass Sie vorbeischauen.« Er knickte eine Ecke der Seite um, klappte das Buch zu und legte es zur Seite. »Wie war die Reise?«

Ich betrat das Zimmer. »Wo ist sie?«

»Elise, meinen Sie?« Er zuckte die Achseln. »Weg. Leider.« Mit einem wackelnden Zeigefinger deutete er auf das Messer in meiner Hand. »Seien Sie vorsichtig damit. Sie wollen sich doch nicht schneiden.«

»Sagen Sie mir, wo sie ist, Otto.«

»Andernfalls bringen Sie mich um? Sie wissen, dass die Dinge so nicht laufen, nicht hier.«

»Vielleicht nicht. Aber ich könnte mir Zeit damit lassen.«

Er winkte ab. »Ich bitte Sie. Sie vergessen – ich kenne Sie. Den *wirklichen* Proctor. Mich zu erstechen gehört eher nicht zu Ihrem Repertoire.«

»Vielleicht möchten Sie sich bei Bernardo erkundigen.«

»Ah. Ein reizender Kerl, Bernardo. Ich darf nicht vergessen, ihm beste Genesung zu wünschen.«

Ich war nicht überrascht: In dreihundertsechsundsechzig Jahren hatte der Mann sich kein bisschen geändert. Seine Arroganz war unübertrefflich.

»Sagen Sie mir eins«, bat er, »und seien Sie bitte ehrlich. Sie hatten nie die Absicht, die Investoren vom Schiff zu lassen, stimmt's?«

»Sie haben von Anfang an nicht dazugehört.«

»Otto zog die Brauen hoch. ›Sie‹, Proctor? Mir scheint, auch Sie können Ihre Hände nicht in Unschuld waschen. Sie haben den Luxus unserer Großzügigkeit sehr genossen.«

»Zumindest habe ich versucht, etwas daran zu ändern.«

Er lachte. »Das kann man wohl sagen! Die reichsten Leute der Welt um ein paar Billionen zu betrügen ist keine schlechte Leistung. Sie sollten wirklich ein Buch schreiben.«

»Vielleicht später. Im Moment habe ich ein bisschen viel am Hals.«

»Sie haben für all das *bezahlt*, Proctor. Falls Ihnen das entfallen sein sollte.«

»Jemand musste es bezahlen. Warum nicht die Leute, die den Planeten ruiniert haben?«

»Und sie werden zum Tode durch Albträume verurteilt, ja? Das kommt mir ein bisschen grausam vor.«

»Das lassen Sie mich ruhig selbst beurteilen.«

»Sie wollen über *alles* urteilen, was? Wird es Ihnen nie langweilig, Gott zu spielen? Nein, natürlich nicht.« Er lehnte sich zurück und strich seine Hose glatt. »Und jetzt? Ein klarer Schnitt? Vorbei ist vorbei? War das Ihr Plan? Eine Welt von ehrlichen, hart arbeitenden Männern und Frauen kommt zusammen, um der Menschheit eine zweite Chance zu geben?«

»So ähnlich.«

»Proctor, Proctor, Proctor. Seien Sie nicht so naiv; das steht Ihnen nicht. Glauben Sie, bloß weil Sie mit einem Haufen Farmer und Grabenbauer losziehen, bleibt tatsächlich alles, wie es ist? Die menschliche Natur ist, wie sie ist, mein Freund. Es gibt immer Reiche und Habenichtse. Das ist ein Code, den Sie nicht umschreiben können. Vielleicht dauert es hundert

Jahre, vielleicht tausend, aber am Ende sind Sie wieder da, wo Sie angefangen haben.«

»Ich habe keine Zeit für einen Vortrag von Ihnen, Otto. Wo ist sie?«

»In diesem Moment, meinen Sie?« Er warf einen Blick auf die Uhr. »Ich würde sagen, die Frau ist schon eine Weile unterwegs zu ihrem aufregenden neuen Leben voller Wunder und Abenteuer. Keine Sorge, sie ist nicht allein. Unser Freund Warren begleitet sie.« Er verzog gekünstelt das Gesicht. »Callista, die Gute, war nicht dafür. Sie ist anscheinend mit dem Herzen dabei. Aber man könnte sagen, sie gehört nicht mehr zur Riege der Entscheidungsträger.«

Ich hob das Messer. »Dieses Gespräch ist zu Ende. Ich brauche den Schlüssel zu Warrens Wagen.«

»Sie haben diesen Planeten gesehen. Das ist eine Eiskugel. Sie sollten mir danken.«

»Okay, ich danke Ihnen. Und jetzt geben Sie mir den verdammten Schlüssel.«

Er seufzte tief. »Also gut. Ich sehe schon, Sie sind fest entschlossen.« Er zog den Autoschlüssel aus seiner Jackentasche und warf ihn mir zu. »Nur damit Sie es wissen: Wenn Sie versuchen, sie zu wecken, wird das nicht klappen.«

»Das wissen Sie nicht.«

»Leider doch. Die Verteidigungsanlagen dieser Frau sind eine Festung. Außerdem – daran erinnern Sie sich vielleicht nicht, aber das wäre nicht unser erster Versuch.«

»Was soll das heißen?«

Er zuckte gleichmütig die Achseln. »Das, was ich gesagt habe. Da passiert immer das Gleiche: Sie und Elise finden einander, Caeli kreuzt auf, das Wetter spielt verrückt, wir schieben Sie zurück ins Gefrierfach, alles wird wieder normal.« Er dachte kurz nach. »Wie oft inzwischen? Fünfmal? Nein, sechs. Ich bin ziemlich sicher, sechs Mal.«

Konnte das wahr sein? Und ich dachte: Natürlich konnte es wahr sein. Wir hatten dieses Szenario durchgespielt, seit wir auf Caelus angekommen waren – vielleicht noch länger. Es wäre merkwürdig, wenn wir es nicht getan hätten.

»Bevor Sie gehen«, sagte Otto. »Eins habe ich noch nicht begriffen. Warum nehmen Sie Prosperaner für die Crew? Bei Ihnen selbst kann ich es verstehen, Sie wollen in ihrer Nähe bleiben, aber warum die anderen?«

»Das war ich nicht.«

Er dachte nach, und dann ging ihm ein Licht auf, und er lächelte. »Ja, natürlich. Noch ein paar von Elise' Fisimatenten. Ich hätte es kommen sehen müssen. Wie auch immer«, sagte er und schlug sich auf die Knie, »es war nett, Sie wiederzusehen, Proctor. Ob Sie es glauben oder nicht, ich habe Sie vermisst.« Er richtete sich in seinem Sessel auf. »Meine Herren! Wenn ich bitten dürfte!«

Die Wachleute waren nicht so leise, wie sie glaubten. Ihre Anwesenheit war mir bewusst gewesen, seit ich im Zimmer war. Als sie die Treppe heruntergepoltert kamen, machte ich drei Schritte vorwärts. Einen Sekundenbruchteil lang sah ich Angst in Ottos Augen. Aber nicht Otto interessierte mich, sondern seine Laterne. Ich riss sie vom Tisch, wirbelte herum und schleuderte sie zum Fuß der Treppe.

Ein Krachen.

Feuer.

Hohe Flammen.

Das Zimmer füllte sich mit öligem Rauch, ich stürmte

durch die Tür, jagte von der Veranda und sprang in Warrens Roadster, als eine Phalanx von Scheinwerfern und kreisenden Lichtern am Rand des Obstgartens aufstrahlte. Ich wendete den Wagen und gab Gas. Der Roadster machte einen Satz nach vorn, und das kleine Lenkrad sträubte sich in meinen Händen, als ich über die Wiese holperte. Ein Blitz beleuchtete einen ausgefahrenen Feldweg und eine Lücke zwischen den Bäumen dahinter.

Ich fuhr darauf zu, und die Streifenwagen der Wache schwenkten hinter mir auf den Feldweg.

»Das ist … merkwürdig.«

Thea sitzt auf dem Boden in der Stasiskammer und spitzt die Ohren, als sie Quinns Stimme hört. »Was ist?«

Er sitzt am Terminal. »Moment.«

Die Tasten klappern. Er hört auf und blickt mit schmalen Augen auf den schwebenden Bildschirm.

»Siehst du das?« Er deutet auf eine Codezeile. »Der erste Ersatz – er ist geändert worden. Tatsächlich erst vor wenigen Stunden.«

Das war etwas, das sie in den Monaten vor dem Verlassen der Erde ausführlich diskutiert hatten: Was wäre, wenn Elise in ihrem Container eines natürlichen Todes sterben sollte? Denn das konnte jedem passieren; Garantien gab es nicht. Sie hatten entschieden, dass CIS die Zuständigkeit in einem solchen Fall an den Nächsten in der Reihe weitergeben würde, den »Ersatz«, der fortan als Designer des Dreamspace fungieren würde. Der Übergang würde holprig vonstattengehen: CIS würde sich selbst an den Ersatz koppeln und Elise' Codierung dabei als Grundlage benutzen müssen, aber die Idee war vernünftig. Weil der Code für Proctor bereits großenteils geschrieben war, galt er als erste Wahl für den Ersatz. Thea war als zweiter Ersatz bestimmt worden, Quinn als dritter.

»Wer ist jetzt der neue erste Ersatz?«, fragt Thea.

»Otto.«

Du lieber Gott! »Kann er das von innen tun?«

»Wir können nicht sicher sein, dass er es war. Es könnte auch Warren oder Callista gewesen sein. Aber jemand hat eine offene Backdoor. Ich wette, es ist Otto.«

»Das heißt, er hat immer noch Zugang zu CIS.«

Quinn nickt.

»Das ergibt keinen Sinn. Was hat er vor?«

Quinn arbeitet weiter. Einen Augenblick später meldet er: »Er hat Elise vom System getrennt. Nicht nur sie, sondern den gesamten Leitungsstab, sogar Warren und Callista. Und den Vorstand. Wenn einer von uns stirbt, während wir im Dreamspace sind, oder in die Nursery geschickt wird, fällt für uns die Reiteration aus. Wir sind ausgesperrt.«

Ausgesperrt – das bedeutet nichts weiter als die Verdammnis in eine lebendige Hölle. Eine Ewigkeit der Albträume im Gefängnis des eigenen Kopfes.

»Er wird Elise durch die Nursery schicken müssen, um das System zurückzusetzen. Aber wenn das erledigt ist, hat Otto das Kommando.«

»Wir müssen Proctor da rausholen.«

»Das können wir nicht. Sein einziger Ausweg besteht darin, Elise aufzuwecken.« Quinn schweigt kurz und fügt dann hinzu: »Das ist nicht das Einzige, was Otto getan hat.«

»Mein Gott, was denn noch?«

»Er hat die Kolonisten abgetrennt, Thea. Jeden Einzelnen.«

Zwei schnelle Abzweigungen, und ich war wieder auf dem Asphalt und fuhr eine gewundene Bergstraße hinunter. Ich schaltete in den Kurven, die Reifen kreischten, und der Motor heulte, während ich das Getriebe quälte.

Elise hatte recht, was Warrens Wagen anging. Ich sah jetzt, was daran attraktiv war.

Lichter vor mir im Tal. Eine Stadt. Ich kam unten an und raste weiter, fast ohne einen Blick zur Seite zu werfen. Der Wind war stärker geworden, und ich war gezwungen, das Lenkrad fest zu umklammern. Wie spät war es? Wann würde es hell werden? Ich warf einen Blick in den Rückspiegel und rechnete mit den Streifenwagen, aber ich sah nur die verblassenden Lichter der Kleinstadt, durch die ich eben gekommen war. Ich flog über eine flache Ebene: Weingärten, Farmen, Häuser und Scheunen abseits der Straße. Hatte ich die Wache endgültig abgehängt? Ein Straßenschild erschien im Licht meiner Scheinwerfer: KÜSTEN-HIGHWAY 12 MEILEN.

Ich trat das Gaspedal bis zum Bodenblech hinunter.

Der Mob am Fahrdamm ist zum Stehen gekommen, denn hier geht es nicht weiter. Von hinten bedrängt von einer vorrückenden Kette von Wachleuten in voller Kampfmontur, stößt die Menge vorn auf eine zweite Barrikade von Wachleuten und Security-Faxen, die den Weg versperrt. Eine lange Kolonne von Vans und Lastwagen schlängelt sich auf dem Fahrdamm entlang und schiebt Lichtkegel in den Regen.

»Die Ankunft ist nah!«, skandieren die Leute. Im Rhythmus der Worte recken sie die Fäuste. »Die Ankunft ist nah! Die Ankunft ist nah!«

Cynthia erhebt sich auf die Zehenspitzen und sucht in der Masse nach Pappi, aber sie kann nicht an den Köpfen der Leute vorbeischauen. Stefano ist irgendwo in der Nähe mit einem Teil der Familie, aber auch sie hat Cynthia aus den Augen verloren. Seltsamerweise kommen von den Wachleuten keine Ansagen. Es gab keine Anweisung, sich zu zerstreuen. Genau genommen gibt es auch keinen klaren Hinweis darauf, wer eigentlich das Kommando hat. Es gibt nur die beiden Fronten, gesichtslos mit ihren Kampfhelmen, die sie von vorn und von hinten einkesseln.

Cynthia muss herausfinden, was da vorgeht. Sie stellt die Schulter schräg und versucht, sich vorwärtszuschieben, und als das nicht geht, drängt sie sich mit Muskelkraft voran. Viele Leute in der Menge sind bewaffnet, und zwar nicht nur mit Flaschen und Ziegelsteinen. Sie sieht Rohre, Knüppel aus Abfallholz, mit Draht umwickelt, Messer und Hämmer und Schraubenschlüssel.

Sie ist fast vorn angekommen, als eine Frau im Regenmantel, die den rechten Arm in einer Schlinge trägt, aus der Kette der Wachleute heraus- und nach vorne tritt. Sie hebt ein Megafon an den Mund.

»Hier spricht die Ministerin für öffentliche Sicherheit. Sie sind alle verhaftet. Legen Sie die Waffen nieder.«

Ihre Worte werden übertönt vom Sprechgesang der Menge, der allenfalls noch lauter und trotziger geworden ist. Die Frau sieht sich nach der Reihe der Wachleute um, als wollte sie sich versichern, dass sie nicht weggelaufen sind, und hebt das Megafon erneut.

»Ich wiederhole, legen Sie die Waffen nieder.«

Die Menge ignoriert sie. Plötzlich weiß Cynthia: Die Verhaftung ist ohne Bedeutung, ein höflicher Vorwand. Man hat sie hierhergetrieben wie Schafe zur Schlachtbank.

»Dies ist die letzte Warnung«, ruft die Frau. »Wir werden auf Sie schießen.«

Zweierlei geschieht als Nächstes. Das eine ist ein blendender Blitz. Eine Batterie von Lichtern hinter den Wachleuten strahlt grell in die Gesichter der Menge. Die Leute halten sich die Hände vor die Augen und weichen zurück.

Das andere ist ein Mann.

Er kauert auf allen vieren, ungeschützt nach dem Rückzug des Mobs. Es ist Pappi. Er dreht den Kopf hin und her, als wolle er seine Umgebung scannen. Dann erhebt er sich vorsichtig auf die Beine, aber er kann kaum das Gleichgewicht halten. Er hat Blut im Gesicht und an der Kleidung. Sein Hemd und seine Hose sind zerrissen. All das nimmt Cynthia mit dem Gefühl absoluter Hilflosigkeit wahr. In dem Gedränge kann sie nicht zu ihm, um zu verhindern, was sicher passieren wird. Er stolpert vorwärts, auf das Scheinwerferlicht und die Frau mit dem Megafon zu.

»Treten Sie zurück, alter Mann!«

Er streckt beschwörend die Hände aus. »Helfen Sie mir.«

Sie lässt das Megafon sinken, zieht eine Pistole aus dem Hosenbund und zielt damit auf seine Brust. Pappi sieht das alles natürlich nicht.

»Ich sagte, treten Sie zurück!«

»Ich habe nichts getan.« Mit ausgestreckten Armen macht er noch einen Schritt. »Bitte. Ich bin blind. Ich weiß nicht, wo ich bin.«

Als der Schuss fällt, ist die Frau anscheinend genauso überrascht wie jeder andere. Auf ihrem Gesicht steht die Frage:

Habe ich das eben wirklich getan? Pappi erschauert, aber er fällt nicht. Wie die Frau ist er anscheinend unsicher und verwirrt vom Tempo des Geschehens. Behutsam tastend hebt er eine Hand, berührt die Wunde an seiner Brust und nimmt die Hand wieder weg. Einen Moment lang steht er da und reibt den blutigen Daumen und die Finger aneinander. Dann fällt er auf die Knie und kippt seitwärts auf den Asphalt.

Ein Augenblick der Stille folgt, als alle sich fragen, was als Nächstes passieren wird.

Und dann passiert es endlich.

Otto steht im Regen und beobachtet den letzten Akt der Einäscherung des Hauses. Man sollte meinen, dass der Regen den Vorgang verlangsamen würde, aber nein. Die Hitze ist intensiv und flutet in Wellen über sein Gesicht. Die Wände, das Dach – alles steht in hellen Flammen. Schwarzer Rauch brodelt in den Himmel. Nicht mehr lange, und hier wird nichts stehen bleiben außer dem Kamin.

Das muss man dem Mann lassen, denkt Otto. Die Laterne. Daran hat er nicht gedacht.

Campbell, der im Wagen gesessen hat, kommt auf ihn zu. »Sir …«

»Haben sie ihn geschnappt?«

»Sie haben ihn auf der Bergstraße verloren. Der Mann ist gefahren wie ein Irrer. Mit dem Wagen, den er hatte, war es unmöglich, ihn einzuholen.«

Otto ist unbesorgt. »Das macht nichts. Wir wissen ja, wo er hinwill. Richten Sie Straßensperren am Küsten-Highway ein und schicken Sie eine Einheit an die Fähre. Zehn Mann – nein, sagen wir, zwanzig.«

»Das wollte ich Ihnen gerade sagen. Anscheinend steht keine Einheit … zur Verfügung.«

»Was soll das heißen, sie stehen nicht *zur Verfügung*?«

»Sie sind alle am Fahrdamm«, sagt Campbell. »Sieht aus, als ob der halbe Annex herüberkommen will.«

»Wach auf, Elise.«

Jemand schüttelt sie bei der Schulter. Eine Stimme ruft ihren Namen.

»Elise, bitte, du musst aufwachen!«

Sie schläft nicht, nicht richtig jedenfalls. Aber man könnte auch nicht sagen, sie ist wach. Sie weiß nicht genau, *was* sie ist. Manchmal ist sie in einem Van, dann wieder schwimmt sie im Meer, das zugleich die Zeit an sich ist und sich ewig in alle Himmelsrichtungen erstreckt.

»Kannst du mich hören? Du musst auf meine Stimme hören. Folge meiner Stimme, Elise.«

Wie schrecklich alles ist, wie traurig. Wenn Proctor nur hier wäre. Er könnte erklären, was mit ihr passiert. Er könnte sie in die Arme nehmen und sie zu sich bringen, damit die Welt wieder Sinn ergäbe. Aber dann fällt ihr ein, dass sie ihn verlassen hat. Warum hat sie ihn verlassen? Es war dumm. Es war grausam. Sie hat ihn verlassen und ist über die Gartenwege gegangen (Callistas Garten) (Julians Garten) (da waren sie nach der üblen Sache hingefahren, nach der schrecklichen Sache), und sie hat gewusst, dass er sie beobachtet, sie hat seinen Blick gespürt, der ihr gefolgt ist, während sie lief. Und doch könnte sie nicht zu ihm gehen oder auch nur den Kopf heben, um ihm in die Augen zu blicken, denn dann würde sie sich erinnern.

Sie will sich nicht erinnern.

»Ich möchte, dass du *sofort* aufwachst.«

Also tut sie es, sie öffnet die Augen. Das Meer, der Garten, beides verschwindet, und stattdessen ist sie eingesperrt in eine holpernde Metallkiste, und sie sieht die dunkle Silhouette eines Männergesichts, von hinten beleuchtet durch das kleine Fenster. Warren? Er ist es.

»Elise. Gott sei Dank!«

Jetzt sieht sie, dass sein rechtes Handgelenk mit einer Handschelle an eine Stange an der Wand gefesselt ist. Hat er etwas verbrochen?

»Glaubst du, du kannst sitzen?«

Sitzen?

»Ich helfe dir.«

Er streckt seine freie Hand aus und zieht sie vorsichtig in eine sitzende Position. Auch sie ist an die Stange gekettet. Was immer Warren getan hat, muss sie also auch getan haben.

»Wo fahren wir hin?«, fragt sie.

»Du weißt es nicht mehr?«

Sie schüttelt den Kopf. Lieber Gott, diese Kälte! Hört das nie auf?

»Sie bringen uns in die Nursery«, sagt Warren.

Es gibt eine Nursery? Und jetzt, da er es erwähnt, erinnert Elise sich an eine Nursery. Den Korridor hinunter, die zweite Tür rechts, die mit den Angeln, die Proctor geölt hat, damit sie nicht quietschen. Die Wände in einer Art staubigem Rosa mit etwas Grau gestrichen, ein weißer Teppichboden, durch die Fenster ein Blick auf den Pool (auf den Pool?). Und alles ist still, so still, und das kleine weiche Gewicht auf ihrem Arm, als sie am Fenster steht und sich wiegt, vor und zurück, vor und zurück, und flüstert: *Schsch, jetzt wird es Zeit, dass du aufhörst mit deinem Quengeln und still bist, mein kleines Mädchen …*

»Elise, bist du da?« Sie hört Fingerschnippen vor ihrem Gesicht. »Elise?«

Ihr Geist kehrt zurück. Warren. Der Van.

»Wir müssen jetzt damit aufhören.«

Ihr Bewusstsein weitet sich. Sie sieht es an seinem Gesicht: Der Mann hat Angst.

»Es tut mir leid, was ich jetzt tun werde.« Er nimmt ihre Hand und hält sie fest. »Sieh mich an.«

Sie tut es. Sie sieht ihn an.

»Ich werde dir jetzt etwas sagen. Ich werde dir etwas sagen, und du musst sehr aufmerksam zuhören.«

Elise nickt.

»Sie ist weg.«

Wer ist weg?

»Caeli.« Warrens Blick ist bohrend. »Sie ist gestorben. Dein kleines Mädchen. Dein kleines Mädchen ist nicht mehr da.«

»Ich lasse ihn nicht allein da drin.«

Thea zieht sich aus und wirft ihre Sachen zur Seite, ihre Schuhe. Als sie nackt ist, streicht sie ihr Haar zurück und zieht sich die Sensorkappe über den Kopf.

»Thea …«

»Ich brauche keinen Kommentar. Wo ist er jetzt?«

Sichtlich zögernd, studiert Quinn den Bildschirm. »Auf dem Küsten-Highway«, sagt er gleich darauf. »Anscheinend ist er in Bewegung. Und zwar ziemlich schnell. Er muss in einem Auto sitzen.«

»Kannst du mich direkt hineinsetzen?«

»Du meinst, *in* das Auto?«

»Nein, ich meinte, du könntest mich ins Kino setzen.« Der Mann starrt sie an. »Ja, Quinn, ins Auto.«

Er bläst die Backen auf. »Das wird nicht einfach. Um ehrlich zu sein, ich hab's mit Proctor irgendwie versaut. Habe das Haus um eine halbe Meile verpasst.«

»Eine halbe *Meile*?«

»Okay, vielleicht war ich mir ein bisschen *zu* sicher. Das hier ist nicht einfach.«

Sie öffnet ihren Container. Etwas von der alten Flüssigkeit tröpfelt auf den Boden. »Gib einfach dein Bestes.«

»Thea, du weißt, ich kann dich nicht rausholen. Wenn dir etwas zustößt und Proctor Elise nicht vor Otto erreichen kann …«

»Ich weiß. Eine Ewigkeit in der Hölle. Lass uns das nicht vertiefen, okay?«

Sie steigt in den Container, stöpselt das Headset ein und lässt sich zurücksinken.

Die Tür schließt sich. Die Flüssigkeit steigt. Sie schließt die Augen.

Wamm.

38

Wie eine Rakete schoss ich durch die Außenbezirke der Stadt. Den wenigen Autos, denen ich begegnete, wich ich röhrend aus, ohne das Bremspedal zu berühren. Die Geschwindigkeit blendete mich; alles um mich herum verschwamm zu farbigen Streifen.

Elise, ich komme.

Licht blitzte in meinem Rückspiegel auf. Die Wache hatte mich gefunden. Ich trieb die Tachonadel auf hundertvierzig, auf hundertfünfzig, auf hundertsechzig. Noch immer blieben die Lichter nicht zurück. Ich näherte mich einer Kreuzung, schaltete herunter und bremste hart. Das Heck des Wagens brach aus, als ich das Steuer nach rechts herumriss. Der Wagen legte sich bedrohlich schräg – ich war sicher, er würde sich seitwärts überschlagen –, aber dann fing er sich krachend wieder, alle vier Räder bissen in den Asphalt, und ich raste weiter. Ich schaute in den Rückspiegel. Die Wache hatte die Kurve genommen, aber ich hatte den Abstand zwischen uns immerhin vergrößert. Noch eine Kurve, dann noch zwei. Der Abstand vergrößerte sich immer weiter, bis ich kein Scheinwerferlicht mehr sah.

Nur das Licht vor mir.

Eine Straßensperre. Ich kam schleudernd zum Stehen und

rammte den Schalthebel in den Rückwärtsgang. Jetzt kamen Streifenwagen aus zwei Richtungen auf mich zugerast. Dazwischen sah ich eine Gasse. Würde ich sie rechtzeitig erreichen? Ich trat auf die Bremse und konnte gerade noch abbiegen. Es war eng hier; der Abstand zu den Gebäuden auf beiden Seiten betrug kaum mehr als einen Meter. Aber wenigstens war ich wieder unterwegs zum Wasser. Ich bog in die Küstenstraße ein und raste weiter. Die Streifenwagen folgten mir.

Und genau in diesem Moment erschien Thea.

Elise schreit.

Ihre Lunge weitet sich, und das Geräusch, das hervorkommt, ist anders als alle Geräusche, die sie – oder sonst jemand – je hervorgebracht hat. Ein Schmerzensschrei, so gewaltig, dass er einen Planeten aus der Rotationsachse werfen, den Himmel aufbrechen und das Gewebe der Realität selbst zerwirken könnte. Sie ist so tief in diesem Schrei versunken, dass sie ihn gar nicht hört, wie das Meer sein Tosen nicht hören kann. Sie ist der Schrei, und der Schrei ist sie, ein reines Kontinuum des Schmerzes.

Der Van überschlägt sich. Der Van rollt, rumpelt, platzt. Ein paar Sekunden lang ist sie in der Luft. Sie schwebt und fliegt, und dann hört alles auf. Sie kracht herunter und gegen das Dach des jetzt auf dem Kopf liegenden Vans und wird gegen die Tür geschleudert von der Zentrifugalkraft der Rotationsbewegung, die immer weitergeht, bis sie endlich aufhört.

Eine Zeit lang – eine Minute, eine Stunde, ein Jahr – passiert nichts mehr. Sie liegt da und lauscht dem Wind und dem Regen, der auf den umgedrehten Van prasselt, und auf die kleinen Laute, die das Wrack von sich gibt: Knacken, Ächzen, das Zischen, mit dem der Dampf aus dem geplatzten Kühler entweicht. Anscheinend ist sie nicht verletzt, nur das Handgelenk ist vielleicht gebrochen oder verstaucht. Die Handschelle ist noch da, aber sie ist nirgends mehr befestigt. Sie dreht den Kopf zur Seite. Warren baumelt mit einer Hand an der Stange, die Beine sind unter ihm eingeknickt, und sein Kopf hängt nach vorn auf die Brust. Er hat Blut in den Haaren, an den Lippen, und ein bisschen tröpfelt an seinem Kinn herunter. Ist er tot? Aber nein, er atmet.

Die Wachleute haben weniger Glück gehabt. Einer von ihnen ist halb im Van, halb draußen; sein Oberkörper ist durch die Frontscheibe geschoben worden. Den anderen hat die Lenksäule aufgespießt.

Die Türen des Vans klemmen schief in ihren Rahmen. Elise liegt auf dem Rücken und tritt dagegen. Zu ihrer Überraschung – sie ist stärker, als sie dachte – fliegen sie auf. Das Wetter dringt herein. Sie umfasst ihr Handgelenk und kriecht ins Freie.

Wo sind die Rettungswagen, die Polizei, die hilfsbereiten Zeugen? Müsste nicht inzwischen jemand eingetroffen sein? Aber die Straßen sind leer. Niemand hat den Unfall gesehen. Sie kniet auf dem Asphalt, lässt den Kopf hängen und weint.

Mama!

Sie hebt den Kopf.

Mama, hier bin ich!

Sie späht durch den Regen in die Dunkelheit. Ist das eine Gestalt, was sie da sieht? Eine kleine menschliche Gestalt in der Ferne?

»Hallo?«

Mama, komm und hol mich!

»Wer ist denn da?«

Die Gestalt huscht davon.

»Warte!«

Sie springt auf. Sie rennt.

Thea kündigte ihre Anwesenheit mit einem Stöhnen an.

»Oooooh … ver*dammt*!«

Ich warf einen Blick zur Seite. Sie saß auf dem Beifahrersitz und sah aus dem Fenster. »Genau«, sagte sie nach einer Weile. »Thea Dimopoulos. Prospera. Ich hab's wieder.« Sie drehte sich zu mir um. »Weißt du, das ist genauso schlimm, wie sie alle sagen.«

»Was tust du hier?«

Blech knirschte, und der Wagen machte einen Satz: Einer der Streifenwagen hatte Kontakt mit meinem hinteren Stoßfänger aufgenommen. Ich gab Gas. Der Wachmann tat es auch.

Thea drehte sich auf ihrem Sitz nach hinten, um einen Blick aus dem Heckfenster zu werfen, und schaute dann wieder nach vorn. »Wo zum Teufel ist dieser Hebel?«

Wieder gab es einen Rums. Für einen Sekundenbruchteil spürte ich, wie die Reifen die Bodenhaftung verloren. »Was für ein Hebel?«

»Warren hat mich mal mitgenommen. Gott, der Mann war so ein Angeber. Okay, es geht los.« Sie langte unter das Armaturenbrett. »Halte den Wagen ruhig.«

»Was machst du …?«

Das Stoffdach des Wagens löste sich von der oberen Kante der Windschutzscheibe, füllte sich knallend mit Luft und segelte über unseren Köpfen davon wie ein großer Drachen, der sich von seiner Schnur gerissen hat. Im Rückspiegel sah ich, wie er sich um die Frontscheibe des ersten Streifenwagens legte. Der Fahrer, plötzlich blind, trat auf die Bremse, und der Streifenwagen drehte sich seitwärts auf dem regennassen Asphalt.

Die Massenkarambolage war spektakulär.

»Ha!« Thea schaute nach hinten. »Ich wette, damit habt ihr nicht gerechnet, ihr Arschlöcher!« Sie drehte sich wieder nach vorn. »Proctor, bremsen!«

Der Van. Er tauchte mit erschreckender Plötzlichkeit im Regen auf und lag mitten auf der Straße auf dem Dach. Ich trat auf das Gaspedal.

Es genügte nicht.

39

»Proctor.«

Ich war im Shuttle. Wir hatten den höheren Orbit erreicht, und Jason hatte eben die Triebwerke abgeschaltet. Es fühlte sich an, als hätte ich Auftrieb, da mein Körper sich gegen meine Gurte drückte. Aber irgendetwas stimmte nicht; der Druck der Gurte an meinem Oberkörper war zu stark. Außerdem – und das war merkwürdig – schien es im Cockpit zu regnen. Seit wann regnete es im Cockpit?

»Proctor!«

Jäh kam ich wieder zu Bewusstsein. Nicht im Shuttle: in Warrens Roadster. Der Wagen lag auf der Beifahrerseite, und ich hing über dem Fahrersitz in der Luft, gehalten von meinem Sicherheitsgurt. Jeder Teil meines Körpers schmerzte.

Ich schaute hinunter. Im Licht der Armaturenbeleuchtung sah ich, dass Thea es geschafft hatte, sich vor dem Aufprall anzuschnallen, aber die Armaturenverkleidung auf ihrer Seite war in den Fahrgastraum gedrückt worden und hatte sie eingeklemmt.

»Thea? Alles in Ordnung?«

Eine lächerliche Frage. Ihr Gesicht war schmerzverzerrt, und sie biss die Zähne zusammen.

»Ich glaube, meine Beine sind gebrochen.«

»Halte durch, ich hole dich raus.«

Wenn ich meinen Gurt öffnete, würde ich direkt auf sie fallen. Ich drehte mich und streckte die rechte Hand aus, um mich an der Fahrertür hochzuziehen, aber jetzt erreichte ich den Knopf zum Öffnen meines Gurtes nicht mehr. Ein Blitz beleuchtete die Szene. Wir waren von der Straße auf einen grasbewachsenen Hügel gerutscht.

»Thea, kommst du an meinen Sicherheitsgurt?«

»Was?« Sie schien nur halb bei Bewusstsein zu sein.

Ich hatte mich weit genug hochgezogen, um mich mit einem Fuß gegen den Schalthebel zu stemmen. »Mein Gurt. Du musst ihn aufmachen.«

Ich hörte, wie sie laut gegen den Schmerz anatmete. »Okay, geschafft.«

Als der Gurt offen war, zog ich mich hoch und rutschte auf die Erde hinunter. Theas Beine klemmten unter der zerdrückten Armaturenverkleidung. Ich packte sie unter den Achseln, aber kaum fing ich an zu ziehen, stieß sie einen so markerschütternden Schrei aus, dass ich wieder aufhören musste.

»Thea, das kann ich nicht.«

»Bitte, Proctor. Bringen wir es einfach hinter uns.«

Das Problem war der Sitz. Wenn ich es schaffte, ihn zu bewegen, könnte ich vielleicht ihre Beine unter der Verkleidung wegziehen. Ich versuchte, ihn zurückzudrücken, aber der Feststellhebel rührte sich nicht. Ich würde zu roher Gewalt greifen müssen. Ich suchte einen Halt für meine Füße, legte die flachen Hände gegen die Kopfstütze und drückte. Ich wippte vor und zurück, und jedes Mal spürte ich ein bisschen mehr Spiel, bis die Sitzlehne sich mit einem Knacken löste und ich Thea unter der Verkleidung herausziehen konnte.

Ich hob sie in die Arme, legte sie ins Gras und kniete mich neben sie.

»Du musst Elise suchen«, sagte sie.

»Ich lass dich nicht so zurück.«

»Du hast keine Wahl, Proctor.« Sie erzählte mir, was Otto getan hatte. »Darum bin ich zurückgekommen. Ich musste es dir sagen.« Sie griff nach meiner Hand, drückte sie einmal und schloss die Augen. »Geh einfach.«

Sie hatte recht. Wenn ich Elise nicht wecken könnte, wäre dies alles ohne Bedeutung. Ich lief im Laufschritt zurück zum Wrack des Vans. Er lag immer noch auf dem Dach, aber die Wucht unseres Anpralls hatte ihn gedreht, sodass er jetzt in die andere Richtung zeigte. Meine Hoffnung war, dass ich Elise darin finden würde, aber ich sah nur Warren, der mit einer Hand an eine Stange gekettet war.

Ich packte ihn bei den Schultern und schüttelte ihn. »Wo ist sie?«

»Ich weiß es nicht.«

Ich schüttelte ihn noch einmal, und sein Kopf flog hin und her wie bei einer Marionette. »Scheiße, doch, du weißt es!«

»Ich weiß es nicht, ich schwör's dir. Als ich zu mir kam, war sie weg.« Er leckte sich das Blut von den Lippen. »Es tut mir leid, Proctor. Alles.«

»Spar's dir.«

Er ließ den Kopf nach vorn sinken. »Weißt du, was komisch ist? Ich habe keine Ahnung, was ich mir dabei gedacht habe. Ich erinnere mich nicht mal besonders gut daran. Es ist so lange her. Ich weiß nur, ich habe die ganze Sache satt.« Er hob den Kopf. »Ich habe es ihr erzählt, Proctor. Das mit Caeli. Deshalb ist der Van gecrasht. Ich glaube, Elise ist sie suchen gegangen.«

Ich lief an dem Wagen vorbei nach vorn und ließ mich auf den Bauch fallen. Der Schlüsselbund am Gürtel des Fahrers war gerade noch in Reichweite. Ich kehrte zu Warren zurück und schloss die Handschelle auf.

»Versteh ich nicht«, sagte er. »Du lässt mich laufen?«

»Thea liegt da vorn im Gras. Beide Beine gebrochen und was weiß ich noch alles.« Als Warren nicht antwortete, fuhr ich fort: »Und? Du bist doch immer noch Arzt, oder?«

Er rieb sich das Handgelenk. »Ja. Ich bin immer noch Arzt.«

»Dann geh und kümmere dich um sie.«

Ich wich zurück und trat hinaus in Wind und Regen. *Elise, wo bist du? Wo bist du hin?*

Über dem Stadtzentrum, tief über den Dächern der Gebäude, hatte eine wirbelnde schwarze Masse Gestalt angenommen. Keine Trichterwolke – eher so etwas wie ein Miniatur-Hurrikan mit einem ausgeprägten Auge in der Mitte. Schneller und schneller kreiste diese Wolke, das Auge vergrößerte sich und offenbarte einen runden Fleck makellosen Himmels vor dem Morgengrauen, sternenlos bis auf einen einzigen blauen Punkt.

Da, dachte ich und rannte los.

Der Mob, der sich auf den Fahrdamm ergießt, gehört nicht zu der Sorte, die Gefangene macht, und er fackelt auch nicht lange mit den Wachleuten, die er rasch überwältigt hat. Die Wachleute sind nur ein Hindernis – wie ein Zaun, den man überspringt, um eine wertvolle Beute zu erreichen. Genauso stehen die Security-Faxe ohne jemanden, der ihnen ihre Befehle erteilt, in stummer Habtachtstellung da, als die Menge sie mit Knüppeln und Steinen zerschlägt und auf die Trümmer pisst.

Auch die Fahrer der Vans und Lastwagen werden nicht verschont. Ein paar können entkommen, aber die restlichen dreiundzwanzig Fahrzeuge werden vom Mob gestellt, und die Fahrer werden aus ihren Kabinen gezerrt, verprügelt und ins Meer geworfen. So viele Leute, wie hineinpassen, klettern an Bord der Lastwagen.

Der Annex leert sich. Der Annex geht auf Wanderschaft.

Die ersten Fahrzeuge, die das Ende des Fahrdamms erreichen, werden von einem hastig zusammengestellten Trupp von Wachleuten empfangen, der unvorbereitet ist und deshalb keine Chance hat. Sie durchbrechen die Straßensperre, angetrieben von der Kraft ihres eigenen Momentums. Wie schnell sich das alles entfaltet! Und zu denken, dass diese Freiheit immer schon in Reichweite war – wenn sie sie nur gesehen hätten!

Am Steuer des siebten Fahrzeugs in der Kolonne hat Cynthia einige Zweifel, aber es sind nicht viele, und sie werden mit jedem Augenblick weniger. Ja, es wird weiteres Blutvergießen geben; ein Massaker ist nicht ausgeschlossen, aber wahr ist auch, dass sie es war, die Pappi in den Armen hielt, als der letzte Rest von Leben aus seinen alten, blinden Augen wich.

»Weißt du, wie man das Ding benutzt?«, fragt sie Stefano.

Der Mann auf dem Beifahrersitz kontrolliert das Magazin des Gewehrs, das er einem der Wachleute abgenommen hat. Der Scheibenwischer fegt klatschend das Regenwasser von der Scheibe.

»Sieht nicht so schwer aus.« Er schiebt das Magazin zurück in den Schacht.

»Bitte versuch, es zu vermeiden.«

»Wenn du es sagst.« Das soll heißen: Kommt nicht infrage.

Sie durchfahren die Überreste der Straßensperre am Anfang des Fahrdamms. Die Wachleute haben mittlerweile den Rückzug angetreten. Cynthias Kopf fühlt sich ein bisschen wattig an, als hätte sie etwas eingeworfen, das sie konzentrierter und gleichzeitig fahriger macht.

»Wir müssen die Plaza einnehmen«, sagt Stefano. Er zieht den Verschlusshebel zurück und lädt eine Patrone in die Kammer. »Wenn wir das geschafft haben, ist es aus mit ihnen.«

Die Kolonne hat den Hügel überwunden und fährt auf das Stadtzentrum zu, als der Laster vor ihnen zum Stehen kommt. Die Heckklappe öffnet sich, und alle, die auf der Ladefläche mitgefahren sind, springen heraus und schwärmen in die Straßen aus. Sie laufen auf den Gehwegen entlang, zertrümmern Fenster und treten Türen ein. Ein Mann, klapperdürr und mit einem staubfeinen hellblonden Bart, hat eine Flasche in der Hand, in deren Hals ein Lappen steckt. Er zündet den Lappen an, holt mit einem Lächeln voller Genugtuung weit aus und schleudert die Flasche in das nächste Ladenfenster, aus dem sofort helle Flammen lodern.

»Wir sollten losgehen«, sagt Cynthia.

Sie steigen aus der Kabine. Alle Lastwagen leeren sich jetzt. Man sieht Männer, Frauen, sogar ein paar Kinder. Andere kommen den Hang heraufmarschiert. Sie ergießen sich in die Straßen von Prospera wie das Wasser einer Flut, sie singen, zerschlagen Fenster, zünden Häuser an und werfen Flaschen und Ziegelsteine. Rauch wallt aus allen Richtungen, verängstigte Bewohner stürzen aus den Häusern und fliehen vor dem anrückenden Mob.

»Komm schon«, sagt sie.

Sie schließen sich der Menge an, die sich im Laufschritt der Plaza nähert. Es gießt in Strömen, und der Wind heult um die Häuserecken. Es hat nie anders enden sollen als so, hier und jetzt. Jess hatte doch recht.

Die Frage ist nur, wie viele Leichen es geben wird, wie hoch der Berg sein und wer darin liegen wird.

Es war Ottos Plan, der hier zum Leben erwacht.

Hetzt die Unzufriedenen auf, die Provokateure. Sie sollen sich offenbaren. Und wenn sie das getan haben, erledigt sie für immer.

Womit Otto nicht gerechnet hat, ist, dass es ... alle sein würden.

Er kommt auf der Plaza an, als die Wache eine Verteidigungsstellung vor der Halle der Aufseher errichtet. Die Männer sind sichtlich erschüttert angesichts der Schnelligkeit ihrer Niederlage. In der Stadt herrscht das Chaos – Menschen rennen, Häuser brennen, der Lärm der Verwüstung kommt aus allen Richtungen. Niemand weiß, wohin er fliehen soll. Zu allem Überfluss ist der Sturm unversehens schlimmer geworden. Prosperas Schicksal wird sich im Tumult entscheiden, bei Regen und Wind, Blitz und Donner, und die Revolte am Himmel wird nicht geringer sein als die im Annex.

»Wo ist Ministerin Brandt?«, fragt er Campbell.

»Sie war am Fahrdamm. Anscheinend hat sie da jemanden erschossen. Damit hat die ganze Sache angefangen.«

Amateure! Was zum Teufel hatte sie am Annex zu suchen? Liegt nicht der ganze *Sinn* des Ministerdaseins darin, einen gewissen Abstand zu wahren?

»Was sollen wir tun?«, fragt Campbell.

»Bringt die Faxe vor der Halle in Stellung.«

»Äh, die scheinen nicht ... zu funktionieren.«

»Was zum Teufel soll das heißen, sie scheinen nicht zu funktionieren?«

»Das kann sich niemand erklären. Als die Aufständischen die am Fahrdamm ausgeschaltet haben, hat der Rest sich auch ausgeschaltet.«

Otto marschiert auf den nächsten Wachmann zu. »Geben Sie mir Ihre Pistole.«

Mit sichtlichem Zögern – dies ist nicht der Augenblick, seine Waffe abzugeben – hakt er die Pistole von seinem Gürtel und reicht sie herüber. Die Wachleute sind für so etwas nicht gemacht, das weiß Otto. Sie sind dem leisesten Widerstand nicht gewachsen und eher Schulhoftyrannen als eine engagierte Kampftruppe. Noch komplizierter wird die Sache dadurch, dass die meisten noch nie eine Schusswaffe in der Hand gehabt haben, bis Otto vor drei Tagen die Waffenkammern geöffnet hat. Ein Fehler, wie er jetzt erkennt; er hat immer dafür gesorgt, dass die Waffen weggeschlossen blieben, um sinnlose Provokationen zu verhindern, die sie in eine Lage bringen würden, die sie jetzt erleben, Auge in Auge mit einem Mob im Regen – einem Mob, der jetzt mit ebendiesen Waffen gerüstet ist.

Aber das ist vergossene Milch. Otto tritt vor die Reihen der Wache.

»Meine Herren, das Schicksal Prosperas liegt in Ihren Händen!«

Am anderen Ende der Plaza ist der Feind aufgetaucht.

»Feuern auf meinen Befehl!«

So sehr konzentriert Otto sich auf die vor ihm liegende Aufgabe, dass er nicht bemerkt, was am Himmel geschieht.

Mama!

»Mein Kind, wo bist du?«

Mama, komm schnell!

Mit nackten Füßen platscht Elise durch die Pfützen und rennt die Straße hinunter.

Es ist dunkel und kalt, und ich kann dich nicht sehen!

Der starke Regen nimmt ihr die Sicht wie ein Vorhang. Die kleine Gestalt läuft vor ihr her, immer im gleichen Abstand und nie genau da, wo Elise hinschaut. Hier? Da? Sie stößt mit dem Fuß an einen Bordstein und stolpert, aber sie läuft weiter.

»Bitte!«, ruft sie. »Warte!«

Was für ein Gefühl ist das, diese rasende Getriebenheit? Sie weiß nicht, wen oder was sie da jagt, nur dass sie es tun muss.

Mama, hilf mir!

Sie schaut hoch, und was sie sieht, lässt sie stehen bleiben. Das Bullauge im Himmel und der blaue Stern im Zentrum sind wieder da. *Ein blauer Stern*, denkt Elise. *War da nicht etwas mit einem blauen Stern?* Eine Erinnerung durchströmt sie – die Terrasse, die warme Sommernacht, die Energie von vielen Freunden überall, und alle rufen: *Seht nur, wie blau, wie schön er ist!*, während sie die Augen an Onkel Malcolms (Malcolms?) magisches Teleskop drücken.

Der Stern hat einen Namen. Wie heißt er?

Mit erhobenem Gesicht tut sie einen langsamen Schritt. Es stimmt, der Stern ist wirklich schön. Es ist der schönste Stern in der Geschichte der Sterne, und das ist die Geschichte von allem. Sie kann den Blick nicht von ihm wenden, obwohl sie zugleich eine zunehmende menschliche Präsenz zu allen Seiten spürt.

Mama! Mama!

Die Stimme, wie alles andere, sinkt herab. Sie kommt von oben. Elise geht weiter, angezogen von ihrem Rufen. Am Springbrunnen in der Mitte der Plaza bleibt sie stehen. Sie hat das Ende ihrer Reise erreicht. Der Stern steht senkrecht über ihr und gießt sein blaues Licht auf sie herab wie ein Spot über einer Bühne.

»Ja«, sagt sie, »ich bin hier, mein Kind. Mama ist hier.«

Jede Geschichte muss den Punkt erreichen, an dem ihre Elemente konvergieren – den Augenblick, in dem alle Kräfte der Erzählung an derselben Stelle in Raum und Zeit zusammenfließen. Und was ist ein Traum, wenn nicht eine Geschichte, die wir uns erzählen müssen?

Soll heißen: Ich, Proctor Bennett, Fährmann, stürmte geradewegs in einen Krieg.

Ich trat auf die Plaza. Ich ahnte inzwischen, was mich dort erwartete, von welcher Art das Phänomen war. Was ich nicht vorhergesehen hatte, war das wahre Ausmaß der Ereignisse – dass ich plötzlich zwischen zwei gegnerischen Armeen stehen würde.

Und in der Mitte des Ganzen – Elise.

Ich hatte sie fast erreicht.

Cynthia nimmt es zuerst als ein abstraktes Verlangsamen wahr. Die Energie der Menge ist abrupt verflogen, aber das ist nicht das Einzige, was sich verändert hat. Es ist, als wäre etwas mit der Schwerkraft nicht ganz in Ordnung. Cynthia fühlt sich ein bisschen seekrank. Die Luft ist plötzlich eisig. Sie sieht Stefano an und will ihn fragen, ob er es auch spürt. Der Mann steht still wie eine Statue, das Gewehr baumelt an seiner Seite, er hat den Kopf in den Nacken gelegt und starrt zum Himmel.

Alle starren zum Himmel.

Dieser Gedanke wird von einem Schrei am anderen Ende der Plaza unterbrochen. Eine einzelne Gestalt läuft auf den Springbrunnen zu.

Stefano nimmt kaum Notiz davon, als sie ihm das Gewehr aus der Hand nimmt.

»Erschießen!«, schreit Otto und streckt den Zeigefinger aus. »Jemand muss den Mann erschießen!«

Aber keiner hört auf ihn. Die Wachleute starren mit offenem Mund zum Himmel.

Otto stellt sich breitbeinig auf und hebt die Pistole. Sie fühlt sich unnatürlich an in seiner Hand, übermäßig metallisch und viel zu schwer. Aus dieser Distanz ist es nahezu unmöglich, einen laufenden Mann zu treffen. Es wäre besser, Proctor herankommen zu lassen. Otto sucht sich einen Punkt auf Proctors voraussichtlichem Weg und späht über Kimme und Korn.

Als er Proctor damit erfasst hat, drückt er ab.

Eine interessante Tatsache, wenn man von einer Kugel getroffen wird – auch wenn mir das zu dem Zeitpunkt nicht bewusst war: Es ist möglich, es nicht sofort zu bemerken.

Ich spürte *etwas*: einen leichten Schubs an meiner linken Seite, als wäre ich im Gedränge angerempelt worden, gefolgt von einem Stechen, nicht bemerkenswerter als ein Bienenstich. Noch sah ich keine Verbindung zwischen diesen Dingen und dem Knall von Ottos Pistole, den ich überhaupt nicht als etwas wahrgenommen hatte, das mich betraf. Ich lief also weiter – fünf Schritte, zehn, vielleicht noch ein paar mehr. Und dann begann der Schmerz.

Ich fiel auf Hände und Knie.

Ein zweiter Schuss. Etwas schwirrte über meinem Kopf vorbei. Ich schaute über den Platz und sah, dass Otto auf mich zumarschiert kam. Es blitzte, und meine linke Hüfte explodierte in einer Wolke von Blut und Knochen.

Otto schoss noch einmal. Diesmal war nicht klar, wo der Schuss mich traf, denn ich fühlte überhaupt nicht mehr viel – besser gesagt, ich fühlte zu viel, um Einzelheiten zu registrieren. Ich war ein Körper, auf den geschossen wurde, und das war das ganze Ausmaß des Geschehens. Ich grub die Finger ins Gras und fing an zu kriechen. Ich hatte kein Ziel im Sinn, ich wollte nur »weg«.

»Herrgott«, sagte Otto, »würden Sie bitte einfach sterben?«

Er schob den Fuß unter meinen Brustkorb und drehte mich um. Ich rechnete damit, in die Mündung seiner Pistole zu starren, aber das tat ich nicht. Die Pistole war nicht auf mich gerichtet.

Sondern auf Elise.

Otto stand hinter ihr, hatte einen Arm um ihre Taille geschlungen und drückte die Mündung der Pistole an ihre Schläfe. Ihre Augen waren weit aufgerissen, vor Angst und stummer Verblüffung. Ich versuchte erfolglos, durch das Blut zu sprechen, das sich hinten in meiner Kehle sammelte.

»Fällt das Reden schwer, Bennett?«, fragte Otto. »Das ist mal was Neues.«

Meine Umgebung hatte angefangen, sich aufzulösen. Eine

große Müdigkeit erfüllte meine Brust, als ob das weiche, rosarote Gewebe meiner Lunge sich verfestigte. Ich begriff, dass ich in meinem eigenen Blut ertrank – endlich ertrank. Ich hustete und versprühte dabei einen Kranz von roten Tröpfchen. Noch einmal versuchte ich, Worte hervorzubringen.

»Was haben Sie gesagt?«

Jede Silbe war von stechenden Schmerzen begleitet. Aber das musste ich aushalten.

Ich sagte: »Schauen Sie ... hoch.«

Cynthia läuft auf den Springbrunnen zu und begreift nicht, was sie sieht. Da ist Proctor; er liegt auf dem Boden. Da ist ein Mann mit einer Pistole, die er einer Frau an den Kopf hält. Der Mann mit der Pistole hat sie anscheinend noch nicht bemerkt, und das verschafft Cynthia einen Vorteil, aber solange er die Frau festhält, kann sie diesen Vorteil nicht nutzen. Und das Gewehr – wie funktioniert es überhaupt?

Sie ist noch zwanzig Meter entfernt, als etwas passiert. Plötzlich schreit der Mann auf – sie hört das Wort »Nein!« –, und dann lässt er die Frau los, stolpert zurück und schaut zum Himmel.

Der Mann: Das ist Otto Winspear.

Cynthia lässt sich auf ein Knie fallen, hält das Gewehr ruhig und drückt ab.

Der Kolben kracht gegen ihre Schulter wie ein Hieb mit einem Schlagring. Der Schuss geht eine Meile weit daneben. Verdammt! Sie hat nicht nur danebengeschossen, sondern sich auch verraten. Otto hat den Schuss gehört. Er dreht sich um und sieht sie an. Er hebt seine Pistole, und sie zielt auf ihn.

Sie schießen beide im selben Moment.

Der Impuls, einen einfachen Befehl zu befolgen, ist stark. Unser Instinkt verlangt es, zu gehorchen, vor allem, wenn es um die Wünsche eines Sterbenden geht.

Und so hob Otto Winspear den Blick, um zu sehen, was ich sah: die tiefenlose Klarheit des Alls und im Zentrum die große blaue Wölbung einer eisbedeckten Welt, die das Licht des Himmels trank.

Caelus.

Im Zustand der bevorstehenden Auflösung konnte mein Gehirn nicht mehr genau verfolgen, was sich abspielte. Ich hörte Schüsse. Plötzliche, animalische Schreie. Da war Elise, die mich mit ihrem Körper bedeckte, die willkommenste Umarmung meines Lebens und, wie ich glaubte, auch die letzte.

Dann – Stille.

Stille bis auf meinen eigenen gurgelnden Atem und Elise' leises Weinen. Sie kniete neben mir, hielt meinen Kopf in beiden Händen und schmiegte ihre Wange an meine.

»Proctor, es tut mir leid, es tut mir leid, es tut mir so, so leid.«

»Sie ist hier«, sagte ich, denn ich hatte das Gefühl, dass es so war. Unsere Tochter, Caeli, war hier.

»Ich kann nicht, ich kann nicht.«

»Doch«, sagte ich, »du … kannst.« Sie war eine Frau am Abgrund und wagte nicht, zu springen. »Sag es.«

»Bitte …«

Über mir setzte Caelus seine Ausdehnung weiter fort, seine prachtvolle Herrschaft über den Himmel. Augen und Verstand füllten sich mit dem herrlichen Anblick.

»Du brauchst nur … ihren Namen … auszusprechen.«

Es liegt Macht in einem Namen. Durch Namen bringen wir

alle Dinge in die Welt, und wenn etwas geht, tragen wir seinen Namen in uns, sodass es nie wirklich fort ist.

Elise' Stimme war ein Flüstern. »Caeli.«

»Noch einmal.«

Ihre Stimme brach. Sie schluchzte: *»Caeli.«*

Ich wusste, ohne hinzuschauen – denn ich konnte den Kopf nicht mehr drehen –, dass unser kleines Mädchen da war. Nicht der neunmalkluge Teenager Caeli vom Strand, sondern die, die wir verloren und zurückgelassen hatten. Sie saß mit gekreuzten Beinen im Gras, immer noch im Nachthemd. Der alte Mister Otter lag auf ihrem Schoß. Und ich wusste auch, dass der Augenblick gekommen war, als Elise unsere Tochter in die Arme nahm und leise weinend ihren Namen aussprach, immer und immer wieder. Ein neues Gefühl durchzog meinen Körper, seltsam und still. Ich würde hier den Tod kennenlernen. Was bedeutete es, in einem Traum zu sterben? Wäre es das Gleiche? Wäre es ein Sturz in die Nichtexistenz, oder würde ich mich in einer neuen Welt wiederfinden? Und mir kam der Gedanke, dass Thea am Ende recht gehabt hatte, dass es unmöglich war und immer sein würde, zu wissen, was ein Traum war und was nicht, dass die ganze Schöpfung aus Schachteln in Schachteln in Schachteln bestand, jede der Traum eines anderen Gottes.

Und dann spürte ich, dass jemand Neues zugegen war. Meine Mutter – denn das war sie in meinen Gedanken – nahm ihr Gewehr von der Schulter und fiel neben mir auf die Knie. Sie hatte dunkle Streifen im Gesicht, und ich brauchte nur einen Moment, um zu wissen, dass es Blut war. Sie presste eine Hand auf eine Wunde an ihrem Oberarm, aus der noch mehr Blut floss. Ich wusste da noch nicht, dass Otto mit einer

Kugel in der Brust im Gras lag oder wie es kam, dass meine Mutter eine Schussverletzung hatte. Es tat mir leid, dass sie Schmerzen litt, aber ich war auch froh, so froh, sie zu sehen.

»Proctor«, sagte sie und nahm meine Hand, aber das spürte ich nicht. Das Blut auf ihren Wangen war von Tränenspuren durchzogen. »Ich verstehe nicht, was hier passiert.«

»Es ist ... in Ordnung«, sagte ich.

Sie ließ den Kopf sinken und weinte. »Ach, Proctor, Proctor.«

Der Traum löste sich um uns herum auf. Ich hatte fast aufgehört zu atmen. Das störte mich kaum. Es erschien mir passend, genau wie die letzten Worte, die ich auf dieser Welt sprechen würde.

»Du bist angekommen.«

Aber ich sprach zu niemandem. Meine Mutter und alle anderen waren fort.

VIII

Die Verschwundenen

40

Dies ist eine Geschichte, in der niemand stirbt.

Nicht Otto Winspear oder Nicholas »Pappi« Pappier, oberster Verwaltungsleiter für Umsiedlungsoperationen, nicht die hitzköpfige Jessica Ordway oder die grässliche Regan Brandt oder Sandra mit ihren Farbmustern. Auch nicht Callista Laird, deren kurzer Aufenthalt in der Nursery mit ihrem einschläfernden Essen und den eingespielten Plattitüden so grob unterbrochen wurde, ehe sie die erotische Ausfahrt in die Vergessenheit nehmen konnte. Keine Prosperaner, keine Kolonisten, nicht einmal ein paar Wachleute, die aber von Anfang an sowieso nie real gewesen waren. Wie der sanftmütige Bernardo und die beschwingte Danielle waren sie Bestandteile des Dreamspace selbst – Kulissen, keine Figuren.

Niemand. Nicht einmal ich.

Es gab Dinge zu regeln. Achtundsechzigtausend Kolonisten konnte man nicht gleichzeitig aus der Stasis reißen. Die *Oranios* war ein Frachter, kein Passagierschiff. Man stelle sich ein Stadion voller Männer und Frauen vor, nackt wie Michelangelos David, die im Zustand tiefster Desorientierung ozeanische Mengen von Flüssigkeit auf den Boden neben ihren Containern erbrechen – und die, wenn das getan wäre, Kleidung brauchen würden, Nahrung, sanitäre Einrichtungen, medizinische Versorgung und ein Plätzchen für ihr müdes Haupt. Der ursprüngliche Plan hatte vorgesehen, jeweils fünfhundert Kolonisten auf einmal zu wecken und auf den Planeten umzusiedeln, bevor man die nächste Gruppe aus der Stasis holte. Man hatte berechnet, dass der vollständige Exitus zwei Erdenjahre in Anspruch nehmen würde. Aber der plötzliche und totale Kollaps des Dreamspace beschleunigte diesen Zeitplan radikal. Alle Kolonisten, die sich noch in der Stasis befanden, waren jetzt im Limbus ihres eigenen Geistes gefangen. Nach einem so ausgedehnten Schlaf würde es nicht lange dauern, und ihre Träume würden sich gegen sie wenden wie ein Rudel wütender Hunde.

Andere Faktoren verschärften das Problem, vor allem zwei. Das erste war der Zustand des Reaktors, der den Hauptantrieb für das Manövrieren im unteren Orbit liefert. Der Kern war auf zweiundvierzig Prozent der reaktiven Masse reduziert – also noch im sicheren Bereich, aber nur knapp. Das zweite, fatalere Problem war die atembare Luft. In der Stasis verbraucht ein Mensch keinen Sauerstoff und produziert deshalb auch kein Kohlendioxid. Zu viele atmende Körper, und die CO_2-Wäscher an Bord der *Oranios* würden nicht mehr mithalten können. Mit anderen Worten, je mehr Kolonisten wir weckten, desto schneller würden wir sie von Bord schaffen müssen, in einer ständig sich beschleunigenden Feedback-Schleife.

Das hieß: sechzig Tage.

Nichts davon wäre unter den günstigsten Bedingungen einfach gewesen, aber hier gab es noch eine weitere Variable zu berücksichtigen: Wer erinnerte sich an was? Manche Kolonisten, Antone zum Beispiel, wussten beim Aufwachen genau, wo sie waren und welche Rolle sie den Erwartungen entsprechend spielen mussten, während sie sich nur unbestimmt an Dinge und Ereignisse und Personen von Prospera erinnerten. Andere wie ich begriffen am Anfang überhaupt nichts von ihrer Umgebung, denn sie waren im Geiste immer noch in der Traumwelt befangen. Aber früher oder später holte die Erinnerung an den Traum, wie Quinn gesagt hatte, jeden ein – mit vorhersehbar chaotischen Folgen. Bereits existierende Beziehungen aus der Zeit auf der Erde – Ehepartner, Geliebte, Kollegen, Freunde –, die vor der Abreise das Rückgrat für das Leben und die Identität dieser Leute gebildet hatten, waren jetzt verschlüsselt und in manchen Fällen völlig auf den Kopf gestellt durch das, was im Dreamspace passiert war. Partner, die seit Jahren zusammen gewesen waren, fanden sich plötzlich zu ganz neuen Leuten hingezogen oder waren gespalten angesichts der neuen Partnerschaft mit einer dritten Person. Nach lebenslangen Freundschaften entdeckte man plötzlich einen gegenseitigen Hass wegen einer erinnerten Kränkung. Manche empfanden verheerende Scham bei der Erkenntnis, dass sie schreckliche Dinge getan hatten. Einigen gelang es, diese Angelegenheiten mit einem Lachen abzutun – wer konnte für sein Verhalten in einem Traum verantwortlich gemacht werden? –, aber viele andere konnten es nicht, und das schnelle Umsortieren diverser Bündnisse und Antipathien beschäftigte das ganze Schiff. Es gab Eifersucht und Schuldbewusstsein, Vorwürfe und Streitigkeiten. Es gab Schlägereien, zwei Selbstmorde und sogar einen Mord. Es war etwas, das wir erwartet hatten, ohne eine Lösung dafür zu finden – alle Versicherungen der Welt, nichts von alldem sei real gewesen, konnten den Zeiger auf der Skala kaum bewegen. Als wir ein Viertel der

Kolonisten geweckt hatten, fragten wir uns allmählich, ob sie je wieder in der Lage sein würden, eine zusammenhängende soziale Einheit zu bilden.

Aber dann geschah etwas Komisches. Alle fingen an zu vergessen.

»Vergessen« ist vielleicht nicht das richtige Wort. Während das, was in Prospera passiert war, in den meisten Köpfen klar blieb, schien es doch im Laufe der Zeit – einer hektischen, angespannten Zeit der Abreisevorbereitungen – immer weniger wichtig zu sein. In vielerlei Hinsicht erwies sich der psychologische Effekt wie das Konvergenzgefühl im Dreamspace – ein flüchtiges, Déjà-vu-haftes Bewusstsein vergangener Ereignisse – als nicht schrecklich wichtig im Alltag.

Nichts davon galt jedoch für die Erinnerung der Kolonisten daran, wie die Investoren sie behandelt hatten. Wie bei Antone war es ein schäumender, tief sitzender Hass. Die Container, in denen die Investoren in Stasis lagen – alle zwölftausend, darunter Otto und Callista –, standen separat von denen der Kolonisten, und wir platzierten Wachen an allen Zugangspunkten zu diesem Bereich des Schiffes. Weil Cynthia und Pappi für sie bürgten, konnten die restlichen Mitglieder des Leitungsstabes es vermeiden, dem Zorn der Kolonisten als Zielscheibe zu dienen, aber ich konnte es nicht: Ich war der Autor ihres erinnerten Elends. Ich blieb in der Kuppel und delegierte die meisten meiner Aufgaben an Quinn und Thea und die anderen. Mein Job war sowieso getan. Ich hatte die Kolonisten in ihre neue Heimat gebracht. Den Rest mussten sie selbst herausfinden.

Es gab natürlich auch glückliche Erlebnisse – Wiedersehensfreude, wiederhergestellte Beziehungen, die Erwartung eines neuen Lebens, das gerade entstand. Es war am Vorabend seiner Abreise zur Oberfläche des neuen Planeten, als mein Bruder Malcolm mich in meinem Quartier besuchte. Inzwischen war es uns beiden gelungen, die Verwirrung, die sich daraus ergab, dass wir eine Zeit lang Vater und Sohn gewesen waren, zu überwinden. Wir hatten sogar darüber gelacht, auch wenn die Sache einen ernsthaften Kern hatte, nämlich die Anerkenntnis, dass mein Bruder in jeder wichtigen Hinsicht immer schon eine Vaterfigur für mich gewesen war. (Mit Cynthia lagen die Dinge anders. Ich konnte sie einfach nicht von ihrer Rolle als Mutter trennen und versuchte es schließlich gar nicht mehr. Sie gestand mir, dass sie es genauso empfand.)

»Störe ich?«, fragte er in der Tür.

»Es gibt nichts, bei dem man mich stören könnte«, sagte ich und lächelte. »Bitte komm herein.«

Er setzte sich auf die Kante meiner Koje. Ich spürte, dass er etwas auf dem Herzen hatte.

»Malcolm, was ist?«

Er räusperte sich. »Ehrlich gesagt, ich glaube, ich bin hier, um mich zu entschuldigen.«

»Wofür?«

»Für diese ganze« – er machte eine nervöse Geste – »*Episode* am Pier.«

»Da gibt es nichts, wofür du dich entschuldigen müsstest. Und am Ende ist es doch gut ausgegangen. Wir wären nicht mal hier, wenn es nicht passiert wäre.«

»Es ist nicht nur das.« Er schwieg und sammelte sich. »Wir haben noch nicht richtig darüber gesprochen, aber ich glaube, ich war nicht immer der beste Vater für dich. Ist es merkwürdig, das zu sagen?«

»Nicht merkwürdiger als alles andere.« Ich lächelte, um ihn zu beruhigen. »Du warst in Ordnung. Sollte es Versäumnisse gegeben haben, sind sie vergeben.«

Er betrachtete seine Hände. Ein Augenblick verging.

»Was du zu mir gesagt hast, kurz bevor du mich auf der Fähre zurückgelassen hast …«

»Hör zu, Mal …«

»Nein, lass mich ausreden. Ich habe dir da nicht geantwortet, und ich hätte es tun sollen. Ich bin nur nicht sehr gut darin, schätze ich. Deshalb antworte ich dir jetzt. Ich liebe dich auch.« Er hob den Kopf. »Das wollte ich dir sagen. Das – und dass ich weiß, was du vorhast.«

Das war es also. »Du hast mit Quinn gesprochen.«

»Jeder weiß es, Proctor. Wir haben uns alle den Kopf darüber zerbrochen, wie wir es dir ausreden sollen.«

»Und was ist euch eingefallen?«

»Dass ich zu dir in dein Quartier gehen, mich als großer Bruder aufspielen und es dir verbieten soll. Was ich nicht tun werde.«

»Warum nicht?«

»Das habe ich dir gerade gesagt.« Er stand auf und legte mir die Hand auf die Schulter. »Eins noch. Es kommt von mir und Cynthia. Du bist der Kapitän dieses Schiffes, stimmt's?«

»Der Direktor. Aber das ist vermutlich das Gleiche.«

»Würdest du dann als Kapitän unsere Trauung vornehmen?«

Unter den Kolonisten trieb Oona einen Priester auf, der den Text für mich niederschrieb. Wir versammelten uns in der Kuppel, Quinn war der Trauzeuge (da ich als Amtsträger bereits vergeben war), Thea die Ehrenjungfer, und als es erledigt war – die Zeremonie dauerte ganze dreißig Sekunden –, prosteten wir dem glücklichen Paar mit einer der letzten Flaschen Champagner im ganzen Universum zu.

Niemand erwähnte Elise. Natürlich nicht.

Und so kam, nach einhundertsiebenunddreißig Jahren und viel zu früh, die Zeit des Abschieds. Das letzte Landungsboot lag beladen im Dock. Mein Bruder und seine Frau waren schon weg, Pappi und die restlichen Kolonisten ebenso. Das Siedlungsgelände war eine grasbewachsene Ebene an der Südwestküste des Kontinents am Ufer eines breiten Gletscherflusses. Nach den Informationen, die vom Boden kamen, war das Wasser sauber und kalt und wimmelte von Fischen, darunter auch forellenartige mit weißem, pfeffrig schmeckendem Fleisch.

Ich wollte das letzte Shuttle nicht betreten, weil ich befürchtete, den Mut zu verlieren. Also verabschiedete ich mich von den Letzten an der Luftschleuse. Von Oona bekam ich eine lange, tränenreiche Umarmung. Dann kam Jason, der strammstand und mir zackig salutierte wie ein Marineflieger, der er ja war. Ich erinnerte mich, wie er vor nicht allzu langer Zeit als junger Mann in seinem ersten Business-Anzug und mit nagelneuen Wingtips an den Füßen zu mir gesagt hatte: *Ich wollte immer nur eins, nämlich sein wie Sie.* Es war damals rührend gewesen, es zu hören, und es war noch rührender, mich jetzt daran zu erinnern. Alles, was ich hätte sagen können, wäre mir unangemessen vorgekommen; also umarmte ich ihn und brachte den armen Jungen vollends durcheinander. Ich hatte nie einen Sohn gehabt und würde nie einen bekommen, und auch keinen jüngeren Bruder, den ich in den

Dingen des Lebens unterweisen könnte, wie Malcolm es mit mir getan hatte. Und dann kam mir der Gedanke, dass das, was wir füreinander sind, sich doch nicht so leicht einordnen lässt: Väter können Söhne sein, Geliebte Freunde und Töchter Mütter, und dass solche Wörter nur einen Teil der Geschichte erzählen, vielleicht sogar nur einen kleinen Teil.

»Ich bin stolz auf dich«, sagte ich.

Er betrat die Luftschleuse, um an Bord zu gehen. Nur Quinn und Thea waren noch übrig.

»Ich wünschte, ich könnte Sie umstimmen«, sagte Quinn.

»Können Sie nicht, aber danke.«

»Ich sage es noch einmal: Sie brauchen das nicht zu tun. Die Investoren verdienen es nicht. Sie schulden diesen Leuten nichts.«

Er irrte sich. Natürlich schuldete ich ihnen etwas. Sie hatten alles getan, worum ich sie gebeten hatte, und mehr.

»Erinnern Sie sich an die Nacht, die wir zusammen im Nest verbracht haben? Bevor die Wache auftauchte?«, fragte ich.

»Es ist ein bisschen nebelhaft, aber ungefähr weiß ich es noch.«

»Da haben Sie gesagt: ›Es ist eigentlich das gleiche Problem, das die meisten Leute haben. Sie wissen sehr viel. Und Sie *glauben* fast nichts.‹ Damals habe ich es nicht verstanden, aber jetzt verstehe ich es. Das hier ist es, was ich tun soll. So war es von Anfang an.«

Um es zu Ende zu bringen, streckte ich ihm meine Hand entgegen. Quinn schaute sie nur an. Dann seufzte er resigniert und ergriff sie. Sein Händedruck war fest und endgültig.

»Leben Sie wohl, Quinn. Danke für alles.«

»Leben Sie wohl, Proctor.«

Er wandte sich ab und ging durch die Luftschleuse.

»Tja«, sagte Thea, »das war's, nehme ich an.«

Sie stand in einigem Abstand vor mir, die Arme vor der Brust verschränkt.

»Das denke ich auch.«

»Ich werde nicht weinen, weißt du? Das hebe ich mir für später auf.«

»Das ist wahrscheinlich am besten so.«

»Zum Teufel mit dir, Proctor.«

»Ich weiß«, sagte ich. »Es tut mir leid.«

»Ach, Scheiße.« Sie schaute weg und rieb sich mit dem Handrücken über die Augen. »Ich weiß nicht, wie man das macht. Wie macht man das?«

Ich hatte einen Kloß im Hals. »Was du machen musst – du steigst in das Shuttle und lebst dein Leben.«

»Wirklich? Mehr fällt dir nicht ein? ›Ich wünsche dir ein schönes Leben‹?«

»Ein fabelhaftes Leben. Das beste Leben, das es gibt.«

»Versprich mir, dass du mir schreibst, okay? Denn dann werde ich auch schreiben.«

Ich tat mein Bestes, um zu lächeln. »Natürlich. Was soll ich denn sonst mit all den Briefmarken anfangen?«

»Verdammt, Proctor. Das tut weh!«

Dann umarmte sie mich, wild und schnell – eine Umarmung, die vorbei ist, ehe du dichs versiehst, aber an die du dich dein Leben lang erinnern wirst.

»Ich verstehe«, sagte sie. »Ich muss es nicht mögen. Aber ich verstehe es.« Sie hielt mich noch ein paar Sekunden fest und ich sie auch. Wir hatten beide Angst, loszulasssen, und zugleich, nicht loszulassen. »Geh und bleib bei ihnen«, sagte sie dann. Sie löste sich von mir, trat in die Luftschleuse, verschloss die Tür und verschwand, ohne sich noch einmal umzuschauen.

Ich machte mich auf den Weg hinauf zur Kuppel. Was für ein seltsames Gefühl, die einzige wache Menschenseele an Bord zu sein – an Bord meines Schiffes, meiner *Oranios*. Die Blende vor dem Fenster war offen. Unter mir drehte sich der blaue Planet in der weiten Leere. Wie viele Generationen würden vergehen, bevor die Sage der *Oranios* in die Geschichte einginge, in den Mythos? Würden die Kinder der Menschheit sich überhaupt an sie erinnern? Und wenn ja, was für eine Geschichte würden sie einander erzählen? *Wir kamen von oben, von weit her, wir kamen an Bord eines gewaltigen Schiffes, das durch den Himmel segelte, wo nachts die Sterne wohnen, und man nennt es den Tag der Ankunft, da alle Dinge der Welt begannen.*

Ich sah dem Shuttle nach, als es fiel, hinunterflog, immer tiefer. Im All bewegen sich alle Dinge mit perfekter Anmut, sie sind verbunden mit den tiefsten aller Kräfte, gefangen im Strom des Daseins. Das Bild wich zurück, die Details wurden aufgesogen. Der glänzende Rumpf. Die aufwärts geschwungenen Vogelflügel. Mit einem kleinen Stoß zündete das Triebwerk, und das Shuttle richtete sich für den Wiedereintritt in die Atmosphäre aus.

Ein Lichtstreifen.

Und hier nun, endlich, ein Geständnis. Ich bin derjenige, der dafür verantwortlich ist.

Nicht die Nursery; das war Elise. Aber der ganze Rest. Der Annex. Die Drohnen und die Wache. Die prächtigen

Häuser und großartigen Bauwerke und die endlosen Tage im gemäßigten Klima, die die wenigen Privilegierten behaglich und entspannt verbringen konnten, während die niemals gewürdigten Massen im Schatten des Wohllebens ihrer Herren schufteten. Der Traum von Prospera mag von Elise gekommen sein, aber das Design war das meine, von Anfang an.

Warum habe ich es getan? Von welchem Gedanken war ich besessen, dass ich aus dem glücklichen Traum des einen den endlosen Albtraum des anderen machte? Besser gesagt: Wer würde, wenn er jahrhundertelang im Paradies geschlummert hätte, freiwillig aufwachen, um ein Leben aus dem Nichts aufzubauen, es aus den Felsen und Gletschern einer fremden Welt zu hauen? Den Kolonisten sage ich: Ich habe euch gegeben, was ihr brauchtet, nämlich ein Gewicht, gegen das ihr euch stemmen konntet. Ein Leben, das ihr mit Freuden verlassen würdet, und ein Leben, um euch vorzubereiten.

Hasst ihr mich dafür? Natürlich habe ich euren Abscheu verdient. Ich werde euch nicht um Vergebung bitten. Für ein Verbrechen wie das meine kann niemand Vergebung spenden, niemand außer Gott allein.

Und ihr, die Schlafenden in meiner Obhut: Ihr habt zahllose Menschenleben gelebt, und ihr werdet noch zahllose weitere leben. Sie werden anders sein als die, die ihr gekannt habt; eure Tage des entspannten Müßiggangs sind vorbei. Das ist keine Strafe – im Gegenteil, es ist mein Geschenk an euch, dass ihr erlöst werden sollt.

Ich gebe euch Kindheit, damit ihr Unschuld kennenlernt.

Alter, damit ihr den Wert der Jugend kennenlernt.

Kinder, damit ihr für die Zukunft sorgt.

Mühen, damit ihr den Wert eines Tages kennenlernt.

Gebrechlichkeit, damit ihr wisst, was der Körper wert ist.

Den Tod, damit ihr die bittersüße Köstlichkeit des Lebens schätzen lernt.

Jeder von uns wird geboren als funkelnde Seele, gekleidet nur in unser Neusein. Das Leben macht uns zu dem, was wir sind. Ihr wart das eine, jetzt werdet ihr lernen, etwas anderes zu sein.

Und so gehen wir noch einmal auf die Reise. Was werden wir in unserem letzten Hafen vorfinden? Welche Menschheitsreste bleiben noch auf unserem Teller? Werden wir nur die windgepeitschten Überbleibsel einer zerstörten Welt finden, keine Gesellschaft außer der unsrigen? Nicht alle werden diesen Tag erleben. Der Zahn der Zeit lässt sich bremsen, aber man kann ihn nicht aufhalten. Schaltkreise werden ausfallen, Mechanismen zerbrechen. Andere unter euch werden in ihren Containern an der Zeit selbst versterben – anders gesagt: am Alter. Ein Freund, der euch gegenüber am Tisch sitzt, wird eines Tages aufblicken und einen leeren Stuhl sehen, auf dem ihr einst gesessen habt. Eine Ehefrau wird sich euch im Bett zuwenden und nur Leere sehen, obgleich die Laken noch warm sind von der Hitze eures verschwundenen Körpers. Ein Schock, doch eure Abwesenheit wird vor allem mit Ratlosigkeit vermerkt werden, und der Dreamspace wird die Erinnerung an euch bald aufgesaugt haben, wie die Wellen über einem Ertrunkenen zusammenschlagen. *Was ist eigentlich aus ihm geworden …? Hat jemand gesehen, wo …? War sie nicht eben noch hier …?* Ratlos werden sie die Köpfe schütteln, und dann werden sie, nur unbestimmt verstört, wieder ihren Geschäften nachgehen. *Wie seltsam, wie überaus seltsam …*

Wir sind vom Stoff, aus dem die Träume sind; und unser kleines Leben beginnt und schließt ein Schlaf.

Und so strahle ich diese Geschichte in den Kosmos, diese Flaschenpost, geworfen in die Wellen der Himmel. Vielleicht ist da niemand, der sie annimmt. Vielleicht ist da nur ein einziger Verstand, der hören will: der Geist hinter allen Dingen, ein Gesicht unter der Leinwand des Malers. Wer immer du bist, welche Form du auch immer annimmst – Zeit, Materie, Licht –, ich bitte dich nur um eines: Lass uns, wie wir sind. Lass uns schlafen und träumen und das Werk des Menschseins tun.

Die Triebwerke zünden, die großen Segel breiten ihr Tuch aus, um den Atem der Schöpfung einzufangen; mein Schiff, die *Oranios*, wirft die Leinen los und löst sich vom Kai. In der Stasiskammer wartet ein Freund. Er begrüßt mich mit gesunder, männlicher Fröhlichkeit und führt mich zu meinem Container, der offen steht. Daneben schläft Elise und träumt ihre eigenen Träume. Bald werde ich ihr einen neuen geben.

»Direktor Bennett?«

Ich bin dabei, mich auszuziehen. Die Kälte im Raum lässt meine Haut kribbeln. »Ja, Bernardo?«

»Verstehe ich recht, dass wir zu unserem Ausgangsort zurückkehren?«

»Ja.«

»Zur Erde.«

»Ganz recht.«

»Und verstehe ich weiterhin recht, dass Sie die Aufgabe des Dreamspace-Designers übernehmen werden?«

So ist es, sage ich ihm.

»Sehr wohl, Direktor Bennett. Darf ich fragen, ob Sie einen Ersatz bestimmt haben?«

Wenn ich an etwas glaube, dann ist es die Wiedergutmachung. »Das wäre Dr. Warren Singh.«

»Und gibt es einen zweiten Ersatz, wenn Dr. Singh diese Rolle nicht mehr ausüben kann?«

»Callista Laird.«

»Sehr wohl.«

Ich sitze auf der Kante meines Containers, binde mir den Arm mit einem Stück Gummischlauch ab und injiziere mir den Erinnerungsblocker.

»Darf ich Ihnen bei Ihrem Headset helfen, Direktor Bennett?«

Das ist kaum nötig. »Sie dürfen.«

Ich lege mich in den Container. Bernardo befestigt das Set an meinem Schädel wie eine Dornenkrone.

»Sie waren mir immer ein guter Freund«, sage ich.

»Das ist nett von Ihnen, Direktor Bennett. Überaus erfreulich zu hören.«

»Bevor wir das hier zu Ende bringen, darf ich Ihnen eine Frage stellen?«

»Selbstverständlich, Sir.«

»Träumen Sie, Bernardo?«

Seine Schaltungen klicken, und dann sagt er: »Da ich nicht schlafe, Direktor Bennett, zumindest nicht im eigentlichen Sinne des Wortes, kann ich auch nicht behaupten, dass ich dazu schon einmal Gelegenheit gehabt hätte. Obgleich, wenn ich aus dem Standby-Modus erwache, habe ich oft das Gefühl, ich komme von einer Art Reise zurück.«

»Na, da haben Sie's«, sage ich. »Das ist träumen.«

»Aber ich bin eine Maschine, Sir.«

»Vielleicht, vielleicht auch nicht. Vielleicht sind Sie eine

Person wie ich, und Sie *träumen* nur, Sie sind eine Maschine. Haben Sie daran schon mal gedacht?«

Klick, klick. »Das ist ein interessanter Gedanke, Direktor Bennett.«

»Wie auch immer«, sage ich, »das ist nur meine bescheidene Meinung. Nur so eine Idee.«

»Danke, dass Sie mit mir darüber gesprochen haben. Ich werde darüber nachdenken. Wünschen Sie noch etwas?«

»Ich glaube, nicht, nein.«

»Sehr wohl.« Er tritt zurück. »Soll ich dann fortfahren?«

Ich nicke. »Die Ankunft ist nah, Bernardo.«

»Sir?«

»Sorry, das ist nur so ein Ausdruck. Er bedeutet, wir sehen uns.«

»Ah«, sagt Bernardo entzückt. »Dann gestatten Sie mir, ebenfalls zu Ihnen zu sagen: Die Ankunft ist nah, Direktor Bennett. Ich wünsche Ihnen angenehme Träume.«

»Ich Ihnen auch, mein Freund.«

Der Deckel des Containers wird versiegelt. Mit einem Gurgeln und einem Kälteschock steigt die Flüssigkeit an und wirbelt über meinen Körper. Ich schließe die Augen.

Mein Name ist Proctor Bennett. Ich bin Fährmann.

Und ich bin fort.

41

Thea hat noch nie eine Latrine ausgehoben. Oder einen Bagger gefahren. Oder mit hundert Leuten in einer Schlange gestanden, um ein Blechtablett mit einfachem, nahrhaftem Essen zu füllen, von dem sie nicht genug bekommen kann, weil sie die halbe Zeit ausgehungert und die restliche Zeit hungrig ist.

Das meiste von dem, was sie jetzt tut, hat sie noch nie getan.

Die Tage sind kalt, die Nächte kälter. Der Wind pfeift durch die Nähte ihrer Jacke, er lässt die Zeltwände flattern wie ein Laken auf der Leine. Das Zelt teilt sie sich mit einem Dutzend anderer Frauen, die Wange an Wange schlafen. Eine davon ist Sandra – dieselbe strahlende, fröhliche Person (sie macht jeden Morgen auf dem Boden des Zelts ihre Yoga-Übungen), aber sie ist auch Maschinenbauingenieurin, spezialisiert auf Hydraulik (daher der Latrinenbau). Sie stammt, wie Thea erfährt, aus der Iron Range in Minnesota: eine Frau, die an die Kälte gewöhnt ist. Sie hat sich als Kolonistin beworben, nachdem sie im Fernsehen ein Interview mit Proctor gesehen hatte. Ihre Eltern waren verstorben, sie war kürzlich geschieden worden, kinderlos, und sie hatte nicht einmal einen Hund als Gesellschaft. Auf dem College hatte sie im

Sommer als Bergführerin in Idaho gearbeitet und Gruppen von Highschool-Schülern in die Wildnis geführt, als es noch Wildnis gab. Proctors Vortrag hatte einen Nerv bei ihr getroffen. Die Welt steckte in großen Schwierigkeiten; jeder, der Augen und ein halbes Hirn hatte, konnte das sehen. Sie hatte schon daran gedacht, einen extraterrestrischen Einsatz abzuleisten – auf Luna vielleicht oder in einer der Bergbaukolonien auf dem Mars. (Ein klares Zeichen dafür, hatte sie behauptet, dass sie in Depressionen abzustürzen drohte.) Sie hatte Proctors Interview noch einmal angesehen, dann noch einmal, und beim vierten Mal hatte sie einen Funken Hoffnung verspürt. *Warum denn nicht, zum Teufel?*, hatte sie gedacht. *Hier gibt es nichts für mich. Einen ganz neuen Planeten nehme ich jederzeit.*

Hier gibt es nichts für mich. Wie oft hat Thea diesen Satz von den Kolonisten gehört, die sie kennengelernt hat? *Es gab nichts, und jetzt gibt es etwas.*

In der Freizeit, die Thea hat – was nicht viel ist –, geht sie spazieren. Die meisten Tage sind bewölkt, aber das stört sie nicht. Die Wolken machen den Himmel interessant, geben ihm Tiefe und Bewegung, anders als der Himmel über Prospera mit seinem unerbittlichen Sonnenschein. Sie hat einen Weg gefunden, der ihr gefällt, am Fluss entlang bis zum Meer. Der Strand ist breit, der Sand fein und dunkel, beinahe schwarz. Breite Wellen entfalten sich in metronomischem Takt am Ufer, und hinter ihr, Zinnen am Horizont, sind Berge, deren zerklüftete Flanken von Eis glitzern.

Von Quinn und den anderen sieht sie wenig. Jeder hat mit seinen zugewiesenen Aufgaben einfach zu viel zu tun. Aus diesem Grund hat Thea auch noch niemandem die Neuigkeit anvertraut, aber sie hat ohnehin nichts dagegen, sich damit Zeit zu lassen – mit ihrem Geheimnis allein zu sein, solange es geht, als wäre es die Antwort auf eine Frage, die ihr möglicherweise noch niemand gestellt hat.

Sie geht den Strand entlang. Bei ihren ersten Erkundungen haben die leisesten Geräusche, die winzigsten Bewegungen am Rand ihres Gesichtsfelds ihr Herz vor Angst schneller schlagen lassen. Aber Wochen sind vergangen, und sie hat sich daran gewöhnt. Mehr als nur daran gewöhnt – sie sehnt sich danach: nach der Einsamkeit, dem Frieden. Ihre Wahrnehmung dieser Gegend hat sich gleichermaßen vertieft. Es sind nicht nur die kleinen Dinge – Vögel, Pflanzen, Tiere –, sondern auch gewisse Makro-Wahrheiten. Caelus hat zum Beispiel einen bestimmten Geruch. Er riecht weder gut noch schlecht – etwas verbrannt, mit einem Hauch Ingwer –, und sie fragt sich, ob das für alle Planeten gilt, ob jeder seinen eigenen spezifischen Geruch hat, wie es bei den Häusern der Menschen der Fall ist. Dieser Gedanke führt sie natürlich zu den Caelusiern. Die Kolonisten haben noch keine Überreste von ihnen gefunden; sie hatten allerdings auch noch keine Gelegenheit, danach zu suchen. Thea nimmt an, dass es beizeiten dazu kommen wird, wenn erst Häuser gebaut, Felder bepflanzt und ein System von sanitären Anlagen eingerichtet ist. Sie fragt sich: Wer waren sie, diese verschwundenen Wesen, verloren in der Zeit? Waren sie Geschöpfe wie wir mit unseren symmetrisch arrangierten Armen und Beinen und Ohren und Augen, oder haben sie sich an ein völlig anderes evolutionäres Drehbuch gehalten? Hatten sie Gefühle wie wir? Haben sie geliebt, gehasst, hatten sie Sehnsucht, hat man sich nach ihnen gesehnt? Hatten sie Familie? Haben sie ihre Kinder geliebt und versorgt? Und haben einige unter ihnen das Ende kommen sehen, haben sie hochgeschaut und ihr Entkommen geplant? Manchmal, jetzt zum Beispiel, kann Thea sie beinahe fühlen: Geister im Äther, ein Porträt der Vergangenheit, das über dem jetzigen Augenblick liegt.

An einer Stelle wird der Strand so schmal, dass er fast verschwindet, und hier sitzt sie gern und sieht zu, wie der Abend kommt. Aber als sie sich jetzt nähert, bemerkt sie, dass der Platz bereits besetzt ist. Eine Gestalt ruht im Sand, mit dem Rücken an einen Felsblock gelehnt, und schaut aufs Meer hinaus. Zuerst denkt sie, es sei Quinn – auch er hat die Gewohnheit, davonzuspazieren –, aber er ist es nicht. Es ist Pappi.

Thea hat ihn kaum noch gesehen – genauer gesagt, unter vier Augen gesehen. Als Direktor für Umsiedlung ist der Mann überall zugleich und nirgends lange. Ihn hier zu finden, ganz allein, ist deshalb ein bisschen unerwartet, obwohl, wenn sie es sich recht überlegt, auch nicht überraschend. Sicher muss jemand in seiner Position hin und wieder eine Weile allein sein. Tatsächlich ist er so tief in Gedanken versunken, dass er sie nicht bemerkt, als sie näher tritt. Erst als sie nur noch wenige Schritte entfernt ist, schrickt er leise auf und sieht sie an.

»Thea.« Er lächelt strahlend. »Was für eine willkommene Überraschung!«

Er ist nicht mehr der heruntergekommene, struppige Zausel aus dem Annex, sondern eine rüstige, raue Erscheinung mit scharfen blauen Augen und einem sauber getrimmten Bart.

»Entschuldige die Störung«, sagt sie. »Wenn du lieber …«

»Keineswegs. Es ist schön, dich zu sehen.« Er klopft neben sich auf den Sand. »Setz dich.«

Sie nimmt Platz. Der Sand ist kühl und feucht. Die Sonne schwindet hinter ihnen, und der graue Himmel wird dunkler.

»Ich wusste nicht, dass du hier herunterkommst«, sagt sie. »Ich dachte, ich bin die Einzige.«

Er zuckt kurz die Achseln. »Manchmal. Es tut gut, ab und zu zu verschwinden.«

»Wie geht es Claire? Ich sehe sie kaum noch.«

Die Frau, eine Ernährungswissenschaftlerin, ist den Küchen zugewiesen. Sie ist außerdem nicht einen Tag über dreißig.

»Sie ist lustig und vergnügt, soweit ich sehe«, sagt Pappi. »Die Fütterung der Massen kommt ihr entgegen.«

»Wenn ich fragen darf …«

»Ob wir ein Paar sind?« Pappi schüttelt den Kopf. »Nein, zu meinem Bedauern ist es damit vorbei.«

Thea hat es schon geahnt. »Das ist jetzt oft der Fall, glaube ich. Aber ehrlich gesagt, es macht mich ein bisschen traurig.«

»Mich auch. Aber es wurde Zeit. Vergiss nicht, wir beide waren fast dreißig Jahre zusammen. Ich würde sagen, das ist mehr als genug.«

Eine Zeit lang sitzen sie schweigend da und sehen den Wellen zu, die unter dem dunkler werdenden Himmel heranrollen. Wie es abends oft geschieht, haben die Wolken sich aufgelöst und sind abgezogen. Bald werden die Sterne zu sehen sein.

»Weißt du, was merkwürdig ist?«, fragt Pappi. »Es überrascht mich selbst, aber manchmal fehlt es mir, blind zu sein.«

Thea ist verblüfft. »Wirklich?«

»Es hatte etwas … ich weiß nicht, Befreiendes. Und ich meine nicht einfach, dass niemand etwas von mir erwartete, obwohl auch das sicher seine Vorteile hatte. Es ist wahrscheinlich der Grund, weshalb Claire mich so satthat. Aber die Sache ist die, ich *konnte* sehen. Ich konnte nur nicht sehen, was alle anderen gesehen haben.«

»Was hast du denn gesehen?«

Pappi zögert. »Etwas Wahreres, wenn man so sagen kann. Zum Beispiel konnte ich hinter die Oberfläche der Dinge sehen.« Er wendet ihr das Gesicht zu. »Weißt du noch, wie ich dich gemalt habe? Das war, als wir uns kennengelernt haben.«

»Wie könnte ich das vergessen?«

Er schaut wieder auf das Meer hinaus. »Um ehrlich zu sein, am Anfang habe ich nur herumgealbert. Ich dachte, wenn es dir langweilig wird, lässt du mich schon in Ruhe. Aber dann hast du etwas Merkwürdiges getan. Genauer gesagt, es war die Art, wie du gesessen hast.«

»Gesessen? Auf dem Stuhl?«

Pappi nickt. »Du warst einfach so *still*. Ich meine nicht, dass du nicht herumgezappelt hättest, wie ich es erwartet hatte. Es war mehr als das. Es war, als hätte dein Körper den Raum verlassen, aber dein wahres Ich wäre noch da. Der Rest war Illusion.«

»Na ja, formal gesehen war es das ja auch.«

»Kann sein. Ich bin nicht sicher, ob ich noch weiß, was was ist. Das ist wahrscheinlich der Grund, weshalb ich hier herunterkomme. Um das herauszufinden.«

»Glaubst du, du wirst wieder malen?«

Pappi schüttelt den Kopf. »Ich glaube, ich höre auf, solange ich in Führung liege. Was ist mit dir? Du bist die wahre Künstlerin hier. Das warst du immer.«

Thea zuckt die Achseln. »Wie sich herausstellt, bin ich auch ziemlich gut mit dem Bagger. Ich glaube, ich verwende mein Talent vorläufig darauf.«

»Irgendwann werden wir andere Dinge brauchen. Denker, Künstlerinnen, Schriftsteller.«

»›Irgendwann‹ ist das Zauberwort.«

»Also vorläufig Bagger fahren.«

Sie nickt. »Ja. Vorläufig.«

Wieder schweigen sie.

»Denkst du je über sie nach?«, fragt Thea. »Die Caelusier?«

»Warum fragst du?«

Die Vorstellung ist verrückt, das weiß sie, aber das Bedürfnis, zu fragen, ist stark. »Es ist nur … fragst du dich je, ob sie noch irgendwie hier sind?«

»Das muss ich nicht, Thea. Ich *weiß*, dass sie hier sind.«

Das ist eine merkwürdige Behauptung. »Wirklich?«

»Ja, wirklich«, sagt er. Er sieht sie an und lächelt. »Sie sind hier, weil sie wir sind.« Er steht auf. »Es ist spät. Ich sollte zurückgehen. Kommst du mit?«

»Ich glaube, ich bleibe noch eine Weile hier sitzen. Sehe mir die Sterne an.«

Er überlegt kurz und nickt dann. »Na, sei nur vorsichtig.«

»Oh, ich glaube, ich kenne den Weg inzwischen gut genug.«

»Da bin ich sicher.« Er will gehen, aber dann dreht er sich noch einmal um. »Was ich noch fragen wollte: Hast du es ihm gesagt?«

Thea ist einen Moment lang verwirrt und will fragen: Wem was gesagt? Aber dann fällt ihr ein, mit wem sie es hier zu tun hat. Sie schüttelt den Kopf. Nein.

Pappi sagt: »Weil du wusstest, dass er fortgeht.«

»Weil er fortgehen *musste*. Ich wollte es nicht noch schwerer machen, als es ohnehin schon war.«

»Wer weiß es sonst noch? Wenn ich fragen darf.«

»Bis jetzt niemand.«

Pappi schweigt kurz und sagt dann: »Ich würde nicht mehr warten. Claire braucht dich nur anzusehen und weiß Bescheid. Du willst die Frau ja nicht kränken.« Er mustert sie. »Alles wird gut, Thea«, sagt er dann.

»Ich weiß.«

Er lächelt. »Pass nur im Dunkeln auf, wohin du trittst, hörst du?«

Thea sieht ihm nach, als er am Strand entlanggeht. Die Sonne ist untergegangen, und sie beobachtet, wie die Sterne einer nach dem anderen aufleuchten. Sie sucht nach Proctor und bemüht sich, die Lichter der *Oranios* von den himmlischen Heerscharen zu unterscheiden. Das ist natürlich unmöglich – das Schiff ist längst weg und zieht seinen langen Bogen um die Sonne, bevor es sich davonschleudern lässt –, aber versuchen muss sie es trotzdem.

Sie ist schwanger, seit jener Nacht auf dem Dach. Sie weiß es seit dem Vestibül, als sie nach Dr. Pattys abruptem Verschwinden plötzlich ein Geräusch gehört hat. Für alle anderen war das Vestibül ein Ort der Erinnerung, aber nicht für sie. Für Thea, die für zwei träumte, war es etwas ganz anderes. Sie folgte dem Geräusch bis zum Ende des Korridors, öffnete die Tür und sah, woher das Geräusch kam: aus einem Kinderbettchen. In diesem Kinderbettchen lag ein kleines, quäkendes Bündel von Baby, in blaue Tücher eingewickelt. Ein Junge. Sie hob ihn auf, er zappelte noch einen Moment, schmiegte sich dann an sie und wurde still. Ein wunderbares Gefühl, dieses blitzneue Wesen in den Armen zu halten! Hinter den Vorhängen des Kinderzimmers leuchtete das Morgenlicht, und draußen in den Bäumen sangen die Vögel. Sie trug das Baby zum Fenster, um ihm alles zu zeigen. Da ist die Welt, flüsterte sie. Siehst du? Da ist das Gras. Da sind die Bäume, und da sind die Vögel, die in den Bäumen singen. Sie fing selbst an zu singen, ein Wiegenlied, das einzige, das sie kannte. *Träume fließen wie ein Fluss, denn der Tröster ist gekommen …* Es war ein altes Lied aus ihrer Erinnerung. Wo hatte sie es gehört? Sie war auch einmal ein Baby gewesen. Jemand musste es ihr vorgesungen haben. *Alles hat in Freude sich verwandelt, rings um diesen prächt'gen Gast. Alles schwelt in Ruh' und Frieden, längst verbannt sind Unglaube und Last.* Thea wiegte sich am Fenster hin und her und sang, und das kleine süß duftende Babybündel lag wohlig an ihrer Brust. Sie blieb dort, erfüllt von Frieden und Freude, bis alles dunkel war.

Alles wird gut, denkt sie. Das würde sie jetzt zu Proctor sagen, wenn sie könnte: Alles wird gut.

Epilog

Die Gesichter in den Sternen

Füllt milder Hauch aus Euerm Mund
Mein Segel nicht, so geht zu Grund mein Plan

— Shakespeare, *Der Sturm*

Direktor Proctor Bennett lehnt sich in seinem Sessel zurück, legt die Fingerspitzen beider Hände zusammen und betrachtet mit geduldigem Ernst die beiden kleinen Gestalten vor sich. Er lässt ein bisschen Zeit vergehen und seufzt dann dramatisch und müde, bevor er sagt:

»Nun? Was habt ihr beide mir zu sagen?«

Es ist Nabil, der die Gelegenheit nutzt. »Sie hat mich gehauen! Ich habe nichts gemacht!«

»Das ist gelogen!«, schreit Regan. »Er hat total angefangen!«

»Hab ich nicht!«

»Hast du doch!«

»Das reicht!«

Beide erstarren.

»Es interessiert mich nicht besonders, wer diesmal angefangen hat. Wir haben erst September, und Mr Cordell hat bereits genug von euch. *Genug*. Drücke ich mich klar aus?«

Beide schauen zu Boden und nicken.

»So wird es jetzt ablaufen. Soweit es mich angeht, seid ihr beide von jetzt an die besten Freunde. Ihr werdet zusammen zu Mittag essen. Ihr werdet zusammen von einer Stunde in die nächste gehen. Ihr werdet in den Pausen zusammen spielen. Wenn ich aus dem Fenster schaue oder durch den Flur gehe und den einen von euch ohne den anderen sehe, werde ich nicht erfreut sein. Ihr werdet eure Meinungsverschiedenheiten klären, und ihr werdet Freunde sein, ob es euch gefällt oder nicht.«

Ihre Gesichter verraten Fassungslosigkeit. »Aber ... das können Sie nicht tun!«, stammelt Regan.

»Das ist total unfair!«, heult Nabil.

Proctor ignoriert ihren Protest und fährt fort: »Das Zweite ist, dass ihr euch bei Mr Cordell entschuldigen werdet. Heute Abend werdet ihr ihm einen Brief schreiben, jeder von euch. In diesem Brief werdet ihr sorgfältig und in allen Einzelheiten beschreiben, welchen Fehler ihr begangen habt und wie sehr es euch leidtut. Nämlich, um euch einen Tipp zu geben, sehr, *sehr* leid. Ihr werdet diese Briefe als Erstes morgen früh bei mir abliefern, und ich werde sie an Mr Cordell weiterreichen. Verstanden?«

Ihr Gesichtsausdruck ist dermaßen jammervoll und elend, dass Proctor am liebsten laut lachen würde. Freunde sein! Horror! Was für eine Strafe!

»Regan?«

»Ja, Direktor Bennett.«

»Ja was?«

»Ja, ich habe verstanden.«

»Und was genau hast du verstanden?«

Die Worte auszusprechen tut dem Mädchen sichtlich weh. »Wir werden Freunde sein. Und wir werden einen Brief schreiben.«

Er sieht Nabil an. »Und was ist mir dir?«

»Okay, von mir aus«, schnaubt der Junge.

Von Nabil hat er nichts anderes erwartet – er war ein Paragraphenreiter, der immer genau wusste, in welcher Hinsicht er ungerecht behandelt wurde. Proctor zog die Brauen auf oberlehrerhafte Weise hoch. »Wie bitte?«

Nabil öffnet den Mund, vielleicht um noch weitere Proteste abzulassen, aber dann überlegt er es sich anders und versucht es noch einmal. »Was sie gesagt hat. Wir sollen uns mögen.«

»Und?« Herrgott, es ist wie Zähneziehen bei diesem Bengel.

»Und Mr Cordell sagen, dass es uns leidtut.«

Proctor mustert die beiden über die Fingerspitzen hinweg und baut noch einmal ein kurzes Schweigen ein: Der gestrenge Lehrer, wie er dieses Theaterstück nennt.

»Und jetzt ab mit euch«, sagt er schließlich.

Sie verschwinden. Das Dumme ist, denkt Proctor, diese Kids sind in Ordnung – das heißt in Ordnung, wie alle Kids in Ordnung sein können, wenn man ihnen zeigt, wie das geht. Das ist etwas, was er selbst jahrelang im Klassenzimmer gelernt hat, bevor er den Job als Leiter der Akademie angenommen hat. Sie sind außerdem intelligent – die Cleversten in ihrer Klasse, sagt Amos –, was natürlich der Grund ist, weshalb sie einander nicht ausstehen können.

Proctor wendet sich wieder seinem Papierkram zu – Anwesenheitslisten, Materialanforderungen, eine kurze Notiz an den Lehrkörper mit der Erinnerung an die Zeugnisse für das erste Quartal, die unmittelbar bevorstehen –, und als er fertig ist, hat die Schlussglocke geläutet. Er geht durch die leeren Flure, in denen immer noch der scharfe Geruch von präadoleszentem Schweiß hängt, vorbei an den Wänden mit Schülerzeichnungen, inspirierenden Plakaten (»Sei ein Freund, um einen Freund zu finden!«), den Schwarzen Brettern voller Bekanntmachungen. Er will das Gebäude verlassen, als hinter ihm jemand ruft.

Es ist Warren mit seiner ledernen Instrumententasche. Das Stethoskop baumelt noch um seinen Hals. Der Mann hat den ganzen Tag Schüler untersucht, und man sieht es ihm an. Das Haar hängt ihm ins Gesicht, seine Kleidung ist zerknautscht. Er hat einen braunen Fleck vorn auf seinem Hemd, nach dessen Herkunft Proctor sich nicht erkundigen wird. Diese Untersuchungen sind Teil eines neuen Programms der kommunalen Gesundheitsbehörde, der Warren vorsteht. Er arbeitet eine Klasse pro Tag ab.

»Wie ist es gelaufen?«, fragt Proctor ihn. »Du siehst aus, als hätte man dich vom Pferd gezogen.«

»Ach, das hier?« Warren befingert den Fleck. »Nicht das, wonach es aussieht. Die Party ist ein bisschen aus dem Ruder gelaufen.«

»Es gab eine Party?«

»Proctor, Proctor, Proctor. Wenn du eine Kolonne von dreißig Erstklässlern aufforderst, den Mund aufzumachen und ›Springbrunnen‹ zu sagen, dann solltest du ihnen lieber Cupcakes geben.«

»Das wusste ich nicht.«

»Es ist ungefähr das Zweite, was sie dir im Medizinstudium beibringen. Das Erste ist, wie man kleine Kinder daran hindert, an deinem Stethoskop zu ziehen, wenn du es noch in den Ohren hast. Du glaubst nicht, wie weh das tut.«

Proctor lacht. »Bist du sicher, dass du jede Klasse selbst übernehmen willst? Du kannst auch jemand anderen schicken. Ich werde nicht gekränkt sein.«

Warren winkt ab. »Nein, vergiss es. Es macht Spaß, ab und zu ein bisschen Arzt zu spielen. Außerdem«, ergänzt er grinsend, »wann hätte ich schon mal Gelegenheit, an einem Cupcake-Krieg teilzunehmen?«

»Wer hat gewonnen?«

»Alle außer den Cupcakes.«

Sie verlassen das Gebäude und trennen sich – Warren kehrt zurück in sein Büro, und Proctor sieht sich noch ein laufendes Fußballspiel an. Die Schule geht bis zur achten Klasse, aber sie teilt sich die Sportplätze mit der Highschool, und heute spielt hier Distrikt 6 gegen Distrikt 4. Es ist ein gutes Spiel, überraschend ausgeglichen, wenn man bedenkt, dass Distrikt 4 dieses Jahr alle Spitzenspieler hat, und Proctor bleibt noch ein paar Minuten, bevor er zur Rückseite des Schulgebäudes geht, wo ein Gerüst aufgebaut worden ist. Er schaut hoch und schirmt seine Augen gegen das grelle Licht ab.

»Otto«, ruft er, »wie läuft's da oben?«

Das Gesicht des Hausmeisters späht über den Rand des Gerüsts. »Moment, ich komme gleich runter.«

Er lässt seine beiden Assistenten, Hanson und Campbell, weiterarbeiten, und klettert herunter.

»Wir haben ein Problem«, berichtet er, als er unten ist.

»Sagen Sie das nicht.«

»Ich zeig's Ihnen besser.«

Otto geht zur Ecke des Gebäudes, wo Altmaterial verstreut liegt. Er hebt ein Brett auf und kommt damit zurück.

»Sehen Sie das?« Er hält das Holz hoch, das feucht und fleckig ist. »Die Verschalung ist völlig verrottet. Ich vermute, da staut sich seit Jahren das Wasser unter den Schindeln.«

»Dann flicken Sie es. Können Sie das flicken?«

»Das könnten wir, aber wir beißen uns in den Schwanz. Ich habe Schindeln auf allen Seiten des Gebäudes heruntergerissen. Überall das Gleiche. Alles hinüber. Das muss ersetzt werden.«

Das war die schlechteste denkbare Nachricht. »Ich habe keinen Etat für so etwas, Otto. Nicht mal annähernd.«

»Das kann wirklich nicht warten. Wenn wir jetzt anfangen, können wir von Glück sagen, wenn wir vor dem Winter fertig sind. Bei so einem Dach wollen Sie keine Eisdämme riskieren.«

Proctor tritt zurück, um einen besseren Blickwinkel zu haben, und späht wieder nach oben, als könnte er das Dach reparieren, indem er es anstarrt. Hanson sitzt auf dem First und isst furchtlos ein Sandwich. Campbell steht dicht unter ihm auf einem Dachhaken und hebelt mit einem Klauenhammer die Schindeln los.

»Also, was soll ich machen?«

»Ich denke, ich könnte mit ihr reden«, sagt Proctor.

»Reden Sie schnell«, sagt Otto.

»Hallo, Sacha. Ist sie da?«

Die Frau dreht sich auf ihrem Stuhl herum. »Callista! Ihr

Schwiegersohn ist hier!« Sie deutet mit dem Kopf zur Tür. »Gehen Sie rein.«

Er tritt ein. Callistas Büro ist klein – winzig eigentlich, wenn man das Ausmaß ihrer Zuständigkeit bedenkt – und chaotisch wie ein Kindergarten. Hinter ihrem Schreibtisch, der mit hohen Papierstapeln verbarrikadiert ist, sitzt seine Schwiegermutter schräg zum Zimmer. Ein Stift steckt in den Wellen ihres weißen Haars, und ihre Füße liegen auf einem Schemel, um ihr Kreuz zu entlasten, während sie in einem Notizblock blättert. Ohne einen Blick in seine Richtung zu werfen, hebt sie die flache Hand, um ihm mitzuteilen, er solle warten, bis sie fertig ist. Als sie fertig ist, dreht sie sich auf dem Stuhl um, schiebt die Brille auf die Nasenspitze herunter und sieht ihn über den Rand hinweg an.

»Proctor. Was kann ich für dich tun?«

»Hast du einen Augenblick Zeit, Frau Bürgermeister?«, fragt er.

»Wann hatte ich das schon mal?«

Er zieht sich den alten Ledersessel, der ihr gegenübersteht, heran, setzt sich und legt die Füße auf die Ecke ihres Schreibtisches.

»Oh, bitte«, sagt sie sarkastisch, »fühl dich wie zu Hause.«

»Danke, das werde ich. Ich habe eine nicht so gute Neuigkeit.«

»Ach?«

»Anscheinend ist das Dach in einem schlimmeren Zustand, als wir dachten. Da muss alles ausgetauscht werden.«

Callista seufzt müde und legt ihren Stift auf den Tisch. »Himmel noch mal, ich habe eben den Jahresetat abgeschlossen.«

»Dann musst du ihn wieder aufschließen. Es kommt direkt von Otto.«

Sie schüttelt den Kopf. »Mein Gott, dieser Mann!«

»Oh, Otto ist nicht so schlecht.«

»Ich sage nicht, dass er *schlecht* ist, Proctor. Ich meine nur, bei ihm ist immer alles ein Notfall.«

»Er hat mir gezeigt, wie weit die Holzfäule verbreitet ist. Dieses Dach wird sich nicht von selbst reparieren.«

»Außerdem geht er mir auf der persönlichen Ebene über alle Maßen auf die Nerven.«

»Was ist das nur mit euch beiden? Aber egal, das geht mich nichts an. Ich bin nur der Bote.« Etwas fällt Proctor ins Auge. »Callista«, sagt er und deutet auf einen der Stapel auf ihrem Schreibtisch. »Ist das … eine Kaffeetasse, was ich da sehe?«

»Wo?«

Er beugt sich vor und hebt den Stapel hoch, sodass ein angeschlagener weißer Becher zum Vorschein kommt, der schräg zwischen zwei benachbarten Stapeln klemmt. Er reicht ihn über den Schreibtisch.

»Oh«, sagt sie betreten und zieht den Kopf ein. »Danke. Ich habe mich schon gefragt, wo der geblieben ist.«

»Wie lange ist er da schon drin?«

Stirnrunzelnd späht sie auf den Grund des Bechers. »Schwer zu sagen.«

»Weißt du, es ist nur meine Meinung, aber vielleicht wärst du ein bisschen weniger gestresst, wenn es hier ein bisschen besser organisiert wäre.«

»Wer sagt denn, dass ich gestresst bin? Außerdem«, fügt sie hinzu, »gefällt es mir so. Ist irgendwie anheimelnd, findest du nicht?«

»Und was soll ich jetzt Otto sagen?«

»Sag ihm, was du willst.«

»Ich *will* gern sagen: Los, bring das Dach in Ordnung, bevor es reinregnet.«

Sie atmet tief ein und geräuschvoll wieder aus. »Na schön, ich werde darüber nachdenken. Der Etatausschuss kommt nächste Woche zusammen. Bist du damit zufrieden?«

»Ich schätze, das muss reichen. Wie auch immer«, sagt er uns steht auf, »und apropos anheimelnd, ich werde erwartet. Da ist was Großes geplant.«

Callista richtet sich auf. »Moment mal, das ist heute Abend, ja?«

»Yep.«

Sie lehnt sich zurück und schüttelt den Kopf. »Ich kann es nicht glauben. Wie die Zeit vergeht.«

»So sagt man.«

»Es tut mir leid, aber wir schaffen es nicht zum Essen. Das ist ausschließlich Jules' Schuld. Wir müssen zu dieser einen Sache.«

Proctor hat keine Ahnung, was sein Schwiegervater falsch gemacht hat oder was »diese eine Sache« ist, obwohl sie wahrscheinlich darüber gesprochen haben. »Zerbrich dir nicht den Kopf«, beruhigt er sie. »Es ist ja nicht so, als ob sie dich nie zu Gesicht bekäme.«

»Ich lasse mir was einfallen, das wir am Wochenende mit ihr unternehmen können.«

»Das ist nett von dir. Ich weiß, es wird ihr gefallen.«

»Sag ihr, wir denken an sie, okay? Liebe Grüße. Ganz *besonders* liebe Grüße.«

Er salutiert mit zwei Fingern. »*Besonders* liebe Grüße. Ist notiert.«

»Und – Proctor?«

Auf halbem Weg zur Tür dreht er sich um. Seine Schwiegermutter ist schon wieder mit ihren Papierbergen beschäftigt und sieht ihn nicht an, als sie spricht. »Sag Otto, ich werde sein verdammtes Geld auftreiben.«

Er geht nach Hause. Der Weg ist nicht weit – nur zwei Meilen, auch wenn er sich nie die Mühe gemacht hat, das nachzumessen –, erst durch das Zentrum der Stadt und danach durch Felder mit Mais und Gemüse, alles reif für die Ernte. Die Hitze des Spätsommers liegt noch auf dem Land, aber an den Rändern spürt Proctor, dass der Wechsel der Jahreszeiten bevorsteht. Man sieht es daran, dass die Bäume irgendwie erschöpft aussehen und wie die Schatten sich bewegen und länger werden. Es ist immer so zu Beginn des neuen Schuljahrs, ein Wechsel, der ihm willkommen ist. Er freut sich nicht auf die Kälte – das tut niemand –, aber die Tage davor, frisch und hell mit einem hohen blauen Himmel, gefallen ihm am besten.

Er geht durch das Gartentor geradewegs zum Atelier hinter dem Haus, wo Elise an ihrem Webstuhl sitzt. Die Wände sind mit ihren Arbeiten bedeckt: Teppiche, Steppdecken, Batiken, manche davon gerahmt wie Gemälde. Der Raum riecht angenehm nach Wolle und geschmolzenem Wachs. Was als Hobby angefangen hat – seine Frau war Lehrerin wie er –, ist zu einem lukrativen Geschäft herangewachsen. Alle paar Wochen verkauft sie ihre Arbeiten auf dem Kunsthandwerkermarkt in der Stadt und verdient an einem einzigen Vormittag mehr als er in einem ganzen Monat. Er tritt hinter sie und küsst sie in den Nacken.

»Huch!« Elise fährt herum. »Du hast mich erschreckt!«

»Du siehst einfach so verlockend aus, wie du da sitzt.«

Sie berührt seine Wange. »Außerdem könntest du dich rasieren, Direktor Bennett. Du lieber Gott, wie spät ist es?«

»Kurz vor fünf. Wo ist sie?«

»Noch mit Mrs Beaufort unterwegs. Ich habe ihr gesagt, sie soll um halb sechs zu Hause sein.«

Mrs Beaufort wohnt unten an der Straße. Sie ist eine pensionierte Beamtin, die nie geheiratet oder Kinder bekommen hat, sie hat einen kunstvoll gepflegten Garten und eine ständig wechselnde Zahl von Katzen und ist mindestens achtzig. Sie kann ziemlich barsch und missbilligend auftreten, aber das durchschaut Proctor: Unter dieser Schale ist die Frau weich wie ein Pudding-Donut. Trotzdem ist es ausgeschlossen, sie mit ihrem Vornamen anzureden. Sie heißt Florence, aber sie wird immer nur »Mrs Beaufort« sein.

Elise springt von ihrem Hocker und sagt aufgeregt: »Komm her, ich will dir etwas zeigen.«

Sie führt ihn in ihr Lager und zieht einen zusammengerollten Teppich vom Regal, den sie im Atelier auf dem Boden ausrollt, um ihn ihm zu zeigen.

»Was sagst du dazu?«, fragt sie.

Der Teppich ist nicht groß, vielleicht eins zwanzig mal eins achtzig, und das Muster besteht aus kleinen, ineinander verschachtelten Rauten in Blau und Orange und Weiß mit einer einzelnen größeren Raute in der Mitte. Die Mischung der Farben ist subtil und außergewöhnlich und schafft den Eindruck ständiger Bewegung im Gewebe; es wirkt nicht unbelebt, sondern eher wie etwas Lebendiges, hervorgebracht von der Natur.

»Wow«, sagt er.

»Meinst du wirklich?« Ihre Augen leuchten vor Freude. »Weil ich selbst auch ziemlich stolz bin.«

»Das solltest du auch sein.« Proctor lächelt und küsst sie kurz. »Er ist einfach wunderschön, Schatz.«

Während Elise aufräumt, geht Proctor in die Küche, um das Abendessen vorzubereiten, ein einfaches Stew, das Elise schon aufgesetzt und ihre Tochter sich gewünscht hat. Der Kuchen, Kakao mit weißem Zuckerguss, ist fertig und wartet auf der Theke. Proctor deckt den Tisch, als die Haustür sich öffnet und Caeli hereinstürmt, gefolgt von Mrs Beaufort.

»Daddy!«

»Herzlichen Glückwunsch zum Geburtstag, Schätzchen.« Er beugt sich hinunter, um sie zu umarmen. Sie fühlt sich warm und feucht an und riecht nach Erde und Sonne. »Ein Mädchen wird nicht jeden Tag acht. Wie fühlt es sich an?«

Seine Tochter strahlt. »Ziemlich gut.«

Proctor blickt zu der alten Frau auf. »Danke, dass Sie auf sie aufgepasst haben, Mrs Beaufort.«

»Ach, nicht der Rede wert. Sie hat mir im Garten geholfen.«

»Wollen Sie zum Essen bleiben? Es ist genug da.«

»Bitte!«, bettelt Caeli. »Bleiben Sie!«

»Das ist nett von Ihnen, aber nicht heute Abend.« Mrs Beaufort sieht Caeli mit ihren sanften alten Augen an. »Danke für die Hilfe, junge Dame. Und herzlichen Glückwunsch zum Geburtstag.«

Als Caeli nicht antwortet, stößt Proctor sie an. »Was sagt man, Caeli?«

»Danke, Mrs Beaufort.«

Die Frau lächelt mit bleichen Lippen. »Du bist stets willkommen. Einen schönen Abend, Mr Bennett. Ich finde schon hinaus.«

»Einen schönen Abend, Mrs Beaufort.«

Sie geht. »So«, sagt Proctor zu Caeli, »das Essen ist so gut wie fertig. Was möchtest du danach tun?«

»Segeln gehen!«

Das ist ein unerwarteter Wunsch. »Wirklich? Es wird aber bald dunkel werden, Süße.«

»Dann ist es am besten«, sagt das Mädchen. »Du kannst mir die Gesichter zeigen.«

Elise ist in die Küche gekommen. Proctor wirft ihr einen Rat suchenden Blick zu. »Es ist *ihr* Geburtstag«, sagt Elise achselzuckend.

Damit ist die Sache entschieden. »Tja, okay«, erklärt Proctor und zerzaust seiner Tochter das Haar. »Wir gehen segeln.«

Essen, Kuchen, Gesang, Kerzen anzünden und ausblasen, und dann packt Caeli ihre Geschenke aus, und als sie so weit sind, haben sie nur noch dreißig Minuten bis zum Sonnenuntergang. Sie gehen über den Bohlenweg durch die Dünen zum Pier, wo das Boot, ein kleines Catboot, im abendlichen Licht dümpelt. Proctor hat es *Cynthia* getauft – ohne besonderen Grund, nur weil der Name richtig klang, als hätte das Boot ihn sich selbst ausgesucht. Die Temperatur sinkt, und die Nacht wird ruhig, beinahe windstill werden, aber jetzt weht immer noch eine gleichmäßige Brise vom Wasser herein.

»Caeli, zieh das Segel auf, wie ich es dir gezeigt habe.«

Das Mädchen macht sich an die Arbeit, und Proctor setzt das Ruder ein und lässt das Kielschwert herunter. Elise ist keine große Seglerin. »Das ist euer Ding«, sagt sie immer, »ich fahre nur mit.« Sie hat ihren Stammplatz auf der Backbordbank eingenommen, wo sie die Vorgänge auf dem Boot beobachten kann. Als Caeli das Großfall losgemacht hat, wirft Proctor die Dockleinen los, versetzt dem Poller einen Stoß und kehrt ans Steuer zurück. Der Bug schwenkt langsam vom Anleger weg und geht quer durch den Wind. Mit einem Knattern füllt sich das Segel, und sie sind unterwegs.

»Caeli, nimm das Ruder«, sagt Proctor.

»Echt?« Sie ist begeistert.

»Na klar«, sagt er. »Du bist das Geburtstagskind.«

Sie tauschen die Plätze. Proctor geht nach vorn zu der Bank an Luv, Elise gegenüber.

»Wie läuft's achtern?«, ruft er.

»Super.« Das Mädchen beißt auf die Unterlippe und blickt konzentriert nach vorn über den Bug.

»Du musst ein bisschen anluven. Weißt du noch, was das bedeutet?«

»Näher am Wind segeln?«

»Genau. Halte das Vorgebirge ungefähr zwanzig Grad an Backbord. Wenn wir dran vorbei sind, werden wir aufkreuzen.«

Sie drückt die Pinne näher ans Segel, zieht die Großschot an und klemmt sie zwischen die Zähne; dann zieht sie noch ein bisschen mehr und legt das Schot in den Block. Das Boot krängt.

»Gut gemacht«, lobt Proctor.

Elise schaut zu ihm herüber. »Ich wusste nicht, dass sie das alles kann«, sagt sie. »Wann hat sie das gelernt?«

Proctor grinst unwillkürlich wie ein Idiot. Er ruft zum Heck: »Immer noch okay? Brauchst du Hilfe?«

Caeli streicht sich eine vom Wind ins Gesicht gewehte

Strähne aus den Augen und schüttelt kurz den Kopf, ohne den Blick vom Bug zu wenden. »Nö.«

»Was soll ich sagen?«, antwortet Proctor Elise. »Das Mädchen ist ein Naturtalent.«

Sie segeln weiter. Hinter dem Vorgebirge kreuzt Caeli mit sauberer Präzision. Acht Jahre, und sie segelt wie ein professioneller Skipper. Proctor begreift, was er hier sieht: die Geburt einer Erinnerung an den Abend, als ihr Vater ihr das Steuer und das Kommando überließ. Der Gedanke gefällt ihm, aber er ist von unterschwellig schmerzender Melancholie: Sein kleines Mädchen wird so schnell groß. Der Tag wird kommen, an dem sie ihn verlässt, sie beide verlässt. Freunde, Jungen, neue Erfahrungen, all das wird die Bühne übernehmen, bis er eines Tages aufblickt und sieht, dass sie fort ist, bei ihrer eigenen Familie. Aber ist nicht auch das etwas, worauf er sich freuen kann? Zu sehen, wie seine Tochter, die er noch vor nicht allzu langer Zeit in einer Hand halten konnte, in den Strom des Lebens tritt? Das alles ist sehr komplex, und ihm scheint, dass in dieser Komplexität die wahre Essenz der Liebe zu einem Kind liegt: eine Freude, die so intensiv ist, dass sie sich anfühlt wie Trauer. Elise spürt etwas von alldem, und sie langt über das Cockpit, um seine Hand zu nehmen.

»Ich weiß«, sagt sie.

Es ist kühl geworden. Proctor richtet seine Aufmerksamkeit zum Himmel, wo die Sonne ihre letzten Farben entfesselt: Violett, Rot und Orange, breite Streifen, die sich ineinander mischen wie die Pinselstriche eines Malers, und hinter diesen Farben die Sterne, die sich gegen die Dunkelheit durchsetzen wie die aufleuchtenden Lichter einer himmlischen Stadt. Der Wind hat sich gelegt und mit ihm der Wellengang. Es wird vollends dunkel, und sie dümpeln nahezu bewegungslos auf einem Meer, das sich um sie herum ausbreitet wie ein See aus Tinte.

»Zeig mir die Gesichter, Daddy.«

Er setzt sich zu seiner Tochter ins Heck, klemmt sich neben sie auf die kleine Bank, legt einen Arm um ihren Rücken und zieht sie an sich, um sie zu wärmen.

»Wie lautet die Regel?«, fragt er sie.

»Man kann sie nicht sehen, wenn man es versucht.«

»Richtig. Du musst warten, bis die Gesichter sich selbst zeigen. Jetzt entspanne deine Augen. Nicht nur die Augen, den ganzen Körper. Atme einfach.« Er füllt seine Brust mit Luft und lässt sie wieder entweichen. »Ein und aus, ein und aus. So.«

Das Mädchen tut, was er sagt.

»Bist du entspannt?«

»Ich … glaube schon?«

»Gut. Dann warte. Vielleicht dauert es ein Weilchen. Du musst Geduld haben.«

Nach einer Pause ruft sie aufgeregt: »Ich sehe sie!«

»Erzähl's mir.«

Ihr Blick wandert durch den Himmel. »Sie sind überall.« Sie dreht den Kopf und schaut ihm in die Augen. »Wer sind sie?«

»*Das* ist eine ausgezeichnete Frage. Und niemand kennt die Antwort mit Sicherheit. Aber ich sage dir, was ich glaube. Ich glaube, das sind alle Seelen, die jemals gelebt haben und die über uns wachen.«

Sie runzelt die Stirn. »Du meinst … Geister?«

»Nein, nicht Geister. Geister sind furchterregend. Fürchtest du dich, wenn du sie ansiehst?«

Sie schüttelt den Kopf. »Nein.«

»Wie fühlst du dich, wenn du sie siehst?«

Sie schaut wieder in den Himmel. »Glücklich.«

»Und wie noch?«

Das Mädchen überlegt kurz. »Sicher?«

»Na, da hast du es. So fühle ich mich dabei auch.« Und dann: »Du bist auch da oben, weißt du?«

»Ich?«

»Natürlich. Jeder ist da.«

»Wo bin ich denn? Zeig's mir.«

»Tja, das ist das Dumme«, sagt Proctor. »Ich könnte es dir zeigen, aber du würdest es nicht sehen können. Du kannst andere Leute sehen, aber niemals dich selbst.«

»Kannst *du* mich sehen?«

»Andauernd. Dich und Mommy. Man sieht immer die Menschen, die man liebt.«

Das Mädchen schaut umher. »Da!«, ruft sie schließlich und zeigt nach oben. »Ich sehe dich!«

»Vielleicht, ja. Aber ich muss mich auf dein Wort verlassen.«

»Und da ist Mommy!«

Proctor reckt den Hals. »Wo?«

»Genau da!«

Proctors Blick folgt ihrem Zeigefinger. »Ja, ich glaube, du hast recht. Ich glaube, das ist Mommy.«

Sie bewegt den Finger in einer schwungvollen Geste nach links. »Und da ist Grandma Callista. Und da drüben Grandpa Julian.«

»Das sind die, die dich lieben«, sagt Proctor. »Das ist deine Familie, genau da.«

Sie sieht noch andere: Lehrer, Freundinnen aus der Schule, Mrs Beaufort, sogar den Postboten. Je mehr sie sucht, desto mehr findet sie. Was für eine beglückende Art, den Tag zu beenden, diesen *besonderen* Tag, an dem sein kleines Mädchen acht Jahre alt wird und den Himmel nach all den Menschen aus ihrem Leben absucht. Caeli sucht und sucht, und jede Entdeckung schickt neue Begeisterung in ihren Blick, und als sie niemanden mehr findet und die Suche beendet ist, driften sie eine Zeit lang schweigend dahin und betrachten die Sterne.

»Ich glaube, Mom ist eingeschlafen«, sagt Caeli.

Stimmt. Ohne dass Proctor es gemerkt hat, hat Elise eine Decke aus der Kajüte geholt und sich darunter auf der Bank zusammengerollt.

»Was ist denn mit dir?«, fragt Proctor. »Wirst du müde? Es ist ziemlich spät.«

Caeli bemüht sich, nicht zu gähnen, aber sie tut es trotzdem. Dann sieht sie viel jünger aus, als sie ist. »Ein bisschen«, gesteht sie, und ein leises Frösteln überläuft sie. »Es ist kalt.«

Proctor geht nach unten, und als er zurückkommt, ist Caeli auf die Steuerbordbank umgezogen. Er bettet sie darauf und hüllt sie in die Decke, die er mitgebracht hat.

»Besser?«

Ihre Augen sind geschlossen, und ihre Stimme klingt sanft und schläfrig. »Mhm.«

Er streicht ihr mit den Fingerspitzen eine Haarsträhne von der Wange und schiebt sie hinter das Ohr. »Du warst gerade richtig gut«, sagt er. »Ich bin stolz auf dich.«

»Kannst du mir den Rücken massieren?«

Es ist lange her, dass sie danach gefragt hat. Sie hat es geliebt, als sie klein war und er sie ins Bett gebracht hat.

»Natürlich«, sagt er.

Er bewegt seine Hand in langsamen Kreisen und sieht, wie die Emotionen des Tages aus ihrem Gesicht und ihrem Körper sickern. Sie atmet tief und gleichmäßig. Sie schläft. Er beugt sich über sie und küsst sie auf die Stirn.

»Herzlichen Glückwunsch zum Geburtstag, kleines Mädchen«, flüstert er.

Er kehrt ans Steuerruder zurück. Vollkommene Stille umgibt ihn; alles badet im Sternenlicht. Er könnte mühelos selbst eindösen, so tief ist seine Zufriedenheit. Wie ähnlich das alles einem Traum ist. Ein perfekter Traum, dieses Leben. So sitzt er eine Weile und wacht über seine Lieben, während sie schlafen, und als der richtige Augenblick da ist, bringt er den Bug herum, findet den Windhauch, der sein Segel füllt, und steuert sein Boot nach Hause.

Danksagung

Für Anleitung, Ermutigung, Zutrauen und vor allem Geduld danke ich von ganzem Herzen Ellen Levine, Jennifer Hershey und der prachtvollen Truppe bei Penguin Random House, meiner verlegerischen Heimat seit fünfundzwanzig Jahren.

Ein Hurra meinen Studentinnen und Studenten an der Rice University für Energie und Korpsgeist, ihr Geschenk an mich. »Schreibt eure Seiten, Leute.« Ich werde es auch tun.

Wieder einmal danke ich meiner Tochter Iris, die mir großmütig gestattet hat, den Namen »Prospera« zu stehlen. Schatz, ich schulde Dir ein Nomen.

Liebe und Dankbarkeit gehören meinem Sohn Atticus, meinem Weggefährten in Sachen Science-Fiction und überhaupt in allem.

Danke, Leslie. Danke, danke, danke.